HEYNE BÜCHER

W0359490

SCIENCE FICTION

Herausgegeben
von Wolfgang Jeschke

Von **David Wingrove** erschien in der Reihe
HEYNE SCIENCE FICTION & FANTASY:

DIE CHRONIK DES CHUNG KUO:

1. *Das Reich der Mitte* · 0605251
2. *Die Domäne* · 0605252
3. *Die Kunst des Krieges* · 060253
4. *Schutt und Asche* · 0605254
5. *Das gebrochene Rad* · 0605255 (in Vorb.)

Weitere Bände in Vorbereitung

DAVID WINGROVE

CHUNG KUO
Eine Chronik in sechzehn Teilen

VIERTES BUCH

Schutt und Asche

Roman

Übersetzt, kommentiert und
mit Anmerkungen versehen von
MICHAEL K. IWOLEIT

Deutsche Erstausgabe

WILHELM HEYNE VERLAG
MÜNCHEN

HEYNE SCIENCE FICTION & FANTASY
Band 0605254

Titel der englischen Originalausgabe
THE BROKEN WHEEL
CHUNG KUO – BOOK TWO
(Zweiter Teil)
Deutsche Übersetzung von Michael K. Iwoleit
Das Umschlagbild ist eine Collage
von Jan Heinecke

Redaktion: Wolfgang Jeschke

Printed in Germany 1995
Umschlaggestaltung: Atelier Ingrid Schütz, München
Technische Betreuung: M. Spinola
Satz: Schaber, Satz- und Datentechnik, Wels
Druck und Bindung: Ebner Ulm

ISBN 3-453-07975-2

Für Rose und Ian

»Ein neuer Klang von den alten Tönen«

INHALT

Einleitung 9

Personenverzeichnis 13

PROLOG

Herbst 2206 – IN DEN TIEFEN 25

ERSTER TEIL

Herbst 2206 – EIN HÄUFCHEN ASCHE 29

1. Der Teich in den Ruinen 30
2. Schatten 79
3. Das verschleierte Licht 132
4. Inseln 190
5. König der Welt 254

ZWEITER TEIL

Frühling 2207 –
VERSCHLAGENHEIT UND UNSCHULD ... 307

6. Das Fest der Toten 308
7. Catherine 369
8. Die verlorene Braut 407

EPILOG

Sommer 2207 –
GEFALLENE BLÜTENBLÄTTER 455

ANHANG

Nachbemerkung des Verfassers 498
Glossar der Mandarin-Begriffe 500

Danksagung 505
Über den Verfasser 506
Kommentar des Übersetzers 507
Anmerkungen 508
Danksagung des Übersetzers 511

EINLEITUNG

Chung Kuo. Diese Worte bedeuten ›Das Reich der Mitte‹, und seit 221 v. Chr., als der Erste Kaiser Ch'in Shih Hung Ti die sieben Streitenden Reiche vereinte, haben die ›Schwarzhaarigen‹, die Han oder Chinesen so ihr großes Land genannt. Das Reich der Mitte – für sie war es eine ganze Welt, begrenzt von den Bergketten im Norden und Westen und dem Meer im Osten und Süden. Jenseits davon gab es nur Wüste und Barbarei. So blieb es über zwei Jahrtausende lang und durch sechzehn große Dynastien. Chung Kuo *war* das Reich der Mitte, das eigentliche Zentrum der von Menschen bewohnten Welt, und sein Kaiser galt als der ›Sohn des Himmels‹, der ›Eine Mann‹. Im achtzehnten Jahrhundert aber wurde diese Welt von den jungen und aggressiven Mächten des Westens mit ihren überlegenen Waffen und ihrem unerschütterlichen Glauben an den Fortschritt überfallen. Es war, zur Überraschung der Han, ein ungleicher Kampf, und Chinas Mythos überlegener Stärke und Unabhängigkeit wurde zerstört. Anfang des zwanzigsten Jahrhunderts war China – *Chung Kuo* – der kranke alte Mann der Erde, »eine sorgsam konservierte Mumie in einem hermetisch versiegelten Sarg«, wie es Karl Marx ausdrückte. Doch aus den katastrophalen Verheerungen dieses Jahrhunderts erwuchs ein Gigant von einer Nation, der sich aus einer Position unvergleichlicher Stärke durchaus mit dem Westen und seinen östlichen Rivalen, Japan und Korea, messen konnte.

An der Schwelle zum zweiundzwanzigsten Jahrhundert hatte Chung Kuo, das Reich der Mitte, eine neue Bedeutung gewonnen. Seit mehr als einem Jahrhundert umfaßte das Reich der Han die ganze Welt, und die gewaltig angewachsene Bevölkerung der Erde lebte in riesigen, bienenstockartigen Städten von dreihundert Ebenen, die sich über ganze Kontinente erstreckten. Der Rat der Sieben – die *T'ang*, Herrscher der Han, von denen jeder einzelne mächtiger war als die größten Kaiser ihrer Ahnen – beherrschte Chung Kuo mit eiserner Hand und rühmte sich, jede Veränderung beendet und das Große Rad angehalten zu haben. Aber Krieg, Hungersnöte und politische Instabilität, Dinge, die, wie man geglaubt hatte, der Vergangenheit angehörten, kehrten um so gewaltsamer nach Chung Kuo zurück.

Eine neue Generation mächtiger junger Kaufleute – die Dispersionisten, die sich hauptsächlich aus *Hung Mao*, also Westmenschen, zusammensetzten – stellten die Autorität der Sieben in Frage, forderten ein Ende für das Edikt der Technologischen Kontrolle – für die Han der Eckpfeiler der Stabilität – und eine Rückkehr zum westlichen Ideal ungehinderten Fortschritts. Angesichts von Attentaten und Gegenattentaten, mußte etwas nachgegeben, und die Zerstörung des Raumschiffs *Die Neue Hoffnung*, das den Dispersionisten gehörte, bedeutete den Beginn des ›Krieges, der keiner war‹, eines blutschänderischen Machtkampfs, der auf den Ebenen der Stadt ausgefochten wurde. Die Sieben gewannen diesen Krieg, doch zu einem Preis, der ihnen nicht recht sein konnte. Plötzlich waren sie schwach – schwächer als je zuvor in ihrer ganzen Geschichte, denn vier ihrer erfahrensten Mitglieder waren in dem kurzen Zeitraum von nur sechs Jahren gestorben. An ihre Stelle waren neue, junge und unerfahrene T'ang getreten, während die älteren ihre Zuversicht und ihre Selbstgewißheit, die sie früher ausgezeichnet hatte, verloren hatten.

In den langen Jahren des Friedens vor dem Krieg wäre es undenkbar gewesen, die Sieben in Frage zu stellen. Doch jetzt …

Auch für die Dispersionisten war es ein verlustreicher Krieg. Nach fünf Jahren der Auseinandersetzung waren ihre wichtigsten Führer tot und mehr als zweitausend ihrer Mitglieder exekutiert. Einhundertachtzehn ihrer großen Konzerne hatten den Handel eingestellt – ihre Vermögenswerte und Besitztümer waren von den Sieben beschlagnahmt worden –, während viele andere, Hunderttausende an der Zahl, für ihre Solidarität mit ihren Zielen einige Ebenen nach unten versetzt worden waren.

Aber der Krieg war nur das erste unerhebliche Vorzeichen der großen Erschütterungen, die noch bevorstanden, denn tief unten auf den untersten Ebenen der Stadt, in den gesetzlosen Regionen ›unter dem Netz‹ und in den übervölkerten Decks unmittelbar darüber, hatte sich neue Unzufriedenheit angestaut – dunkler und tiefer als jene, die der Krieg ausgedrückt hatte. Eine Unzufriedenheit, die nun drohte, geschürt vom immer gewaltigeren Druck des Bevölkerungswachstums, Chung Kuo selbst auseinanderzureißen…

中
國

PERSONEN-VERZEICHNIS

中
國

HAUPTCHARAKTERE

ASCHER, EMILY – Ausgebildet als Volkswirtschafterin, schließt sie sich Anfang des Jahrhunderts der revolutionären *Ping Tiao*-Partei an und wird Mitglied des ›Rats der Fünf‹, der ihre Politik formuliert. Sie ist eine leidenschaftliche Kämpferin für soziale Gerechtigkeit und war früher die Geliebte von *Ping Tiaos* inoffiziellem Führer Bent Gesell.

DEVORE, HOWARD – Ehemals Major in den Sicherheitskräften des T'ang, ist er eine der führenden Gestalten im Kampf gegen die Sieben geworden. Als hochintelligenter Mann von kühler Logik, zieht er hinter den Kulissen die Fäden, als der ›Krieg der zwei Richtungen‹ eine neue Wende nimmt.

EBERT, HANS – Sohn von Klaus Ebert und Erbe des gewaltigen GenSyn-Konzerns, zum Major der Sicherheitskräfte befördert, genießt die Bewunderung und das Vertrauen seiner Vorgesetzten. Ebert ist ein komplizierter junger Mann: einerseits ein tapferer und intelligenter Offizier, weist er andererseits egoistische, zügellose und sogar grausame Charakterzüge auf.

FEI YEN – Tochter von Yin Tsu, einem der Köpfe der ›Neunundzwanzig‹, den untergeordneten aristokratischen Familien von Chung Kuo. Die klassisch schöne ›Fliegende Schwalbe‹, begehrt und heißblütig. Ihre Hochzeit mit dem ermordeten Prinzen Li Han Ch'in ist annulliert worden, und sie ist entschlossen, Hans Bruder, den jungen Prinzen Li Yuan, zu heiraten. Trotz ihrer zierlichen Erscheinung ist sie erstaunlich willensstark.

HAAVIKKO, AXEL – Von einem Mitoffizier zu unrecht angeklagt, wird Lieutnant Haavikko den Großteil eines Jahrzehnts in Ausschweifung und Selbstverleugnung verbringen. Im Innersten ist er jedoch ein guter, ehrlicher Mann, und die Umstände werden ihm aus der Grube helfen, in die er gestürzt ist.

KAO CHEN – Früher ein Attentäter aus dem Netz, der untersten Ebene der großen Stadt, hat Chen sich von seinen bescheidenen Anfängen emporgearbeitet und ist nun Hauptmann in den Sicherheitskräften des T'ang. Als Freund und Helfer von Karr ist er einer der Fußsoldaten im Krieg gegen DeVore.

KARR, GREGOR – Major der Sicherheitskräfte, von General Tolonen aus dem Netz rekrutiert. In seiner Jugend war er ein ›Blut‹ – ein dem Tode geweihter Kämpfer. Ein Riese von einem Mann, der ›Falke‹, den Li Shai Tung gegen seinen Widersacher DeVore fliegen lassen will.

LEHMANN, STEFFEN – Albino, Sohn von Pietr Lehmann, dem ehemaligen Führer der Dispersionisten, jetzt Leutnant unter DeVore. Ein kalter, unnatürlich leidenschaftsloser Mann, geradezu der Archetyp eines Nihilisten, dessen einziges Ziel darin besteht, die Sieben und ihre große Stadt zu stürzen.

LI SHAI TUNG – T'ang von Europa und einer der Sieben, dem Rat, der Chung Kuo beherrscht. Li Shai Tung ist seit vielen Jahren Dreh- und Angelpunkt des Rats und inoffizieller Wortführer der Sieben, aber der Mord an seinem Erben Han Ch'in hat ihn geschwächt und seine einst so große Entschlossenheit aufgeweicht, Veränderung um jeden Preis zu verhindern.

LI YUAN – Zweiter Sohn von Li Shai Tung, nach der Ermordung seines Bruders Erbe der Stadt Europa. Gilt als frühreif. Seine kühle, nachdenkliche Art verbirgt ein leidenschaftliches Naturell, das in sein Werben um und seine Heirat mit Fei Yen, der Frau seines toten Bruders, seinen Ausdruck findet.

SHEPHERD, BEN – Sohn von Hal Shepherd, dem Hauptberater des T'ang, und Ururenkel des Architekten der Stadt Erde. Shepherd wurde in der Domäne geboren und aufgezogen, einem idyllischen Tal im Südwesten Englands, wo er den Entschluß faßte, nicht in die Fußstapfen seines Vaters zu treten und

Li Yuans Berater zu werden, sondern seiner Berufung zum Künstler nachzugeben, worauf er eine völlig neue Kunstform entwickelt, die Schale, die noch verheerende Auswirkungen auf die Gesellschaft von Chung Kuo haben soll.

TOLONEN, JELKA – Als Tochter von Marschall Tolonen ist Jelka in einem sehr männlichen Umfeld ohne Einfluß einer Mutter aufgewachsen. Dennoch verdeckt ihr aufrichtiges Interesse an Kriegskünsten, Bewaffnung und Strategie eine ganz andere Seite ihres Wesens; eine Seite, die durch gewaltsame Ereignisse offengelegt wird.

TOLONEN, KNUT – Marschall im Rat der Generäle und ehemals General von Li Shai Tung. Tolonen ist ein großer Mann mit kantigem Kinn und der treueste Anhänger der Werte und Ideale der Sieben. Von heißblütigem und furchtlosem Naturell, läßt er sich von nichts davon abhalten, seine Meister zu beschützen, doch nach langen Jahren des Krieges ist selbst sein Glaube in die Notwendigkeit des Stillstands erschüttert.

TSU MA – T'ang von Westasien und einer der Sieben, dem Rat, der Chung Kuo beherrscht. Nach dem Tod seines Vaters hat Tsu Ma seine frühere destruktive Art abgelegt und ist im Rat einer der größten Anhänger von Li Shai Tung geworden. Ein starker, gutaussehender Mann, der nur eine große Schwäche hat, eine Schwäche, der er fast zum Opfer fällt.

WANG SAU-LEYAN – Vierter und jüngster Sohn von Wang Hsien, dem T'ang von Afrika. Die Ermordung seiner beiden ältesten Brüder hat ihn näher an den Mittelpunkt der politischen Ereignisse gerückt. Gilt als unreif, ist tatsächlich aber ein scharfsinniger und höchst fähiger, politisch denkender Mensch, der entschlossen ist – aufgrund von Umständen, die er selbst herbeigeführt hat –, der Vorbote der Veränderung im Rat der Sieben zu werden.

WARD, KIM – Geboren im Lehm, dem dunklen Brachland unter den Fundamenten der großen Stadt. Kim verfügt über einen raschen und in ungewöhnlicher Hinsicht begabten Verstand. Seine Vision eines riesigen Netzes, die er im Dunkeln entwickelt hat, hat ihn nach oben ins Licht getrieben. Doch nach einem traumatischen Kampf und einem langwierigen Wiederaufbau seiner Persönlichkeit, hat er sich den Dingen als eine andere Person als die, die er war, wieder zugewandt. So scheint es jedenfalls, denn tatsächlich hat Kim nichts von dem Scharfsinn eingebüßt, der ihn zu einem der vielversprechendsten Wissenschaftler in ganz Chung Kuo gemacht hat.

DIE SIEBEN UND DIE FAMILIEN

AN LIANG-CHOU – Prinz einer Untergeordneten Familie
AN SHENG – Oberhaupt der An-Familie (eine der ›Neunundzwanzig‹ Untergeordneten Familien)
CHI HSING – T'ang von Australien
CHUN WU-CHI – Oberhaupt der Chun-Familie (eine der ›Neunundzwanzig‹ Untergeordneten Familien)
FU TI CHANG – Prinzessin einer Untergeordneten Familie
HOU TUNG-PO – T'ang von Südamerika
HSIANG K'AI FAN – Prinz einer Untergeordneten Familie
HSIANG SHAO-ERH – Oberhaupt der Hsiang-Familie (eine der ›Neunundzwanzig‹ Untergeordneten Familien) und Vater von Hsiang K'ai Fan und Hsiang Wang
HSIANG WANG – Prinz einer Untergeordneten Familie
LAI SHI – Prinzessin einer Untergeordneten Familie
LI FENG CHIANG – Bruder und Berater von Li Shai Tung
LI SHAI TUNG – T'ang von Europa

LI YUAN – zweiter Sohn von Li Shai Tung und Erbe der Stadt Europa
MIEN SHAN – Prinzessin einer Untergeordneten Familie
PEI RO-HEN – Oberhaupt der Pei-Familie (eine der ›Neunundzwanzig‹ Untergeordneten Familien)
TSU MA – T'ang von West-Asien
WANG HSIEN – T'ang von Afrika
WANG SAU-LEYAN – vierter Sohn von Wang Hsien
WANG TA-HUNG – dritter Sohn von Wang Hsien und Erbe der Stadt Afrika
WEI CHAN YIN – ältester Sohn von Wei Feng und Erbe der Stadt Ost-Asien
WEI FENG – T'ang von Ost-Asien
WU SHIH – T'ang von Nordamerika
YI SHAN-CH'I – Prinz einer Untergeordneten Familie
YIN CHAN – Prinz einer Untergeordneten Familie; Sohn von Yin Tsu
YIN FEI YEN – ›Fliegende Schwalbe‹, Prinzessin einer Untergeordneten Familie; Tochter von Yin Tsu
YIN SUNG – Prinz einer untergeordneten Familie; Sohn von Yin Tsu
YIN TSU – Oberhaupt der Yin-Familie (eine der ›Neunundzwanzig‹ Untergeordneten Familien)
YIN WU TSAI – Prinzessin einer Untergeordneten Familie und Cousine von Fei Yen

FREUNDE UND GEFOLGSLEUTE DER SIEBEN

AUDEN, WILLIAM – Hauptmann des Sicherheitsdienstes
CHANG LI – Chef-Chirurg von Li Shai Tung
CHANG SHIH-SEN – persönlicher Sekretär von Li Yuan
CH'IN TAO FAN – Kanzler von Ost-Asien
CHU TA YUN – Bildungsminister der Stadt Europa
CHUANG MING – Minister von Li Shai Tung
EBERT, BERTA – Frau von Klaus Ebert

EBERT, HANS – Major im Sicherheitsdienst und Erbe von GynSyn
EBERT, KLAUS STEFAN – Leiter von GenSyn (Genetic Synthetics) und Berater von Li Shai Tung
ERKKI – Wache von Jelka Tolonen
FAN LIANG-WEI – Maler am Hof von Li Shai Tung
FEST, EDGAR – Hauptmann des Sicherheitsdienstes
FISCHER, OTTO – Leiter des Persönlichen Sicherheitsdienstes in Wang Hsiens Palast in Alexandria
HAAVIKKO, AXEL – Lieutnant des Sicherheitsdienstes
HAAVIKKO, VESA – Schwester von Axel Haavikko
HENG YU – Transportminister der Stadt Europa
HOFFMANN – Major des Sicherheitsdienstes
HONIGREGEN – Magd von Wang Hsien
HUA – Leibchirurg von Li Shai Tung
HUNG FENG-CHAN – Chefdiener in Tongjiang
HUNG MIEN-LO – Berater von Wang Ta-hung; Kanzler der Stadt Afrika
KAO CHEN – Hauptmann im Sicherheitsdienst
KARR, GREGOR – Major im Sicherheitsdienst
LAUTNER, WOLFGANG – Hauptmann des Sicherheitspersonals in Bremen
LUNG MEI HO – Sekretär von Tsu Ma
NAN HO – Li Yuans Meister der Inneren Kammern
NOCENZI, VITTORIO – General des Sicherheitsdienstes, Stadt Europa
PANSHIN, ANTON – Oberst des Sicherheitsdienstes
PERLENHERZ – Magd von Li Yuan
ROSENKNOSPE – Magd von Li Yuan
RUSS – Hauptmann des Sicherheitsdienstes
SANDERS – Hauptmann des Sicherheitsdienstes im Zeughaus Helmstadt
SCOTT – Hauptmann des Sicherheitsdienstes
SHEPHERD, BEN – Sohn von Hal Shepherd
SHEPHERD, BETH – Frau von Hal Shepherd
SHEPHERD, HAL – Berater von Li Shai Tung und Oberhaupt der Familie Shepherd

SHEPHERD, MEG – Tochter von Hal Shepherd
SUN LI HUA – Wang Hsiens Meister der Inneren Kammern
TOLONEN, HELGA – Tante von Jelka Tolonen
TOLONEN, JELKA – Tochter von Knut Tolonen
TOLONEN, JON – Bruder von Knut Tolonen
TOLONEN, KNUT – Marschall des Rats der Generäle und Vater von Jelka Tolonen
WANG TA CHUAN – Li Shai Tungs Meister des Inneren Palastes
WEIDENBLATT – Magd von Wang Hsien
WU MING – Diener von Wang Ta-hung
YING CHAI – Assistent von Sun Li Hua
YING FU – Assistent von Sun Li Hua
YU – Chirurg von Li Yuan

DISPERSIONISTEN

BERDICHOW, SOREN – Chef von SimFic (Simulated Fictions) und Führer der Dispersionisten
CHERKASSKY, STEFAN – Attentäter, ehemals Angehöriger des Sicherheitsdienstes und Freund von DeVore
DEVORE, HOWARD – ehemaliger Major in Li Shai Tungs Sicherheitskräften
DOUGLAS, JOHN – Konzernchef
KUBINYI – Leutnant von DeVore
LEHMANN, STEFAN – Albino, Sohn von Pietr Lehmann, dem ehemaligen Führer der Dispersionisten, und Leutnant von DeVore
REID, THOMAS – Leutnant von DeVore
SCHWARZ – Leutnant von DeVore
WIEGAND, MAX – Leutnant von DeVore

PING TIAO

ASCHER, EMILY – Volkswirtschaftlerin und Mitglied im ›Rat der Fünf‹

GESELL, BENT – inoffizieller Führer der *Ping Tiao* und Mitglied im ›Rat der Fünf‹

MACH, JAN – Wartungsbeamter im Ministerium für Abfallverwertung und Mitglied im ›Rat der Fünf‹

MAO LIANG – Prinzessin einer Untergeordneten Familie und Mitglied im ›Rat der Fünf‹

SHEN LU CHUA – Computerexperte und Mitglied im ›Rat der Fünf‹

YUN CH'O – Leutnant von Shen Lu Cha

ANDERE CHARAKTERE

BAMBUSFLÖTE – *Mui tsai* von Madam Chuang Lian

BARYCZ, JIRI – Wissenschaftler im Verdrahtungsprojekt

BEATTIE, DOUGLAS – Deckname von DeVore

BODEN, MIKHAIL – Deckname von DeVore

CHAN WEN-FU – Freund von Heng Chian-ye

CHUANG LIAN – Frau von Minister Chuang

EBERT, LUTZ – Halbbruder von Klaus Ebert

ELLIS, MICHAEL – Assistent von Direktor Spatz

ENGE, MARIE – Serviererin im Teehaus Drachenwolke

GANZ, JOSEPH – Deckname von DeVore

GOLDHERZ – junge Prostituierte, die von Hans Ebert in seinen Haushalt aufgenommen wurde

HAMMOND, JOEL – Leitender Techniker im Verdrahtungsprojekt

HENG CHIAN-YE – Sohn von Heng Chi-po und Neffe von Heng Yu

HERRICK – ein illegaler Implantationsspezialist

KAO CH'IANG HSIN – neugeborene Tochter von Kao Chen

KAO WU – neugeborener Sohn von Kao Chen

Kung Wen-fa – Senioranwalt vom Mars
Ling Hen – Diener von Herrick
Liu Chang – Bordellbesitzer / Zuhälter
Loehr – Deckname von DeVore
Lotte – Studentin in Oxford; Schwester von Wolf
Lo Wen – persönlicher Diener von Hans Ebert
Lu Cao – *Amah* (Dienermagd) von Jelka Tolonen
Lu Ming Shao – ›der Bärtige Lu‹, Boss einer Triade
Lu Nan Jen – der ›Ofenmann‹
Lu Wang-pei – Mordverdächtigter
Mi Feng – ›Kleine Biene‹, Magd von Wang Hsien
Mu Chau – ›Madam‹ des Hauses der Neunten Ekstase, ein Bordell
Novacek, Lubos – Händler; Vater von Sergej Novacek
Novacek, Sergej – Student in Oxford und Bildhauer
Reynold – Deckname von DeVore
Schenk, Hung-li – Gouverneur der Marskolonie
Siang Che – Lehrer der Kriegskünste von Jelka Tolonen
Spatz, Gustav – Direktor des Verdrahtungsprojekts
Tai Cho – Lehrer und ›Bewacher‹ von Kim Ward
Tarrant – Konzernchef
Tissan, Catherine – Studentin in Oxford
Tong Chou – Deckname von Kao Chen
Tsang Yi – Freund von Heng Chian-ye
Tung T'an – Leitender Fachberater der Melfi-Klinik
Turner – Deckname von DeVore
Wang Ti – Frau von Kao Chen
Ward, Kim – im Lehm geborenes Waisenkind und Wissenschaftler
Wolf – Student in Oxford und Bruder von Lotte

PROLOG
HERBST 2206:

In den Tiefen

中國

Der fünfjährige Krieg zwischen den Herrschern von Chung Kuo, den Sieben, und ihren Feinden, den Dispersionisten – der ›Krieg, der keiner war‹ –, war vorüber, und die Dispersionisten waren gebrochen, ihre Anführer tot, ihre Konzerne beschlagnahmt. Der angestrebte große Schub in Richtung Veränderung war niedergeschlagen worden und in Chung Kuo wieder Frieden eingekehrt. Zumindest erschien es für kurze Zeit so, denn der Krieg hatte ältere, viel stärkere Strömungen des Widerstands neu erweckt. In den Tiefen der Stadt begannen sich neue Bewegungen zu erheben, die nicht bloß eine Veränderung des Systems, sondern eine grundlegende Revolution anstrebten. Eine dieser Parteien, die *Ping Tiao* oder ›Einebner‹, wollten die dreihundert Ebenen hohe Stadt Erde niederreißen und das Reich der Han zerstören.

Eine Zeitlang konnte der Status quo aufrechterhalten werden, aber während des Krieges waren drei der ältesten T'ang gestorben und hatten die Sieben schwächer und unerfahrener zurückgelassen als je zuvor in den langen Jahren ihrer Herrschaft. Als Wang Sau-leyan, der jüngste Sohn von Wang Hsien, dem Herrscher der Stadt Afrika, nach dem Tode seines Vaters T'ang wird, nimmt die Situation für die Sieben bedrohliche Züge an, denn der junge Mann schürt Uneinigkeit unter ihnen.

In der Zwischenzeit arbeitet DeVore, der mächtigste Gegenspieler der Sieben, in seiner Festung in der Schweizer Wildnis weiter an seinen Plänen zum Sturz der T'ang. Nachdem er sich rücksichtslos der letzten der geschlagenen Dispersionisten entledigt hat, begibt er sich in die Tiefen der Stadt, um dort die *Ping Tiao* zu treffen. Das ungewisse Bündnis mit ihnen – das nur auf einem gemeinsamen Haß auf die Sieben basiert – zeitigt nur beschränkte Ergebnisse, und um mit einer breiteren Unterstützung rechnen zu können, bemüht sich DeVore erfolgreich darum, den jungen Hans Ebert für seine Ziele zu gewinnen, den Erben des gewaltigen GenSyn-Konzerns und künftigen General von Li Shai Tung, dem T'ang von Europa.

Abseits dieser bedeutsamen Vorgänge hat Ben Shepherd, der Sohn von Hal Shepherd, dem Berater von Li Shai Tung, endgültig seine Heimat verlassen, das idyllische Tal der Domäne im West Country von England, um ein Studium in Oxford anzutreten, wo die Elite von Chung Kuo ihren Nachwuchs ausbilden läßt. Dort, abgeschirmt von den dunklen Strömen, die die Tiefen von Chung Kuo aufwühlen, vervollkommnet er seine Vision einer neuen Kunstform, der ›Schale‹; einer ›Ganzkörpererfahrung‹, die Chung Kuo eines Tages revolutionieren wird. Aber selbst dort kann er dem, was sich in den Tiefen seines eigenen Ich verbirgt, nicht entkommen.

ERSTER TEIL
HERBST 2206:

Ein Häufchen Asche

»Der Ostwind seufzt, der feine Regen fällt:
Hinter dem Teich der Wasserlilien, leises fernes Donnern.
Eine Goldkröte nagt am Schloß. Öffne es, entzünde das Räucherwerk.
Ein Jadetiger zieht am Seil. Zieh's aus dem Brunnen und flüchte.
Chias Tochter lugte durch den Schirm, als Han, der Schreiber, noch jung war.
Die Göttin des Flusses hat dem großen Prinz der Wei ihr Kissen zurückgelassen.
Laß dein Herz nie mit den Frühlingsblumen aufgehen;
ein bißchen Liebe ist ein Häufchen Asche.«

– Li Shang-Yin[1], *Gedicht ohne Titel,*
neuntes Jahrhundert

KAPITEL · 1

Der Teich in den Ruinen

Diener kamen herbeigelaufen, um ihnen die Pferde abzunehmen und in die Ställe zurückzubringen. Fei Yen war noch ganz aufgeregt von dem Ritt, hatte gerötete Wangen und vor Freude weit aufgerissene Augen. Li Yüan lachte, als er sie ansah, und berührte sie am Arm.

»Das paßt zu dir, mein Liebling. Du solltest öfter reiten.«

Tsu Ma trat zwischen sie und legte beiden einen Arm um die Schulter. »Das war gut, meine Freunde. Und das ...« Er drehte den Kopf auf seinem starken Hals, so daß er einmal das ganze gewaltige Anwesen überschauen konnte – den Palast, den See, die Obstgärten, den Ausblick auf die fernen Berge. »Das hier ist schön. Tja, die Herrscher der Frühzeit hätten euch beneidet.«

Tsu Mas Augen funkelten und seine strahlend weißen Zähne – starke, rechteckige, wohlgeformte Zähne – blitzten in einem Lächeln auf.

»Ihr seid hier jederzeit willkommen, Tsu Ma«, erwiderte Li Yüan. »Betrachtet unsere Ställe als Eure eigenen.«

»Danke, Li Yüan.« Tsu Ma verneigte sich, dann drehte er sich um und sah auf Fei Yen hinunter. »Ihr reitet gut, Lady Fei. Wo habt Ihr das gelernt?«

Sie sah weg, die Wangen leicht gerötet. »Ich reite, seit ich ein Kind war. Mein Vater hatte zwei Pferde.« Sie wandte sich wieder um, und die Art, wie sie den

Kopf hielt, verriet einen enormen Stolz. In einer Welt, wo Tiere selten waren, bedeutete es ein großes Prestige, zwei Pferde zu besitzen. Nur für die Sieben war dergleichen selbstverständlich.

Tsu Ma betrachtete sie einen Moment lang, dann nickte er. »Gut. Aber gehen wir rein. Euer Vater erwartet uns sicher schon.«

Li Shai Tung saß im Sommerhaus, ein kleines Komset auf dem Schoß. Winzige dreidimensionale Hologramme bildeten sich und verblaßten in der Luft über dem Set. Jede Grafik lieferte einen kurzen Bericht, ehe sie verschwand. Tsu Ma setzte sich in die Nähe des Alten und schwieg, während Li Yüan Getränke holen ging. Fei Yen stand am Fenster und sah den steilen Hang auf die Terrasse und den großen Zierteich hinab. Von Zeit zu Zeit schaute sie über die Schulter ins Zimmer, und ihr Blick blieb an der zwanglos dasitzenden Gestalt von Tsu Ma hängen.

Er war ein breitschultriger, stattlicher Mann. Während des Ritts hatte sie bemerkt, wie aufrecht er sich im Sattel hielt, wie ruhig er geblieben war, als er sein Pferd über einen rasch dahinschnellenden Fluß gehetzt hatte, wie leicht er sein Pferd dazu gebracht hatte, eine Mauer zu überspringen; als sei er ein Teil des Tieres, das er ritt. Und dennoch war es spurlos an ihm vorbeigegangen, sein Haar gepflegt und mit Rubinen verziert; sein Uniformrock von einer schmerzlich süßen, nahezu weißen Rosa-Schattierung und schwarzpaspoliert; seine Hose von einem Blau, das an den Sommerhimmel seiner Jugend erinnerte. Fei Yen hatte gesehen, wie fest sich seine Oberschenkel in die Flanken des Pferdes gedrückt hatten; wie gebieterisch er gewirkt hatte.

Li Shai Tung beendete seine Arbeit, dann legte er das Komset hin und begrüßte Tsu Ma und seine Schwiegertochter wortlos mit einem Lächeln. Li Yüan wandte sich vom Schrank ab und trug ein Tablett mit Getränken. In diesem Zimmer war er der Gastgeber.

Fei Yen nahm ihr Glas und setzte sich den beiden anderen gegenüber neben ihren Mann. Sie spürte, wie Tsu Ma sie ansah. So offen. Und doch nicht unhöflich.

»Du siehst gut aus«, sagte Li Shai Tung und sah zu Fei Yen hinüber. »Du solltest öfter reiten.«

Li Yüan beugte sich vor. »Sie war fabelhaft, Vater. Eine geborene Reiterin! Du hättest sehen sollen, wie sie das Weidentor übersprungen hat!« Seine Augen funkelten lebhaft, als er davon erzählte, und als er seine Frau ansah, tat er es mit ungekünstelter Bewunderung. Tsu Ma bemerkte das und legte den Kopf zurück, als werde ihm sein Kragen zu eng. Er griff in die Innentasche seines Uniformrocks und zog ein schmales silbernes Kästchen heraus.

»Darf ich rauchen?« Er hielt das Kästchen hin, und Li Yüan nickte, indem er seinen Vater mit einem Blick um Erlaubnis bat. Der Alte sagte nichts, sondern nickte bloß.

Tsu Ma entnahm dem Kästchen eines der bleistiftdünnen Zigarillos und entzündete es, inhalierte langsam und schien sich dabei in seinem Stuhl immer mehr zu entspannen. Das silberne Kästchen lag auf der Armlehne.

Er sah zu, wie der gekräuselte Rauch aufstieg; ein dünner, zerbrechlicher Faden heißer Asche. »Ich muß Euch danken, Li Yüan. Der heutige Tag war perfekt.« Sein Blick ruhte auf dem Gesicht des jungen Mannes und entdeckte dort nichts als offne Freundschaft, vielleicht sogar eine Spur Bewunderung. Er war daran gewöhnt und betrachtete es als das, was ihm zustand. Doch der Ausdruck in Fei Yens Gesicht war etwas anderes. Den erkannte er auch wieder, behielt das Wissen darum aber für sich. Er hob das Glas und prostete seinem Gastgeber und seiner Gastgeberin schweigend zu, sein Lächeln heiter und aufrichtig.

Li Shai Tung beobachtete all das und nickte bei sich. Er machte einen sehr zufriedenen Eindruck. Zum erstenmal seit Monaten lächelte er. Tsu Ma bemerkte das und fragte ihn warum.

»Ich erklär's Euch. Wenn wir allein sind.«

Der T'ang hatte Fei Yen nicht angesehen, und seine Bemerkung schien ganz unverfänglich zu sein, aber sie wußte, wie traditionsverbunden ihr Schwiegervater war. Er war anders als ihr eigener Vater; er hätte nie in Gegenwart von Frauen Geschäftliches besprochen. Sie stellte ihren Drink unberührt hin, stand auf und tätschelte Li Yüans Hand, dann wandte sie sich mit einer tiefen Verbeugung den beiden T'ang zu.

»Verzeiht mir, *Chieh Hsia,* aber ich muß gehen und mich umziehen. Der Ausritt hat mich ermüdet.«

Das stimmte nicht. Sie hatte sich noch nie so lebendig gefühlt. In ihren Augen funkelte eine kaum gebändigte Erregung. Aber sie senkte den Blick und verließ schweigend das Zimmer, drehte sich nur in der Tür kurz um und sah zurück, um festzustellen, daß Tsu Ma sie nicht aus den Augen ließ, wie sie gehofft hatte.

»Also?« fragte Tsu Ma, als sie gegangen war. Seine Haltung schien sich nicht geändert zu haben, und doch hörten sich seine Worte irgendwie kühler, männlicher als vorher an.

»Gute Neuigkeiten. Sowohl Wu Shih wie auch Wei Feng haben unserem kleinen Plan zugestimmt.«

Tsu Ma sah zu Boden. Diese Entwicklung kam unerwartet. »Ist das klug?«

»Das dachte ich schon«, fuhr Li Shai Tung fort und bemerkte sein Zögern. »Unter den gegenwärtigen Umständen hielt ich es für … sicherer, wenn die Mehrheit des Rats von meinen Plänen weiß. Es wäre unklug, mir meine ältesten Freunde zum Feind zu machen.«

Tsu Ma zog noch mal an dem Zigarillo, dann blickte er auf und sah ihm in die Augen. »Nein. Aber das ist nicht ganz das, was ich gemeint habe. Diese ganze Sache mit verdeckten Aktionen. Verstößt das nicht gegen den Geist des Rats? Wenn wir nicht ehrlich miteinander sein können …«

»Können wir das denn?« Li Yüans Worte klangen bitter und zornig, doch auf einen Blick seines Vaters hin senkte er den Kopf und hielt den Mund.

»Ich verstehe Eure Gefühle, Li Yüan«, antwortete ihm Tsu Ma und gab dem alten T'ang mit einem Lächeln zu verstehen, daß ihn der Einwurf seines Sohnes nicht verärgert hatte. »Aber Wang Sau-leyan darf einfach nicht gestattet werden, zu triumphieren. Auf diesem Weg scheint es so, als spielten wir ihm in die Hände.«

Li Shai Tung beobachtete ihn aufmerksam. »Dann gebt Ihr nicht Euer Einverständnis?«

Tsu Mas Lächeln wurde breiter. »Das wollte ich nicht damit sagen. Ich möchte nur auf die Logik hinweisen, die dieser Vorgehensweise zugrunde liegt. Ich werde allem zustimmen, was Ihr entscheidet, ältester Freund meines Vaters. Und nicht bloß aus Respekt vor meinem Vater. Ich weiß, Ihr würdet diesen Weg nicht einschlagen, wenn es einen anderen gäbe.«

Li Shai Tung lächelte, dann sah er in seinen Schoß. »Wenn Euch das beruhigt, Tsu Ma, ich werde euch nicht sagen, was ich sowohl Wu Shih wie Fei Yeng schon gesagt habe. Ich habe nicht vor, den Rat in dieser Angelegenheit zu hintergehen. Die ist lediglich eine Frage der Nachforschung. Eine Übung im Auffinden von Fakten, ehe ich meinen Fall dem Rat präsentiere. In der schriftlichen Darstellung des Projekts wird es lediglich darum gehen, ob die Verdrahtung der Bevölkerung von Chung Kuo technisch realisierbar ist. Auf tatsächliche Experimente wird sie nicht zu sprechen kommen. Schließlich würde es mir, einem T'ang, doch nicht gut zu Gesichte stehen, das Edikt zu brechen, nicht wahr?«

Tsu Ma lachte. »Nein, wirklich nicht. Aber sagt mir … wen habt Ihr als Projektleiter im Sinn? Es ist ein heikler Plan. Die Sicherheitsvorkehrungen müssen wasserdicht sein.«

»Da stimme ich Euch zu. Das ist der Grund, warum ich es Marschall Tolonen anvertraue.«

»Tolonen?« Tsu Ma überlegte, dann lächelte er. »Nun ja, ich denke mir, daß das sehr gut funktionieren könnte.«

Er sah dem alten T'ang ins Gesicht, und sie tauschten einen verständnisvollen Blick, der der Aufmerksamkeit des jungen Prinzen entging. Denn Tolonen würde dem Plan ablehnend gegenüberstehen. Wenn überhaupt jemand, dann konnte nur er dafür garantieren, daß die Sache unter Kontrolle blieb.

»Aber hört mir zu. Ich habe schon genug geredet, und Ihr wißt noch immer so wenig über den Plan selbst. Laßt Li Yüan nun für mich sprechen. Laßt ihn in dieser Angelegenheit meine Stimme sein.«

Tsu Ma warf dem jungen Mann einen interessierten Blick zu. Deshalb war er gekommen: um Li Yüans Vorschlag im Detail zu hören. »Sprecht«, sagte er und streckte, mit den Handflächen nach oben, die Linke aus. Eine breite Hand mit langen, von schweren Ringen umschlossenen Fingern. Durch die Lücken zwischen den Fingern stieg Rauch auf.

Li Yüan zögerte, dann sammelte er sich und begann Punkt für Punkt die Entdeckungen aufzuführen, die in verschiedenen Einrichtungen von SimFic gemacht worden waren: Entdeckungen, die gegen das Edikt verstießen; Dinge, die dazu bestimmt waren, den Sieben zu schaden, und nun zu ihrem Gebrauch bereit standen.

Tsu Ma hörte zu, zog gelegentlich an dem Zigarillo, und sein Lächeln wurde mit jedem Moment breiter. Schließlich lachte er und schlug mit den Händen auf die Oberschenkel.

»Fabelhaft! Wie ich's sage, einfach fabelhaft!« Er stand auf und ging um Fenster, um den Hang hinunterzusehen. »Ihr habt meine Zustimmung, Li Shai Tung. Mir gefällt dieser Plan. Er gefällt mir sogar sehr gut.«

Tsu Ma drehte sich um und sah den jungen Mann noch einmal an. Li Yüan lächelte breit, zufrieden mit sich, stolz auf seinen Plan und erfreut darüber, daß er Tsu Mas Billigung hatte. Tsu Ma erwiderte sein Lächeln und nickte, dann wandte er sich wieder dem Fenster zu.

Am Fuß des Hangs, auf der Terrasse über dem Zierteich, schritt eine Frau daher und blickte zum Haus zurück. Sie trug Reitzeug, und ihr langes, schwarzes Haar hing lose herunter. Sie war klein und zierlich, wie eine aus feinstem Porzellan gefertigte Göttin. Tsu Ma lächelte und sah weg, wandte sein Gesicht den beiden Männern zu, die sich mit ihm im Zimmer aufhielten.

»Ja«, sagte er, und das Lächeln wich nicht von seinen Lippen. »Er ist perfekt, Yüan. Einfach perfekt.«

* * *

»Wer ist das?«

DeVore wandte sich Lehmann zu und lächelte. »Sein Name ist Hung Mien-lo, und er war bis zu Wang Ta-hungs Tod kürzlich sein Kanzler.«

Lehmann betrachtete den Bildschirm, dann kehrte er ihm den Rücken zu und starrte DeVore an. »Und was macht er dort?«

Der Film war von DeVores Mann unter den *Ping Tiao* mit einer versteckten Kamera aufgenommen worden. Es zeigte ein Treffen, das Jan Mach an diesem Morgen veranstaltet hatte. Ein Treffen, das er unter größten Vorsichtsmaßnahmen vor den anderen *Ping Tiao*-Führern geheimgehalten hatte.

»Ich weiß es nicht. Aber in einem bin ich mir sicher. Er wäre nicht dort gewesen, wenn Wang Sau-leyan ihn nicht hätte dabei haben wollen. Deshalb ist die eigentliche Frage folgende: was will Wang Sau-leyan von den *Ping Tiao*?«

»Hung ist also der Mann des neuen T'ang?«

»Sieht so aus. Fischer, mein Mann in Alexandria, ist der Meinung, Sau-leyan sei nicht für den Tod seines Bruders verantwortlich gewesen, aber es gibt gute Gründe für die Annahme, Hung Mien-lo sei schon seit einiger Zeit sein Mann.«

»Und Mach? Warum hat er sich nicht mit den anderen beraten?«

»Das ist Machs Art. Es hat ihm nicht gefallen, als ich mich direkt an Gesell wandte. Wenn's nach ihm gegangen wäre, hätte er mich vorher überprüft, aber ich habe ihn ausgetrickst. So etwas mag er nicht. Es nagt an ihm. Er hat gern die Fäden in der Hand.«

»Aber Sie meinen, er wird mit Hung Mien-lo zusammenarbeiten?«

DeVore nickte. »Es ergibt Sinn. Wenn ich er wäre, würde ich dasselbe tun. Er wird aus dem T'ang herausholen, was er kann. Und er wird davon Gebrauch machen, um uns auf Distanz zu halten. Damit die *Ping Tiao* weniger abhängig von uns sind. Auf der anderen Seite wird er die Verbindung zu uns benutzen, um den T'ang auf Distanz zu halten. Das läuft darauf hinaus, daß die *Ping Tiao* nicht akzeptieren müssen, was eine von beiden Seiten ihnen vorschreibt. Es wird ihnen die Möglichkeit lassen, ab und zu nein zu sagen. Mach wird versuchen, die Abmachung mit uns vor dem T'ang geheimzuhalten, und umgekehrt. Er wird den Anschein zu erwecken versuchen, als käme die Veränderung – das Erstarken ihrer Positionen – aus den Reihen der *Ping Tiao* selbst.«

Lehmann schwieg nachdenklich. »Warum tötet er dann Hung Mien-lo nicht und hält Mach davon ab, seine Vereinbarung zu treffen? Es muß einen Grund geben.«

DeVore lächelte, zufrieden mit seinem jungen Leutnant. Es bereitete ihm stets Vergnügen, mit ihm seine Gedanken zu erörtern.

»Gibt es auch. Sehen Sie, Machs Plan funktioniert nur, wenn wir von der Rolle des T'ang in dem Ganzen nichts erfahren. Wenn wir uns von seinen Geschichten über die große *Ping Tiao*-Renaissance narren lassen. Oh, nach Helmstadt stehen die Dinge günstig für sie, daran gibt's keinen Zweifel, aber eine Abmachung mit dem T'ang könnte ihnen etwas geben, das ihnen fehlt. Etwas, das sie in Helmstadt nicht erbeutet haben. Finanzielle Mittel.«

»Und das wollen Sie wirklich? Sie wollen, daß sie unabhängig finanziert werden?«

»Nein. Nicht wenn das schon alles wäre. Aber ich habe nicht vor, mich mit ihnen aufs Feilschen einzulassen. Beim ersten Anzeichen dafür werde ich drohen, mich ganz zurückzuziehen. Das würde sie in eine schlimmere Position als vorher bringen, denn der T'ang hat ihnen nicht mehr zu bieten als Geld. Sie würden unsere Kontakte einbüßen, unsere Fachkenntnisse, unsere Schlachterfahrung. Und den Rest der Bremer Karte ...«

»Ich verstehe. Und dann ist da wohl noch die Frage, was sich Wang Sau-leyan davon verspricht?«

»Genau. Er würde es nicht riskieren, mit den *Ping Tiao* Kontakt aufzunehmen, wenn er nicht einen Plan im Kopf hätte. Ob T'ang oder nicht, wenn die anderen Mitglieder im Rat der Sieben von seiner Beteiligung erführen, wäre er tot.«

Lehmann warf einen Blick auf den Monitor. »Das ist eine Überlegung wert ...«

»Ja. Diese Möglichkeit besteht immer. Wenn sich das Ganze wirklich schlecht entwickelt und wir etwas brauchen, um die Sieben abzulenken.«

»Was haben Sie also vor?«

DeVore beugte sich vor und drückte auf die Schaltfläche, um den Bildschirm zu löschen. Sofort erschienen die Lichter wieder.

»Im Moment nichts. Mach trifft sich noch einmal mit Hung Mien-lo. Und zwar in zwei Wochen in Alexandria. Mein Mann wird dabei sein, um es für mich aufzunehmen. Es könnte interessant werden, meinen Sie nicht? Und – wer weiß? – vielleicht gibt Mach dem T'ang sogar das Ohr seines Vaters zurück.«

* * *

Die Nacht war klar und dunkel, der Mond eine scharfe Sichel im Nordosten, hoch über den fernen Umrissen der Berge. Es war eine warme Nacht. Gelächter schallte über das Wasser, während das lange, hochflankige Boot über den See trieb und die Laternen zu beiden Seiten leicht hin- und herschwangen.

Tsu Ma hatte darauf bestanden, sich an die Ruder zu setzen. Er pullte das leichte Gefährt unermüdlich durchs Wasser, ein Lächeln auf den hübschen Lippen, der Rücken gerade und aufrecht, und die Muskeln seiner Oberarme wölbten sich unter den Seidenärmeln wie die Flanken eines laufenden Pferdes. Li Yüan saß achtern hinter Tsu Ma und sah an ihm vorbei Fei Yen und ihre Cousine Yin Wu Tsai an.

Die beiden Mädchen hatten die Köpfe zusammengesteckt und kicherten hinter ihren Fächern. Es war Fei Yens Idee gewesen, ein Mitternachtspicknick zu veranstalten, und Tsu Ma hatte sich gefreut, als die beiden Mädchen mit Decken und einem Korb bei ihm erschienen waren und ihr Gespräch unterbrochen hatten. Die beiden Männer hatten gelächelt und gelacht und sich zum See hinausführen lassen.

Li Yüan grinste breit und genoß den Augenblick. Im vielfarbenen Licht der Laternen sah Fei Yen wundervoll aus, wie eine Märchenprinzessin oder ein mystisches Geschöpf, das jemand aus dem reichen Legendenschatz der Vergangenheit seines Volkes herbeigezaubert hatte. Die flackernden Lichtmuster ließen ihr

Gesicht geisterhaft erscheinen; wie etwas, das man im Traum flüchtig erblickte, das aber, wenn man näherkam oder es im Kerzenlicht näher betrachten wollte, verblaßte oder sich in seine ursprüngliche Form zurückverwandelte. Er lächelte über die Abwegigkeit dieses Gedankens, dann hielt er den Atem an, als er sah, wie ihre Augen funkelten, als sie über etwas lachte, das ihre Cousine ihr ins Ohr geflüstert hatte. Und dann warf sie ihm einen Blick zu, ein Lächeln in den dunklen Augen, und sein Blut drohte in seinen Adern zu kochen.

Er erschauderte vor ihrem Anblick. Sie gehörte ihm. *Ihm.*

Fei Yen drehte sich um, sah hinaus, dann wandte sie sich wieder um und beugte sich Tsu Ma entgegen. »Auf die Insel, Tsu Ma. Auf die Insel…«

Tsu Ma senkte den Kopf. »Was immer Ihr wünscht, meine Dame.«

Das Boot begann zu wenden. Hinter dem Tempel auf dem kleinen Hügel war der See geschwungen wie der Flügel einer Schwalbe. Nah der Flügelspitze befand sich eine winzige Insel, die über eine hölzerne Brücke mit drei Bögen zu erreichen war. Diener hatten sie bereits vorbereitet. Als sie die Spitze umruderten, konnten sie es deutlich sehen, die Brücke und die kleine, zweistöckige, von farbigen Laternen beleuchtete Pagode.

Li Yüan schaute bezaubert übers Wasser, dann sah er Fei Yen wieder an.

»Was ist das schön, du kluges Köpfchen. Wann hast du das alles geplant?«

Fei Yen lachte und senkte den Blick, sichtlich erfreut über sein Lob. »Heute nachmittag. Nach unserem Ausritt. Ich… ich hab's für unseren Gast gemacht, mein Mann.«

Tsu Ma verlangsamte für einen Moment seinen Ruderschlag und senkte vor Fei Yen den Kopf. »Ich bin tief gerührt, meine Dame. Ihr erweist mir große Ehre.«

Li Yüan beobachtete den Austausch der Höflichkeiten, die Brust vor Stolz auf seine Frau geschwellt. Wie klug von ihr, daran gedacht zu haben. Es war genau das Richtige. Der perfekte Ausklang für einen perfekten Tag. Etwas von der Art, woran ein Mann sich bis ans Ende seines Lebens erinnerte. Ja, er konnte es sich richtig vorstellen, wie er und Tsu Ma in vierzig Jahren auf der Terrasse über dem See standen und zurückblickten…

Sie war sogar so klug gewesen, eine Begleiterin für den T'ang bereitzustellen. Eine kluge, schöne Frau, die Tsu Ma sicher Freude bereitete. Hätte Fei Yen nicht in dem Boot gesessen, hätte er sich allerdings erlaubt zuzugestehen, daß auch Wu Tsai recht hübsch war.

Für einen Moment betrachtete er beide Frauen und verglich sie miteinander. Wu Tsai war größer als Fei Yen, ihr Gesicht, wie ihr Körper, länger und irgendwie grobschlächtiger, ihre Nase breiter, ihre Lippen voller, ihre Wangenknochen weniger zart, ihr Hals kräftiger, ihre Brüste unter der Seide ihrer Jacke stärker gewölbt. Doch es lag nur an dem Kontrast zu Fei Yen, daß einem diese Dinge überhaupt auffielen: als verkörpere sich in Fei Yen der Archetyp der Han-Schönheit und alle anderen, wie ansehnlich auch für sich genommen, seien nur eine blasse Kopie dieser Perfektion.

Die Insel rückte näher. Li Yüan beugte sich vor und erklärte Tsu Ma, wo er landen sollte. Dann wurde das Boot vertäut, und Tsu Ma half den Mädchen auf das hölzerne Pier. Als sie ausstiegen, schien das leise Rascheln ihrer Seidengewänder für einen kurzen Moment mit der seidigen Dunkelheit der Nacht und der Süße ihres Parfüms zu verschmelzen.

Sie setzten sich auf die Terrasse, wo Fei Yen sich daran machte, das Mitgebrachte auszubreiten, und Tsu Ma mit Wu Tsai locker plauderte. Li Yüan stand am

Geländer und blickte über die Dunkelheit des Sees hinaus. Sein Gefühl der Leichtigkeit, der inneren Ruhe brachte alle Gedanken in ihm zum Verstummen, so daß er eine Zeitlang nur noch das gedämpfte Murmeln der Stimmen hinter sich und das leise Plätschern des Wassers gegen die hölzernen Pfähle des Piers zu hören schien. Dann spürte er die leichte Berührung einer Hand auf seiner Schulter. Er drehte sich um und sah Fei Yen vor sich, die ihn anlächelte.

»Bitte, mein Mann. Komm, setz dich zu uns.«

Er legte die Arme um sie und senkte den Kopf, um ihre Lippen zu küssen, dann begleitete er sie und setzte sich zu ihnen. Fei Yen stand bei einem kleinen Tisch auf einer Seite und goß Wein aus einem Porzellankrug in drei Tassen; die erste bot sie dem T'ang an, die zweite ihrem Mann und schließlich eine ihrer Cousine. Dann erst verbeugte sie sich leicht und goß sich selbst etwas ein, bevor sie neben ihrem Mann Platz nahm.

Tsu Ma betrachtete sie beide, dann hob er seine Tasse. »Ihr seid ein glücklicher Mann, Li Yüan, eine solche Frau zu haben. Möge Eure Ehe mit vielen Söhnen gesegnet sein!«

Geschmeichelt senkte Li Yüan den Kopf. Aber es entsprach nur der Wahrheit. Er war wirklich glücklich. Er sah auf die Frau hinunter, die an seiner Seite kniete, und spürte, wie ihm seine Liebe für sie die Brust zusammenzog. *Ihm.* Die Hochzeit lag jetzt drei Tage zurück, und doch konnte er sie nicht ansehen, ohne daran zu denken. *Ihm.* Von allen Männern in Chung Kuo war nur ihm dieser Reichtum, dieses lebenslange Maß der Vollkommenheit zugestanden. Er zitterte, hob sein Glas und sah Tsu Ma wieder an.

»Auf unsere Freundschaft!« schlug er vor und begegnete Tsu Mas Blick. »Auf uns vier, wie wir heute abend hier beisammen sind, und auf unsere ewige Freundschaft!«

Tsu Ma beugte sich vor, und seine Zähne blitzten, als

er lächelte. »Ja. Auf unsere Freundschaft!« Er stieß seine Tasse gegen die von Li Yüan, dann hob er sie Wu Tsai und schließlich Fei Yen entgegen.

Fei Yen hatte unter ihren Augenwimpern aufgeblickt, in ihrer Haltung ein Inbegriff sittsamer, ergebener Weiblichkeit. Auf Tsu Mas Trinkspruch sah sie aber ruckartig zu Boden, als mache sie etwas verlegen. Doch es war nicht Verlegenheit, die sie den Blick abwenden ließ; es handelte sich um ein tieferes, stärkeres Gefühl; eines, das sie nicht nur vor dem aufmerksamen T'ang, sondern auch vor sich selbst zu verbergen versucht hatte. Sie wandte den Kopf und blickte zu Li Yüan auf.

»Möchte mein Mann noch etwas Wein?«

Li Yüan erwiderte ihr Lächeln auf seine freundliche und liebenswerte Art – ein guter Mann trotz seiner scheinbaren Kühle –, doch weder geriet ihr Blut bei seiner Berührung so in Wallung noch schlug ihr Herz dabei so heftig wie jetzt in der Gegenwart von Tsu Ma.

»Später, mein Liebling«, erwiderte Li Yüan. »Kümmere dich erst um unseren Gast. Tsu Mas Tasse ist fast leer.«

Sie senkte den Kopf und stellte ihre Tasse ab, um den Weinkrug zu holen. Tsu Ma hatte sich auf seinem Platz leicht umgedreht und saß jetzt so da, die gestiefelten Beine gespreizt, eine Hand auf dem Knie, in der anderen die Tasse. Als sie sich umdrehte und ihn in dieser Haltung sah, verschlug es Fei Yen den Atem. Es kam der Art so nahe, wie Han Ch'in immer dagesessen hatte, die kräftigen Beine arrogant gespreizt, die breiten Hände auf den Knien. Sie verneigte sich tief, versuchte ihre momentane Verwirrung zu verbergen und hielt den Krug vor sich hin.

»Nun ...?« Sie erschrak bei Li Yüans Aufforderung und verschüttete etwas Wein.

Tsu Ma lachte; ein weiches, großzügiges Lachen, so daß sie erneut zu ihm aufblickte und ihm in die Augen sah. Ja, es gab keinen Zweifel; er ahnte, was ihr durch den Kopf ging, und er war sich der Wirkung bewußt, die er auf sie hatte.

Sie goß den Wein ein, dann zog sie sich mit gesenktem Kopf zurück. Ihre Kehle war plötzlich ganz trocken, und ihr Herz pochte. Sie stellte den Krug an seinen Platz und setzte sich wieder zu Füßen ihres Mannes, doch sie nahm Li Yüan kaum noch wahr. Von einem zum anderen Moment hatte sich die ganze Welt verändert. Sie kniete dort mit gesenktem Kopf und versuchte das unvermittelte Zittern ihrer Hände und ihr heftiges Herzklopfen zu beruhigen, aber der Anblick seiner bestiefelten Füße unter dem Tisch hielt ihren Blick gefangen. Sie starrte sie wie gebannt an, und der Klang seiner Stimme war wie eine Droge, die ihre Sinne betäubte.

Wu Tsai flirtete mit Tsu Ma, beugte sich ihm entgegen, und ihre Worte und Gesten hatten eine unmißverständliche Bedeutung, aber Fei Yen bemerkte, wie sehr ihre Bemühungen um ihn ihre Wirkung verfehlten. Er lehnte sich an Wu Tsai, lachte, lächelte, spielte das uralte Spiel mit Leichtigkeit und Charme, doch im Mittelpunkt seiner Aufmerksamkeit stand Fei Yen. Sie spürte, wie sein Körper sich unmerklich auf sie zu bewegte; wie er mit scheinbar höchster Beiläufigkeit darum bemüht war, sie in alles einzubeziehen, was gesagt wurde. Und Li Yüan? Er merkte nichts davon. Er war, als ob das arme Kind noch schliefe, gefangen in seinem Traum von der wahren Liebe.

Sie sah weg und war sich plötzlich schmerzhaft dessen bewußt, was sie dachte. Li Yüan war ihr Ehemann, und eines Tages würde er selbst T'ang sein. Er verdiente ihre Treue an Leib und Seele. Und doch…

Sie erhob sich leise und ging in die Pagode, um einen Moment später mit einer *P'i p'a* zurückzukommen, der uralten viersaitigen Laute in der Form einer riesigen Träne.

»Was ist los?« fragte Li Yüan und drehte sich zu ihr um.

Sie stand mit gesenktem Kopf da. »Ich dachte, es würde euch Freude bereiten, etwas Musik zu hören.«

Li Yüan drehte sich um und warf Tsu Ma einen Blick zu. Der T'ang lächelte und nickte unmerklich. Aber statt die Laute ihrer Cousine zu reichen, wie Li Yüan erwartet hatte, nahm Fei Yen Platz, hielt die Laute aufrecht im Schoß und fing an zu spielen.

Li Yüan saß still da, fasziniert von der Flüssigkeit ihres Spiels, von den flinken, sicheren Bewegungen ihrer Finger über die Saiten, von den kleinen leidenschaftlichen Kopfbewegungen, während sie dem Nichts die Melodie abrang. Er erkannte das Lied. Es war der *Kan Hua Hui,* der ›Blumenmarkt‹, eine süße, muntere Weise, deren Spiel einiges Geschick verlangte. Als sie fertig war, lachte sie kurz auf und beugte den Kopf. Li Yüan wollte gerade etwas sagen, sie loben, da fing sie wieder an – diesmal ein langsameres, besinnlicheres Stück.

Es war *Yueh Erh Kao,* ›Der Mond im Zenit‹.

Li Yüan zitterte, sah über die Dunkelheit des Sees hinweg, und das Herz schlug ihm plötzlich bis zum Hals. Es war wunderschön: als seien die Noten winzige silberne Fische, die durch die Dunkelheit schwammen. Als das Spiel schneller und komplizierter wurde, wurde sein Blick wieder von ihrem Gesicht angezogen, und er sah, daß sie die Augen fast geschlossen hatte, ihr ganzes Sein sich nun auf das Lied konzentrierte, auf die Bewegungen ihrer Finger über die Saiten. Es erinnerte ihn an jenen Augenblick vor vielen Jahren, als sie den Bogen gespannt und gezielt hatte; wie ihr Körper ein Teil des Bogens zu werden schien und wie es, als sie den Pfeil endlich losgelassen hatte, den Anschein erweckte, als sei ein Teil von ihr mit aufs ferne Ziel zugeflogen.

Li Yüan atmete langsam, und seine Lippen öffneten

sich fassungslos. Und Han war tot, und sie gehörte ihm. Und noch immer drehte sich das große Rad ...

Schließlich war es vorbei. Eine Zeitlang sagte niemand etwas. Dann beugte sich Wu Tsai vor, nahm ihre Tasse vom Tisch, lächelte und sah Tsu Ma von der Seite an.

»Meine Cousine ist sehr begabt«, sagte sie. »Es geht in unserer Familie die Legende, daß den Göttern an jenem Tag, als Fei Yen geboren wurde, ein Irrtum unterlaufen ist; daß Yin Tsu eigentlich einen weiteren Sohn zur Welt bringen sollte. Aber etwas ging durcheinander, und obwohl sie die Seele eines Mannes erhielt, bekam sie den Körper einer Frau.«

Fei Yen hatte kurz aufgesehen, nur um den Blick gleich wieder abzuwenden, doch ihr Lächeln gab deutlich zu verstehen, daß sie die Geschichte schon oft gehört hatte und sich nicht von ihr beleidigt fühlte. Tsu Ma wandte sich dennoch Wu Tsai zu, um Fei Yen gleich zu verteidigen.

»Wie ich aus dem, was ich sehe, schließen kann, haben die Götter, wenn überhaupt, nur einen kleinen Fehler gemacht. Fei Yen ist nämlich nicht ganz perfekt...«

Fei Yen sah ihm einen Moment in die Augen und reagierte auf seinen scherzhaften Ton. »Nicht ganz, *Chieh Hsia?*«

»Nein...« Er hielt seine Tasse hin. »Denn sie hätten Euch eine Zwillingsschwester schaffen sollen. Eine, um meine Tasse zu füllen, während die andere spielt.«

Alle lachten. Aber als Fei Yen Anstalten machte, aufzustehen und ihm nachzuschenken, nahm Tsu Ma den Krug und machte selbst die Runde, um ihre Tassen zu füllen.

»Das wär's!« sagte er dann und setzte sich wieder. »Jetzt kann ich wieder zuhören!«

Fei Yen nahm den Wink an, richtete die *P'i p'a* in

ihrem Schoß auf und fing nach einem Moment der Konzentration an zu spielen. Diesmal war es ein Lied, das noch keiner von ihnen gehört hatte. Eine seltsame, melancholische Melodie. Und während sie spielte, sang sie in hohem Alt.

»Ein hübsches Paar weißer Gänse
Zu zweit, zu zweit, fern vom staubigen Chaos
Die Schwingen umschlungen, spielen sie im hellen Sonnenschein
liebkosende Hälse durchpflügen die blauen Wolken
Mit Netzen gefangen oder getroffen von vertäuten Pfeilen
werden Henne und Hahn eines Tages zur Dämmerung getrennt
Traurige Echos treiben Flußbiegungen hinunter,
einsame Schreie tönen von Flußufern.
›Ja, ich sehne mich nach meinem früheren Gefährten,
doch deinetwegen werde ich meine Schar nicht finden.‹
Tropfen um Tropfen vergießt sie Tränen.
›Tausend Meilen werde ich auf dich warten!‹
Wie glücklich macht die junge Liebe,
wie traurig eine lebenslange Trennung.
Klammern wir uns an hundert Jahre, die uns bleiben
setzen wir jedem Augenblick nach,
wie Gras auf einem einsamen Hügel, das weiß
daß es verdorren und sterben muß.«

Li Yüan stand ganz im Bann dieses Liedes, wie gelähmt von dem Schmerz in ihrem Gesicht, während sie sang, und wunderte sich, daß er sie bisher noch nie singen gehört hatte – daß er diese Talente nie bei ihr vermutet hätte. Als sie fertig und die Laute verstummt war, sah er zu Tsu Ma hinüber und bemerkte, wie der T'ang dasaß, den Kopf gesenkt, die Hände fest verschränkt, als sei er bekümmert.

Tsu Ma blickte auf, Tränen verschleierten seinen Blick, und seine Stimme klang weich. »Das war wunderschön, Lady Fei. Wohl das Schönste, was ich je gehört habe.«

Fei Yen senkte den Blick, die *P'i p'a* locker an ihre Brüste gelehnt, ihre ganzer Leib nach vorn gesackt, als habe sie sich mit dem Lied völlig verausgabt. Sie nahm die Worte des T'ang mit einer leichten Kopfbewegung zur Kenntnis; dann stand sie auf und drehte sich mit einer Verbeugung vor Tsu Ma und ihrem Mann um und ging in die Pagode zurück.

»Nun ...«, sagte Tsu Ma und sah Li Yüan direkt an. »Was soll ich sagen, mein Freund? Ihr ehrt mich mit diesem Abend. Das meine ich ehrlich.«

»Ihr mich ebenso, Tsu Ma. Dies ist ein denkwürdiger Abend gewesen.«

Tsu Ma lehnte sich zurück. »Das ist wahr.« Er zitterte, dann schien er wieder zu sich zu kommen und lächelte. »Aber ich merke schon, ich vernachlässige Lady Wu.« Er wandte sich Wu Tsai zu, und sein Lächeln wurde breiter. »Spielt Ihr auch ein Instrument, meine Lady?«

Li Yüan lächelte, als er merkte, daß Tsu Ma ihm zu verstehen geben wollte, er solle seiner Frau nachgehen. Mit einer Verbeugung vor seinen Gästen zog er sich zurück. Aber Fei Yen hielt sich nicht in der Pagode auf. Er stand einen Moment in dem leeren Raum und runzelte die Stirn, weil er nur das Gelächter draußen von der Terrasse hörte. Dann hörte er, daß sie von der anderen Seite der Pagode leise nach ihm rief.

* * *

Sie schlenderten über die Brücke. Er hatte ihr einen Arm um die Schulter gelegt und drückte ihren schmächtigen, warmen Körper fest an seine Seite. Die Nacht ringsum war mild und dunkel und angenehm, doch die Terrasse war leer, die Pagode auch. Li Yüan sah sich verwirrt um, dann erstarrte er, als er unweit Wasser plätschern hörte.

Er kauerte sich hin, als ihm die Gefahr bewußt wurde. »Versteck dich hinter mir, Fei Yen!« sagte er leise, aber streng und zog den Dolch aus seinem Stiefel.

Schallendes Gelächter tönte vor ihnen aus der Dunkelheit; reich und tief und voller Wärme. Li Yüan entspannte sich. Es war Tsu Ma.

»Bei allen Göttern! Was macht Ihr da?«

Tsu Ma trat ins Licht der Laternen. Er war naß bis zur Brust, und das Haar klebte ihm feucht an der Stirn.

»Schwimmen«, antwortete er. »Es ist schön. Das Wasser ist viel wärmer, als ich erwartet habe.«

»Und die Lady Wu? Ist sie zurückgegangen?«

Zur Antwort hörten sie ein Plätschern zu ihrer Linken und ein zweites Auflachen.

»Ihr zwei solltet auch reinkommen!« rief sie. »Es ist wundervoll!«

Li Yüan sah sich verwundert um.

Tsu Ma sah es und lachte. »Wenn Ihr unsere Kleider sucht, sie liegen im Boot. Es war Lady Wus Idee. Sie hat mir erzählt, es gäbe Fische im See, und das wollte ich mit eigenen Augen sehen.«

»Und gab es welche?« Es war Fei Yen. Sie war an Li Yüans Seite getreten und sah Tsu Ma an. Er stand aufrecht im Wasser, und seine breite Brust glitzerte feucht im vielfarbigen Licht.

»Nur einen Aal«, antwortete Wu Tsai, kam näher, und ihre nackten Schultern ragten aus dem Wasser. »Einen ziemlich steifen kleinen Aal ...«

»Wu Tsai!« protestierte Fei Yen, aber selbst Li Yüan lachte jetzt.

»Man sagt, der Gott Kung-kung[2], der die große Flut gebracht hat, sei ein Aal gewesen«, erklärte Tsu Ma und schöpfte Wasser über seine Brust und seine Arme, als wasche er sich. »Ein Riesenaal. Aber hört zu, ihr zwei, wenn ihr euch nicht zu uns gesellen wollt, dann sollten wir uns vielleicht euch anschließen. Li Yüan ... würdet Ihr bitte Eure Augen bedecken, während die Lady Wu aus dem Wasser steigt und unsere Kleider holt?«

»Natürlich ...« Li Yüan drehte sich um und hörte das Kichern, das hinter seinem Rücken weiterging, als Fei Yen ihrer Cousine zu Hilfe eilte.

»Gut«, sagte Wu Tsai schließlich. »Ihr könnt Euch jetzt umdrehen, Prinz Yüan.«

Er drehte sich wieder um. Wu Tsai kniete im Boot und schnürte ihr Seidengewand. Sie blickte zu ihm auf und grinste. »Ihr hättet zu uns kommen sollen.«

Er zögerte, weil er merkte, daß Tsu Ma, der wenige Schritte weiter nackt im Wasser stand, und Fei Yen, die neben dem Boot hockte, ihn beobachteten.

»Es wäre nicht richtig gewesen ...«

Wu Tsai zuckte die Achseln und stieg ans Ufer. »Ich dachte, wir hätten angestoßen.« Ihre Augen funkelten schelmisch. »Ihr wißt doch, ewige Freundschaft und all das ...«

Tsu Ma watete durchs Wasser, bis er knapp vor der steil abfallenden Uferböschung stand. Als er redete, legte er beide Hände flach auf die Steinfliesen am Flußufer. »Prinz Yüan hat recht, Lady Wu. Verzeiht mir, ich habe nicht nachgedacht. Es wäre höchst ... unpassend gewesen.«

Wu Tsai schob sich herausfordernd an Li Yüan vorbei, dann blickte sie sich zu Fei Yen um und lächelte. »Ich dachte nur, es hätte Spaß gemacht, mehr nicht. Mal was anderes.«

Li Yüan fuhr wütend herum und starrte sie finster an, dann schluckte er die bissige Entgegnung, die ihm in den Sinn gekommen war, und wandte sich Fei Yen zu.

Sie stand mit gesenktem Kopf da, in vollkommen demütiger Haltung.

Er trat einen Schritt auf sie zu, eine Hand drohend erhoben. »Begreifst du nicht, wie falsch es gewesen wäre?«

Sie hob den Kopf und sah ihm unterwürfig in die Augen. »Natürlich, mein Mann.«

Er ließ sich Zeit, wieder Atem zu fassen, dann drehte er sich um und sah zum T'ang hinüber. »Und Ihr, Tsu Ma? Was ist Euer Wunsch? Sollen wir uns in die Pagode zurückziehen, während Ihr Euch anzieht?«

Tsu Ma lachte. Sein Körper war eine dunkle, kräftige Gestalt im Wasser. »Bei allen Göttern, nein, Yüan. Das wäre zuviel des Guten. Ich glaube, ich werde zurückschwimmen. Ein wenig auf dem Rücken treiben und zu den Sternen aufschauen.«

Yüan senkte den Kopf. »Natürlich. Wie Ihr wünscht. Aber was werdet Ihr tun, wenn Ihr ans andere Ufer kommt?«

Aber Tsu Ma hatte sich schon abgewandt und watete ins tiefere Wasser hinaus. Er rief seine Antwort, während er von der Dunkelheit verschluckt wurde. »Nun, dann werde ich aus dem Wasser steigen, Yüan! Was sollte ich sonst tun?«

* * *

Um elf Uhr am nächsten Morgen stand Tolonen am Westfenster im Zimmer der fünf Richtungen im Ostpalast von Tongjiang und sah über die Gärten hinweg zum See. Er war kurzfristig zu diesem Treffen bestellt worden. Das war für sich genommen nichts Ungewöhnliches; aber zum erstenmal hatte man ihm nichts über den Anlaß dieses Treffens mitgeteilt. Es war dies – das Gefühl, unvorbereitet zu sein –, das ihn so unruhig machte; immer wieder drehte er sich um und sah ungeduldig ins Zimmer.

Er hatte vor dem großen Spiegel am anderen Ende des Zimmers innegehalten und strich gerade den Kragen seiner Uniformjacke glatt, als sich hinter ihm die Tür öffnete. Er drehte sich um und erwartete Li Shai Tung, aber es war der Prinz Li Yüan, der eintrat.

»Prinz Yüan«, sagte er und verbeugte sich.

Li Yüan trat näher und bot dem Marschall mit einer großzügigen Geste Platz an. »Danke, daß Sie gekommen sind, Knut. Mein Vater wird sich später zu uns gesellen.«

Tolonen verbeugte sich erneut, dann nahm er Platz und starrte unmißverständlich auf die Mappe auf Li Yüans Schoß. »Nun, Yüan, was ist das?«

Li Yüan lächelte. Die Derbheit des Alten amüsierte ihn – eine Eigenart, die mit jedem Jahr ausgeprägter geworden war.

»Mein Vater hat mich gebeten, mich mit Ihnen über eine bestimmte Angelegenheit zu unterhalten. Wenn ich fertig bin, wird er kommen und selbst mit Ihnen reden. Aber was ich zu sagen habe, hat seine volle Zustimmung. Sie können alle Fragen – oder Einwände – an mich richten, so als sprächen Sie zu meinem Vater.«

»Einwände?« Tolonen hob das Kinn. »Wenn Li Shai Tung seine Zustimmung gegeben hat, warum sollte ich Einwände haben? Er hat eine Arbeit für mich, stimmt's?«

»Eine Aufgabe, um es so auszudrücken. Etwas, um das Sie sich kümmern sollten.«

Tolonen nickte. »Ich verstehe. Und worin besteht diese Aufgabe?«

Li Yüan zögerte. »Möchten Sie eine Erfrischung, solang wir uns unterhalten?«

Tolonen lächelte. »Danke, Yüan, aber nein. Wenn Euer Vater nicht wünscht, daß ich hierbleibe, muß ich in drei Stunden in Nanking sein, um Major Karr zu treffen.«

»Natürlich. Dann wollen wir fortfahren. Es wäre vielleicht das beste, wenn Sie keine weiteren Fragen stellen, bevor ich fertig bin. Einiges davon ist ziemlich kompliziert. Und bitte, zeichnen Sie es auf, wenn Sie wünschen.«

Tolonen senkte den Kopf, dann drehte er seine rechte Handfläche nach oben und tippte den Befehl flink in das Gitter aus fleischfarbenen Bläschen an seinem Handgelenk. Als er das getan hatte, lehnte er sich zurück und ließ den jungen Prinzen reden.

Li Yüan beobachtete den Marschall, während er sprach, und zog die Mappe auf seinem Schoß kaum zu Rate, außer um ihr ab und zu eine Grafik zu entnehmen und sie Tolonen zu reichen. Ihm entging kein Stirnrunzeln, kein verwirrter Blick, kein verräterisches Zwinkern oder Blinzeln im Gesicht des alten Mannes; er versuchte aus allem auf die Tiefe seiner Gefühle zu schließen.

Tolonen hatte während der ausgedehnten Darlegung nicht gelächelt. Er saß da mit grimmigem Gesicht, und umklammerte mit der Linken die Armlehne seines Stuhls. Aber als Yüan fertig war, senkte er den Blick und gab einen schweren Seufzer von sich.

»Kann ich jetzt reden, Yüan?« fragte Tolonen mit schmerzerfülltem Blick und todernster Miene.

»Natürlich. Wie ich schon sagte, reden Sie zu mir, als sei ich mein Vater. Offen, wie es Ihnen in den Sinn kommt.«

Obwohl er gut vorbereitet war, spürte Li Yüan, wie es ihm plötzlich den Magen zusammenzog. Er respektierte Marschall Tolonen außerordentlich; er war im Schatten des alten Mannes aufgewachsen. Aber in dieser Sache, das wußte er, hatten sie unterschiedliche Standpunkte.

Tolonen starrte ihn an und nickte, die Lippen fest aufeinandergepreßt, der Blick seiner grauen Augen aus einem wie in Granit gemeißeltem Gesicht. Schließlich gab er mit einem dumpfen Räuspern zu verstehen, daß er die Dinge lange genug durchdacht hatte, und fing an.

»Ihr habt mich gebeten, offen zu reden. Doch ich habe das Gefühl, ich kann das nicht tun, ohne Euch anzugreifen, Li Yüan. Das ist Eure Absicht, nehme ich an?«

Li Yüan spürte das enorme Gewicht seiner Autorität auf sich lasten, aber er straffte sich dagegen und zwang sich, ihr entgegenzutreten.

»Ganz recht.«

»Ich verstehe. Und doch verlangt Ihr von mir – im Wortlaut Eures Vaters –, Euch zu antworten. Offen ... Unumwunden ...« Er seufzte. »Also schön. Ich finde Euren Plan widerwärtig.«

Li Yüan zitterte, bewahrte aber eine gleichmütige Miene. »Ich auch, Marschall Tolonen. Ich auch. Es ist nichts, was ich gern tun möchte.«

»Warum dann?«

»Weil es keine andere Möglichkeit gibt. Keine, die nicht noch mehr Gewalt, noch mehr Blutvergießen auslösen würde, das wir ohnehin schon mitansehen müssen.«

Tolonen senkte den Blick. Erneut gab er ein tiefes Räuspern von sich. Dann blickte er wieder auf und schüttelte den Kopf. »Nein. Selbst wenn das Schlimmste eintreten sollte, das ist kein Weg für uns. Menschen etwas in den Kopf einzupflanzen. Sie zu verkabeln und wie Maschinen zu behandeln. O nein ... nein ...«

Er beugte sich vor, und sein Gesicht zeigte plötzlich und unerwartet einen Ausdruck heftigster Leidenschaft. »Ich weiß, was ich bin, Li Yüan. Ich weiß, was ich im Dienst meines T'ang zu tun habe. Und manchmal verbringe ich schlaflose Nächte. Aber das ... das ist etwas ganz anderes. Es wird den Menschen ihre Freiheit nehmen.«

»Nicht nur die Illusion von Freiheit?«

Tolonen tat den Einwand mit einem ungeduldigen Wink ab. »Es ist keine Illusion, Prinz Yüan. Die Freiheit, sich zu entscheiden – zwischen dem Guten und dem Bösen –, das ist etwas Reales. Und das Mandat des Himmels – jene moralischen Kriterien, nach denen ein T'ang als guter oder schlechter Herrscher beurteilt wird –, das ist auch etwas Reales. Wenn wir es verlieren, haben wir nichts mehr. Zumindest nichts, was sich zu erhalten lohnt.«

Li Yüan beugte sich vor. »Das glaube ich nicht. Wenn ein Mensch schlecht ist, kann es doch nichts Schlechtes sein, wenn er einen Draht im Kopf hat – der die Folgen seiner Schlechtigkeit einschränkt. Und wenn ein Mensch gut ist ...«

Tolonen unterbrach ihn. »Ihr, ich, Euer Vater – wir sind gute Menschen. Wir handeln, weil wir handeln müssen – zum Wohl aller. Doch wenn wir diese Erde verlassen haben, was dann? Wie können wir sicherstellen, daß jene, die Chung Kuo nach uns regieren, auch gute Menschen sein werden? Wie können wir ihre Motive sicherstellen? Ihr könnt Euch denken, daß ich Euch darauf folgende Antwort geben würde. Es kommt nicht darauf an, ob der Mensch mit dem Draht in seinem Kopf gut oder schlecht ist. Es kommt auf die moralische Qualität des Menschen an, der die Drähte wie zehn Milliarden Fäden in der Hand hält. Wird er die Puppen zum Tanzen bringen? Oder wird er sie in Frieden lassen?«

Li Yüan lehnte sich langsam zurück und schüttelte den Kopf. »Sie reden von Diktatur, Marschall Tolonen. Aber wir sind die Sieben.«

Tolonen wandte den Kopf zur Seite und hatte eine seltsame Bitterkeit im Blick. »Ich rede von Dingen, die kommen werden – ob in zehn oder zehntausend Jahren.« Er sah Li Yüan wieder an, seine grauen Augen voller Traurigkeit. »Ob Euch oder mir das gefällt, die Geschichte lehrt uns eines – daß nichts für die Ewigkeit ist. Die Dinge verändern sich.«

»Sie waren einmal anderer Ansicht. Ich habe Sie

selbst so reden gehört, Knut. Waren Sie es nicht, der einmal gesagt hat, wir sollten einen großen Damm gegen die Flut der Veränderung errichten?«

Tolonen nickte, plötzlich nachdenklich geworden, und seine Lippen formten ein trauriges Lächeln. »Ja... aber *das*!«

* * *

Nachdem der Prinz gegangen war, saß er noch eine Weile so da und starrte auf seine Hände. Er würde es tun. Natürlich. Hatte ihn nicht sein T'ang gebeten, sich der Sache anzunehmen? Dennoch fühlte er sich schwermütig. War der Traum also gestorben? Die große Vision einer Welt des Friedens – einer Welt, wo ein Mann seine Ebene finden und ohne Sorge und Not seine Familie ernähren konnte. Und war dies das erste Anzeichen des bevorstehenden Alptraums? Der großen, alles umschließenden Dunkelheit?

Er dachte immer wieder an Jelka und an die Enkel, die er eines Tages haben würde. Welch eine Welt würden sie vorfinden? Konnte er es ertragen, sie verkabelt zu sehen – der beiläufigsten Laune ihrer Herren und Meister wehrlos ausgeliefert? Er knirschte mit den Zähnen, so sehr schmerzte ihn dieser Gedanke. Hatte sich so viel verändert, daß selbst er – der Eckpfeiler – an ihrem Weg zu zweifeln begann?

»Knut?«

Er hob den Kopf, dann stand er hastig auf. Er war so in Gedanken versunken, daß er den T'ang nicht hatte eintreten hören.

»*Chieh Hsia!*« Er senkte ehrerbietig den Kopf.

Li Shai Tung setzte sich auf den Platz, wo eben noch sein Sohn gesessen hatte, schwieg und musterte seinen Marschall. Dann beugte er sich, mit einem vagen Kopfnicken, als sei er zufrieden mit dem, was er gesehen hatte, Tolonen entgegen.

»Ich habe alles gehört, was zwischen Ihnen und meinem Sohn gesagt worden ist.«

»Ja, *Chieh Hsia*.«

»Und ich bin dankbar für Ihre Offenheit.«

Tolonen sah ihm unerschrocken in die Augen. »Es war nur meine Pflicht, Li Shai Tung.«

»Ja. Aber es gab einen Grund dafür, erst Yüan mit Ihnen reden zu lassen. Verstehen Sie, auch wenn er mein Sohn ist und auf seine Weise sehr besonnen und klug, ist er doch noch jung. Zu jung vielleicht, um zum Kern der Dinge vorzustoßen: dem Platz von *Li* und *Ch'i*[3] in unserer großen Welt; das delikate Gleichgewicht zwischen der formenden Kraft und der passiven Substanz.«

Tolonen runzelte die Stirn und senkte leicht den Kopf. »Ich fürchte, ich kann Euch nicht folgen, *Chieh Hsia*.«

Der T'ang lächelte. »Nun, Knut, ich möchte es ganz einfach ausdrücken, und ich erwarte von Ihnen, daß Sie meinem Sohn nichts davon sagen. Ich habe seinen Plan genehmigt, aber das heißt nicht, daß er je in die Tat umgesetzt wird. Haben Sie mich verstanden?«

»Nicht ganz, mein Gebieter. Ihr meint, Ihr laßt Li Yüan nur seinen Willen?«

Li Shai Tung zögerte. »In gewisser Weise ja, ich glaube, man könnte das so ausdrücken. Aber diese Idee ist tief in Yüan eingegraben. Ich habe sie keimen und wachsen gesehen bis zum jetzigen Zeitpunkt, da sie sein Denken beherrscht. Er glaubt, er kann die Welt nach seinen Vorstellungen formen; daß sein Plan die Antwort auf alle Fragen sein wird.«

»Und Ihr meint, er irrt sich?«

»Ja.«

»Warum ermutigt Ihr ihn dann? Warum leistet Ihr seinem Wahnsinn durch Eure Zustimmung Vorschub?«

»Weil Yüan eines Tages T'ang sein wird. Wenn ich mich ihm jetzt entgegenstellte, wird er eben nach meinem Tod auf seinen Plan zurückkommen. Und das wäre verhängnisvoll. Es würde ihn in Konflikte stürzen, nicht bloß mit den übrigen T'ang, sondern mit einem Großteil der Oberen. Also ist es doch wohl besser, wenn er sein Blut davon reinigt, solang er noch Prinz ist, nicht? Damit er selbst entdeckt, daß es falsch ist.«

»Vielleicht...« Tolonen atmete tief ein. »Aber wenn Ihr mir verzeiht, *Chieh Hsia,* ist das nicht ein gewagtes Spiel? Was ist, wenn diese ›Heilung‹ ihn nur noch mehr ermutigt? Ist das nicht denkbar?«

»Ja. Deshalb habe ich Sie hergebeten, Knut. Deshalb möchte ich, daß Sie das Projekt beaufsichtigen. Sie sollen als Dämpfer für die Ambitionen meines Sohnes wirken und das Ganze in Grenzen halten... Und es zum Scheitern bringen, wenn es sein muß.«

Tolonen starrte seinen T'ang an, und nur langsam erhellte das Begreifen seine Miene. Dann lachte er. »Ich verstehe, *Chieh Hsia*... Jetzt wird mir alles klar!«

Li Shai Tung erwiderte sein Lächeln. »Gut. Wenn Tsu Ma von seinem Ausritt zurück ist, werde ich ihm also sagen, daß Sie den Posten übernommen haben, einverstanden?«

Tolonen senkte den Kopf, und plötzlich war die ganze Last von seinem Herzen genommen. »Es wäre mir eine Ehre, *Chieh Hsia*. Eine große Ehre.«

* * *

Fünfzehn *li* nördlich von Tongjiang, am Rande des großen T'ang-Guts befanden sich die Ruinen eines alten buddhistischen Klosters, das bis in die Zeit der großen Sung-Dynastie zurückreichte. Sie standen auf den Vorbergen des Ta Pa Shan und erstreckten sich als drei Ebenen zinnoberroter Gebäude den Hang hinauf – der einst elegante Schwung ihrer graugedeckten Dächer zerschmettert wie zersprungene Münder, ihr

Mauerwerk im Verfall begriffen, ihre Schwellen bedeckt mit Unkraut und herabgefallenem Mauerwerk. Sie standen schon seit mehr als zweihundertvierzig Jahren so da, Opfer der großen *Ko Ming*-Säuberungsaktionen der 1960er Jahre, und ihr Verfall war mit der Zeit zu einem natürlichen Prozeß geworden – ein Teil der kahlen, melancholischen Landschaft, die sie umgab.

Auf dem Hang unterhalb des Gebäudes stand die Ruine einer uralten moosbedeckten Stupa, deren flaches, schweres Fundament abblätterte und zerkrümelte und deren in den Fels geschnittene Stufen zersprungen und teilweise abgebrochen waren. Es war ein großer, bauchiger Bau mit einer schmalen, wie aus einer nachträglichen Laune heraus unordentlich aufgesetzten Spitze. An den Stellen, wo der Verputz von der sanften Mittelrundung abgeblättert war, zeigte sich das Mauerwerk.

In ihrem Schatten, in einem Viereck aus orangefarbenem Mauerwerk, teils verborgen von hohem Gras, befand sich ein kreisrunder Teich. Es war einst ein Brunnen gewesen, der dem Kloster diente, doch als die Roten Garden gekommen waren, hatten die Mönche ihn fast bis zum Rand mit zertrümmerten Skulpturen gefüllt, und jetzt reichte das Wasser – das durch einen unterirdischen Fluß von den Hügeln heruntergeleitet wurde – bis zum Rande des Brunnens. Mit dem Tauwetter im Frühling oder wenn es über dem Ta Pa Shan heftig regnete, lief der Brunnen regelmäßig über und machte aus dem Gelände südwestlich von ihm einen kleinen Sumpf. Im Moment allerdings war das Land trocken, der Teich spiegelglatt, und das Moos an den Skulpturen unter der Wasseroberfläche verlieh ihm eine lebhafte grüne Färbung wie angelaufene Bronze.

Der Himmel darüber war von einem kalten, metallischen Blau, während sich im Norden, über den Bergen, schwarz und dicht Sturmwolken zusammenballten und die am weitesten entfernten Gipfel in tiefe Schatten tauchten.

Nach Süden hin fiel das Land zunächst gemächlich, dann schroff ab. Ein steiler Pfad führte in ein schmales, tiefeingeschnittenes Tal hinab, durch das ein klarer, reißender, doch seichter Fluß in die Ebenen darunter strömte.

Am südlichen Ende des Tals, wo der Himmel heller war, erschien gerade ein Reiter, der die Zügel seines schwarzen Pferdes straff hielt und seinen Kopf zur Seite zog, als es langsamer wurde und schließlich zum Stehen kam. Wenige Augenblicke später überquerte ein zweiter Reiter die Felszunge und brachte sein Pferd neben dem ersten zum Halt. Sie lehnten sich nah zusammen, dann ritten sie wieder an, sahen sich um, und der erste von ihnen deutete zu dem verfallenen Kloster hinauf.

»Was ist das?« fragte Fei Yen und blickte zu der Stelle hinauf, auf die Tsu Ma deutete. »Sieht sehr alt aus.«

»Ist es auch. Li Yüan hat mir gestern davon erzählt. Hier lebten einmal zweihundert Mönche.«

»Mönche?«

Er lachte und drehte sich in seinem Sattel, um sie anzusehen. »Ja, Mönche. Aber kommt. Reiten wir hinauf. Ich erklär's Euch, wenn wir da sind.«

Sie senkte den Blick und lächelte, dann trieb sie ihr Pferd vorwärts und folgte ihm aufmerksam, während er den steilen Pfad hinaufzureiten begann, der in den Überhang geschnitten war. Sein Pferd mußte sich sehr ins Zeug legen, um den Anstieg zu bewältigen.

Es war schwierig. Wenn es geregnet hätte, wäre es unmöglich gewesen, auf Pferden hinaufzuklettern, aber er schaffte es. Mit einem Sprung vom Pferd kam er zurück, stand oben am Pfad und sah zu ihr herab.

»Steigt ab, und ich werde Euch helfen. Ihr könnt Euer Pferd auch dort lassen, wenn Ihr wollt. Es wird nicht weit weglaufen.«

Statt zu antworten gab sie ihrem Pferd die Sporen, zwang es den Pfad hinauf, und Tsu Ma wich erschrocken zurück, als sie ankam.

»Na also!« rief sie, riß das Pferd heftig herum und beugte sich vor, um seinen Hals zu streicheln. »So schwierig war's doch nicht...«

Sie bemerkte, wie er sie ansah, doch auch, daß Besorgnis seine Bewunderung verdunkelte, und blickte rasch weg. Den ganzen Morgen über hatte diese Spannung zwischen ihnen bestanden; ein Gefühl, daß etwas unausgesprochen blieb; daß gewisse Gesten zwischen ihnen noch nicht erfolgt waren. Es hatte unter der steifen Förmlichkeit ihrer Unterhaltung gelauert wie Feuer unter Eis und war von Zeit zu Zeit in einem Blick, einem kurzen Zögern, einem verräterischen Lächeln an die Oberfläche gedrungen.

»Ihr solltet vorsichtiger sein«, sagte er, kam näher und streckte die Finger aus, um nur eine Handlänge von ihrem Knie entfernt die Flanke des Pferdes zu streicheln. »Ihr seid eine gute Reiterin, Lady Fei, aber ich würde Euch nicht empfehlen, ein solches Kunststück ein zweites Mal zu versuchen.«

Sie sah mit trotzigem Blick auf ihn herab. »Weil ich eine Frau bin, meint Ihr?«

Er erwiderte ihr Lächeln, eine seltsame Härte im Blick, dann schüttelte er den Kopf. »Nein. Weil Ihr eine *so* gute Reiterin auch wieder nicht seid. Und weil ich für Euch verantwortlich bin. Was soll Euer Mann sagen, wenn ich Euch in Einzelteilen zurückbringe?«

Fei Yen schwieg. Ja, was würde er sagen? Sie lächelte. »In Ordnung. Ich werde mich in Zukunft zusammenreißen.«

Sie stieg ab und merkte plötzlich, wie nah er ihr war, so nah, wie an diesem ganzen Morgen noch nicht, und als sie sich umdrehte, stand er vor ihr und sah mit einem seltsamen Ausdruck in den Augen auf sie herab. Für einen Augenblick stand sie da und sagte nichts, wartete auf ihn und wußte nicht, was er tun würde. Der Augenblick schien sich endlos auszudehnen, während sein Blick über ihr Gesicht, ihren Hals und ihre Schultern wanderte und zu ihren Augen zurückkehrte. Dann wandte er sich mit einem leisen Lachen ab und ließ sie wieder atmen.

»Kommt!« sagte er knapp und entfernte sich den Hang hinauf von ihr. »Sehen wir uns die Gegend an!«

Sie beugte sich einen Moment nach vorn und strich den Staub von ihren Kleidern, dann richtete sie sich auf, und ihr Blick folgte ihm.

»Ihr habt mich gefragt, was Mönche waren«, sagte er, drehte sich um und wartete, bis sie zu ihm aufschloß. »Aber das ist schwer zu erklären. Es gibt heute nichts mehr wie sie. Nicht seit Tsao Ch'un sie alle vernichtet hat. Es gibt natürlich einige Ähnlichkeiten mit den Neukonfuzianischen Beamten – sie waren ähnlich gekleidet, in safranfarbenen Roben, und hatten ähnliche Rituale und Zeremonien –, aber in jeder anderen Hinsicht waren sie vollkommen anders.«

Sie schloß zu ihm auf. »Wie anders?«

Er lächelte und stieg weiter gemächlich den Hang hinauf, wobei er sich die ganze Zeit umsah, den Anblick der Ruinen, der fernen, wolkenverhangenen Berge und der beiden Pferde, die knapp unter ihnen grasten, in sich aufnahm. »Nun, sagen wir, daß sie einen seltsamen Glauben hatten. Und daß sie von diesem Glauben ihr Leben formen ließen – als ob ihr Leben selbst nichts zählte.«

»Was für eine Art Glauben?«

»Oh ...« Er senkte den Blick und betrachtete sein Spiegelbild in dem Teich, erahnte dabei die vagen, moosbedeckten Umrisse unter dem oberflächlichen Bild. »Daß jeder von uns nach seinem Tod in einer anderen Gestalt wiedergeboren wird. Als ein Schmetterling vielleicht, oder als Pferd.«

»Oder als Mensch?«

»Ja...« Er blickte zu ihr auf und lächelte. »Stellt Euch sich das vor! Endlose Zyklen der Wiedergeburt. Und jede neue Gestalt ist ein Spiegelbild unseres Verhaltens im vorigen Leben. Wenn man böse gewesen ist, kehrt man vielleicht als Insekt zurück.«

»Und wenn man gut war, als T'ang?«

Er lachte. »Vielleicht... aber vielleicht auch nicht. Sie haben solchen Dingen wie Macht und Herrschaft geringe Bedeutung zugemessen. Woran sie glaubten, war Reinheit. Für sie war nichts anderes wichtig, als den Geist von seiner irdischen Schwäche zu befreien. Und eben deshalb – weil jedes neue Leben eine neue Chance bedeutete, rein zu leben –, glaubten sie, daß alles Leben heilig sei.«

Ein Weg führte von der Stelle hinauf, wo sie standen. Seine Fliesen waren verwittert und zerbrochen, und da und dort behinderten Moos und Unkraut das Fortkommen. Sie gingen weiter und folgten ihm bis zum ersten der verfallenen Gebäude. Zu beiden Seiten lagen große Klumpen Mauerwerk im hohen Gras, zwischen ihnen Teile umgestürzter Skulpturen.

Fei Yen blieb in der Tür stehen und blickte zu ihm auf. »Hört sich so an, als seien sie ganz nett gewesen. Warum hat Tsao Ch'un sie vernichtet?«

Er seufzte, dann trat er in den tiefen Schatten im Innern. »Das ist eine schwierige Frage, meine Lady. Um das zu verstehen, müßt Ihr wissen, wie die Welt vor Tsao Ch'un ausgesehen hatte. Wie geteilt sie war. Wie viele verschiedene Religionen es gab, und daß sich jede im Besitz der ›Wahrheit‹ glaubte.«

Sie stand da und sah zu ihm herein. »Ich habe meine Lektionen in Geschichte gelernt. Ich habe von dem Jahrhundert der Rebellionen gelesen.«

»Ja...« Er warf ihr über die Schulter einen Blick zu, dann wandte er sich ab und sah in die Runde, über den zerschmetterten Boden, an die rauchgeschwärzten Wände und die eingebrochene Decke des Raums, in dem er sich befand. All dem haftete ein muffiger, säuerlicher Geruch an, ein Geruch von Verfall und großem Alter. Es schien hier viel kälter als im Freien zu sein. Er drehte sich wieder um und schüttelte den Kopf. »Oberflächlich betrachtet schienen die Buddhisten die beste aller religiösen Gruppierungen zu sein. Sie waren friedlich. Sie führten keine großen heiligen Kriege im Namen ihres Religionsstifters, noch verfolgten sie diejenigen, die nicht ihrer Ansicht waren. Aber letztendlich waren sie ebenso schlimm wie alle anderen.«

»Warum? Wenn sie niemanden bedrohten …«

»Aber das taten sie doch. Ihre bloße Existenz war eine Bedrohung. Dies hier … das war nur eins von vielen tausend Klöstern überall in Chung Kuo. Und dazu ein kleines. Einige Klöster beherbergten zehn-, zwanzigtausend Mönche, von denen viele bis weit in ihr achtes oder neuntes Lebensjahrzehnt dort lebten. Stellen Sie sich all diese Männer vor, die Staaten und Prinzen verachteten, vom Land nahmen – aßen, tranken, ihre Tempel und ihre Statuen bauten, ihre Bücher und ihre Betpflaster anfertigten – *und nichts zurückgaben*. Das war das Bedrohliche an ihnen. Es wirkte alles so harmlos, so friedlich, aber in Wirklichkeit war es höchst heimtückisch – eine entkräftende Krankheit, die den Leib der Gesellschaft verkrüppelte und ihm wie ein Krebs das Leben aussaugte.«

Tsu Ma sah sich um, plötzlich voller Zorn, und all die Verschwendung sprang ihm ins Auge. Jahrhunderte der Verschwendung. »Sie hätten so viel tun können. Für die Kranken, die Armen, die Obdachlosen, aber derlei würdigten sie keine Aufmerksamkeit. Ihre einzige Sorge bestand darin, sich von irdischen Sehnsüchten zu befreien. Schmerz und Leid – was bedeutete Leid für sie, es sei denn als ein Weg zur Reinheit?«

»Dann meint ihr, Tsao Ch'un habe ein Recht gehabt, sie zu vernichten?«

»Ein Recht?« Er ging zu ihr hinüber. »Ja, ich glaube, das hatte er. Nicht bei allem, was er tat. Aber in diesem Fall … ja. Es ist besser, die Massen zu ernähren, zu kleiden und zu beherbergen, als sie verrotten zu lassen. Besser, ihnen hier ein gutes Leben zu verschaffen, als sie in der vagen Hoffnung auf ein besseres Leben nach dem Tod leiden zu lassen.«

Er legte seine Hand auf den gewölbten Stein der Säule, beugte sich über Fei Yen und starrte finster auf sie hinab, leidenschaftlicher als sie ihn je erlebt hatte. Sie senkte den Blick, und ihr Puls beschleunigte sich.

»Und das glaubt Ihr?« fragte sie leise. »Daß wir nur dieses eine Leben haben? Und nichts danach?«

»Glauben wir das nicht alle? Im Grunde unseres Herzens?«

Sie erschauderte, dann blickte sie auf und sah ihm in die Augen. »Ein Leben?«

Er zögerte und kniff die Augen zusammen, dann streckte er die Hand aus und streichelte mit den Fingerspitzen ihre Wangen und ihren Hals.

»Tsu Ma …«

Er zog seine Hand ruckartig zurück. »Verzeiht mir, ich …« Er starrte sie an, sein Blick verwirrt und schmerzerfüllt. »Ich dachte …« Er sah zu Boden und schüttelte den Kopf, dann drängte er sich an ihr vorbei.

Draußen verfinsterten Wolken den Himmel. Ein Wind war aufgekommen, der am Gras zerrte und die Oberfläche des Teichs kräuselte. Tsu Ma kniete an seinem Rand nieder. Seine Brust hob und senkte sich schwer, und seine Gedanken waren in Aufruhr. *Ein Leben …* Was konnte sie sonst damit gemeint haben? Was wollte sie von ihm?

Er drehte sich um, als er sie näher kommen hörte.

»Es tut mir leid …«, begann sie, aber er schüttelte den Kopf.

»Es war ein Fehler, das ist alles. Wir sind, was wir sind, nicht?«

Sie starrte ihn an. Die plötzliche Grobheit seiner Worte tat ihr weh. Sie hatte ihn nicht verletzen wollen.

»Wenn ich frei wäre…«

Er schüttelte den Kopf, das Gesicht plötzlich häßlich und der Blick bitter. »Aber das seid Ihr nicht. Und der Prinz ist mein Freund, nicht?«

Sie wandte das Gesicht von ihm ab, dann ging sie weg. Das Gewitter hatte sie inzwischen fast erreicht. Ein dichter, verwirbelter Nebel lag auf den Hügeln hinter den Ruinen, und der Geruch des Windes ließ bereits den Niederschlag erahnen, der folgen sollte. Der Himmel verdunkelte sich von Sekunde zu Sekunde.

»Wir gehen besser zurück«, sagte sie und drehte sich um. Aber er schien die herannahende Dunkelheit nicht zu bemerken. Er hatte nur Augen für Fei Yen. Sie erschauderte. Hatte er sich in sie verliebt? Lag es daran? Und sie hatte geglaubt…

Langsam stand er auf, streckte seinen starken, kraftvollen Körper, als sei er gerade aus einem tiefen Schlaf erwacht. Dann wandte er sich von ihr ab und schritt den Hang hinunter zu den Pferden.

* * *

Auf dem Flug nach Nanking hörte Tolonen die Aufnahme ab. Die Worte klangen deutlich durch seinen Kopf. Als er seine eigene Stimme noch einmal hörte, bemerkte er das Unbehagen und die Bitterkeit, die in ihr mitschwang, und fragte sich, was Li Yüan daraus geschlossen haben mochte. Prinz Yüan war ein kluger junger Mann, daran gab es keinen Zweifel; deshalb durchschaute er wahrscheinlich, warum der T'ang lieber ihn zum Aufseher des Projekts ernannt hatte statt jemanden, der mehr davon hielt. Vielleicht lag es daran, daß sie vieles ungelöst und ihr Gespräch in einer Sackgasse hatten enden lassen. Aber hatte er das andere geahnt? Wußte er, wie sehr seinem Vater seine Pläne widerstrebten?

Tolonen seufzte, dann lächelte er, als er an das bevorstehende Wiedersehen dachte. Er hatte Karr seit mehr als drei Jahren nicht gesehen; zuletzt an dem Tag, als er im November '03 aus Nanking abgereist war. Und nun kehrte Karr als Triumphator zurück, und seine erfolgreiche Suche nach Berdichow und seine anschließende Liquidierung rechtfertigten ohne Einschränkung das Vertrauen, das sie in ihn gesetzt hatten.

Tolonen beugte sich vor und sah durch das Bullauge hinaus. Der Raumhafen lag noch weit vor ihnen, eine gewaltige Vertiefung inmitten des glazialen Eisplateaus – um deren Außenrand die Stadtgrenze eine gewaltige Mauer bildete. Selbst aus dieser Entfernung konnte er die über eine Fläche von zwanzig *li* im Durchmesser ausgebreiteten Landeplattformen erkennen, die an ihrem südlichsten Ende an den Hsun-Wu-See[4] grenzten, während im Nordosten die Biegung des uralten Jangtse eine natürliche Barriere bildete, wie ein riesiger Graben von zwei *li* Breite. Und genau im Mittelpunkt des großen eingesunkenen Kreises stand wie eine ungeheure, doch schmale, auf ihrer Spitze balancierte Nadel der Kontrollturm. Tolonen hatte bei diesem Anblick gemischte Gefühle. Das letzte Mal, als er hergereist war, um jemanden vom Mars zu begrüßen, hatte es sich um DeVore gehandelt; bevor er es gewußt hatte; bevor Han Ch'in, der Sohn des T'ang, gestorben war und sich alles verändert hatte.

Aber diesmal erwartete er Karr. Und Karr sollte der Falke sein, den er auf seine Beute hetzen wollte. Deshalb war es wohl recht passend, daß es hier, in Nanking, beginnen sollte, wo DeVore zum erstenmal durchs Netz geschlüpft war.

Zehn Minuten später war er gelandet und saß einem

jungen diensthabenden Hauptmann gegenüber, während sie mit dem Schnelltransporter weiterfuhren, der die Stadt mit dem Raumhafen verband. Es ging hier sehr unbequem zu. Unbequemer, als er es in Erinnerung hatte. Man hatte alle Transitflüge zum Hafen verboten. Nur ankommende oder abfliegende Raumfahrzeuge waren in seinem Luftraum zugelassen. Jedes andere Fluggerät wurde sofort ohne Warnung abgeschossen. Dies war also der einzige Weg – unter dem Hafen hindurch.

Karrs Schiff legte gerade an, als Tolonen in dem hermetisch abgeschlossenen Wagen in die Landebucht hinausfuhr. Es herrschte ein ohrenbetäubender Lärm. Er spürte in den Knochen die Vibrationen, die das winzige Gefährt erschütterten, in dem er festgeschnallt war, und er fürchtete, es könnte unter der Belastung in Teile zerbrechen. Dann verebbte der Lärm zu einem immer tieferen Heulen. Mit einem Zischen und einem Aufglühen von Licht öffnete sich vor ihnen ein Tor, und das Fahrzeug schlüpfte hindurch, um in eine große, tiefe Grube einzufahren, in deren Mitte die flache, abgerundete Masse des interplanetaren Raumschiffs stand.

Er konnte die *Tientsin*[5] deutlich durch die transparenten Wände des Wagens erkennen. Ihre Unterseite glühte, und große Dunstringe wanden sich in die kalte Luft über ihnen empor. Das Gleis machte eine scharfe Kurve und führte seinen Wagen halb um das Schiff, ehe er langsamer wurde und zum Stehen kam. Wachen nahmen sich seiner an, halfen ihm hinaus und traten mit gesenktem Kopf zurück, während er seine Beine ausstreckte und sich umsah.

Er lächelte, drehte sich um und betrachtete das Raumschiff. Es hatte den langen Weg vom Mars hinter sich. Wie ein großer schwarzer Stein war es auf dem großen *Wei Chi*-Brett von Chung Kuo eingeschlagen. Karr. Er sah den großen Mann vor sich, wie er Berdichow hochhob und ihm das Genick brach, ein schnelles, sauberes Ende machte. Tolonen rümpfte die Nase. Ja, in dieser Hinsicht waren er und Karr sich ähnlich. Sie begriffen, wie die Dinge auf dieser Ebene funktionierten. Es nützte nichts, mit seinen Feinden umzugehen, wie man mit seinen Freunden umging. Es hatte keinen Sinn, sich an Spielregeln zu halten, gegen die die Gegenseite ständig verstieß. Im Krieg mußte man völlig rücksichtslos vorgehen, durfte keine Zugeständnisse machen – es sei denn, Zugeständnisse bereiteten den Weg zum Sieg.

Während er es betrachtete, fuhr ein r-förmiger Portallift auf seinen Schienen auf das Raumschiff zu und heftete sich an eine Ausstiegsöffnung an seiner Außenseite. Tolonen ging darauf zu und blickte sich immer wieder um, als rechnete er aus Gewohnheit selbst hier mit einem Angriff.

Karr saß, mit zwanzig oder dreißig anderen zusammengepackt, im ersten Lift. Als der Käfig herabsank, hob Tolonen die Hand zum Gruß, blieb aber dort stehen, wo er war, ein Stück entfernt von den anderen, die dort warteten – die Wartungscrew, Zivilpersonal und Wachen. Karr trug eine kleine Aktentasche, die an seinen Arm gekettet war. An der Schranke stand er als erster in der Reihe und hielt seinen Dreifach-A-Paß zur Überprüfung hin. Dennoch dauerte es drei bis vier Minuten, ehe er durchgelassen wurde.

Die beiden Männer begrüßten sich herzlich. Tolonen drückte den großen Mann fest an sich.

»Es tut gut, Sie zu sehen, Gregor. Sie haben da draußen gute Arbeit geleistet. Ich bin stolz auf Sie!«

»Danke, Sir. Sie sehen gut aus.«

Tolonen nickte, dann deutete er auf die Aktentasche. »Aber was ist das? Bezahlen wir Ihnen so wenig, daß Sie jetzt als Kurier arbeiten müssen?«

Karr beugte sich zu ihm herunter und senkte die Stimme. »Es ist mein Geschenk für den T'ang. Ich wollte nichts davon sagen, bevor ich zurück bin. Sie wissen ja, wie das ist.«

Tolonen seufzte. »Das weiß ich nur zu gut. Aber sagen Sie mir doch, was es ist.«

Karr lächelte. »Berdichows Akten. Seine persönlichen Aufzeichnungen. Natürlich verschlüsselt, aber ich bin mir sicher, daß wir sie knacken können. Wenn sie das sind, was wir glauben, können wir die Dispersionisten endgültig abservieren.«

»Nur wenn's nicht schon jemand getan hat.«

Karr kniff die Augen zusammen. »Die Morde an den Verwaltungsbeamten, meinen Sie?«

»Ja. Es ist eine der Theorien, an denen wir arbeiten. Das ist der Grund, warum ich wollte, daß Sie dem jungen Ebert die Untersuchung abnehmen. Sie haben die richtige Nase dafür.«

»Hmmm ...« Karr senkte den Blick. »Ich habe die Akten gelesen.«

»Und?«

»Sie ergeben keinen Sinn. Es paßt nichts richtig zusammen. Gute und böse Menschen. Es wirkt fast zufällig. Bis auf das ganze Timing.«

»Ja. Aber es muß eine Verbindung geben.«

»Vielleicht ...« Karrs Gesicht verfinsterte sich für einen Moment, dann heiterte es auf. »Aber wie geht's Ihrer lieben Tochter? Sie war eine kleine Wildkatze!«

Tolonens Gesicht erstrahlte. »Bei allen Göttern, Gregor, Sie sollten Sie jetzt mal sehen. Wie Lu Man ist sie. Eine richtige kleine Krieger-Prinzessin. Ja ... Sie müssen unbedingt kommen und eine Weile mit uns trainieren!«

Karr verbeugte sich tief. »Es wäre mir eine große Ehre.«

»Gut, dann wollen wir ...«

Tolonen hielt inne. Ein Mann stand unmittelbar zu Karrs Rechter. Karr bemerkte das Zucken in Tolonens Augen und fuhr herum, doch dann entspannte er sich und lächelte.

»Erster Advokat Kung!« Karr verbeugte sich knapp und streckte seine Linke aus, um die Hand zu schütteln, die ihm der Advokat entgegenstreckte. »Ich hoffe, es läuft alles gut für Sie.«

»Danke, Major. Und was Ihre eigenen Unternehmungen betrifft... Ich hoffe, Sie werden erfolgreich ausgehen.«

Der Advokat zögerte und warf Tolonen einen Blick zu. Karr erkannte, was sein Zögern bedeutete und holte die Vorstellung sofort nach.

»Verzeihen Sie mir. Advokat Kung, das ist Marschall Tolonen, Vorsitzender des Rats der Generäle.«

Tolonen nahm die Verbeugung des Advokaten mit einem gezwungenen Lächeln zur Kenntnis. Er kannte dieses Spiel zu gut, um sich in einem Netz der Verbindlichkeiten zu verstricken.

»Freut mich, Ihre Bekanntschaft zu machen, Marschall Tolonen«, sagte Kung und verbeugte sich erneut. Dann drehte er sich um und schnippte mit den Fingern. Sofort trat sein Leibdiener heran und übergab ihm einen kleinen Koffer. »Wie auch immer, Sie waren es, Major Karr, den ich sehen wollte. Ich bin sehr dankbar für Ihre Gastfreundschaft an Bord des Schiffs und möchte Ihnen ein kleines Zeichen meiner Wertschätzung überreichen.«

Tolonen lächelte innerlich. Er würde Karr hinterher kurz erklären müssen, wie er sich in einer solchen Situation verhalten mußte, damit der Advokat Kung nicht bis zum Gehtnichtmehr Gefälligkeiten von ihm verlangen konnte, indem er das Bedürfnis des Majors ausnutzte, nicht sein Gesicht zu verlieren.

»Danke, Advokat, aber...«

Karr sah den Koffer zu Boden fallen, Kung seine Handfeuerwaffe heben und mit beiden Händen den Griff packen, und reagierte sofort, indem er Tolonen mit ausgestrecktem Arm wegstieß, so daß der alte Mann zu Boden ging. Es war keinen Moment zu früh.

Der Entladung aus der großen altmodischen Waffe war ohrenbetäubend. Aber er holte bereits mit dem Koffer aus und zielte auf den Kopf des Advokaten. Er spürte den Aufprall und setzte mit einem Tritt in den Magen nach. Kung stürzte zu Boden und lag reglos da.

Ringsum schrien Menschen durcheinander. Der Diener war auf seine Knie gesunken, hatte den Kopf auf den Boden gepreßt, und sein ganzer Körper zitterte sichtlich. Er hatte mit dem versuchten Attentat ganz offensichtlich nichts zu tun. Karr fuhr herum und suchte nach weiteren Attentätern, und als er zufrieden feststellte, daß keine da waren, sah er zu Tolonen hinunter.

Karr ließ sich auf ein Knie nieder. »Verzeihen Sie, Marschall, ich...«

Tolonen tat seine Entschuldigung mit einem Wink ab und rang sich keuchend eine Antwort ab. »Sie... haben mir das... Leben gerettet.«

»Ich hätte das nicht für möglich gehalten. Er war Chefadvokat auf dem Mars. Ein hochangesehener Mann.«

»Major!« rief jemand hinter Karr. Er drehte sich um. Es war einer der für den Raumhafen zuständigen Hauptmänner des Sicherheitsdienstes.

»Was ist los?« antwortete er und sah zu der Stelle hinüber, wo der Hauptmann über dem Hingestreckten kniete.

»Er hat keinen Puls mehr.«

Karr ging hinüber, kniete sich neben Kung und untersuchte den Advokaten. Es stimmte. Kung war tot. Doch die Wunden am Kopf und am Bauch waren geringfügig. Wenn er *beabsichtigt* hätte, den Mann zu töten...

Er sah sich zu Tolonen um und runzelte die Stirn. »Was ist, Sir?«

Tolonen starrte den Leichnam mit weit aufgerissenen Augen an. Als Karr ihn ansah, erschauderte der alte Mann. »Bei allen Göttern…«, sagte er leise. »Es ist einer von ihnen.«

Karr starrte ihn an, und als er begriff, weiteten sich seine Augen. »Eine Kopie…« Er drehte sich um und sah zu dem Diener hinüber. Der Mann war auf die Beine gestellt worden und wurde von zwei Männern des Sicherheitsdienstes festgehalten. Er hatte den Kopf vor Scham gesenkt, und seine Hände zitterten vor Furcht.

»Du da!« fuhr Karr ihn an, stand auf und ging zu ihm. »Sag mir, und sag's mir sofort: ist dir eine Veränderung an deinem Herrn aufgefallen? Irgend etwas Ungewöhnliches?«

Der Mann schüttelte den Kopf. »Nichts, verehrter Herr. Glauben Sie mir. Ich habe nichts von seinem Vorhaben gewußt.«

Karr musterte den Mann, dann schickte er die Wachen mit einem Wink weg. »Bringt ihn weg und verhört ihn. Was immer es kostet, ich will die Wahrheit aus ihm rauskriegen.« Er drehte sich wieder um. Eine der Wachen half Tolonen beim Aufstehen.

Tolonen drehte sich um, lächelte dankbar und streckte die Hand aus. »Geben Sie mir Ihr Messer, Sergeant.«

Der Wachmann tat wie ihm geheißen, dann trat er zurück und sah zu, wie Tolonen auf den Leichnam zuhinkte.

Er sah Karr in die Augen. »Wenn er wie die anderen ist…« Karr nickte. Sie erinnerten sich beide an den Tag, als Han Ch'in ermordet worden war, an das Team künstlicher Menschen, die vom Mars gekommen waren, um ihn zu töten. Und jetzt waren sie wieder da. Eine zweite Welle vielleicht? Tolonen kniete neben dem Leichnam nieder und setzte die Klinge an seine Flanke.

»Moment«, sagte Karr und trat an die andere Seite von Kung. »Ich mach das schon.«

Wenn er wie die anderen war, würde er an der Brust

eine Metallplatte haben. Der echte Kung war dann wohl schon vor Monaten umgebracht worden.

Tolonen gab Karr das Messer, dann hockte er sich auf die Fersen und rieb sich die Rippen, einen Anflug von Schmerz im Gesicht. »Gut. Sehen wir, womit wir es zu tun haben.«

Karr schlitzte den Uniformrock des Advokaten auf, entblößte die Haut, dann beugte er sich direkt über den Körper und grub die Klinge tief ins Fleisch der Leiche und zog sie durch den Brustkorb.

Aus der Wunde quoll Blut und strömte die Seiten der Leiche hinunter. Damit hatten sie nicht gerechnet. Aber da war etwas anderes. Keine Platte, wie sie beide erwartet hatten, aber etwas Kleineres, Weicheres. Karr schob das Messer darunter und hob es heraus. Es war ein Beutel. Ein kleiner schwarzer Beutel, der nicht größer als eine Kinderfaust war. Karr runzelte die Stirn, dann gab er ihn Tolonen.

Tolonen wischte ihn an seinem Ärmel ab, dann drehte er ihn um und betrachtete ihn. Er sah wie ein gewöhnlicher Lederbeutel aus; von der Art, in denen man Tabak aufbewahrte. Er zögerte. Was war, wenn es sich um eine Bombe handelte? Er sollte sie den Experten übergeben. Aber er war ungeduldig, mehr zu erfahren, denn dieser Mensch – und es gab keinen Zweifel, daß es ein Mensch gewesen war – hätte ihn um ein Haar umgebracht. So knapp war das gewesen.

Vorsichtig drückte er die beiden Kanten des Beutels zusammen. Die Öffnung des Beutels klaffte auf. Er griff mit zwei Fingern hinein und fischte das Ding darin heraus.

Er starrte es an, dann gab er es Karr. Er hatte es gewußt. In dem Moment, als er es öffnete, hatte er gewußt, was er darin finden würde. Einen Stein. Einen einzelnen weißen *Wei Chi*-Stein. Wie eine Visitenkarte. Damit der T'ang wußte, wer den Advokaten umgebracht hatte.

Tolonen sah Karr in die Augen und lächelte bitter.
»DeVore. Das war DeVores Werk.«
Karr senkte den Blick. »Ja, und wenn er das hört, wird er enttäuscht sein. Sehr enttäuscht.«
Tolonen grübelte, dann sah er Karr an. »Etwas stimmt hier nicht, Gregor. Mein Instinkt sagt mir, daß er etwas vorhat. Solang wir hier sind und von dieser Sache abgelenkt werden. Ich muß zurückfliegen. Sofort. Jelka ...«
Karr berührte ihn am Arm. »Wir machen uns gleich auf den Weg.«

* * *

DeVore drehte sich in seinem Stuhl um und sah seinem Leutnant entgegen.
»Was ist los, Wiegand?«
»Ich dachte mir, Sie sollten es wissen, Sir. Der Han hat versagt. Marschall Tolonen ist noch am Leben.«
»Aha ...« Er drehte sich um, starrte zum Fenster hinaus und gab dem Mann damit deutlich zu verstehen, daß er auf seine Anwesenheit keinen weiteren Wert legte. Eine Zeitlang saß er vollkommen ruhig da und beobachtete die langsame Bewegung der Wolke über den fernen Gipfeln. Die feinen Büschel der Cirrus sahen vor dem tiefen Blau des Himmel wie zarte federartige Gebilde aus. Schließlich drehte er sich wieder um.
Er lächelte. Ebenso wie Wiegand würden sie alle glauben, daß er versucht habe, Tolonen umzubringen, aber das hatte er gar nicht beabsichtigt. Ein Mord an ihm hätte ihn nur zu einem Märtyrer gemacht und die Sieben gestärkt. Nein, er hatte vor, Tolonen zu vernichten. Tag für Tag. Immer ein wenig mehr.
Ja. Tolonen hatte sicher den Stein gefunden. Und jetzt wußte er wohl, daß dies sein Werk war.
Hinter einer der deckenhohen Wandkarten in seinem Zimmer befand sich ein geheimer Aufzug. Er be-

nutzte ihn, um ins Zentrum des Labyrinths hinabzufahren. Unten erlaubte ihm ein Einwegspiegel einen Blick in den Korridor draußen. Er versicherte sich, daß sich niemand dort aufhielt, dann trat er hinaus. Er mußte fünfzig *ch'i* durch den Korridor gehen, um links am Ende einer aus dem umgebenden Fels gehauenen Sackgasse das Zimmer zu erreichen.

An der Tür hielt er inne und zog eine kleine Lampe aus der Tasche, mit der er die beiden Schlösser untersuchte. Es schien sich niemand daran zu schaffen gemacht zu haben. Zufrieden tippte er die Kombinationen ein und hielt sein Auge vor die vertieft angebrachte Platte. Die Tür sprang mit einem Zischen auf.

Das Mädchen schlief. Sie lag mit dem Gesicht nach unten auf ihrem Feldbett, und ihr langes aschblondes Haar war über ihre nackten Schultern ausgebreitet.

Er hatte sie in einem der abgelegenen Dörfer gefunden. Die äußere Ähnlichkeit war ihm sofort ins Auge gesprungen. In ihrem damaligen Zustand hätte sie natürlich niemanden getäuscht, doch achtzehn Monate guten Essens und Chirurgie von Expertenhand hatten sie verwandelt und die tausend *Yüan*, die er für sie bezahlt hatte, zu einer lächerlich geringen Investition gemacht. In ihrer jetzigen Gestalt war sie eine, vielleicht zehn Millionen wert.

Er schloß die Tür, ging zur ihr und zog vorsichtig, um sie nicht zu wecken, die Decke zurück und enthüllte ihren kräftigen Rumpf und den eleganten Schwung ihres Rückens. DeVore betrachtete sie einen Moment lang, dann berührte er sie und schüttelte sie, bis sie aufwachte, sich umdrehte und zu ihm aufblickte.

Sie sah ihr so ähnlich. So sehr, daß selbst ihr ›Vater‹ Schwierigkeiten gehabt hätte, sie von der echten zu unterscheiden.

DeVore lächelte und streichelte zärtlich ihr Gesicht

mit dem Handrücken, um zu erleben, wie sie sich dankbar gegen ihn preßte. Ja. Sie war jetzt fast bereit.

»Wer bist du?« fragte er sanft. »Sag mir deinen Namen.«

Sie zögerte, dann sah sie ihm wieder in die Augen. »Jelka«, sagte sie. »Mein Name ist Jelka Tolonen.«

* * *

Jelka trat gerade nach Siangs Kehle, als die gegenüberliegende Wand nach innen gedrückt und Rauch und Schutt über die Übungsfläche geblasen wurden.

Die Druckwelle warf sie um, aber sie rollte sich ab und stand sofort wieder. Sie sah mit einem Blick, daß Siang tot war. Aus seinem Rücken ragten mächtige Splitter.

Sie kamen durch die Rauch gelaufen: drei Männer in schwarzen Haftanzügen, die ihre Gesichter unter Gasmasken verbargen. Ihre Köpfe ruckten hin und her, und ihre Waffen suchten nach einem Ziel.

Ping Tiao-Attentäter. Das war ihr sofort klar. Und sie handelte entsprechend ...

Ein Überschlag nach hinten, dann ein einhändiger Griff nach dem Übungstau, während sie mit der anderen nach der Sprossenwand tastete.

Der mittlere Attentäter feuerte in dem Moment, als sie sich fallenließ. Unmittelbar neben ihr splitterte Holz. Sie mußte nur eine Minute überleben, dann wäre Hilfe hier.

Eine Minute. Das war zu lang. Sie würde angreifen müssen.

Sie ging zu Boden und kroch auf dem Bauch, dann stand sie wieder und sprang hoch in die Luft, höher als je zuvor in ihrem Leben, und rollte sich zu einem kleinen Ball zusammen. Alle drei feuerten jetzt, aber der dichte Rauch verwirrte sie; sie konnten durch ihre Masken nicht richtig sehen.

Sie warf sich hinter Siang erneut zu Boden und holte kurz Luft, bevor sie sich umdrehte und nach oben trat.

Einer der Männer stürzte mit gebrochenem Bein hin. Sie hörte ihn schreien, und ihr Blut drohte in den Adern zu gerinnen. Die beiden anderen fuhren herum und feuerten wieder. Siangs Leichnam zuckte zusammen und schien dort zu tanzen, wo er auf dem Boden lag. Aber Jelka war weitergerobbt, umkreiste sie, blieb ständig in Bewegung, wechselte ständig die Richtung und duckte sich tief, um Luft zu holen.

Gleich würden sie begriffen haben, was sie da machte, und den Boden unter Feuer nehmen. Dann wäre sie tot.

Wenn sie sie nicht zuerst tötete.

Die Tatsache, daß sie zu zweit waren, behinderte die Männer. Sie konnten aus Angst, sich gegenseitig umzubringen, nicht ständig feuern. Als sie sich umdrehte, mußten sie versuchen, ihr zu folgen, doch die Flinkheit ihrer Bewegungen, die Unberechenbarkeit ihrer Richtungswechsel überraschte sie immer wieder. Sie sah einen von ihnen straucheln und nahm die Gelegenheit wahr, preschte vor, als er sich aufrappelte, und erwischte ihn mit steifen Fingern unterm Kinn. Sie spürte, wie seine Knochen nachgaben, und sprang zurück, hustete jetzt auch von dem Rauch.

Fünfzehn Sekunden. Nur fünfzehn Sekunden.

Plötzlich war vom anderen Ende der Arena, dort wo die Wand gestanden hatte, Gewehrfeuer zu hören. Als sie zusammenbrach, sah sie den letzten Attentäter in Stücke gehen. Sein Körper wurde einmal, dann noch einmal hochgewirbelt, während die Geschosse ihn zerfetzten.

Und als sie in die Bewußtlosigkeit glitt, sah sie ihren Vater dort stehen, an der Hüfte das tragbare Geschütz, dessen breite Mündung noch rauchte.

KAPITEL · 2

Schatten

Tolonen saß am Bett seiner Tochter und hatte Tränen in den Augen.

»Es war ein schrecklicher Fehler, mein Liebling. Sie waren hinter mir her.«

Jelka schüttelte den Kopf, aber beim Gedanken an das, was geschehen war, steckte ihr ein großer Kloß in der Kehle.

Sie hatte die letzten zehn Tage im Bett verbracht und unter den schweren Nachwirkungen des Schocks gelitten. Es war ein Gefühl gewesen, als müßte sie den Verstand verlieren. Ihr Vater hatte die Nächte über neben ihr gesessen und ihre Hände gehalten, sie beruhigt und auf den eigenen Schlaf verzichtet, um bei ihr sein und übers Schlimmste hinweghelfen zu können.

Jetzt fühlte sie sich besser, aber immer noch hatte sie den Eindruck, daß sich alles verändert hatte. Plötzlich war die Welt auf schreckliche Weise zu einer Maske geworden – einem papierdünnen Schleier, hinter dem sich eine andere alptraumhafte Welt verbarg. Die Wände waren nicht mehr so solide, wie sie vorher erschienen waren, und jeder weißgewandete Betreuer drohte sich als schwarzgekleideter Attentäter zu entpuppen.

In ihrem Kopf hatte sich die Welt in eine einzige Bedrohung verwandelt – eine zerklüftete, bedrohliche Landschaft.

Es machte es für sie nicht besser, daß sie es auf ihren Vater abgesehen hatten. Nein, das machte die Dinge sogar noch schlimmer. Sehr viel schlimmer. Denn sie hatte lebhafte Träume – Träume, in denen er tot war und sie in den Großen Saal des T'ang ging, wo er feierlich aufgebahrt lag, von Kopf bis Fuß im Weiß des Todes gewandet.

Sie starrte ihn an, die Augen eng zusammengekniffen, als sehe sie durch das Fleisch die Knochen, und während er ohne auszuweichen ihrem starren Blick begegnete, wand sich tief in seinem Innern etwas und versuchte auszuweichen.

Es waren *Ping Tiao* gewesen. Mitglieder eines besonders gut ausgebildeten Flügels. Aber nicht so ausgebildet wie der Sicherheitsdienst, den Göttern sei Dank.

Er betrachtete seine Hände, die die seiner Tochter hielten. Die Waghalsigkeit der *Ping Tiao*, hier einzudringen, hatte beide erschüttert. Sie wußten jetzt, daß die Gefahr sehr viel größer war, als sie vermutet hatten. Der Krieg hatte neue Strömungen der Auflehnung entfesselt: dunklere, tödlichere Strömungen, die sich nur schwer würden eindämmen lassen.

Seine eigenen Nachforschungen hatten eins nicht klären können. Er wußte nicht, woher sie über die Gepflogenheiten in seinem Haushalt Bescheid wußten. Von Siang? Möglich war es, doch nun, da Siang tot war, würde er es nie erfahren. Und wenn nicht Siang, wer dann?

Es bereitete ihm ein unangenehmes Gefühl – ein Unwohlsein, das er Li Shai Tung gestanden hatte, als sie allein gewesen waren. »Ihr müßt auf Euch aufpassen, *Chieh Hsia*«, hatte er gesagt. »Ihr müßt auf die achten, die in Eurer Nähe sind. Von denen droht eine neue Gefahr. Was es ist, weiß ich nicht genau. Noch nicht. Aber sie ist da. Es gibt sie wirklich.«

Bomben und Gewehre. Er erntete jetzt, was er gesät hatte. Sie alle ernteten. Aber welche Wahl hatten sie gehabt?

Sich hinzulegen und zu sterben. Die einzige andere Möglichkeit.

Tolonen sah seine Tochter an, die jetzt schlief, und spürte wieder die glühende Wärme seiner Liebe für sie in sich aufsteigen. Eine gewaltige Welle des Gefühls. Und mit ihr kam ein ebenso glühender Stolz auf sie. Wie großartig sie gewesen war! Er hatte sich die Aufnahmen der Überwachungskameras angesehen und war Zeuge ihrer geschickten, blitzartigen, tödlichen Aktionen geworden.

Er ließ ihre Hand los, stand auf und streckte sich die Müdigkeit aus den Muskeln.

Sie würden wiederkommen. Das wußte er ganz sicher. Sie würden jetzt keine Ruhe mehr geben, bis sie ihm den Garaus gemacht hatten. Das sagte ihm sein Instinkt. Und obwohl es nicht seine Art war, passiv auf die Dinge zu warten, die auf ihn zukamen, fühlte er sich diesmal hilflos, unfähig zu handeln. Sie waren wie Schatten. Ein Gegenschlag, und sie verschwanden wieder. Oder ließen eine Leiche zurück, was auch nicht besser war.

Nein, sie hatten keinen verwundbaren Punkt. Nichts Greifbares, gegen das er vorgehen konnte. Nur ein Ideal. Ein nihilistisches Konzept. Bei diesem Gedanken spürte er wieder Zorn in sich aufsteigen, geschürt von dem erdrückenden Gefühl seiner eigenen Machtlosigkeit.

Er würde sie zermalmen, wenn er könnte. Einen nach dem anderen. Wie Käfer unter seiner Ferse. Aber wie zermalmte man Schatten?

* * *

Fei Yen sprang vom Pferd und ließ es von dem Stallknecht wegführen, dann wandte sie sich dem Boten zu.

»Nun? Ist er zu Hause?«

Der Diener verbeugte sich tief und hielt ihr die versiegelte Nachricht hin. Fei Yen riß sie ihm ungeduldig aus der Hand und ging an ihm vorbei, als sei er nicht da. Ihr Ziel war der Ostpalast. Unterwegs riß sie das Siegel auf und faltete das einzelne Blatt auseinander. Wie erwartete stammte es von Li Yüan. Sie wurde langsamer, um zu lesen, was er geschrieben hatte, dann blieb sie stehen und bleckte die Zähne zu einem Lächeln. Er würde gegen Mittag zurück sein, nachdem er vier Tage in Angelegenheiten seines Vaters unterwegs gewesen war. Sie sah sich in der Frische des Morgens um, dann lachte sie, löste den engen Knoten, zu dem sie ihr Haar zum Ausritt gebunden hatte, und schüttelte es aus. Sie würde sich für ihn bereit machen, baden und etwas anderes anziehen, vielleicht das neue Seidengewand, das er ihr in der vergangenen Woche geschickt hatte.

Sie eilte aufgekratzt weiter. Die angenehmen Gefühle bei ihrem morgendlichen Ausritt und die Freude über Li Yüans Rückkehr wallten wie zwei gleichläufige Ströme durch ihre Adern.

Sie wollte gerade in ihre Zimmer gehen, als sie weiter unten aus dem Korridor, etwa dort, wo sich Li Yüans Privatbüros befanden, Lärm hörte. Sie runzelte die Stirn. Dieser Teil des Ostpalastes sollte eigentlich abgesperrt sein, solang Li Yüan nicht im Hause war. Sie ging zwei Schritte den Korridor hinunter, dann blieb sie erleichtert stehen. Es war nur Nan Ho. Er bereitete wahrscheinlich die Büros auf die Rückkehr seines Herrn vor. Sie wollte sich schon abwenden, um den Meister der Inneren Kammer nicht zu stören, als ihr klar wurde, was ihr so seltsam vorgekommen war. Es waren mehrere Stimmen gewesen...

Sie ging ihm nach; als sie den Korridor halb durchschritten hatte, drehte er sich um.

»Lady Fei...«

Sie sah auf einen Blick, daß er nicht mit ihr gerechnet hatte. Aber es war mehr als das. Seine Überraschung, sie vor sich zu sehen, war nicht, wie unter gewöhnlichen Umständen, in Erleichterung umgeschlagen. Nein. Es war fast so, als habe er etwas zu verbergen.

»Wissen Sie, daß Prinz Yüan in zwei Stunden hier sein wird, Meister Nan?«

Er verneigte tief den Kopf. »Er hat mich davon unterrichtet, Herrin. Ich war gerade dabei, alles für ihn vorzubereiten.«

»Mein Mann ist glücklich zu schätzen, einen so ausgezeichneten Diener wie Sie zu haben, Meister Nan. Dürfte ich mir Ihre Vorbereitungen ansehen?«

Er hob den Kopf nicht, doch sie bemerkte sein Zögern und wußte, daß sie recht gehabt hatte.

»Ihr wollt sie sehen, Herrin?«

»Wenn Sie erlauben, Meister Nan. Ich verspreche, nichts durcheinanderzubringen. Mir ist klar, daß mein Mann feste Gewohnheiten hat, und ich möchte Ihnen keine weitere Arbeit bereiten.«

»Es sind bloß Zimmer, Herrin ...«

»Aber Zimmer sind wie Kleider. Durch sie drückt sich der Mann aus. Bitte, Meister Nan, gestatten Sie mir meine Neugier. Ich würde gerne sehen, in welchem Zustand Prinz Yüan seine Zimmer vorzufinden wünscht. Es würde mir als seine Frau helfen, solche Dinge zu wissen.«

Nan Ho hob den Kopf und sah ihr in die Augen. »Herrin, ich ...«

Sie lächelte. »Gibt es da ein Geheimnis, Meister Nan? Etwas, das ich wissen sollte?«

Er senkte den Kopf, dann trat er zurück, sichtlich beunruhigt von ihrer Beharrlichkeit. »Bitte, Herrin. Folgt mir. Aber denkt daran, ich bin nur die rechte und die linke Hand des Prinzen.«

Sie zögerte, denn für einen Moment wurde ihre Neugier von einer Vorahnung überschattet. Was konnte den sonst so gelassenen Nan Ho nur so aus der Fassung gebracht haben? War es etwas Schlimmes? Ein Aspekt in Li Yüans Leben, den er vor ihr verbergen wollte? Oder war es statt dessen eine Überraschung, ein Geschenk für sie? Etwas, das in dem Fall, daß sie darauf bestand, es zu sehen, seine Pläne ruinieren würde?

Für einen Moment fragte sie sich, ob sie es lassen sollte. Noch war es nicht zu spät dafür. Li Yüan würde es ärgern, wenn sie seine Überraschung verdarb. Aber die Neugier behielt in ihr die Oberhand. Sie folgte Meister Nan und wartete, bis er die große Doppeltür wieder aufgeschlossen und aufgestoßen hatte.

Sie ging hinein, blieb aber nach wenigen Schritten wie vom Donner gerührt stehen, und vor Verblüffuung fiel ihr die Kinnlade herunter. »*Ihr!*«

Die beiden Mädchen waren bei ihrem Eintreten von der Couch hochgeschreckt. Jetzt standen sie mit gesenkten Köpfen da und hatten die Hände im Schoß verschränkt.

Fei Yen fuhr herum. Zorn hatte ihr Gesicht verfinstert. »Was soll das bedeuten, Meister Nan? Was macht dieses Gesindel hier?«

Nan Ho hielt den Kopf gesenkt und machte sich auf einiges von ihr gefaßt. Die Härte ihrer Worte überraschte ihn dennoch. Er schluckte und sah, mit weiterhin gesenktem Kopf, an ihr vorbei zu den Mädchen.

»Mein Herr hat mir heute morgen aufgetragen, sie herzubringen. Ich sollte …«

Ihr Gekreisch schnitt ihm das Wort ab. »Erwarten Sie von mir, das zu glauben, Nan Ho? Daß mein Mann am Morgen seiner Rückkehr solchen … solchen *Abschaum* zu sich bringen läßt?« Sie erschauderte, schüttelte den Kopf und bleckte die Zähne. »Nein … Ich weiß nicht, was Sie vorhaben, Meister Nan, aber eines weiß ich. In Ihrer gegenwärtigen Position kann ich Ihnen nicht mehr vertrauen.«

Er riß entsetzt den Kopf hoch, doch bevor er ein Wort zu seiner Verteidigung über die Lippen brachte, war Fei Yen herumgewirbelt und auf die beiden Mädchen zugestapft.

»Und ihr!« begann sie. »Ich kenne eure Sorte! Tut so, als könntet ihr kein Wässerchen trüben! Taugenichtse! Ihr glaubt wohl, ihr könnten euch in der Horizontale nach oben arbeiten, *was*?«

Das letzte Wort spuckte sie förmlich aus, wie eine Schlange, die Gift verspritzte. Aber Fei Yen war längst noch nicht fertig.

»Du! Perlenherz ... das ist doch dein Name, oder?«

Förmlich erschlagen von der Boshaftigkeit ihres Angriffs, brachte Perlenherz nur ein leichtes Rucken mit dem Kopf zustande. Ihre Kehle war trocken, und ihre Hände zitterten.

»Ich weiß, warum du hier bist. Glaube nicht, ich bin blind dafür. Aber das Spielchen ist jetzt vorbei, meine Liebe. Für dich und für deinen Kuppler hier.« Fei Yen erbebte. Schmerz und eine ungeheure Wut unterstrichen jedes einzelne Wort. »Ich weiß, daß ihr mit meinem Mann geschlafen habt.«

Perlenherz blickte entsetzt auf, senkte aber rasch wieder den Blick, so sehr erschreckte sie der Ausdruck in Fei Yens Augen.

»Also was? Gib's zu!«

»Es ist wahr, Herrin ...«, begann sie und wollte es erklären, doch Fei Yens Ohrfeige warf sie lang ausgestreckt auf die Couch. Sie rappelte sich hoch und blickte mit vor Entsetzen weit aufgerissenen Augen zu Fei Yen auf. Rosenknospe schluchzte, und ihr ganzer Körper zitterte.

Fei Yen zischte sie an wie eine Schlange in Drohstellung. »Raus hier ... Ihr alle ... *Sofort raus hier!*«

Perlenherz rappelte sich auf, dann stolperte sie los, nahm ihre Schwester am Arm und mußte sie fast aus dem Zimmer ziehen. Fei Yens Tränen flossen jetzt ungehindert, und das Gefühl der Scham war unerträglich. Li Yüan ... Wie ihr Herz sich danach sehnte, ihn jetzt zu sehen; von ihm in den Arm genommen und getröstet zu werden. Aber es war vorbei. Für immer vorüber. Und nichts als Dunkelheit lag vor ihnen.

* * *

Wieder in ihren Zimmern, stand Fei Yen einfach so da und sah umher, ohne etwas wahrzunehmen, und die Düsternis ballte sich in ihrem Kopf wie Gewitterwolken zusammen. Eine Zeitlang war sie unbeherrscht durchs Zimmer getobt, weil sie ihren Zorn nicht verbalisieren konnte, hatte Dinge zerworfen und zertrümmert, und ihrer überbordenden Wut mit lautstarken, grellen Wutausbrüchen Luft gemacht. Dann hatte sie sich beruhigt und auf den Rand des großen Betts gesetzt, während ihre Schweißausbrüche nachließen und ihr Puls langsamer wurde. Schließlich sah sie sich noch mal um, diesmal mit Blicken, die zwischen den Trümmern, die im Zimmer verstreut lagen, hin- und hersprangen.

Sie wollte ihn verletzen, ihn so sehr verletzen, wie er sie verletzt hatte. Aber ein Teil von ihr wußte, daß das nicht der richtige Weg war. Sie mußte Großmut beweisen. Sie mußte ihren Schmerz hinunterschlucken und es ihm mit Liebe und Zärtlichkeit vergelten. Ihre Rache würde darin bestehen, ihn sich zum Sklaven zu machen, ihn soweit zu bringen, daß er sie mehr brauchte als alles andere in Chung Kuo. Mehr als sein eigenes Leben.

Sie ging zum Spiegel und musterte sich kritisch. Ihr Gesicht war fleckig und aufgedunsen, und ihre Augen vom Weinen gerötet. Sie drehte sich um, sah in die Runde und ärgerte sich plötzlich über das Durcheinander, das sie angerichtet hatte – daß sie für einen Moment die Beherrschung verloren hatte. Aber es war nichts, was sie nicht wieder in Ordnung bringen konnte. Sie ging rasch ins Nebenzimmer und kam mit einem kleinen Leinenkorb zurück. Dann arbeitete sie sich auf Knien und Händen systematisch über den Fußboden und sammelte auch die kleinsten Glas- und Keramiksplitter ein, die sie finden konnte. Sie brauchte dafür länger, als sie erwartet hatte, aber es diente auch einem weiteren Zweck. Als sie endlich fertig war, war ihr ganz klar, was sie zu tun hatte.

Sie brachte den Korb ins Ankleidezimmer und warf ein Tuch darüber, dann fing sie an sich auszuziehen und stopfte ihre abgelegten Kleider ins unterste Fach eines der großen eingebauten Kleiderschränke, die die Wände säumten. Dann ging sie nackt nach drüben und ließ Wasser in die große, vertieft angebrachte Badewanne einlaufen.

Sie hatte sich gegen das neue Seidengewand entschieden, sondern wollte so schlicht wie möglich erscheinen. Ein einziges zinnoberrotes Gewand genügte. Jenes, das sie an dem ersten Morgen nach der Hochzeit getragen hatte.

Während das Wasser aus den Hähnen dampfte, war sie am langen Tisch unter den Badezimmerspiegel beschäftigt, hob die Deckel von den verschiedenen Gefäßen und roch an ihnen, bis sie das fand, nach dem sie suchte. Ja … Sie würde nichts anderes tragen. Sein Liebstes. *Mei hua*. Pflaumenblüten.

Sie betrachtete ihr Spiegelbild in dem wandhohen Spiegel und hob das Kinn. Ihre Augen waren weniger gerötet als vorhin, ihre Haut weniger fleckig. Sie lächelte, anfangs zögerlich, dann selbstsicherer. Es war dumm gewesen, so eifersüchtig zu sein. Sie wog tausend Dienstmädchen auf.

Sie nickte ihrem Spiegelbild entschlossen zu, indem sie mit den Händen langsam ihre Flanken emporstrich, bis sie ihre Brüste umschlossen und die Warzen steif hervorstanden. Sie würde ihn verzaubern, bis er für nichts anderes mehr Augen hatte. Sie erinnerte sich, wie er sie angesehen hatte – ehrfürchtig und mit großen Augen – und lachte bei dieser Vorstellung. Er würde ihr gehören. Einzig und allein ihr.

Dennoch würde sie es den beiden Mädchen heimzahlen. Und diesem Kuppler Nan Ho. Für den Schmerz, den sie ihr zugefügt hatten.

Ihr Lächeln wurde sanfter. Und nachdem sie sich geliebt hatten, würde sie für ihn kochen. Ein Rezept, das ihre Großmutter ihr hinterlassen hatte. Ja, während er schlief, würde sie es für ihn vorbereiten. Wie es einer Frau zukam.

* * *

Li Yüan gähnte und streckte sich, als der Kopter an Höhe verlor, dann sah er zur Seite. Chang Shih-sen, sein persönlicher Sekretär, suchte gerade seine Papiere zusammen und summte dabei leise vor sich hin.

»Wir haben in den letzten vier Tagen einen Haufen Arbeit erledigt, Chang«, sagte er und lächelte. »Ich glaube, ich habe noch nie so hart gearbeitet.«

Chang erwiderte sein Lächeln und neigte leicht den Kopf. »Es ist gut, hart zu arbeiten, Herr.«

»Ja ...«, lachte Li Yüan und spürte, wie der Kopter unter ihm den Boden berührte. »Aber heute ruhen wir uns aus, ja? Ich will Sie bis morgen früh nicht mehr sehen.«

Chang verbeugte sich tief, dankbar für die Großzügigkeit seines Herrn. »Wie der Prinz wünscht.«

Yüan wandte sich zurück und beobachtete durch das Portal die Aktivität im Hangar. Auf der einen Seite wartete ein Empfangskomitee von vier Dienern, angeführt von Nan Ho, während sich die Hangarcrew um das Schiff versammelte. Chang hatte recht. Er fühlte sich gut, trotz seiner Müdigkeit. Er hatte mehr als achtzig Stunden damit verbracht, Akten durchzusehen und Gespräche zu führen, und jetzt waren alle bis auf zwei Stellen des Projekts besetzt. Wenn sein Vater zustimmte, konnten sie noch in dieser Woche damit weitermachen.

Einen Tag jedenfalls würde er eine Pause einlegen, sich von allen Pflichten freimachen und ganz Fei Yen widmen.

Er sah zu Boden und grinste bei dem Gedanken an sie. Was für ein Leben! Sich um wichtige Geschäfte kümmern zu können und dafür eine solche Frau zu bekommen: konnte ein Mann überhaupt noch mehr verlangen?

Söhne vielleicht... Aber das kam später. So gewiß wie die nächste Jahreszeit.

Er hörte, wie die Luke mit einem Zischen aufsprang, und sah Chang Shih-sen wieder an. »Gehen Sie nur, Chang. Bringen Sie die Papiere in mein Arbeitszimmer. Wir befassen uns morgen damit.«

Chang senkte den Kopf, dann stand er auf. Li Yüan saß noch einen Moment lang da, dachte an die Befriedigung, die ihm die letzten paar Tage verschafft hatten, und erinnerte sich an das großartige Gefühl der *Ch'i*, der puren Energie, das ihn erfaßt hatte, als er sich mit diesen Dingen beschäftigte. Es war mit nichts zu vergleichen, was er je erlebt hatte. Er verstand jetzt vieles besser. Jetzt wußte er, was Männer antrieb und warum sie nicht zu Hause in den liebenden Armen ihrer Frauen blieben. Und doch war es auch etwas Schönes, nach Hause zu kommen. Schön, sich auf etwas freuen zu können.

»Ein Gleichgewicht...«, sagte er leise, dann lachte er, stemmte sich aus seinem Sitz und stieg die kurze Gangway hinunter. Die drei Diener standen auf einer Seite, als er herunterkam.

Nan Ho trat vor, als er die unterste Stufe erreichte, ging in die Knie und berührte mit dem Kopf den Boden.

»Willkommen daheim, Herr.«

»Danke, Meister Nan. Aber sagen Sie mir, wo ist Fei Yen?«

Nan Ho hob den Kopf. »Sie ist in ihren Gemächern,

Prinz Yüan. Sie hat allen untersagt, sie zu stören. Sogar ihrer *Amah.*«

Li Yüan grinste. »So ist das ...«

»Herr ...«

Aber Li Yüan ging bereits an ihm vorbei. »Nicht jetzt, Meister Nan. Ich will sie jetzt sehen.«

Nan ho drehte sich um, doch der Prinz merkte nichts von seiner äußersten Anspannung. »Aber Herr ...«

»Später, Nan Ho ...«, rief Li Yüan, ohne sich umzudrehen, und verfiel in einen lockeren Trab, als er über den beflaggten Weg zwischen dem Hangar und dem Nordpalast ging.

Er lief durch den Palast, an Dienern vorbei, die sich vor ihm verneigten, dann riß er die Türen zu ihrem Apartment auf.

Sie wartete auf ihn, saß mit gekreuzten Beinen auf dem riesigen Bett, und hatte das zinnboberrote Gewand übergezogen, das sie auch an dem Morgen nach ihrer Hochzeit getragen hatte. Sie hielt den Kopf demütig gesenkt, hatte aber ein schwaches Lächeln auf den kirschroten Lippen. Er stand in der Tür, schöpfte Atem und berauschte sich an ihrem Anblick.

»Herr?« sagte sie und blickte zu ihm auf. Ihre Augen waren dunkel wie die Nacht, und ihre Stimme ein warmer Willkommensgruß.

»Mein Liebling ...«, sagte er, und brachte kaum mehr als ein Flüstern hervor. Der Geruch von Pflaumenblüten betäubte ihn fast. Schließlich zog er die Tür hinter sich fest zu, drehte den großen Schlüssel um und ging zu ihr, um sich neben sie aufs Bett zu setzen und sie an sich zu drücken.

Nach einer Weile ließ er sie wieder los, betrachtete sie noch einmal und sah in ihren Augen gleich den Widerschein seiner eigenen Liebe. »Ich habe dich vermißt...«

Statt zu antworten, ließ sie mit einem Achselzucken die dünne Seide von ihren Schultern gleiten, zog seinen Kopf in das Polster ihrer Brüste und schlang die Beine um ihn.

»Bitte liebe mich, mein Meister, ich flehe dich an.«

Hinterher lag er schwer atmend neben ihr und starrte sie staunend an.

»Mein Liebling. Meine süße kleine Schwalbe ...«

Sie lachte, dann zog sie sein Gesicht zu sich heran und küßte ihn sanft und zärtlich. »Jetzt weißt du, wie sehr ich dich vermißt habe.«

»Und ich dich ...«

Sie schob ihn zurück und setzte sich auf. »Aber du bist müde, mein Mann. Warum schläfst du nicht ein bißchen? Und wenn du wieder wach bist, habe ich ein Essen für dich fertig.«

»Aber mein Liebling, du brauchst doch nicht zu ...«

Sie legte einen Finger auf seine Lippen. »Ich möchte es aber. Außerdem bin ich deine Frau.«

Er wollte noch mal protestieren, aber sie schüttelte den Kopf. Mit einem kurzen Lachen ließ er sich aufs Bett zurückfallen und schloß die Augen. Binnen einer Minute war er eingeschlafen.

Sie betrachtete ihn, legte sanft eine Hand auf seine Brust und spürte das leichte Heben und Senken seines Atems, dann bedeckte sie vorsichtig die leichte Wölbung seiner verausgabten Männlichkeit. Sie zitterte. Welch ein Junge er noch war.

Sie ging in die winzige Speisekammer und machte sich daran, die Zutaten vorzubereiten, die sie erst vor einer Stunde aus der Küche geholt hatte. Es würde zwei Stunden dauern, bis das Essen fertig war. Zeit genug, um noch einmal zu baden und sich umzuziehen.

Sie lag so lang in dem Bad, bis sie aufgeweicht war, und beobachtete durch die offene Tür die schlafende Gestalt auf dem Bett. Um ihn brauchte sie sich wirklich nicht zu sorgen. Welch ein süßer Junge. Und doch ...

Während sie im Wasser lag, erinnerte sie sich unwillkürlich an den Anblick von Tsu Ma im Wasser, an seine nackte Brust, sein feuchtes, zurückgestrichenes Haar; an die Nähe seiner Stiefel, die so schwer auf der Erde neben dem Tisch standen; an die tiefe, warme Vibration seiner Stimme.

Tsu Ma …

Sie öffnete wieder die Augen. Der Junge schlief immer noch. Ihr Mann, der Junge.

Sie zitterte, dann rührte sie sich endlich wieder. Er wurde Zeit, daß sie sich anzog und nach dem Essen sah.

* * *

Als er aufwachte, saß sie neben ihm auf dem Bett und sah ihn an. Er wandte den Kopf, um einen Blick auf seinen Chronometer zu werfen, dann gähnte er. Er hatte mehr als zwei Stunden geschlafen.

Er setzte sich auf und atmete tief ein. »Was ist das? Das riecht ja köstlich.«

Sie lächelte und wandte sich ab, kam aber gleich mit einer Schale und Eßstäbchen in den Händen zurück. Er nahm sie ihr ab, roch daran, dann schaufelte er sich einige Bissen in den Mund und leckte sich genießerisch die Lippen, indem er sich die Schale nah an den Mund hielt.

»Das ist hervorragend. Was ist das?«

Sie kniete an seinem Bett und beobachtete ihn. »Das Rezept stammt von meiner Großmutter. Mit Rindfleisch geschmorter Bittersüßer Nachtschatten. Ein Stimulanz für die Yang-Energie …« Sein Stirnrunzeln brachte sie zum Lachen. »Ein Aphrodisiakum, mein Mann. Es erhöht die Kraft und Ausdauer.«

Er nickte begeistert. »Es schmeckt wirklich gut. Deine Großmutter war eine kluge Frau, und du, mein Liebling, bist eine wunderbare Köchin.«

Sie senkte den Blick und lächelte. »Du bist zu freundlich, mein Mann.«

Er schwieg für einen Moment und betrachtete sie, zum hundertsten Mal erstaunt über ihre zerbrechliche Schönheit, dann aß er und lachte, als er merkte, wie hungrig er gewesen war.

»Gibt es noch etwas, mein Mann? Kann ich noch etwas für dich tun?«

Er ließ die Schale sinken und lächelte sie an. »Nein. Aber das erinnert mich an etwas. Ich muß noch etwas erledigen. Eine Kleinigkeit, dann habe ich den restlichen Tag frei. Wir können ausreiten, wenn du willst.«

Sie sah ihn mit glänzenden Augen an. »Das wäre wundervoll.«

»Gut. Dann werde ich Nan Ho anrufen ...«

Sie unterbrach ihn, was ganz untypisch für sie war. »Verzeih mir, mein Mann, aber das ist nicht möglich.«

»Nicht möglich?« Li Yüan runzelte die Stirn, dann lachte er kurz auf. »Ich verstehe dich nicht.«

Sie senkte den Kopf und machte sich klein und unterwürfig. »Ich fürchte, ich mußte Meister Nan entlassen. Er ...«

»Ihn *entlassen*?« Li Yüan stellte die Schale weg, stand auf und sah auf sie hinab. »Habe ich richtig gehört, Fei Yen? Du hast meinen Meister der Inneren Kammer entlassen?«

»Ich hatte keine andere Wahl ...«

Er schüttelte den Kopf, dann sah er weg, an ihr vorbei. »Erklär's mir. Warum hast du ihn entlassen? Was hat er getan?«

Sie blickte zu ihm auf, dann senkte sie wieder den Kopf. »Du wirst wütend auf mich sein ...«

Er sah sie wieder an. »Habe ich denn einen Grund, wütend auf dich zu sein?«

Sie blickte auf, sah ihm in die Augen, und in ihren standen Tränen. Er wappnete sich gegen ihren Anblick; dennoch fühlte er sich gerührt. Er hatte sie nie als so schön empfunden wie in diesem Augenblick.

»Ich bin deine Frau, mein Prinz. Habe ich keinen Grund gehabt, auf diesen Mann wütend zu sein?«

Er lachte, war jetzt völlig durcheinander. »Fei Yen ... rede etwas vernünftiger. Ich kann dir nicht folgen.«

Sie sah zu Boden und schluckte, eine plötzliche Trübseligkeit im Gesicht, die an seinem Herzen zerrte. »Die Mädchen ... Nan Ho hat Mädchen in deine Zimmer ...« Ein Schaudern durchfuhr sie. »Mädchen für dein Bett ...«

Er holte tief Luft. Das also ... Sie hatte ihn mißverstanden. »Verzeih mir, mein Liebling, aber du hast keinen Grund, auf Nan Ho wütend zu sein. Es war nicht seine Idee. Ich habe ihn gebeten, diese Mädchen herzubringen. Das war es, was ich noch zu erledigen hatte.«

»Und das macht es besser?« Ihre Stimme klang gebrochen, gequält. »Wie konntest du, Yüan? Bin ich dir keine gute Frau? Habe ich dir etwas verweigert?« Sie blickte zu ihm auf, und der Schmerz in ihren Augen war beinahe zuviel für ihn. Als sie weiterredete, war ihre Stimme nur mehr ein Flüstern. »Oder bist du meiner schon überdrüssig?«

Er schüttelte die ganze Zeit den Kopf. »Nein ... niemals. Aber du mißverstehst mich ...«

»Ich mißverstehe dich?« In ihren Augen flackerte plötzlicher Ärger auf. »Du bringst diese Mädchen her – Mädchen, die mit dir das Bett geteilt haben – und behauptest, ich mißverstehe dich.«

»Fei Yen ...«

»Dann streite es ab! Sieh mir in die Augen, mein Mann, und streite ab, daß du sie bestiegen hast.«

Er zitterte. »Es war nicht so. Ich ...«

Aber sein Zögern reichte ihr. Sie zog bitter den Kopf ein und zupfte nervös am Zipfel ihres Kleides, dann stand sie wütend auf.

»Fei Yen! Du mußt mir glauben ...«

Sie starrte ihn finster an. »Dir *glauben*?«

Er nahm eine drohende Haltung an, plötzlich wütend darüber, daß sie ihm so etwas zutraute, nach allem, was er getan hatte, um sich für sie reinzuhalten. Hatte er sich der Mägde nicht entledigt? Hatte er sich das vergangene Jahr nicht die Freuden ihrer Gesellschaft selbst vorenthalten? Er erbebte. »Du hattest kein Recht, Meister Nan zu entlassen! Wer in diesen Räumen kommt oder geht, ist *meine* Sache, nicht deine!«

Sie wandte sich ab und war plötzlich ganz ruhig. Ihr Tonfall änderte sich, wurde schwächer und doch härter als zuvor. »Dann laß dir tausend Freudenmädchen kommen. Sollen *sie* doch deine Frauen sein. Aber nicht Fei Yen …«

Er ging zu ihr, faßte sie sanft an den Schultern und wollte trotz des Zorns, den er empfand, die Dinge zwischen ihnen richten, aber sie schüttelte ihn mit einem Achselzucken ab, fuhr wütend herum, und der wilde Zorn in ihrem Blick ließ ihn einen Schritt zurückweichen.

»Welch eine Frau, glaubst du, bin ich, Li Yüan? Siehst du in mir eine wie sie? Glaubst du wirklich, ich habe keinen Stolz?« Sie straffte sich. »Bin ich nicht die Frau eines großen Prinzen?«

»Du weißt, was du bist, Fei Yen!«

»Nein. Ich weiß nur, wie du mich gerne hättest.«

Er wollte ihr antworten, aber sie schüttelte abwehrend den Kopf, und ihr Blick bohrte sich in ihn. »Ich hab's wirklich versucht, Li Yüan. Ich habe versucht, meine Zweifel zu überspielen und mir selbst zu versichern, es sei Nan Ho gewesen. Ich habe versucht, liebevoll zu dir zu sein, in jeder Hinsicht eine gute Frau. Und was bekomme ich von dir dafür? Du betrügst mich. Indem du hinter meinem Rücken diese *Huren* herbringst …«

Er spürte, wie etwas in ihm zuschnappte. Das war zuviel, diese Mädchen Huren zu nennen. Dennoch antwortete er ihr ruhig.

»Paß auf, was du sagst, Fei Yen. Diese Mädchen

waren meine Mägde. Sie haben sich in meiner Kindheit gut um mich gekümmert. Ich schätze sie sehr.«

Sie lachte verächtlich. »Huren ...«

Sein wütender Ausbruch schreckte sie zurück. »Halt dein Mundwerk, Frau!«

Er stand in gebieterischer Haltung da, war plötzlich ein ganz anderer; alle Kindlichkeit, alle Zugeständnisse waren plötzlich von ihm gewichen. Er schrie jetzt. »Du hast nicht die geringste Berechtigung, *mich* zu kritisieren. *Ich* habe nichts Falsches getan. Hast du mich verstanden? Nichts! Aber du ...« Er zitterte vor Entrüstung. »Du hast die Frechheit besessen, Meister Nan zu entlassen ... Wer, zum Teufel, glaubst du zu sein?«

Sie antwortete nicht. Aber ihre Augen funkelten ihn düster an, ihr Ausdruck wild und gefährlich.

»Nan Ho bleibt, hast du mich verstanden? Und ich werde die Mädchen bei mir haben, wann immer ich es wünsche.«

Er sah, wie ein Schauer reinen Zorns sie durchfuhr, und fühlte sich innerlich kalt werden. Ihr Gesicht wirkte plötzlich ganz häßlich; ihre Lippen waren zu schmal, ihre Nase zu zerbrechlich, ihre glatte Stirn von Zornesfalten durchzogen. Es war, als sei sie plötzlich verhext worden und spuckte ihm ihre Worte durch eine Maske aus Haß entgegen.

»Wenn das dein Wunsch ist, soll es so sein. Aber erwarte mich nicht in deinem Bett, Prinz Yüan. Heute nacht nicht. Und auch in keiner weiteren Nacht.«

Sein Lachen klang rauh; ein bitterer, trockener Laut; das genaue Gegenteil eines echten Lachens.

»So soll es geschehen.«

Er drehte sich um, stürmte aus dem Zimmer und warf die Tür hinter sich zu. Seine sich entfernenden Schritte hallten unerbittlich über die Marmorfliesen.

* * *

DeVore wurde gegen die Wand gedrückt und spürte Gesells Messer an seiner Kehle.

»Nennen Sie mir einen guten Grund, warum ich Sie nicht umbringen soll?«

DeVore starrte Gesell an, einen vagen, fast gelangweilten Ausdruck von Abneigung im Blick.

»Weil ich nicht weiß, wovon Sie reden.«

»Sie lügen, Sie Dreckskerl. Sie haben diese beiden Männer umgebracht. Es kann niemand sonst gewesen sein. Sie waren der einzige außerhalb des Zentralkommitees, der gewußt hat, womit die beiden beschäftigt waren. Niemand außer Ihnen hat gewußt, von welch entscheidender Bedeutung sie für unsere Pläne waren.«

Hinter Gesell bewegte sich etwas.

»Nicht nur er ...«

Gesell fuhr herum. Mach war lautlos eingetreten. Er stand da und beobachtete sie. Ascher trat vor ihn, ihr Zorn noch ausgeprägter als der von Gesell.

»Wir bringen ihn um, sage ich. Er hat uns verraten, auf uns gespuckt.«

Mach schüttelte den Kopf. »Er hat nichts getan. Laß ihn los.«

»Nein!« Gesell drehte DeVores Kragen enger zusammen. »Emily hat recht. Wir können ihm jetzt nicht mehr trauen.«

Mach drängte sich an der Frau vorbei. »Bei allen Göttern, laß ihn los, Bent. Hast du mich nicht verstanden? *Ich* habe sie umgebracht.«

Gesell lachte unsicher. *»Du?«*

Mach nahm Gesell das Messer aus der Hand, schob es in die Scheide und zog seine Hand von DeVores Kragen weg. Erst dann drehte er sich um, sah DeVore an und senkte den Kopf.

»Ich muß Sie um Verzeihung bitten, *Shih* Turner. Bitte nehmen Sie es meinem Bruder nicht übel. Er konnte es nicht wissen.«

»Natürlich.« DeVore entspannte seine Nackenmuskeln, indem er leicht den Kopf drehte.

»Also?« fuhr Gesell Mach an. »Was, zum Teufel, ist passiert?«

»Es tut mir leid, Bent. Aber ich hatte keine Zeit, dich zu warnen. Abgesehen davon war ich mir nicht ganz sicher. Erst als ich es überprüft hatte.«

»Wessen sicher?«

»Sie gehörten dem Sicherheitsdienst an. Beide. Sie müssen ruhende Agenten gewesen sein. Den Aufzeichnungen nach haben sie den Sicherheitsdienst vor fünf Jahren verlassen – ein Jahr bevor sie sich uns angeschlossen haben.«

Ein leichtes Zusammenziehen um DeVores Augen war das einzige Anzeichen dafür, daß er Interesse hatte, aber keiner der anderen Anwesenden bemerkte es, auch nicht, wie er sein Handgelenk rieb, als juckte ihn dort etwas; sie konzentrierten sich auf Mach, entsetzt über diese neue Entwicklung.

»Vom Sicherheitsdienst …« Gesell zischte durch die Zähne. »Bei allen Göttern …«

»Es gibt noch weitere. Noch drei. In zwei separaten Zellen.«

»Hast du's überprüft?«

Mach nickte. »Ich lasse sie beobachten. Sie werden erfahren, was passiert ist. Ich will sehen, was sie tun werden. Ob sie sich nicht vom Fleck rühren oder ob sie das Weite suchen. Und wenn sie das tun, will ich sie erwischen. Wenn möglich lebend. Ich will herausfinden, was sie vorhaben.«

Ascher schüttelte den Kopf. »Es ergibt keinen Sinn. Wenn sie in unsere Organisation Männer eingeschleust haben, warum haben sie wegen Helmstadt nichts unternommen?«

Mach warf DeVore einen Blick zu und wußte, wieviel er preisgab, indem er einfach vor ihnen redete, aber er hatte keine andere Wahl. Wenn Gesell DeVore umgebracht hätte, wären sie an den Anfang zurückgeworfen worden. Oder noch schlimmer: sie wären möglicherweise in einen Vergeltungskrieg mit DeVores Leutnants geraten. Es war fast sicher, daß DeVore einen entsprechenden Befehl gegeben hatte, bevor er Gesells Einladung hierher nachgekommen war.

Er drehte sich um und sah Ascher an. »Der Gedanke ist mir auch gekommen. Aber manchmal läuft das so. Sie haben befohlen, solang stillzuhalten, bis die Sache groß genug und reif genug ist, um angegangen zu werden. Sie haben offensichtlich geglaubt, Helmstadt sei das Opfer wert.«

»Oder daß Sie keinen Erfolg haben würden...«, sagte DeVore.

Mach sah ihn wieder an. »Vielleicht...«

Die drei Männer waren ein Stoßtrupp gewesen; ausgebildete Techniker. Ihre Aufgabe hatte darin bestanden, die kommunikativen Nervenzentren rings um Bremen zu lokalisieren. Es war eine heikle, schwierige Aufgabe; eine, von der der Erfolg oder Mißerfolg des ganzen Angriffs abhing. Ihr Ziel war, an diesen *Loci* besondere Geräte anzubringen – Geräte, von denen die üblichen Wartungscrews annehmen würden, es seien harmlose Teile der komplexen, empfindlichen Verdrahtung. Diese Geräte würden monatelang unbenutzt an ihren Stellen sitzen, bis zu dem Tag, an dem die *Ping Tiao* ihren Angriff starteten. Dann würde man sie auslösen, und Bremen würde einen massiven Blackout der Kommunikationsanlagen erleben.

Das war der Plan gewesen. Aber jetzt waren die Dinge in ein Chaos abgeglitten.

Gesell senkte den Blick. »Meinst du, sie haben weitergegeben, was sie wußten?«

Mach zuckte mit bitterer Miene die Achseln. Selbst der Mord an ihnen hatte seinen Zorn nicht besänftigt. »Ich weiß es nicht. Ich habe gehofft, einen von ihnen lebend zu erwischen, um ihn zu verhören, aber sie haben hart gekämpft. Es war, als hätten sie den Befehl gehabt, sich nicht lebend erwischen zu lassen.«

»Das trifft zu.« Erneut schaltete sich DeVore in das Gespräch ein. Er trat näher. »Sie sollten sofort einen dieser Männer festnehmen, bevor sie von dem Zwischenfall erfahren.«

Ascher nickte. »Ich glaube, er hat recht. Was ist, wenn sie Gift nehmen oder so etwas?«

Mach zitterte, dann senkte er den Kopf. »Gut. Wir nehmen sie sofort fest. Aber wenn es so ist wie bei den anderen, wird es nicht einfach.«

DeVore kniff die Augen zusammen und musterte Mach. Sein Respekt für diesen Mann war enorm gewachsen. Maton und Tucker waren zwei seiner besten Männer gewesen; nicht bloß gut in ihrer Aufgabe, die *Ping Tiao* zu infiltrieren, sondern auch gute Kämpfer. Ihr Verlust tat ihm leid. Es tat ihm auch leid, daß sein Netzwerk von Spionen aufgedeckt und sein Auge unter den *Ping Tiao* geblendet worden war. Jetzt würde er sich auf gröbere Mittel verlassen müssen – auf Bestechung und Erpressung. Unzulängliche Mittel.

»Konzentrieren Sie sich nur auf einen von ihnen«, sagte er und sah Mach in die Augen. »Nehmen Sie ihn selbst fest. Und fesseln Sie ihn ordentlich, damit er keine Chance hat, sich selbst zu verletzen. Danach sollten Sie die Dinge langsam angehen lassen. Zeit, mehr ist nicht erforderlich. Die Zeit bricht den Geist jedes Mannes. Dann werden Sie erfahren, was Sie wissen wollen.«

Mach starrte ihn unbewegt an. »Haben Sie das schon einmal gemacht?«

DeVore nickte. »Viele Male.«

»Dann werde ich tun, was Sie sagen.«

DeVore lächelte. »Gut.« Aber es würde zu spät sein. In dem Moment, als Mach seine Machenschaften aufgedeckt hatte, hatte DeVore das winzige Schaltfeld an seinem Handgelenk gepreßt und damit den Kanal geöffnet, der alles, was er sagte, direkt in die Köpfe seiner drei überlebenden Agenten weiterleitete. Seine Männer hatten alles mitgehört und längst die erforderlichen Vorkehrungen getroffen.

»Und wenn wir nichts entdecken?« fragte Gesell und sah DeVore direkt an.

»Dann machen wir weiter. Wir müssen annehmen, daß sie von unserem Plan wissen, Bremen anzugreifen, aber nicht, wann und wo wir zuschlagen werden. Auch nicht genau *wie*. Bis dahin wäre es nützlich, wenn wir den Anschein erweckten, unsere Pläne zu ändern, uns andere Ziele zu suchen. Und dafür zu sorgen, daß sie es erfahren ...«

Mach blickte wieder auf und lächelte zum erstenmal, seit er den Raum betreten hatte. »Das gefällt mir. Eine Ablenkung ...«

DeVore nickte und erwiderte sein Lächeln. »Was sagt Sun Tzu? ›Die Crux militärischer Operationen liegt darin, so zu tun, als erwiese man seinem Feind die Gefälligkeit, sich nach seinen Plänen zu richten.‹ Nun, wir sollten den Eindruck erwecken, wir ziehen uns zurück, als seien wir entdeckt worden, aber in Wirklichkeit verfolgen wir unsere Pläne weiter. Wenn sie nichts von unseren Plänen wissen, ist heute kein Schaden angerichtet worden. Und selbst wenn sie's wissen, werden sie nicht damit rechnen, daß wir nach diesem Zwischenfall dabei bleiben, nicht?«

Mach musterte ihn nachdenklich, dann nickte er. »Ja. Ich muß jetzt gehen. Bevor sie's erfahren ...«

* * *

Haavikko schloß hinter sich die Tür und erschauderte leicht, als er den winzigen Plastikstreifen in seiner Hand ansah. Sein Oberoffizier war nur zu froh gewesen, seiner Versetzung zustimmen zu können. Aus Major Ericksons Sicht mußte es ein Segen gewesen sein, ihn loszuwerden. Er hatte dem Major nichts als Ärger gemacht. Aber jetzt war er Karrs Mann: ein Mitglied seiner Sonderdiensteinheit. Noch immer ein Leutnant, doch jetzt einer mit Zukunft. Und ein Freund.

In zwei Stunden würde er Kao Chen treffen, aber bis dahin gab es noch etwas zu regeln. Seine Schwester Vesa.

Vesa hatte in einem kleinen Apartment in den Mittleren gewohnt, seit vor einem Jahr ihre Tante gestorben war. In seine Ausschweifungen versunken, hatte er bis vor kurzem nichts von ihrer mißlichen Lage erfahren. Aber jetzt konnte er etwas tun. Die Arbeit mit Karr brachte eine private Wohneinheit in Bremen mit sich: vier Zimmer, einschließlich des Luxus eines eigenen privaten Bads. »Aber sie werden nicht allzu oft dort sein«, hatte Karr ihn gewarnt. »Warum lassen Sie Ihre Schwester nicht dort einziehen?«

Vesa war von der Idee sofort begeistert gewesen. Sie hatte sich ihm an den Hals geworfen und geschluchzt. Erst da hatte er begriffen, wie einsam sie gewesen sein mußte, wie sehr er sie vernachlässigt hatte, und er hatte geweint und sie fest an sich gedrückt. »Es ist alles in Ordnung«, hatte er geflüstert und sie auf den Hals geküßt. »Alles wird wieder gut.«

Er steckte die Versetzungsurkunde in seinen Uniformrock, dann hastete er durch die Korridore und nahm einen überfüllten Lift in die Wohnquartiere im Herzen der großen vielstöckigen Festung.

Sie wartete auf ihn im Apartment. Als er eintrat, sprang sie vom Sofa auf, lief ihm entgegen und umarmte ihn, und ihre Augen strahlten vor Aufregung.

»Es ist wundervoll, Axel! Wir werden hier glücklich sein. Ganz bestimmt.«

Er lächelte, drückte sie an sich und sah sich in dem Zimmer um. Das Apartment, in dem sie gelebt hatte, bestand aus einem einzigen Zimmer – spartanisch eingerichtet, wie seines –, und sie hatte sich Wasch- und Sanitäreinrichtungen teilen müssen. Er biß die Zähne aufeinander, um die Scham zu unterdrücken, die bei dem Gedanken in ihm aufkam, was er ihr hatte zustoßen lassen; dann sah er ihr wieder in die Augen und lächelte.

»Besorgen wir uns ein paar Kleinigkeiten? Ums ein bißchen gemütlicher zu machen. Etwas persönlicher. Damit es besser zu uns paßt.«

Sie lächelte. »Das wäre hübsch.«

Er ließ sie los, dann stand er da und sah zu, wie sie durchs Zimmer ging, verwirrt von den Gedanken, den Erinnerungen, die ihm in ihrer Gegenwart beharrlich in den Sinn kamen. Er dachte immer wieder an das Mädchen in Mu Chuas Haus der Neunten Ekstase; das Freudenmädchen Weiße Orchidee, das Vesa so ähnlich gesehen hatte. Er senkte den Blick. Doch das lag jetzt alles hinter ihm.

»Ich dachte mir, ich könnte uns etwas kochen ...«

Er ging zu ihr. »Vesa, hör mal ... Es tut mir leid, aber ich habe heute abend etwas zu tun. Etwas Dringendes.«

Sie drehte sich um und sah ihn an, tiefe Enttäuschung im Gesicht. »Aber ich dachte ...«

»Ich weiß. Es tut mir leid, ich ...«

»Ist es dein neuer Job?«

Er schluckte. »Ja ...« Es mißfiel ihm zutiefst, sie anzulügen, selbst bei etwas so Belanglosem wie diesem, doch es war wichtig, daß sie nicht in die Sache hineingezogen wurde. Es würde gefährlich sein, Ebert festzunageln, und er wollte sie keinerlei Risiken aussetzen. Nicht für einen einzigen Moment.

Sie trat näher und faßte seine Arme. »Macht nichts. Morgen abend, ja? Dann feiern wir. Ich werde etwas Besonderes kochen.« Sie zögerte und betrachtete sein Gesicht, dann lächelte sie, und ihre Stimme wurde sanfter. »Du weißt, ich bin stolz auf dich, Axel. Das war ich immer. Du warst immer mehr für mich als nur mein großer Bruder. Du warst wie ...«

»*Nicht* ...«, sagte er leise, denn ihre Worte taten ihm weh. Dennoch konnte er ihr ihre Illusionen nicht rauben; konnte ihr nicht verraten, wie tief er gesunken war. Eines Tages vielleicht, aber nicht jetzt. Vielleicht würde er ihr, wenn er Ebert festgenagelt hatte und die Wahrheit raus war, alles sagen. Aber vorher nicht.

Ihre Augen leuchteten von ihrer tiefen schwesterlichen Liebe zu ihm. Dieser Ausdruck, die Reinheit selbst, ging ihm wie ein Stich durchs Herz, und er ließ seinen Blick sinken.

»Ich muß jetzt gehen.« Er küßte sie auf die Stirn, dann wandte er sich ab. Er ging in sein Zimmer und holte die Tasche, die er vorher gepackt hatte, dann trat er an den kleinen Schreibtisch in der Ecke und zog ein kleines Notizbuch aus der Schublade.

»Dein neuer Job ... ist er gefährlich?« fragte sie und beobachtete ihn aus der Tür.

Er sah sich zu ihr um. »Könnte sein.«

»Dann nimmst du das hier besser mit.«

Sie legte ihm etwas in die linke Hand. Es war ein Anhänger an einer Kette. Ein Kreis aus schwarzer und weißer Jade, dessen beide Hälften sich an einer geschwungenen, S-förmigen Linie trafen; ein *T'ai-chi*[6], das Symbol des Absoluten – von Yin und Yang im Gleichgewicht. Er starrte es an, dann blickte er zu ihr auf.

»Er hat Vater gehört«, antwortete sie auf seine unausgesprochene Frage. »Er hat ihn mir hinterlassen. Aber jetzt gehört er dir. Er wird dich beschützen.«

Er stellte die große Tasche ab und hängte sich den Anhänger um den Hals. Er hielt den Jadekreis einen Moment lang zwischen den Fingern und spürte die kühle Glätte seiner leicht konvexen Oberfläche, dann steckte er ihn unter den Uniformrock.

Er beugte sich vor und küßte sie. »Danke... Ich werde ihn in Ehren halten.«

»Und Axel?«

Er bückte sich, um seine Tasche wieder hochzuheben. »Ja?«

»Danke... für all das hier.«

Er lächelte. Ja, dachte er, aber ich hätte es schon vor Jahren tun sollen.

* * *

Klaus Ebert goß aus der großen Karaffe zwei Branntwein ein, dann drehte er sich um und bot einen seinem Sohn an.

»Hier...«

Hans hob sein Glas. »Auf dich, Vater.«

Klaus lächelte und hob dankbar sein Glas. Er betrachtete seinen Sohn, ohne daß das Lächeln von seinem Gesicht wich, dann nickte er.

»Ich möchte mit dir über etwas reden, Hans. Etwas, das ich nicht ansprechen wollte, solang Mutter dabei war.«

Hans hob die Augenbrauen und nahm einen kräftigen Schluck Brandy. »Mit dem Konzern ist alles in Ordnung, ja?«

Sein Vater lachte. »Liest du deine Berichte nicht, Hans? Es ist nie besser gelaufen. Wir haben uns in fünf Jahren verdoppelt. Wenn das so weitergeht...«

Hans streckte die Hand aus und berührte seinen Vater am Arm. »Ich habe die Berichte gelesen, Vater. Aber das habe ich nicht gemeint. Mir sind Gerüchte über Ärger in den Bergbaugebieten zu Ohren gekommen.«

»Ja...« Klaus betrachtete seinen Sohn mit neuem Respekt. Er hatte die Berichte selbst erst gestern abend bekommen. Es tat gut, zu sehen, daß sich Hans, trotz all seiner anderen Verpflichtungen, über solche Dinge auf dem laufenden hielt. Er lächelte. »Das haben wir alles im Griff. Aber das ist es nicht, worüber ich mit dir reden wollte. Es ist etwas Persönlicheres.«

Hans lachte und zeigte dabei seine schönen, starken Zähne. »Ich dachte, wir hätten das geregelt. Die Tochter des Marschalls scheint eine nette junge Frau zu sein. Ich bin stolz darauf, wie sie mit diesen Attentätern umgegangen ist. Sie wird mir eine gute Frau sein, meinst du nicht?«

Klaus nickte, plötzlich verlegen. »Ja... Das ist der Grund, weshalb ich das Gefühl hatte, ich müßte mit dir reden, Hans. Minister Chuang ist an mich herangetreten.«

Hans verwirrter Blick erheiterte ihn und gab ihm Mut. Er hatte sofort gewußt, daß es nur ein boshaftes Gerücht war. Denn er hielt es für undenkbar, daß sein Sohn in eine derart widerwärtige Sache verwickelt war.

»Ich habe den Minister heute morgen gesehen«, fuhr er fort. »Er hat darauf bestanden, mich persönlich aufzusuchen. Er war... äußerst beunruhigt. Verstehst du, seine Frau...«

Er zögerte und überlegte, ob er nicht vielleicht das Thema wechseln sollte. Hans' Gesichtsausdruck war deutlich zu entnehmen, daß er nichts über Anschuldigungen wußte.

Hans schüttelte den Kopf. »Ich kann dir nicht folgen, Vater. Ist seine Frau krank?«

»Kennst du die Frau?«

»Natürlich. Sie ist in sozialen Kreisen eine ziemlich populäre Gestalt. Ich bin ihr – wie oft war's? – zwölf, vielleicht fünfzehn Mal begegnet.«

»Und was hältst du von ihr?«

Hans lachte. »Warum?« Dann runzelte er die Stirn, als habe er plötzlich begriffen. Er setzte sein Glas ab, und Zorn flackerte in seinen Augen. »Was soll das? Hat der Minister den Verdacht, daß etwas zwischen mir und seiner Frau ist?«

Klaus nickte andeutungsweise und war dankbar, daß sein Sohn es ausgesprochen hatte; befriedigt über seine wutentbrannte Miene.

»Der Schlag soll ihn treffen!« stieß Hans hervor. »Und seine verdammte Frau! Ist das die Art, wie sie mir meine Freundschaft vergelten – mit Verleumdungen und Beschuldigungen?«

Klaus legte seinem Sohn eine Hand auf die Schulter. »Ich verstehe deinen Zorn, Hans. Ich war auch wütend. Ich habe dem Minister gesagt, daß ich seine Behauptungen für unglaubwürdig halte. Ich sagte ihm, ich könne nicht glauben, daß mein Sohn sich so verhalten könnte, wie es dir vorgeworfen wird.« Er bebte vor Entrüstung. »Darüber hinaus habe ich ihm gesagt, er solle entweder stichhaltige Beweise für seine Behauptungen vorlegen oder sich darauf vorbereiten, wegen übler Nachrede verklagt zu werden.«

Hans starrte seinen Vater mit weit aufgerissenen Augen an. »Und was hat der Minister dazu gesagt?«

Klaus zitterte wieder, dann lachte er kurz auf. »Er war zutiefst beleidigt. Er sagte, seine Frau habe versichert, daß es stimmt.«

»Bei allen Göttern ... Warum bloß? Meinst du ...?«

»Was ...?«

Hans atmete betont aus. »Vielleicht habe ich die Frau irgendwie brüskiert. Ich meine, ohne es zu wissen ... Sie hat sich schon immer gern mit jungen Burschen umgeben. Vielleicht war es bloß deshalb, weil ich sie nie umschmeichelt oder ihr den Hof gemacht habe. Vielleicht hat das ihren Stolz verletzt ... Hat der Minister gesagt, wie oder warum sie ihm diese unglaublichen Neuigkeiten eröffnet hat? Es kommt mir ganz ungewöhnlich vor.«

Klaus schüttelte den Kopf. »Ich habe nicht daran gedacht, das zu fragen. Ich war so außer mir ...«

»Natürlich. Vielleicht hatte der Minister eine Auseinandersetzung mit seiner Frau, und um ihn zu kränken, hat sie meinen Namen genannt. Schließlich kann man doch kaum erwarten, daß sie den Namen eines ihren wirklichen Liebhaber nennt, oder?«

Klaus zuckte in Gedanken versunken die Achseln. »Ich glaube nicht ...«

»Trotzdem ... den Nerv zu haben! Mich in ihre schmutzigen Affären hineinzuziehen. Ich könnte mir sie und ihren Mann sofort vornehmen und die Sache klären.«

Klaus' Finger schlossen sich fester um die Schulter seines Sohnes. »Nein, Hans. Ich würde es vorziehen, wenn du es nicht tätest. Ich halte es für das beste, wenn wir den Minister und seine Frau auf Distanz halten.«

»Aber Vater ...«

»Nein. Ich hatte das Gefühl, ich müßte es dir sagen, aber damit laß es gut sein. In Ordnung?«

Hans senkte den Kopf. »Wie mein Vater wünscht.«

»Gut. Dann reden wir über angenehmere Dinge. Ich habe gehört, daß die kleine Jelka morgen heimgeschickt wird. Vielleicht solltest du sie besuchen, Hans. Du könntest ihr ein kleines Geschenk mitbringen ...«

Klaus nickte bei sich, dann leerte er sein Glas. Ja, es verhielt sich wahrscheinlich so, wie Hans vermutete: es hatte einen Streit gegeben, und Chuang hatte Hans' Namen benutzt, um ihrem Mann eins auszuwischen. Es war nicht Minister Chuangs Fehler. Er hatte reagiert, wie jeder Mann es an seiner Stelle getan hätte. Nein, seine Frau trug die alleinige Schuld. Unter diesen Umständen war es nicht ratsam, insgeheim eine feindselige Stimmung entstehen zu lassen. Schlimmer noch, sich den Minister offen zum Feind zu machen. Morgen würde er ein Geschenk schicken – vielleicht eine der neuen Tierkollektionen –, um die Wogen zu glätten.

Er sah seinen Sohn wieder an und lächelte, erfreut über das, was er sah. Er hätte in seinen Tanks kein besseres Wesen erschaffen können. Auch wenn er es selbst sagte, war Hans ein Meisterwerk der Genetik – das Endprodukt einer zweihundertjährigen Zucht. Er war wie ein Gott. Ein König unter den Menschen.

Sein Lächeln wurde weicher. Es verhielt sich so, wie die Sieben es immer wieder erklärten; die Menschen standen auf verschiedenen Ebenen, und Hans, sein Sohn, stand ganz oben an der Spitze. Er sah zu, wie er sein Glas leerte und dann sein Lächeln erwiderte.

»Ich muß jetzt zurück. Du weißt ja, wie das ist...« Hans zögerte, dann trat er vor und küßte seinen Vater auf die Wange. »Aber ich danke dir.«

Klaus grinste. »Wofür? Ich bin dein Vater, Hans. Wer, wenn nicht ich, sollte dich gegen solchen Klatsch verteidigen? Abgesehen davon, wer kennt dich besser als ich, hm?«

Hans trat zurück und verneigte sich knapp. »Trotzdem...«

Klaus hob das Kinn und entließ ihn. »Geh, mein Junge. Die Pflicht ruft.«

Hans grinste, dann wandte er sich ab. Als er gegangen war, ging Klaus Ebert zur Karaffe und goß sich einen zweiten Branntwein ein. In Zeiten wie diesen konnte er von Glück reden, einen solchen Sohn zu haben. Einen Sohn, auf den ein Mann stolz sein konnte. Ein König. Er lächelte und hob sein Glas, prostete seinem abwesenden Sohn lautlos zu, dann kippte er den Inhalt des Glases in einem einzigen mächtigen Schluck hinunter. Ja, ein König unter den Menschen.

* * *

Haavikko saß in Wang Tis Küche, und Ch'iang Hsin, Kao Chens zweijährige Tochter, kuschelte sich in seinen Schoß. Ihm gegenüber war Chen an der Seite seiner Frau damit beschäftigt, das Essen vorzubereiten. Zu seinen Füßen führte ihr fünfjähriger Sohn Wu eine fürchterliche Schlacht zwischen zwei Armeen von Miniaturdrachen, deren winzige Energieversorgungen sie fast lebendig erscheinen ließen.

Als er sich umsah, konnte er sich kaum etwas anderes vorstellen, was sich derart grundlegend von der Welt unterschied, in der er die letzten zehn Jahre gelebt hatte – eine Welt, die von dieser schlichten Häuslichkeit so verschieden war wie der Tod vom Leben. Er erschauderte, als er daran dachte. Eine Welt wirbelnden Rauchs und lächelnden Zorns.

Wang Ti drehte sich zu ihm um und wischte sich die Hände an einem Tuch ab. »Und deine Schwester, Axel? Wie geht's ihr?«

Sie lächelte. »Ihr geht's gut, Wang Ti. Sie ist noch nie so glücklich gewesen, würde ich sagen.«

Sie sah ihn an, als versuche sie ihn zu durchschauen, dann lächelte sie. »Das ist gut. Aber du brauchst eine Frau, Axel Haavikko. Eine Ehefrau.«

Chen lachte und sah in die Runde. »Laß den armen Jungen in Ruhe, Wang Ti. Wenn er sich eine Frau wünscht, wird er früh genug eine finden. Schließlich ist er ein gutaussehender Mann. Und wenn sogar ein häßlicher Knabe wie ich eine Frau finden konnte ...«

Wang Ti schüttelte den Kopf. »Häßlichsein hängt davon ab, wie man sich gibt. Vergiß das nie, mein Mann. Abgesehen davon, wenn ich meine Augen schließe, bist du der schönste aller Männer!«

Mann und Frau lachten; voller Wärme – ein Ausdruck aufrichtigen, selbstironischen Humors.

»Wie auch immer«, fügte Chen nach einem Moment hinzu. »Eine Ehe ist nicht immer etwas so Günstiges. Ich habe zum Beispiel gehört, daß unser Freund Ebert die Tochter des Marschalls heiraten soll.«

Haavikko sah zu Boden, und seine Stimmung schlug bei der Erwähnung Eberts abrupt um.

»Dann bedauere ich das Mädchen. Dieser Mann ist ein Dreckskerl. Er ist an nichts als an seinem eigenen

Vergnügen interessiert. Frag jemanden, der unter ihm gedient hat. Sie werden dir alle dasselbe sagen …«

Chen tauschte einen kurzen Blick mit Wang Ti, als sie die Schalen auf den Tisch stellte, dann nickte er. »Jedenfalls würden sie's, wenn sie keine Angst hätten, ihm über den Weg zu laufen.«

Haavikko nickte. »Das ist wahr. Ich habe ihn die letzten paar Wochen beobachtet – ausspioniert, wenn man so will – und gesehen, wie er sich mit Kumpanen umgibt. Manchmal einem Dutzend oder mehr. Er regelt alle ihre Rechnungen und kauft ihnen kostspielige Geschenke. Als Gegenleistung kriechen sie vor ihm auf dem Boden, hängen an jedem Wort, das er von sich gibt, und lachen auf Befehl. Du kennst diese Sorte. Es macht einen krank. Sie nennen ihn ›den Helden von Hammerfest‹, aber er ist bloß ein Stück Scheiße. Ein mieses Stück Scheiße.«

Chen wischte sich die Hände ab, dann nahm er Axel gegenüber Platz, sein grobschlächtiges Gesicht war nachdenklich. »Ich weiß. Ich hab's selbst erlebt. Aber ich kann's verstehen, Du nicht? Schließlich ist er, wie's die Welt sieht, ein mächtiger Mann – ein *sehr* mächtiger Mann – *Hsiao jen.* In sozialer Hinsicht sind sie nichts ohne ihn. Aber sie hoffen, etwas Größeres zu werden, wenn sie sich ihm anschließen. Sie hoffen, an seinem Rockzipfel zu wachsen.«

Wang Ti hatte die beiden beobachtet, überrascht von ihrem Stimmungswechsel. Sanft und vorsichtig, um das schlafende Kind nicht zu wecken, nahm sie Ch'iang Hsin aus Haavikkos Schoß, dann wandte sie sich ihrem Mann zu, das Kind an ihre Brust gedrückt. »Warum so bitter, mein Mann? Hat dieser Mensch dir denn je etwas getan?«

»Nichts …«, sagte Chen und sah ihr nur kurz in die Augen.

Haavikko blickte zwischen den beiden hin und her, bemerkte die seltsame Regung von Scheu und Unbehagen in Chens Augen und erkannte, daß sie etwas bedeuten mußte, dann beugte er sich ihm wieder entgegen.

»Es gibt ein besonders abstoßendes Exemplar, das seine Nähe sucht. Ein Mann namens Fest. Er war Kadett mit mir, und anschließend diente er mit Ebert und mir unter Tolonen. Er ist jetzt natürlich Hauptmann. Aber damals ...« Axel erschauderte, dann fuhr er fort. »Nun, zum Teil trug er die Schuld an meinem Sturz.«

Chen sah einen Moment an Axel vorbei und hob das Kinn, womit er Wang Ti bedeutete, sie sollten im Nebenzimmer warten, dann sah er Axel wieder an, und sein Gesicht war von Sorge gezeichnet, seine Stimme plötzlich weicher und mitfühlender.

»Was ist passiert?«

Haavikko zögerte, dann lachte er bitter auf. »Es war anders damals. Das verstehe ich jetzt. Die Welt, meine ich. Sie war anders gestaltet. Nicht bloß in meinem Kopf, sondern auch außerhalb davon. Man konnte der äußeren Erscheinung der Dinge sehr viel mehr trauen. Aber selbst damals gab es welche – darunter Ebert –, die irgendwie ... mißraten waren, könnte man sagen. *Verdreht.* Und es liegt in ihrer Natur, andere nach ihrer eigenen verzerrten Gestalt zu formen.«

Er blickte auf, fuhr unmerklich zusammen, und die schiere Roheit des Schmerzes in seinen Augen ließ Chen den Atem stocken.

»Wir waren an dem Tag, als es passierte, zum Netz runtergefahren. Ebert, Fest und ich. Wir waren hinter den Mördern von Lwo Kang her, dem Minister des T'ang, und waren angewiesen, auf eine Kontaktaufnahme von unseren Triaden-Verbindungsleuten dort zu warten. Nun, ich wußte nicht, daß Ebert für uns eine Übernachtung in einem Puff arrangiert hatte. Dort fing es an, glaube ich. Er hatte mich unter Drogen gesetzt, und ich ... nun, ich wachte im Bett mit einem dieser Mädchen auf. Das war der Anfang. Es hört sich im

Rückblick ziemlich blöd an, aber es ... nun, es ist so, als sei ich bis dahin sauber gewesen; ein anderer Mensch, unbefleckt und unberührt von all diesen dunklen Dingen, die mich später beherrschen sollten.«

»Und das ist alles, was dort passiert ist?«

Haavikko lachte bitter. »Nein. Aber da hat es angefangen. Das begreife ich jetzt. Die beiden Dinge sind untrennbar. Das und was darauf folgte. Sie waren Teil desselben Prozesses. Teil der Verdrehtheit, die dieser Mann ausstrahlt.«

»Ebert, meinst du?«

Haavikko. »Wie auch immer ... Es geschah später an diesem Tag. Nachdem wir die Leichen der Attentäter gefunden hatten. Nachdem wir die Grube besucht und zugesehen hatten, wie Karr den Meister Hwa besiegte und tötete. Ebert nahm uns nach dem Kampf in die Umkleideräume mit. Er wollte Karr zum Abendessen einladen, um seinen Sieg zu feiern. Verstehst du, da gab es etwas, das ihm nicht gehörte, und er wollte es besitzen. Aber Karr hatte nichts davon. Und dann traf Tolonen ein und akzeptierte Karrs Dienste als Führer. Oh, es ist alles miteinander verbunden. Das sehe ich jetzt ganz deutlich. Aber damals ... nun, da glaubte ich noch, die Dinge geschähen einfach so – du kennst doch dieses Sprichwort, *Mei fa tzu* – das ist Schicksal. Aber es steckte ein Muster dahinter. Ein Plan.«

Haavikko machte eine Pause und holte tief und zittrig Luft, dann fuhr er fort.

»Es geschah, nachdem wir das Apartment des Attentäters verlassen hatten. Wir saßen in der Limousine: Ebert, Fest und ich. Ebert zog vom Leder, erst über Karr und dann über den General. Er sagte Dinge, die er in Gegenwart des Generals nie zu sagen gewagt hätte. Als ich ihm deswegen Vorwürfe machte, drängte Fest sich zwischen uns. Er sagte, ich sollte vergessen, was ich gehört hatte. Aber das konnte ich nicht ...«

Haavikko blickte schweigend auf seine Hände. Als

er wieder aufsah, hatte er eine seltsame Traurigkeit in den Augen.

»Ich bedauere nicht, was ich getan habe. Selbst heute glaube ich nicht, ich hätte mich anders verhalten sollen. Es war nur ... nun, laß es mich erklären. Als ich mit dem General allein war, habe ich ihn gebeten, mich zu versetzen. Ich fühlte mich unrein, verstehst du. Natürlich hat mich der Alte nach meinen Gründen gefragt. Aber als ich einer Antwort auszuweichen versuchte, befahl er mir, ihm zu erklären, was los sei. Das tat ich dann auch. Ich berichtete ihm, was in der Limousine gesagt worden war.«

Chen ließ Atem ab. »Ich verstehe ...«

»Ja. Du kannst es dir vorstellen. Tolonen war außer sich. Das hatte ich nicht beabsichtigt – schon damals hielt ich es nicht für richtig, daß Ebert wegen etwas aus den Streitkräften geworfen wird, was er in einem erhitzten Moment gesagt hat. Aber es lag zu diesem Zeitpunkt nicht mehr in meinen Händen. Und dann ...«

»... hat Fest ihn verteidigt?«

Haavikko nickte. »Ich konnte es nicht glauben. Sie waren beide so überzeugend. So sehr, daß ich mich noch Monate später fragte, ob ich mich nicht geirrt hatte. Ob ich mir das alles nur eingebildet hatte. Ob ihre Version nicht eher der Wahrheit entsprach. Es war, als habe ich schlecht geträumt. Aber es war ein Traum, aus dem ich nicht erwachen konnte. Und es hat alles damals angefangen. An jenem Tag vor zehn Jahren.«

Eine Stimme sprach aus dem Schatten der Tür hinter ihnen. »Ich erinnere mich an diesen Tag sehr gut.«

Die beiden Männer sahen sich überrascht um. Eine Gestalt stand in der Tür: ein Riese von einem Mann, der den Kopf eingezogen hatte, um nicht an die Oberschwelle zu stoßen, und dessen breite Schultern den Türrahmen ausfüllten. Karr.

Chen sprang sofort aus seinem Stuhl. Er lief zu ihm

und umarmte den großen Mann, lächelte gequält. »Gregor! Du hättest sagen sollen, daß du kommst!«

Karr hielt seinen Freund am Arm und lächelte ihn an, dann wandte er sich wieder Axel zu.

»Ja, ich erinnere mich sehr gut, Axel Haavikko. Ich erinnere mich, daß Sie an diesem Tag gekommen sind, um mich kämpfen zu sehen. Aber jetzt erst begreife ich, warum Sie damals so schnell von der Bildfläche verschwunden sind. Sie haben allen Grund, Major Ebert zu hassen.«

Haavikko blickte verlegen zu Boden. »Wenn ich mich habe gehen lassen, Major Karr ...«

Karr lachte. Er hatte vertraulich einen Arm um Chens Schulter gelegt, wie ein Vater seinem Sohn. »Hier bei Kao Chen haben wir eine Vereinbarung getroffen, und Sie müssen sich ihr anschließen, Axel. In diesen Zimmern gibt es keine Ränge und keine Formalitäten, verstanden? Hier sind wir bloß Freunde. Kao Chen besteht darauf, und ich ...« Sein Lächeln wurde breiter. »Nun, als Ihr Oberoffizier bestehe ich ebenfalls darauf. Chen hier ist Chen. Und ich bin Gregor.«

Karr streckte die Hand aus. Haavikko stand langsam auf, betrachtete die angebotene Hand und zögerte selbst jetzt noch, sich soweit einzulassen. Aber dann blickte er Chen an und sah, wie sehr der Blick seines Freundes ihn dazu drängte, Karrs Angebot anzunehmen.

Er schluckte trocken. »Ich bin dankbar. Aber es gibt noch eines, was Sie wissen sollten, bevor Sie mich hier akzeptieren.« Er sah von einem zum anderen. »Ihr seid gute Männer, und ich habe nicht gern Geheimnisse vor euch. Ihr müßt wissen, was ich bin. Was ich getan habe.«

»Nur weiter«, sagte Karr und hielt die Hand weiter ausgestreckt.

Haavikko starrte Karr an, sah ihm ohne auszuweichen in die Augen. »Ich sagte schon, es war ein Gefühl wie in einem Alptraum, aus dem ich nicht erwachen konnte. Nun, zehn Jahre lang habe ich Tag und Nacht in diesem Alptraum gelebt. Aber dann, vor etwa einem Monat, bin ich daraus erwacht. Wieder fand ich mich im Bett eines Freudenhauses wieder, und wieder lag ein fremdes Mädchen neben mir. Aber diesmal war das Mädchen tot, und ich wußte, daß ich sie umgebracht hatte.«

Karr kniff die Augen zusammen. »Sie *wußten es*?«

Haavikko erschauderte. »Ja. Ich erinnere mich ganz lebhaft daran.«

Karr und Chen tauschten Blicke, gaben sich versteckte Zeichen, dann sah Karr Haavikko wieder an. Sein Hand hatte keinen Moment geschwankt. Er hielt sie ihm immer noch hin.

»Wir alle haben Dinge getan, derer wir uns schämen, Axel Haavikko. Selbst das, was Sie uns eben erzählt haben – selbst das macht aus Ihnen noch keinen schlechten Menschen. Chen hier zum Beispiel. Halten Sie ihn für einen guten Menschen?«

Haavikko sah Chen an. »Ich würde mein Leben darauf wetten.«

»Dann werden Sie vielleicht überrascht sein zu erfahren, daß Chen einer der beiden Attentäter war, hinter denen Sie vor zehn Jahren her waren.«

Haavikko schüttelte den Kopf. »Nein. Das ist nicht möglich. Sie waren beide tot. Ich habe die Leiche des *Kwai* selbst gesehen.«

Karr lächelte. »Nein, das war ein anderer Mann. Ein Mann, den Chen bezahlt hat, damit er ihn spielt. Das ist etwas, worauf er nicht stolz ist. Etwas, das er gerne ungeschehen machen würde. Dennoch macht das keinen schlechten Menschen aus ihm.«

Haavikko starrte Chen fassungslos an. »Natürlich ... die Narbe.« Er trat vor und zog die Narbe unter Chens linkem Ohr mit dem Zeigefinger nach. »Ich erkenne dich jetzt. Du warst der in dem Film. Mit deinem

Freund, diesem Kleinen. Auf der Hauptstraße der elften Ebene.«

Chen lachte überrascht. »Das hattet ihr auf Film?«

»Ja ...« Haavikko runzelte die Stirn. »Aber ich verstehe das immer noch nicht. Wenn du einer der Mörder wärst ...«

Karr antwortete für Chen. »Li Shai Tung hat Kao Chen verziehen. Er hat gesehen, was mir sofort klar war. Was Sie auch erkannt haben. Daß Chen ein guter Mensch ist. Ein aufrichtiger Mann, wenn man ihm die Chance dafür gibt. So sind die Menschen, wenn sie durch die Umstände nicht zu etwas anderem gezwungen werden.«

»Oder durch die Geburt ...«, sagte Haavikko und dachte wieder an Ebert.

»So?« sagte Karr und hielt ihm weiterhin die Hand hin. »Werden Sie sich uns anschließen, Axel? Oder werden Sie von Ihrer Vergangenheit bestimmen lassen, was Sie in Zukunft sein werden?«

Haavikko sah vom einen zum anderen, dann lächelte er sie gequält an, und Tränen sammelten sich in seinen Augenwinkeln, als er einschlug und Karrs Hand schüttelte.

»Gut«, sagte Wang Ti, die gerade in der Tür erschien. Sie ging an ihnen vorbei und lächelte Axel an, als begrüßte sie ihn zum erstenmal. »Und außerdem wird's Zeit. Kommt, ihr drei. Setzt euch und eßt, bevor das Essen schlecht wird.«

* * *

Während des Essens schilderte Karr in groben Zügen, was sich seit seiner Rückkehr vom Mars ereignet hatte. Ihr einziger brauchbarer Hinweis auf die Mörder der Verwaltungsbeamten hatte sie zu einer kleinen *Ping Tiao*-Zelle in den Mittleren Ebenen fünfzig *li* südlich von Bremen geführt. Seine Männer observierten sorgfältig das Kommen und Gehen der Terroristen. Sie hatten strenge Anweisungen, den *Ping Tiao* keinen Hinweis zu geben, daß sie beobachtet wurden, aber sie konnten nicht ewig so weitermachen.

»Ich werde heute nacht mit einem Trupp eindringen«, sagte Karr, lehnte sich vom Tisch zurück und wischte sich den Mund mit dem Handrücken ab. »In den frühen Morgenstunden. Ich will soviel Mitglieder dieser Zelle festnehmen wie möglich, wir müssen also auf dem Posten sein.«

Chen nickte mit vollem Mund, dann schluckte er. »Das wird schwierig sein. Sie sind gut organisiert und stellen die ganze Nacht Wachen auf. Und wenn man ihnen endlich gegenübersteht, stehlen sie sich davon wie Schatten. Du wirst sie irgendwie in die Enge treiben müssen. Aber selbst wenn du das tust, ich habe gehört, sie sterben lieber als sich gefangennehmen zu lassen.«

»Ja... aber das tun schließlich die meisten Menschen, wenn ihnen keine andere Wahl bleibt. Sun Tzu hat recht: laß einem Mann nur einen Fluchtweg, und seine Entschlossenheit, bis zum Tod zu kämpfen, ist augenblicklich untergraben. Er wird erkennen, wie süß das Leben ist, und sich daran klammern. So wird es heute nacht sein. Ich werde ihnen einen Weg zurück ins Leben anbieten. Wenn wir nur einen von ihnen erwischen, können wir vielleicht der ganzen Sache auf den Grund gehen.«

Haavikko lächelte. Der Mann sah aus, aß sogar wie ein Barbar, aber er dachte wie ein General. Tolonen hatte sich vor all den Jahren nicht getäuscht, als er dies in Karr zu sehen glaubte. Haavikko legte seine Eßstäbchen hin und schob seine Schale weg, dann griff er in die Tasche und zog das Notizbuch heraus.

»Was ist das?« fragte Karr und hob das Kinn.

Haavikko reichte es ihm über den Tisch. »Schauen Sie sich's selbst an.«

Er sah zu, wie der große Mann mit dem Daumen durch das Notizbuch blätterte. Zuerst runzelte Karr die Stirn, ohne zu begreifen, dann nickte er, und ein leichtes Lächeln trat auf seine Lippen. Schließlich blickte er auf und sah Axel in die Augen.

»Haben Sie das alles selbst gemacht?«

»Ja.«

Chen schob seine Schale beiseite und beugte sich interessiert vor. »Was ist das?«

Karr sah ihm nachdenklich in die Augen. »Es ist eine Analyse der offiziellen Ermittlungen nach Minister Lwo Kangs Mörder. Und wenn ich mich nicht irre, stehen hier eine Menge Dinge, die die Kommission des T'ang nie in ihre Berichte aufgenommen hat.«

Karr reichte Chen das Buch hinüber, dann sah er Haavikko wieder an. »Darf ich Sie fragen, warum Sie das getan haben, Axel?«

»Ich habe den Befehl dazu erhalten.«

Karr lachte. »Den Befehl?«

»Ja, von General Tolonen, kurz bevor ich aus seinem Dienst entlassen wurde. Er hat mich gebeten, eine Liste von Verdächtigen zusammenzustellen, wie unwahrscheinlich sie auch sein mag. Männer, die hinter den Attentätern gestanden haben könnten. Es war ein ausdrücklicher Befehl, und er hat ihn nie aufgehoben.«

Karr starrte Haavikko fassungslos an. »Ich verstehe. Aber dann sollte Marschall Tolonen sie doch wohl sehen?«

Haavikko zögerte, dann senkte er den Blick und schüttelte den Kopf.

»Ich verstehe«, sagte Karr. »Und vielleicht haben Sie recht. Nach dem, was passiert ist, dürfte er keinen Grund mehr haben, Ihnen zu vertrauen, stimmt's? Der Marschall würde es nur als Versuch betrachten, es Ebert heimzuzahlen. Er würde glauben, Sie hätten dies erfunden, um Ihre Feinde in Mißkredit zu bringen.«

Haavikko nickte, dann blickte er wieder auf, und

seine Augen glühten förmlich. »Aber ihr beiden kennt Ebert. Ihr wißt, wie er ist. Daher könnte uns das da vielleicht helfen«, er deutete auf das Notizbuch in Chens Händen, »so unvollständig es auch ist, den Dreckskerl festzunageln.«

Chen schaute auf. »Er hat recht, Gregor. Es liest sich interessant.«

»Interessant ja. Aber nicht schlüssig.«

Chen nickte nachdenklich und lächelte Karr an. »Genau. Aber es ist ein Anfang.«

»Etwas, womit man arbeiten kann.«

»Ja …«

Haavikko bemerkte, wie die beiden Männer einander wissend anlächelten, und ein unerwartetes Gefühl der Wärme – des Zugehörigseins – durchströmte ihn. Er war nicht mehr allein. Jetzt waren sie zu dritt, und gemeinsam würden sie Ebert schaffen, ihn als den Schwindler – die leere Hülle – entlarven, der er war.

Karr richtete seinen Blick wieder auf ihn. »Ist das die einzige Ausfertigung?«

»Nein, es gibt eine zweite, die sich unter einigen Gegenständen befindet, die ich meiner Schwester Vesa vermacht habe.«

»Gut.« Karr wandte sich Chen zu. »In diesem Fall nimmst du diese Ausfertigung in Verwahrung, Chen. Ich gebe dir zwei Wochen bezahlten Urlaub. Von morgen an. Ich möchte, daß du einigen dieser Hinweise nachgehst. Insbesondere wenn sie sich auf Männer beziehen, die Bekannte oder Geschäftsfreunde der Eberts sind.«

»Und wenn ich etwas herausfinde?«

Plötzlich klopfte jemand laut an die Eingangstür des Apartments. Die drei Männer wandten sich in die Richtung, aus der der Lärm kam, und Kao Chen erhob sich. Einige Stimmen redeten durcheinander, und kurz darauf erschien Wang Ti in der Tür.

»Es ist ein Bote für Sie, Major Karr«, sagte sie, und

die Erwähnung von Karrs Dienstgrad gab ihnen allen zu verstehen, daß der Mann in Hörweite im Nebenzimmer stand.

»Ich komme«, sagte Karr, aber er war nur für ein paar Sekunden fort. Als er zurückkam, hatte heftige Wut seine Züge verzerrt.

»Ich glaub's nicht. Sie sind tot.«

»Wer?« fragte Chen erschrocken.

»Die *Ping Tiao*-Zelle. Alle acht.« Karrs mächtige Gestalt bebte vor Erregung, dann lenkte er seinen Blick nach innen und nickte. »Jemand hat's gewußt. Jemand ist uns zuvorgekommen.«

* * *

Als Karr eintraf, stand Ebert mit seinem Hauptmann Auden zusammen, und lachte mit zurückgeworfenem Kopf. Überall hatte ein schwerer Beschuß seine Spuren hinterlassen. An einer Seite der großen Kreuzung lagen Leichensäcke aufgestapelt, während die Korridore, die in alle Richtungen davonführten, mit Trümmern übersät waren.

Karr überschaute die Überreste des Gemetzels, dann wandte er sich Ebert zu. »Wer war das?« verlangte er zu wissen.

»Wer war was?« fragte Ebert schroff, fast streitsüchtig.

»War's DeVore?«

Ebert lachte kühl. »Wovon reden Sie, Major Karr? Es waren *Ping Tiao*. Aber jetzt sind sie tot. Acht weniger von den Scheißkerlen, um die man sich Sorgen machen müßte.«

Karr verfiel in Schweigen, als ihm plötzlich klar wurde, was geschehen war. »Haben Sie sie getötet?«

Ebert sah Auden an, und das schwache Lächeln kehrte auf seine Lippen zurück. »Bis zum letzten Mann.«

Karr ballte die Fäuste, damit er nicht die Beherrschung verlor. »Können wir uns hier irgendwo unterhalten?« fragte er gezwungen. »Wo wir ungestört sind?«

Auden deutete auf ein Zimmer um die nächste Ecke. »Ich werde eine Wache aufstellen.«

»Nicht nötig«, sagte Karr. »Es wird nicht lang dauern.«

Als sich hinter ihm die Tür geschlossen hatte, ging Karr sofort auf Ebert los.

»Sie verdammter Vollidiot! Warum haben Sie nicht gemeldet, was Sie da gemacht haben? Wer hat Ihnen die Erlaubnis gegeben, dort einzudringen, ohne mich zu verständigen?«

Eberts Augen flackerten. »Dazu brauche ich nicht *Ihre* Erlaubnis, Karr …«

Karr baute sich drohend vor ihm auf. »In diesem Fall schon! Marschall Tolonen hat mir die Verantwortung für diese Untersuchung übertragen, und solang sie läuft, haben Sie mir alles zu melden, ist das klar, Major Ebert? Mit Ihrem überstürzten Vorgehen haben Sie wirklich alles versaut. Ich hatte diese Zelle unter ständiger Beobachtung.«

Ebert blickte uneingeschüchtert zu dem großen Mann auf und antwortete in demselben angewiderten Ton. »Nun, dann habe ich Ihnen doch eine Menge Ärger erspart, oder?«

Karr schüttelte den Kopf. »Sie arroganter Scheißer. Begreifen Sie denn nicht? Ich wollte sie lebend. Wir wollten heute abend zuschlagen, um jeden einzelnen lebend zu erwischen. Jetzt wird sich die ganze verdammte Bande aus dem Staub machen, und die Götter wissen, wann wir noch einmal eine solche Chance bekommen.«

Ebert starrte ihn finster an, und seine Hände zitterten vor Wut. »Das können Sie nicht mir anhängen, Karr. Sie haben die Sache versaut, nicht ich. Ich habe nur meine Arbeit getan und entsprechend den vorliegenden Hinweisen gehandelt. Wenn Sie Ihre Offizierskollegen nicht auf dem laufenden halten können …«

Karr hob die Hand und spannte die Finger an, als wollte er Ebert ins Gesicht schlagen, dann nahm er die Spannung langsam wieder zurück. Mit Gewalt würde er nichts erreichen.

»Gibt es unter unseren Leuten Verletzte?«

Ein häßliches Zucken verzerrte Eberts Gesicht. Er sah zur Seite und senkte die Stimme. »Ein paar …«

»Und das heißt?«

Ebert zögerte, dann sah er ihn wieder an. »Vier Tote, sechs Verletzte.«

»Vier Tote! *Ai ya!* Was, zum Teufel, haben Sie bloß angestellt?« Karr schüttelte den Kopf, dann wandte er sich angeekelt ab. »Sie sind ein Versager, Ebert, wissen Sie das? Wie konnten Sie nur vier Männer verlieren? Sie brauchten nur zu warten. Irgendwann hätten die *Ping Tiao* Sie angreifen müssen.«

Hinter Karrs Rücken setzte Ebert eine Miene tiefster Abscheu auf. »So einfach war das nicht …«

Karr fuhr herum. »Sie haben's versaut!«

Ebert sah weg, dann wandte er ihm wieder den Blick zu und nahm eine plötzlich viel drohendere Haltung an. »Ich glaube, Sie haben genug gesagt, Karr. Verstanden? Einen Mann wie mich macht man sich nicht zum Feind.«

Karr lachte ätzend. »Sie wiederholen sich, Major Ebert. Oder haben Sie unser erstes Treffen vergessen?« Er beugte sich vor und spuckte zwischen Eberts Füße. »Da! Vielleicht hilft das Ihrem Gedächtnis auf die Sprünge. Sie waren damals ein Stück Scheiße und sind's heute noch.«

»Ich habe keine Angst vor Ihnen, Karr.«

»Nein …« Karr nickte. »Nein, ein Feigling sind Sie nicht, dafür kann ich bürgen. Aber Sie sind immer noch ein Schandfleck in der Uniform des T'ang, und ich werde Sie vernichten.«

Ebert lachte höhnisch. »Versuchen Sie's nur.«

»Ja, ich werd's versuchen. Und wenn's das letzte ist, was ich tue. Aber unterschätzen Sie mich nicht, Hans Ebert. Denken Sie nur daran, was ich damals in der Grube mit Meister Hwa gemacht habe. Er hat mich auch unterschätzt, und jetzt ist er tot.«

»Soll das eine Drohung sein?«

»Nehmen Sie's, wie Sie wollen. Aber zwischen Männern, wenn Sie verstehen, was ich meine. Wenn Sie sich an den Marschall wenden, werde ich jedes Wort bestreiten. Wie Sie's selbst vor zehn Jahren einmal getan haben.«

Ebert kniff die Augen zusammen. »Dieser Offizier, der Sie begleitet... das ist doch Haavikko, nicht? Ich glaube, ich erinnere mich an den kleinen Scheißer.«

Karr musterte Ebert und wußte jetzt mit Sicherheit, daß Haavikko ihm die Wahrheit über ihn gesagt hatte, dann nickte er. »Ja, Haavikko. Aber ich rate Ihnen dringend, die Finger von ihm zu lassen. Wenn er ohne guten Grund auch nur die kleinste Schramme hat, werde ich Sie dafür zur Verantwortung ziehen. Und nicht einmal tausend Ihrer Busenfreunde könnten mich aufhalten.«

* * *

Tsu Ma stand im Hof der Ställe von Tongjiang und wartete, während der Stallknecht den Araber aus seiner Box holte. Er sah sich um, fühlte sich auf einmal seltsam unbehaglich, und war beunruhigt darüber, daß sie vor ihm losgeritten war.

Er hatte versucht, seine Gedanken von ihr loszureißen, sein Herz von dem Bann zu befreien, den sie auf ihn ausübte, doch es hatte keinen Sinn. Er hatte sich in sie verliebt.

Verliebt. Er lachte, erstaunt über sich selbst. Das war

ihm noch nie passiert. In den ganzen siebenunddreißig Jahren seines bisherigen Lebens nicht.

Er brauchte nur die Augen zu schließen, dann hatte er ihr Bild wieder vor sich, und es verschlug ihm den Atem. Und dann erinnerte er sich immer daran, wie es auf jener Insel im Laternenlicht gewesen war; wie sie in der Melodie aufgegangen war, die sie gespielt hatte; wie ihre Stimme seinem Geist eine Stimme verliehen und ihn befreit zu haben schien, damit er wie ein Vogel in die dunkle Nacht davonflog. Und wie sie später, als er im Wasser stand, hinter ihrem Mann gestanden und ihn betrachtet hatte, den neugierigen Blick an seine nackte Brust geheftet.

Ein Leben? hatte sie in der Tür des verfallenen Tempels gefragt. *Ein Leben?* als bedeute es etwas Besonderes. Als lade es ihn ein, sie zu berühren. Aber dann, als er sich vorgebeugt hatte, um ihre Wangen zu streicheln, war sie zurückgewichen, als wollte sie jemand entweihen, und all sein Wissen um sie war von ihrer Weigerung zerschlagen worden.

Hatte er sich bei diesen wenigen Gelegenheiten geirrt? Hatte er sie falsch eingeschätzt? Es schien so. Und doch hatte sie ihm geschrieben. Im Geheimen. Eine winzige handschriftliche Notiz, in der sie ihn bat, ihr ihre Launigkeit zu verzeihen und mit ihr auszureiten. Geschah das nur, um – ihrem Mann zuliebe – keinen schlechten Eindruck zu hinterlassen, oder sollte er zwischen den Zeilen noch mehr lesen?

Noch immer klangen ihm ihre Worte in den Ohren. *Wenn ich frei wäre ...*

Eine solche Affäre auch nur in Betracht zu ziehen, grenzte an Wahnsinn. Das konnte zwischen dem Li-Clan und ihm selbst nur für böses Blut sorgen und die generationenalten Bande zwischen ihren Familien erschüttern. Das wußte er. Und doch trieb der bloße Gedanken an sie ihm alle Bedenken aus, was er tun *sollte*. Sie hatte ihn verzaubert, ihm den Verstand geraubt.

Das wußte er auch. Und doch war sein Wissen nichts verglichen mit dem Zwang, der ihn dazu trieb, sie wiedersehen zu wollen, alles zu riskieren, nur um sie wiederzusehen.

Er drehte sich um, als er hörte, daß der Stallknecht mit dem Araber zurückkam.

»*Chieh Hsia.*« Der Junge verneigte sich und hielt ihm die Zügel hin.

Tsu Ma lächelte und nahm sie in die Hand. Dann setzte er einen Fuß auf den Steigbügel und schwang sich auf das Pferd. Die Stute scheute, aber er beruhigte sie mit den Schenkeln. Es war Li Yüans Pferd; das Pferd, auf dem er bei seinem letzten Besuch geritten war. Er zog es langsam herum und versuchte sich wieder an das Tier zu gewöhnen, dann stieß er ihm die Fersen in die Flanken und jagte aus dem Hof nach Norden, in Richtung der Berge.

Er wußte, wo er sie finden würde: dort am Rande des Tempelteichs, wo sie zuletzt miteinander geredet hatten. Dort stand sie auch, das Gesicht abgewandt und ihre ganze Haltung seltsam traurig und verzweifelt. Ihr Gesicht war blaß, sehr viel blasser, als er es in Erinnerung hatte, als sei sie krank gewesen. Er runzelte die Stirn, weil ihn irgend etwas beunruhigte, dann bemerkte er mit einem Schock, welche Kleider sie trug. Ihr Reitrock war hellrosa, fast weiß, und schwarz paspoliert, ihre Hose azurblau. Und ihr Haar ... in ihr Haar waren Rubine geflochten.

Er lachte leise, erstaunt. Es waren dieselben Farben – dieselben Juwelen – wie jene, die sie bei ihrer ersten Begegnung getragen hatte. Aber was hatte das zu bedeuten?

Sie blickte auf, als er näherkam, den Blick schmerzerfüllt, die Lippen zusammengepreßt, den Mund seltsam starr. Sie hatte geweint.

»Ich wußte nicht, ob Ihr kommen würdet.«

Er zögerte, dann trat er an ihre Seite.

»Ihr solltet nicht allein soweit hinausreiten …«

»Nein?«

Die Wut in ihrer Stimme ließ ihn zurückschrecken. Er griff in seinen Rock und zog ein Seidentaschentuch heraus. »Hier … Was ist denn passiert?«

Er sah zu, wie sie sich die Wangen abtupfte und dann die Augen wischte, und ihr leichtes Erbeben ging ihm wie ein Stich ins Herz. Er wollte sie in die Arme schließen, um sie festzuhalten und zu trösten, doch er hatte sich schon einmal geirrt.

»Ich kann's nicht ertragen, Euch weinen zu sehen …«

Sie sah ihn an, und erneut blitzte Zorn in ihren Augen auf, dann sah sie zu Boden, als werde sie wieder weich. »Nein …« Sie schluchzte und zerknüllte das Tuch zwischen den Händen. »Nein, es ist nicht Eure Schuld, Tsu Ma.«

Er befeuchtete die Lippen, dann sprach er wieder. »Wo ist Euer Mann?«

Sie lachte bitter und starrte unbewegt auf ihre zusammengepreßten Hände. »Männer! Was sind Ehemänner schon anders als Tyrannen?«

Ein weiteres Mal überraschte ihn die Wut in ihrem Gesicht.

Sie drehte sich um, blickte mit weit aufgerissenen Augen zu ihm auf, und ihre Stimme klang bitter. »Er schläft mit seinen Mägden. Ich hab's gesehen.«

»Ach so …« Er sah ins Wasser und bemerkte darin ihr Spiegelbild. »Vielleicht deshalb, weil er ein Mann ist.«

»Ein Mann!« Sie lachte bissig, und ihr herausfordernder Blick begegnete seinem im Wasserspiegel. »Und Männer sind anders, wie? Haben sie einen anderen Appetit, andere Bedürfnisse?« Sie sah ihn wieder direkt an und zwang ihn, auch ihr wieder unmittelbar in die Augen zu sehen. »Ihr redet wie meine Brüder, Tsu Ma. Sie glauben, ihr Geschlecht mache sie mir überlegen, dabei kann jeder …«

Sie hielt inne, dann lachte sie. »Seht Ihr, selbst die Sprache, die wir benutzen, verrät mich. ›Jedermann‹ wollte ich sagen.«

Er nickte, denn zum erstenmal verstand er sie. »Doch das ist die Ordnung der Dinge«, erklärte er sanft. »Ohne das ...«

»Ich weiß«, sagte sie ungeduldig, dann wiederholte sie es leiser und lächelte ihn dabei an. »Ich weiß ...«

Er betrachtete sie und erinnerte sich daran, was ihr Cousine Yin Wu Tsai über sie gesagt hatte: daß sie mit dem Körper einer Frau, doch mit der Seele eines Mannes zur Welt gekommen sei. Es stimmte. Sie sah so zierlich aus, so leicht zu brechen, und doch hatte sie tief in ihrem Innern etwas erstaunlich Robustes, etwas Hartes und Kompromißloses. Vielleicht war es das – das prekäre Gleichgewicht in ihrem Wesen –, das er so liebte. Das Gefühl, als stünde er bei ihr auf Eis, unter dem ein Feuer glühte. Als verberge sich etwas Erdiges unter dem oberflächlichen Glanz.

»Ihr seid nicht wie die anderen Frauen.«

Er sagte es leise und bewundernd, und sah die Regung ihrer Augen, mit der sie darauf reagierte, das Weicherwerden ihrer Züge.

»Und Ihr? Seid Ihr wie die anderen Männer?«

Bin ich das? fragte er sich. Oder bin ich einfach das, was sie von mir erwarten? Als er sie wieder ansah, stellte er fest, daß er keine Antwort darauf wußte. Wenn ein Dasein als T'ang bedeutete, daß er sich nie seinen Herzenswunsch erfüllen konnte, welchen Zweck hatte es dann, T'ang zu sein? Dann wäre er besser nie zur Welt gekommen.

»Ich glaube, ja«, antwortete er. »Ich habe dieselben Gefühle, Sehnsüchte und Gedanken.«

Sie beobachtete ihn aufmerksam, als versuchte sie ein Rätsel zu lösen, das sie sich selbst aufgegeben hatte. Dann wandte sie den Blick von ihm ab, sah zu Boden, und die Andeutung eines Lächelns umspielte ihre Lippen. »Ja … aber es ist das Gleichgewicht zwischen diesen Dingen, das einen Mann zu dem macht, was er ist, meint Ihr nicht, Tsu Ma?«

Er lachte. »Und Ihr meint, mein Gleichgewicht ist … anders?«

Sie blickte herausfordernd zu ihm auf. »Ihr nicht?« Sie hob stolz das Kinn und öffnete weit ihre dunklen Augen. »Ich kenne Euch nicht besonders gut, Tsu Ma, aber eines weiß ich – ich weiß, Ihr würdet der ganzen Welt die Stirn bieten, um zu bekommen, was Ihr wollt.«

Er verfiel in Schweigen. Dann hatte sie ihn also verstanden. Doch er hielt sich immer noch zurück und erinnerte sich an den Fehler, den er schon einmal gemacht hatte. Ein zweites Mal zurückgewiesen zu werden, wäre undenkbar, unerträglich gewesen. Er schluckte und senkte den Blick.

»Ich weiß nicht. Ich …«

Sie stand abrupt auf, und er blickte überrascht zu ihr auf.

»Dieses ganze Gerede«, sagte sie und sah zu den Pferden hinüber, die in der Nähe grasten. »Es ist ungesund. Unnatürlich.« Sie sah auf ihn herab. »Meint Ihr nicht?«

Er stand langsam auf, fasziniert von der plötzlichen Wende, ihrer ständig schwankenden Stimmung. »Was schlagt Ihr vor?«

Sie lächelte und war plötzlich wieder die Frau, die er kennengelernt hatte, fröhlich und selbstsicher, bar aller Tiefen und Feinheiten, die sie eben noch hatte ahnen lassen.

»Ich weiß was«, rief sie. »Machen wir ein Rennen. Bis zum Leuchtturm. Kennt Ihr ihn?«

Er kniff die Augen zusammen. »Wir sind zehn *li* von hier daran vorbeigekommen, richtig?«

»Genau.« Ihr Lächeln wurde breiter. »Also? Macht Ihr mit?«

»Ja«, sagte er und lachte. »Warum nicht? Und keine Pause, ja? Einfach drauflos.«

»Natürlich«, erwiderte sie und sah ihm wissend in die Augen. »Einfach drauflos.«

* * *

Fei Yen hielt ihr Pferd an und sah über die Schulter den steilen Hang unter dem Leuchtturm hinunter. Tsu Ma lag etwa fünfzig *ch'i* zurück. Sein Pferd quälte sich Schritt für Schritt hinauf.

Ihre Augen glänzten, und ihre Brust hob und senkte sich schnell. Sie fühlte sich erschöpft. Es war ein denkwürdiges Rennen gewesen.

Tsu Ma hielt neben ihr an. Sein Pferd zog den Kopf zurück, völlig verausgabt von der Jagd, und er beugte sich herunter und streichelte seinen langen Kopf, um es zu beruhigen. Dann blickte er zu Fei Yen auf, und seine starken Züge formten ein vergnügtes Lächeln.

»Das war gut. Ich habe seit Jahren nicht mehr soviel Spaß gehabt!«

Er lachte, ein tiefes, volles Lachen, das ihr einen Schauer den Rücken hinunterrieseln ließ. Dann streckte er den Arm aus und strich ihr die Haare aus dem Gesicht. Seine Hand lag an ihrer Wange.

Es war das erste Mal, daß er sie berührt hatte.

Er zog seine Hand zurück und wandte sich von ihr ab, erhob sich in seinem Sattel und sah über das Tal hinaus. Sie befanden sich auf dem höchsten Punkt im Umkreis von zwanzig *li*. In ihrem Rücken in der Ferne lagen die Vorberge des Ta Pa Shan, aber vor ihnen lag nur die Ebene.

Oder das, was einmal die Ebene gewesen war. Zur Zeit seines Großvaters hatte sich die Stadt nur bis Ch'ung Ch'ing erstreckt. Jetzt bedeckte sie das ganze Tiefland von Sichuan. Von dort betrachtet, wo er stand, glitzerte sie silbrig-weiß in der Nachmittagssonne, eine kristallgleiche Struktur, die bis auf ein Dutzend *li* herangewuchert war. Er konnte von seinem Standort aus nicht ihre volle Ausdehnung überblicken, doch er wußte, daß sie das Ch'ang Chiang-Becken ausfüllte, achthundert *li* nach Süden bis zu den Bergen, tausend *li* nach Westen. Ein gewaltiges Eisplateau.

Er ließ sich in den Sattel zurücksinken, dann drehte er sich um und sah sie wieder an. Sie betrachtete ihn besorgt, mit einem Blick, wie eine Frau ihn ihrem Mann widmet. Bei dem Gedanken lächelte er und erinnerte sich, warum er gekommen war.

Er stieg vom Pferd und ging zu ihr.

»Komm!« sagte er und bot seine Hand an, um ihr herunterzuhelfen. Doch diesmal ließ er sie nicht wieder los. Diesmal drehte er sie sich zu und schloß sie in die Arme.

Sie blickte ihm erwartungsvoll ins Gesicht, den Mund geöffnet, die Unterlippe vorgeschoben, fast brutal in ihrem Ausdruck. Ihr Blick drang wie glühende Nadeln in ihn, so heftig war ihr Verlangen. Und dort, wo er ihren Körper berührte, schien er sich ihm von allein entgegenzudrängen.

Genau so hatte er es sich vorgestellt.

Er küßte sie, preßte seinen Mund auf ihren, antwortete auf ihr Begehren mit seinem. Einen Moment lang kämpften sie gegenseitig mit ihren Kleidern, zerrten an den Riemen, um sich frei zu machen, und dann hatte er sie hochgehoben und war in sie eingedrungen. Sie schlang die Beine um ihn und schnellte ihm im Rhythmus seiner Bewegungen wild ihr Becken entgegen.

»Mein Geliebter«, sagte sie, die dunklen Augen vor Erregung weit aufgerissen, und ihre kleinen zarten Hände streichelten seinen Nacken. »Oh, mein Geliebter, mein Meister ...«

KAPITEL · 3

Das verschleierte Licht

Li Yüan stand mit seinem Vater im Zentrum der runden Aussichtsplattform und blickte auf den riesigen Globus von Chung Kuo hinab, einhundertsechzigtausend *li* unter ihnen. Dort unten war Nacht. Von innen beleuchtet, verströmte die große, den Kontinent überspannende Masse der Stadt Europa ein sanftes, fast perlweißes Licht, auf allen Seiten von tiefem Schwarz umgrenzt. Im Süden, jenseits der Dunkelheit des Chung Hai, des früheren Mittelmeeres, glühte die Stadt Afrika, deren breite, längliche Form sich aus dem Blickfeld wegbog, während im Osten – getrennt von der Stadt Europa durch die dunkle Barriere der Osteuropäischen Plantagen – die Stadt Asien anfing, ein gewaltiger Gletscher, der sich bis weit ins Herz der immensen Landmasse erstreckte.

Den Raum, in dem sie standen, erhellte ein gedämpftes Licht; die Doppeltüren oben auf der Treppe, die in die Privatgemächer des T'ang führten, waren geschlossen, die Luft in dem Saal warm, doch wie stets herrschte die Illusion von Kälte vor.

»Was hast du beschlossen, Vater?«

Der T'ang wandte sich seinem Sohn zu, betrachtete ihn nachdenklich und lächelte schließlich.

»Zu warten, was der General sagt. Er hat den Jungen heute morgen gesehen.«

»Aha ...« Li Yüan warf einen Blick auf die dünne Mappe, die er unter dem Arm trug. In ihr befanden sich Kopien der Aufzeichnungen, die Karr vom Mars mitgebracht hatte: Berdichows Personalakten, die der Leiche seines Privatsekretärs abgenommen worden waren, drei Tage, bevor Karr Berdichow selbst eingeholt hatte.

Es hatte sie zwei Wochen gekostet, den komplizierten Code zu knacken, doch es war die Mühe wert gewesen. Abgesehen davon, daß es ihnen den Zugriff auf eine Anzahl geheimer SimFic-Akten ermöglichte – Akten, die ihnen die Standorte verschiedener, von Berdichow angeregter Spezialprojekte verrieten –, hatten sie verschiedene Punkte von besonderem Interesse enthalten.

Dazu gehörte zunächst eine detaillierte Analyse der Ereignisse, die vor zehn Jahren zur Ermordung des Ediktministers Lwo Kang geführt hatten. Sie ähnelte in vielerlei Hinsicht dem Dokument, das Tolonen kurz nach dem Vorfall Li Shai Tung gebracht hatte – die von Major DeVore abgefaßten Papiere. Dieses Dokument, und das Netz von Schlußfolgerungen und Verbindungen, das er spann, hatte ausgereicht, um den Dispersionisten Edmund Wyatt wegen Verrat zum Tode zu verurteilen. Aber jetzt wußten sie, was dahinter steckte. Obwohl Wyatt ein Gegner der Sieben gewesen war, hatte er nichts mit dem Mord an Minister Lwo zu tun gehabt. Nein, er war von seinen Mitverschwörern aufgehetzt worden. Aber Wyatts Tod hatte, beinahe ebenso sicher wie die Zerstörung des Raumschiffs *Die Neue Hoffnung*, den Krieg ausgelöst, der darauf folgte.

Li Yüan erwiderte den Blick seines Vaters und bemerkte, wie sehr er in den Jahren seitdem gealtert war. Der Krieg hatte ihn ausgelaugt, ihn aller Illusionen beraubt. Noch vor fünf Jahren hätte er das Verkabelungsprojekt nicht einmal in Erwägung gezogen. Aber die Zeiten änderten sich. Neue Lösungen waren unumgänglich. Die zweite Akte bestätigte das.

»Was die Aristoteles-Datei angeht, Vater. Wissen wir, ob irgendwelche Kopien angefertigt worden sind?«

Li Shai Tung sah über seine Füße hinweg auf die blauweiße Kugel von Chung Kuo.

»Bisher nicht, Yüan. Vielleicht haben wir Glück gehabt. Möglicherweise ist sie gar nicht verbreitet worden.«

»Vielleicht ...« Aber beide wußten, daß die Aristoteles-Datei zu wichtig war für Berdichow – potentiell zu gefährlich für die Sieben –, um sie für sich zu behalten: denn sie enthielt nicht weniger als die wahre Geschichte von Chung Kuo; jene Version der Ereignisse, die der Tyrann Tsao Ch'un unter seiner eigenen begraben hatte.

Li Yüan zitterte, als er sich an den Tag erinnerte, da er die Wahrheit über seine Welt herausgefunden hatte; als er sich noch einmal seinen damaligen Traum ins Gedächtnis zurückrief – seine Vision eines gewaltigen Knochenberges, der die Ebene von Horizont zu Horizont ausfüllte. Die Fundamente seiner Welt.

»Weißt du, Yüan, in der Nacht, als du geboren wurdest, habe ich hier gestanden. Es war spät, und ich blickte auf Chung Kuo hinab und fragte mich, was vor uns liegen mochte. Ich hatte geträumt ...«

Er blickte auf und sah seinem Sohn in die Augen.

»Geträumt, Vater?«

Der T'ang zögerte, dann schüttelte er leicht den Kopf. »War nicht so wichtig ... Es kam mir nur so seltsam vor. Der Junge und all das ...«

Er wußte, was sein Vater meinte.

Die dritte Akte betraf einen Jungen, an dem Berdichow persönliches Interesse gewonnen hatte; ein im Lehm geborenes Kind aus dem Rekrutierungsprojekt, für das Berdichow die außerordentliche Summe von zehn Millionen Yüan gezahlt hatte.

Ein Teil der Akte behandelte eine genetische Analyse – ein Vergleich des Genmaterials dieses Kindes mit dem eines Mannes, den man für seinen Vater hielt. Das Ergebnis der Analyse war positiv. Dieser Mann war tatsächlich sein Vater. Und wie lautete sein Name? Edmund Wyatt – die zu unrecht hingerichtete Person, die angeblich beim Attentat auf Lwo Kang, den Minister des T'ang, die Fäden gezogen hatte.

Das war seltsam genug gewesen, doch noch seltsamer mutete eine Fußnote zu der Akte an: eine Fußnote, aus der hervorging, daß die Aristoteles-Datei keinesfalls von Soren Berdichow stammte, wie auf der Akte selbst behauptet wurde, sondern tatsächlich von dem Jungen zusammengestellt und abgefaßt worden war.

Die Tatsache, die ihnen beide ins Auge gesprungen war, betraf das Datum, das die genetische Analyse für die Zeugung des Jungen angeben hatte: ein Datum, das genau mit einem Besuch von Wyatt, Berdichow und Lehmann in einem Freudenhaus im Lehm zusammenfiel.

Es handelte sich um den Tag, an dem Li Yüan zur Welt gekommen war. Der Tag, an dem seine Mutter Lin Yua, drei Monate vor der planmäßigen Niederkunft, bei seiner Geburt gestorben war.

Es schien, als ob die Götter mit ihnen spielten. Nehmen und geben, und nie eine Erklärung anboten. Aber was konnte dieser Junge sein – ein Geschenk oder ein Fluch? In Anbetracht der Aristoteles-Datei konnte man ihn – zumindest potentiell – für einen Fluch halten, doch durfte man den Berichten über ihn Glauben schenken, mochte er sich noch als der größte Schatz in den Händen der Sieben herausstellen. Die Frage, mit der sie sich konfrontiert sahen – die Frage, der sie sich heute widmen mußten – lautete schlicht: sollten sie versuchen, sich seine Talente nutzbar zu machen, oder sollten sie ihn vernichten?

Jemand klopfte an die großen Türen am anderen Ende des Raums.

»Kommen Sie rein!« antwortete der T'ang und wandte sich dem Neuankömmling zu.

Es war Tolonen. Er trat entschlossen ein, blieb drei Schritte vor dem T'ang stehen, schlug die Hacken zusammen und senkte den Kopf.

»*Chieh Hsia.*«

»Also, Knut? Sie haben den Jungen gesehen. Was meinen Sie?«

Tolonen hob den Kopf, überrascht von der Direktheit, mit der der T'ang auf die Sache zu sprechen kam. Das war gar nicht seine Art. Er drehte sich kurz zu Li Yüan um und verbeugte sich knapp, dann wandte er sich wieder Li Shai Tung zu, und ein Lächeln trat auf seine Lippen.

»Er hat mir gefallen, *Chieh Hsia.* Er hat mir sogar sehr gefallen. Aber das wolltet Ihr wohl nicht von mir wissen, nicht? Ihr habt mich gefragt, ob ich den Jungen für vertrauenswürdig halte. Ob wir es riskieren können, ihn auf einem derart heiklen Forschungsgebiet einzusetzen.«

»Und?«

Tolonen zuckte die Achseln. »Ich bin mir immer noch nicht sicher, *Chieh Hsia.* Instinktmäßig neige ich dazu, die Akte zu bestätigen. Er ist loyal. Die Verbindung, die er mit seinem Lehrer T'ai Cho eingegangen ist, war zum Beispiel außerordentlich stark. Ich glaube, das liegt in seiner Natur. Andererseits aber gibt es den Kampf mit diesem Janko zu bedenken und die ganze Persönlichkeitsrekonstruktion, die darauf folgte. Er ist nicht mehr dieselbe Person, die er davor war. Wir müssen uns fragen, wie ihn das beeinflußt hat. Hat ihn das fügsamer und daher leichter kontrollierbar gemacht, oder hat es ihn destabilisiert? Ich fürchte, ich kann diese Frage nicht beantworten. Beim besten Willen nicht.«

Der T'ang überlegte, dann nickte er und lächelte seinen Marschall an. »Danke, Knut. Sie haben dieselben Bedenken wie ich. Ich habe bereits den Hinrichtungsbefehl unterzeichnet. Ich wollte nur vorher hören, was Sie sagen würden...«

»Aber, Vater...« Li Yüan machte einen Satz nach vorn, dann wich er einige Schritte zurück und senkte den Kopf. »Verzeih mir, ich...«

Li Shai Tung starrte seinen Sohn an, überrascht von dieser Unterbrechung, dann runzelte er die Stirn. »Nun, Yüan?«

»Ich bitte tausendmal um Verzeihung, Vater. Ich habe mich vergessen.«

»Du möchtest etwas sagen?«

Li Yüan verbeugte sich. »Ich ... ich wollte nur davon abraten, in dieser Angelegenheit zu überstürzt zu handeln.«

»Zu überstürzt?« Der alte T'ang lachte und warf Tolonen einen Blick zu. »Man hat mir ja schon vieles nachgesagt, aber zu überstürzt ... Was soll das heißen, Li Yüan? Sprich dich aus.«

»Der Junge ...« Li Yüan blickte auf und sah seinem Vater in die Augen. »Wenn zutrifft, was über den Jungen geschrieben worden ist – wenn er nur einen Bruchteil so talentiert ist wie behauptet ... nun, dann wäre es eine große Verschwendung, ihn zu töten.«

Li Shai Tung beobachtete seinen Sohn aufmerksam. »Du vergißt, warum wir den Krieg geführt haben, Li Yüan. Um der Veränderung Einhalt zu gebieten, nicht um sie zu befördern. Kim, dieser Junge. Sieh dir den Schaden an, den er mit seinem ›Talent‹ bereits angerichtet hat. Lies die Datei, die er verfaßt hat. Was sollen wir tun, um ihn von weiteren Dummheiten abzuhalten?«

Li Yüan schluckte, als ihm klar wurde, daß alles davon abhing, was er in den nächsten paar Sekunden sagte; daß sein Vater bis jetzt noch keinen endgültigen Entschluß gefaßt hatte.

»Bei allem Respekt, Vater, die Dinge haben sich geändert. Wir alle wissen das. Unsere Feinde sind nicht mehr dieselben; sie sind subtiler, verschlagener denn je zuvor. Und die Mittel, die sie verwenden, haben sich auch geändert. Während wir weiterhin die Möglichkeiten der Technik ignorieren, machen sie sie sich eifrig ihren Zwecken zunutze – zu unserem Nachteil.« Li

Yüan senkte den Blick. »Es scheint, als hätten die Götter uns ein Geschenk gemacht, das wir gegen unsere Feinde einsetzen können. Wir müssen ihn nur gründlich überwachen.«

»Das ist schon versucht worden. Du vergißt, wie gerissen der Junge ist.«

Li Yüan nickte. »Das ist mir klar, Vater. Dennoch glaube ich, es ist zu schaffen.«

Der T'ang überlegte, dann wandte er sich wieder Tolonen zu. »Nun, Knut? Was meinen *Sie*?«

Tolonen verbeugte sich. »Ich glaube, es ist zu schaffen, *Chieh Hsia*. Und würde es schaden, die endgültige Entscheidung ein wenig hinauszuschieben?«

Der T'ang lachte. »Dann bin ich überstimmt.«

Tolonen lächelte. »Eure eine Stimme wiegt mehr als unsere zwei, *Chieh Hsia*.«

»Das ist richtig. Aber ich bin weder ein Dummkopf, noch bin ich starrsinnig.« Er wandte sich wieder seinem Sohn zu. »Gut, Yüan. Vorläufig überlasse ich die Angelegenheit dir. Du wirst die Sicherheitsfrage mit Marschall Tolonen abklären. Aber du bist für den Jungen direkt verantwortlich, verstanden? Er bleibt auf deinen Wunsch am Leben. Du wirst meinen Hinrichtungsbefehl bei dir behalten und ihn ausführen, wenn es nötig ist.«

Li Yüan lächelte und senkte tief den Kopf. »Wie mein Vater wünscht.«

»Oh, und noch eins, Yüan. Es wäre das beste, wenn du dir den Jungen selbst ansiehst.« Er lächelte. »Soviel ich weiß, hast du noch zwei Stellen im Verdrahtungsprojekt zu besetzen.«

»Ich habe sie freigelassen ... für alle Fälle.«

»Das dachte ich mir. Dann los. Sieh dir den Jungen sofort an. Und wenn du zu demselben Ergebnis kommst wie der Marschall, werden wir uns nach deinen Wünschen richten. Aber sei vorsichtig, Yüan. Wissen ist ein zweischneidiges Schwert.«

Als sein Sohn gegangen war, drehte sich der T'ang zu seinem Marschall um.

»Halten Sie mich ständig auf dem laufenden, Knut. Li Yüan braucht's nicht zu erfahren, aber ich möchte jederzeit wissen, wo sich Kim aufhält. Vielleicht entspricht er Yüans Vorstellungen. Aber was von uns verwendet werden kann, läßt sich auch leicht von unseren Feinden verwenden, und ich werde nicht mit ansehen, wie er wieder in ihre Hände fällt. Habe ich mich klar genug ausgedrückt, Knut?«

»Natürlich, *Chieh Hsia.*«

»Gut. Dann wollen wir uns über andere Dinge unterhalten. Ihre Tochter Jelka. Wie geht's ihr?«

Tolonen Augen erstrahlten. »Sehr viel besser, *Chieh Hsia*. Sie ist inzwischen wieder zu Hause.«

Li Shai Tung runzelte die Stirn. »War das klug, Knut? Ich meine ... wieder dort zu sein, wo das Attentat stattgefunden hat.«

»Die Ärzte hielten es für das beste. Und ich ... nun, nach allem, was geschehen ist, glaube ich, sie ist dort am sichersten.«

»Ich verstehe. Aber sie hat es immer noch nicht ganz überwunden, nehme ich an?«

Tolonen sah zu Boden, der Blick besorgt. »Nicht ganz, *Chieh Hsia.*«

»Das dachte ich mir. Nun, hören Sie mir zu, Knut. Weil ich weiß, wie beschäftigt Sie in den nächsten Wochen sein werden, ist mir eine Idee gekommen, die Ihnen Ihre Sorgen nehmen und es Jelka ermöglichen könnte, mit diesem Erlebnis fertigzuwerden.«

»Chieh Hsia?«

»Erinnern Sie sich an die Insel, die Ihrer Familie gehört? Vor der Küste von Finnland?«

»In der Nähe von Jakobstad?« Tolonen lachte. »Wie könnte ich die vergessen? Ich habe einen Monat dort mit Jenny verbracht, kurz nachdem wir geheiratet haben.«

»Ja …« Die beiden Männer schwiegen und teilten die süße Traurigkeit dieser Erinnerung. »Nun«, sagte Li Shai Tung heiter. »Warum bringen Sie Jelka nicht für ein paar Wochen dorthin?«

Tolonen strahlte. »Ja! Natürlich!« Dann wurde er wieder ernst. »Aber wie Ihr schon sagtet, ich bin viel zu beschäftigt, *Chieh Hsia*. Wer wollte sich um sie kümmern? Und außerdem ist da die Frage der Pässe …«

Der T'ang berührte seinen Marschall am Arm. Es war typisch für Tolonen, die Paßgesetze nicht zu mißbrauchen, seiner Familie oder Freunden keine Genehmigungen zu erteilen. In all den Jahren, die er ihn kannte, war ihm kein Fall bekannt geworden, in dem Tolonen seine Position zum eigenen Vorteil ausgenutzt hatte.

»Machen Sie sich keine Sorgen, Knut. Ich habe bereits alles arrangiert. Pässe, Vorräte, sogar ein Spezialtrupp, der sie bewacht.« Er lächelte breit und amüsierte sich über den überraschten Ausdruck in Tolonens Gesicht. »Ihr Bruder Jon und seine Frau haben zugestimmt, bei ihr zu bleiben, solang sie dort ist.«

Tolonen lachte vor Verblüffung. »Jon?« Dann schüttelte er den Kopf, von Gefühlen überwältigt. »Ich bin zutiefst dankbar, *Chieh Hsia*. Das wäre perfekt. Genau das richtige für sie. Ich glaube, es wird ihr gefallen.«

»Gut. Dann bringen Sie sie morgen selbst hin. Nachdem Sie die Sache mit dem Jungen geregelt haben. Und Knut?«

»Ja, *Chieh Hsia?*«

»Kommen Sie nicht gleich zurück. Bleiben Sie eine Nacht bei ihr. Bis sie sich eingewöhnt hat, ja?«

»Ist das ein Befehl, *Chieh Hsia?*«

Der T'ang lächelte und nickte. »Ja, mein Freund. Das ist ein Befehl.«

* * *

Nachdem Tolonen gegangen war, ging Li Shai Tung in seine Privaträume. Er badete und zog seine Abendgewänder an, dann machte er es sich in dem Stuhl neben dem Karpfenteich gemütlich und nahm sich den *Hung-lou Meng*, den *Traum der roten Kammer*[7] vor, den er vorhin weggelegt hatte. Eine Zeitlang versuchte er zu lesen, sich wieder in das Schicksal des jungen Pao-yu und seiner geliebten Cousine Tai-yu zu vertiefen, aber es hatte keinen Sinn; seine Gedanken beschäftigten sich immer wieder mit der Aristoteles-Datei und ihrer Bedeutung für Chung Kuo.

Sein Sohn Li Yüan hatte es schon vor fünf Jahren erkannt, in den ersten Tagen, nachdem man ihm das Geheimnis ihrer Welt verraten hatte – die Große Lüge, auf der sich alles aufbaute. Er erinnerte sich, wie Yüan in dieser Nacht zu ihm gekommen war, bleich und erschrocken, aufgeweckt von einem schrecklichen Traum.

Warum verbergen wir die Wahrheit vor ihnen? hatte Yüan zu wissen verlangt. *Wovor fürchten wir uns? Daß sie dann anders denken könnten, als uns recht ist? Daß sie dann andere Entscheidungen treffen könnten, als wir von ihnen erwarten?*

Damals hatte er sich mit seinem Sohn gestritten, hatte Yüans beharrliche Überzeugung zurückgewiesen, daß sie die Vollender von Tsao Ch'uns Stadt waren, die Erben eines Systems, das ihnen zum Verhängnis werden würde. *Wir stehen für uns,* hatte er erwidert. Aber stimmte das auch? Hatten sie wirklich die Fäden in der Hand? Oder wurden sie von unerkannten Kräften geformt?

Er hatte stets für sich beansprucht, zum Besten aller zu handeln; nicht egoistisch, sondern für alle Menschen, so wie der große Weise Konfuzius es von einem Herrscher verlangte. Daran hatte er immer geglaubt. Aber nun, da sein Lebensabend begann, fing er an in Frage zu stellen, was in seinem Namen getan worden war.

Machte es wirklich einen Unterschied, vor einem

Menschen die Wahrheit zu verbergen oder ihm einen Draht in den Kopf einzupflanzen?

Früher hätte er vielleicht einmal anders geantwortet – hätte womöglich gesagt, daß dies zwei gänzlich verschiedene Dinge seien –, doch jetzt war er sich nicht mehr so sicher. Fünf Jahre Krieg hatten ihn verändert, verbittert.

Er seufzte und warf noch einen Blick auf die Seite, bevor er das Buch zuschlug.

»Du hattest recht, Pao-yu. Die Ströme sind verschmutzt. Nichts ist *ch'ing* … nichts ist mehr rein.«

Er stand auf, dann warf er das Buch auf den Stuhl. Wohin war seine Gewißheit verschwunden? Wo war die Klarheit seiner Jugendjahre?

Er hatte es alles vor sechzehn Jahren vorhergesehen, an jenem schrecklichen Abend, als seine geliebte Frau Lin Yua bei der Geburt seines zweiten Sohnes Li Yüan gestorben war. Auch in jener Nacht war er aus einem grauenvollen Traum aufgewacht. Ein Traum, in dem die Stadt in den Schlund des Chaos geglitten war; ein Traum vom Tod lieber Freunde und ihrer Kinder, und von der Dunkelheit, die darauf folgte.

Solche Träume bedeuteten etwas. Sie waren Stimmen aus dem dunklen, doch wissenden Teil des eigenen Ich, Stimmen, die man nur zum eigenen Nachteil ignorieren konnte. Und doch hatten sie genau das getan, hatten ein System und eine Stadt errichtet, um die Macht der Träume zu verleugnen, sie mit Illusionen und Ablenkungen erfüllt, wie um die inneren Stimmen zu ersticken und die Dunkelheit tief im Innern zum Verstummen zu bringen.

Doch man konnte nicht zerstören, was ein Mensch in seinem Innern barg. Deshalb hatte Yüan vielleicht recht. Vielleicht war es wirklich das beste, es zu kontrollieren. Jetzt, bevor es zu spät zum Handeln war. Denn war Frieden – selbst um diesen Preis – nicht besser als Chaos?

Er fuhr herum, wütend auf sich, verbittert darüber, daß keine klare Antwort kam.

Er starrte in die Tiefen des Karpfenteichs, als suchte er die Gewißheit der Vergangenheit, dann schüttelte er den Kopf. »Ich weiß es nicht...«, seufzte er. »Ich weiß es einfach nicht mehr.«

Ein einzelner Karpfen schwamm langsam, schwerfällig an die Oberfläche, dann sank er wieder hinab. Li Shai Tung sah zu, wie die kleinen Wellen sich über den Teich ausbreiteten, dann strich er sich nachdenklich über den geflochtenen Bart.

Und Yüan, sein Sohn? War Yüan seiner Sache so sicher, wie er vorgab?

Er hatte Berichte über Schwierigkeiten zwischen Yüan und Fei Yen gehört. Man hatte ihm anvertraut, daß der Prinz, sein Sohn, seit Tagen nicht das Bett seiner jungen Frau aufgesucht hatte, und das nicht unter dem Druck der Arbeit. Er war mit ihr in dem Palast in Tongjiang gewesen, und hatte dennoch nicht in ihrem Bett geschlafen. Das war nicht richtig. Wenn ein Paar sich so früh in seiner Gemeinschaft schon stritt, war das kein gutes Omen für die Zukunft. Er hatte große Befürchtungen gehabt – ja, er hatte gewußt, daß dieses Paar schlecht zusammenpaßte –, aber wieder einmal hatte er sich geweigert, auf seine innere Stimme zu hören, hatte den Dingen ihren Lauf gelassen, wie ein Reiter die Zügel schießen läßt. Und wenn er scheiterte – wenn das Unglück seines Sohnes das Ergebnis war – wem als sich selbst konnte er die Schuld zusprechen?

Erneut stieß der Karpfen an die Oberfläche, diesmal etwas schneller, als wollte er in die Luft beißen. Ein leises Plätschern war zu hören, als sein Mund des Wasserspiegel durchstieß, dann sank er wieder hinab und verschmolz mit der Dunkelheit.

Li Shai Tung fuhr sich mit den Fingern über den Bart, dann nickte er. Er würde den Dingen ihren Lauf lassen, alles aufmerksam beobachten und sehen, wie es sich entwickelte. Aber der Scheitelpunkt der Kurve näherte sich rasch. Er hatte Tolonen etwas anderes gesagt, aber in Wahrheit war er sich nicht sicher, ob Li Yüan falsch lag. Vielleicht wurde es wirklich Zeit, den Massen Zügel anzulegen – die Ereignisse in den Griff zu bekommen, bevor alles über ihnen zusammenstürzte.

Es würde jedenfalls nicht schaden, der Sache nachzugehen. Und wenn dieser Junge, Kim, ihnen helfen konnte, einen Weg zu finden ...

Der T'ang drehte sich um, ging in die Knie und hob das Buch wieder auf, zu seinem Erstaunen seltsam beruhigt durch seine Vertrautheit. Er strich über den Einband, und es tat ihm leid, daß er so grob damit umgegangen war. Er hatte dieses Buch ein dutzendmal in seinem Leben gelesen; jedes Mal mit größerem Verständnis und wachsender Befriedigung. Die Dinge änderten sich, das wußte er jetzt, nachdem er es ein Leben lang bestritten hatte, aber bestimmte Dinge – wesentliche Dinge – behielten eine gleichbleibende Qualität, für alle Menschen aller Zeiten. Und im Wechselspiel von Veränderung und Gewißheit hatte jeder einzelne sein Leben zu führen.

Es war nicht anders für jene, die herrschten. Doch sie trugen eine zusätzliche Last. Denn sie hatten den sozialen Nährboden zu bereiten, auf dem gewöhnliche Menschen existierten. Ihnen war die heilige Pflicht aufgetragen, ein Gleichgewicht herzustellen. Denn ohne Gleichgewicht gab es nichts.

Nichts als Chaos.

* * *

Es war später Nachmittag, als Li Yüan endlich in Bremen eintraf. General Nocenzi hatte dem jungen Prinzen sein Büro zur Benutzung angeboten, und es war dort, auf dem höchsten Punkt der gewaltigen, dreihundert Ebenen aufragenden Festung, wo er den Jungen zu treffen gedachte.

Kim wartete tief unten. Er hielt sich dort seit seiner frühmorgendlichen Sitzung mit Tolonen auf und hatte nicht erfahren, wie sehr sein Schicksal in der Zwischenzeit auf der Kippe gestanden hatte, aber Li Yüan ließ ihn nicht sofort zu sich rufen. Statt dessen nahm er die Gelegenheit wahr, noch einmal die Akten zu lesen und sich Auszüge der visuellen Aufzeichnungen anzusehen – Filme, die im Laufe der acht Jahre entstanden waren, die Kim nunmehr dem Rekrutierungsprojekt angehörte.

Sie hatten dem Jungen den Namen Ward gegeben, nicht weil dies sein wirklicher Name war – die wenigsten Jungen, die aus dem Lehm stammten, hatten überhaupt eine Vorstellung davon, was ein Familienname bedeutete –, sondern weil alle aus dem Projekt entlassenen Absolventen diesen Namen trugen. Außerdem wurde er nach Art der *Hung Mao* benutzt – auf jene seltsam verdrehte Art, die den Familiennamen an zweiter und nicht an erster Stelle nannte.

Li Yüan lächelte. Selbst diese unbedeutende Kleinigkeit sprach Bände über den Unterschied zwischen den Kulturen. Denn die Han hatten den Familiennamen schon immer an erster Stelle genannt. Vor dem Eigennamen.

Er gefror die letzte Einstellung in einem Standbild, dann schaltete er das Komset ab und beugte sich vor, um die Taste an dem Sprechgerät zu drücken. Sofort erschien Nocenzis Privatsekretär in der Tür.

»Prinz Yüan?«

»Sie sollen jetzt den Jungen hochbringen. Ich habe gehört, daß er von einem Projektbeamten betreut wird. Ein Mann namens T'ai Cho. Er soll auch mitkommen.«

»Sehr wohl, Exzellenz.«

Er stand von dem Schreibtisch auf, ging zur Fensterwand und blieb dort stehen. Er stand immer noch dort, mit dem Rücken zu ihnen, als sie eintraten.

T'ai Cho räusperte sich. »Euer Exzellenz ...?«

Li Yüan drehte sich um und sah sie an. Sie standen nah bei der Tür, der Junge ein paar Schritte hinter dem Beamten. T'ai Cho war ein hochgewachsener, mehr als fünf *ch'i* großer Mann, dessen Länge von der geringen Körpergröße des Lehmkindes noch unterstrichen wurde. Li Yüan musterte beide und versuchte einen Anhaltspunkt über die Art ihrer Beziehung zu gewinnen – etwas mehr, als sich den Zusammenfassungen in den Akten entnehmen ließ –, dann setzte er sich wieder an den Schreibtisch und ließ sie stehen.

Auf der anderen Seite des Tisches standen keine Stühle. Ihm entging nicht, wie T'ai Cho sich umsah, ehe er vortrat.

»Exzellenz ...«, begann er, doch Li Yüan brachte ihn zum Schweigen, indem er die Hand hob. Er hatte bemerkt, wie der Junge immer wieder zu dem breiten Fenster hinter ihm hinsah.

»Sag mir, Kim. Was siehst du da?«

Der Junge war außerordentlich klein; mehr ein Kind als ein fünfzehnjähriger Junge.

Kim schüttelte den Kopf, starrte aber noch immer hinaus, die großen Augen aufgerissen, als fürchte er sich.

»Nun?« beharrte Li Yüan. »Was siehst du da?«

»Draußen«, antwortete der Junge leise. »Ich sehe das Draußen. Diese Türme. Das Dach der Stadt. Und da«, er zeigte an dem Prinzen vorbei, »die Sonne.«

Er brach ab und schüttelte erneut den Kopf, als sei er außerstande, es zu erklären. Li Yüan drehte sich um und schaute in die gezeigte Richtung, als gäbe es dort etwas Wunderbares zu sehen. Aber dort befanden sich nur die vertrauten Wachttürme, der stumpfe Rand der Stadtmauern, die untergehende Sonne. Dann begriff er. Es war keine Furcht ... sondern *Ehrfurcht*.

Li Yüan drehte sich mit gerunzelter Stirn wieder um, vertraute auf seinen Instinkt und kam sofort zur Sache.

»Ich habe dich herbringen lassen, weil du jung bist, Kim, und geistig sehr anpassungsfähig. Meine Leute sagen mir, du seist ein Genie. Das ist gut. Ich kann das gebrauchen. Aber ich habe dich zum Teil auch deshalb ausgewählt, weil du nicht Teil dieser furchtbaren wissenschaftlichen Maschinerie bist. Das heißt, du hast wahrscheinlich eine viel klarere Sicht der Dinge als die meisten, die von ihren Ambitionen und den Regierungsgeschäften verblendet sind – von ihrer Weigerung, mit mir zusammenzuarbeiten und mir zu geben, was ich verlange.«

Er verschränkte die Finger und lehnte sich zurück.

»Ich möchte, daß du dich einem Wissenschaftlerteam anschließt. Ein Team, dessen Aufgabe darin besteht, eine neue Art von Unterhaltungssystem zu entwickeln und zu testen.«

Kim kniff die Augen zusammen, schien interessiert, aber auch mißtrauisch.

»Das ist aber noch nicht alles. Ich möchte, daß du noch etwas andres für mich tust – etwas, das vor den übrigen Mitgliedern des Teams geheimgehalten werden muß, selbst vor Marschall Tolonen.«

Der Junge zögerte, dann nickte er.

»Gut.« Er betrachtete den Jungen und war sich die ganze Zeit bewußt, wie aufmerksam dessen Lehrer ihn beobachtete. »Dann möchte ich kurz umreißen, was ich von dir will. Ich habe hier eine Akte über einige Forschungs- und Entwicklungsprogramme, die der verstorbene Leiter von SimFic, der Verräter Berdichow, angestrengt hat. Einige sind bereits ziemlich weit fortgeschritten, andere kaum mehr als Hypothesen. Ich möchte, daß du sie dir ansiehst und beurteilst – nach deiner geschätzten Meinung –, ob sie funktionieren könnten oder nicht. Mehr noch, ich möchte, daß du dir

Gedanken machst, wozu man sie überhaupt benutzen könnte.«

Er sah, wie der Junge die Stirn runzelte, und fügte einige Erklärungen hinzu.

»Ich traue den Angaben nicht, die Berdichow diesen Projekten beigegeben hat. Wozu sie nach seinen Worten gedacht waren und was er wirklich damit vorhatte, das scheinen mir zwei paar Schuhe zu sein.«

Der Junge nickte noch mal. Dann ergriff er das Wort.

»Aber warum ich? Und warum darf der Marschall nichts davon erfahren?«

Li Yüan lächelte. Es verhielt sich genau so, wie behauptet wurde; der Junge hatte eine rasche Auffassungsgabe.

»Was Marschall Tolonen angeht, existieren diese Papiere nicht. Wenn er davon wüßte, würde er sie sofort vernichten lassen, und ich möchte nicht, daß dies geschieht.«

»Aber Euer Vater würde Euch dabei doch sicher den Rücken stärken?«

Er zögerte, dann warf er dem Beamten einen strengen Blick zu und sagte: »Mein Vater weiß nichts davon. Er glaubt, diese Akten sind schon längst vernichtet worden.«

T'ai Cho schluckte und senkte den Kopf. »Verzeiht mir, Hoheit, aber ...«

»Ja?« Li Yüan beließ einen kalten, herrischen Ton in seiner Stimme.

»Wie ich sagte, verzeiht mir, aber...« Der Mann schluckte erneut, weil er wußte, wieviel er damit riskierte, es nur auszusprechen. »Nun, ich bin um die Sicherheit meines Mündels besorgt.«

»Nicht mehr als ich, *Shih* T'ai. Aber die Arbeit muß getan werden. Und um Kims andere Frage zu beantworten, er ist, meiner Einschätzung nach, der einzige, der sie für mich erledigen kann.«

T'ai Cho ließ ein zweites Mal den Kopf sinken. »Aber, Hoheit…«

Li Yüan fuhr wütend auf. »Sie vergessen sich, T'ai Cho.« Er holte Luft, um sich zu beruhigen, dann sprach er weiter, diesmal etwas ruhiger. »Wie ich bereits sagte, ich bin auch um Kims Sicherheit besorgt. Das ist der Grund, weshalb ich heute, an diesem Tag, für den Jungen Fürsprache eingelegt habe.«

Er reichte ihm den Befehl seines Vaters und sah, wie der verwirrte Ausdruck auf T'ai Chos Gesicht in blankes Entsetzen umschlug. Dem Mann wich jeder Tropfen Blut aus dem Gesicht. T'ai Cho senkte tief den Kopf und gab Yüan den Befehl mit zitternder Hand zurück. »Und Ihr habt dies rückgängig gemacht, Hoheit?«

»Rückgängig gemacht nicht, nein. Nur hinausgeschoben. Kim lebt, weil ich es wünsche. Mein Vater hat ihn meiner Verantwortung überstellt. Aber ich bin ein gerechter Mann. Wenn Kim tut, was er soll – wenn er mir die Antworten liefert, die ich brauche –, dann werde ich dieses Dokument zerreißen. Haben Sie verstanden, T'ai Cho?«

T'ai Cho hielt den Kopf gesenkt. »Ja, Hoheit.«

* * *

Fei Yen schlief schon, als er eintrat. Er beugte sich im Halbdunkel über sie und betrachtete ihre Züge, dann wandte er sich ab und bemerkte die Reitsachen, die neben dem Bett verstreut lagen. Er zog sich aus und schlüpfte zu ihr ins Bett, schmiegte sich eng an ihren warmen, nackten Körper unter den seidenen Laken, legte eine Hand auf die Wölbung ihrer Hüfte.

Im Dunkeln lächelte er und genoß es, neben ihr zu liegen. Er war zu wach, hatte den Kopf zu sehr voller Gedanken, um zu schlafen, dennoch lag er ruhig da und grübelte über alles nach, beruhigt von ihrer Wärme, ihrer Gegenwart an seiner Seite.

Inzwischen verstand er sie. Es war nur natürlich für sie, eifersüchtig zu sein. Es war sogar möglich, daß irgendein seltsamer, femininer Instinkt in ihr von seiner früheren Beziehung zu den Mädchen ›gewußt‹ hatte.

Er schloß die Augen, lauschte ihrem sanften Atem, genoß ihren süßen Duft und die Seidigkeit ihrer Haut unter seinen Fingern.

Nach einer Weile rollte er sich herum, blieb so liegen und starrte durch ein Dickicht aus Dunkelheit auf die undeutlichen, verschlungenen Formen der Drachen im Deckenmosaik und dachte an den Jungen. Kim war vielversprechend – sehr vielversprechend –, und er würde dafür sorgen, daß er alles bekam, was er brauchte, um seine Arbeit zu beenden. Und wenn er am Ende des Jahres gute Ergebnisse ablieferte, würde er ihn großzügig belohnen.

Das war eine Lektion, die er von seinem Vater gelernt hatte. Solche Talente wie Kim mußten eingespannt werden, solche Männer mußte man belohnen oder vernichten, sonst wurde man von ihnen vernichtet. Kontrolle war der Schlüssel. Gelenktes Interesse.

Er streckte sich und gähnte. Er hatte sich lange nicht so wohl gefühlt. Es war, als habe sich plötzlich alles geklärt. Er lachte leise. Es verschaffte ihm ein wundervolles Gefühl – ein alles umfassendes Wohlgefühl.

Ein Lächeln trat auf seine Lippen, als er daran dachte, was er Fei Yen an diesem Abend nach einer Unterredung mit dem Jungen noch gekauft hatte. Einen Vollblüter; einen Araberhengst aus einer Zuchtlinie von Champions. Seine strahlend weißen Flanken, seine schönen starken Beine, sein stolzes, aristokratisches Gesicht; all dies zusammengenommen ergab ein so schönes Tier, daß ihm gleich klar gewesen war, ihr damit eine Freude zu machen.

Er hatte ihn auf der Stelle gekauft und direkt in seine Ställe hier in Tongjiang verfrachten lassen. Er würde sie morgen als erstes hinunterbringen, damit sie ihn sich ansehen konnte.

Er lächelte, als er sich die Freude in ihrem Gesicht vorstellte. Fei Yen neben ihm rührte sich und rollte auf den Rücken.

Er setzte sich auf und sah auf sie hinunter. Langsam und vorsichtig zog er die Decke zurück, ließ sie langsam von ihrem Körper gleiten und enthüllte ihre Nacktheit. Eine Zeitlang sah er sie nur an, zeichnete die zarten Rundungen ihres Körpers nach und berührte dabei mit den Fingerspitzen kaum ihre Haut. Wie zierlich sie war. Wie schön. Eine perfekte Skulptur aus lebendigem Fleisch.

Wach auf, dachte er. Wach auf, mein Liebling. Aber der Wunsch wurde nicht erfüllt. Fei Yen schlief weiter.

Er lag noch eine Weile da, ohne sich entspannen zu können, dann stand er auf und zog seinen Morgenmantel an. Sein Verlangen war über den Punkt hinausgegangen, wo er daliegen und es vergessen konnte. Er ging ins marmorgekachelte Bad und stellte sich unter die Dusche, wo er sich von den kalten, scharfen Wasserstrahlen abkühlen ließ.

Er stand noch eine Weile da und genoß, ohne an etwas zu denken, den Strom des Wasser über seine Glieder. Es war jetzt lauwarm, aber noch immer erfrischend, wie ein Regenguß, der seine Gedanken klärte. Er stand da und ließ seine Arme locker an den Seiten hinunterhängen, als sie in der Tür erschien.

»Yüan …?«

Er blickte auf, hätte sie fast überhört, und lächelte. »Du bist wach?«

Sie lächelte und sah ihn an. »Natürlich. Ich habe auf dich gewartet.«

Sie schlüpfte aus ihrem Morgenmantel, trat neben ihn unter die Dusche und schrie kurz auf.

»Yüan! Das ist ja eiskalt!« Sie sprang zurück und lachte.

Er lachte auch, dann drehte er das Wasser ab. Mit einem Blick zu ihr sah er, daß ihre Haut mit winzigen Tröpfchen benetzt war.

»Wie Juwelen«, sagte er und verließ die Dusche.

Sie holte ein Handtuch, dann kniete sie neben ihm und trocknete ihn ab, kümmerte sich so ergeben um ihn, wie es eher einer Magd zukam. Er sah auf sie hinunter und spürte ein vages Verlangen für sie, aber er hatte sein heißes Begehren abgekühlt.

Sie stand auf, um seine Schultern und sein Haar zu trocknen. Ihr Körper strich an seinem vorbei, ihre Brüste und Hüften berührten ihn leicht, als sie sich um ihn bewegte. Schließlich ging sie zum Schrank und kam kurz danach mit Puder und Salben zurück.

»Ein Genuß«, sagte sie, trat vor ihn und streichelte mit den Fingern einer Hand seine Brust. »Aber komm, gehen wir rein.«

Sie lachte, dann schob sie ihn vor sich her. Er war ein rauhes, seltsam lüsternes Lachen; eins, das er von ihr noch nicht gehört hatte. Als sie es von sich gab, drehte er sich um und sah sie an, als erwarte er sie in neuer Gestalt vorzufinden, aber es war Fei Yen.

»Ich habe dich vermißt«, sagte sie, als sie Öl in seine Schultern, seinen Hals und der oberen Hälfte seines Rückens zu reiben begann. »Sehr vermißt.« Und als ihre Hände sich sein Rückgrat hinunterarbeiteten, zitterte er, und die Worte hallten in seinem Kopf. »Wie die Luft zum atmen, mein Liebling. Wie die Luft zum atmen ...«

* * *

Sechs Stunden später und auf der anderen Seite des Erdballs, auf den Mittleren Ebenen des Kantons Danzig, stand Marschall Tolonen im Hauptbüro des neugebildeten Verdrahtungsprojekts. Er hatte sich selbst von den Fortschritten überzeugen können, die in den drei Tagen gemacht worden waren, seit er zuletzt die Laboratorien besucht hatte. Zu diesem Zeitpunkt hatte dort in den leeren Räumen nichts gestanden; inzwischen konnte man die spätere Einrichtung zumindest erahnen, auch wenn die meisten Geräte in ihren Verpackungen noch darauf warteten, ausgepackt zu werden.

Tolonen drehte sich um, als Administrator Spatz in den Raum geeilt kam und sich tief verbeugte, sichtlich durcheinander über den unangekündigten Besuch des Marschalls.

»Bitte verzeihen Sie mir, Marschall Tolonen. Ich habe Sie nicht erwartet.«

Tolonen lächelte innerlich. *Nein*, dachte er, *ganz bestimmt nicht. Und ich werde es mir in Zukunft zur Gewohnheit machen, hier unangemeldet zu erscheinen.* Er richtete sich auf. »Ich bin gekommen, um Sie über die beiden letzten Neuzugänge in Ihrem Team in Kenntnis zu setzen.«

Er sah, wie Spatz zögerte, bevor er nickte, und fragte sich warum, dann schob er den Gedanken beiseite, drehte sich um und schnippte mit den Fingern. Sofort reichte ihm sein Stallmeister zwei Akten.

»Hier«, sagte Tolonen und gab sie an Spatz weiter. »Bitte, setzen Sie sich, während Sie sie studieren.«

Spatz verneigte sich, dann nahm er hinter dem Schreibtisch Platz, schlug die erste Akte auf und fuhr mit dem Finger über die scheinbar leere Seite, wobei die Wärme seiner Berührung die Buchstaben auf dem speziell behandelten Papier vorübergehend sichtbar machte. Nach nur einer Minute blickte er auf und runzelte die Stirn.

»Verzeihen Sie, Marschall, aber ich dachte, die beiden letzten Plätze sollten von praktisch arbeitenden Wissenschaftlern besetzt werden.«

»Das war die Absicht.«

Spatz schaute kurz zur Seite, dann sah er den Marschall wieder an und wählte sorgfältig seine Worte, als er weitersprach. »Und doch ... nun, dieser T'ai Cho – er hat überhaupt keine wissenschaftliche Qualifikation. Er ist ein Lehrer. Seine Ausbildung ...«

Tolonen nickte. »Ich verstehe Ihre Bedenken, *Shih* Spatz, aber werfen Sie bitte erst einen Blick in die andere Akte.«

Spatz nickte, noch immer unsicher, dann legte er die erste Akte weg und öffnete die zweite. Wieder fuhr sein Finger über das Papier. Diesmal allerdings nahm er sich Zeit, ging die Akte in Ruhe durch, nickte bisweilen und gab überraschte oder zufriedene Grunzer von sich. Als er fertig war, blickte er auf und lächelte breit. »Nun, die Unterlagen dieses Mannes sind ausgezeichnet. Ich bin überrascht, daß ich bisher noch nichts von ihm gehört habe. Stammt er aus einer der anderen Städte?«

Tolonen starrte an Spatz vorbei, studierte die Karte an der Wand hinter ihm. »Das könnte man sagen.«

Spatz nickte bei sich. »Und wann wird er zu uns stoßen?«

Tolonen sah ihn wieder an. »Sofort, wenn Sie wollen.«

Spatz blickte auf. »Wirklich?« Er zögerte, dann nickte er wieder. »Gut. Dann bleibt da nur noch eine Kleinigkeit. Ein Fehler, hier auf der ersten Seite.« Er fuhr noch mal mit dem Finger über das oberste Blatt, dann blickte er auf und hatte ein mildes Lächeln auf den Lippen. »Das Geburtsdatum ...«

Tolonen sah weg und schnippte mit den Fingern. Kurz darauf kam sein Stallmeister zurück. Diesmal war er in Begleitung. »Das ist kein Fehler«, erklärte Tolonen und wandte sich wieder um.

Spatz hatte einen erstaunten Ausdruck im Gesicht. »Wollen Sie damit sagen, *das* ist Ward?«

Tolonen warf dem Jungen einen Blick zu und versuchte ihn so zu sehen, wie Spatz ihn sah; wie er ihm selbst beim erstenmal vorgekommen war, bevor er die Filme gesehen hatte, die seine Fähigkeiten demonstrierten. Wenn man ihn ansah, schien es fast undenkbar, daß dieses dürre, dunkelhaarige Geschöpf mit dem hochqualifizierten Wissenschaftler identisch sein könne, den seine Personalakte beschrieb, und doch verhielt es sich so. Berdichow war nicht als einziger der Überzeugung gewesen, daß er etwas Besonderes sei.

Spatz lachte. »Soll das ein Scherz sein, Marschall?«

Tolonen wurde innerlich kalt vor Verärgerung. Er warf Spatz einen finsteren Blick zu und sah, wie der Mann darunter erblaßte.

Spatz stand rasch auf und senkte den Kopf fast bis auf die Tischplatte. »Verzeihen Sie mir, Marschall, ich habe es nicht so gemeint ...«

»Passen Sie auf ihn auf, Spatz«, erwiderte Tolonen scharf. »Stellen Sie einen Mann ab, der sich die nächsten Tage um ihn kümmert, bis sein Lehrer T'ai Cho eintrifft.« Er zitterte, während er seine Zorn abflauen ließ. »Und Sie bürgen dafür, daß ihm nichts geschieht.«

Er sah Spatz trocken schlucken und nickte bei sich, zufrieden darüber, daß er den Mann ausreichend eingeschüchtert hatte. »Gut. Dann überlasse ich ihn jetzt Ihrer Obhut.«

* * *

Spatz sah Tolonen nach, dann wandte er seine Aufmerksamkeit dem Jungen zu. Für einen Moment war er sprachlos, noch immer zu erstaunt, um zu begreifen, was das alles bedeutete, dann ließ er sich schwer auf den Stuhl sacken und beugte sich vor, um die Ruftaste zu drücken. Sofort erschien sein Assistent in der Tür.

»Bringen Sie Hammond her«, befahl er und bemerkte, wie sein Assistent den Jungen musterte. »Sofort!«

Er lehnte sich zurück, verschränkte die Hände ineinander und starrte den Jungen an. Dann lachte er und schüttelte den Kopf. »Nein ...«

Nun, da der erste Schock nachließ, fühlte er sich

mehr und mehr brüskiert, verärgert über die Position, in die man ihn gesetzt hatte. Jetzt würde er das Geld zurückgeben müssen, das er kassiert hatte, um bestimmte Namen bei der Stellenvergabe zu bevorzugen. Nicht nur das, zudem mußte er jetzt anstelle eines echten Wissenschaftlers einen nutzlosen Schmarotzer und ein Kind mitschleppen. Womit hatte er das verdient? Wen hatte er nur gegen sich aufgebracht?

Er sah auf seinen Schreibtisch und rümpfte laut die Nase. »Du bist also ein Wissenschaftler, richtig, Ward?«

Weil der Junge nicht antwortete, hob er den Blick, und Zorn blitzte in seinen Augen auf. »Eines sag ich dir gleich. Ich weiß nicht, welch ein Spiel die Leute da oben spielen, aber ich glaube kein Wort von dem, was in der Akte steht, hast du mich verstanden? Und ich habe nicht die Absicht, dich an irgend etwas Wichtiges heranzulassen. Ich muß jetzt vielleicht dein Kindermädchen spielen, aber mich soll der Schlag treffen, wenn ich dich an meinem Projekt rumpfuschen lasse.«

Er brach ab. Hinter dem Jungen stand jemand in der Tür.

»Sie haben mich rufen lassen, *Shih* Spatz?«

»Kommen Sie rein, Hammond. Ich möchte, daß Sie unseren jüngsten Rekruten kennenlernen, Kim Ward.«

Er sah, wie Hammond einen Blick auf den Jungen warf, sich dann in dem Zimmer umsah und schließlich zu ihm zurückkam.

»Soll das heißen, *du* bist Ward?« fragte Hammond und konnte sein Erstaunen kaum verbergen. »Nun, die Götter mögen uns beistehen!« Er lachte, dann hielt er ihm eine Hand hin. »Ich bin Joel Hammond, Leitender Techniker des Projekts.«

Als er sah, wie der Junge einen Moment lang Hammonds Hand anstarrte, ehe er versuchsweise einschlug, wie er ihre verschränkten Hände betrachtete, als sei diese Geste etwas völlig Neues für ihn, ging Spatz ein Licht auf. Dieser Junge hatte sich noch nie in der Gesellschaft bewegt. Er hatte nie gelernt, wie man sich benahm. Das gab Spatz zu denken, insbesondere im Hinblick darauf, was in der Akte stand. Oder eher noch, was nicht darin stand. Aber er konnte es immer noch nicht glauben. Nun, der Junge schien höchstens neun Jahre alt zu sein. Er konnte unmöglich soviel in so kurzer Zeit geschafft haben.

»Ich möchte, daß Sie auf den Jungen aufpassen, Hammond. Bis sein ... sein Vormund eintrifft.«

»Sein Vormund?« Hammond sah Kim wieder an und kniff die Augen zusammen.

»T'ai Cho«, antwortete Kim, bevor Spatz erklären konnte. »Er war mein Lehrer im Rekrutierungsprojekt. Er war wie ein Vater zu mir.«

Bei allen Göttern, dachte Spatz, mehr denn je davon überzeugt, daß sich jemand in den oberen Rängen einen Spaß mit ihm erlaubte; daß ihm jemand wünschte, an dieser Aufgabe zu scheitern. Ein Junge und sein ›Vater‹, das war alles, was sie brauchten! Er beugte sich nochmals vor, und seine Stimme klang plötzlich viel kühler und geschäftiger.

»Also los, Hammond. Helfen Sie ihm, sich einzurichten. Zeigen Sie ihm, wo alles ist. Dann kommen Sie wieder her. Binnen einer Stunde. Ich möchte Sie noch ausführlicher informieren, gut?«

Hammond warf dem Jungen noch einen Blick zu, lächelte andeutungsweise, dann wandte er sich wieder Spatz zu und senkte den Kopf. »Selbstverständlich, Direktor. Wie Sie wünschen.«

* * *

»Also, Yüan, kann ich's jetzt abnehmen?«

Er drehte sie sich zu, dann nahm er ihr das Seidentuch über den Augen ab und ließ es zu Boden fallen. Sie blickte unsicher, mit weit geöffneten Augen zu ihm auf, dann gab sie ein kurzes, nervöses Lachen von sich.

»Da«, sagte er, zeigte auf etwas hinter ihr und lächelte breit.

Sie drehte sich um und sah von einem Stall zum anderen. Die Stallknechte standen untätig herum und hatten für einen Moment ihre Arbeit vergessen, während sie den jungen Prinzen und seine schöne Frau beobachteten. Sie alle grinsten breit, denn sie wußten, was Li Yüan arrangiert hatte.

Sie runzelte die Stirn, weil sie nicht wußte, wonach sie Ausschau halten sollte. Schließlich drehte sie sich wieder um und sah ihn an.

»Geh weiter«, ermutigte er sie. »Da hinten, im letzten Stall.«

Sie zögerte noch immer, als fürchtete sie sich, und brachte ihn damit zum Lachen.

»Es ist ein Geschenk, mein Dummchen.« Er senkte leicht die Stimme. »Meine Art, dir zu sagen, daß es mir leid tut.«

»Da hinten?«

»Ja. Komm, ich zeig's dir.«

Er nahm sie am Arm und führte sie zu dem Stall.

»Da!« sagte er leise und sah zu ihr hinunter.

Sie schaute hinein. Dort, in der Düsternis des Stalls, stand das Pferd, das er ihr gekauft hatte. Als sie erst einen, dann einen zweiten Schritt darauf zu machte, wandte das Pferd seinen langen weißen Kopf und erwiderte ihren Blick, musterte sie argwöhnisch mit seinen großen dunklen Augen. Es machte ein leises Geräusch in seinen Nüstern, dann senkte es leicht den Kopf, als verbeugte es sich vor ihr.

Er bemerkte den leichten Schauder, der sie durchfuhr, und spürte sich selbst innerlich ruhig werden, als sie zu dem Pferd ging, um sein Gesicht und seine Flanken zu streicheln. Für einen Moment war das alles. Dann wandte sie sich ihm wieder zu und hatte Tränen in den Augen.

»Es ist wunderschön, Yüan. Wirklich wunderschön.«

Sie zitterte und sah das Pferd wieder an, eine Hand an seiner Mähne, dann senkte sie den Kopf. »Du hättest das nicht tun sollen, Liebling. Ich habe doch schon ein Pferd.«

Yüan schluckte, bewegt von ihrer Reaktion. »Ich weiß, aber ich wollte es. Als ich es das erste Mal sah, wußte ich gleich, daß es dir gefallen würde.« Er trat an ihre Seite, ins Halbdunkel des Stalls, und legte leicht eine Hand auf die Flanke des Pferdes.

Sie blickte zu ihm auf, und ihre Augen lächelten durch die Tränen. »Hat es einen Namen?«

»Ja. Aber du kannst ihm ruhig einen neuen Namen geben.«

Sie betrachtete den Araber noch einmal. »Nein. Schau's dir an. Es ist ganz es selbst, meinst du nicht? Ein T'ang unter den Pferden.«

Er lächelte. »Das ist es, mein Liebling. Ein Kaiser. Und sein Name ist *Tai Huo*.«

Sie betrachtete den Araber noch eine Zeitlang, dann wandte sie sich um und sah Yüan wieder in die Augen. »Großes Feuer ... [8]. Ja, das paßt genau zu ihm.« Ihre Blicke tasteten Yüans Gesicht ab, tief gerührt, wie es schien, von ihrem Geschenk. Dann fiel sie unvermittelt auf die Knie und senkte den Kopf, bis er seine Knie berührte. »Mein Mann läßt mir größere Ehre zuteil werden, als ich verdient habe ...«

Er zog sie sofort hoch. »Nein, Fei Yen. Dein Mann liebt dich. Ich, Yüan, liebe dich. Das andere ...« Er erschauderte. »Nun, das war ein Fehler. Ich habe einen Fehler gemacht ...«

»Nein.« Sie schüttelte den Kopf, dann hob sie den Blick. »Ich habe mich hinreißen lassen. Das ist mir jetzt klar. Es steht mir nicht an, in deinem Haushalt Befehle zu erteilen. Nicht ohne deine Erlaubnis ...«

»Dann hast du meine Erlaubnis.«

Seine Worte machten sie stutzig. »Deine Erlaubnis? Um deinen Haushalt zu führen?«

Er lächelte. »Natürlich. Das tun doch viele Frauen, nicht? Warum nicht auch meine? Schließlich habe ich eine sehr kluge Frau.«

Ihr Lächeln wurde langsam breiter, dann warf sie sich ihm plötzlich an den Hals, warf ihn zu Boden und überschüttete ihn mit Küssen.

»Fei Yen!«

Aus den benachbarten Ställen war Gelächter zu hören, dann ein Rascheln von Stroh, als die Stallknechte, die zugesehen hatten, sich diskret zurückzogen.

Er setzte sich auf und sah sie an, erstaunt über ihr Benehmen, dann lachte er, zog sie an sich und küßte sie. In den Nachbarställen wurde applaudiert und leise anerkennend gepfiffen. Er beugte sich vor und flüsterte ihr ins Ohr. »Sollen wir damit nicht drinnen weitermachen?«

Zur Antwort zog sie ihn auf sich hinunter. »Du bist ein Prinz, mein Liebling«, sagte sie leise, ließ ihn ihren heißen Atem im Ohr spüren. »Du kannst tun, was du willst.«

* * *

Joel Hammond stand in der Tür und sah zu, wie der Junge seine Sachen auspackte. Sie hatten bisher kaum miteinander geredet, aber er merkte schon, daß der Junge sich von allen anderen unterschied, die er bisher kennengelernt hatte. Es war nicht bloß die unglaubliche Schnelligkeit dieses Kindes, sondern etwas anderes, Unbestimmbares; etwas, von dem dieser Idiot Spatz nicht die geringste Ahnung hatte. Es war, als sei der Junge mit einer machtvollen, doch verborgenen Lebenskraft aufgeladen. Hammond lächelte und nickte bei sich. Ja, es war tatsächlich so, als sei der Junge eine kompakte kleine Batterie, gefüllt mit der Energie des *Wissens;* ein verschleiertes Licht, das auf den Moment wartete, da es aufleuchten und die Welt bescheinen würde.

Kim drehte sich um und sah ihn an, als spüre er auf einmal den Blick seiner aufmerksamen Augen.

»Was haben Sie getan, bevor Sie hergekommen sind, *Shih* Hammond?«

»Ich?« Hammond ging von der Tür weg und hob die Karte auf, die Kim auf den Tisch gelegt hatte. »Ich habe an verschiedenen Dingen gearbeitet, aber der Grund, weshalb ich hier bin, ist der Umstand, daß ich bei SimFic fünf Jahre an Forschungen über Künstliche Intelligenz teilgenommen habe.«

Kims Augen weiteten sich leicht. »Ich dachte, das sei illegal. Gegen das Edikt.«

Hammond lachte. »Kann schon sein. Aber ich habe Glück gehabt. Der T'ang ist ein nachsichtiger Mann. Zumindest war er das in meinem Fall. Mir wurde verziehen. Und hier bin ich.«

Er warf noch einen Blick auf die Karte. »Das ist die Tun-Huang-Sternenkarte, nicht wahr? Ich habe sie vor vielen Jahren einmal gesehen. Damals im College. Interessierst du dich für Astronomie?«

Der Junge zögerte. »Früher.« Dann wandte er sich Hammond zu, und seine dunklen Augen schauten herausfordernd zu ihm auf. »Spatz sagt, er werde mich von dem Projekt fernhalten. Darf er das?«

Diese Frage verblüffte Hammond. »Ich ...«

Der Junge wandte sich ab, und die Flüssigkeit dieser plötzlichen Bewegung – so ganz anders als alles, was er je gesehen hatte – erstaunte Hammond. Ein Schauer der Furcht lief sein Rückgrat hinunter. Es schien, als sei der Junge irgendwie mehr und gleichzeitig weniger menschlich als alle, die ihm je begegnet waren. Für einen Moment stand er mit vor Staunen offenem Mund da, dann traf ihn die Erkenntnis wie ein Donnerschlag. Er erschauderte, und was er sagte, kam über ein Flüstern kaum hinaus.

»Du stammst aus dem Lehm, stimmt's?«

Kim nahm eine Anzahl von Büchern vom Boden seiner Tasche und legte sie zu dem Stapel auf dem Schreibtisch, dann blickte er wieder auf. »Ja. Ich habe dort gelebt, bis ich sechs war.«

Hammond erschauderte und sah den Jungen in ganz neuem Licht. »Tut mir leid. Das muß schrecklich gewesen sein.«

Kim zuckte die Achseln. »Ich weiß nicht. Ich kann mich nicht daran erinnern. Aber jetzt bin ich hier. Das ist mein Zuhause.«

Hammond sah sich zwischen den nackten weißen Wänden um und nickte. »Ja. Ja, ich nehme an.« Er legte die Karte hin und nahm eines der Bücher in die Hand. Es war Liu Huis *Chiu Chang Suan Shu*, seine ›Neun Kapitel über die Kunst der Mathematik‹, jene berühmte Abhandlung aus dem dritten Jahrhundert, mit der alle Wissenschaft der Han ihren Anfang genommen hatte. Er lächelte und schlug es auf, erstaunt darüber, den Mandarin-Originaltext vor sich zu haben. Als er die Seiten durchblätterte, fielen ihm die handschriftlichen Randbemerkungen auf, wunderschön gezeichnete Piktogramme in Rot, Schwarz und Grün.

»Sprichst du *Kuo-yu*, Kim?«

Kim rückte die Bücher zurecht, dann wandte er sich Hammond zu. Er musterte ihn einen Moment lang angestrengt, fast verbissen, dann deutete er auf die Kamera unter der Decke. »Funktioniert das Ding?«

Hammond blickte auf. »Noch nicht. Es wird noch zwei oder drei Tage dauern, bis sie das System installiert haben.«

»Und Spatz? Spricht er *Kao-yu* … Mandarin?«

Hammond überlegte einen Moment, dann schüttelte er den Kopf. »Ich weiß es nicht genau. Ich glaube nicht, aber ich kann's leicht überprüfen. Warum?«

Kim erwiderte seinen starren Blick, und die Offenheit in seinem Gesicht entwaffnete Hammond. »Ich bin nicht naiv, *Shih* Hammond. Ich verstehe Ihre Position hier. Sie sind notgedrungen hier. Das haben wir gemeinsam. Wir tun, was man von uns verlangt, sonst wären wir erledigt. *Am Ende.*«

Hammond zitterte. So hatte er es noch nie betrachtet, aber der Junge hatte recht. Er legte das Buch hin. »Ja. Aber ich kann dir immer noch nicht folgen. Wo führt das hin?«

Kim nahm das Buch in die Hand, schlug es irgendwo auf und gab es Hammond zurück. »Lesen Sie den ersten Absatz.«

Hammond las ihn vor und sprach das Mandarin mit einem leicht südlichen Akzent aus, dann sah er Kim wieder an. »Und?«

»Das dachte ich mir. Ich habe gemerkt, wie Sie es angesehen haben. Mir war sofort klar, daß Sie den Titel erkennen würden.«

Hammond lächelte. »So?«

Kim nahm das Buch zurück, dann stellte er es neben die anderen aufs Regal.

»Wie gut ist Ihr Gedächtnis?«

»Recht gut, würde ich sagen.«

»Gut genug, um einen Code zu behalten?«

»Einen Code?«

»Wenn Sie wiederkommen, wird Spatz Ihnen befehlen, mit mir über nichts zu reden, was mit dem Projekt zu tun hat. Er wird Sie anweisen, mich von allen außer den harmlosesten Geräten fernzuhalten.«

»Das weißt du?«

Kim sah in die Runde. »Damit hat er gedroht, kurz bevor Sie gekommen sind. Aber ich kenne seine Sorte. Ich bin solchen Menschen schon oft begegnet. Er wird alles tun, was er kann, um mich in Mißkredit zu bringen.«

Hammond lachte und schüttelte den Kopf, hörte aber auf, als er merkte, wie Kim ihn ansah. Er senkte den Blick. »Was ist, wenn ich sein Spiel nicht mitmache? Wenn ich mich weigere, dich auszuschließen?«

»Dann wird er Sie in Mißkredit bringen. Sie sind

verwundbar. Er weiß, daß Sie tun müssen, was er sagt. Abgesehen davon wird er einen Mann abstellen, der Sie beschattet. Jemand, den Sie für einen Freund halten.«

»Was kann ich denn tun?«

»Sie können ein Tagebuch führen. Auf Ihrem privaten Komset. Etwas, das völlig harmlos aussehen wird, wenn Spatz es überprüft.«

»Ich verstehe. Aber wie willst du Zugriff darauf erhalten?«

»Überlassen Sie das mir.« Kim drehte sich um, nahm den letzten Gegenstand aus seiner Tasche und stellte ihn auf seinen Nachttisch.

»Und der Code?«

Kim lachte. »Das ist der Teil, der Ihnen am meisten Spaß machen wird. Sie werden ein Dichter sein, *Shih* Hammond. Ein echter Wang Wei.«

* * *

DeVore saß an seinem Schreibtisch in dem winzigen Zimmer im Herz des Berges. Die Tür war verschlossen, der Raum unbeleuchtet bis auf das schwache Glühen des kleinen Bildschirms auf einer Seite des Schreibtischs. Es war spät, fast zwei Uhr morgens, doch er empfand nicht die Spur von Müdigkeit. Er schlief ohnehin wenig – zwei, höchstens drei Stunden pro Nacht –, aber im Moment gab es zuviel zu tun, um auch nur an Schlaf zu denken.

Er hatte den Nachmittag damit verbracht, seinen Oberoffizier über Sun Tzu zu unterrichten: das letzte Kapitel über die Tätigkeit von Geheimagenten. Es handelte sich um den Abschnitt in Sun Tzus Werk, den die meisten Soldaten unangenehm fanden, denn im Grunde waren sie der Direktheit verschriebene Wesen, ähnlich wie Tolonen. Sie betrachteten solche Methoden als ein notwendiges Übel, manchmal unvermeidbar, doch unter ihrer Würde. Aber sie irrten sich. Sun Tzu hatte dieses Thema mit gutem Grund an das Ende seines dreizehn Kapitel umfassenden Werks gestellt. Es war der Schlüssel zu dem Ganzen. Wie Sun Tzu betont hatte, bestand der Grund dafür, warum ein erleuchteter Prinz oder ein weiser General über seine Feinde triumphierte, wann immer sie sich rührten – warum ihre Werke die gewöhnlicher Menschen übertrafen – in ihrem vorherigen Wissen. Und wie Chia Lin viele Jahrhunderte später kommentiert hatte: »Eine Armee ohne Geheimagenten ist wie ein Mann ohne Augen oder Ohren.«

So war es. Und je mehr man wußte, um so besser konnte man die Umstände beherrschen.

Er lächelte. Heute war ein guter Tag gewesen. Monate harter Arbeit hatten sich ausgezahlt. Die Dinge hatten sich verbunden und eine neue Gestalt angenommen – eine Gestalt, die viel Gutes für die Zukunft verhieß.

Der Verlust seiner Agenten unter den *Ping Tiao* war ein ernsthafter Rückschlag gewesen, und die Männer, die er aus ihren Reihen gekauft hatte, hatten sich in fast jeder Hinsicht als unbrauchbar erwiesen. Seit fast einer Woche hatte er kaum einen Schimmer, was in der *Ping-Tiao*-Hierarchie vorging und ausgeheckt wurde. Bis sich heute endlich zwei ganz verschiedene Informationsschnipsel zusammengefügt hatten.

Bei dem ersten handelte es sich schlicht um ein Codewort, auf das eines seiner bezahlten Agenten gestoßen war: ein einzelnes Mandarin-Schriftzeichen, dessen Abdruck auf einem von Jan Mach weggeworfenen Notizzettel zurückgeblieben war. Ein Zeichen, das wie ein auf vier Beinen laufendes Haus aussah. Der Buchstabe *Yu*, das Hanwort für Fisch, das Symbol der *Ping Tiao*. Es hatte zuerst nichts bedeutet, aber dann war ihm der Gedanke gekommen, es als Paßwort für einige der geheimen *Ping-Tiao*-Computernetzwerke zu verwenden, die er vor einigen Wochen entdeckt, in die er aber nicht hatte eindringen können.

Beim dritten Versuch gelang ihm der Einstieg. *Yu* war eine neue Rekrutierungskampagne; ein Aufruf, sich zu sammeln; ein Wort, das von Mund zu Ohr weitergegeben wurde; vielleicht nur ein Blick zwischen zweien, die der Sache aufgeschlossen waren. DeVore hatte den Text überflogen und war erstaunt über das gewesen, was er las. Wenn das stimmte ...

Aber natürlich stimmte es. Es ergab einen Sinn. Mach war unzufrieden mit dem, was unter den *Ping Tiao* vorging. Er fühlte sich unrein, mit Menschen wie den T'ang und abtrünnigen Majoren Umgang zu pflegen. Welchen besseren Grund konnte es geben, eine neue Bewegung loszutreten? Eine Splittergruppe, die sich mit der Zeit als mächtiger und wirkungsvoller als die *Ping Tiao* erweisen würde. Eine Bewegung, die keine Händel und keine Kompromisse einging. Diese Bewegung hieß *Yu*.

Yu. Das Wort an sich war schon reich an Anspielungen und Mehrdeutigkeiten, denn *Yu* war phonetisch mit dem Wort identisch, das bei den Han ›Überfluß‹ bedeutete. Es war das gebräuchlichste Symbol für Reichtum, und doch wollte es die Tradition so, daß in dem Fall, wenn die Fische in großer Zahl flußaufwärts schwammen, dies als Vorbote sozialer Unruhe galt. *Yu* war daher das passende Symbol für gesellschaftliche Unordnung.

Und wenn man der Akte trauen konnte, war *Yu* bereits eine Kraft, mit der man rechnen mußte. Noch nicht so mächtig wie die *Ping Tiao,* noch so reich an Ressourcen, doch bedeutsam genug, um ihn zu einer Änderung seiner Pläne zu veranlassen. Er würde sich Mach vornehmen müssen. Und zwar bald.

Die zweite Information stammte von Fischer in Alexandria. Die Mitteilung war kurz gewesen – lediglich eindreiviertel Minuten zusammengeraffter Signale –, doch in entschlüsselter Form enthielt sie genug Sprengkraft, um die Fundamente zu erschüttern, auf denen die Sieben ruhten.

Er beugte sich vor und ließ den Film noch einmal ablaufen.

Die ersten dreißig Sekunden waren wenig aufschlußreich. Sie zeigten Wang Sau-leyan mit seinem Kanzler Hung Mien-lo. Als Fischer eintrat, drehte sich der T'ang ein Stück um und verschwand durch eine Verbeugung des Hauptmanns aus dem Blickwinkel der Kamera.

»Sind sie hier?« fragte Wang, und sein Gesicht war wieder zu sehen, als Fischer sich aufrichtete.

»Vier von ihnen, *Chieh Hsia*. Sie sind durchsucht und durchleuchtet worden, zusammen mit ihren Geschenken.«

»Gut«, sagte der T'ang und wandte sich mit einem aufgeregten Blick seinem Kanzler zu. »Dann bringen Sie sie rein.«

»Chieh Hsia ...«

DeVore berührte das Schaltfeld und hielt die Aufnahme an. Wang Sau-leyan wurde von Fischers versteckter Kamera noch immer deutlich erfaßt, sein fleischiges Gesicht von einem Grinsen gespalten, das unerwartet schöne Zähne entblößte. Er war ein derber, aber interessanter Charakter. Bei all seinen Neigungen zur Genußsucht hatte Wang Sau-leyan einen scharfen Verstand; war vielleicht so gewitzt wie kein anderer unter den Sieben, ausgenommen der junge Prinz Yüan, Li Shai Tungs Sohn.

Er lehnte sich zurück, betrachtete die beiden Männer und war unzufrieden darüber, daß er nichts von ihren Gesprächen vor und nach dieser wichtigen Zusammenkunft erfahren hatte. Es wäre von unschätzbarem Wert gewesen, zu erfahren, was sie sich wirklich von einer Zusammenarbeit mit den *Ping Tiao* versprachen. Aber Fischers schnelle Reaktion hatte ihm zumindest einen Einblick in ihre offenkundigen Beweggründe erlaubt.

Er ließ den Film noch einmal ablaufen und bekam diesmal den Schnitt zu der späteren Szene mit, als Fischer die Zusammenkunft störte, um den T'ang über das Feuer zu unterrichten.

Das Objektiv der Kamera holte die sechs Männer klar ins Bild: Wang Sau-leyan zur Linken, Hung Mien-lo unmittelbar hinter ihm, Gesell, Mach und ihre beiden Gefährten zur Rechten. Es war wichtig, diese Aufnahme gemacht zu haben – er konnte gegebenenfalls gegen den T'ang von Afrika verwendet werden. Aber ebenso wichtig war der Moment, kurz bevor Fischer angeklopft und die Türen weit aufgerissen hatte; ein Moment, in dem Wangs Stimme laut und deutlich aus dem Lautsprecher getönt hatte.

»Dann verstehen Sie wohl, *Ch'un Tzu,* daß ich eine solche Rückendeckung nicht ohne ein Zeichen Ihrer guten Absichten gewährleisten kann. Der Geruch von brennendem Weizen vielleicht, oder die Nachricht, daß ein ganzes Feld durch die zufällige Verunreinigung einer Wasserquelle ruiniert worden ist. Ich brauche es Ihnen wohl nicht im einzelnen vorzubeten.«

DeVore lächelte. Nein, es war wirklich nicht nötig, daß Wang Sau-leyan noch mehr sagte. Es wurde deutlich, was er vorhatte. Als Gegenleistung für Gelder würden die *Ping Tiao* für ihn die Drecksarbeit erledigen – die Osteuropäischen Plantagen abbrennen und die Nahrungsvorräte der Stadt Europa vernichten, was eine Destabilisierung von Li Shai Tungs Stadt zur Folge hätte. Aber würden die *Ping Tiao* sich zu solch radikalen Maßnahmen bereitfinden? Schließlich war es ihr Volk, das am meisten unter der darauffolgenden Nahrungsknappheit zu leiden hätte. Würden sie es riskieren, die öffentliche Meinung gegen sich aufzubringen, nachdem sie sie gerade erst für sich gewonnen hatten?

Er kannte die Antwort. Sie würden es tun. Denn Mach kam es sehr entgegen, wenn die *Ping Tiao* in Mißkredit gerieten. Es würde ihm sehr gefallen, wenn *Yu* zur Stelle war, um die Lücke auszufüllen, die das Hinscheiden der *Ping Tiao* hinterließe. Er hatte genug davon, sich Gesell zu fügen, mitansehen zu müssen, wie seine Ratschläge übergangen wurden.

Nun, dachte DeVore und hielt den Film nochmals an, vielleicht können wir uns all diese Spannungen zunutze machen – sie umlenken und kontrollieren. Aber jetzt noch nicht. Nicht sofort.

Sie hatten ihr Treffen vorübergehend unterbrochen, während das Feuer gelöscht wurde, aber als Fischer zurückkam, waren die *Ping Tiao* bereits fort. Dennoch fügten die letzten vierzig Sekunden des Films dem Geschehen eine faszinierende kleine Coda hinzu.

Wang Sau-leyan saß in der gegenüberliegenden Ecke des Raums drehte das Geschenk, das die *Ping Tiao* ihm überreicht hatten, in den Händen und betrachtete es. Es war eine winzige Jadeskulptur von Kuan Yin, die DeVore erst vor einer Woche Gesell geschenkt hatte.

»Erstaunlich«, sagte Wang gerade. »Wo, meinen Sie, haben sie's gestohlen?«

Hung Mien-lo, der einige Schritte daneben stand, blickte auf. »Wie bitte, *Chieh Hsia?*«

»Dies hier.« Er hielt die kleine Statue hoch, so daß sie von der Kamera deutlich erfaßt wurde. »Sie ist echt, würde ich sagen. T'ang-Dynastie. Wo, in aller Welt, meinen Sie, haben sie sie in die Hände bekommen?«

Hung Mien-lo zuckte die Achseln, dann trat er näher an den T'ang heran und senkte geringfügig die Stimme. »Um noch mal zur Sache zu kommen, *Chieh Hsia,* woher wollt Ihr wissen, daß sie auch das tun, was wir vereinbart haben?«

Wang Sau-leyan betrachtete das Stück noch einen Moment lang, dann sah er seinen Kanzler wieder an und lächelte. »Weil ich sie lediglich um etwas bitte, das in ihrem eigenen Interesse ist.« Er nickte, dann warf er einen Blick direkt in die Kamera. »Also, Hauptmann Fischer, ist das alles?«

Der Film endete damit, daß Fischer sich verbeugte, aber das genügte. Er gab DeVore viel zum Nachdenken. Er enthielt viel, was er gebrauchen konnte.

Und das war noch nicht alles. Der Tag war voller Überraschungen gewesen. Ein versiegeltes Päckchen vom Mars war eingetroffen: eine Kopie der Akten, die Karr Berdichows Privatsekretär abgenommen hatte.

DeVore lächelte. Er hatte seinen Oberoffizieren die Geschichte erst von diesem Nachmittag erzählt – die Erzählung von T'sao und den Tanguts. Die Tanguts waren im Norden beheimatete Feinde der Han, und T'sao, der Truppenführer der Han, hatte einen verurteilten Mann unter der Bedingung begnadigt, daß er eine Wachskugel schluckte, sich als Mönch verkleidete und in das Reich der Tanguts eindrang. Der Mann gehorchte und wurde schließlich von den Tanguts gefangen und eingekerkert. Im Verhör erzählte er ihnen von der Wachskugel, und als er sie letztlich ausspie, schnitten sie sie auf und fanden darin einen Brief. T'sao hatte ihn an ihren eigenen Hauptstrategen gerichtet. Der König der Tanguts war außer sich und befahl, den falschen Mönch und seinen Hauptstrategen sofort hinrichten zu lassen. Auf diese Weise schaffte sich T'sao den fähigsten Mann im Lager seines Feindes um keinen größeren Preis vom Hals als um des Lebens eines Verurteilten.

So verhielt es sich mit dem Jungen. Er würde das Werkzeug für die Vernichtung der Sieben sein; nicht von außen, wie Berdichow sich das vorgestellt hatte, sondern von innen. Die Sieben würden Agenten ihrer eigenen Vernichtung sein. Denn der Junge trug keine Wachskugel, sondern eine Idee mit sich herum. Eine einzige Idee, die alles verändern sollte.

DeVore ließ sich zurücksinken. Ja, und Li Yüan

würde alles dafür tun, daß dem Jungen nichts zustieß, denn er glaubte aufrichtig daran, ihn kontrollieren zu können. Aber Li Yüan hatte nicht die geringste Vorstellung, was der Junge respräsentierte. Nein, bisher begriff dies nicht einmal der Junge selbst. Aber DeVore hatte es sofort erkannt, als Berdichow ihm die Aristoteles-Datei vorgelegt hatte. Diese Datei war eine erstaunliche Leistung, doch nichts verglichen mit dem, wozu der Junge noch imstande war. Sein Potential war erstaunlich. Li Yüan konnte genausogut versuchen, der Veränderung selbst Fesseln anzulegen, statt den Jungen gewaltsam den Erfordernissen des Staates gefügig machen zu wollen.

Li Shai Tung hatte recht damit gehabt, für den Jungen ein Todesurteil zu unterzeichnen. Der Alte hatte sich immer schon auf seinen Instinkt verlassen können. Ein Glück, daß der Krieg seine Sicherheit erschüttert hatte. Der Li Shai Tung von damals hätte ohne Zögern gehandelt. Doch der alte T'ang war im Grunde längst tot – vor acht Jahren gemeinsam mit seinem Sohn Han Ch'in ermordet.

DeVore nickte bei sich, dann befreite er seinen Kopf von diesen Gedanken und wandte sich dem letzten Punkt zu. Es handelte sich um einen lediglich kurzen Bericht, nicht mehr als eine einzige Zeile einer verschlüsselten Botschaft, dennoch bedeutsam. Genau darauf hatte er gewartet.

Er zog den kleinen zerknitterten Zettel aus seiner Brusttasche und faltete ihn auf. Er war durch eine Kette vertrauenswürdiger Männer von Hand zu Hand bis in seine weitergereicht worden, und nur für seine Augen zu entziffern. ›Der Tiger ist rastlos‹, lautete der Text. Er lächelte. Der Tiger war sein Codewort für Hans Ebert, die Handschrift auf dem Papier die seines Mitarbeiters Auden.

Er hatte Auden vor langer Zeit rekrutiert – Jahre bevor er ihn unter Ebert zum Sergeanten hatte ernennen lassen –, aber Hammerfest war eine vom Himmel geschickte Gelegenheit gewesen. Auden hatte Ebert an jenem Tag vor acht Jahren das Leben gerettet, und Ebert hatte es nie vergessen. Hans Ebert war ein egoistischer, doch den Menschen in seinem Umfeld gegenüber erstaunlich loyaler Mann. Zumindest denen, die seiner Ansicht nach seine Loyalität verdient hatten, und Auden gehörte zu diesen Auserwählten. Aber es wäre unklug gewesen, gleich alle Vorteile auszuspielen. In dieser Hinsicht ähnelte das Leben dem *Wei Ch'i;* der Meister zog es vor, abwartend und vorausblickend zu spielen. So hielt er es mit Auden. Doch jetzt konnte er aus seiner langen und geduldigen Vorbereitung Kapital schlagen. Es war zum Beispiel einfach gewesen, Ebert durch Auden zu dem voreiligen Angriff auf die *Ping Tiao*-Zelle zu überreden; ein Angriff, der es Karr vereitelt hatte, die Verbindungen zwischen den Terroristen und ihm aufzudecken. Aber das war nur der Anfang gewesen: ein Test des Potentials, das in dem jungen Mann steckte. Jetzt würde er die Dinge weitertreiben und sehen, ob er Eberts Ruhelosigkeit nicht in etwas Nützlicheres, Konstruktiveres umwandeln konnte.

Ja, aber nicht durch Auden. Er würde Auden bedeckt, seine wahre Natur vor Ebert verborgen halten. Es gab andere Möglichkeiten, an Ebert heranzukommen, andere Männer, denen man vertrauen konnte, wenn auch nicht in diesem Maße. Sein Onkel Lutz zum Beispiel.

DeVore faltete den Zettel zusammen und steckte ihn wieder in die Tasche. Nein. Auden war Teil eines länger angelegten Spiels, Teil eines Plans, der bisher nur in seinem Kopf existierte.

Er lächelte, dann stand er auf, streckte sich, und ein Wohlgefühl machte sich in ihm breit. Er lachte leise. Dann riß er sich zusammen. Paß auf, Howard DeVore, schärfte er sich ein. Und laß nicht nach. Bisher hast du nur einen Plan ins Auge gefaßt. Er ist noch nicht in die Tat umgesetzt. Nicht bevor du ihn nicht selbst verwirklicht hast.

»Aber das werde ich«, flüsterte er und gestattete sich die Andeutung eines Lächelns. »Wollen wir doch mal sehen.«

* * *

Der Zuhälter schlief, zu beiden Seiten von ihm eines seiner Mädchen. Das Zimmer lag im Halbdunkel, und eine deckenhohe Flachlampe neben der Tür warf einen blaßgrünen Schatten über die schlafenden Gestalten. Die vierte Glocke hatte bereits geschlagen, und die letzten Abendgäste waren vor einer Stunde gegangen. Jetzt störte nur noch das Schnarchen der Schläfer die Stille des Hauses.

Chen schob vorsichtig die Tür auf und schlüpfte in das Zimmer. Sofort schien er mit den grün-schwarzen Formen des Raums zu verschmelzen. Er zögerte für einen Moment, bis seine Augen sich an die fast unmerklichen Lichtübergänge gewöhnt hatten, dann durchmaß er mit raschen und lautlosen Schritten das Zimmer und blieb neben dem Bett stehen.

Der Zuhälter lag auf dem Rücken, der Kopf zur Seite gesackt, der Mund geöffnet. Ein strenger Geruch von Wein und Zwiebeln stieg von ihm auf: ein beißender, kränklicher Gestank, der sich mit dem von Schweiß und vergossenem Sperma mischte.

Ja, dachte Chen. *Das ist er, keine Frage. Dieses häßliche Gesicht würde ich jederzeit erkennen.*

Er zog ein Stück Pflaster aus dem Beutel an seinem Gürtel und löste zwei kurze Streifen, die er lose an seinen Oberarm klebte. Dann warf er den Rest des Pflasters weg und zog seine Pistole. Indem er sich über das Mädchen beugte, drückte er sie dem Zuhälter fest an die rechte Schläfe.

»Liu Chang ...«, sagte er leise, als der Zuhälter sich

rührte. »Liu Chang, hör mir aufmerksam zu. Tu genau das, was ich sage, oder ich werde mit deinem Hirn Flecken auf die Matratze machen, hast du mich verstanden?«

Liu Chang war völlig ruhig geworden. Er hob die zitternden Lider und verdrehte die Augen, um die Waffe zu sehen, dann versuchte er die maskierte Gestalt über sich zu erkennen. Er schluckte und brachte ein knappes, ängstliches Nicken zustande.

»Was wollen Sie?« begann er mit flüsternder Stimme, verfiel aber sofort wieder in Schweigen, als Chen den Druck gegen seinen Kopf verstärkte.

Chen schüchterte ihn mit einem finsteren Blick ein. »Halt den Mund, Liu Chang«, sagte er leise, aber entschieden. »Du redest nur, wenn ich's dir sage.«

Der Zuhälter nickte noch einmal, hatte die Augen jetzt weit aufgerissen und den ganzen Körper angespannt, duckte sich unter der Waffe.

»Gut. Du wirst folgendes tun: du setzt dich ganz langsam auf. *Ganz langsam,* verstanden? Eine plötzliche Bewegung und du bist tot.« Chen lächelte grausam. »Ich mache keine Spielchen, Liu Chang. Ich würde keinen Moment zögern, dich umzulegen, Aber meine Leute wollen Antworten. Verstanden?«

Liu Changs Mund öffnete sich, als wollte er eine Frage aussprechen, schnappte aber gleich wieder zu. Er schluckte heftig, während Schweiß seinen Hals hinunterrann, und nickte.

»Gut. Dann hoch jetzt.«

Der Zuhälter richtete sich langsam auf die Ellbogen auf. Chen drückte ihm die ganze Zeit die Pistole an die Schläfe.

Chen nickte zufrieden, dann hielt er dem Zuhälter seinen rechten Arm unter die Nase. »Nimm einen der Pflasterstreifen von meinen Arm und klebe ihn diesem Mädchen hier auf den Mund. Dann mach das gleiche mit dem anderen. Und laß dich besser auf keinen

Kampf mit mir ein, Liu Chang. Deine einzige Chance, zu überleben, besteht darin, das zu tun, was ich von dir verlange.«

Erneut regte sich unmerklich etwas im Gesicht des Zuhälters – als wollte er eine Frage stellen, die unausgesprochen blieb –, bevor er nickte.

Als er sich vorbeugte, schob Chen die Waffe ein Stück nach, um ihn an ihre Gegenwart zu erinnern, aber es war nur eine Vorsichtsmaßnahme – wenn die Angaben in der Akte zutrafen, durfte er wenig Schwierigkeiten mit dem Mann haben. Liu Chang war Schauspieler in der Han-Oper gewesen, bevor er Zuhälter geworden war, mehr bekannt für seine Tüchtigkeit im Bett als für seinen geschickten Umgang mit einem Messer. Dennoch war es ratsam, vorsichtig zu sein.

Liu Chang wich vor Chen zurück, dann beugte er sich wieder vor und drückte dem schlafenden Mädchen das Pflaster auf den Mund. Damit weckte er sie, und einen Moment lang sträubte sie sich und hob die Hände, als wollte sie es wegreißen. Dann sah sie Chen und die Waffe und wurde still, die Augen voller Furcht.

»Jetzt die andere.«

Er bemerkte Liu Changs unmerkliches Zögern und verschaffte seinem Befehl mit der Waffe Nachdruck.

»Los!«

Der Zuhälter nahm den Klebestreifen und drückte ihn dem anderen Mädchen auf den Mund. Sie erwachte ebenfalls und blieb nach kurzer Gegenwehr still liegen.

Gut, dachte Chen. Jetzt zur Sache.

»Du fragst dich, was ich will, nicht wahr, Liu Chang?«

Liu Chang nickte zweimal.

»Nun, das ist einfach. Vor einigen Monaten ist hier eines deiner Mädchen umgebracht worden. Du erinnerst dich sicher daran. Es war ein junger Offizier hier, als es geschah. Er glaubt, er hat's getan. Aber du weißt das besser, nicht, Liu Chang? Du weißt, was wirklich passiert ist.«

Liu Chang senkte den Blick, dann sah er weg; bloß um Chen nicht in die Augen sehen zu müssen. Er wollte abwehrend den Kopf schütteln, doch Chen rammte ihm die Waffe gegen den Kopf und schlug eine blutende Wunde.

»Ich habe hier keine Attrappe in der Hand, Liu Chang. Das wirst du schnell merken, wenn du versuchst, mich anzulügen. Ich *weiß*, daß du Leutnant Haavikko reingelegt hast. Ich weiß sogar wie. Aber ich will die genauen Einzelheiten erfahren. Und ich will wissen, wer dir die Befehle gegeben hat.«

Liu Chang schaute mit elender Miene zu Boden. Sein Herz schlug jetzt heftig, und er war in Schweiß gebadet. Er zögerte, dann blickte er auf und sah Chen in die Augen.

»Gut, Liu Chang. Rede. Sag mir, was passiert ist.«

Der Zuhälter schluckte, dann fand er seine Stimme wieder. »Und wenn ich es Ihnen sage?«

»Dann kommst du davon. Aber nur, wenn du mir alles sagst.«

Liu Chang zitterte. »In Ordnung.« Aber aus der Art, wie er den Mädchen Seitenblicke zuwarf, konnte Chen schließen, was er dachte. Wenn er überlebte, würden die Mädchen sterben müssen. Denn sie hatten es mitgehört. Und weil Liu Chang es nicht riskieren konnte, daß sie jemandem davon erzählten. Für den Fall, daß es auf ihn zurückfiel.

Aber das macht nichts, dachte Chen, als er zuhörte, wie der Zuhälter seine Geschichte zu erzählen begann; denn eigentlich bist du ja schon tot, Liu Chang. Für das, was du getan hast. Und für das, was du tun würdest, wenn ich dich am Leben ließe.

* * *

Herricks Lokal befand sich vierzig *li* östlich von Liu Changs, ein kleines, überfülltes Etablissement im Keller der Stadt, unter dem Netz.

Es war weniger als eine Stunde her, seit Chen das Freudenhaus verlassen hatte; nicht genug Zeit, daß jemand Liu Changs Leiche entdeckt oder die Mädchen ihre Fesseln gelöst haben konnten. Dennoch bewegte er sich rasch durch die Korridore – schäbige, schlecht beleuchtete Gassen, in denen selbst zu dieser frühen Stunde emsiger Betrieb herrschte –, weil es mit jeder Minute wahrscheinlicher wurde, daß Herrick eine Warnung erhielt.

Es war zwei Jahre her, seit er sich zuletzt unter dem Netz aufgehalten hatte, doch sein anfängliches Unbehagen ließ rasch nach und frühere Gewohnheiten änderten die Art, wie er sich bewegte, wie er auftrat. Hier unten war er wieder ein *Kwai* und verließ sich auf seine Instinkte als *Kwai*, und als spürten sie dies, wichen die Menschen vor ihm zurück, wenn er vorüberging.

Es war ein Labyrinth. Die regelmäßige Aufgliederung der höheren Ebenen hatte sich hier schon vor langem aufgelöst. Korridore wurden von behelfsmäßigen Barrikaden versperrt, die die Reviere rivalisierender Banden markierten, während anderswo Türen von Notausgängen entfernt und neue Korridore durch frühere Wohnbereiche geschaffen worden waren. Einem anderen wäre das Ganze womöglich wie ein heilloses Durcheinander erschienen, aber Chen war hier geboren. Er wußte, daß es darauf ankam, die Richtung im Kopf zu behalten, als habe man eine Kompaßnadel hinter der Stirn.

Dennoch fühlte er sich beunruhigt. Allein der Geruch – überall derselbe, wohin man unterm Netz auch ging – brachte den Alptraum des Lebens hier zurück. Er sah sich ständig um, während er seinen Weg suchte, entsetzt über die Verkommenheit, die Häßlichkeit von allem, was er sah, und fragte sich, wie er es hier je hatte aushalten können.

An der nächsten Kreuzung drückte er sich an die Wand und lugte um die Ecke in den Korridor zu seiner Linken. Liu Chang hatte nicht gelogen. Ein Stück weiter hatte man mit grüner Farbe einen Drachen an die Mauer gemalt. Aber es handelte sich nicht um irgendeinen Drachen: dieser Drache hatte das Gesicht eines Menschen, das schmale, blasse Gesicht eines *Hung Mao,* mit tiefblauen Augen, schmalen Lippen und einem fast spöttischen Ausdruck.

Wenn Liu Chang nicht gelogen hatte, war Herrick jetzt dort und arbeitete. Wie viele andere unter dem Netz war er ein Nachttier, das zu Stunden aktiv wurde, die die große Stadt über ihren Köpfen für unstatthaft hielt. Hier gab es kein Abendläuten, keine dunklen Phasen. Hier herrschte ewiges Dämmerlicht, und ob die Korridore beleuchtet oder nicht beleuchtet wurden, hing davon ab, ob die lokalen Bandenbosse mit jenen Oberen handelseinig geworden waren, die elementare Einrichtungen wir Licht, Sanitäranlagen und Wasser kontrollierten.

Solche Gedanken bereiteten ihm ein ungutes Gefühl, da er für die Sieben arbeitete, denn sie, seine Meister, waren es, die die Existenz dieses Ortes gestatteten. Sie hatten ihn durch den Zufall seiner Geburt hier unten zu dem gemacht, was er war – ein *Kwai,* ein gedungenes Messer, ein Killer. Sie hatten den Reichtum, die Macht, um diesen Ort für jene bewohnbar zu machen, die es wünschten, und doch taten sie nichts. Warum? Er holte tief Luft, denn er kannte die Antwort. Denn ohne dieses Dreckloch ganz unten würde nichts mehr funktionieren. Es mußte einen Ort wie diesen – diese gesetzlose Grube – auf der untersten Ebene geben. Um jene, die oben lebten, in Schach zu halten. Um ihre Maßlosigkeit in Zaum zu halten. So argumentierten sie zumindest.

Er schob diese Gedanken beiseite. Dies geschah jetzt nicht für die Sieben. Sondern für Axel. Und für ihn selbst. Karrs Ahnung hatte ihn nicht getrogen. Wenn Ebert für Axels Ausschweifungen bezahlt hatte, bestand die Möglichkeit, daß er hinter dem Tod des Mädchens steckte. Er gab Möglichkeiten, hatte Karr gesagt, einen Mann glauben zu machen, er habe etwas getan, das er nicht wirklich getan hatte: Möglichkeiten, falsche Erinnerungen in sein Hirn zu implantieren.

Und es gab Orte, wo man solche Techniken kaufen konnte. Orte wie Herricks Lokal.

Chen lächelte. Er war sich jetzt fast sicher, daß Karr recht hatte. Liu Chang hatte einiges verraten, doch er mußte sichergehen. Er brauchte Beweise, um Axel davon zu überzeugen, daß er mit der Ermordung des Mädchens nichts zu tun hatte.

Rasch und lautlos schlich er um die Ecke und den Korridor hinunter und hielt vor der Tür neben dem Drachen inne. Sofort richtete sich über der Tür eine Kamera auf ihn.

Er hörte ein leises Summen, dann eine Stimme – blechern und verzerrt aus dem Lautsprecher neben der Kamera.

»Was wollen Sie?«

Chen blickte zur Kamera auf und machte das Handzeichen, das Liu Chang ihm gezeigt hatte. Das war der entscheidende Moment, das wußte er. Wenn Liu Chang ihn angelogen oder ihm ein Zeichen gezeigt hatte, das Herrick einen Fingerzeig geben würde …

Es trat eine Pause ein, dann: »Wer hat Sie geschickt?«

»Der Zuhälter«, erklärte er. »Liu Chang …«

Herrick hatte geschäftlich meist mit den Oberen zu tun. Schwarze Ware. Es gab tausend Anwendungen für Herricks Implantate, aber meistens wurden sie zu demselben Zweck wie bei Haavikko benutzt – um einen Mann verwundbar zu machen, indem man ihm vorgaukelte, er habe ein Verbrechen begangen. In diesen Tagen der Reaktionstests und Wahrheitsdrogen war dies die perfekte Methode, um einem Menschen die Ruhe zu nehmen. Ein perfektes Werkzeug zur Erpressung. Chen senkte den Blick, um seine innere Wut zu unterdrücken, und fragte sich, wie viele unschuldige Männer durch Herricks Tricks ihr Leben oder ihren ganzen Besitz verloren hatten.

»Wie lautet Ihr Name?«

»Tong Chou«, sagte er und benutzte das Pseudonym, das er damals auf der Plantage verwendet hatte; denn wenn sie die Aufzeichnungen überprüften, würden sie unter diesem Namen einen Eintrag finden und ein Gesicht, das seinem glich. Offensichtlich ging seine Rechnung auf, denn nach einer längeren Pause öffnete sich mit einem Zischen die Tür.

Ein kleiner Mann – ein Han – stand im Flur hinter der Tür. »Kommen Sie rein, *Shih* Tong. Verzeihen Sie, aber wir müssen sehr vorsichtig sein, wen wir hier einlassen. Ich bin Ling Hen, *Shih* Herricks Assistent.« Er lächelte und verbeugte sich knapp. »Entschuldigung, aber ich muß Sie bitten, alle Waffen hier im Empfangsbüro zurückzulassen.«

»Natürlich«, sagte Chen, zog die große Handfeuerwaffe aus seiner Jacke und gab sie ihm. »Wollen Sie mich durchsuchen?«

Ling Heng zögerte, dann schüttelte er den Kopf. »Das wird nicht nötig sein. Da ist aber noch etwas anderes.«

Chen verstand. Auch darauf hatte ihn Karr vorbereitet. Er nahm die drei Zehntausend-*Yüan*-›Chips‹ aus der Tasche und bot sie dem Mann an.

Ling lächelte, schüttelte aber den Kopf. »Nein, *Shih* Tong. Behalten Sie die erst einmal. Ich wollte mich nur vergewissern, daß Sie die Vorschriften in unserem Haus verstehen. Wie ich sehe, hat Liu Chang Sie eingehend unterrichtet. Wir liefern nicht auf Rechnung. Zuerst erfolgt die Zahlung, dann wird umgehend ausgeliefert. Wir garantieren ein maßgechneidertes Implantat – nach Ihren Spezifikationen – innerhalb von drei Tagen.«

»Drei Tagen?« erwiderte Chen. »Ich habe gehofft...«

Ling senkte leicht den Kopf. »Nun... Kommen Sie. Darüber unterhalten wir uns besser drinnen. Ich bin sicher, wie werden zu einer Einigung kommen, nicht wahr, *Shih* Tong?«

Chen erwiderte die Verbeugung, dann folgte er dem Mann durch den Flur bis vor eine weitere Tür. Ein Wachmann trat zurück und ließ sie passieren. Als sie näherkamen, öffnete sich mit einem Zischen die Tür.

Es war alles sehr ausgereift. Herrick hatte viel auf sich genommen, um sicherzustellen, daß ihm nichts geschehen konnte. Aber damit mußte man hier unten rechnen. Es war eine Welt, in der man kurzen Prozeß machte. Er hatte sicher mit einer ganzen Anzahl kleinerer Bosse Abmachungen treffen müssen, um dahin zu gelangen, wo er heute war, und konnte sich vor der Habgier der Triaden doch immer noch nicht sicher fühlen. Unterm Netz zahlte es sich aus, paranoid zu sein.

Sie traten ins kühle Halbdunkel der Privaträume. Hier gab es nichts zu hören außer dem schwachen Summen der Luftfilter unter der Decke. Nach dem Gestank in den Korridoren war die saubere, kühle Luft eine Wohltat. Chen machte einen tiefen Atemzug, dann betrachtete er ringsum die Batterien von Monitoren, die alle Wände des riesigen, sechseckigen Raums einnahmen, und war ungeachtet der Gründe, die ihn hergeführt hatten, tief beeindruckt. Die Bildschirme glommen in weichen Farben und zeigten tausend verschiedene Bilder. Er starrte sie an und versuchte den komplizierten Ketten von Symbolen einen Sinn abzugewinnen, dann zuckte er die Achseln; all dies stellte eine fremdartige Sprache dar, doch er hatte das Gefühl, daß diese Formen – die Spiralen und sich verzweigenden

Bäume, die Büschel und unregelmäßigen Pyramiden – etwas mit der komplizierten Chemie des menschlichen Körpers zu tun hatten.

Er warf einen Blick zu dem Schreibtisch in der Mitte. Ein großer, förmlich wirkender Mann hockte völlig reglos und wachsam über einem der Bedienungsfelder. Ein massiger Wickel ließ seinen Kopf grotesk groß erscheinen.

Ling wandte sich ihm zu und senkte die Stimme zu einem Flüstern. »Warten Sie einen Moment, *Shih* Tong. Mein Meister macht gerade etwas fertig. Bitte, nehmen Sie sich einen Stuhl, er wird bald für Sie Zeit haben.«

Chen lächelte, machte aber keine Anstalten, sich zu setzen, sah statt dessen zu, wie Ling Hen zu der Gestalt an dem Kontrollpult hinüberging. Wenn Karr recht hatte, bewahrte Herrick Kopien all seiner Arbeiten auf – eine Vorsichtsmaßnahme. Aber wo? Und wo war der Raum für die Wachen? Oder hatte Herrick sie selbst eingelassen?

Er schaute zu Boden und überlegte sich noch einmal alles. Für seinen Geschmack waren zu viele Unbekannte im Spiel, aber jetzt hatte er sich schon drauf eingelassen. Er würde Mut beweisen müssen.

Er blickte wieder auf und sah, daß Herrick den Wickel vom Kopf genommen hatte und zu ihm herüberstarrte. Im Widerschein der Bildschirme wirkte sein Gesicht hagerer, weit skelettartiger als an dem Drachenportrait draußen an der Wand.

»*Shih* Tong«, sagte Herrick und trat auf ihn zu. Seine Stimme klang für Chens Ohren überraschend kräftig und voll. Er hatte mit einem dünnen, hohen und spinnenartigen Ton gerechnet, Ebenso verhielt es sich mit seinem Handschlag. Chen betrachtete die Hand, die seine so fest gepackt hatte. Es war eine lange, geschmeidige Hand, wie eine größere Version der Hand seines toten Gefährten Jyan. Er blickte auf und sah Herrick in die Augen, lächelte bei dieser Erinnerung.

»Was ist?« fragte Herrick, Belustigung in den falkenartigen Augen.

»Ihre Hand«, erklärte Chen. »Sie erinnert mich an die eines Freundes.«

Herrick zuckte andeutungsweise die Achseln. »Ich verstehe.« Er kehrte ihm den Rücken zu und sah in dem großen Nest aus Bildschirmen und Gerätschaften in die Runde. »Nun... wie ich gehört habe, haben Sie einen Auftrag für mich. Sie wissen, was ich berechne?«

»Ja... Einer meiner Freunde hat sich vor ein paar Monaten an Sie gewandt. Es war eher eine Kleinigkeit, soviel ich weiß. Ich brauche etwas ähnliches.«

Herrick sah ihn wieder an, dann senkte er den Blick. »Eine Kleinigkeit?« Er lachte. »Nichts, was ich mache, ist eine Kleinigkeit, *Shih* Tong. Deshalb koste ich so viel. Was ich mache, ist eine Art Kunst. Nur wenige andere können das, verstehen Sie. Sie haben weder das Talent noch die technischen Möglichkeiten. Deshalb kommen die Menschen zu mir. Menschen wie Sie, *Shih* Tong.« Er blickte wieder auf und sah Chen in die Augen. Sein Blick war starr und kalt. »Also beleidigen Sie mich nicht, mein Freund.«

»Verzeihen Sie«, sagte Chen hastig und senkte den Kopf. »Ich wollte nicht andeuten... Nun, ich habe nur gehört...«

»Was haben Sie gehört?« Herrick starrte wieder an ihm vorbei, als langweile er sich.

»Daß Sie wahre Wunder vollbringen können.«

Herrick lächelte. »Das ist richtig, *Shih* Tong. Aber selbst Ihre ›Kleinigkeiten‹ übersteigen die Fähigkeiten der meisten Menschen.« Er rümpfte die Nase, dann nickte er. »Also gut, erzählen Sie mir, was ich für Ihren Freund erledigt habe, und ich sage Ihnen, ob ich ›etwas Ähnliches‹ für Sie tun kann.«

Chen lächelte innerlich. Ja, jetzt hatte er sich auf Herrick eingestellt, kannte seinen schwachen Punkt. Herrick war eitel, übermäßig stolz auf seine Fähigkeiten.

Nun, das konnte ihm von Nutzen sein. Damit konnte er spielen und ihn zum Reden bringen.

»Soviel ich weiß, hatte mein Freund Ärger mit einem Soldaten. Einem jungen Leutnant. Er hatte meinem Freund eine Menge Schwierigkeiten bereitet, so daß er dem Mann, um ihn zum Schweigen zu bringen, mit einem Implantat vortäuschte, er habe einen Mord begangen. An einem jungen *Hung-Mao*-Mädchen.«

Herrick nickte. »Ja… Natürlich. Ich erinnere mich daran. Geschah es nicht in einem Bordell? Ja, jetzt sehe ich die Verbindung. Liu Chang. Er hat den Kontakt hergestellt, nicht?«

Chen verfiel in nachdenkliches Schweigen. Es war also nicht Liu Chang gewesen, der Herrick die Sache erklärt hatte. Er hatte die beiden Geschäftspartner lediglich einander vorgestellt. Warum hatte er es dann nicht gesagt?

»Hauptmann Auden ist also ein guter Freund von Ihnen, *Shih* Tong?« fragte Herrick und sah ihn wieder an.

Auden …? Chen zögerte, dann nickte er. »Schon seit zehn Jahren.«

Herricks Lächeln gerann zu einem angewiderten Ausdruck. »Wie merkwürdig. Ich hatte den Eindruck, er mag keine Han. Trotzdem …«

»Meinen Sie, ich könnte mir das frühere Implantat ansehen? Er hat mir davon erzählt, aber … nun, ich wollte mich vergewissern, ob es wirklich ungefähr das ist, was ich mir vorstelle.«

Herrick verzog das Gesicht. »Das ist sehr ungewöhnlich, *Shih* Tong. Normalerweise bewahre ich über die Angelegenheiten meiner Kunden Stillschweigen, verstehen Sie? Es wäre äußerst unangenehm, wenn Hauptmann Auden erfahren sollte, daß ich Ihnen das für ihn entworfene Implantat gezeigt habe.«

»Natürlich.« Chen begriff sofort, was er wollte, und zog einen der Chips aus der Tasche. »Wäre Ihnen dies eine ausreichende Garantie für mein Stillschweigen, *Shih* Herrick?«

Herrick nahm den Chip, untersuchte ihn unter der Schreibtischlampe, dann wandte er sich wieder Chen zu und lächelte. »Ich glaube, das dürfte reichen, *Shih* Tong. Ich muß nur gerade meine Kopie des Implantats suchen.«

Herrick kehrte an das Pult zurück und tippte einige Zeichen in die Tastatur, dann kam er wieder und hielt mit spitzen Fingern seiner Linken eine dünne, transparente Kunststoffkarte.

»Ist es das?«

Herrick nickte. »Das ist eine analoge Kopie. Zumindest der visuelle Anteil davon. Das echte Implantat ist sehr viel komplexer. Ein Implantat ist weit mehr als die simple visuelle Komponente.« Er lachte kalt, dann ging er an Chen vorbei und schob die Karte in einen Schlitz unter einem der leeren Bildschirme. »Wenn's sich darauf beschränkte, wäre die Illusion wenig überzeugend, nicht?«

Chen zuckte die Achseln und wandte rechtzeitig den Kopf, um den Bildschirm aufflackern zu sehen.

»Nein«, fuhr Herrick fort. »Das ist die Kunst daran, verstehen Sie. Die Erfahrung in ihrer ganzen Bandbreite zu simulieren, dem Opfer das *Gefühl* zu geben, es habe die Tat begangen, worin sie auch immer besteht. Den Geruch und den Geschmack und die Berührungen – die Furcht und den Haß und die schiere Freude, etwas Verbotenes zu tun.«

Er lachte wieder und drehte sich zu Chen um, einen ungesunden Glanz in den Augen. »Das ist für mich die eigentliche Faszination daran. Das hält mich wach. Nicht das Geld, sondern die Herausforderung, die Erfahrung eines Menschen maßzuschneidern. Nehmen wir diesen Haavikko zum Beispiel. Aufgrund der Informationen, die ich über ihn hatte, war es sehr einfach, auf seiner Schuld, seinem Minderwertigkeitsgefühl etwas aufzubauen. Es war leicht, ihn von seiner Wertlosigkeit zu überzeugen – ihn glauben zu machen, er sei einer solchen Tat fähig. Auch das ist Teil meiner Kunst, verstehen Sie – ein abnormes Verhalten als schlüssigen Teil der Realität des Opfers erscheinen zu lassen.«

Chen erschauderte. Herrick redete, als habe er keine Vorstellung davon, was er da anrichtete. Für ihn war es bloß eine Herausforderung – ein Brennpunkt für sein verqueres Genie. Ihm ging jegliches Gefühl für die Menschen ab, deren Leben er zerstörte. Das Elend und den Schmerz, die er hervorrief, waren für ihn nur ein Maßstab für seinen Erfolg. Es war böse. Wahrhaft böse. Chen wollte Herrick am Hals packen und ihm die Luft abdrehen, aber erst mußte er die Kopie in die Hände bekommen und damit entwischen.

Auf dem Bildschirm erschien das Standfoto eines nackten Mädchens, in verkrümmter Haltung auf ein Bett hingeworfen, die verzerrten Züge voller Furcht.

»Eins versteh ich nicht, *Shih* Herrick. Mein Freund hat mir gesagt, daß Haavikko irgend etwas getrunken hat. Eine Droge. Aber wie ist das Implantat in seinen Kopf gekommen? Er ist nur ein Unteroffizier, also nicht verdrahtet. Also, wie wird's gemacht?«

Herrick lachte. »Sie denken in so groben Begriffen, *Shih* Tong. Das Implantat ist nichts Physisches – zumindest nicht in Ihrem Sinne. Es ist nicht wie die Karte. Sie ist nur das Speichermedium – eine Daueraufzeichnung. Nein, das Implantat *war* die Droge. Eine hochkomplexe Droge, die aus einer ganzen Serie von Chemikalien mit unterschiedlichen Reaktionszeiten besteht, die die Aufgabe haben, bestimmte Synapsen im Gehirn selbst auszulösen – um, wenn Sie so wollen, eine falsche Erfahrungslandschaft hervorzurufen. Eine bewegte Landschaft, komplett mit einer vorbestimmten Ereigniskette.«

Chen schüttelte den Kopf. »Ich verstehe nicht wie.«

Herrick starrte an ihm vorbei in eine imaginäre Entfernung. »Das liegt daran, daß Sie die Funktionsweise des Gehirns nicht verstehen. Es ist im Grunde alles nur Chemie und Elektrizität. Die gesamte Erfahrung. Sie trifft in den Nervenenden ein und wird in chemische und elektrische Reaktionen umgesetzt. Ich umgehe bloß diese Nervenenden. Was ich kreiere, ist ein Traum. Aber ein Traum, der realer, lebhafter als die Wirklichkeit ist.«

Chen starrte ihn an, einen Moment erschrocken über die Macht dieses Mannes, dann sah er wieder auf den Bildschirm. Er wollte nicht zusehen, wie das Mädchen getötet wurde. Instinktiv streckte er die Hand aus, zog die Karte heraus und schob sie sich in die Tasche.

Herrick sprang vor. »Was, zum Teufel ...?«

Chen packte Herrick am Hals, zog das Messer aus seinem Stiefel und hielt es ihm an die Kehle.

»Ich habe genug gehört, *Shih* Herrick. Mehr als genug, wie Sie wohl wissen. Aber jetzt habe ich, wofür ich gekommen bin, also gehe ich jetzt wieder.«

Herrick schluckte beklommen. »Hier kommen Sie nicht raus. Ich habe ein Dutzend Wachen ...«

Chen ritzte Herrick mit einer ruckartigen Bewegung des Messers die Haut unterm Kinn auf. Herrick schrie auf und fing an sich zu wehren, aber Chen verstärkte seinen Griff.

»Sie tun besser, was ich sage, *Shih* Herrick, und bringen mich hier raus. Sonst sind Sie tot. Und das wird keine Täuschung sein. Dann sind Sie wirklich tot. Noch ein dummer Kommentar und ich implantiere Ihnen dieses Messer, indem ich es Ihnen durch die Kehle ins Gehirn schiebe. Verstanden?«

Herricks Blick durchsuchte den Raum, dann sah er Chen wieder an. »In Ordnung. Aber Sie müssen mir erlauben, meinen Männern Anweisungen zu geben.«

Chen lachte. »Befehlen Sie ihnen nur, die Türen zu öffnen und aus dem Weg zu gehen.« Er hob die

Stimme und blickte zu einer der Überwachungskameras auf. »Haben Sie gehört, *Shih* Ling? Wenn Sie Ihren Boss lebend wiedersehen wollen, tun Sie, was ich Ihnen sage. Keine Tricks, sonst mache ich ihn kalt, und was wird dann aus Ihnen? Laufbursche für irgendeinen Bandenboss, und in einem Jahr tot.«

Er wartete einen Moment und suchte an den Wänden nach Anzeichen für irgendwelche technischen Tricks. Dann war ein Zischen zu hören, und die Tür am anderen Ende des Raums glitt auf.

Er übte mit dem Messer stärkeren Druck aus. »Sagen Sie ihnen, daß ich so rausgehen will, wie ich reingekommen bin, *Shih* Herrick. Sagen Sie's schnell, sonst sind Sie erledigt.«

Herrick schluckte, dann machte er eine kleine Bewegung mit dem Kopf. »Tut, was er sagt.«

Sie bewegten sich langsam in den Korridor. Chen sah sich ständig um und war darauf vorbereitet, Herrick das Messer jeden Moment tief in die Kehle zu treiben.

»Für wen arbeiten Sie?«

Chen lachte. »Warum sollte ich für jemanden arbeiten?«

»Dann begreife ich nicht...«

Nein, dachte Chen. das begreifst du wirklich nicht, was?

Sie erreichten die zweite Tür. Sie öffnete sich zischend. Dahinter standen vier Wachen mit gezückten Messern.

»Keinen Schritt weiter«, sagte Ling, der hinter ihnen hervortrat.

Chen sah Ling in die Augen und lockerte seinen Griff an Herricks Kehle. »Haben Sie mich nicht verstanden, Ling? Wollen Sie, daß Ihr Meister draufgeht?«

Ling lächelte. »Sie werden ihn nicht töten, Tong. Das können Sie nicht. Denn ohne ihn kommen Sie hier nicht raus.«

Chen erwiderte Lings Lächeln, dann zog er Herrick näher an sich und spannte die Hand an, die das Messer führte.

»Das ist für meinen Freund Axel. Und für all die anderen, deren Leben Sie zerstört haben.«

Er hörte den Schrei, spürte warmes Blut über sein Handgelenk sprudeln und wandte den Blick wieder Ling zu, dem alles Blut aus dem Gesicht gewichen war, dann ließ er die Leiche fallen.

»Also los«, sagte er, duckte sich und hielt das Messer vor sich. »Kommen Sie, *Shih* Ling. Zeigen Sie mir, was Sie gegen einen *Kwai* ausrichten wollen.«

KAPITEL · 4

Inseln

Jelka lehnte sich über die Reling des Boots und ließ ihr Gewicht von dem Sicherungsgeschirr tragen, während sie das Auf und Ab der Wellen beobachtete, durch die sie pflügten. Der alte Neun-Meter-Kahn wankte und bebte unter ihr, der Wind zerrte an ihrem Haar und verschlug ihr den Atem, und die salzige Gischt fraß sich kalt in ihr Gesicht.

Das Wasser war ein Aufruhr von glasigem, mit weißen Schaumfäden durchzogenem Grün. Sie ließ ihre Hand ins kühle Wasser hängen, dann steckte sie die Finger in den Mund. Ihre Haut war seltsam kalt und starr, ihre Lippen nahezu taub. Sie saugte an ihnen, bis sie einen starken belebenden Salzgeschmack im Mund hatte. Einen beißenden, uralten Geschmack.

Sie drehte sich um und sah zum Festland zurück. Lange Finger aus aschgrauem Fels ragten wie die Knochen ertrunkener Riesen aus dem Wasser. Hinter ihnen lag die Stadt, deren hohe, glatte, klippenartige Mauern im Morgenlicht glänzten – ein weißes Band, das sich von Norden nach Süden erstreckte. Sie drehte sich wieder um und bemerkte plötzlich das Schwanken des Bootes, das Krachen und Ächzen des Holzes, das hohe Geheul des Windes, das mit dem Lärm des Motors wetteiferte – ein dumpfes, sich ständig wiederholendes Surren, das ihre Knochen zum Zittern brachte – und das unaufhörliche Schwappen und Spritzen von Wasser an die Bordwand.

Sie blickte auf. Über ihr dehnte sich ein unermeßlicher Himmel. Große Zusammenballungen von Wolken trieben über sie hinweg, ihr Weiß mit Schatten und Sonnenlicht durchwirkt, während sich vor ihnen scheinbar bis in unendliche Entfernung das Meer erstreckte, seine gefurchte Oberfläche ein einziges Glitzern.

In ihrem Kielwasser folgten ihnen aufgeregt und mit lautem Gekreisch wie von gequälten Seelen die Seevögel. Sie lachte, das erste herzliche Lachen seit Wochen, und schielte über die schimmernde Wasserfläche, um die Insel auszumachen.

Zuerst konnte sie nichts erkennen. Die See vor ihnen wirkte relativ glatt und gleichförmig. Und dann sah sie sie, zuerst ganz klein, ein vager grüner und grauer Schatten, der immer wieder mit dem umgebenden Meer verschwamm, als werde er überflutet. Dann gewann er langsam an Größe, erhob sich aus dem Meer, um sie zu begrüßen, und war mit jedem Augenblick deutlicher zu erkennen, düster aufragende Basaltklippen, an deren Fuß sich die Wellen brachen.

Jelka sah zu ihrem Vater hinüber. Er saß steif da, die Hände fest ineinander verschränkt, die Nackenmuskeln angespannt; doch er hatte einen etwas abwesenden, leicht verträumten Ausdruck in den Augen. Er sah zur Insel hinüber, doch sein Blick war nach innen gekehrt. Jelka beobachtete ihn, dann schaute sie weg, weil sie wußte, daß er an ihre Mutter dachte.

Während das Boot sein Tempo drosselte und auf den Hafendamm zutrieb, betrachtete sie das Land hinter dem Hafen. Um die Kaianlage standen verstreut einige Häuser, flache, graugrüne Gebäude mit schmutzig orangefarbenen Schieferdächern. Weit rechts vom Hafendamm endete vor Felsen ein sichelförmiger Kiesstrand. Aber ihr Blick wurde von etwas oberhalb des Strandes und der seltsam geformten Häuser angezogen, etwas auf dem Hang des Hügels dahinter. Der steile Hang war dicht mit Kiefern bestanden, durch die da und dort riesige, stahlgraue, nackte Felsen brachen. Sie erschauderte, als sie dort hinaufblickte. Es war alles so rauh, so primitiv. Sie hätte es sich nie so vorgestellt.

Sie spürte, wie tief in ihr etwas erwachte, und hob den Kopf, um die Luft einzusaugen, den intensiven Duft der Kiefern, der mit dem Geruch von Salzwasser, Leder und Motorenöl zu einem einzigen charakteristischen Geruch verschmolz, der ihre Sinne gefangennahm. Dem Geruch der Insel.

Ihr Vater half ihr auf den steinernen Hafendamm. Sie drehte sich und sah übers Wasser hinweg zum Festland. Es war in leichten Nebel gehüllt, der die Eismauern noch immer erkennen ließ, doch aus dieser Entfernung wirkten sie weniger beeindruckend. Es war eine andere Welt, verglichen mit dem hier.

Über ihren Köpfen ertönten die melancholischen Schreie von Seevögeln. Sie schaute auf und folgte mit Blicken ihren kreisenden Schatten, sah aber wieder zum Strand hinunter, als sich dort lautstark eine Welle brach und Kies wegschwemmte, als sie sich zurückzog.

»Nun…«, sagte ihr Vater leise. «Hier sind wir. Was hältst du davon?«

Sie zitterte. Es war wie eine Heimkehr.

Sie sah von einem Haus zum anderen und suchte nach Lebenszeichen der Bewohner.

»Welches?« fragte sie und sah ihn wieder an.

Ihr Vater lachte. »Oh, keins von denen.« Er drehte sich um und gab den Männern im Boot Befehle, dann wandte er sich wieder seiner Tochter zu. »Komm, ich zeig's dir.«

Wo das Kopfsteinpflaster des Hafendamms aufhörte, wandten sie sich nach rechts und betraten einen alten schmutzigen Weg. Er führte zwischen den Bäumen nach oben, fort von den Häusern und dem Hafenbezirk.

Der Pfad führte auf eine breite Felsbank aus glattem, grauem Gestein. Hier gab es eine Lücke in dem dichten Baumbestand, die einen Blick aufs Meer erlaubte.

»Vorsichtig«, sagte er und umschloß fester ihr Handgelenk, als sie näher an den Rand heranging. »Da kann's rutschig sein.« Dann sah sie es.

Unter ihr lag eine kleine Bucht, auf drei Seiten von dichtem Kiefernbewuchs umgrenzt. Aber an einer Stelle lichtete sich das Dickicht. Ihr direkt gegenüber erhob sich schroff eine gewaltige Felsnadel aus dem Wasser, und auf ihrem Gipfel – dem Fels in Farbe und Zeichnung so ähnlich, daß sie es zuerst nicht erkannte – stand das Haus.

Es war erstaunlich. Riesige, massive Steinmauern ragten unmittelbar aus dem Fels empor und liefen in schmalen Türmchen und burgartigen Zinnen aus. Ein steiles Dach, grau und flechtenbefleckt, zog sich fast über die ganze Länge des Hauses hin. Nur am hinteren Ende, wo es auf drei Seiten vom Meer umgeben war, wurde die scharfe Kante unterbrochen. Dort ragte ein Turm auf, zwei Stockwerke höher als der Rest des Hauses und bedeckt mit einer Spitze, die im Sonnenlicht dunkel glänzte.

Jelka starrte es mit offenem Mund an, dann sah sie ihren Vater wieder an.

»Ich dachte, es sei ein Haus.«

Er lachte. »Das ist es auch. Es war das Haus meines Großvaters. Und davor hat es seinem Großvater gehört. Es ist seit neun Generationen im Besitz unserer Familie.«

Sie kniff die Augen zusammen, ohne zu begreifen. »Du meinst, es gehört uns?«

»Früher ja. Ich schätze, es gehört uns immer noch. Aber es liegt in Li Shai Tungs Ermessen, ob wir es benutzen dürfen.«

»Das kommt mir so ungerecht vor.«

Er starrte sie einen Moment lang überrascht an, dann antwortete er darauf. »Nein. Es muß so sein. Die Bauern müssen das Land bearbeiten. Sie *müssen* draußen leben. Und die Sieben, sie tragen eine schwere

Bürde, sie brauchen ihre Güter. Aber es gibt nicht genug Land für all jene, die draußen leben möchten. Es riefe viel Unwillen hervor, wenn wir dies besäßen und andere nicht, verstehst du?«

»Aber eigentlich gehört's doch uns …«

Er schüttelte bestimmt den Kopf. »Nein. Die Welt ist für solchen Luxus zu klein geworden. Es ist ein kleiner Preis, den man für Frieden und Stabilität bezahlen muß.«

Sie gingen weiter und mußten immer noch klettern. Ein Stück weiter drehte er sich um und zeigte nach unten. »Wir müssen hier runter. Da sind einige Stufen in den Fels gehauen. Es ist nicht ungefährlich, also halt dich besser an mir fest.«

Sie ließ sich von ihm hinunterhelfen. Es war kühler und schattiger unter dem Grat, der Boden felsiger, und die langen, geraden Stämme der Kiefern standen weiter auseinander.

»Da«, sagte er und deutete auf etwas zwischen den Bäumen.

Sie sah hin. Etwa fünfzig *ch'i* vor ihnen befand sich eine graue Steinmauer. Von dort, wo sie standen, ließ sich schwer sagen, wie hoch sie war, doch sie wirkte massiv – mindestens doppelt so groß wie ihr Vater. Zur Linken schmiegte sie sich an den Rand der Klippe, nach rechts hin verschwand sie unter den Bäumen. Ein Stück weiter befand sich ein großes, von Säulen flankiertes Tor, und dahinter – still und schweigend in der späten Morgensonne – der Turm.

Sie drehte sich zu ihrem Vater um und stellte fest, daß er an ihr vorbei zum Haus aufblickte, ein abwesendes Lächeln im Gesicht. Dann sah er wieder auf sie herab.

»Kelevala«, sagte er leise. »Wir sind daheim, Jelka. Daheim.«

* * *

»Weißt du, was ich am meisten vermisse?«

T'ai Cho blickte auf. Kim stand in der Tür und sah an ihm vorbei. T'ai Cho lächelte. »Was?«

»Das Schwimmbecken. Im Schwimmbecken sind mir immer die besten Ideen gekommen.«

Er lachte. »Nun, können wir da nicht etwas machen?«

Kim deutete mit einer knappen Kopfbewegung auf die Kamera unter der Decke. »Nur wenn es *Shih* Spatz recht ist.«

T'ai Cho sah Kim nachdenklich an, dann machte er sich wieder ans Auspacken.

»Ich werde eine Anfrage einreichen«, sagte er, nahm die letzten paar Gegenstände aus dem Beutel und verstaute ihn unter dem Klappbett. »Schließlich kann er nicht mehr als nein sagen.« Er blickte wieder auf und sah Kim mit einem Lächeln in die Augen. »Übrigens, wie ist es gelaufen? Ist die Arbeit interessant?«

Kim schaute weg. »Nein«, antwortete er leise.

T'ai Cho richtete sich überrascht auf. »Wirklich? Aber du sagtest doch, die Forschung würde eine Herausforderung sein?«

»Das ist sie auch. Spatz läßt mich bloß an nichts ran.«

T'ai Cho erstarrte. »Aber das darf er nicht! Ich werde nicht zulassen, daß er dir das antut, Kim. Ich werde den Prinzen unterrichten.«

Kim schüttelte den Kopf. »Nein. Ich möchte nicht jedesmal zu Prinz Yüan laufen, wenn ich ein Problem habe.«

T'ai Cho fuhr wütend herum. »Aber das mußt du. Der Prinz wird Spatz entfernen lassen. Er ...«

Aber Kim schüttelte den Kopf. »Du verstehst es nicht, was, T'ai Cho? Du meinst, dies sei bloß ein Stück wissenschaftlicher Forschung, aber das ist nicht der Fall. Die Sache hat politische Bedeutung. Und zwar eine sehr heikle. Praktisch alle Männer, die für das Projekt herangezogen wurden, sind verwundbar. Sie haben während des Krieges auf der falschen Seite gestanden und jetzt bleibt ihnen nichts anderes übrig, als auf dieser zu arbeiten. Alle bis auf Spatz, und er ist kein Wissenschaftler. Zumindest kein so guter Wissenschaftler, um an einem Projekt dieser Größenordnung mitzuwirken. Nein, er ist dazu da, den Deckel draufzuhalten.«

»Aber das ist unerhört.«

»Nein. Überhaupt nicht. Verstehst du, jemand will, daß dieses Projekt scheitert. Deshalb ist Spatz zum Administrator ernannt worden. Deshalb wurde Tolonen die Gesamtleitung des Projekts übertragen.«

»Und das läßt du zu?«

»Das ist nicht meine Sache, T'ai Cho. Ich habe keine andere Wahl. Ich tue, was man mir gesagt hat. So habe ich's immer gemacht. Aber das ist schon in Ordnung. Es gibt einiges, was wir tun können. Man verlangt nicht mehr von uns, als das Boot nicht auflaufen zu lassen.«

T'ai Cho starrte ihn mit zusammengekniffenen Augen an. »Das sieht dir gar nicht ähnlich, Kim. Den Kopf einzuziehen und nichts zu tun.«

Kim senkte den Blick. »Vielleicht war ich früher einmal anders. Aber was hat's mir eingebracht?« Er blickte wieder auf und durchbohrte T'ai Cho mit finsteren Blicken. »Fünf Jahre Sozialisation. Brutale Neukonditionierung. Das war die Belohnung dafür, daß ich auf eigenen Füßen gestanden habe. Aber das nächste Mal werden sie sich die Mühe nicht machen. Sie werden mich einfach als unprofitable Investition abschreiben. Eine zweifelhafte Ausgabe.« Er lachte bitter. »Ich bin nicht einmal ein Bürger. Ich existiere nur, weil Li Yüan sich etwas davon verspricht. Du hast ihn selbst gehört, T'ai Cho. So stehen die Tatsachen. Also halte mir nicht vor, daß ich nichts tue. Hier haben wir ein angenehmes Leben. Warum sollten wir uns Ärger einhandeln?«

T'ai Cho starrte ihn mit offenem Mund an und konnte kaum glauben, was er gehört hatte. »Also, du gehst jetzt besser«, sagte er abrupt. »Ich habe noch zu tun.«

»Tut mir leid, T'ai Cho. Ich…«

Aber T'ai Cho war bereits damit beschäftigt, Wäsche in den Schrank zu räumen.

»Wir sehen uns später, ja?« fragte Kim, aber T'ai Cho gab nicht zu erkennen, ob er ihn überhaupt gehört hatte.

Wieder in seinem Zimmer, setzte sich Kim an den Schreibtisch und hatte auf dem Bildschirm das erste von Hammond geschriebene Gedicht vor sich.

Es war nicht leicht gewesen, T'ai Cho davon zu überzeugen, daß er aufgab. Es hatte ihm weh getan, seinen alten Lehrer zu desillusionieren, aber es war unumgänglich gewesen. Wenn er mit diesem Trick überhaupt Erfolg haben wollte, mußte er Spatz' Mißtrauen beschwichtigen, Spatz glauben machen, daß er keine Faxen machte. Und welche bessere Möglichkeit, Spatz davon zu überzeugen, gab es, als die Reaktionen des Mannes zu manipulieren, von dem man annahm, daß er ihm am nächsten stand? T'ai Chos Empörung – seine wütende Enttäuschung über Kim – würde Spatz von der Fährte abbringen, würde Kim den kleinen Bewegungsspielraum verschaffen, den er benötigte.

Dennoch tat es weh. Und das überraschte Kim, denn er hatte sich zu fragen begonnen, ob er nach dem, was sie in der Sozialisation mit ihm angestellt hatten, überhaupt noch zu Gefühlen imstande sei. Er erinnerte sich an die Gelegenheiten, die er T'ai Cho seitdem getroffen und dabei nichts empfunden hatte, obwohl ihm klar gewesen war, was dieser Mann einmal für ihn bedeutet hatte. Nicht das geringste. Er hatte nachts wachgelegen, über diese Leere in sich nachgegrübelt und gefürchtet, daß ihm die Fähigkeit zur Liebe abhanden gekommen sei, vielleicht für immer. Deshalb war dies –

der Schmerz, den er dabei empfand, einem anderen weh zu tun – ein Zeichen der Hoffnung. Für eine Veränderung in ihm.

Er warf einen Blick auf das Gedicht auf seinem Schreibtisch, dann seufzte er. Es wurde noch schlimmer dadurch, daß etwas Wahres an dem war, das er T'ai Cho gesagt hatte. Verschwände Spatz, würde ein anderer Spatz an seine Stelle treten. So lief das in seinem Leben. Und es traf auch zu, was er über sich selbst gesagt hatte. Vielleicht noch in größerem Maße, als er beabsichtigt hatte.

Sein ganzes Leben lang hatte er jemandem gehört, hatte ihn jemand besessen, nicht um seiner selbst willen, sondern wegen diesem Etwas in ihm – seinem ›Talent‹. Sie benutzten ihn, wie sie eine Maschine benutzt hätten. Und wie eine Maschine mußte er repariert oder auf den Müll geworfen werden, wenn er eine Fehlfunktion zeigte.

Er lachte leise, plötzlich amüsiert über diese Vision von sich. *Ja,* fragte er, *aber was unterscheidet mich von einer Maschine? Welche Qualitäten machen mich anders als sie? Und sind diese Qualitäten Unvollkommenheiten – Schwächen –, oder sind sie Stärken? Sollte ich ihnen mehr oder weniger ähneln?*

Sie hatten ihn konditioniert; ihn von seiner Vergangenheit abgetrennt und ihn gelehrt, der dunklen Seite seines Ich zu mißtrauen; doch es war genau dieser Teil von ihm, aus dem alles hervorging – die Quelle seines Seins.

Der denkende Teil... er wurde von ihnen überbewertet. Er war nur der Prozessor. Die Einsichten stammten aus einer tieferen Quelle. Das bewußte Denken verfeinerte sie nur.

Er lächelte, weil er wußte, daß sie ihn beobachteten und hörten, was er sagte. Nun, sollten sie ruhig zuschauen und lauschen. Er beherrschte dieses Spiel besser als sie. Sehr viel besser.

Er beugte sich vor und studierte das Gedicht.

Für jene, die zuschauten, würde es nichts bedeuten. Für sie wäre es eine unverständliche Folge chemischer Formeln; der mathematische Ausdruck für eine komplizierte Molekülkette. Aber Kim konnte durch die Oberfläche der Seite blicken und die Mandarin-Lettern erblicken, für die jede Formel stand. Er lächelte insgeheim und fragte sich, was Spatz damit anfangen würde. Außer dem simplen Eins-zu-eins-Code, den sich Kim ausgedacht hatte, um die Hammonds persönlichen Dateien entnommene Information auszudrukken, hatte er mit ihm einen zweiten Code vereinbart. Dieser war auch ziemlich einfach – vorausgesetzt, man hatte eine Ahnung, wie er funktionierte – und konnte das Mandarin mühelos lesen.

Das Gedicht selbst war unbeholfen, seine Bilder schief und klischeehaft – aber das war verständlich. Hammond war Wissenschaftler, kein Dichter. Und wenn auch das Prüfungsverfahren auf dem Studium antiker Dichtung bestand, brachten die meisten Männer mit naturwissenschaftlichen Vorlieben solche Dinge so rasch wie möglich hinter sich. Wichtig war in diesem Fall ohnehin nur, welche Information die zentralen Bilder enthielten. Drei weiße Schwäne standen dafür, daß Spatz die Forschungsarbeit auf drei Teams verteilt hatte. In den nächsten drei Zeilen spezifizierte Hammond anhand weiterer Bilder die Teilbereiche, die sich jedes Team vornahm.

Es war ein mühsamer Anfang – nicht mehr als eine Grundlegung –, doch sie zeigte, wie es gemacht werden konnte. Mit zunehmendem Vertrauen in das Verfahren würde Hammond auch mehr Subtilität entwickeln: unumgänglich für die kommende Zeit, wenn die Informationen einen Grad an Komplexität erreichen würden, der ihren Einfallsreichtum bis an die Grenze ausschöpfen mußte.

Das hieß, daß das schwierigste Problem bereits gelöst war. Kim hatte ein Hilfsmittel entwickelt, das ihm erlauben würde, Hammond zu antworten. Sein Mitverschwörer mußte nur eine bestimmte Taste auf seiner Computertastatur betätigen und Kims Eingabe würde automatisch in seine persönlichen Dateien geladen. Dieselbe Anweisung würde Hammonds Keyboard lahmlegen – insofern, als seine einzelnen Tasten nicht mehr mit den regulären Programmen verbunden wären. Welche Taste Hammond danach auch drückte, mit jeder Betätigung würde ein Buchstabe von Kims Antwort übermittelt werden, bis die Botschaft komplett war.

Er hatte diesen Trick während der Sozialisation gelernt. Damals hatte er sich einen Spaß daraus gemacht, die Dateien anderer mit kryptischen Botschaften heimzusuchen. Und niemand hätte es auch nur im Traum für möglich gehalten.

Er tippte rasch seine Rückfrage ein, hielt diese erste Antwort schlicht und bildete sein Gedicht dem eines Dichters aus dem vierten Jahrhundert nach. Er erschien als eine weitere Molekülkette auf dem Bildschirm. Als er seine Arbeit dann zu seiner Zufriedenheit beendet hatte, hämmerte er den Code ein, um sie in Hammonds Datei zu übermitteln.

Schließlich schaltete er das Gerät aus, ließ sich zurücksinken, streckte seine Glieder und fühlte sich auf einmal sehr müde. Dann erwachte das Komset unerwartet wieder zum Leben, und der Drucker an der Seite des Schreibtischs fing an zu schnurren. Er hielt den Atem an und sah zu, wie sich langsam der Printout hinausschob. Kurz darauf herrschte Stille. Er beugte sich vor, riß das Blatt ab, dann lehnte er sich zurück und las ihn durch.

Spatz informierte ihn darüber, daß er die Erlaubnis erhalten habe, die Freizeiteinrichtungen der lokalen Sicherheitskräfte zu benutzen.

Er las es noch mal, dann lachte er. Ein Schwimmbecken! Spatz hatte dafür gesorgt, daß er ein Schwimmbecken benutzen durfte!

* * *

Ihr Onkel Jon hatte in dem großen Herd ein Feuer entzündet. Sein flackerndes Licht füllte das große hohe Zimmer aus und ließ es düster und beinahe gestaltlos erscheinen, als könnten in jedem Moment die Wände schmelzen und in sich zusammensinken. Ihr Vater saß in einem großen aufrechten Lehnstuhl am Fenster und schaute unbewegt aufs Meer hinaus. Von der Tür warf sie ihm einen Blick zu, dann starrte sie wieder völlig fasziniert ins Feuer. Sie hatte so etwas noch nie gesehen, noch hatte sie je damit gerechnet, so etwas zu sehen. Draußen, hinter den vergitterten Fenstern, sank der Abend herab. Dunkle Wolken ballten sich über dem Meer zusammen, doch hier drin erfüllte das Feuer den Raum mit Wärme.

Sie kniete sich neben das Feuer, streckte ihre Hände darüber aus und zitterte plötzlich, nicht vor Kälte, sondern wegen eines Gefühls der Vertrautheit; wegen des seltsamen Eindrucks, sie habe diese Geste schon einmal vollführt, in einem anderen Leben als diesem.

»Vorsicht«, warnte ihr Vater, fast widerwillig. »Es ist heiß. Viel heißer, als du glaubst.«

Sie kniete dort im Halbschatten, verzaubert vom flackernden Muster des Feuers, seiner sengenden Hitze, dem sich ständig ändernden Tanz seiner Flammen, dann sah sie ihren Vater wieder an. Das Licht des Feuers hatte sein Gesicht verändert; es war eine schwarz-goldene Maske geworden, seine Augen lebendige, flüssige Juwelen. Aus irgendeinem Grund rührte sie der Anblick zutiefst, und ein Schauer lief ihr den Rücken hinunter. In diesem Moment war ihre Liebe für ihn etwas förmlich Greifbares: sie konnte sie berühren und riechen; sie konnte ihre Beschaffenheit ertasten.

Sie sah sich um. An den Wänden standen Regale und darin Bücher. Echte Bücher, nicht wie jene, die sie einmal im Museum gesehen hatte – in Leder gebunden. Sie fuhr herum, als sich mit einem Knarren die Tür öffnete, und blickte auf, um ihren Onkel anzulächeln. Hinter ihm trat ihre Tante ein und trug ein Tablett mit Getränken.

»Was sind das alles für Bücher?«

Sie bemerkte, wie ihr Onkel ihren Vater ansah, bevor er ihr antwortete; als bitte er ihn um Erlaubnis.

»Alte Sachen. Geschichtsbücher und Mythen.«

»Mythen? Was sind das für Mythen?«

Ihre Tante Helga schaute auf, einen seltsamen Ausdruck in den Augen, dann senkte sie wieder den Blick und verteilte die Getränke.

Ein zweites Mal warf ihr Onkel seinem Bruder einen unsicheren Blick zu. »Das sind Geschichten, Jelka. Alte Legenden. Aus der Zeit, bevor es die Stadt gab.«

Er schien noch mehr sagen zu wollen, doch ihr Vater unterbrach ihn. »Es sind Dinge, die hierher gehören, nirgendwo sonst. Du darfst sie nicht mitnehmen, hast du mich verstanden, Kind? Du darfst nicht einmal darüber reden. Mit niemandem.«

Sie sah zu Boden. »Weshalb?«

»Gib dich damit zufrieden, daß es so ist.«

Sie sah noch einmal zu ihm hinüber. Seine Stimme hatte grob geklungen, fast ein bißchen ungehalten, aber sein Blick wirkte eher besorgt. Er schaute weg, dann sah er sie wieder an und gab nach. »Solang du hier bist, darfst du sie dir ansehen, wenn du möchtest. Aber denk daran, in der Stadt sind solche Bücher verboten. Wenn jemand davon erfährt …«

Sie runzelte verständnislos die Stirn. Verboten? Warum verboten? Wenn es nur Geschichten waren …

»Jelka?«

Sie blickte auf und nahm ihrer Tante Helga schnell das Glas ab, das sie ihr hinhielt. »Danke …«

Sie schwieg einen Moment lang, dann sah sie zu ihrem Onkel hinüber. »Vater sagt, dieser Ort hat einen Namen. Kalevala. Warum heißt er so?«

Jon lachte, dann ließ er sich von seiner Frau ein Glas geben und stand auf, um sich in den Stuhl neben Jelka zu setzen.

»Warum man dieses Haus Kalevala nennt? Nun« – er warf ihrem Vater einen Blick zu, dann sah er sie wieder an – »es ist wie dieses ...«

Sie hörte fasziniert zu, wie ihr Onkel von einer fernen Vergangenheit und einem Land der Helden erzählte, und von einem Volk – ihrem Volk –, das in diesem Land gelebt hatte. Von einer Zeit vor den Han und ihrer großen Stadt, als gewaltige Wälder das Land bedeckt hatten und es nur wenig Menschen gab. Ihr Geist öffnete sich der Freiheit einer solchen Vergangenheit – einer soviel größeren Welt als der Welt, die sie kannte. Einer unermeßlichen, grenzenlosen Welt, umschlossen von Nebel und gebaut auf dem Nichts. Kalevala, das Land der Helden.

Als er fertig war, saß sie fassungslos da und hatte noch keinen Schluck getrunken.

»Nun?« fragte ihr Vater durch das Prasseln des Feuers, die Stimme seltsam schwer. »Verstehst du jetzt, warum uns diese Geschichten verboten sind? Begreifst du, welche Unruhe es hervorrufen würde, wenn alle davon wüßten?«

Sie sah ihn wieder an und erkannte ihn für einen Moment nicht, weil die Vision noch immer ihr Denken beanspruchte. Dann schlug sie die Augen nieder und nickte. »Ja. Ich glaube schon. Und trotzdem ...«

Er lächelte sie traurig an. »Ich weiß. Ich empfinde es auch so, mein Liebling. Wir fühlen uns stark davon angezogen. Aber wir leben heute, nicht damals. Wir können nicht zurück. Dies ist ein neues Zeitalter, und die Helden sind tot. Das Land Kalevala gibt es nicht mehr. Und wir können es nicht zurückholen.«

Sie zitterte. *Nein,* wollte sie sagen; *es ist immer noch lebendig, in uns – in dem Teil von uns, der träumt und Erfüllung sucht.* Und doch hatte er recht. Mehr war nicht übrig. Dieses schwache, traurige Echo eines größeren, heroischeren Zeitalters. Nur dies. Und wenn auch das vorbeiging?

Sie schloß die Augen, überwältigt von einem plötzlichen Gefühl des Verlustes. Der Verlust von etwas, das sie nie gekannt hatte. Und auf gewisse Weise doch, denn es war noch immer ein Teil von ihr. Sie konnte es spüren – in ihren Knochen, Sehnen und ihrem Blut.

»Jelka?«

Sie blickte auf. Ihr Onkel stand bei den Regalen und betrachtete sie besorgt. Der Schmerz in seinen Augen spiegelte ihren wider.

»Das Buch über Kalevala ... Würdest du es gern lesen?«

Er streckte die Hand aus und bot ihr einen der dicken, ledergebundenen Bände an. Jelka starrte ihn an, dann stand sie auf und nahm das Buch. Einen Moment lang schaute sie es nur verwundert an und zeichnete die bossierten Lettern auf dem Deckel mit dem Finger nach, dann drehte sie sich um und sah ihren Vater an.

»Darf ich?«

»Natürlich. Aber denk dran, was ich gesagt habe. Es gehört hierher. Nirgendwohin sonst.«

Jelka nickte, dann betrachtete sie nochmals das Buch. Sie schlug den Deckel auf und las die Titelseite.

»Das hätte ich nicht gedacht ...«, begann sie und lachte.

»Was gedacht?« fragte ihr Onkel, der hinter ihr stand.

»Das«, sagte sie und schaute ihm ins Gesicht. »Ich hätte mir nicht träumen lassen, daß es überhaupt noch Bücher gibt.«

»Es war kein Buch. Zuerst nicht. Es umfaßt alle Lieder, Tausende von Versen, die die Bauern im Heimatland der Karelia gesungen haben. Ein Mann hat sie zusammengetragen und daraus eine zusammenhängende Erzählung gemacht. Aber jetzt gibt es nur noch dieses hier. Es ist das letzte Exemplar. Der Rest ist vergangen – Sänger und Lieder, das Volk und das Land –, als hätte es sie nie gegeben.«

Sie blickte kurz zu ihm auf, dann schaute sie voller Ehrfurcht das Buch in ihren Händen an. Das letzte Exemplar. Das erschreckte sie irgendwie.

»Dann werde ich gut darauf aufpassen«, versprach sie. »Als wär's mir eine Schwester.«

* * *

Chen richtete sich unbehaglich im Bett auf, dann zog er die Decke hoch und machte es sich wieder gemütlich. Seine Brust war verbunden und seine Arme bandagiert, aber er hatte Glück gehabt. Das Messer war an einer Rippe abgeglitten und hatte kein lebenswichtiges Organ verletzt. Er hatte eine Menge Blut verloren, aber er würde genesen. Die Wunde am Arm war kaum der Rede wert – derlei zog man sich hin und wieder bei harten Trainingseinheiten zu.

Karr saß ihm gegenüber und schaute finster drein. Seine massige Gestalt war viel zu groß für den Krankenhausstuhl. Er beugte sich vor, um dem Luft zu machen, was er vorhin, solang die Krankenschwester im Zimmer war, hatte zurückhalten müssen.

»Du warst verrückt, Chen. Du hättest auf mich warten sollen.«

Chen biß gegen einen plötzlichen Schwall von Schmerz die Zähne aufeinander, dann erst antwortete er seinem Freund.

»Tut mir leid, Gregor. Dafür war keine Zeit.«

»Du hättest mich verständigen können. Über die Sache mit Liu Chang. Du hättest mir mitteilen können, was du planst. So wie du's gemacht hast, habe ich bis vor einer halben Stunde nicht einmal gewußt, daß du den Zuhälter aufsuchen wolltest. Ich dachte, wir warten auf den Bericht des Sicherheitsdienstes über Liu Chang.«

»Ich habe ihn bekommen, bevor ich hinging. Er hat bestätigt, was wir vermutet haben. Er war ein Schauspieler an der Oper, bevor er Zuhälter wurde. Und es gab eine unbewiesene Mordanklage gegen ihn. Das war der Grund dafür, daß er unters Netz verbannt wurde.«

Karr schnaufte ungeduldig. »Trotzdem hättest du warten sollen. Du hättest leicht draufgehen können.«

Es stimmte. Und er hätte wirklich warten sollen. Aber er hatte es nicht getan. Warum? Vielleicht weil er entschlossen gewesen war, es selbst zu tun. Es hing irgendwie mit Pavel zusammen – der Junge auf der Plantage, den DeVores Handlanger umgebracht hatte. Er fühlte sich immer noch schuldig deswegen. Vielleicht hatte er sich also einem Risiko ausgesetzt, um sich selbst zu bestrafen. Oder vielleicht war es noch komplizierter. Vielleicht hatte es mit den damit verbundenen Risiken zu tun. Schließlich hatte er seinen Spaß daran gehabt. Es hatte ihm gefallen, daß die Chancen schlecht für ihn standen.

Fünf zu eins. Und er hatte es lebend überstanden, hatte mit bloßen Händen gegen sie gekämpft und sie geschlagen, sich als *Kwai* bewiesen. Das spürte er jetzt, deutlicher als je zuvor. Er war ein *Kwai*.

»Es tut mir leid«, wiederholte er. »Es war falsch von mir.«

»Ja.« Karr lehnte sich zurück, dann lachte er, sah Chen in die Augen, und sein Ärger verflog. »Du bist ja noch am Leben.«

Jemand klopfte an die Tür und steckte den Kopf ins Zimmer.

»Axel!« Chen versuchte sich aufzusetzen, dann ließ er sich zurücksinken und knurrte leise.

Haavikko betrat das Zimmer. Mit einem knappen Nicken begrüßte er Karr, bevor er zu Chen ging und besorgt seine Hand nahm.

»Was ist passiert? Gregor hat mir gesagt, Sie seien verletzt, aber nicht, wie schwer.«

Chen holte einmal schmerzhaft Luft, dann grinste er Haavikko an und drückte seine Hand. »Nur ein Kratzer...«

Karr lachte. »Nur ein Kratzer! Wissen Sie, was unser Freund hier gemacht hat, Axel?«

Haavikko sah ihn an und schüttelte den Kopf.

»Soll ich's ihm sagen, Chen, oder willst du's?«

»Nur weiter«, sagte Chen, und der Schmerz in seinen Rippen verschlug ihm für einen Moment den Atem.

Karr deutete auf einen Stuhl, der hinter Haavikko in der Ecke stand. »Das ist Chens Kleidung. Schauen Sie mal in die Brusttasche des Uniformrocks. Da werden Sie etwas finden, das Sie interessieren dürfte.«

Haavikko drehte sich und sah nach. Der Uniformrock war aufgeschlitzt und mit Blut befleckt, doch die Tasche war noch heil. Er griff hinein und zog eine dünne, transparente Kunststoffkarte heraus.

»Das hier?«

Karr nickte und sah zu, wie Haavikko den Gegenstand untersuchte, ehe er sich mit verständnislosem Gesicht wieder umwandte. »Und? Was ist das?«

Karr ging zu ihm und nahm die Karte. »Ich werde Ihnen später genau zeigen, wie's funktioniert. Bis dahin glauben Sie mir einfach. Die ist ein sogenanntes Implantat. Oder zumindest die Aufzeichnung von einem. Auf dieser Karte sind alle Informationen gespeichert, die man braucht, um eine bestimmte Chemikalie herzustellen. Eine, die im Kopf eines Menschen eine falsche Erinnerung hervorrufen kann.«

Haavikko blickte verwirrt auf. »Und?«

»Die Information auf dieser speziellen Karte ist für eine bestimmte Person angefertigt worden. Für Sie.«

»Für mich?« Haavikko lachte. »Was soll das heißen?«

»Folgendes: Chen hat sich ein wenig mit der Vergangenheit Ihres Freundes Liu Chang beschäftigt. Und dann hat er dem Mann einen Besuch abgestattet. Von ihm erhielt er die Bestätigung für etwas, das er und ich von Anfang an vermutet haben. Das und eine Adresse unter dem Netz. Unter dieser Adresse fand er einen Mann namens Herrick, der solche Dinge entwirft. Und von Herrick hat er diese Karte – bei der es sich um die Kopie einer falschen Erinnerung handelt, die Ihnen in den Kopf implantiert wurde. Die Erinnerung, ein junges Freudenmädchen umgebracht zu haben.«

Haavikko wurde blaß. »Nein ... Das ist nicht möglich. Ich erinnere mich doch ...« Seine Stimme erstarb, und er senkte den Blick und befeuchtete die Lippen mit der Zunge. »Das kann keine Fälschung gewesen sein. Es war zu real. Zu ...«

Karr berührte ihn an der Schulter. »Und doch ist es wahr, Axel Haavikko. Sie haben sie nicht umgebracht. Ein anderer hat es getan. Wahrscheinlich Liu Chang. Ihr einziger Fehler bestand darin, die Droge zu schlukken, die in Ihren Wein gemischt war. Sie war es, die Sie glauben gemacht hat, Sie hätten einen Mord begangen.«

»Nein ...«

»Es ist wahr«, sagte Chen. »Warten Sie, bis Sie sich die Kopie angesehen haben. Sie haben dieses Mädchen nie angerührt. Sie hätten es gar nicht fertiggebracht, verstehen Sie? So ein Mensch sind Sie nicht.«

Sie beobachteten ihn. Sahen, wie seine Brust sich hob und senkte. Und wie er sie dann wieder ansah und Unglauben in ihm mit neuer Hoffnung rang.

»Dann habe ich's wirklich nicht getan? Ich habe das arme Mädchen nicht umgebracht?«

»Nein«, sagte Karr bestimmt und faßte seinen Arm.

»Nein, mein Freund. Aber wir wissen, wer's war. Wir können's noch nicht beweisen, aber das werden wir noch. Und wenn wir das geschafft haben, werden wir den Dreckskerl festnageln. Für all die Leben, die er ruiniert hat.«

* * *

Jelka schrie auf und fuhr im Dunkeln hoch. Der Schrecken dieses Traums hatte sie noch immer im Griff. Sie konnte die drei Männer deutlich erkennen: hochgewachsene, dünne Männer, die dort am Ufer des Sees standen und zu ihr herüberstarrten, ihre Augen wie schwarze Steine in ihren unnatürlichen Gesichtern. Von ihren langen, fast skelettartigen Händen troff Blut. Und sie selbst stand mitten im See auf einem großen Felsbrocken, der unter ihren Füßen langsam hinabsank und sie in die eisige Tiefe hinunterzog.

Sie hörte Schritte auf den Fliesen draußen im Korridor, dann das Knarren einer sich öffnenden Tür. Ihr Herz schlug ihr bis zum Hals und sie zweifelte keinen Moment, daß sie gekommen waren, um sie zu holen, aber als das Lampenlicht ins Zimmer drang, sah sie, daß es nur ihr Vater war.

»Was ist los, mein Liebling?«

Er trat ein, stellte die Lampe auf ihren Nachttisch, setzte sich neben Jelka aufs Bett und zog sie an sich. Sie schloß die Augen und erschauderte, ließ sich von ihm trösten, dann stieß sie sich ein Stück ab und schaute in sein Gesicht auf.

»Es war wieder dieser Traum. Aber schlimmer. Diesmal war ich in Kalevala… im Land der Helden. Ringsum war eine Wildnis aus Bäumen, Felsen und flachen Teichen. Und sie waren mir immer noch auf den Fersen und waren mir durch die Wälder gefolgt. Als wären sie durch all die Jahre zurückgereist, um mich zu finden…«

Sein Gesicht legte sich in mitleidige Falten. Er zog

sie an sich, drückte ihren Kopf an seine Brust und tröstete sie. »Schon gut, mein Liebling. Es ist alles in Ordnung. Ich bin ja da. Niemand wird dir etwas tun. Niemand. Das verspreche ich dir.«

Seine Arme umschlossen sie, starke, mächtige Arme, die wie große steinerne Mauern waren, die sie beschützten, doch noch immer konnte sie die drei Attentäter sehen; wie sie zahnlos lächelten, ihre Münder schwarz wie Kohlen, während sie ins eiskalte Wasser versank.

Er schob sie zurück und sah auf sie hinunter. »Soll ich Helga holen?«

Sie zögerte, dann nickte sie.

Er ging zur Tür, dann drehte er sich noch einmal um und sah sie an. »Und mach dir keine Sorgen. Hier wird dir niemand etwas tun. Niemand.«

* * *

Sie war am nächsten Morgen früh wach und half ihrem Vater beim Packen. Später saß sie am Rande des Hafens und sah das Boot langsam in der Ferne verschwinden. Eine Zeitlang starrte sie einfach ins Nichts und sehnte sich nach seiner Rückkehr, dann wurde ihr jäh klar, daß dieses Nichts von lebendigen Wesen erfüllt war: ein Universum aus Farben und Formen.

Sie ging langsam zum Haus zurück und sah sich um. Erkki, der junge Leibwächter, auf den ihr Vater bestanden hatte, trottete gut zwanzig *ch'i* hinter ihr her. Es gab hier eine ganze Welt zu erforschen, von ganz anderer Art als die weichen und sonnenverbrannten Inseln Sumatras, die sie während des Exils ihres Vaters kennengelernt hatte. Nein, selbst das Licht war hier anders; irgendwie vertraut. Die Insel kam ihr schon nicht mehr fremd, sondern eher wie etwas vor, das sie vergessen hatte, als kennte sie sie aus einer anderen Zeit.

In den folgenden Tagen erkundete sie die Insel. Tag

für Tag vermehrte sie ihr Wissen um die Landschaft und Örtlichkeiten; ihre dunklen Teiche und kleinen Wasserfälle, ihre schmalen Buchten und ruhigen Orte, ihren Höhlen und Wiesen. Und langsam, ganz langsam, verliebte sie sich in sie.

Ein Ort war ihr besonders lieb ...

Es war der Nachmittag ihres vierten Tages, und sie stieg gerade vom höchsten Punkt der Insel hinunter. Erkki folgte ihr. Normalerweise hielt er sich in ihrer Nähe und rief sie zurück, wenn der den Eindruck hatte, sie ginge ein zu großes Risiko ein, aber der Abstieg vom Gipfel war ihnen inzwischen vertraut, und er entspannte sich und ließ sie vorausgehen.

Sie stapfte über die grasbewachsene Hügelkuppe zu einer Stelle, wo der Boden jäh abfiel. Dort, am Rand der Klippe, stand eine verfallene Kapelle mit eingestürztem Dach und düster gähnender Pforte, ein winziges Gebäude, in dessen Innern der Boden gesprungen, mit Unkraut überwuchert und mit schweren Steinbrocken bedeckt war, die von einer eingestürzten Seitenwand stammten. Doch man konnte immer noch die in die steinerne Oberschwelle gravierten Buchstaben lesen und die drinnen in den Stein gemeißelten Symbole Fisch, Lamm und Kreuz erkennen.

Sie hatte ihren Vater gefragt, was diese Worte bedeuteten – Worte, die ungeachtet ihrer Fremdheit vertraut erschienen; die mit ihrer eigenen Sprache die Buchstaben gemeinsam hatte, die doch in einer fremdartigen Form gebraucht wurden – aber er hatte ihre Bedeutung nicht gewußt, nur daß sie lateinisch waren, die uralte Sprache der *Ta Ts'in*. Was die Symbole anging, wußte er mehr darüber, wollte aber nichts verraten.

Einen Moment lang stand sie da und starrte aufs Meer hinter der Ruine hinaus, dann ging sie weiter und fand den Weg nach unten.

Es war ein alter Pfad, von vielen Füßen ausgetreten, und weiter unten, wo er steiler wurde, hatte man Stufen in den Fels gemeißelt. Sie ertastete sich flink ihren Weg zwischen den Felsen und hinaus unter den Überhang. Dort, auf der anderen Seite der breiten Felsplatte, befand sich die Höhle.

Hier fühlte sie sich besonders wohl; hier im Tempel der Stimmen. Hier sprach die Insel in tausend uralten Sprachen zu ihr.

Sie ging halb über die Felszunge, dann blieb sie stehen, duckte sich und schaute durch den Spalt in der großen grauen Felsbank hinab. Dort, unter ihr, wurde die eindringende Flut in einen Spalt im Fels geleitet. Sie beobachtete das Wirbeln und Schäumen des Wassers durch den schmalen Kanal, dann warf sie dem jungen Leibwächter einen Blick zu und bemerkte, wie er sie beobachtete und lächelte, amüsiert über das, was sie da machte.

»Hörst du das nicht, Erkki? Es redet mit mir:«

Er lachte. »Es ist nur ein Rauschen.«

Sie schaute noch einmal hinunter, dann hob sie den Kopf und lauschte den anderen Stimmen – dem Klang des Windes, dem Singen der Zweige über ihr, dem Geschrei der Seevögel übers Meer hin. »Nein«, sagte sie schließlich. »Es sind Stimmen. Aber man muß genau hinhören.«

Er lachte wieder. »Wenn Sie das sagen, *Nu shi* Tolonen. Aber für mich ist es nur ein Rauschen. Ich habe kein Ohr dafür, schätze ich.«

Sie sah ihn an, dann lächelte sie und wandte sich ab. Nein, er hatte kein Ohr dafür, aber das hatten heutzutage ohnehin nur wenige Menschen. Eine ständige Überfütterung mit 3d-Vid-Shows und Holodramen hatte sie dagegen immunisiert, hatte ihre Sinne abgestumpft und ihre Köpfe mit Illusionen gefüllt. Aber Jelka konnte sie hören – die inneren Stimmen der Dinge. Konnte sie in ihrem Blut spüren. Den Puls der großen Welt – so real und lebendig wie nichts innerhalb der Ebenen.

Sie stand auf und wischte sich die Hände an der Hüfte ab, dann trat sie an den Felsrand und sah über die aufgewühlte Oberfläche des Meeres hinaus. Sie spürte den Wind auf ihrem Gesicht wie eine Hand mit rauhen Fingern, die sie streichelten; schmeckte den salzigen Tang auf ihren Lippen. Sie stand mit geschlossenen Augen da und stellte sich vor, am Ruder eines großen Schiffes zu stehen, das auf Entdeckungsreise nach neuem Land das gewaltige Meer überquerte. Dann drehte sie sich mit einem Lächeln um und ging zum Höhleneingang, um sich unter den niederen Felssims geduckt in die Dunkelheit vorzuwagen.

Sie hielt inne, gab ihren Augen Zeit, sich an die Dunkelheit zu gewöhnen, und sog prüfend die Luft ein. Dann runzelte sie die Stirn. Vielleicht bildete sie es sich bloß ein, aber heute kam sie ihr irgendwie anders vor, weniger feucht und modrig als sonst, aber vielleicht hatte das etwas mit dem Wetter zu tun. Ihr Onkel hatte behauptet, ein Unwetter stünde bevor. Sie war von ihm gewarnt worden, im Haus zu bleiben, wenn er losbrach.

Sie lächelte, drehte sich um und sah umher. Dort, auf der Wand hinter ihr, standen die uralten Schriftzeichen, etwa eine Handlänge hoch, in den Fels gekerbt und zu einem rotstichigen Ocker gegen das schwach cremefarbenene Gestein verfärbt. Die wie aus Stäbchen zusammengesetzten, spitzwinkligen Lettern erinnerten sie an ein Spiel, das sie als Kind mit den Schafgarbehalmen ihrer *Amah* gespielt hatte. Weiter hinten, wo sich die Decke zum Boden herabsenkte, hatte sie einen Haufen winziger Knochen und die verkohlten Überreste eines vor Unzeiten entfachten Feuers entdeckt. Sie bückte sich und schielte in die tiefen Schatten, dann runzelte sie die Stirn. Beide Haufen waren aufgewühlt worden.

Ein schwacher Schauer der Angst lief ihr den Rükken hinunter. Und dann hörte sie es. Ein seltsames, raschelndes Geräusch am Ende der Höhle.

»Erkki!« rief sie in tiefem, nachdrücklichem Flüsterton.

Er war sofort da, duckte sich in den Höhleneingang und richtete seine Waffe ins dunkle Innere.

»Was ist los?« fragte er leise.

Sie hielt den Atem an. Vielleicht war es nur ihrer Phantasie entsprungen. Doch dann hörte sie es wieder, diesmal näher. Sie zitterte, und es verschlug ihr vollends den Atem, als sie plötzlich ein Augenpaar aus dem Dunkeln anstarrte. Dunkle, wilde Augen, die sie ohne zu blinzeln anvisierten.

»Es ist ein Tier«, flüsterte sie, und ihre Angst schlug in Erstaunen um. »Ein wildes Tier.«

Sie hörte ein Klicken, als Erkki seine Waffe entsicherte, und bedeutete ihm mit ausgestreckten Händen, noch stillzuhalten.

Sie trat einen Schritt zurück, dann noch einen, bis sie neben ihm stand. »Es tut uns schon nichts. Es hat mehr Angst vor uns als wir vor ihm. Es muß am Ende der Höhle geschlafen haben, und ich hab's aufgeweckt.«

Erkki erbebte an ihrer Seite. »Ich dachte, alle Tiere seien tot.«

Ja, dachte sie. Ich auch. Aber es gibt eins – und wahrscheinlich noch mehr – auf dieser Insel. Sie konnte es jetzt deutlicher erkennen – sie sah, wie dunkel sein Fell, wie klein, aber kraftvoll seine Glieder waren. Sie hatte so etwas schon einmal in ihren Schulbüchern gesehen. Es war ein Fuchs. Ein echter lebendiger Fuchs.

Erkki berührte sie am Arm, und sie wandte sich ihm zu. »Soll ich einen Käfig holen? Im Haus steht einer. Wir könnten es fangen und mitnehmen.«

Sie schüttelte den Kopf, dann sah sie es wieder an. »Nein. Lassen wir ihm seine Freiheit. Es gehört hierher, nicht dorthin. Schau's dir an – es ist nicht geschaffen worden, um in einem Käfig zu leben.«

Und wir auch nicht, fügte sie in Gedanken hinzu und fragte sich, vor wie langer Zeit hinter ihrer Rasse die Falle zugeschnappt war und sich auf allen Seiten die Gitterstäbe geschlossen hatten. Aber eines konnte sie zumindest tun: diesen winzigen Rest von Wildheit dort lassen, wo er hingehörte. Daraus ein Kuscheltier zu machen... Sie schüttelte sich. Es würde sterben, wenn man es in einen Käfig sperrte.

»Komm«, sagte sie. »Gehen wir zurück. Das Unwetter bricht gleich los.«

Auf dem Gipfel blieb sie noch einmal stehen und schaute in die Runde. Über ihr kreisten Möwen und gaben schrille, zornige Schreie von sich. Sie zog ihre Jacke eng um sich. Der Wind wurde stärker und stürmischer. Im Nordosten sammelten sich dunkel und bedrohlich Gewitterwolken, ballten sich über der Stadt. Ein Gewitter zog auf, genau wie ihr Onkel es vorhergesagt hatte. Sie lachte. Sollte es nur kommen! Sollte der Himmel nur einreißen! Sie würde ihn hier begrüßen, wenn es nötig war. Schließlich drehte sie sich um und bemerkte, wie Erkki sie ansah.

»Gut, ich komm ja schon. Nur einen Moment...«

Er nickte und machte sich an den Abstieg. Sie stand noch ein paar Sekunden lang da, schaute in die Runde und stellte sich vor, die Herrin von all dem zu sein, was sie sah. Dann folgte sie Erkki mit einem Seufzen hinunter zu den Lichtern des Hauses.

* * *

Direktor Spatz lehnte sich in seinen Stuhl zurück und deutete auf den Bildschirm.

»Also, Ellis. Was, bei allen Göttern, ist das?«

Der Mann, der unmittelbar hinter ihm stand, zuckte die Achseln. »Wir sind uns noch nicht sicher, Direktor, aber wir arbeiten daran. Zuerst dachten wir, es könnte eine Art Sternkarte sein, wenn wir das Interesse des Jungen an Astronomie berücksichtigen, aber wir haben es auf eine mögliche Übereinstimmung durch den Computer geschickt, und es ist nichts dabei herausgekommen.«

Beide Männer schwiegen und starrten auf den Bildschirm. Es waren insgesamt sechsundvierzig Punkte, die meisten davon durch gerade Linien zu drei oder vier anderen Linien verbunden. Sie bildeten auf dem Bildschirm ein dichtes Geflecht von elliptischer Struktur, wie die obere Hälfte eines Schädels.

Spatz schnaubte laut. »Sie sind vollkommen sicher, daß es nichts mit dem zu tun hat, woran wir arbeiten?«

»Vollkommen. Abgesehen von der Tatsache, daß wir kaum mit der Arbeit an der tatsächlichen Positionierung der Drähte begonnen haben, stimmen diese Punkte einfach nicht mit den Hirngebieten überein, die wir ansprechen wollen. Meiner Meinung nach ist es nur ein Zufall, daß es diese Form hat.«

»Hmmm.« Spatz beugte sich vor und löschte den Bildschirm, dann drehte er sich um und blickte zu seinem Assistenten auf. »Ich weiß, was Sie denken, Ellis, aber Sie irren sich. Er führt etwas im Schilde. Da bin ich mir ganz sicher. Also machen Sie die Augen auf. Ihr Team wird keine freie Minute haben, bis wir nicht herausgefunden haben, was dahinter steckt.«

Ellis verbeugte sich. Als er endlich aus dem Zimmer war, holte er tief Luft und schüttelte den Kopf. Direktor Spatz' Wahnvorstellungen, was den Jungen anging, grenzten an eine Geisteskrankheit. Er war fest davon überzeugt, daß der Junge nur aus zwei Gründen zum Projekt gestoßen war – um ihn entweder auszuspionieren, oder um dafür zu sorgen, daß das Projekt schiefging. Von beiden Möglichkeiten fühlte er sich bedroht. Aber die Wahrheit war viel einfacher.

Er hatte den Jungen jetzt seit zehn Tagen beobachtet

und die Überzeugung gewonnen, daß er ihnen nichts vormachte. Er hatte Kim an einigen eigenen Projekten arbeiten sehen und miterlebt, wie er an Probleme heranging. Da gab es keine Täuschung; keine Möglichkeit, eine solche Geistesgabe vorzutäuschen. Aber davon wollte Spatz nichts hören. Weil er selbst ein zweitrangiger Kopf war, ertrug er es nicht, daß ein kleiner Junge – noch dazu ein im Lehm Geborener – ihm intellektuell überlegen sein könnte.

Aber Spatz würde in dieser Angelegenheit nicht tun können, was er wollte. Ellis hatte die Direktive gesehen, die, kurz bevor er den Direktor aufgesucht hatte, heruntergereicht worden war. Und über die konnte Spatz sich nicht hinwegsetzen.

Er lachte, dann ging er weiter. Nein, nicht einmal Projektdirektor Spatz würde die Nerven haben, Prinz Yüans direkte Anordnung aufzuheben.

* * *

Kim lag mit geschlossenen Augen auf dem Rücken im Pool. Es war spät, und das Wasser aus dem Pool weitgehend abgelaufen, aber aus der benachbarten Turnhalle hörte er das gepreßte Schnaufen und Knurren der Männer, die an den Trainingsgeräten arbeiteten.

Eine Zeitlang döste er nur so vor sich hin und entspannte sich zum erstenmal an diesem Tag, dann rollte er herum, stieß sich von der Seite ab und schaute hinauf zu den Kameras.

Beobachtete man ihn sogar hier? Er lächelte und zog den Kopf ein, dann lugte er wieder über den Rand und ließ das Wasser hochspritzen. Ganz sicher. Selbst wenn er pinkelte, hatten sie eine Kamera auf ihn gerichtet. Spatz war so ein Typ. Aber damit stand er nicht allein. Es gab viele wie Spatz. Die Stadt brütete sie zu Hunderttausenden aus.

Er zog sich hoch, blieb am Rande sitzen und bewegte seine Beine träge durchs Wasser. Er war schon immer beobachtet worden – für ihn kam es fast einer Daseinsbedingung gleich –, aber er hatte Gefallen daran finden können. Bestenfalls machte er es sich zunutze, so wie jetzt, als ein Ansporn, der ihn dazu herausforderte, sich seinen Beengungen zu entziehen.

Was das anging, waren die Berichte über ihn sehr genau. In dieser einen Hinsicht hatte der Lehm ihn tatsächlich geformt – denn er war gerissen. Und nicht bloß gerissen, sondern erfindungsreich in seiner Gerissenheit, als ob die Unmittelbarkeit seines Geistes – jener Aspekt von ihm, der das Wesen der Dinge sofort erfassen und sich zunutze machen konnte – diese andere, ›verdrehte‹ Seite benötigte, um seine Funktion aufrechtzuerhalten. Er lächelte, senkte den Blick und fragte sich wie jedesmal, was sie aus seinem Lächeln schlossen – was sie dachten, wenn sie ihn so oder anders lächeln sahen.

Er blickte auf und schaute direkt in eine Kamera. Was sehen Sie, *Shih* Spatz? Hat Ihr Bild von mir irgendeine Ähnlichkeit mit dem, der ich wirklich bin?

Nein, antwortete er selbst und sah weg. *Nicht die geringste.* Aber schließlich hatte Spatz auch keine Vorstellung davon, wie Chung Kuo aussehen würde, wenn das Projekt Erfolg hatte. Alles, was ihn kümmerte, war seine Position auf der großen sozialen Leiter und ob er aufstieg oder fiel. Alles andere hielt er für unwichtig.

Kim streckte den Hals, dann gähnte er. Er hatte in den letzten Nächten wenig geschlafen, statt dessen versucht, durch das Wirrwarr der Details zum Kern des Problems vorzudringen.

Wie würde Chung Kuo denn nun sein, wenn jeder verdrahtet war?

Verschiedene Szenarien gingen ihm durch den Kopf. Zum Beispiel könnten die Sieben den Gebrauch der Verdrahtung auf bekannte Verbrecher und politische Abweichler beschränken. Oder sie könnten, das entgegengesetzte Extrem, jeden verdrahten, einschließlich ihrer eigenen Frauen und Cousinen. Nicht nur das, es gab auch die Natur der Verdrahtung zu berücksichtigen. Sollte es ein simpler Aufspürmechanismus sein, oder etwas Komplizierteres? Würden sie sich damit zufrieden geben, es zur Überwachung der gewaltigen Bevölkerung von Chung Kuo einzusetzen, oder würden sie versuchen, mit seiner Hilfe das Verhalten der Menschen zu verändern?

Letzteres bereitete ihm viel Kopfzerbrechen, denn die Verdrahtung enthielt ein viel größeres Manipulationspotential, als Li Yüan es möglicherweise ins Auge faßte. Wenn jemand am menschlichen Geist herumzuexperimentieren begann, gab es keine Grenzen für die subtilen Veränderungen, die er anrichten konnte. Es war möglich – sogar ziemlich einfach –, Vor- und Abneigungen hervorzurufen, Milliarden Persönlichkeiten nach einer einzigen geistigen Schablone zu formen und die Spezies zu einer fügsamen, ängstlichen, eigener Gedanken baren Rasse umzubilden. Aber gab es etwas Schlimmeres als das, was ohnehin schon geschah? Man konnte durchaus argumentieren, daß Chung Kuo – die große utopische Stadt Tsao Ch'uns – genau zu diesem Zweck errichtet worden war: um die Menschheit zu beschneiden und jenes neugierige Biest hinter Gittern zu halten. So betrachtet, war dieser letzte Schritt – das Vorhaben, jedes einzelne Individuum zu ›verdrahten‹ – nur ein Schritt zur Vollendung des großen Plans. Die Einschränkung der Freiheit allein hatte nicht ausgereicht. Jetzt mußten die Gitter – die Mauern – nach innen versetzt werden, oder man würde erleben, wie der ganze gewaltige Bau krachend in sich zusammenstürzte. Ein beunruhigender Gedanke.

Dem stellte er dreierlei gegenüber: seine ›Pflicht‹ für Li Yüan; seine Gewißheit, daß man diese Idee, ob mit oder ohne ihn, verwirklichen würde; und zuletzt die pure Herausforderung, die das Projekt an ihn stellte.

Er hatte sich davon zu überzeugen versucht, daß er niemandem etwas schuldete, aber das entsprach nicht der Wahrheit. Sein Schicksal hatte immer in den Händen anderer gelegen. Und traf das nicht auf alle Menschen zu? War nicht sogar das Grundlegendste – das Dasein eines Menschen – abhängig von einer Übereinkunft zwischen denen, die mit ihm lebten: vom Einverständnis, ihn *sein* zu lassen? Hatte er soviel nicht ihm Lehm gelernt? Kein Mensch war wirklich frei. Niemand hatte andere Rechte als die, die ihm seine Mitmenschen zugestanden. Für Li Yüan sprach, daß der Prinz zumindest seine Qualitäten erkannt und ihm diese Chance gegeben hatte. Verdiente das nicht eine Gegenleistung?

Was den zweiten Punkt anging, vertrat er die Überzeugung, daß nur eine totale Katastrophe verhindern konnte, daß Li Yüans Plan in die Tat umgesetzt wurde. Eine Katastrophe stellte im übrigen die einzige nennenswerte Alternative zum Verdrahtungsprojekt dar. Die Lunte war vor langer Zeit angesteckt worden, nämlich durch die Weigerung der Sieben, sich dem Problem des massiven Bevölkerungswachstums anzunehmen. Ihr Widerwillen, an die Wurzel zu gehen – eine Entscheidung, die von ihrer Ehrfurcht vor der Familie und dem Recht eines jeden Mannes, Söhne zu haben, geprägt wurde –, hatte jeden Versuch unterlaufen, das langsame Wachstum der Ressourcen mit der ungeheuren Zunahme des Bedarfs ins Gleichgewicht zu bringen und aus Chung Kuo jenes Utopia zu machen, das es sein sollte. Aber das war nichts Neues; es war ein Generationen altes Problem – ein Problem, mit dem sich zu befassen die Kaiser von Chung Kuo seit mehr als zweitausend Jahren gezwungen gewesen waren. Hungersnöte, Seuchen und Revolutionen waren der Preis für dieses Ungleichgewicht gewesen, und man würde ihn immer wieder zahlen müssen – bis der Umschwung kam und die mächtige Zeugungskraft gebändigt wurde. Aber das würde nicht ohne eine evolutionäre Veränderung der Spezies erfolgen. In der Zwischenzeit würde man damit – mit diesem künstlichen Hilfsmittel – auskommen müssen. Die Sieben hatten keine andere Wahl. Sie würden ihre Untertanen verdrahten müssen oder untergehen.

Und die Herausforderung? Auch darüber wertete er in moralischen Kategorien. Soweit er es bisher beurteilen konnte, warf das Vorhaben vor allem technische Probleme auf – Probleme, die nicht jene Art von Erfindungsgabe erforderten, die seine Stärke war, sondern die Perfektionierung bereits vorhandener Systeme. In vielerlei Hinsicht war es lediglich ein logistisches Problem: das Verdrahtungsprojekt mußte bis in seine kleinsten Elemente zerlegt und aus diesen wieder neu zusammengesetzt werden. Das Ziel war durchaus nicht unerreichbar. Ganz im Gegenteil. Ein Großteil der erforderlichen Techniken stand bereits zur Verfügung. Er hätte soviel sagen können wie zu Prinz Yüan bei ihrem ersten Zusammentreffen, aber die Herausforderung – die eigentliche Herausforderung – lag darin, der Forschung ihre Richtung vorzugeben: nicht die *Qualität* der endgültigen Verdrahtung festzulegen, sondern ihre *Art*.

Und damit ging er vielleicht schon über die knappe Information hinaus, die Li Yüan ihm gegeben hatte, denn er hatte ihn nicht zu überlegen gebeten, wozu die Verdrahtung imstande sein sollte; er sollte lediglich feststellen, ob der Plan funktionieren könnte. Wieder einmal war er nur das Werkzeug – das Vehikel – für die Bedürfnisse anderer; das Instrument, mit dessen Hilfe ihre Träume Wirklichkeit werden könnten. Wie stets würde er in der ganzen Sache kein Mitspracherecht haben. Doch seinen Beitrag würde er trotzdem leisten.

Kim bewegte seine Beine noch immer im Wasser und blickte auf.

»Joel!«

Hammond stand am anderen Ende des Beckens. »Kim … Dachte ich mir doch, daß du hier bist.«

Kim rappelte sich auf, ging um den Pool und begrüßte ihn.

»Wie lang stehen Sie schon da?«

»Ich bin gerade reingekommen. Du hast nachdenklich ausgesehen. Ärger?«

Sie vergaßen beide keinen Moment lang die Kameras. Kim zuckte die Achseln, ging mit einem Lächeln an dem älteren Mann vorbei, um sein Handtuch vom Geländer zu nehmen, dann drehte er sich um und sah ihn wieder an. »Was bringen Sie da?«

Hammond hielt ihm ein hauchdünnes Stück Printout-Papier hin. »Das ist eben angekommen.«

Kim nahm es. Einen Moment später blickte er auf, und seine dunklen Augen weiteten sich vor Überraschung. »Ist das wirklich wahr?«

»Unbedingt. Prinz Yüans Sekretär hat es Direktor Spatz bestätigt. Ich soll dich begleiten. Um Ärger von dir fernzuhalten.«

Kim lachte, dann gab er ihm das Papier zurück und zog sich das Handtuch um die Schultern. »Das ist ja unglaublich. Ein Observatorium. Heißt das, daß wir in den Weltraum fliegen?«

Hammond schüttelte den Kopf. »Nein. Eigentlich ganz im Gegenteil. Das Observatorium in Heilbronn liegt auf dem Grund eines Minenschachts, mehr als drei *li* unter der Erdoberfläche.«

Kim sah weg, dann lachte er. »Klar. Das ergibt einen Sinn.« Er sah ihn wieder an. »Wann fahren wir?«

»Morgen. Gleich am frühen Morgen.«

Kim lächelte, dann trat er näher und fragte leise: »War Spatz wütend?«

Hammond beugte sich herunter und flüsterte Kim die Antwort ins Ohr: »Wütend? Er war außer sich!«

* * *

Jelka erwachte. Draußen tobte das Unwetter und schleuderte Regenschwälle gegen das Fenster. Sie warf ihr Nachthemd über und ging in den Korridor. Hinter den dicken Steinmauern des Hauses heulte und lärmte die Nacht. Jelka stand einen Moment lang da und lauschte, dann fuhr sie zusammen, als am anderen Ende des Korridors hell ein Fenster aufleuchtete. Sekunden später erschütterte ein mächtiger Donnerschlag das Haus.

Sie zitterte, dann lachte sie, und ihre Furcht wurde von einer Welle der Erleichterung verdrängt. Das Gewitter! Das Gewitter suchte sie heim!

Sie lief die große Treppe hinunter, blieb im Dunkeln der Halle stehen und spürte die kalten Fliesen unter ihren nackten Füßen. Erneut zuckte ein Blitz und erfüllte das große Buntglasfenster am anderen Ende der Halle mit leuchtender Farbe. Und dann schluckte eine tiefe, bedrohliche Dunkelheit die tosende Wucht des Donnerschlags, der darauf folgte.

Sie ging weiter und fand blind ihren Weg zur Tür am anderen Ende des Gangs. Normalerweise war sie verschlossen, doch diesmal stand sie zu ihrer Überraschung offen. Sie stand einen Moment lang da und bebte. Hier, hinter dem dicken Stein der Außenmauern war es ruhig, fast völlig still, und nur das gedämpfte Rumpeln fernen Donners erfüllte die Dunkelheit. Als der nächste Blitz zuckte, zog sie die Tür auf und stieg nach oben in den Turm.

Sofort wurde der Lärm des Sturms lauter. Sie schritt im Dunkeln vorsichtig die schmalen gewundenen Stufen hinauf, indem sie sich mit dem linken Arm an der Wand abstützte, und erreichte ein Zimmer, das sie noch nie betreten hatte. Blind tastete sie sich vom Loch im Boden weg zur Mitte des Raums und erstarrte, als ein Lichtblitz durch das schmale Fenster zu ihrer Linken das Zimmer erhellte. Der dazugehörige Donnerschlag dröhnte hier wie eine Detonation, und in der momentanen Helligkeit gewahrte sie die spärliche Einrichtung des Zimmers.

Sie sah sich selbst für einen Moment in dem Spiegel gegenüber – eine winzige Gestalt in einem fast leeren Zimmer, ihr Gesicht in tiefem Schatten, ihr Körper vom sengenden Licht umrahmt, einen Arm gehoben, wie um den Donner abzuwehren, das dunkle Rechteck des Treppenlochs nur wenige Schritte hinter ihr.

Sie ging hinüber, fand im Dunkeln die Treppe und machte sich an den Aufstieg, als ein unerwarteter Blitz die Treppe in Licht tauchte.

Sie ging zum Fenster. Das Glas war kalt an ihrem Gesicht und mit glitzernden Tröpfchen bedeckt. Die Bretter unter ihren Füßen fühlten sich glatt und kalt an. Wind und Regen rüttelten am Glas. Und eine gewaltige Hand schien das Gebäude zu erschüttern. Der Turm schien lebendig zu sein. So lebendig wie sie. Sie preßte ihre Hände gegen das Holz des Fensterrahmens und wartete auf jeden heftigen Schlag, jedes Grollen elementaren Zorns.

Als das Fenster erneut aufleuchtete, schaute sie zurück. Am anderen Ende des Raums war eine Metallleiter in die Wand eingelassen. Darüber verschloß eine schwere, rechteckige Luke ein Loch in der Decke. Jelka starrte sie an, dann stieß sie sich vom Fenster ab.

In der plötzlichen Dunkelheit stolperte sie und fiel hin, rappelte sich auf und streckte die Hände vor sich aus, bis sie die kalte Oberfläche des Steins berührte. Einige Sekunden betastete sie blind die Wand, fluchte leise über sich selbst, dann fand sie die Metallsprosse, zog sich hinüber und begann hochzuklettern.

Sie drückte gegen die Luke, als der nächste Blitz den Raum erhellte. Die große Platte zitterte über ihren Händen, als der Donnerschlag den Turm erschütterte. Sie erschauderte, erschrocken über die Macht des Sturms, dann drückte sie mit Kopf und Schultern gegen die Luke, bis es ihr endlich gelang, sie hochzuheben.

Plötzlich war sie im Freien. Der Regen prasselte auf sie herab, der Wind zerrte an ihrem Haar und durchnäßte das dünne Nachthemd, das sie trug.

Sie zog sich hinauf und ging im Halbdunkel an die Brüstung, stählte sich gegen die plötzliche Kälte, das wahnsinnige Tosen des Windes, und umklammerte mit den Händen fest das metallene Geländer. Als der Himmel aufleuchtete, schaute sie hinab. Das Meer unter ihr schien zu brodeln und zu kochen, bevor es mit einer riesigen, durchsichtigen Faust gegen die Felsen zu Füßen des Turms schlug. Gischt spritzte bis zu ihr herauf, und als sei dies ein Signal gewesen, erfüllte ein wildes, elementares Heulen die Luft um sie, das den Turm vibrieren ließ und sie bis ins Mark erschütterte. Und dann die Dunkelheit. Eine tiefe, brütende Dunkelheit, die vom Rasen des Sturms erfüllt war.

Jelka atmete jetzt tief und heftig. Es war ein Gefühl, als sei das Unwetter ein Teil von ihr. Jedesmal, wenn ein Blitz den Himmel aufriß, durchfuhr sie ein Beben von Kopf bis Fuß, so scharf wie splitterndes Eis. Und wenn der Donner krachte, hallte er in ihrem Körper wider, explodierte mit einer Plötzlichkeit, die sie vor wilder Lust zusammenzucken ließ.

Sie erschauderte, die Zähne fest aufeinandergebissen, die Augen weit aufgerissen, die Lippen zitternd vor einer seltsamen, unerwarteten Freude. Wasser rann in breiten Strömen ihr Gesicht und ihren Hals hinunter und reinigte sie, während unter ihr die See wogte und raste und gegen die Felsen kochte; ihre Stimme war ein Schrei unartikulierten Schmerzes, ununterscheidbar vom Wind.

»Jelka!«

Sie hörte den Schrei tief unter sich, fast verloren im Heulen des Sturms, und drehte sich zu der offenen Luke um. Für einen kurzen Moment vermochte sie nicht zu erkennen, wer es war, dann kam sie wieder zu sich. Ihr Onkel Jon…

Noch einmal war der Ruf zu hören, diesmal näher, als sei jemand knapp unter ihr.

»Jelka? Bist du da oben?«

Sie drehte sich um und rief etwas zurück, was im Heulen des Sturms kaum zu verstehen war. »Alles in Ordnung! Ich bin hier!«

Sie sah wieder aufs Meer hinaus, und ihr ganzer Körper erwartete schaudernd den nächsten Blitz, die nächste unvermittelte, erregende Entladung. Als es soweit war, fuhr sie herum und sah ihren Onkel, der gerade den Kopf durch die Lukenöffnung steckte und die Augen vor Furcht weit aufgerissen hatte.

»Was, in Teufels Namen, machst du hier, Jelka? Komm runter! Das ist gefährlich!«

Sie lachte, vom Unwetter in eine ausgelassene Stimmung versetzt. »Aber es ist wundervoll!«

Sie sah, wie er erschauderte und sie mit Blicken anflehte. »Komm runter! Bitte, Jelka! Es ist gefährlich!«

Der Wind heulte, zerrte an ihrem Atem und schleuderte schwere Regenschwälle gegen den Turm. Und dann, begleitet von einem mächtigen Krachen des Donners – lauter als alles vorhergegangene –, ging die Hügelflanke zu ihrer Rechten in Flammen auf.

Für einen Moment schwebte das Nachbild des Blitzschlages vor ihren Augen, dann schüttelte sie es von sich und erstarrte fassungslos vor dem Anblick, der sich ihr bot.

Sieben Kiefern standen in Flammen. Haushohe Flammenzungen zuckten in die Dunkelheit empor, kämpften zischend und dampfend gegen den Niederschlag an. Jelka biß vor kaltem Entsetzen über das, was sie sah, die Zähne aufeinander. Und noch immer toste das Feuer, als sei der Regen außerstande, es unter Kontrolle zu bringen.

Sie drehte sich um und starrte ihren Onkel an, dann stolperte sie zu ihm und ließ sich von ihm hinunterhelfen. Seine starken Arme drückten ihren zitternden Leib fest an sich. Dann beugte er sich hinunter und legte ihr den Morgenmantel, den er mitgebracht hatte, um die Schultern.

»Du bist ja völlig durchnäßt«, sagte er mit schmerzerfüllter Stimme. »Bei allen Göttern, Jelka, was hast du dir bloß dabei gedacht? Hast du nicht gewußt, wie gefährlich das ist?«

Der Anblick der brennenden Bäume hatte sie ernüchtert. »Nein«, sagte sie leise und merkte erst jetzt, wie sie in der Kälte fror. »Es war so …«

Sie verstummte und ließ sich von ihm hinunterbringen. Er konnte nicht aufhören zu klagen, wie leichtsinnig sie gewesen sei.

Er half ihr die letzten Stufen hinunter, dann drehte er sich um und ließ sie in den Korridor vorangehen. Das Licht im Gang war eingeschaltet. Am anderen Ende, am Fuß der großen Treppe, stand ihre Tante, in deren besorgter Miene sich die ihres Mannes widerspiegelte.

»Alles in Ordnung«, erklärte Jelka. »Ich konnte nicht schlafen. Das Gewitter. Ich wollte etwas davon sehen.«

Jon nickte und tauschte mit seiner Frau einen bedeutungsvollen Blick. Dann legte er einen Arm um Jelkas Schulter.

»Das kann ich verstehen, Liebling, aber es war wirklich sehr leichtsinnig. Du hättest hinunterfallen können.«

Aber Jelka konnte nur an die Kraft des Unwetters denken; an das Gefühl in ihrem Innern, es sei ein Teil von ihr gewesen, jeder plötzliche, grelle Blitz, jede brutale Detonation habe sie lebendiger gemacht. Sie konnte es jetzt noch spüren, da das Meer dort unten wild schäumte, der Himmel wie eine gewaltige offene Wunde über ihr klaffte und die Luft lebendig von Stimmen war.

»Im Bad liegt frische Wäsche«, sagte ihr Onkel sanft. Er schreckte sie aus ihrer Träumerei hochschrecken, indem er ihre Schulter drückte. »Zieh dich um, dann komm in die Küche. Ich mache uns ein paar Toasts und etwas *Ch'a*. Wir können uns zusammensetzen und reden.«

Er blickte auf und schickte seine Frau mit einem Wink weg, dann sah er Jelka lächelnd an. »Na los. Ich seh dir doch an, daß du nicht schlafen kannst, ehe das Unwetter vorbei ist.«

Sie tat wie geheißen, dann ging sie in die Küche, trat ans Fenster und starrte auf das sturmgepeitschte Wasser des Hafens hinaus, während ihr Onkel den *Ch'a* kochte.

»Hier«, sagte er nach einer Weile und gab ihr einen alten Steingutbecher voll dampfendem *Ch'a*. Er trat neben sie und starrte hinaus, dann lachte er leise.

»Weißt du, ich habe das auch gemacht, als ich noch ganz jung war. Deine Mutter war wie du, Jelka. Knut hat das nie begreifen können. Wenn ein Unwetter aufkam, zog er den Kopf unter die Decke und versuchte ihn zu verschlafen – als sei das Ganze nur ein großer Schabernack, der ihm den Schlaf rauben sollte, und nicht mehr. Aber sie war wie du. Sie wollte es sehen, wollte mitten drin in dem Chaos sein. Ich glaube, sie hätte sich ins Wasser gestürzt, wenn sie nicht gewußt hätte, daß sie ertrinken würde.«

Er lachte wieder und sah auf sie herunter. Jelka starrte fasziniert zu ihm hinauf.

»Wie war sie denn? Ich meine, wie war sie wirklich?«

Er deutete mit einem Nicken auf den breiten Kieferntisch. daraufhin setzten sie sich, er in den großen rustikalen Stuhl, sie auf die Bank daneben, einen schweren Morgenrock um die Schultern gezogen.

»So ist's besser. Das macht mir zu schaffen, weißt du. Die Feuchtigkeit. Die Veränderungen des Luftdrucks.« Er lächelte und nippte an seinem Becher. »Aber das interessiert dich wohl nicht, was? Du möchtest etwas über deine Mutter erfahren …«

Er schüttelte bedächtig den Kopf. »Womit soll ich anfangen, hm? Was soll ich zuerst erzählen?« Er sah sie mit traurig gewordenen Augen an. »Oh, sie war wie du, Jelka. Ganz genau so wie du.« Er atmete tief aus, dann beugte er sich vor und verschränkte auf der Tischplatte seine großen breiten Hände. »Laß mich mit dem Moment anfangen, als ich sie das erste Mal sah, dort auf den Felsen an der Hafenmündung …«

Sie saß da und lauschte mit offenem Mund und flachem Atem. Der *Ch'a* in ihrem Becher wurde kalt, und sie hörte immer noch zu, als schaue sie durch eine Tür in die Vergangenheit.

In eine andere Welt. In eine Zeit vor ihrer Zeit. Einen zugleich vertrauten und vollkommen fremden Ort. Jene präexistente Welt, die ein Kind sich nur vorstellen, von der es aber nie ein Teil sein konnte. Und doch verspürte sie ein schmerzhaftes Verlangen, die Dinge zu sehen, von denen er sprach; eine heftige Sehnsucht, in die Vergangenheit zu reisen und zu sehen, was er gesehen hatte.

Beinahe konnte sie es tatsächlich sehen. Ihre Mutter, die sich im Licht des Feuers drehte und auf Zehenspitzen, mit ausgebreiteten Armen zu einem Lied tanzte, das sie nur in ihrer Einbildung hörte, und träumte … Oder später, als ihre Mutter, hochschwanger mit ihr, in der Tür der Küche stand, in der sie jetzt saß, und lächelte …

Sie drehte sich um und sah hin, doch da war nichts; nichts bis auf die leere Tür. Sie schloß die Augen und lauschte, aber auch zu hören gab es nichts; nichts als das Unwetter draußen. Sie konnte es nicht sehen – nicht so, wie es wirklich gewesen war. Selbst mit geschlossenen Augen konnte sie es nicht sehen.

Gespenster. Die Vergangenheit war voller Gespenster. Bilder von der dunklen Seite des Sehens.

Stunden vergingen. Der Sturm flaute ab. Und schließlich erschien ein blasser Dämmerstreif am Horizont, über dem Meer jenseits des Hafens und der Hügel. Sie sah ihn heller werden und fühlte sich jetzt müde, bereit zum Schlafen.

Ihr Onkel stand auf und berührte sie sanft an der Schulter. »Jetzt aber ins Bett, mein Kind«, sagte er leise. »Morgen kommt dein Vater.«

* * *

Das Schachtteleskop von Heilbronn war über hundertfünfzig Jahre alt. Die großen Satellitenobservatorien am Rande des Sonnensystems hatten es fast überflüssig gemacht, doch es war immer noch bei vielen Astronomen beliebt, vielleicht weil der Gedanke, tief in die Erde hinabzusteigen, um die Sterne zu sehen, eine seltsame, paradoxe Anziehungskraft ausübte.

»Ein komisches Gefühl«, meinte Kim und wandte sich Hammond zu, als sie mit dem Aufzug in die Tiefe vorstießen. »Als ginge man rückwärts.«

Hammond nickte. »Aber hoffentlich nicht unangenehm.«

»Nein ...« Kim starrte nachdenklich ins Leere, dann lächelte er. »Nur komisch, das ist alles. Als würde man in einen Brunnen hinabgelassen.«

Der Lift wurde langsamer, dann kam er mit einem Ruck zum Stehen. Die Sicherheitstüren öffneten sich zischend, und die beiden traten hinaus, wo sie von zwei uniformierten Wachen begrüßt wurden.

»Da drin«, sagte einer von ihnen und zeigte nach rechts. Sie gingen hinein. Es war eine Dekontaminationskammer. Zehn Minuten später kamen sie wieder heraus. Die Spezialkleidung haftete unangenehm an ihrer juckenden Haut. Ein Beamter hieß sie willkommen und führte sie durch einen schmalen, hell beleuchteten Korridor in den Komplex der Laboratorien und Beobachtungsräume.

Es gab vier Teleskope im Heilbronner Schacht, aber

nur eins davon konnte ständig benutzt werden, eine enorme, in den Fels eingelassene Rundanlage mit vier riesigen Linsen. Einer der Forscher – ein junger Mann anfang zwanzig –, fungierte als ihr Führer, zeigte ihnen alles und berichtete aufgeregt von den neuesten Entdeckungen. Davon wurden derzeit nur noch wenige in Heilbronn gemacht – die Außenobservatorien waren die Pioniere neuer Forschungen –, aber Heilbronn leistete dennoch gute Arbeit beim Sammeln und Auswerten von Details und beim Überprüfen dessen, womit sich die Außenobservatorien aus Zeitgründen nicht näher befassen konnten.

Hammond hörte geduldig zu, amüsiert über den Enthusiamus des jungen Mannes, aber für Kim war das etwas anderes: er teilte diese Begeisterung. Für ihn waren die Worte des jungen Mannes lebendig, ein Ausdruck von Vitalität. Während er zuhörte, merkte Kim, daß er noch viel mehr wissen wollte als bisher, das Ganze erfassen.

Schließlich brachte ihr Führer sie in einen der halbkugelförmigen Aussichtsräume, ließ sie Platz nehmen und erklärte ihnen, wie die Beobachtungsgeräte zu benutzen seien.

Als er mit seinen Erklärungen fertig war, verbeugte er sich und ließ sie damit allein.

Kim sah Hammond an.

»Nein, Kim. Du bist derjenige, für den Prinz Yüan das alles arrangiert hat.«

Kim lächelte, beugte sich vor, um das Schaltpult in seinen Schoß zu ziehen, und dämpfte das Licht.

Es war, als befände man sich draußen, schwebte hoch über der Welt, und habe nur mehr den Nachthimmel um sich. Doch das war nur der Anfang. Computergraphiken verwandelten den Aussichtsraum in ein Raumschiff in Form zweier Lehnstühle. Von dort, wo sie saßen, konnten sie überall unter den Sternen hinreisen, wo es ihnen gefiel: zu fernen Galaxien am anderen Ende des Universums, oder zu näheren, besser erforschten Sternen, konnten sie umkreisen und sich von einem ihrer Planeten zum anderen bewegen. Hier waren Entfernungen kaum von Bedeutung, und die relativistischen Gesetze der Physik blieben folgenlos. Innerhalb eines Augenblicks konnte man den Himmel überqueren. Es war atemberaubend, die Sterne mit solch ungeheurer Geschwindigkeit vorbeirasen zu sehen, daß sie nur mehr wie aufgewirbelte Staubteilchen in den Augenwinkeln flirrten. Eine Zeitlang rasten sie hierhin und dorthin, lachten und genossen die schwindelerregenden Dimensionen des Raums. Dann kehrten sie zur Erde zurück – unter einen Nachthimmel, der ihnen hätte vertraut sein müssen, es aber nicht war.

»Was für eine Zeitverschwendung, so zu leben wie wir«, sagte Kim versonnen.

Hammond knurrte zustimmend. »Weißt du, ich fühle mich dabei so, nun ja ... unbedeutend. Ich meine, schau's dir doch an.« Er hob die Hand. »Wie gewaltig das ist. Welch eine Kraft darin steckt. So viele Welten. Und alle so kalt. So unvorstellbar kalt.« Er lachte unbeholfen, und seine Hand fiel auf die Armlehne zurück. »Dagegen fühle ich mich so klein.«

»Warum? Es sind doch nur Sterne.«

»Nur Sterne!« Hammond lachte. Diese Untertreibung amüsierte ihn. »Wie kannst du das sagen?«

Kim drehte sich in seinem Stuhl um. Sein Gesicht, seine kleine Gestalt war von der Dunkelheit nicht zu unterscheiden, nur die gewölbte, feuchte Oberfläche seiner Augäpfel spiegelte das Sternenlicht wider. »Es ist nur Materie, die auf vorhersagbare Weise reagiert. Physikalische Gegenstände, an die auf allen Seiten physikalische Gegenstände grenzen. Aber schauen Sie sich an, Joel Hammond. Sie sind ein Mensch. Homo sapiens. Ein Tier, das denken und fühlen kann.«

»Vier Eimer Wasser und ein Sack Salz, das ist schon alles.«

Kim schüttelte den Kopf. »Nein. Wir sind mehr als bloß ein Haufen Chemikalien. Selbst der Niedrigste von uns.«

Hammond senkte den Blick. »Ich weiß nicht, Kim. Ich sehe das wirklich nicht so. Ich bin nie imstande gewesen, mich so zu betrachten.«

»Aber das sollten wir. Wir sind mehr als Erde, Joel. Mehr als nur geformter Lehm.«

In dem letzten Satz klang eine Spur Bitterkeit mit, die den Mann aufblicken und dem Jungen in die Augen sehen ließ.

»Was ist?« fragte er leise.

»Nichts. Nur die Erinnerung an etwas.«

Es war seltsam. Sie hatten sich bisher noch nie richtig unterhalten. Natürlich, da gab's die Gedichte – die Übermittlung wissenschaftlicher Informationen –, aber nichts Persönliches. Sie waren wie zwei Maschinen, die miteinander Daten austauschten. Aber nichts Reales. Als Menschen mußten sie einander erst noch kennenlernen.

Hammond zögerte, weil er den Widerstand des Jungen spürte, dann redete er weiter und beobachtete ihn aufmerksam, um zu sehen, wie seine Worte aufgenommen wurden. »Möchtest du darüber reden?«

Kim sah ihn an. »Hier fühle ich mich wie zu Hause.«

»Zu Hause?«

»Tief unten. Unter der Erde.«

»Ach so … der Lehm.«

Kim lächelte traurig. »Sie hätten mich sehen müssen, Joel. Vor acht Jahren. Was für ein kümmerliches, furchtsames Geschöpf ich war. Und dünn. Unglaublich dünn. Wie etwas Totes.« Er seufzte, dann legte er den Kopf in den Nacken und dachte zurück. »Ein knöchernes kleines Wesen mit großen, starren Augen. So hat T'ai Cho mich das erste Mal gesehen.«

Er lachte; ein gepreßterer, leiserer Laut als eben, mehr ein Ausdruck der Überraschung denn ein Lachen. »Ich frage mich, was er in mir gesehen hat. Warum er mich nicht einfach vergast und beseitigt hat. Ich war doch bloß ...« Er zuckte die Achseln und hob die Augen, um dem Blick des älteren Mannes zu begegnen; dunkle Augen, erfüllt von einem plötzlichen, halb erinnerten Schmerz. »... bloß eine Wucherung. Ein Klumpen Erde. Ein Fetzen der Dunkelheit unter seinen Füßen.«

Hammond atmete flach und hörte auf jedes Wort.

»Zweimal habe ich Glück gehabt. Ohne T'ai Cho wäre ich tot. Er hat mich gerettet. Als ich einen Rückfall erlitt, hat er meinetwegen eine Vereinbarung getroffen. Weil er etwas in mir gesehen hat. Fünf Jahre habe ich in der Sozialisation verbracht. Buße geleistet. Wurde neu konditioniert und neu strukturiert. Mußte mich zähmen lassen.«

Hammond blickte auf und verstand ihn plötzlich. Das war der Grund, warum Kims Leben verpfändet war. »Was hast du getan?«

Kim schaute weg. Die Frage blieb unbeantwortet. Dann, nach einer Weile, sprach er weiter. Diesmal etwas langsamer. Hammonds Frage war vielleicht zu direkt gewesen, denn was Kim als nächstes sagte, klang weniger persönlich, als redete er von einem Fremden, dessen Tage in der Sozialisation er beschrieb, die Kränkungen und Entwürdigungen, der Tod von Freunden, die es nicht geschafft hatten. Und andere finstere Dinge. Wie hatte er all das überstanden? Wie war er daraus als der hervorgegangen, der er war?

Kim kehrte ihm den Rücken zu und beugte sich hinüber, um den Betrachter zu aktivieren. Langsam rotierte um sie der halbkugelförmige Sternenhimmel.

»Wir haben über die Sterne gesprochen, Joel. Über Unermeßlichkeit und Bedeutung.« Er stand auf, ging an den Rand und legte eine Hand auf die nach oben gewölbte Wand. »Sie wirken so isoliert – winzige Inseln im großen Ozean des Raums, getrennt von Milliarden *li* des Nichts. Helle Punkte der Hitze in all der endlosen Kälte. Aber schauen Sie sie noch einmal an.« Er zog eine Linie zwischen zwei Sternen, dann zwei weitere. »Sehen Sie, sie sind miteinander verbunden. Jeder Stern ist mit Abermilliarden anderen verbunden. Ein gewaltiges Netz aus Licht, das zu einer Galaxis verknüpft ist.«

Er trat an Hammonds Seite und sah auf ihn hinunter. »Das nenne ich bedeutsam, Joel. Nicht die Unermeßlichkeit oder Macht des Ganzen, sondern wie es verknüpft ist.« Er lächelte, griff nach Hammonds Hand und umschloß sie fest. »Ein Einzelnes oder Teil eines Ganzen. Es gibt immer zwei Möglichkeiten, es zu sehen.«

»Ein Netz«, sagte Hammond und runzelte die Stirn, dann schüttelte er den Kopf und lachte, drückte die Hand, die seine hielt. »Ein elendes Netz. Du bist verrückt, weißt du das, Kim Ward? Völlig verrückt!«

»Nicht verrückt, Joel. Gerührt vielleicht, aber nicht verrückt.«

* * *

Es war ihr letzter Tag auf der Insel. Sie hatte lange geschlafen und war hungrig aufgewacht. Nun spazierte sie, Erkkis ständig hinter sich, über die bewaldeten Hänge neben dem Haus. Es war ein kühler, frischer Tag. Das Unwetter hatte die Luft gereinigt, und der Himmel, wenn sie ihn durchs Geäst der hohen, schwarzen Kiefernstämme erblickte, zeigte ein vollkommenes, ungetrübtes Blau.

Am Rande der Lichtung drehte sie sich um und sah zu dem jungen Wachmann zurück. Er ging verwirrt umher, schaute auf den Boden, und hatte die Waffe locker über der linken Schulter hängen.

»Hast du's gehört?«

Er blickte auf und lächelte. »Was denn?«

»Den Sturm ...«

Er zuckte die Achseln. »Da muß ich geschlafen haben.«

Sie betrachtete ihn, dann wandte sie sich ab. Vor ihr hatte das Feuer einen großen Kreis in den Baumbestand gebrannt. Ringsum lagen verkohlte Zweige. Nur einen Schritt weiter war der Boden schwarz. Sie blickte auf. Die Hitze des Blitzschlags hatte auf allen Seiten des geschwärzten Kreises die Bäume in Mitleidenschaft gezogen, ihre Äste verdorren lassen. Sie sah zu Boden, dann trat sie in den Kreis.

Die dunkle Schicht eingeäscherten Holzes knackte und zerpulverte unter ihrem Schritt. Sie machte einen zweiten Schritt und spürte, wie das Dunkle leicht unter ihrem Gewicht nachgab, dann blieb sie stehen und sah sich um. Wenn sie die Augen schloß, konnte sie immer noch Flammen in die Dunkelheit emporzüngeln sehen, die mit ihrer Helligkeit den Nachthimmel verwundeten, und rauchten und zischten, wo sie mit dem heftigen Niederschlag zusammentrafen.

Jetzt war hier nur noch Asche. Asche und die vom Feuer geschwärzten Stümpfe von sieben Bäumen, die in der Mitte des Kreises ein verwackeltes H bildeten. Sie ging zu dem nächsten und stieß ihn mit der Spitze ihres Stiefels an. Er zerbröckelte und fiel in sich zusammen, und nichts blieb zurück.

Sie vollführte eine 360°-Wende, dann erschauderte sie angesichts der Stille und Verwüstung dieser Stelle. Sie hatte den mächtigen Blitz und das Brüllen der göttlichen Berührung selbst erlebt; nun stand sie in ihrem Abdruck, und die Macht des Sturms gemahnte sie an ihre eigene Kleinheit. Und doch hatte sie für einen Moment das Gefühl gehabt, ein Teil von ihm zu sein, ihr bewußtes Ich verloren zu haben, verschlungen vom Toben der Elemente ringsum.

Sie ging in die Knie und steckte ihre Finger in die dunkle, weich zerkrümelnde Oberfläche, um einige Brocken in den Mund zu heben und die Dunkelheit zu schmecken. Sie fand sie sauer und unappetitlich. Sie wischte die Finger am Knie ab, stand auf und ging weiter, bis sie im Mittelpunkt des großen Kreises stand.

»Bei Kuan Yin! Was ist denn hier passiert?«

Sie drehte sich nach Erkki um. Er stand am Rande des Kreises und hatte die Augen vor Staunen weit aufgerissen.

»Daran ist der Blitz schuld«, sagte sie schlicht, erkannte aber sofort, daß er nicht begriff. Natürlich, dachte sie; du hast die ganze Zeit geschlafen, nicht? Darin ähnelst du meinem Vater – darin ähnelst du allen –, ihr tragt die Stadt in euch, wohin ihr auch geht.

Sie wandte sich ab und senkte den Blick. Heute abend, sagte sie sich, nach dem Essen, würde ihr Vater sie mit zurücknehmen. Sie seufzte. Es würde schön sein, ihren Vater wiederzusehen, und doch kam ihr der Gedanke, in die Stadt zurückkehren zu müssen, plötzlich wie ein Verhängnis vor. Sie schaute in dem verzweifelten Bemühen umher, alles ein letztes Mal in sich aufzunehmen, es fest im Gedächtnis zu bewahren, falls sie …

Sie zuckte zusammen, dann beendete sie den Gedanken … falls sie nie wieder hierher käme.

Die Alpträume verfolgten sie nicht mehr, die drei hageren Männer starrten sie nicht mehr über den See hinweg spöttisch an. Dennoch bestand die Drohung fort. Sie war die Tochter des Marschalls, und solang er für den T'ang von Bedeutung war, würde sie in Lebensgefahr schweben.

Endlich begriff sie es, hatte den Gedanken so klar vor Augen, als sei ihr Geist ebenso gereinigt worden wie der Himmel. Sie waren nicht hinter ihrem Vater hergewesen. Nein. Sie hatten es auf sie abgesehen gehabt. Denn ihr Tod würde ihren Vater als einen gebrochenen, emotional verletzten Mann zurücklassen, einen Toten, der die Uniform des Marschalls ausfüllte.

Ja, sie sah es jetzt ganz deutlich, begriff, daß ihr Tod

ihrem Vater das Genick gebrochen hätte. Und wenn der Schlußstein fiel, wie sollte dann der Bogen halten?

Sie kannte die Schwächen ihres Vaters; sie wußte, daß er über vier der fünf Eigenschaften verfügte, die Sun Tzu im Charakter für gefährlich hielt: sein Mut grenzte oft an Leichtsinn; er war impulsiv und regte sich leicht auf, und wenn er provoziert wurde, ging er zum Angriff über, ohne die Schwierigkeiten zu bedenken; sein Ehrgefühl war überentwickelt und verleitete ihn leicht, unbegründete Anklagen zu erheben; und schließlich war er zutiefst mitleidig. Dagegen setzte sie seine Stärken, vor allem die Loyalität, die er in denen hervorzurufen verstand, die unter ihm dienten. Wie Sun Tzu im zehnten Buch seiner *Kunst des Krieges* schrieb: »Weil ein solcher General seine Männer als Säuglinge betrachtete, marschieren sie mit ihm in die tiefsten Täler. Er behandelt sie als seine eigenen geliebten Söhne, und sie werden bereit sein, mit ihm zu sterben.«

Sie nickte bei sich. Ja, und manchmal waren Stärken Schwächen und Schwächen Stärken. Man betrachte sich zum Beispiel Hans Ebert. Er war gewiß ein guter, tapferer Soldat, auch von angenehmem Äußeren und gutem Benehmen, doch die Augen ihres Vaters sahen in ihm einen anderen als den Mann, dem Jelka an jenen Tag im Herrenhaus der Eberts begegnet war. Für ihren Vater war er ein Ersatz für den Sohn, den er nie gehabt hatte, und daher nur auf der Welt, um seiner Tochter ein Lebensgefährte zu sein. Aber damit vergaß er, daß sie ein Mensch für sich war – ihre Gefühle kümmerten ihn dabei einfach nicht.

Bedrückt von diesem Gedanken drehte sie sich um und sah zu dem jungen Wachmann hinüber. »Komm, Erkki. Gehen wir zurück. Ich sollte jetzt packen.«

Sie schaute umher, während sie weiterging, und sah alles so, als läge es schon weit hinter ihr. Doch sie konnte es jetzt nie mehr ganz verlieren. Sie hatte sich hier selbst gefunden – hatte in der rauhen und verbotenen Landschaft das Spiegelbild ihres inneren, ihres wahren Ichs entdeckt, und einmal dazu erwacht, würde sie sicher nie wieder dieselben Gefühle mit ihrer Welt verbinden. Der Geruch von Kiefern und Erde, der salzige Meerestang; diese Dinge waren jetzt ein unlösbarer Teil von ihr, wie die Stimmen der Insel. Bisher war sie nur ein Schatten ihres Ichs gewesen, befangen von dem Traum, der die Stadt war, und hatte nichts von ihrer inneren Leere gespürt. Aber nun war sie erwacht und sie selbst – ganz und gar sie selbst.

* * *

Der Messenbursche stellte die Gläser zwischen die beiden Männer auf den Tisch, dann verließ er mit einer eleganten Verbeugung den Raum.

»Kan Pei!« sagte Tolonen und prostete seinem zukünftigen Schwiegersohn zu.

»Kan Pei!« antwortete Ebert und hob sein Glas. Dann schaute er in die Runde und grinste. »Angenehm hier, Sir. Sehr angenehm.«

»Ja ...« Tolonen lachte. »Die Privilegien eines Marschalls. Aber eines Tages wirst du Marschall sein, Hans, und dieser Raum wird dir gehören.«

»Mag sein«, erwiderte Ebert und setzte sein Glas ab. »Aber das wird hoffentlich noch viele Jahre dauern.«

Tolonen lächelte. Er mochte den jungen Ebert sehr, und der Gedanke beruhigte ihn, daß Jelka in so guten Händen sein würde, wenn sie heiratete. Im Moment gab es allerdings noch Arbeit zu erledigen – andere Dinge, die sie beanspruchten.

»Ich komme gerade vom T'ang«, berichtete er und lehnte sich zurück. »Ich mußte einen Zwischenbericht über die Morde an den Verwaltungsbeamten abliefern.« Er machte eine Pause und rümpfte die Nase. Seine Züge nahmen einen besorgten Ausdruck an. »Li

Shai Tung war alles andere als erfreut. Er meint, wir hätten inzwischen etwas herausfinden müssen, und vielleicht hat er recht. Aber allein die Tatsache, daß wir auf so viele Lücken gestoßen sind, überzeugt mich davon, daß DeVore irgendwie dahinter steckt.«

»Meinen Sie, Sir?« Ebert schaute weg, als müsse er darüber nachsinnen, dann sah er Tolonen wieder in die Augen. »Aber dann hätten wir doch wenigstens auf *irgend etwas* stoßen müssen, was auf ihn hindeutet. Es wäre doch allzu clever von ihm gewesen, nirgendwo auch nur die kleinste Spur zurückzulassen, oder was denken Sie? Schließlich hatten viele Leute damit zu tun.«

»Hmmm...« Tolonen nippte an seinem Getränk – einem Fruchtlikör –, dann stellte er sein Glas wieder hin. »Vielleicht. Aber da ist noch etwas, Hans. Etwas, das ich nicht wußte, bevor der T'ang mir heute davon berichtete. Er scheint, als sei bei dem Überfall auf Helmstadt mehr entwendet worden als der Etat der Garnison. In erster Linie Schmuck, aber auch einige besondere Gegenstände. Sie befanden sich in dem Safe, den die *Ping Tiao* mitgenommen haben. Drei Teile T'ang-Keramik. Stücke, die auf dem Sammlermarkt die Götter wissen was wert sind.«

Tolonen griff in die Tasche seines Uniformrocks und zog drei dicke Quadrate aus schwarzem Eis hervor. Es handelte sich um ›Flachlinge‹, holographische Standphotos.

»Hier«, sagte er und reichte sie Ebert.

Ebert hielt sie hoch und betrachtete sie, dann legte er eins auf den Tisch neben seinen Drink und drückte auf den vertieften Streifen, der an eine Kante grenzte. Sofort erschien in der Luft über dem ›Flachling‹ ein Hologramm.

Er sah sich eins nach dem anderen an, dann gab er sie dem Marschall zurück. »Sie sind wunderschön. Und wie Sie bereits sagten, selbst auf dem Schwarzmarkt würden sie astronomische Summen einbringen.« Er zögerte und senkte den Blick. »Ich möchte nicht unverschämt sein, aber … dürfte ich wissen, was sie in dem Safe in Helmstadt zu suchen hatten?«

Tolonen steckte die Flachlinge weg und nahm sein Glas wieder in die Hand. »Ich habe vom T'ang die Erlaubnis erhalten, mit dir darüber zu reden. Aber denk daran, davon darf keiner außer uns etwas erfahren.«

Ebert nickte.

»Gut. Nun, Li Shai Tung scheint ein Experiment geplant zu haben. Die Statuetten sollten verkauft werden, um dieses Experiment zu finanzieren.«

»Ein Experiment?«

»Ja. Es haben Gespräche – natürlich streng geheime Gespräche – zwischen dem Privatpersonal des T'ang und einigen der größten Triadenbosse des Netzes stattgefunden.«

Ebert sackte fassungslos in seinen Stuhl zurück. »Ich verstehe. Aber wofür?«

Tolonen rümpfte die Nase. »Es scheint, daß Li Shai Tung Teile des Netzes urbar machen wollte. Um sie wieder einzugemeinden, gewissermaßen. Er hätte eine Grundversorgung und beschränkten Zugang in die unteren Ebenen garantiert, außerdem umfangreiche Sofortinvestitionen, um die Anlagen auf den neusten Stand zu bringen. Als Gegenleistung hätten die Triadenbosse garantiert, im Rahmen der bestehenden Gesetze für Ruhe zu sorgen.«

Ebert senkte den Blick. »Es scheint …«, seufzte er, dann blickte er wieder auf. »Verzeihen Sie mir, daß ich so ehrlich bin, Sir, aber ich würde sagen, das war äußerst optimistisch, finden Sie nicht?«

Tolonen senkte die Stimme. »Nun unter uns, Hans, ich bin ganz deiner Meinung. Aber unsere Aufgabe besteht nicht darin, die Politik in Frage zu stellen, sondern die Politik auszuführen. Wir sind in den Händen unseres Meisters, nicht?«

Für einen Moment herrschte Stille zwischen den beiden Männern, dann fuhr Tolonen fort. »Jedenfalls scheint der Verlust der drei Statuen die Dinge für die verbliebene Zeit reichlich durcheinandergebracht zu haben. Der T'ang hat etwas dagegen, sich von weiteren Teilen seiner Schätze zu trennen, solang er nicht weiß, was mit diesen dreien geschehen ist. Wenn die Triaden damit zu tun hatten – wenn sie wirklich vorhaben, sich ihr Stück vom Kuchen abzuschneiden und es aufzuessen –, will Li Shai Tung das wissen. Damit könnten gleich einige andere Fragen beantwortet werden. Wir hatten seit geraumer Zeit den Verdacht, daß die *Ping Tiao* bei ihrem Überfall auf Helmstadt mit einer anderen Gruppe zusammengearbeitet haben. Wenn sie in Abstimmung mit dem einen oder anderen der größeren Triadenbosse gehandelt haben, würde das eine Menge erklären. Vielleicht würden wir dabei sogar einen Hinweis auf diese Mörder erhalten.«

»Ich verstehe. Und Sie möchten, daß ich der Sache nachgehe?«

»Richtig, Hans. Siehst du, etwas von dem Schmuck ist bereits auf dem Schwarzmarkt aufgetaucht. Du sollst herausfinden, wer das Zeug angeboten hat. Danach wirst du die Spur zurückverfolgen und vielleicht einige Fragen beantworten können.«

Ebert überlegte, dann blickte er auf und sah dem Marschall in die Augen. »Warum nicht Karr?«

»Major Karr hat schon genug am Hals.« Tolonen beugte sich vor und bedeckte Eberts Hände mit seinen eigenen. »Nein, Hans, kümmere du dich für mich darum, ja? Bring mir ein paar Antworten, die den T'ang zufriedenstellen werden. Es wird dir nicht zum Schaden gereichen, dafür garantiere ich. Die Mörder sind eins. Aber dies ... Nun, es könnte sich langfristig als viel wichtiger herausstellen.«

Ebert lächelte. »Natürlich. Wann erwarten Sie einen Bericht von mir?«

»Der T'ang hat mir drei Tage gegeben.«

»Dann also in drei Tagen. Was immer es kostet, ich werde herausfinden, wer hinter der ganzen Sache steckt.«

»Gut.« Tolonen strahlte. »Ich habe doch gewußt, daß ich auf dich zählen kann, Hans.«

* * *

Dreißig Minuten später ging er gerade durch den Korridor vor seinem Apartment, als sich ihm eine Frau näherte, seinen Arm packte und ihm ins Gesicht schrie.

»Sie Dreckskerl! Sie haben sie *gekauft*, oder? Um mich zu demütigen!«

Ebert fuhr herum und schüttelte sie ab. »Ich weiß nicht, was Sie meinen, Madam Chuang. Wen habe ich gekauft?«

»Sie wissen verdammt gut *wen*!« Ihr Gesicht war blaß, ihr Blick war von Schlaflosigkeit verschleiert, und ihre Kleider waren beschmutzt.

»Bei allen Göttern, Frau, sehen Sie sich an! Wie Sie nur aussehen! Und wie Sie reden! Sie vergessen sich, Madam Chuang. Die Frau eines Ministers!«

Er tat sie mit einem angeekelten Blick ab und wollte sich abwenden, aber sie hielt ihn erneut fest. Er drehte sich wütend um, nahm ihre Hand von seinem Arm und drückte so fest zu, daß sie vor Schmerz zusammenzuckte. »Wenn Sie sich nicht sofort zusammenreißen ...«, sagte er ruhig, aber drohend.

Sie riß ihre Hand weg, dann beugte sie sich ihm entgegen und spuckte ihm voll ins Gesicht.

Er fluchte, wischte sich den Speichel aus dem Gesicht und wandte sich mit finsterem Blick von ihr ab. Aber als er das tat, zog sie ein Messer aus ihrer Kleidung hervor, stieß es nach ihm und streifte seinen Arm.

»Was ...?«

Er warf sich gerade herum, als sie ein zweites Mal zustieß, und hob seinen verwundeten Arm, um sie abzuwehren. Sie knurrte, als das Messer ihn mit ihrem ganzen Gewicht dahinter traf, ihr Gesicht dabei eine von Haß verzerrte Grimasse wilden Zorns. Diesmal erwischte ihn das Messer flach am Hinterkopf und warf ihn nach vorn auf Hände und Knie. Aber das Messer war einfach über die Schädeldecke hinweggeschrammt.

Madam Chuangs Augen weiteten sich vor fassungslosem Entsetzen. Wo das Messer getroffen hatte, war der Haarschopf aufgeschlitzt und entblößte eine glänzende Metallplatte. Ebert wandte halb den Kopf und blickte zu ihr auf, wie betäubt von der Wucht des Stoßes, doch nicht tödlich verletzt. Sie kreischte und wollte ihn anspringen, aber in diesem Moment packten sie zwei starke Hände und warfen sie brutal zu Boden. Unmittelbar darauf spürte sie, wie ihr jemand etwas Hartes an die Schläfe drückte, und wußte, daß es nur eine Waffe sein konnte. Sie schloß die Augen.

»Nein! Lassen Sie sie!« Es war Eberts Stimme. Er erhob sich auf die Knie und versuchte sein Gleichgewicht wiederzufinden. »Lassen Sie sie …«

Auden warf seinem Major einen Blick zu, dann zog er mit einem leichten Schaudern seine Waffe zurück und steckte sie in den Halfter. »Sie hätte Sie umgebracht, Hans.«

Ebert blickte auf und lächelte durch seinen Schmerz. »Ich weiß. Sie ist ein wildes Luder! Ein wirklich wildes Weibsstück. Würden Sie sie gern vögeln?«

Auden sah weg.

Ebert lachte. »Nein. Vielleicht nicht. Aber vielleicht sollten wir ihr eine Lektion erteilen, was? Schließlich kann ich nicht immer darauf achten, ob jemand hinter mir her ist, nicht? Es gibt Zeiten …« Er lachte wieder, dann hob er die Hand und berührte vorsichtig seinen Hinterkopf.

»Was schlagen Sie vor?« fragte Auden.

»Ihre Brüste«, sagte Ebert und zuckte zusammen. »Darauf war sie immer stolz. Schneiden Sie ihr in die Brüste.«

Auden drehte sich um, stieß die Frau hinunter, riß ihr Seidengewand auf und enthüllte ihre Brüste. Dann hockte er sich über sie, indem er mit den Knien ihre Arme festklemmte.

Sie starrte ihn entsetzt an, ihre Stimme nur mehr ein Hauch. »Sie können doch nicht…«

Er schlug ihr mit dem Handrücken so heftig ins Gesicht, daß ihre Lippe aufplatzte, dann zog er sein Messer aus dem Gürtel. Einen Moment zögerte er, dann hielt er mit der Linken ihren Kopf nieder und zog das Messer einmal, zweimal und ein drittes Mal quer über ihre Brüste, und ignorierte ihre Schmerzensschreie, als die rasiermesserscharfe Klinge die Haut aufschlitzte.

Er stand auf, steckte sein Messer in die Scheide zurück und sah auf die halb bewußtlose Frau hinab, dann drehte er sich um und bemerkte, daß Eberts Augen vor Erregung geweitet waren; wie seine Brust sich hob und senkte.

»Danke«, sagte Ebert ruhig. »Kümmern Sie sich um sie?«

Auden nickte, dann bückte er sich und hob das Päckchen auf, das er fallengelassen hatte, um Ebert zu Hilfe zu eilen. »Hier«, sagte er und übergab es ihm. »Es ist heute morgen gekommen.«

Ebert betrachtete es, dann warf er der Frau noch einen Blick zu. »Wer hätte das für möglich gehalten, häh? Wer hätte gedacht, daß das alte Mädchen so etwas bringt?« Er lachte, dann erhob er sich schwankend auf die Beine und schloß die Augen. Auden war sofort zur Stelle und legte einen Arm um ihn, um ihn zu stützen.

»Ist auch wirklich alles in Ordnung? Soll ich einen Arzt holen?«

Ebert schüttelte den Kopf und lächelte durch den

Schmerz, den er unverkennbar litt. »Nein, ich ruh mich eine Weile aus. Es wird schon gehen.«

Auden drehte sich um und sah zu der Frau des Ministers hinüber. Sie hatte sich auf die Seite gedreht und wimmerte leise, eng zusammengekrümmt hatte sie die blutbefleckte Seide über ihre zerfleischten Brüste gezogen. »Ich werde mich um sie kümmern. Machen Sie sich keine Sorgen deswegen. Ich werde behaupten, sie sei in den Korridoren von einer Bande überfallen worden. Fest wird mich bestätigen.«

Ebert schluckte, dann legte er eine Hand auf Audens Arm. »Gut. Dann los! Ich gehe rein und lege mich etwas hin. Drinnen gibt's Hilfe, wenn ich welche brauchen sollte.«

Er sah zu, wie Auden zu der Frau hinüberschritt, in die Hocke ging und in sein Handgelenk-Set sprach, um Unterstützung anzufordern, dann wandte er sich ab. Es würde schon gut gehen. Auden würde die Dinge regeln. Er berührte seinen Arm. Es war nur eine oberflächliche Wunde, aber der Hieb gegen seinen Kopf... Nun, vielleicht hatte Auden recht. Vielleicht sollte er sich von einem Arzt untersuchen lassen. Immerhin hätte der Stoß ihm leicht den Schädel spalten können. Gut möglich, daß er eine Gehirnerschütterung davongetragen hatte.

Er drehte sich zur Tür um. »Es ist einfach nicht zu fassen...«, sagte er leise, legte seine Hand ans Schloß und hob das Gesicht, um direkt in die Kamera über der Tür zu schauen. Mit einem Zischen öffnete sie sich. »Sie hätte mich umbringen können«, sagte er und trat ein. »Dieses elende Weibsstück hätte mich umbringen können!«

* * *

Im große Saal des Terminals Jakobstad herrschte ungewöhnliche Stille. Im Warteraum für die Abreise fehlte die übliche Menschenmenge, und die Türen waren verriegelt und wurden von Soldaten bewacht. Als die kleine Gruppe hereinkam, verlor sich der Widerhall ihrer Schritte in dem riesigen Gebäude. Zwischen dem Landplatz und der Plattform lag eine Entfernung von nahezu einem *li*, aber Tolonen hatte die Sänfte weggewinkt und führte seine Begleiter zu Fuß an. Unmittelbar hinter ihm folgte seine Tochter seinem strammen Marschtritt, während der zwölfköpfige Trupp von Elitesoldaten, auf alles vorbereitet, sie hinten und von den Seiten abschirmte.

Der Marschall hatte außergewöhnliche Maßnahmen getroffen, um seine Tochter heimzubringen. Die Dinge waren wieder ins Schwimmen geraten, und wenn ihre Feinde überhaupt zuschlagen sollten, dann würde es hier, in einem der Terminals geschehen. Deshalb ging er kein Risiko ein.

Der ›Pfeil‹ wartete bereits auf sie, seine normalerweise achtzigköpfige Besatzung auf zehn vertrauenswürdige Männer zurückgestutzt, sein übliches Kontingent von fünfzehnhundert Passagieren für diese eine Reise auf vierzehn beschränkt. Es war eine Schnellspur-Einschienenbahn, die mitten durch die Stadt führte, Richtung Süden nach Turku, dann westlich zum Terminal Helsinki. Dort würden sie auf ein anderes Verkehrsmittel umsteigen und direkt über das Baltikum nach Danzig fliegen.

Tolonen sah umher, trotz seiner gewissenhaften Vorkehrungen aufs äußerste angespannt. Dieses eine Mal hatte er sich entschlossen, niemandem zu trauen; nur er selbst wußte, was er geplant hatte. Dennoch würde es für seine Feinde nicht schwierig sein, sein Vorgehen zu ahnen. Wenn sie in sein Heim gelangen konnten, war ihnen dann überhaupt noch etwas unmöglich?

Als sie in den Pfeil einstiegen, zögerte er, um in beide Richtungen den Bahnsteig zu überschauen, dann erst stieg er ein. Jelka hatte bereits Platz genommen und ihre langen Beine vor sich ausgestreckt. Er lächelte, betrachtete sie und bemerkte, wie sie durch den Aufentalt im Freien gebräunt war, daß ihr Haar noch blonder als sonst erschien. Er setzte sich ihr gegenüber und beugte sich vor, die Hände zwischen den Knien verschränkt.

»Und?«

Es war das erste Mal, daß sie sich zusammen entspannten. Auf dem Flug von der Insel war er beschäftigt gewesen, hatte Berichte entgegengenommen und Befehle erteilt, jetzt aber konnte er sich Zeit zum Reden nehmen; konnte sie fragen, ob sie ihren Aufenthalt genossen hatte.

Sie sah ihn an und lächelte, und ihre Augen funkelten. »Es war wunderschön, Vater. Wunderschön.«

»Hat's dir gefallen?« Er lachte. »Das ist gut ...«

Sie hatte eine seltsame Wehmut im Blick; eine Wehmut, die er verstand und nachempfinden konnte.

Er sah sie an und erkannte, wie kostbar sie ihm war. Inzwischen war sie ihrer Mutter so ähnlich, war ganz wie die Frau, die er geliebt hatte.

»Du siehst müde aus«, sagte sie und klang besorgt.

»Wirklich?« Er lachte, dann nickte er. »Nun, vielleicht bin ich das auch.« Er lächelte und beugte sich vor, um ihre Hände in die seinen zu nehmen. »Hör zu, wir haben einen Zwischenhalt vor uns, aber dann habe ich den Abend frei. Würdest du gern in die Oper gehen? Ich habe eine Loge reserviert. In der Gesellschaft des T'ang persönlich. Sie führen *The South Branch* auf.«

Sie lachte vor Freude und vergaß für einen Moment ihre Schwermut. Die Oper hatte ihr immer gefallen, auch wenn *The South Branch* nicht gerade das eingängigste Stück war.

»Wohin fahren wir zuerst?«

Er lehnte sich zurück und ließ ihre Hände los. »Was Geschäftliches. Es wird nicht lang dauern. Höchstens eine halbe Stunde. Dann können wir zurück und ziehen uns um, hm?«

Sie spürten, wie der Pfeil anruckte, losfuhr und langsam an Geschwindigkeit gewann. Jelka schaute weg und sah das Drachenmuster an der Wand hinter dem Fenster vorbeihuschen und dann verschwimmen, bis es nur noch aus sieben roten, grünen und goldenen Linien bestand.

»Hat Onkel Jon dir von dem Unwetter erzählt?«

»Nein...« Er lachte. »Hat's denn dort ein Unwetter gegeben?«

»Ja.« Sie wandte ihm wieder den Blick zu. »Ein unglaublich starkes Gewitter. So...«

Er sah wie verwirrt zu Boden. »Ja«, sagte er leise. »Ich hab's vergessen.«

Sie starrte ihn an, überrascht von seinem plötzlichen Stimmungsumschwung. »Was ist denn?«

Er blickte auf und zwang sich ein Lächeln ab. »Nichts... Das hat mich nur gerade an deine Mutter erinnert.«

»Ach so...« Sie nickte. Dann verhielt es sich so, wie ihr Onkel erzählt hatte. Ja, sie erkannte es jetzt; wie verschieden ihr Vater und ihre Mutter gewesen waren, und wie sehr sie sich doch geliebt hatten.

Sie wandte den Kopf, sah ihr Spiegelbild im Fensterglas und lächelte traurig. Es mußte hart für ihn gewesen sein; härter noch als sein Exil.

Sie schob den Gedanken beiseite und versuchte sich mit der Aussicht auf den bevorstehenden Abend aufzuheitern, aber dann, als sie die Hand an die Wange hob, drang ihr der unerwartete Geruch verbrannter Kiefern an ihren Fingern in die Nase, und sie wurde ganz still.

»Was ist los?« fragte ihr Vater und ließ den Blick keinen Moment von ihr ab.

»Nichts«, antwortete sie und lächelte ihn an. »Überhaupt nichts.«

* * *

»Wer ist das?«

Tolonen trat vor den Einwegspiegel neben seine Tochter. »Das? Nun, das ist Ward. Kim Ward. Ein seltsamer Bursche. Ein brillanter Kopf. Sie behaupten, er könne schneller als eine Maschine denken.«

Sie lachte überrascht. »Du meinst, er gehört zum Team?«

»Ja, und ist wahrscheinlich in jeder Hinsicht der Beste. Erstaunlich, wenn man bedenkt...«

Jelka blickte zu ihm auf. »Was bedenkt?«

Ihr Vater schaute weg, als sei ihm das Thema unangenehm. »Er stammt aus dem Lehm. Sieht man ihm das nicht an? Diese Dunkelheit hinter seinen Augen. Er ist konditioniert worden, aber trotzdem, es ist doch etwas anderes, nicht? In ihnen bleibt immer dieser kleine Rest Wildheit zurück.« Er sah sie wieder an und lächelte. »Wie auch immer... gehen wir, ja? Ich bin jetzt hier fertig, und Hans wartet zu Hause.«

Sie nickte vage und sah sich den Jungen noch einmal an, drückte ihr Gesicht fest ans Glas, um ihn anzustarren. Sie konnte sehen, was ihr Vater meinte. Als er sich dem Spiegel zuwandte, war es so, als ob etwas anderes – etwas anderes als der Junge – ihren Blick erwiderte. Etwas Wildes und Ungebändigtes, das nichts von dieser Welt der Ebenen mitbekommen hatte. Sie erschauderte, nicht aus Furcht, sondern aus dem Gefühl, jemanden wiedererkannt zu haben. Sie lachte leise, erstaunt darüber, ihn hier vorzufinden, wo sie doch geglaubt hatte, ihn auf der Insel zurückgelassen zu haben. Dann kam sie zu sich und stieß sich ängstlich von der Glasscheibe ab.

Und doch stimmte es. Sie konnte es in seinen Augen erkennen. Aus dem Lehm, hatte ihr Vater gesagt. Aber er war mehr als das.

»Komm, Jelka. Gehen wir.«

Einen Moment lang zögerte sie noch und betrachtete den Jungen, dann drehte sie sich um, folgte ihrem Vater und begriff erst jetzt, was er eben gesagt hatte.

»Die Götter mögen uns beistehen...«, sagte sie fast unhörbar. »Hans Ebert! Mehr brauche ich nicht!«

* * *

Kim drehte sich um und warf Hammond über den Tisch hinweg einen Blick zu.

»Wer war das?«

»Wer?«

»Das Mädchen. Das Marschall Tolonen begleitet hat.«

Hammond lachte. »Ach, sie... Das war seine Tochter, wußtest du das nicht?«

»Ach so...« Eine Zeitlang hatte er geglaubt, es könne seine Frau sein. Schließlich nahmen solche Männer oft junge Mädchen zur Frau. Zumindest hatte er das gehört. Aber er war seltsam erleichtert darüber, daß er sich geirrt hatte.

»Habt ihr die Gerüchte gehört?« fragte einer der Männer mit gedämpfter Stimme. »Es heißt, die *Ping Tiao* hätten versucht, sie umzubringen.«

Kim runzelte die Stirn. »Das kam nicht in den Nachrichten vor.«

»Nein«, sagte einer der anderen verschwörerisch. »Kein Wunder. Sie wollen jetzt noch den Anschein erwecken, alles sei ruhig und sie hätten die Dinge unter Kontrolle. Aber ich habe gehört... also, es wird behauptet, ein ganzer Trupp von ihnen hätte das Apartment des Marschalls überfallen. Sie hat sechs von ihnen umgebracht, ehe ihr Vater eingriff.«

Kim spürte, wie ihm ein seltsamer Schauer von Erregung – oder war es Furcht? – den Rücken hinunterlief. Er sah Hammond an.

»Wie heißt sie?«

Hammond runzelte die Stirn. »Ich weiß nicht genau. Jukka oder so ähnlich.«

»Jelka«, verbesserte ihn einer der anderen. »Jelka Tolonen.«

Jelka. Er zitterte, dann senkte er den Blick. Ja, der Name paßte sehr gut zu ihr. Wie etwas aus einem Mythos ...

»Was ist denn hier los?«

Kim blickte auf und sah Spatz in die Augen. »Nichts«, antwortete er. »Überhaupt nichts.«

»Gut. Dann kannst du jetzt gehen, Ward. Ich brauche dich nicht weiter.«

Er verbeugte sich knapp und versuchte seinem Gesichtsausdruck nichts anmerken zu lassen, aber innerlich war er sehr aufgeregt. Spatz hatte keine andere Wahl gehabt, als ihn in die Laboratorien zu bringen, solange der Marschall sie besuchte, und Kim hatte das Beste daraus gemacht, Akten abgerufen und Fragen gestellt, bis er über die Entwicklungen in der Kürze so gut unterrichtet war wie die Besten von ihnen. Doch als er durch den Korridor in sein Zimmer zurückging, dachte er nicht mehr an das Projekt, sondern an dieses Mädchen. Wer war sie? *Wie* war sie? Wie hörte es sich an, wenn sie redete? Wie veränderte sich ihr Gesicht, wenn sie lachte?

Er blieb an seiner Tür stehen und erinnerte sich daran, wie sie an der Seite ihres Vaters gestanden, wie ihre tiefblauen Augen alles in sich aufgenommen hatten. Und für einen kurzen Moment war ihr Blick seinem begegnet, und sie hatte die Stirn gerunzelt. Als ob ...

Er zitterte, dann schüttelte er den Kopf, legte seine Handfläche ans Schloß und trat ein, als sich die Tür mit einem Aufleuchten öffnete. Nein, das war nicht möglich. Das bildete er sich bloß ein. Und doch ... für einen unmeßbar kurzen Moment hatte es den Anschein gehabt, als habe sie ihn *gesehen.* Nicht bloß seine äußere Erscheinung, sondern sein inneres Selbst.

Er lächelte und verdrängte den Gedanken, dann setzte er sich aufs Bett und schaute umher. Wie würdest du das finden, Jelka Tolonen? fragte er sich. Es wäre zu fremd, fürchte ich. Zu dumpf. Zu esoterisch.

Ja, denn sie war von einer ganz anderen Art. Sie stammte von der Ersten Ebene; mächtig, kultiviert und reich. Ganz sicher war sie vernarrt in feine Kleider und Tanzen, in die Oper und galante junge Offiziere. Lächerlich, auch nur daran zu denken...

Und doch dachte er daran.

Er schloß die Augen und sah sie wieder vor sich: so aufrecht, hochgewachsen und perfekt proportioniert, mit so reiner weißer Haut, wie aus Gold- und Silberfäden geflochtenem Haar, und mit Augen... Er hielt den Atem an, als er an ihre Augen dachte. Ja. Wie etwas aus einem Mythos.

KAPITEL · 5

König der Welt

Tsu Ma stand auf dem grasbewachsenen Hang und blickte nach Süden. Hinter ihm, ein ganzes Stück höher, stand die Klosterruine. In der Ferne sah er das Mädchen, eine winzige Gestalt unter einem unermeßlichen wolkenlosen Himmel, die ihr Pferd über einen schmalen Pfad zwischen den Felsen hetzte. Für einen kurzen Moment verlor er sie hinter dem großen Felsturm am Talausgang aus den Augen, dann erschien sie wieder, näher jetzt, ihr dunkles Haar eine lose Mähne, die hinter ihr im Wind flatterte, als sie sich im Sattel vorbeugte und den langen Hang hinaufritt.

Er senkte den Blick und seufzte. Sie hatten sich die letzten Wochen mehrere Male hier getroffen, und jedes Mal hatte es damit geendet, daß sie sich liebten, trotz seines Vorsatzes, sie zurückzuweisen und sich zu bessern. Aber diesmal war es anders. Diesmal mußte er es beenden, mit ihr brechen, bevor sie entdeckt wurden.

Er war noch immer in sie verliebt; das konnte er nicht leugnen. Aber Liebe reichte nicht aus, das wußte er jetzt; denn diese Liebe – begonnen in Leidenschaft und Verwirrung – war inzwischen zu einer Qual geworden, die ihm den Schlaf raubte und seine Gedanken ständig in Beschlag nahm, bis er das Gefühl hatte, er müsse dem Einhalt gebieten oder den Verstand verlieren. Er konnte Li Yüan oder seinem Vater inzwischen nicht mehr gegenübertreten, ohne daß er sich wünschte, sich vor ihnen in den Staub zu werfen und sie für das, was er ihnen angetan hatte, um Vergebung zu bitten.

Deshalb mußte er jetzt ein Ende machen. Solang er noch die Möglichkeit dazu hatte.

Er sah sie näher kommen und hörte ihre Stimme, die das Pferd antrieb; sah, wie sie sich in den Sattel aufsetzte und nach ihm Ausschau hielt, dann eine Hand zum Gruß hob. Er erwiderte die Geste unsicher und wappnete sich gegen die Gedanken, die ihm unweigerlich kamen. Letztes Mal waren sie gemeinsam, Hand in Hand den Hügel hinaufgeklettert, in den verfallenen Tempel gegangen und hatten dort drei Stunden nackt auf seinem Umhang gelegen, um mit Blicken, Händen und Lippen den Körper des anderen zu genießen. Die Süße der Erinnerung nagte an ihm wie Zucker an einem wehen Zahn. Er knurrte und ballte die Fäuste dagegen. Dennoch rührte sich sein Geschlechtsteil, und sein Herz fing an zu hämmern.

Er hätte nie geglaubt, wie schrecklich Liebe sein kann; hätte sich nie vorstellen können, wie das Herz zugleich leiden und jauchzen kann. Aber so war es nun einmal.

Sie kam näher, und das Pferd unter ihr schnaufte und mühte sich ab, um die schroffe Steigung zu bewältigen. Als er sie so sah, erinnerte er sich an jenes erste Mal, als sie an ihm vorbeigeritten war und sein Angebot, ihr zu helfen, abgelehnt hatte. Damals hatte er ihre Trotzigkeit erregend gefunden, wie oft er auch versicherte, daß er auf sie achtgeben müsse, jetzt aber kam ihm ihre Leichtsinnigkeit weniger anziehend vor. Vielleicht war dies sogar der entscheidende Anstoß für seinen Entschluß gewesen, die Sache zu beenden.

»Tsu Ma!«

Sie sprang vom Pferd und lief zu ihm, warf die Arme um ihn und suchte mit den Lippen nach seinen, doch er blieb ruhig und stumm, als sei er aus Stein. Sie wich verwundert zurück und blickte mit weit aufgerissenen Augen in sein Gesicht auf.

»Was ist denn, mein Liebling? Was ist passiert?«

Er sah auf sie hinunter; seine Hände zitterten. Ihre Schönheit, die Wärme ihrer Hände an den Stellen, wo sie ihn berührt hatten, raubten ihm fast den Verstand. Ihr Parfüm wirkte berauschend, ihre Augen waren wie Ozeane, in denen ein Mann ertrinken konnte.

»Ich liebe dich«, begann er und konzentrierte die ganze Tiefe dessen, was er für sie empfand, in diese wenigen Worte.

»Ich weiß«, unterbrach sie ihn, drückte sich fester an ihn, und Erleichterung löste ihre Züge. »Und ich habe Neuigkeiten …«

»Laß mich ausreden!« fuhr er sie an, dann gab er nach, strich mit einer Hand über ihre Wange, und seine Stimme wurde weicher. »Bitte, mein Liebling, laß mich ausreden. Es ist schwierig genug …«

Ihr Gesichtsausdruck änderte sich wieder. Sie versuchte zu lächeln, dann runzelte sie die Stirn. »Schwierig?«

»Ja. Ich …« Er schluckte. Noch nie war ihm etwas so schwer gefallen. Nicht einmal der Tod seines Vaters und die rituelle Tötung der ›Kopie‹ hatten ihn auf die Härte dieses Augenblicks vorbereiten können. »Ich …«

Er verfiel in Schweigen. Noch hatte er es nicht ausgesprochen. Noch konnte er sie in die Arme nehmen, in die Tempelräume tragen und auf seinen Mantel legen. Noch konnte er diese Süße ein letztes Mal genießen.

Aber nein. Wenn dieses eine Mal noch, dann würde er sie für immer wollen. Und das durfte nicht sein. Nicht solang es die Sieben gab. Chung Kuo selbst würde untergehen müssen, bevor er Fei Yen haben konnte.

Er sah zu Boden, und der Schmerz überwältigte ihn fast.

»Du willst Schluß machen? Ist es das?«

Ihre Stimme klang seltsam weich, überraschend mitleidig. Er blickte auf und bemerkte, wie sie ihn ansah,

sah in ihrem Gesicht den Schmerz, den er selbst verspürte. Und gerade als er hinsah, sammelten sich in ihren Augenwinkeln die ersten Tränen und rannen langsam, ganz langsam ihre makellosen, porzellanglatten Wangen hinunter.

»Fei Yen«, sagte er, und seine Stimme erstarb zu einem Flüstern. »Du weißt doch, daß ich dich liebe.«

»Und ich dich.« Sie erzitterte und trat einen Schritt zurück. »Ich hatte einen Traum. Einen Traum, in dem ich frei war und deine Frau werden durfte.«

Er fuhr zusammen, erschrocken über ihre Worte. »Das kann nicht sein.«

Sie flehte ihn nun förmlich mit Blicken an. »Warum nicht? Ich war die Frau seines Bruders. Du kennst unsere Gesetze.«

»Und doch hast du ihn geheiratet. Sie Sieben haben ihre Siegel auf das Sonderedikt gesetzt. Es ist beschlossen worden. Es läßt sich nicht wieder rückgängig machen.«

»Warum nicht? Du hast schon einmal entschieden, das Gesetz zu ändern. Jetzt mach's noch mal.«

Er schüttelte den Kopf. Wie er gesagt hatte: man konnte es nicht rückgängig machen. Obwohl alle sieben T'ang sich einig waren, daß dieses Paar schlecht zusammenpaßte, würden sie nichts daran ändern. Jetzt nicht mehr. Denn eines Tages würde Li Yüan selbst T'ang sein, und ihm dies anzutun, würde ihn zutiefst verletzen. Das konnte nur Katastrophen zur Folge haben. Das Ende dessen, was sie ausmachte.

Er redete jetzt ganz deutlich, betonte jedes Wort einzeln. »Ich wünschte, wir beide wären frei, Fei Yen. Ich würde alles, was ich habe, dafür aufgeben. Aber nur Unheil würde dabei herauskommen – großes Unheil. Und dies hier, dieses *Spiel* zwischen uns … das muß ebenfalls aufhören. Wir dürfen uns so nicht mehr treffen. Nie wieder.«

Seine Endgültigkeit ließ sie zusammenzucken. »*Nie wieder?*«

Die Süße ihrer Worte, ihr Schmerz und Flehen brachen ihm fast das Herz, und doch stand er ihr fest gegenüber, weil er wußte, daß er alles verderben würde, ließe er sich jetzt erweichen. »Nie wieder. Versteht Ihr mich, Frau des Li Yüan? Von jetzt an sind wir nur noch... Bekannte, die sich zu offiziellen Anlässen und dergleichen treffen. Alle anderen Gedanken müssen wir beiseite schieben.«

»Willst du etwa vergessen...?« begann sie, verfiel dann aber in Schweigen und ließ den Kopf hängen, so finster sah er sie an.

»Genug, Frau! Muß ich erst sterben, ehe Ihr von mir ablaßt?«

»Nein...«, antwortete sie, ihre Stimme nur mehr ein Hauch.

»Dann geht. Sofort!«

Sie verneigte sich demütig und war für einen Moment so sehr eine Frau für ihn, daß er den Atem anhielt. Ihr Anblick versetzte ihm einen Schmerz, den nichts lindern konnte. Seine eigene Entschlossenheit, sie nicht haben zu wollen, hatte ihn gebrochen und verzweifelt zurückgelassen.

Und dann war sie fort und er wieder allein. Er ließ sich schwer zu Boden sinken und fühlte sich plötzlich ganz leer, allem beraubt bis auf seinen Kummer, und weinte.

* * *

Fei Yen sprang herunter und marschierte, ohne zu warten, bis ihr Stallknecht das Pferd weggebracht hatte, zum Palast. Als sie über die Stallhöfe lief, machten Diener und Stallknechte tiefe Verbeugungen und richteten sich gleich wieder auf, um ihr erstaunt nachzusehen. Niemand wagte ein Wort zu sagen, doch die Blicke, die sie tauschten, sprachen Bände. Sie hatten ihr tränenzerfurchtes Gesicht gesehen und begriffen sofort, denn zumindest sie wußten, was zwischen der Prinzessin und dem gutaussehenden jungen T'ang vorgegangen war.

Und nun war es offensichtlich vorbei.

Im Korridor wollte Nan Ho sie begrüßen, doch sie stapfte an ihm vorbei, als sei er nicht vorhanden. Er drehte sich um, runzelte die Stirn und beschloß, sie nicht zu verfolgen, dafür aber zu den Ställen hinauszugehen und der Sache nachzugehen. Schließlich war es seine Pflicht, dem Prinzen zu dienen. Und wie konnte er dieser Pflicht besser nachkommen, als die flüchtigen Stimmungen der Frau, die ihm am nächsten war, zu verstehen und einzuschätzen?

Fei Yen selbst ging in ihre Zimmer, schlug die Türen hinter sich zu und verschloß sie, dann warf sie sich aufs Bett und ließ den heftigen Gefühlen, die die zurückliegenden Minuten in ihr angestaut hatten, freie Bahn. Eine Zeitlang erschütterte schweres Schluchzen ihre zerbrechliche Gestalt.

Schließlich schlief sie ein, wachte eine Stunde später auf, und aller Zorn und Schmerz waren von ihr abgefallen. Sie stand auf und schaute sich um, betrachtete die Wandbehänge und die reiche Möblierung ihrer Zimmer, runzelte die Stirn ob ihrer Fremdheit und fand keine Verbindung zwischen sich und diesen Dingen. Es war, als sei sie gestorben und wieder zum Leben erwacht, denn sie empfand nichts. Nur eine übermächtige Taubheit dort, wo Gefühle sein sollten.

Sie wandte sich um und erblickte ihr Spiegelbild in dem Glas am anderen Ende des Zimmers. Sie machte einen Schritt darauf zu, dann hielt sie inne und senkte ruckartig den Blick.

Ihre Neuigkeiten ... Sie hatte keine Gelegenheit mehr gehabt, ihm ihre Neuigkeiten mitzuteilen.

Sie stand da und bibberte, während eine einsame Träne ihre Wange hinunterlief, dann hob sie trotzig den

Kopf, brachte sich wieder unter Kontrolle und wußte, was sie zu tun hatte.

Sie badete, rief anschließend ihre Mägde herbei und ließ sich von ihnen das Haar hochstecken und ihren schlichten *Chi Pao* überziehen, dessen Seide einen blassen, mit blauen Fäden verzierten Lavendelton hatte. Um ihr Äußeres abzurunden, legte sie dann sämtliche Armreife und Ringe ab, außer seinem, und trug nichts um den Hals. Damit fertig, stellte sie sich vor den Spiegel und begutachtete kritisch ihre Erscheinung.

Ja. Auf dieses Aussehen kam es ihr an. Weder prachtvoll noch vornehm, sondern einfach und beinahe erdverbunden – wie ein Bauernmädchen. Sie hatte selbst mit ihrem Make-up Zurückhaltung geübt.

Mit einem Lächeln wandte sie sich vom Spiegel ab und trat in den Korridor hinaus.

»Meister Nan!« rief sie, als sie den Meister der Inneren Kammer am anderen Ende des Korridors flüchtig zu sehen bekam.

Nan Ho drehte sich um und bemerkte sie, dann verneigte er sich knapp vor dem Mann, mit dem er gesprochen hatte, und eilte herbei, um vier Schritte vor Fei Yen mit einer tiefen Verbeugung stehenzubleiben, den Blick zu Boden gerichtet.

»Meister Nan, ist mein Mann schon zurück?«

Nan Ho hielt den Kopf gesenkt. »Jawohl, Herrin. Seit zwanzig Minuten.«

»Gut.« Sie wandte sich von ihm ab. »Dann gehen Sie zu ihm, Meister Nan, und richten ihm aus, seine Frau würde es begrüßen, könnte er einige Minuten seiner kostbaren Zeit für sie erübrigen.«

Nan Ho blickte überrascht auf, denn schaute er rasch wieder zu Boden. »Verzeiht, Herrin, aber der Prinz wünscht nicht gestört zu werden. Er hat wichtige Arbeit zu erledigen.«

»Ist er denn in seinem Arbeitszimmer?«

Nan Ho beugte leicht den Kopf. »Ganz recht, Herrin. Mit seinem persönlichen Sekretär Chang Shih-Sen.«

»Dann brauchen Sie sich keine weiteren Gedanken zu machen, Nan Ho. Ich gehe selbst zu ihm.«

»Aber meine Herrin ...«

»Sie sind entlassen, Nan Ho.«

Er verbeugte sich ganz tief. »Wie meine Herrin wünscht.«

Sie sah ihm nach, dann drehte sie sich um und ging schnurstracks zum Arbeitszimmer ihres Mannes.

Vor der Tür zögerte sie einen Moment lang, um sich zu sammeln, dann klopfte sie an.

Eine Zeitlang herrschte Stille, dann waren Schritte zu hören. Eine Sekunde später öffnete sich die Tür ein Stück, und Sekretär Chang sah zu ihr heraus.

»Herrin.« Er verbeugte sich, machte die Tür weiter auf und trat zurück, indem er gleichzeitig Li Yüan einen Blick zuwarf.

»Es ist Eure Frau, Herr, die Prinzessin Fei.«

Li Yüan sand hinter seinem Schreibtisch auf, als Fei Yen eintrat, und seine Miene hellte sich bei ihrem Anblick auf.

»Fei Yen ... Ich dachte, du seist ausreiten.«

»Ich ...« Sie zögerte, dann durchmaß sie den Raum, bis nur noch der Schreibtisch sie trennte. »Die Wahrheit ist, mein Mann, daß ich keine Ruhe gefunden habe, bis ich dich sehen konnte. Meister Nan sagte mir, du seist wieder da ...«

Li Yüan sah an ihr vorbei seinen Sekretär an. »Sie können jetzt gehen, Shih-sen. Wir machen das später fertig.« Dann kam er lächelnd um den Schreibtisch, umarmte sie und hob ihr Kinn, um sie auf den Mund zu küssen. »Deine Ungeduld, mich zu sehen, läßt's mir warm ums Herz werden, mein Liebling. Ich habe dich auch vermißt.«

Sie legte ihren Kopf an seine Brust, dann blickte

sie wieder zu ihm auf. »Ich habe dich vermißt, ja, aber das ist nicht der Grund, warum ich dich gestört habe…«

Er lachte sanft. »Du brauchst keinen Grund, um mich zu stören. Du bist selbst Grund genug.«

Sie lächelte und senkte den Blick. »Trotzdem war's nicht bloß meine Ungeduld, dich zu sehen. Ich habe einige Neuigkeiten.«

»Neuigkeiten?« Er bewegte sich ein Stück zurück, faßte vorsichtig ihre Oberarme und betrachtete sie. Dann lächelte er wieder. »Gut, gehen wir nach draußen in den Garten. Wir werden uns Seite an Seite auf eine Bank setzen, wie Tauben auf eine Stange, und du kannst mir deine Neuigkeiten erzählen.«

Sie erwiderte sein Lächeln und ließ sich in die sonnenhelle Wärme des Gartens hinausführen. Irgendwo in nächster Nähe schrie ein Vogel, dann noch einmal. Sie setzen sich, die Gesichter einander zugewandt, auf die sonnengewärmte Bank.

»Du siehst schön aus, mein Liebling«, bewunderte er sie. »Ich weiß nicht, was du gemacht hast, aber es steht dir.« Er streckte die Hand aus und strich mit den Fingern über ihre Wangen, streichelte ihren nackten, schmucklosen Hals. »Aber komm, mein Liebling, welche Neuigkeiten hast du denn?«

Für ein paar Sekunden suchte sie in seinem Blick nach einem Hinweis, ob er schon wußte, was sie sagen wollte; aber der arme Junge ahnte nichts.

»Was würdest du sagen, wenn ich dir erkläre, daß ich in anderen Umständen bin?«

Er lachte, dann schüttelte er verwirrt den Kopf. »In anderen Umständen?«

Sie lächelte, dann nahm sie seine Hände in ihre. »Ja, mein weiser und doch so ahnungsloser Mann. *In anderen Umständen*. Die Ärzte haben es mir heute morgen bestätigt.« Sie sah, wie er die Augen aufriß, als er plötzlich begriff, was sie meinte, lachte und nickte. »Ja, mein Liebling. Es stimmt. Wir werden ein Kind bekommen.«

* * *

Es war spät am Nachmittag, und im Offiziersclub in Bremen hielt sich fast niemand auf. Ein paar Männer standen zwischen den Pfeilern am anderen Ende der großen, sechseckigen Lobby und unterhielten sich müßig, aber nur einer der Tische war besetzt.

Ein Han-Diener mit geschorenem Kopf, den er die ganze Zeit gesenkt hielt, bewegte sich über die ausgedehnte Fläche des grün-blauen Teppichs auf diesen Tisch zu und trug dabei scheinbar ohne Anstrengung mit einer Hand ein schwerbeladenes Tablett. Und während er zwischen den Männern hin- und herging und die Gläser mit ihren Getränken vor ihnen abstellte, vermied er es sorgfältig, sie zu berühren oder nur an ihnen vorbeizustreichen, und tat so, als überhörte er ihr spöttisches Gelächter und den Inhalt ihrer Gespräche.

Einer von ihnen, ein hochgewachsener, schnauzbärtiger Mann namens Scott, beugte sich lachend vor und drückte seine Zigarre in einem der leeren Gläser aus.

»Bei den Oberen redet man davon«, erklärte er, ließ sich zurücksinken und sah in die Runde seiner Mitoffiziere. Dann fügte er etwas trockener hinzu: »Und nicht nur das, sie schließen dauernd Wetten darauf ab, wer den alten Pisser als Minister ablösen wird.«

Ihr Gelächter hallte durch den leeren Saal und ließ den Han, der hinter der Theke arbeitete, kurz aufblicken, ehe er den Blick wieder abwandte.

Sie redeten über die Heirat von Minister Chuang an diesem Vormittag. Der Alte hatte seine erste Frau verstoßen und sich eine neue genommen – ein junges Mädchen von gerade vierzehn Jahren. Auf letztere hatte Scott sich eben mit seinen Zoten bezogen.

»Ist wirklich zu beneiden, der Bursche, würde ich

sagen«, meinte ein anderer von ihnen namens Panshin und hob sein Glas zu einem Prost. Wieder erklang Gelächter. Erst als es verstummt war, beugte sich Hans Ebert leicht vor und ergriff das Wort. Er war stiller als sonst gewesen und hatte es dieses eine Mal vorgezogen, nur dazusitzen und zuzuhören, nicht zum Mittelpunkt ihres Gesprächs zu werden, doch jetzt wandten sich ihm alle Blicke zu.

»Es ist eine traurige Geschichte«, begann er und senkte den Blick. »Und wenn ich geahnt hätte, was dabei herauskommen würde, hätte ich mich nie darauf eingelassen.«

Mitfühlendes Gemurmel kam auf – Blicke wurden gewechselt, und Köpfe nickten.

»Ja, nun... daraus können wir alle etwas lernen, nicht?« fuhr er fort und sah ihnen allen offen in die Augen. »Diese Frau war sicher schon längst geistig zerrüttet, als ich mit ihr zusammentraf.«

Dieses eine Mal versuchte niemand, in seinen Worten einen Hintersinn zu finden. Und allen war die Bedeutung dessen klar, was sich ereignet hatte. Eine Affäre war eine Sache, aber dies war etwas anderes. Die Dinge waren aus dem Ruder gelaufen, und die Frau hatte mit dem Angriff auf Ebert eine Grenze überschritten.

»Nein«, fuhr Ebert fort. »Es macht mich traurig, das zu sagen, aber ich glaube, Madam Chuang wäre auch dann in einem Sanatorium geendet, wenn wir uns nicht über den Weg gelaufen wären. Und was ihren Mann angeht, bin ich sicher, daß er mit seiner *Tian-fang* viel besser dran ist«, er lächelte mit einem Blick auf Scott, »selbst wenn die Lust auf das Mädchen ihn umbringen sollte.«

Alle lächelten, aber niemand lachte. Dennoch war ihre Stimmung plötzlich gelöster. Die Sache hatte unausgesprochen hinter ihren bisherigen Gesprächen gestanden und ihre Laune gedämpft. Aber nun war es ausgesprochen, und jeder fühlte sich erleichtert.

»Keiner macht dir Vorwürfe, Hans«, versicherte Panshin und beugte sich vor, um ihn am Arm zu berühren. »Wie du selbst sagst, es wäre sowieso geschehen. Es war nur ein unglückliches Zusammentreffen, daß du damit zu tun hattest.«

»Das ist richtig«, sagte Ebert, hob sein Schnapsglas an die Lippen und kippte den Inhalt rücksichtslos in einem Schluck hinunter. »Und es gibt ein paar Trostpflaster. Die *Mu tsai* zum Beispiel.«

Fest beugte sich vor, schielte zu ihm herüber und ergriff nuschelnd das Wort. »Heißt das, daß die andere dich nicht mehr so anmacht, Hans?« Er lachte schlüpfrig. »Du weißt schon. Die junge Chink-Hure ... Goldherz.«

Fest war nicht gerade dafür bekannt, Diskretion zu bewahren, wenn es darauf ankam, doch diesmal hatte er seinen Kollegen offensichtlich gegen sich aufgebracht. Ebert saß reglos da und starrte ihn finster an. »Das ist meine Sache«, sagte er kalt. »Hast du etwas dagegen?«

Fests Lächeln verblaßte. Er lehnte sich zurück und schüttelte den Kopf, etwas ernster jetzt. »Verzeih mir, Hans. Ich wollte nicht ...« Er verstummte und senkte den Kopf.

Ebert starrte Fest noch einen Moment lang an, dann schaute er lächelnd in die Runde. »Entschuldigt meinen Freund, *Ch'un tzu*. Ich glaube, er hat genug gehabt.« Er sah Fest wieder an. »Du gehst jetzt besser nach Hause, Fest. Auden hier wird dich heimbringen, wenn du willst.«

Fest schluckte, dann schüttelte er den Kopf. »Nein, danke. Es geht schon. Es ist nicht weit.« Er suchte noch einmal Eberts Blick. »Glaub mir, Hans. Es hatte wirklich nichts zu bedeuten.«

Ebert lächelte gepreßt. »Schon gut. Ich verstehe schon. Du hast zuviel getrunken, das ist alles.«

»Ja ...« Fest stellte sein Glas ab und erhob sich unsicher. Er entfernte sich beinahe übertrieben betont von seinem Platz, dann drehte er sich um und verbeugte sich nacheinander vor jedem, der am Tisch saß. »Meine Freunde …«

Als er gegangen war, sah Ebert sich um und senkte leicht die Stimme. »Verzeiht mir, daß ich so streng mit ihm gewesen bin, aber manchmal vergißt er seine Stellung. Es ist eine Frage der Herkunft, nehme ich an. Sein Vater ist die Ebenen aufgestiegen, und manchmal ist sein Benehmen …« Er breitete die Arme aus. »Nun, ihr wißt ja, wie das ist.«

»Schon klar«, sagte Panshin und berührte ihn noch mal am Arm. »Aber ich fürchte, mich ruft jetzt auch die Pflicht, so gern ich auch den ganzen Nachmittag hier sitzen würde. Vielleicht schaust du bei Gelegenheit mal vorbei, Hans? Wie wär's zum Essen?«

Ebert lächelte breit. »Einverstanden, Anton. Mach doch mit meinem Stallmeister einen Termin aus. Ich bin in dieser Woche sehr beschäftigt, aber wie wär's mit nächster Woche?«

Langsam löste sich die Versammlung auf, als auch die anderen Offiziere ihrer Wege gingen, bis nur noch Auden mit ihm am Tisch saß.

»Und?« fragte Auden nach einer Weile, als er merkte, wie tief Ebert in Gedanken versunken war.

Ebert blickte auf und kaute auf einem Nagel.

»Du bist wütend, was?«

»Allerdings. Dieser Idiot weiß einfach nicht, wann er den Mund zu halten hat. Es war schlimm genug, daß der Minister seine Frau ins Heim gesteckt hat, aber ich habe keine Lust, vollends zum Gespött der Leute zu werden.«

Auden zögerte, dann nickte er. »Also, was soll ich machen?«

Ebert lehnte sich zurück und starrte über die Tische zur Bar, dann sah er ihn wieder an und erbebte vor Zorn.

»Ich will, daß ihm eine Lektion erteilt wird. Ich will, daß ihm eingebläut wird, sein dämliches Maul zu halten und etwas weniger zu trinken.«

»Eine Warnung, meinst du?«

Ebert nickte. »Ja. Aber keine zu drastische. Ein leichter Tritt in den Hintern, denke ich.«

»Gut. Ich werde mich gleich drum kümmern, wenn du willst.« Er zögerte, dann fügte er hinzu: »Und die Bilder?«

Ebert starrte ihn an. Auden bezog sich auf das Paket, das er ihm an dem Tag gebracht hatte, als die Verrückte ihn angriff. Er holte Atem, dann lachte er. »Sie waren interessant, Will. Sehr interessant. Wo hast du sie her?«

Auden lächelte. »Sagen wir, von einem Freund. Einer meiner Kontaktleute im Netz.«

Ebert nickte. Es war ein erstaunlicher Zufall gewesen. Erst eine halbe Stunde vorher war er bei Marschall Tolonen gewesen und hatte sich mit ihm über die vermißten Skulpturen unterhalten, da kam Auden und überreichte ihm ein Paket mit Hologrammen eben dieser Stücke, die zu finden er beauftragt worden war.

»Also, was willst du machen?« hakte Auden nach.

»Nichts«, antwortete Ebert und lächelte vielsagend. »Außer dein Freund hat noch etwas für mich.«

Auden sah ihm in die Augen, dann schaute er weg. Also verstand er ihn wenigstens. Aber würde er anbeißen. »Ich habe einen Brief für dich«, sagte er und zog den Umschlag aus seinem Uniformrock. »Von deinem Onkel Lutz.«

Ebert nahm ihn entgegen, dann lachte er. »Weißt du, was drin steht?«

Auden schüttelte den Kopf. »Ich bin nur der Überbringer, Hans. Es würde mir nicht anstehen, zu wissen, was vor sich geht.«

Ebert betrachtete seinen Freund, dann nickte er.

»Nein, bestimmt nicht, was?« Er sah den Umschlag an und lächelte. »Und das? Ist das auch das Werk deines Freundes?«

Auden runzelte die Stirn. »Ich weiß nicht, was du meinst, Hans. Wie ich schon sagte ...«

Ebert hob die Hand. »Das ist nicht wichtig.« Er beugte sich vor, nahm Eberts Hand, und setzte plötzlich eine ernste Miene auf. »Ich vertraue dir, Will. In diesem Haufen von Scheißkerlen und Schmarotzern bist du der einzige, auf den ich unbedingt zählen kann. Das weißt du doch wohl auch, oder?«

Auden nickte. »Ich weiß. Und deshalb würde ich dich auch nie im Stich lassen.«

»Nein.« Ebert erwiderte sein grimmiges Lächeln, dann lehnte er sich zurück und ließ seine Hand los. »Dann los, Will. Bevor dieses Großmaul einpennt. In der Zwischenzeit werde ich mal sehen, was mein Onkel von mir will.«

Auden stand auf und verbeugte sich. »Paß auf dich auf, Hans.«

»Du auch, Will. Du auch.«

* * *

Fest lehnte sich gegen den Wandbehang und schloß die Tür hinter sich ab, dann warf er seinen Uniformrock auf den Boden. Ebert hatte recht gehabt. Er hatte wirklich zuviel getrunken. Aber warum, zum Teufel? Ebert war selbst kein Heiliger, wenn's ums Trinken ging. So manchen Abend war er selbst sturzbetrunken vom Stuhl gefallen. Und die Sache mit dem Mädchen, diese Chink-Hure, Goldherz. Fest lachte.

»Da habe ich einen wunden Punkt getroffen, was, Hans, alter Freund? Für deinen Geschmack ein bißchen zu wund, häh?«

Er zitterte, dann lachte er wieder. Ebert würde ein paar Tage sauer sein, aber das war alles. Wenn er ihm solang aus dem Weg ging, würde der Zorn schon verrauchen. Hans würde es vergessen, und dann …

Er rülpste und streckte einen Arm aus, um sich an der Wand abzustützen. »Zeit zu pinkeln …«

Er stellte sich vors Waschbecken und knöpfte seinen Hosenschlitz auf. Es war illegal, in Waschbecken zu urinieren, aber was sollte der Mist? Jeder machte das. Es war zuviel verlangt von einem Mann, jedesmal die Urinalen am Ende des Korridors aufzusuchen, wenn er pinkeln mußte.

Er war halb fertig und dachte gerade an das junge Freudenmädchen Goldherz und was er gern mit ihr gemacht hätte, als die Türglocke ertönte. Er drehte sich halb um, pißte auf seine Stiefel und Hose, dann schaute er an sich hinunter und fluchte.

»Wer, zum Teufel …?«

Er stopfte seinen Schwanz in die Hose zurück, ohne sich die Mühe zu machen, sie zuzuknöpfen, und stolperte aus dem Zimmer.

»Wer ist da?« rief er, dann merkte er, daß er die Hand gar nicht am Intercom hatte.

Was denn, Mensch? dachte er, wahrscheinlich ist's Scott, um mir zu erzählen, was passiert ist, nachdem ich weg war. Er ging hinüber und schlug mit der Hand gegen das Schloß, um es zu öffnen, dann wandte er sich ab und ging in die Knie, um seine Uniform aufzuheben.

Er wollte sich gerade aufrichten, als ihn ein Stiefeltritt in den Hintern ausgestreckt zu Boden warf. Dann wurden ihm die Arme ruckartig auf den Rücken gezogen und die Handgelenke mit einem festen Band zusammengeschnürt.

»Was, in Teufels Namen?« keuchte er und versuchte den Kopf zu drehen, um zu sehen, wer es war, aber ein Schlag gegen den Kopf betäubte ihn, und für einen Moment lag er bewegungslos da und schmeckte Blut, während das Gewicht des Mannes auf seinem Rücken ihn hinderte, sich aufzurichten.

Er stöhnte, dann spürte er eine Bewegung in seiner Kehle. »Oh, Scheiße ... Ich glaube, mir wird schlecht ...«

Das Gewicht hob sich von ihm und erlaubte ihm, seine Knie ein Stück anzuheben und den Rücken zu krümmen, um herumzurollen, die Stirn auf den Boden gepreßt, während er sich nach und nach aufrichtete. Dann hatte er es geschafft. Ein paar Sekunden ruhte er sich mit geschlossenen Augen aus, Schweißperlen bedeckten seine Stirn, und ein krankhafter Geruch erfüllte das Zimmer.

»Bei allen Göttern, was Sie mich anekeln, Fest.«

Er sah zur Seite und konnte nur mit Mühe etwas scharf ins Auge fassen, dann schluckte er vor Übelkeit. »Und wer sind Sie, verdammt noch mal?«

Der Mann lachte kalt. »Erkennen Sie mich nicht, Fest? Ist es so lang her, daß Ihr jämmerliches kleines Hirn die Erinnerung verdrängt hat?«

Fest schluckte erneut. »Haavikko. Sie sind Haavikko, ja?«

Der Mann nickte. »Und das hier ist mein Freund, Kao Chen.«

Ein zweites Gesicht, das eines Han, erschien neben Haavikkos, dann verschwand es wieder. Es war ein seltsam vertrautes Gesicht, auch wenn Fest sich nicht erinnern konnte, warum. Und dieser Name ...

Fest schloß die Augen, so sehr schmerzte das Pochen in seinem Kopf für einen Moment, dann schlug er sie langsam wieder auf. Der Kerl hatte ihn hart getroffen. Sehr hart. Das würde er ihm heimzahlen.

»Was wollen Sie?« fragte er. Seine aufgeplatzte Lippe brannte.

Haavikko hockte neben ihm, griff in sein Haar und riß seinen Kopf zurück. »Gerechtigkeit, hätte ich früher einmal gesagt, aber das reicht nicht mehr – nicht nach dem, was ich durchgemacht habe. Nein, ich will Sie verletzen und demütigen, Fest, so wie Sie mich verletzt und gedemütigt haben.«

Fest schüttelte langsam den Kopf. Der Griff des anderen schränkte seine Bewegungen ein. »Ich verstehe Sie nicht. Ich habe Ihnen nichts getan, Haavikko. Überhaupt nichts.«

»Nichts?« Haavikkos ungläubiges Lachen klang säuerlich. Er zerrte den Kopf so heftig zurück, daß Fest aufschrie. »Sie behaupten, Ebert den Rücken zu decken und mich vor dem General zu entehren, sei nichts?« Er schnaubte verächtlich, dann stieß er Fests Kopf weg. Er stand auf. »Sie Stück Scheiße. Das nennen Sie *nichts*?«

Fest zog eine Grimasse. »Ich habe Sie gewarnt. Ich habe Ihnen gesagt, Sie sollen's lassen, aber Sie wollten ja nicht hören. Wenn Sie nur den Mund gehalten hätten...«

Haavikkos Stiefel erwischte Fest an der Schulter. Er fiel auf die Seite und stöhnte, dann lag er da, und der Schmerz durchbohrte seine Schulter. Eine Zeitlang rührte er sich nicht und schwieg, dann wandte er wieder den Kopf und versuchte Haavikko anzusehen.

»Meinen Sie, Sie kommen damit davon?«

Diesmal antwortete der Han. Sein Gesicht schwebte nah vor Fest, und sein Atem brannte auf seiner Wange. »Sehen Sie das?« Er brachte ein Messer in Fests Sichtfeld – ein großes, äußerst gefährlich aussehendes Messer, länger und breiter als die vorgeschriebenen Modelle, die Schneide rasiermesserscharf.

»Ich seh's«, sagte Fest und unterdrückte die Furcht, die er plötzlich empfand.

»Gut. Dann seien Sie so nett, mein Freund, und sagen Sie uns nicht, was wir können oder nicht können.«

Der Han hatte etwas fanatisch Kaltes an sich. Etwas Sonderbares. Sein Haß schien nichts mit seiner Person zu tun zu haben. Das machte ihn weit gefährlicher als Haavikko, so sehr ihm Haavikko auch drohte. Fest sah weg, und ein kalter Schauer von Furcht durchfuhr ihn.

»Was haben Sie vor?«

Der Han lachte. Auch dies klang kalt und unpersönlich. »Nicht wir, Fest. Sie. Was haben *Sie* vor? Werden Sie uns helfen, diesen Dreckskerl von Ebert festzunageln, oder werden Sie uns Schwierigkeiten machen?«

Fest wurde ganz ruhig. Darum ging es also. Ebert. Sie wollten Ebert in die Finger bekommen. Er drehte sich um und sah dem Han wieder in die Augen. »Und wenn ich Ihnen nicht helfe?«

Der Han lächelte. Das Lächeln eines Killers. »Wenn nicht, dann werden Sie mit ihm untergehen. Denn wir werden ihn erwischen, glauben Sie mir. Und wenn es soweit ist, werden wir bei dieser Gelegenheit auch Sie festnageln, Hauptmann Fest. Für all die Scheiße, die Sie in seinem Auftrag angestellt haben.«

Fest schluckte. Es stimmte. Seine Hände waren alles andere als sauber. Aber er spürte auch die unausgesprochene Drohung in den Worten des Han. Wenn er ihnen *nicht* half... Er sah weg und zweifelte nicht, daß der Han ihn umbringen würde, wenn er nein sagte. Und dann brach plötzlich etwas in ihm entzwei, und er fing an zu schluchzen, das Gesicht auf den Boden gepreßt, den faulen Geruch seines eigenen Erbrochenen in der Nase.

»Ich hasse ihn. Verstehen Sie das nicht? Ich *hasse* ihn.«

Haavikko schnaubte verächtlich. »Ich glaube Ihnen nicht, Fest. Sie sind sein Geschöpf. Sie tun, was er befiehlt. Sie vergessen, alter Freund, ich habe Sie bei Ihrer Arbeit gesehen.«

Aber Fest schüttelte den Kopf. Er blickte zu Haavikko auf, das Gesicht schmerzverzerrt. Mit gebrochener Stimme sagte er: »Ich hatte keine Wahl. Verstehen Sie das nicht, Haavikko? Als wir zusammen vor Tolonen standen – da *mußte* ich einfach lügen. Denn wenn nicht...«

Der Han sah Haavikko an, und sie tauschten etwas aus, dann wandte er sich wieder Fest zu. »Weiter«, sagte er, und seine Stimme klang härter als zuvor. »Erzählen Sie. Was hätte er denn tun können? Sie brauchten nur die Wahrheit zu sagen.«

Fest schloß die Augen und erzitterte. »Bei allen Göttern, wie gern ich das getan hätte. Aber ich hatte Angst.«

»Sie sind eine Schande ...«, begann Haavikko, aber Fest unterbrach ihn.

»Nein. Sie verstehen immer noch nicht. Ich *konnte* nicht. Ich ...« Er senkte hoffnungslos den Blick, dann schüttelte er wieder den Kopf. »Sehen Sie, ich habe ein Mädchen umgebracht ...«

Haavikko preschte wütend vor. »Sie unverschämter Lügner!«

Fest starrte ihn mit weit aufgerissenen Augen an, erstaunt über seine Reaktion; ohne zu begreifen, was er damit meinte. »Aber es ist wahr! Ich habe ein Mädchen umgebracht. Es war ein Unfall ... in einem Freudenhaus – und Ebert hat davon erfahren ...«

Haavikko fuhr wütend herum. »Er lügt, Chen! Er veralbert mich!«

»Nein!« Chen legte eine Hand auf Haavikkos Arm und hielt ihn zurück. »Lassen Sie ihn ausreden. Und überlegen Sie, Axel. Überlegen Sie. Ebert ist kein besonders einfallsreicher Mann. Was er mit ihnen gemacht hat – wo hätte er diese Idee herhaben können, wenn nicht von Fest hier? Und was könnte eher dafür garantieren, daß es funktioniert, als die Erfahrung, daß es schon einmal funktioniert hat?«

Haavikko starrte ihn mit offenem Mund an, dann nickte er. Er drehte sich um und sah Fest ernüchtert an. »Weiter«, sagte er, diesmal fast sanft. »Erzählen Sie's uns, Fest. Erzählen Sie uns, was passiert ist.«

Fest zitterte, sah vom einen zum anderen, dann senkte er den Blick und fing an zu reden.

* * *

Der Türsteher verbeugte sich tief, dann trat er zurück, und seine geschickten Finger steckten dabei eine zusammengefaltete Notiz in die Gesäßtasche.

»Wenn der Herr warten möchte, werde ich *Shih* Ebert Bescheid sagen, daß Sie hier sind.«

DeVore ging hinein, nahm Platz und sah sich um. Die Lobby des Abacus-Clubs war ein großer Raum mit hoher Decke, gedämpft beleuchtet und mit flachen, schweren Lehnstühlen möbliert. In der Mitte des Raums war ein winziger Teich in eine erhöhte Plattform eingelassen. In seiner Mitte verbreitete ein Springbrunnen sein angenehmes Plätschern, während und dort riesige Bronzeurnen in Form dickbäuchiger Ringer umherstanden, die Arme in schwungvolle, reich verzierte Griffe umgewandelt, die Köpfe in stumpf abgeflachte Deckel.

Die Wand gegenüber wurde von einem einzigen riesigen Wandteppich eingenommen. Er stellte eine antike Markthalle dar, unter deren Sparren das menschliche Leben kochte, überschäumende Aktivität herrschte, der Tisch jedes Händlers mit Münzen, Notizen und zusammengerollten Dokumenten überhäuft war. Im Vordergrund feilschte ein sichtlich wohlhabender Händler mit einem Kunden, während am Tisch hinter ihm sein gehetzter Buchhalter saß und die Kugeln seines Rechenbretts verschob. Das Ganze war sicherlich dazu gedacht, die Prinzipien des ehrlichen Handels und entschlossenen Selbstvertrauens zu illustrieren, aber für die Augen eines unvoreingenommenen Beobachter blieb kein anderer Eindruck als der nackter Gier.

DeVore lächelte bei sich und hob den Blick, als Lutz Ebert am anderen Ende der Lobby erschien. Er stand auf, ging ihm entgegen und traf ihn auf halbem Wege.

Lutz Ebert unterschied sich sehr von seinem Bruder Klaus. Zehn Jahre jünger als er, hatte er wenig vom immensen Vermögen seines Vaters geerbt und, wie es schien, noch weniger von seinen ausgeprägten Charakterzügen. Lutz war ein großer, dünner, dunkelhaariger Mann von höflicherem Wesen als sein Bruder – das Ergebnis der zweiten Ehe seines Vaters mit einem Opernstar. Vor Jahren hatte jemand Lutz gegenüber DeVore als einen kriecherischen Schmeichler beschrieben, und das traf zu. Anders als sein Bruder hatte er sich allein in der Welt zurechtfinden müssen, und diese Erfahrung hatte ihn geprägt. Er war daran gewöhnt, anderswo hinzusehen, wenn er mit einem redete, oder einem besonders eifrig die Hand zu drücken, wie um seine Freundschaft zu bekräftigen. Die schroffe, durch nichts aufgelockerte Reserviertheit seines Bruders war ihm nicht erlaubt, und das wußte er. Er war nicht wie sein Bruder – weder was die Macht noch die Persönlichkeit anging –, doch nicht abgeneigt, die Verbindung zu nutzen, andere aus seiner Beziehung zu – und seinen möglichen Einfluß auf – einen der mächtigsten Männer Chung Kuos machen zu lassen, was sie wollten. Er hatte auf diese Weise viele Geschäfte eingefädelt, die die Beschränkungen seiner eigenen Persönlichkeit und Lebensumstände andernfalls aus seiner Reichweite gerückt hätten. Hier im Abacus-Club war er jedenfalls in seinem Element – unter seinesgleichen.

Lutz lächelte herzlich, als er ihn begrüßte, und vollführte eine knappe, respektvolle Verbeugung.

»Welch ein unerwartetes Vergnügen, *Shih* Loehr. Ich hoffe, Sie werden mit mir dinieren. Meine Privaträume befinden sich da hinten. Dort können wir ungestört reden.«

»Natürlich.«

Die Räume waren klein, aber nach den neusten Trends der Ersten Ebene verschwenderisch eingerichtet. DeVore knöpfte seinen Uniformrock auf, sah sich um und bemerkte das Schlafzimmer auf der einen Seite. Sicher wurden Lutz Eberts Geschäfte häufig auf diese Weise abgewickelt, in gemeinsamen Orgien mit seinesgleichen. DeVore lächelte bei sich, dann hob er die Hand, um höflich den Drink abzulehnen, den Ebert ihm eingegossen hatte.

»Nein, danke. Ich habe eine anstrengende Reise hinter mir, und ich muß noch einige Besuche abstatten, ehe der Tag vorüber ist. Aber wenn Sie einen Fruchtsaft oder so etwas haben...«

»Natürlich.« Ebert wandte sich ab und bereitete ihm an der Bar einen neuen Drink.

»Sehr gemütlich hier, mein Freund. Wirklich sehr gemütlich. Darf ich fragen, welche Form von Miete Sie für diese Räume bezahlen?«

Ebert lachte, dann drehte er sich um und hielt DeVore das Glas hin. »Offiziell nur zwanzigtausend im Jahr, aber in Wirklichkeit läuft's auf das Drei- bis Vierfache davon hinaus.«

DeVore nickte und hob das Glas zu einem wortlosen Prost. Er verstand schon. Für alles in dieser Welt gab es zwei Preise zu bezahlen. Einer war der offizielle, geregelte Preis: der Preis, den man bezahlen würde, wenn Fairness herrschte und es keine Beamten gäbe, die man bestechen, keine Warteschlangen, die man überspringen mußte. Der andere war der wirkliche Preis – die Kosten, um jemanden zu schmieren und zu bekommen, was tausend andere haben wollten.

Ebert nahm ihm gegenüber Platz. »Wie auch immer, ich bin mir sicher, daß Sie nicht deswegen zu mir gekommen sind.«

»Nein. Ich bin wegen Ihres Neffen gekommen.«

Ebert lächelte. »Das dachte ich mir.«

»Haben Sie ihm geschrieben?«

»In dem Wortlaut, den Sie vorgeschlagen haben. Ich habe ihn gebeten, morgen abend zum Essen vorbeizukommen.«

»Und wird er kommen?«

Ebert lächelte, dann zog er einen Umschlag aus seiner Brusttasche und reichte ihn DeVore. Er enthielt eine kurze handschriftliche Notiz von Hans Ebert, die besagte, daß er sich freuen würde, mit seinem Onkel Abend zu essen.

DeVore gab ihm den Brief zurück. »Wissen Sie, was Sie zu sagen haben?«

»Machen Sie sich keine Sorgen, Howard. Ich weiß, wie man einen Mann anlockt. Sie sagten, Sie hätten seine Stimmung bereits eingeschätzt – nun, schön –, aber ich kenne meinen Neffen. Er hat seinen Stolz. Was ist, wenn er dieses Treffen nicht will?«

DeVore lehnte sich zurück und lächelte. »Er wird es wollen, Lutz, dafür garantiere ich. Aber Sie müssen ihm klarmachen, daß kein Druck auf ihn ausgeübt wird, keine Verpflichtung besteht. Ich würde ihn gerne treffen, das ist alles – ich möchte die Gelegenheit haben, mit ihm zu sprechen.«

Er bemerkte Eberts Zögern und lächelte innerlich. Ebert wußte, welche Risiken er schon damit einging, daß er einfach nur hier war, aber er hatte keine andere Wahl. Sein letztes geschäftliches Abenteuer war restlos schiefgegangen und hatte ihn in Schulden gestürzt. Um diese Schulden zu begleichen, mußte Ebert einfach mit ihm zusammenarbeiten, ob er wollte oder nicht. Auf jeden Fall wurde er für seine Dienste als Mittelmann gut bezahlt – eine Viertelmillionen *Yüan* – mit der Aussicht auf weitere Zahlungen, wenn die Sache lief.

Jemand klopfte an die Tür. Es war der Butler, der ihre Bestellungen zum Essen aufnehmen wollte. Ebert kümmerte sich darum, dann wandte er sich wieder DeVore zu und lächelte, etwas entspannter jetzt, nachdem die Sache angesprochen und geklärt worden war.

»Sind Sie sicher, daß ich sonst nichts für Sie tun kann, Howard? Nichts mehr zu arrangieren?«

DeVore lehnte sich zurück, dann nickte er. »Wo Sie's jetzt erwähnen, Lutz, es gibt da noch eine Kleinigkeit. Ich suche für etwas einen Käufer. Für eine Statuette ...«

* * *

Im Transporter, der in die Wildnis zurückkehrte, ließ DeVore sich gegen die Rückenlehne sinken, schloß die Augen und dachte über die Arbeit des Tages nach. Er hatte früh am Morgen damit angefangen, sich mit Gesell und Mach unterm Netz zu treffen. Es war eine harte Sitzung gewesen, aber mit triumphalem Ausgang für ihn. Wie erwartet hatte Wang Sau-leyan die zwei – vor allem Gesell – dazu bewegt, Li Shai Tungs Plantagen in Osteuropa anzugreifen. Einmal angeregt, war dieser Gedanke nur noch schwer abzuwehren gewesen, aber schließlich hatte er Erfolg gehabt und Mach davon überzeugt, daß ein Angriff auf Bremen dem T'ang einen weit empfindlicheren Schlag zufügen würde, während der Schaden für sein eigenes Volk gering bliebe. Sein Einverständnis, die verbliebenen Karten zu übergeben und die speziellen *Ping Tiao*-Trupps zu finanzieren und zu trainieren, hatte die Sache endgültig entschieden. Er hatte immer noch vor Augen, wie sie am Ende des Treffens einander angesehen hatten, als hätten sie ihm eins ausgewischt, wo er es doch gewesen war, der die Melodie vorgegeben hatte.

Von dort war er zum Essen mit Ebert weitergefahren, und von dort zu seinem letzten Treffen des Tages. Er lächelte. Wenn das Leben eine große Partie *Wei Ch'i* war, konnte das, was er heute getan hatte, folgendermaßen zusammengefaßt werden: in seinen Verhandlungen mit den *Ping Tiao* hatte er seine Linie ausgeweitet und eine defensive Formation in eine offensive verwandelt. Indem er Hans Ebert durch seinen Onkel entgegenkam, versuchte er eine der potentiell stärksten Gruppen seines Gegners einzukreisen und so zu entfernen. Bei beidem handelte es sich um Vollendungen von Spielen, die er vor langem begonnen hatte, aber das letztere war ein brandneues Spiel – der erste Stein war auf einen völlig anderen Teil des Brettes gesetzt; die erste Andeutung einer ganz neuen Formation.

Der Wissenschaftler war leicht zu handhaben gewesen. Sein Informant hatte recht gehabt: der Mann war unzufrieden und korrupt. Das erste machte es möglich, mit ihm zu verhandeln, das zweite, ihn zu kaufen. Und gekauft hatte er ihn, und dabei ganz deutlich gemacht, was er für sein Geld wollte.

»Tun Sie das für mich«, hatte er gesagt, »und ich mache Sie so reich, wie Sie es sich nie hätten träumen lassen.« Und um dieses Versprechen zu bekräftigen, hatte er dem Mann einen Chip über zwanzigtausend *Yüan* gegeben. »Aber wenn Sie mich enttäuschen, kann ich Ihnen empfehlen, sich hinten Augen wachsen und sich im Schlaf von einem guten Freund bewachen zu lassen. Dasselbe gilt, wenn Sie auch nur ein einziges Wort von dem ausplaudern, worum ich Sie heute gebeten habe.« Er hatte sich drohend vorgebeugt. »Ich bin ein großzügiger Mann, *Shih* Barycz, aber ich werde gefährlich, wenn mich jemand reinlegt.«

Er hatte gespürt, welche Wirkung seine Worte auf den Wissenschaftler ausübten, und keinen Zweifel gehabt, daß es ausreichte. Aber um sicherzugehen, hatte er einen zweiten Mann gekauft, um auf den ersten aufzupassen. Denn es konnte nie schaden, wenn man sicherging.

Und so hatte er seinen Stein auf die Stelle gelegt, wo seine Gegner es am wenigsten erwarteten, ins Herz ihrer eigenen Formation – das Verdrahtungsprojekt. Denn dieser Junge, Kim, würde ihm gehören, wenn er bereit für ihn war. In der Zwischenzeit würde er ihn im Auge behalten und sich vergewissern, daß ihm nichts zustieß. Barycz würde ihm seine Augen und Ohren leihen und ihm Bericht erstatten.

Wenn die Zeit kam, würde er den Jungen auf einen anderen Planeten schaffen. Auf den Mars. Und dort würde er eine neue Kampagne gegen die Sieben beginnen. Eine Kampagne von solchem Einfallsreichtum, daß ihre Vorsichtsmaßnahmen wie die ignoranten Posen von Höhlenmenschen anmuten mußten.

Er lachte, setzte sich auf und erblickte durch den Einstieg zu seiner Linken die Berge, als der Kopter sich schräg legte und im Halbkreis auf die Basis zuflog.

Aber zuerst würde er sie unterminieren. Erst würde er ihr Selbstvertrauen erschüttern – das *Ywe Lung*, das große Rad der Drachen, zerschlagen und sie dazu bringen, alles in Frage zu stellen, was sie unternahmen. Dann würde er einen gegen den anderen aufbringen, bis …

Wieder lachte er. Bis der letzte Drachen seinen eigenen Schwanz fraß. Und dann würde nichts mehr übrig sein. Nichts außer er selbst …

* * *

Hans Ebert lächelte und legte Fest einen Arm um die Schultern. »Mach dir keine Gedanken, Edgar. Die Sache ist erledigt. Also, was willst du trinken? Ich habe aus den persönlichen Vorräten des T'ang eine Flasche besten *Shen* besorgt, wenn du magst. Es wäre nicht schlecht, unsere Freundschaft bei einem so guten Wein zu erneuern, meinst du nicht?«

Fest senkte leicht den Kopf, fühlte sich trotz Eberts scheinbarer Freundlichkeit immer noch unwohl. Im ersten Moment war er versucht gewesen, einfach davonzulaufen, als er von Ebert die Mitteilung erhalten hatte, ihn in seinem Appartement aufzusuchen, aber wohin hätte er verschwinden können? Letztlich war es doch nur ein Anfall von Paranoia, den ihm der Besuch Haavikkos und des Han in seinen Räumen eingebracht hatte – es gab keinen wirklichen Grund für ihn, Ebert zu fürchten. Und was das andere anging – diese Sache mit Goldherz –, Ebert hatte ihm nicht nur verziehen, sondern ihn damit erstaunt, ihm die Benutzung des Mädchens anzubieten.

»Ich bin ihr über«, hatte Ebert gesagt, als er neben ihm in der Tür stand und zu dem schlafenden Mädchen hineinsah. »Ich habe sie viel zu gut ausgebildet, schätze ich. Sie ist viel zu fügsam. Nein, ich ziehe Frauen mit etwas mehr Esprit vor. Wie die *Mu tsai.*«

Ebert hatte sich nach ihr umgesehen, aber Ebert hatte rasch hinzugefügt, daß er die *Mu tsai* weggeschickt habe. Für ein paar Tage.

Darauf hatte er gelacht. »Es hat keinen Sinn, sich zu überfüttern. Einige Tage Abstinenz regen den Appetit an, findest du nicht?«

Fest hatte genickt. Er selbst hatte vor sechs Tagen zuletzt eine Frau gehabt, und sein Appetit war quälend heftig. Von dort, wo er stand, konnte er die nackten Brüste des Mädchens sehen, die Wölbung ihres Bauchs, wo sie im Schlaf das Laken weggeschoben hatte, und schluckte. Wie oft er sich das vorgestellt hatte. Schon seit dem erstenmal bei Mu Chua.

Ebert hatte den Kopf gedreht und ihm in die Augen gesehen. »Nun, Edgar? Hättest du sie gern? Sie ist wie ein Kätzchen. Schmiegsam und wundervoll zu vögeln.«

Langsam, beinahe widerwillig hatte er genickt, und Ebert hatte wie zufrieden gelächelt, ihn zurückgezogen und die Tür zugeschoben.

»Nun, vielleicht läßt sich das arrangieren, hm? Vielleicht überlasse ich sie dir.«

Nun standen sie im Salon, stießen auf ihre Freundschaft an, und Fest, der das Schlimmste befürchtet hatte, fing an sich zu entspannen.

Ebert wandte sich ab, schaute umher, dann nahm er Platz und lächelte ihm zu.

»Du hast da ja eine üble Schramme im Gesicht, Edgar. Wo hast du die her?«

Die Frage klang harmlos – wie eine kleine Neckerei –, doch Fest spürte, wie er abwehrend verkrampfte. Aber Ebert schien es nicht zu merken. Er senkte den Blick und nippte an seinem Drink, als sei die Antwort ohne Bedeutung.

»Ich bin gestürzt«, erklärte Ebert. »Um ehrlich zu sein, ich wollte ins Waschbecken pinkeln und bin ausgerutscht. Hatte einen ziemlichen Riß in der Wange und war fast bewußtlos.«

Ebert blickte zu ihm auf. »Und deine Freunde ... wie geht's denen?«

Fest runzelte die Stirn. »Meine Freunde? Meinst du Scott? Oder Panshin?«

Ebert schüttelte langsam den Kopf. »Nein. Deine anderen Freunde.«

»Ich weiß nicht, wen du meinst. Welche anderen Freunde?«

»Deine neuen Freunde. Die Freunde, die du dir gestern gemacht hast.«

Fest schluckte. Er wußte es also. Oder etwa nicht? Und wenn, warum hatte er dann erst so getan, als sei er sein Freund? Warum bot er ihm das Mädchen an? Vielleicht wollte er ihn auf diese Weise nur einwickeln und dazu bringen, sich zu verplappern.

Er beschloß, ihm die Stirn zu bieten. »Ich kann dir immer noch nicht folgen, Hans. Ich habe keine neuen Freunde.«

Die Schnelligkeit, mit der Ebert aus seinem Stuhl hochfuhr, überraschte ihn. Fest wich einen Schritt zurück und verschüttete seinen Drink.

»Du elender Lügner. Du großmäuliger, hinterhältiger Lügner. Wenn ich daran denke, daß ich dir vertraut habe.«

Fest zitterte. Eberts Verwandlung war erschreckend. Sein Lächeln war zu einem Zähnefletschen geworden, seine Augen vor Zorn weit aufgerissen.

»Das sind alles Lügen, Hans. Jemand hat Lügen erzählt.«

Ebert schüttelte erneut den Kopf, und diesmal verriet sein Blick Bedauern. Er verspuckte seine Worte wie Gift. »Du willst das Mädchen vögeln, häh? Na, eher würde ich dich umbringen. Und was Lügner angeht, gibt es nur einen hier, und das bist du, du Widerling! Hier, schau dir das an.«

Er nahm das Bild, das Auden vor Fests Apartment aufgenommen hatte, und reichte es ihm. Es zeigte Fest, der in der Tür stand und Haavikko und den Han verabschiedete. Und alle drei lächelten.

»Nun? Was hast du dazu zu sagen? Nenn mir einen guten Grund, warum ich dich nicht mit einem Arschtritt von hier nach Pei Ching befördern sollte?«

Fest stand da und starrte auf das Photo, dann ließ er es aus den Fingern gleiten. Er sah Ebert wieder an und lächelte, fühlte sich zum erstenmal seit langer Zeit frei und nicht mehr an diesen Mann gebunden.

»Vögel dich selber, Hans Ebert.«

Das hatte er ihm seit mehr als fünfzehn Jahren sagen wollen, aber bis heute nie den Mut gehabt. Er sah, wie Eberts Augen flatterten, als er es aussprach, und lachte.

»Du kleiner Scheißer …«

Er reagierte zu langsam. Eberts Hand erwischte ihn voll am Ohr, ließ ihn zurücktaumeln, und das Glas fiel ihm aus der Hand. Dann hockte er auf den Knien und blickte zu Ebert auf, in der Hand ein Messer.

»Versuch das noch mal, Ebert, und ich schlitze dich auf.«

Ebert sah ihn an, umrundete ihn langsam und lächelte spöttisch. »Du warst immer ein windiges kleines Arschloch, Fest, aber du konntest nie besonders gut mit einem Messer umgehen. Tja, wenn ich dich nicht zu meinem Vergnügen gehalten hätte, wärst du nie Sergeant geworden, geschweige denn Hauptmann.«

Fest stürzte vor, doch wieder war er zu langsam. Ebert war zur Seite gesprungen. Fests Messer durchschnitt lediglich die Luft. Aber Ebert packte seinen Arm und hielt ihn fest wie ein Schraubstock, als er ihn auf sein Knie rammte.

Fest schrie, aber sein Schrei brach ab, als Ebert ihm

sein Knie ins Gesicht rammte. Dann zog er sein eigenes Messer, stieß es einmal, zweimal und ein drittes Mal in Fests Bauch und schnaufte vor Anstrengung, als er es soweit durch die Masse weichen Gewebes nach oben zog, bis es an Knochen stieß.

Er stieß Fest von sich, dann warf er das Messer zu Boden. Einen Moment lang starrte Fest ihn noch entsetzt an, dann krümmte er sich über seinen hervorquellenden Gedärmen zusammen, und sein Blick brach.

Ebert stand schaudernd da und sah auf sein Werk hinunter, dann wandte er sich ab und ging hinüber, um in das Zimmer zu sehen, wo Goldherz lag. Sie lag jetzt mit dem Rücken zu ihm auf der Seite, doch er konnte sofort erkennen, daß sie schlief. Er zitterte, dann schloß er die Tür und verriegelte sie von seiner Seite.

Er drehte sich wieder um. Noch immer sprudelte wie aus einem kleinen Springbrunnen Blut aus einer zerfetzten Arterie und bildete auf dem Boden neben der Leiche eine Lache. Er starrte sie fasziniert an, dann ging er zum Komset und tippte Audens Code ein.

Audens Gesicht erschien nach wenigen Sekunden. »Was ist los, Hans?«

Ebert zögerte, dann lächelte er. »Ich fürchte, ich hatte etwas Ärger mit unserem Freund. Es… es ist mir aus den Händen geglitten. Könntest du kommen?«

»Natürlich. Ich bin gleich da. Und Hans?«

»Was?«

»Denk dran. Du ißt heute mit deinem Onkel zu Abend. Mach dich frisch und zieh dich um. Um den Rest kümmere ich mich.«

* * *

Goldherz lag da, wagte kaum zu atmen und zitterte immer noch angesichts dessen, was sie durch die einen

Spaltbreit geöffnete Tür beobachtet hatte. Sie hatte gesehen, wie Ebert sein Messer gezogen und den anderen Mann erstochen hatte, nicht bloß einmal, um ihn kampfunfähig zu machen, sondern dreimal ...

Sie hatte gehört, wie er zur Tür gekommen war und hereingesehen hatte, und sich nicht mehr zu rühren gewagt, als das Klicken des Schlosses ausblieb, sich nicht umzusehen gewagt, um herauszufinden, ob er das Zimmer betreten hatte – voller Angst, sie könnte als nächste an der Reihe sein.

Doch wenn sie die Augen schloß, sah sie ihn noch immer vor sich, das Gesicht verzerrt von wildem Zorn, als er das Messer schnaufend durch den Leib des anderen zog, seine Bauchdecke aufschlitzte. Ihn *ermordete.*

Sie erschauderte und zog die Decke fester um sich. Ja, Ebert hatte Fest ermordet, es gab kein anderes Wort dafür. Fest hatte sein Messer zuerst gezogen, aber Ebert hatte ihn entwaffnet, ehe er sein eigenes zog. Und was darauf folgte, war nichts anderes als ein feiger, brutaler Mord gewesen.

Und wenn er es merkte ... Wenn er auch nur einen einzigen Moment vermutete, daß sie es beobachtet hatte ...

Sie lag da und lauschte, wie er im Nachbarzimmer umherging und sich für seine Verabredung zum Abendessen herrichtete, dann stand sie auf und ging in das kleine Bad und schloß leise hinter sich die Tür, bevor sie sich übers Waschbecken beugte und mit dem klaren, kalten Wasser ihr Gesicht benetzte, als könne sie sich die schrecklichen Bilder aus den Augen waschen.

* * *

Auf der westlichen Terrasse von Tongjiang war früher Abend. Lange Schatten lagen über den sonnenbeschienenen Gärten unter dem Balkon, während von den Wiesen am See die Schreie eines Pfaus die Stille störten.

Auf der Terrasse selbst waren Tische mit Speisen und Getränken gedeckt worden. An einem Ende, an der Mauer des Palastes, war ein goldener Baldachin aufgebaut worden, unter dem sich eine niedrige Plattform erhob. Dort thronte auf seinem Drachenstuhl der T'ang Li Shai Tung. Prinz Yüan und Lady Fei standen zu beiden Seiten von ihm unter der hellroten Markise.

Der T'ang hatte alle Diener seines Haushalts, die entbehrt werden konnten, auf die Terrasse bestellt. Dort standen sie jetzt, drängten sich auf der freien Fläche vor dem Baldachin zusammen, insgesamt mehr als sechshundert, und warteten schweigend, mit Weingläsern in den Händen darauf, daß der T'ang zu ihnen sprach.

Auf der einen Seite der Versammlung stand Nan Ho, der Meister der Inneren Kammer, unter den Stallknechten. Er hatte den ganzen Tag damit verbracht herauszufinden, worüber die Lady Fei sich heute früh so aufgeregt hatte; hatte das Personal befragt und sich durch das Gewirr von Gerüchten und Gegengerüchten gekämpft, um Tatsachen von Erfindungen zu trennen. Und jetzt wußte er es.

Er warf ihr einen Blick zu und sah, wie süß sie ihren Mann anlächelte; wie warm er ihren Blick erwiderte, und zitterte unter einem starken Gefühl einer bösen Vorahnung. Im warmen Schein des späten Nachmittags wirkte sie ungewöhnlich schön, und ihre schlichte Kleidung hob sie hervor, wie die Schale die Auster hervorhebt. Doch diese Schönheit trug einen schweren Makel. Früher oder später würde die Maske herunterrutschen, die sie trug, und alle würden sie so sehen, wie er sie jetzt sah, mit wissenden Augen. Er sah, wie der Prinz ihre Hand ergriff, und senkte den Blick, weil er wußte, worin seine Pflicht bestand.

Eines hatte höchste Priorität; nur eine Sache – das

Glück seines Herrn. Und wenn das Glück des Prinzen von dieser schwachen und närrischen Frau abhing, dann sollte es so sein, denn es war nicht seine Aufgabe, die Gefühle seines Herrn zu beeinflussen, sondern ihn vor dem Schlimmsten zu bewahren, was ihm geschehen konnte. Aus diesem Grund hatte er alle, mit denen er darüber gesprochen hatte, ausdrücklich davor gewarnt, das Thema künftig auch nur zu streifen – und sei es in der beiläufigsten Spekulation –; Zuwiderhandlungen würden mit einer sofortigen Entlassung bestraft. Oder schlimmerem. Denn er war entschlossen, daß kein Wort davon je an die Ohren von Li Yüan oder seinem Vater dringen sollte. Nein. Er würde nichts zwischen den Prinzen und sein Glück kommen lassen.

Er seufzte und sah in dem Moment wieder hinüber, als der T'ang aufstand und zu reden begann, die Freude wie Wintersonne in seinem schrumpeligen Gesicht. Doch für Nan Ho war diese Freude ein Trug. Wie das blasse Licht sah es nur so aus, als könnte es Wärme verbreiten. Unter der Haut waren seine Knochen kalt, seine Gefühle nicht einzuschätzen. Ein Sohn! Ringsum erhoben seine Mitdiener die Stimmen, aufgeregt über die Neuigkeit, und er erhob seine; aber er konnte die Falschheit in ihren Stimmen hören – ja, förmlich fühlen.

Seltsamerweise wandten sich seine Gedanken Perlenherz zu. Ja, dachte er. Perlenherz hätte eine bessere, anständigere Frau als dieses falsche Geschöpf abgegeben. Ehrlicher Euch gegenüber. Sie hätte Euch stark gemacht, wenn Ihr einmal T'ang seid, hätte aus Euch ein Vorbild unter den Herrschern gemacht.

Ja, aber Perlenherz war nur eine Dienstmagd – ein Geschöpf, das einem das Bett wärmte und einem beibrachte, was man im Schlafzimmer machte. Von ihrer Abstammung wußte man nicht mehr, als daß sie ihre Eltern nicht kannte. Sie konnte sich nicht mit dem Stammbaum dieser Hure messen.

Nan Ho blickte wieder auf und sah abermals die Freude seines Prinzen. Dies wenigstens war nicht gespielt. Und deshalb würde er seine Zunge zügeln und dieses zerbrechliche Boot über Wasser halten. Nicht um ihretwillen, denn was war sie mehr für Li Yüan als ein Gemälde – eine Maske, die ihre Korruption verbarg.

Und wer wußte schon, welche Veränderung ein Kind bewirken konnte?

Er hob den Kopf und hörte zu. In der Ferne war leiser Motorenlärm zu hören, der näherkam. Er drehte sich um, schaute in die sinkende Sonne und sah sie – zwei Kopter, die aus dem Westen niedrig herabgeflogen kamen. Für einen Moment fürchtete er sich, aber mit einem Blick hinüber zu seinem T'ang sah er Li Shai Tung nicken, als erwartete er die Ankunft zweier solcher Kopter.

»Trinken wir auf die Gesundheit meines Sohnes und seiner Frau«, sagte Li Shai Tung, lächelte und hob sein Glas. »Und auf meinen Enkel, *Kan pei!*«

Der Trinkspruch hallte über die Terrasse, als der Kopter eintraf.

* * *

Li Shai Tung blieb in der Kühle des Vorraums stehen und schaute sich um. Er war sich nicht sicher gewesen, ob sie kommen würden, aber hier waren sie als Antwort auf seine Anfrage erschienen. Bedeutete das für sich nicht schon etwas? Bedeutete das nicht, daß sie bereit waren, den ersten Schritt zu tun?

Zur Hölle mit ihnen! dachte er, plötzlich wütend. *Zur Hölle mit ihnen, weil ich mit ihresgleichen Geschäfte machen muß!* Dann senkte er den Blick, als er erkannte, wohin ihn seine Gedanken geführt hatten, denn ungeachtet ihrer persönlichen Fehler waren diese beiden Männer T'ang wie er.

T'ang! Er erschauderte, als er sich vorzustellen versuchte, was sein Großvater von Wang Sau-leyan gehalten hätte. Aber er verscheuchte solche Gedanken aus seinem Hirn und ging in sein Arbeitszimmer, nahm hinter dem Schreibtisch Platz und sammelte sich, während er darauf wartete, daß sein Kanzler Chung Hu-yan sie hereinbrachte.

Nach langem Nachdenken hatte er sich dazu entschlossen, Vorsorge zu treffen; Frieden zu schließen, bevor die Spaltung im Rat in offene Feindschaft ausartete. Und wenn dies bedeutete, daß er seinen Stolz unterdrücken und Wang Sau-leyan und Hou Tung-po auf halbem Wege entgegenkommen mußte, würde er es tun. Dem Gleichgewicht zuliebe. Und um Zeit zu gewinnen, damit die Sieben wieder stark werden konnten.

Hou Tung-po war nicht das Problem. Der junge T'ang von Südamerika war bloß der charismatischen Ausstrahlung seines Freundes erlegen. Nein, er hatte lediglich den Fehler, zu leicht zu beeinflussen und zu beeindrucken zu sein. Nein, der wahre Störfaktor war Wang Hsiens vierter Sohn Sau-leyan, der gegenwärtige T'ang von Afrika.

Er lachte verzweifelt. Wie übel die Zeiten ihnen mitspielten, daß ein solcher Mann T'ang werden konnte – ein Mann, der allenfalls geeignet war, unters Netz geschickt zu werden! Zwei ganze Zyklen lang waren sie stark gewesen, ihre Ziele klar und ihre Einheit nie in Frage gestellt, aber jetzt...

Er schüttelte den Kopf, dann strich er mit den Fingern über die beiden Dokumente, die er vorbereitet hatte. Wenn alles gut ging, würden sie innerhalb einer Stunde in Fetzen sein. Sie hatten keine andere Bedeutung, als demonstrativ vernichtet zu werden.

Aber würde das ausreichen? Würde das den T'ang von Afrika zufriedenstellen?

Draußen in den Korridoren ertönten zwei Glocken, eine tiefe, eine hohe. Kurz darauf erschien Chung Hu-yan mit gesenktem Kopf in der großen Tür.

»Eure Gäste sind hier, *Chieh Hsia*.«

»Gut.« Er stand auf und ging um den Schreibtisch. »Führen Sie sie herein, Chung. Dann bringen Sie uns Wein und süßsaure Fleischbällchen. Wir werden uns wohl eine Weile hier aufhalten.«

Der Kanzler verbeugte sich und trat zurück. Sein Gesichtsausdruck gab zu verstehen, daß er wußte, wie schwierig die Aufgabe war, die vor seinem Herrn lag. Kurz darauf kam er zurück und führte, noch immer verbeugt, die beiden T'ang in den Raum.

»Meine lieben Vettern«, sagte Li Shai Tung und schüttelten ihnen kurz die Hände. »Ich danke Euch, daß Ihr etwas von Eurer kostbaren Zeit entbehrt, um mich auf eine so kurzfristige Benachrichtigung hinaufzusuchen.«

Er bemerkte, wie Hou Tung-po seinem Freund sofort einen hilfesuchenden Blick zuwarf; wie sein Begrüßungslächeln verblaßte, als er Wang Sau-leyans ausdrucksloses Gesicht sah.

»Ich wäre nicht gekommen, hätte ich nicht das Gefühl gehabt, es sei wichtig, Euch zu sehen, Li Shai Tung«, antwortete Wang Sau-leyan und sah an ihm vorbei.

Li Shai Tung erstarrte, nicht bloß verärgert über die Feindseligkeit, die von dem jungen T'ang ausging, sondern über die Andeutung, ein T'ang könne auch nur überlegen, auf den dringenden Wunsch seines Vetters nicht zu erscheinen. Dennoch unterdrückte er seinen Zorn. Diesmal würde der junge Wang ihn nicht aus der Reserve locken.

»Genau das ist der Fall«, erwiderte er und lächelte freundlich. »Eine Sache höchster Dringlichkeit.«

In der Pose eines Mannes, der etwas zu kaufen gedachte, schaute Wang Sau-leyan in die Runde, dann sah er Li Shai Tung wieder an. »Nun? Ich höre.«

Es war so grob, so völlig unerwartet, daß Li Shai Tung für einen Moment um Worte verlegen war. Dann lachte er. *Willst du das wirklich so haben?* dachte er. *Oder ist das auch nur eine Pose – dazu gedacht, mich von meinem Kurs abzulenken und dir einen Vorteil einzubringen?*

Er legte nachdenklich eine Hand an seinen Bart. »Ihr seid wie Euer Vater, Sau-leyan. Er konnte auch grob sein, wenn es erforderlich war.«

»Mein Vater war ein alter Trottel!«

Li Shai Tung erstarrte, schockiert über die Äußerung des jungen Mannes. Er warf Hou Tung-po einen Blick zu und sah, wie er peinlich berührt wegschaute, dann schüttelte er den Kopf. Er holte Luft und fuhr fort.

»Gestern im Rat ...«

»Beabsichtigt Ihr mich zu belehren, Li Shai Tung?«

Li Shai Tung spürte, wie er innerlich kalt wurde. Wollte der junge Narr ihn nicht einmal einen Satz zu Ende bringen lassen?

Er senkte leicht den Kopf und schlug einen sanfteren Ton an. »Ihr mißversteht mich, lieber Vetter. Ich beabsichtige nichts anderes, als Verständnis zwischen uns herbeizuführen. Ich glaube, Ihr und ich haben einen schlechten Anfang gemacht. Ich möchte unser Verhältnis bessern, einen Weg finden, die Verstimmungen zwischen uns auszuräumen.«

Er sah, wie Wang Sau-leyan sich straffte, als sähe er Zugeständnisse auf seiner Seite auf sich zukommen. Auch das machte ihn wütend, denn seine Absicht war nicht, der Arroganz, die er vor sich ausgebreitet sah, Nahrung zu geben, sondern sie zu zerschmettern. Dennoch ließ er sich nichts von seinem Ärger anmerken.

Wang Sau-leyan drehte sich um und sah ihm direkt in die Augen. »Eine Einigung, meint Ihr?«

Er starrte den jungen T'ang an, dann sah er weg. »Mir ist klar, daß wir unterschiedliche Dinge wollen, Wang Sau-leyan, aber gibt es keine Möglichkeit, uns beide zufriedenzustellen?«

Der junge Mann wandte sich wieder ab und sah zu Hou Tung-po hinüber. »Habe ich's nicht gesagt, Hou?«

Er deutete mit einer abschätzigen Geste auf Li Shai Tung. »Der *Lao jen* will mein Schweigen kaufen. Um mir im Rat Zügel anzulegen.«

Li Shai Tung senkte den Blick, kalt vor Zorn. *Lao jen* – der Alte – war ein Ausdruck des Respekts, doch nicht auf die Art, wie Wang Sau-leyan ihn benutzt hatte. Die verächtliche Betonung, die er auf das Wort gelegt hatte, machte eine Beleidigung daraus – eine Beleidigung, die nicht ignoriert werden konnte.

»In eine hingehaltene Hand sollte man nicht spukken ...«

Wang Sau-leyan wandte sich ihm wieder zu, einen Ausdruck offener Feindseligkeit im Gesicht. »Was könntet Ihr mir anbieten, das für mich von Interesse ist, *Lao jen?*«

Li Shai Tung hatte die Hände zu Fäusten geballt. Jetzt entspannte er sich und ließ mit einem Seufzen Atem ab. »Warum im Namen der Götter seid Ihr so unflexibel, Wang Sau-leyan? Was wollt Ihr von uns?«

Wang Sau-leyan trat einen Schritt näher. »Unflexibel? War ich nicht ›flexibel‹, als Euer Sohn die Frau seines Bruders heiraten wollte? Oder heißt ›flexibel‹ für Euch, ohne Prinzipien zu handeln? Nur zu tun, was Ihr wollt und niemand sonst will?«

Li Shai Tung fuhr herum und starrte ihn wütend an. »Jetzt geht Ihr zu weit! Hütet Eure Zunge, junger Mann!«

Wang Sau-leyan lächelte säuerlich. »Junger Mann ... So seht Ihr mich, was? Ein Junge, mit dem man schwatzt oder Scherze macht. Oder den man gegebenenfalls wegschließt ...«

»Das ist nicht wahr ...«, begann Li Shai Tung, doch der junge T'ang unterbrach ihn erneut, die Stimme weich, doch bedrohlich.

»Wir leben in einer neuen Epoche, Alter. Neues geschieht in der Welt. Die Sieben müssen sich mit den Zeiten ändern oder untergehen. Und wenn ich Eure

Macht brechen muß, um diese Veränderungen im Rat durchzusetzen, werde ich es tun. Aber glaubt nicht, Ihr könntet mich kaufen oder zum Schweigen bringen, denn mich kann niemand kaufen oder zum Schweigen bringen.«

Li Shai Tung stand verblüfft und mit leicht geöffneten Lippen da. *Brechen? Seine Macht brechen?* Aber bevor er etwas sagen konnte, klopfte jemand an die Tür.

»Herein!« sagte er, ohne recht zu merken, daß er etwas sagte. Sein Blick ruhte immer noch auf der Gestalt des jungen T'ang.

Es war Chung Hu-yan. Hinter ihm traten fünf Diener ein, die Tabletts trugen. »*Chieh Hsia* …«, begann er, trat aber eilig zurück, als Wang Sau-leyan an ihm vorbeistürmte und wütend die Diener beiseiteschob. Ihre Tabletts schepperten auf den gefliesten Boden, als sie vor dem T'ang zur Seite sprangen.

Hou Tung-po hielt sich im Hintergrund, sichtlich entsetzt über das, was geschehen war. Schließlich trat er einen Schritt auf Li Shai Tung zu, machte eine Verbeugung, dann fuhr er herum und beeilte sich, seinen Freund einzuholen.

Li Shai Tung stand einen Moment lang wie erstarrt da, dann schickte er seinen Kanzler mit einem Wink weg, ging zum Schreibtisch und hob eines der Dokumente auf. Seine Hände zitterten vor Wut, während er es anstarrte, dann riß er mit den Fingernägeln nach und nach die unmarkierten Siegel ab und ließ sie neben seinen Füßen zu Boden fallen, bis nur noch sein eigenes auf dem Fuß der Seite übrig war.

Er hätte dies heute angeboten, hätte diese Dokumente mit Freuden in Fetzen gerissen, um eine friedliche Einigung herbeizuführen. Doch was sich eben ereignet hatte, überzeugte ihn davon, daß derlei unmöglich war. Wang Sau-leyan würde es nicht erlauben. Nun gut, dann würde er diese Sache allein weiterverfolgen.

Er drehte die Hand, drückte das dunkle, matte Metall des Rings in die Vertiefung am Rande des Schreibtischs, ließ es warm werden, dann hob er die Hand und drückte das Siegel in den Wachs.

Das war's. Es war getan. Er hatte den Plan seines Sohnes abgesegnet, ihm Leben eingehaucht.

Er stand noch einen Moment lang da und starrte auf das Dokument – auf die sechs leeren Stellen, wo die Siegel gewesen waren –, dann wandte er sich ab, mit unvermindertem Zorn, und sprach leise bei sich, seine Worte ein Echo dessen, was der junge T'ang zu ihm gesagt hatte.

»Wir leben in einer neuen Epoche, Alter. Neues geschieht in der Welt.«

Er lachte bitter. »So ist es, Wang Sau-leyan. So ist es. Aber du wirst mich nicht brechen. Nicht solang ich noch atme.«

* * *

Karr stand auf der Bergflanke, beschattete die Augen und blickte über die leeren Hänge. Es war kalt, sehr viel kälter, als er es sich vorgestellt hatte. Er zog den Kragen seiner Jacke bis zu den Ohren hoch und zitterte. Noch immer suchte er in der kargen Landschaft nach einem Zeichen, einem Hinweis darauf, wohin er blicken sollte.

Die Schwierigkeit bestand darin, daß das Gelände einfach zu groß, zu ausgedehnt war. Hier konnte man hundert Armeen verstecken, ohne daß jemand sie fand.

Er senkte den Blick und blies in die Hände, um sie zu wärmen. Wie einfach war es demnach, eine einzige Armee hier zu verbergen?

Er hatte vor zwei Tagen angefangen, nachdem er Tolonen besucht hatte. Es hatte fast eine Stunde gedauert, seinen Bericht über die Morde an den Verwaltungsbeamten abzuliefern. Dennoch waren sie in der

Frage, wer hinter der Welle von Anschlägen steckte, keinen Schritt weiter gekommen.

Offiziell jedenfalls. Was ihn selbst anging, hatte er jedoch keinen Augenblick daran gezweifelt, wer die Verantwortung dafür trug, und er wußte, daß sowohl der T'ang wie Tolonen ihm zustimmten – DeVore. Es gab keine andere Erklärung. Das Ganze war zu geschickt eingefädelt, zu gut abgestimmt, um das Werk eines anderen zu sein.

Aber wenn DeVore, warum gab es dann innerhalb der Stadt keine Spur von ihm? Warum tauchte nirgendwo in den Ebenen auch nur für einen Moment sein Gesicht auf? Schließlich hielt jede Überwachungskamera, jeder einzelne Wachmann und Beamte in dieser gewaltigen Stadt nach diesem Gesicht Ausschau.

Das Fehlen jeder Spur hatte wochenlang an seinen Nerven gezerrt, bis ihm nach der Rückkehr von seinem Treffen mit Tolonen klargeworden war, worauf es hindeutete. Wenn DeVore im Innern nicht gefunden werden konnte, dann war er vielleicht wirklich nicht dort – sondern draußen. Karr war in sein Büro zurückgegangen, hatte sich vor die Karte der Stadt Europa gestellt und sie geraume Zeit angestarrt, wobei sein Blick immer wieder von dem langen, unregelmäßigen Fleck inmitten der Stadt – der Wildnis – angezogen worden war, bis er keinen Zweifel mehr daran gehabt hatte, daß er DeVore dort finden würde. *Dort*, irgendwo in dieser winzigen Enklave.

Doch was auf der Karte so klein erschien, war in Wirklichkeit ein gewaltiges Gebiet. Die Berge waren überwältigend, sowohl in ihrer Größe wie ihrer Anzahl. Sie füllten den Himmel vom einen Horizont zum anderen aus, und wenn er sich umdrehte, sah er wieder nichts anderes, Berge soweit das Auge reichte, bis die ganze Welt nur noch eine einzige lange Bergkette und die Stadt nichts mehr zu sein schien.

Wo sollte er also anfangen? Wo in dieser unermeßlichen Weite aus Fels und Eis? Wie sollte er diese von allen Göttern verlassene Gegend absuchen?

Er grübelte darüber nach, als er den zweiten Kopter über dem Bergrücken aufsteigen, herabsinken und tief unten im Tal neben seinem eigenen landen sah. Kurz darauf löste sich eine Gestalt von der Maschine und machte sich an den Aufstieg zu ihm. Es war Chen.

»Gregor!« begrüßte er ihn. »Ich habe überall nach dir gesucht.«

»Was ist los?« erwiderte Karr und stapfte ihm durch den Schnee entgegen.

Chen hielt inne, nahm seine Schneebrille ab und schaute zu ihm herauf. »Ich bringe neue Befehle. Vom T'ang.«

Karr starrte ihn an, dann nahm er ihm das versiegelte Päckchen ab und riß es auf.

»Was steht da drin?«

»Daß wir unsere Akten über die Morde schließen. Und nicht nur das, wir beenden unsere Suche nach DeVore – zumindest vorläufig – und konzentrieren uns darauf, in die *Ping Tiao*-Organisation einzudringen. Sieht so aus, als planten sie etwas Großes.«

Chen sah den großen Mann nicken, als nähme er diese neuen Informationen zur Kenntnis, ehe er sich umsah und lachte.

»Was ist?« fragte er, überrascht von Karrs Lachen.

»Nur das hier«, antwortete Karr und hielt die Befehle des T'ang hoch. »Und das«, fügte er hinzu und deutete auf die Berge ringsum. »Ich dachte eben... zwei Wege, aber dasselbe Ziel. *DeVore.*«

»DeVore?«

»Ja. Der T'ang wünscht, daß wir die *Ping Tiao* untersuchen, und das werden wir tun, aber wenn wir diesen Stein heben, rate mal, welches Insekt dann darunter hervorgekrabbelt kommt.«

»DeVore«, sagte Chen und lächelte.
»Ja, DeVore.«

* * *

Hans Ebert stand auf der Holzveranda des Häuschens und starrte den steilen, schneebedeckten Hang hinauf. Sein Atem wurde in der klirrend kalten Luft zu Nebel. Während er hinsah, kam der dunkle Fleck hoch auf dem Hang langsam näher, stieg herab und wurde größer, bis er als menschliche Gestalt zu erkennen war. Sie näherte sich rasch auf einem Zickzack-Kurs, der sie zur Hütte führen sollte.

Ebert schlug die behandschuhten Hände ineinander, drehte sich um und schaute in die Hütte zurück. Drei weitere Männer waren bei ihm; seine Waffenbrüder. Männer, denen er vertrauen konnte.

»Er ist da!« rief er ihnen zu. »Los jetzt! Beeilt euch! Ihr kennt eure Befehle.«

Sie sprangen auf, nahmen ihre Waffen von dem Regal neben der Tür und eilten auf ihre Posten.

Als der Skifahrer neben der Veranda zum Stehen kam, schien die Hütte leer zu sein bis auf die Gestalt, die sich über den Balkon hinausbeugte. Der Skifahrer rammte seine Stöcke in den Schnee, dann hob er seine Schneebrille und streifte seine Handschuhe ab.

»Freut mich, Sie zu sehen, Hans. Ich wußte nicht, ob Sie kommen würden.«

Ebert richtete sich auf, dann schritt er die Treppe hinunter. »Mein Onkel kann sehr überzeugend sein, *Shih* DeVore. Ich habe gar nicht gewußt, daß er ein alter Freund von Ihnen ist.«

DeVore lachte und bückte sich, um die Bindungen zu lösen. Er ließ die Verschlüsse zurückschnappen und stieg von den Skiern. »Das ist er auch nicht. Offiziell nicht. Und das werden Sie auch nicht sein. Offiziell zumindest.«

Er traf den jüngeren Mann am Fuß der Treppe und

schüttelte ihm herzlich beide Hände, seine Handschuhe auf seiner nackten Haut.

»Jetzt versteh ich's.«

»Was verstehen Sie? Kommen Sie, Hans, gehen wir rein. Die Luft ist zu harsch für solche Gespräche.«

Hans ließ sich von ihm in die Hütte zurückführen. Als sie, Getränke in den Händen, am Tisch saßen, fuhr er fort. »Ich habe gemeint, ich verstehe jetzt, wie Sie's geschafft haben, uns all die Jahre aus dem Weg zu gehen. Noch ein paar alte Freunde, was?«

»Ein paar«, wich DeVore aus und lachte.

»Ja«, sagte Ebert nachdenklich. »Sie sind ein reguläres Mitglied der Familie, nicht wahr?« Er hatte DeVore genau betrachtet und einzuschätzen versucht, ob er bewaffnet war oder nicht.

»Sie vergessen, wie nützlich ich einmal für Ihren Vater war.«

»Nein...« Ebert wählte die nächsten Worte mit etwas mehr Bedacht. »Ich erinnere mich nur daran, wie schädlich Sie später geworden sind. Wie gefährlich. Schon wenn man Sie so trifft wie jetzt hier, ist das...«

»Höchst gefährlich?« DeVore lachte wieder, ein herzliches, aufrichtiges Lachen, das den jüngeren Mann seltsam irritierte.

DeVore sah sich in dem Zimmer um. In einer Ecke war ein *Wei Chi*-Brett aufgestellt worden. Auf dem ansonsten leeren Gitter bildeten sieben schwarze Steine ein H.[9]

»Wie ich sehe, haben Sie an alles gedacht«, sagte er und lächelte wieder. »Möchten Sie spielen, während wir reden?«

Ebert zögerte, dann nickte er knapp. Für seinen Geschmack machte DeVore einen zu fröhlichen, zu gelösten Eindruck.

Die beiden Männer standen auf und gingen zu dem Tisch in der Ecke.

»Wo soll ich sitzen? *Hier?*«

Ebert lächelte. »Wenn Sie mögen.« Genau da hatte er DeVore haben wollen. An der Stelle war er in der Schußlinie aller drei Scharfschützen, die sich oben verbargen. Falls er *versuchen* sollte...

DeVore saß völlig entspannt da, hob den Deckel des Topfs und legte den ersten seiner Steine in *Tsu* ab, im Norden. Ebert nahm ihm gegenüber Platz, musterte ihn, dann hob er den Deckel von seinem Topf und nahm einen der schwarzen Steine zwischen die Finger. Er hatte seine Männer vorher genau instruiert. Wenn er auf eine bestimmte Stelle einen Stein setzte – mitten auf das Brett, am Rande von *Shang*, des südlichen Bereichs, auf dem Kreuzungspunkt zwischen seinen eigenen zentralen Steinen –, dann hatten sie freie Hand, DeVore niederzuschießen. Andernfalls durften sie nur feuern, wenn Eberts Leben in Gefahr war.

Ebert legte seinen Stein am oberen Rand von *Shang* ab, zwei Stellen neben seinem eigenen Ecksteinen, zwei Linien unterhalb der Kante.

»Nun?« fragte er und sah DeVore übers Brett hinweg an. »Sie sind nicht hier, um sich nach meiner Gesundheit zu erkundigen. Also, was wollen Sie?«

DeVore betrachtete das Brett, als sähe er das kommende Spiel voraus – das Muster schwarzer und weißer Steine, ihre Formationen und Zusammenhänge. »Ich? Ich will überhaupt nichts. Zumindest nicht von Ihnen, Hans. Deshalb bin ich nicht hier.« Er legte einen weißen Stein ab, in der Nähe von Eberts letzten, dann blickte er auf und lächelte wieder. »Ich bin hier, weil es etwas gibt, das *Sie* vielleicht haben möchten.«

Ebert starrte ihn erstaunt an, dann lachte er. »Was könnte ich von Ihnen schon haben wollen?« Er ließ fast nachlässig einen Stein fallen, drei Stellen neben dem ersten.

DeVore studierte den Zug, dann schüttelte er den Kopf. Er nahm einen Stein aus seinem Topf und setzte ihn in die Mitte zwischen Ecke und Zentrum, als wollte er eine zukünftige Formation von Eberts Steinen teilen.

»Sie haben also alles, was Sie brauchen, Hans?«

Ebert kniff die Augen zusammen, dann legte er einen weiteren Stein geräuschvoll ab. Er lag jetzt zwei Stellen außerhalb des Zentrums, zwischen DeVores und seinem eigenen, so daß die fünf Steine eine unterbrochene Diagonale von der Ecke zum Zentrum bildeten, zwei schwarze, ein weißer, dann wieder zwei schwarze.

DeVore lächelte breit. »Das ist eine interessante Formation, finden Sie nicht? Aber sie ist schwach, wie die Sieben. Schwarz ist vielleicht in der Überzahl, aber Weiß ist nicht eingekesselt.«

Ebert lehnte sich zurück. »Und was wollen Sie damit sagen?«

DeVore legte einen weiteren Stein ab, mit dem er nach *Ch'u*, nach Westen strebte. Ein Dreieck weißer Steine lag nun rechts von einem Dreieck schwarzer Steine. Ebert starrte die Konstellation an, dann sah er DeVore wieder ins Gesicht.

DeVore beobachtete ihn aufmerksam. Sein Blick war plötzlich scharf und klar, und das Lächeln war von seinen Lippen gewichen.

»Damit will ich sagen, daß Sie einem Herrn dienen, den Sie verachten. Entsprechend schlecht spielen Sie. Sieg oder Niederlage hat keine Bedeutung für Sie. Ist ohne Interesse.«

Ebert berührte seine Schneidezähne mit der Zunge, dann nahm er einen weiteren Stein und legte ihn ab, acht unten, sechs innen im *Shang*. Es war ein notwendiger Zug; ein Zug, der seine Position stärkte. Er hielt DeVore davon ab, in seine Linie einzubrechen, während er das Territorium ausweitete, das er inzwischen umgrenzte. Das Spiel lief gut für ihn.

»Sie können wohl meine Gedanken lesen, *Shih* DeVore. Sie wissen, was ich denke?«

»Ich weiß, daß Sie ein Mann von beträchtlichen Talenten sind, Hans. Und ich weiß, daß Sie sich langweilen. Ich merke es den Dingen an, die Sie tun, den Entscheidungen, die Sie treffen. Ich seh's daran, wie Sie den Großteil von sich ständig zurückhalten. Irre ich mich etwa? Ist das, was Sie zeigen, wirklich das Beste, was Sie können?«

DeVore legte einen weiteren Stein ab. Unerwarteterweise störte er die Figur, die Ebert gerade gebildet hatte, und drängte sich in das von ihm umrissene Territorium. Der Zug schien absurd, schwach, doch Ebert wußte, daß DeVore dieses Spiel meisterhaft beherrschte. Er machte einen solchen Zug nicht ohne guten Grund.

»Sie wollen mich wohl dazu bringen, Sie abzuschneiden. Aber wenn ich das tue, läuft das darauf hinaus, daß Sie in dieses Gebiet hier eindringen.« Er umschrieb es mit den Fingerspitzen.

»Und wenn Sie's nicht tun?«

»Nun, das liegt auf der Hand. Dann schneiden Sie mich ab. Sie trennen meine Gruppen voneinander.«

DeVore lächelte. »Aha. Ein Dilemma. Wie werden Sie sich entscheiden?«

Ebert blickte auf und sah ihm in die Augen. Er wußte, daß DeVore ihm etwas durch dieses Spiel sagen wollte. Aber was? Forderte DeVore ihn auf, eine Entscheidung zu treffen? Die Sieben oder er selbst? Forderte er ihn auf, sich zu offenbaren?

Er setzte seinen Stein, schnitt DeVore ab und hielt seine eigenen Reihen offen.

»Sie sagen, die Sieben seien schwach, aber Sie, sind Sie denn stärker?«

»Gegenwärtig nicht. Sehen Sie mich an, ich bin wie diese fünf weißen Steine hier auf dem Brett. Ich bin abgeschnitten, verstreut und zahlenmäßig unterlegen. Aber ich bin ein guter Spieler, und die Chancen stehen besser als zu Beginn des Spiels. Am Anfang standen sie sieben zu eins. Aber jetzt ...« Er setzte seinen sechsten Stein, sechs unten, vier innen in *Shang*, und bedrohte damit die Ecke. »Jetzt stehen sie nur noch zwei zu eins. Und jeder Zug verbessert meine Chancen. Ich werde gewinnen. Früher oder später.«

»Sie wissen, ich habe Sie immer bewundert, Howard. Sie wären am Ende Marschall geworden. Sie hätten für die Sieben wichtige Dinge erledigt.«

»Das ist richtig ...« DeVore lächelte frei heraus und zeigte seine kleinen, aber perfekten Zähne. »Aber es hat mir nie gereicht, anderen zu dienen. Und Ihnen auch nicht. Es fällt uns schwer, uns vor geringeren Männern zu verbeugen.«

Ebert lachte, dann erst merkte er, wie weit DeVore ihn gebracht hatte. Aber es stimmte. Alles, was er sagte, stimmte tatsächlich. Er sah zu, wie DeVore einen weiteren Stein setzte, seine eigene Linie nachzog und in seinem Territorium Gebiet abteilte, das er gesichert gehabt zu haben glaubte.

»Ich verstehe ...«, sagte er und meinte zweierlei damit. Eine Zeitlang spielten sie nur. Vierzig Züge weiter erkannte er, daß er verloren hatte. DeVore hatte fünf seiner Steine vom Brett genommen und aus dem halben *Shang* eine lebende Gruppe gebildet. Schlimmer noch, er hatte sich nach *Ch'u* und hinunter nach *P'ing* ausgebreitet Jetzt wurde im Zentrum eine kleine Gruppe von vier seiner Steine bedroht, und es gab nur eine Möglichkeit, sie zu retten, indem er einen anderen auf die Stelle in *Shang* neben seinem Zentralstein setzte – das Signal für seine Männer, das Feuer auf DeVore zu eröffnen. Ebert lehnte sich zurück, hielt den schwarzen Stein zwischen den Fingern und lachte.

»Sieht so aus, als hätten Sie mich zu einer Entscheidung gezwungen.«

DeVore erwiderte sein Lächeln. »Ich habe mich gefragt, was Sie tun würden.«

Ebert warf ihm einen scharfen Blick zu. »Da rätseln Sie noch?«

»Ja. Ich war mir zuerst nicht sicher. Aber jetzt weiß ich's. Sie werden keinen Stein auf diese Stelle setzen. Sondern hierhin.« Er beugte sich übers Brett und berührte den Kreuzungspunkt mit der Fingerspitze. Es handelte sich um den Zug, der nur vorübergehenden Aufschub ermöglichte. Er rettete die Gruppe nicht.

»Warum sollte ich das tun?«

»Weil Sie mich nicht umbringen wollen. Und weil Sie ernsthaft an meinen Vorschlägen interessiert sind.«

Ebert lachte verblüfft auf. »Sie haben das gewußt?«

»Oh, ich weiß, daß Sie drei Ihrer besten Scharfschützen hier haben, Hans. *Ich* bin mir des Risikos bewußt gewesen, das ich eingegangen bin. Aber was ist mit Ihnen?«

»Ich glaube schon«, sagte Ebert noch vorsichtiger. Dann lachte er vor Bewunderung auf und setzte seinen Stein auf die Stelle, auf die DeVore gezeigt hatte.

»Gut.« DeVore beugte sich vor, setzte einen weißen Stein auf jene besondere Stelle am Rande von *Shang*, neben Eberts Zentralstein, und ließ sich wieder zurücksinken. »Ich bin mir sicher, Sie haben sich die mögliche Belohnung auch schon durch den Kopf gehen lassen.« Er lächelte und betrachtete seine Hände. »König der Welt, Hans. Das könnten Sie sein. T'ang von ganz Chung Kuo.«

Ebert starrte ihn mit geöffneten Lippen, aber zusammengebissenen Zähnen an.

»Aber nicht ohne mich.« DeVore hob den Kopf und drang mit Blicken in ihn. »Nicht ohne mich, verstehen Sie?«

»Ich hätte Sie erschießen lassen können. An Ort und Stelle. Und wäre als Held gefeiert worden.«

DeVore nickte. »Natürlich. *Ich* habe gewußt, was ich tue. Aber ich habe angenommen, Sie wüßten, warum

Sie hier sind, Sie wüßten, wieviel Sie zu gewinnen haben.«

Diesmal war Ebert an der Reihe zu lachen. »Das ist verrückt.«

DeVore beobachtete ihn ruhig, als wüßte er bereits, wie sich die Dinge zwischen ihnen entwickeln würden. »Verrückt? Nein. Es ist nicht mehr verrückt als die Herrschaft der Sieben. Und wie lang kann die dauern? In zehn Jahren, vielleicht weniger, wird das ganze Kartenhaus in sich zusammenstürzen, was immer auch geschieht. Den klügsten Oberen ist das längst klar, und sie wollen etwas deswegen unternehmen. Sie wollen die Entwicklung unter Kontrolle bekommen. Aber sie brauchen eine Leitfigur. Jemanden, den Sie bewundern. Jemanden aus ihrer Reihe. Einen fähigen Mann in einer mächtigen Position.«

»Auf mich paßt diese Beschreibung nicht.«

DeVore lachte. »Vielleicht noch nicht. Aber das kommt noch. In einem Jahr wird es soweit sein.«

Ebert senkte den Blick. Er wußte, daß Entschlossenheit, nicht Ausflüchte das Gebot der Stunde waren. »Und wenn ich T'ang bin?«

DeVore lächelte und sah auf das Brett. »Dann werden uns die Sterne gehören. Eine Welt für jeden von uns.«

Eine Welt für jeden von uns. Ebert dachte darüber nach. Darum drehte sich das Ganze also. Expansion, den Deckel von der Stadt Erde abnehmen und hinausstreben. Aber wohin würde ihn das führen?

»Wie auch immer«, fuhr DeVore fort. »Das haben Sie nicht gemeint, oder?« Er stand auf und ging zum Schrank, um sich ein zweites Glas Branntwein einzugießen. Er drehte sich um und sah den jüngeren Mann direkt an. »Sie haben gemeint, was springt für mich dabei heraus?«

Ebert begegnete seinem Blick unbewegt. »Natürlich. Welches Motiv könnte es sonst geben?«

DeVore lächelte sanft. Ebert war ein seichter, egoistischer junger Mann, aber er war nützlich. Er würde natürlich niemals T'ang werden – es wäre ein Fehler, einem solchen Mann *echte* Macht in die Hände zu geben –, aber vorläufig genügte es, ihn das glauben zu machen.

»Ihr Branntwein ist exzellent, Hans.« DeVore trat ans Fenster und schaute hinaus. Die Berge sahen schön aus. Er konnte von hier aus das Matterhorn sehen, sein Gipfel wie eine gebrochene Klinge. Der Winter brach an.

Ebert schwieg und wartete auf ihn.

»Was für Sie dabei herausspringt, fragen Sie? Diese Welt. Tun Sie mit ihr, was Sie wollen. Was könnten Sie mehr wollen?« Er wandte ihm das Gesicht zu und bemerkte sofort seine berechnende Miene.

»Sie sind gescheitert«, sagte Ebert nach einem Moment. »Es gab viele von Ihrer Sorte. Jetzt gibt es nur noch Sie. Warum sollten Sie diesmal Erfolg haben?«

DeVore senkte den Kopf, dann lachte er. »Ach ja ...«

Ebert runzelte die Stirn und stellte sein Glas ab. »Und die Sieben sind stark.«

DeVore unterbrach ihn. »Nein. Sie irren sich, Hans. Sie sind schwach. So schwach wie nie zuvor. *Wir haben fast gewonnen ...*«

Ebert zögerte, dann nickte er. Es traf zu. Ihm fiel ein, wie weit die Familien inzwischen versprengt waren; wie sehr sie von dem guten Willen jener in den oberen Ebenen abhingen, die treu geblieben waren. Männer wie sein Vater.

Und wenn sein Vater tot war?

Er blickte ruckartig auf und hatte seine Entscheidung getroffen.

»Nun?« erkundigte sich DeVore. »Wollen Sie T'ang werden?«

Ebert stand auf und hielt ihm seine Hand hin.

DeVore lächelte und stellte seinen Drink ab. Dann trat er vor, ignorierte die hingehaltene Hand und umarmte den jungen Mann.

ZWEITER TEIL
FRÜHLING 2207:

Verschlagenheit und Unschuld

»Je abstrakter die Wahrheit ist, die du lehren willst, um so mehr mußt du noch die Sinne zu ihr verfügen.«

– FRIEDRICH NIETZSCHE, *Jenseits von Gut und Böse* [10]

»Reich mir einen Enzian, gib mir eine Fackel!
laß mich mit dem blauen Gabelstich der Blume mein eigner Führer
Stufe um Stufe dunkler in die Tiefen sein, wo blau auf blau verdunkelt
wohin in diesen Tagen selbst Persephone vor dem frostigen September flieht
in die blinde Sphäre, wo die Dunkelheit auf Dunkelem erwacht
und Persephone selbst nur eine Stimme ist
aus einer Dunkelheit, die unsichtbar sich mit tief'rer Dunkelheit umhüllt
aus den Armen Plutos, und durchdrungen mit der Leidenschaft der tiefen Düsternis
unter der Pracht dunkler Fackeln, die Dunkelheit auf die verlorene Braut und ihr Gefolge ergießen.«

– D. H. LAWRENCE, *Bavarian Gentians* [11]

KAPITEL · 6

Das Fest der Toten

Eine Batterie von acht Bildschirmen, vier nebeneinander und zwei übereinander, glomm diffus am anderen Ende des verdunkelten Raums. Jeder zeigte das Umrißbild eines ausgehöhlten Schädels. Es befanden sich weitere Umrisse im Raum, vage, von dem schwachen Licht nur teilweise erhellte Formen. Ein flaches und massiges Gerät voller Bedienungselemente war unter die Monitore gekeilt. Darunter steckte ein metallischer Rahmen, der wie ein winziges, mit Drähten bespanntes Himmelbett aussah. In der Ecke linker Hand stand ein schmaler Wagen, in dessen Fächern die Oberkanten hauchdünner Speicherfolien im Halbdunkel glitzerten. Daneben kauerte eine vage menschliche Gestalt mit verborgenen Gesichtszügen an einem Bett. Im Mittelpunkt des Raums schließlich erhob sich ein Graphik-Artboard mit einem flachen, leeren und dunklen Bildschirm, dessen gewölbte Oberfläche des Licht der acht Monitore sammelte.

Es war spät – nach drei Uhr am Morgen –, und Ben Shepherd war müde, doch eines mußte noch erledigt werden, bevor er schlafen gehen konnte. Er hockte sich vor den Wagen und durchblätterte die Stapel von Folien, bis er gefunden hatte, was er suchte, dann ging er zum Artboard und schob die Folie ein. Binnen Sekundenbruchteilen wurde das Bild eines Vogels aufgebaut. Er fror es ein, benutzte die Bedienungselemente, um es zu drehen und von allen Seiten zu betrachten, als suche er nach einem Mangel in seiner Konzeption, dann gab er sich zufrieden, ließ es laufen und sah zu, wie der Vogel die Flügel ausbreitete und sich in die

Luft erhob. Erneut fror er das Bild ein. Die Schwingen des Vogels waren jetzt zurückgeworfen und trieben ihn kraftvoll voran.

Es war in vielerlei Hinsicht ein einfaches Bild. Das idealisierte Bild eines Vogels, entstanden in einem Vakuum.

Er durchsuchte nochmals die Bilder und zog drei heraus, dann ging er wieder zum Artboard und stellte die erste Folie an den Anfang zurück. Damit fertig, schob er die neuen Folien in den Schlitz und synchronisierte alle vier auf ein voreingestelltes Signal. Dann ließ er sie abspielen.

Diesmal hockte der Vogel auf einer Stange in einem pagodenähnlichen Käfig. Während er zusah, sprang die Käfigtür auf, und der Vogel flog durch die schmale Öffnung ins Freie.

Er fror das Bild ein, dann rotierte er es. Diesmal schien der Vogel in einer Falle zu stecken. Sein Schnabel und ein Teil seines glänzenden, stolzen Kopfes ragte aus dem Käfig, der Rest blieb hinter den Gitterstäben. Im Hintergrund konnte man die vertraute Umgebung des ›Vierecks‹ erkennen. Als das komplizierte Bild sich drehte, kamen die Tische des Cafés Burgund ins Blickfeld. Er sah sich selbst an einem der näheren Tische sitzen, das Mädchen an seiner Seite. Er blickte direkt ins Objektiv und zeigte auf etwas, als wollte er auf die plötzliche Lebhaftigkeit des Vogels hinweisen, doch sie hatte sich ihm zugewandt. Ihr feuerrotes Haar bildete einen scharfen Kontrast zum üppigen, überhängenden Grün.

Er lächelte unsicher und ließ das Folie mit einem Fünftel der Geschwindigkeit laufen, um zu verfolgen, wie sie langsam den Kopf drehte, um dem entkommenen Vogel nachzublicken. In dem Moment, als sie ihr Gesicht ganz der Kamera zugewandt hatte, hob der Vogel einen Flügel und verdeckte die Beobachter am Tisch. Damit hörte es auf.

Es war nur eine kurze Sequenz, insgesamt nicht mehr als neun Sekunden lang, aber es hatte ihn Wochen harter Arbeit gekostet, ihn richtig hinzubekommen. Jetzt allerdings dachte er daran, ihn völlig fallenzulassen.

Es war sein Lieblingsstück in der ganzen Komposition – das Schlüsselbild, mit dem er angefangen hatte –, doch je weiter die Arbeit vorangeschritten war, hatte sich dieses winzige Fragment als immer problematischer erwiesen.

Für den Rest des Werks war der Standpunkt im Kopf des Betrachters festgelegt – hinter den Augen –, doch für diesen kurzen Moment war er vollends verloren gegangen. In einer anderen Kunstform hätte dies keine Probleme verursacht – sich unter Umständen sogar als ein Vorteil erwiesen –, aber hier bewirkte es alle Arten unerwünschter Schwierigkeiten. Hatte man Erfahrungen in der Schale, verhielt es sich so, als verließe man für die kurzen neun Sekunden, die der Abschnitt dauerte, seinen eigenen Schädel. Es war eine seltsame desorientierende Erfahrung, und kein Herumkorrigieren an den umgebenden Bildern konnte diesen Effekt mildern, noch den Schaden beheben, den er dem Werk im Ganzen zufügte.

In all den Schalen, mit denen er bisher experimentiert hatte, waren solche abrupten Wechsel des Standpunkts der Story dienlich gemacht worden: ihrer schockierenden Wirkung wegen. Aber schließlich hatten sich alle Schalen bis zu seiner eigenen auf einer zeichentrickartigen Version des Wirklichen beschränkt, wogegen das, worauf er abzielte, die Wirklichkeit selbst war. Oder eine möglichst große Annäherung daran. Solche abrupten Wechsel zerstörten das Gleichgewicht, das er herzustellen suchte – vereitelten jeden seiner Versuche, diese Illusion des wirklich Wirklichen hervorzurufen.

Erst jetzt begriff er allmählich den Preis, den ein solcher Realismus – künstlerisch gesehen – kostete: die einschränkenden Faktoren und die beteiligten Disziplinen. Es reichte nicht aus, die perfekte Illusion zu schaffen; es war außerdem notwendig, eine fortwährende Integrität im Geist des Beobachters aufrechtzuerhalten. Diese Illusion hing davon ab, daß er in seinem eigenen Schädel, hinter seinen eigenen Augen blieb und die Geschichte sich in Echtzeit entwickelte.

Natürlich gab es eine einfache Antwort: man merzte alle Verstöße gegen die fortlaufende Integrität aus. Aber das schränkte die Möglichkeiten der Geschichte, die man erzählte, merklich ein. Es war eine Zwangsjacke der schlimmsten Sorte, weil sie die Fiktion auf die knapp erzählte Vignette beschränkte. Er hatte das sofort erkannt und sich darüber den Kopf zerbrochen, doch sein wochenlanges Ringen mit dem Problem hatte ihn der Lösung keinen Schritt näher gebracht.

Vielleicht hatten deshalb alle bisherigen Praktiker dieser Form den Quasi-Realismus eines Zeichentrickfilms beibehalten und es der Vorstellungskraft des Betrachters überlassen, seine Ungläubigkeit zu verdrängen und eine Brücke zwischen dem Dargebotenen und der Wirklichkeit zu schlagen. Vielleicht hatten einige von ihnen sogar schon versucht, was er jetzt vorhatte – mit ›perfektionierten‹, realistischen Bildern experimentiert und sich denselben beengenden Faktoren gegenübergesehen. Vielleicht, aber er mußte sich entscheiden: entweder sein Ideal einer perfekten Kunstform anstreben oder diese Vision aufgeben zugunsten einer offenkundig synthetischen Form – einer bloßen Ausschmückung des Gewesenen. Es war keine wirkliche Wahl, doch er drückte sich noch immer um die Entscheidung herum.

Er stellte die Folien auf den Anfang und ließ sie noch einmal abspielen, diesmal mit einem Zehntel der ursprünglichen Gechwindigkeit – fünf Einzelbilder pro Sekunde –, und sah zu, wie der Vogel in einer Explosion jähen goldenen, lebendigen Feuers langsam aus dem Käfig hervorstieß; sah dahinter das Gesicht des Mädchens, seine Blässe von flammendem Rot eingerahmt, als es sich dem Bildschirm zuwandte.

Er schloß die Augen und fror das Bild ein. Es war das beste, das er je gemacht hatte. Etwas Wirkliches und Schönes – ein perfektes kleines Kunstwerk. Und doch... Er zitterte, dann drückte er LÖSCHEN. Einen Moment später war es vorbei, die Folien gelöscht. Er stand danach noch einige Zeit da und lehnte still und mit geschlossenen Augen an der Maschine. Dann wandte er sich mit einem leichten Schaudern ab. Eines tröstete ihn immerhin – es war da – und würde *immer* dort sein – in seinem Kopf.

Er ging zum Bett und setzte sich, ohne sagen zu können, was er empfand, und starrte auf den schmalen Fleischwulst, der sein linkes Handgelenk umschloß. Dann stand er wieder auf und ging ins Nebenzimmer.

Er blieb mitten im Raum stehen und grübelte weiter über das Problem nach; aber inzwischen konnte er sich über seine Müdigkeit nicht mehr hinwegtäuschen. Die Anforderungen, die er in den letzten Wochen an sich gestellt hatte, machten ihm schwer zu schaffen. Er sah nur Probleme, keine Lösungen.

Er holte einmal tief und zittrig Luft. »Kleine Schritte«, sagte er zu sich selbst, eine weiche und leise Stimme in der Dunkelheit. »Es gibt eine Antwort«, fügte er kurz darauf hinzu, als müsse er sich selbst davon überzeugen. Doch dessen war er bei weitem nicht sicher.

Er drehte sich um und rieb sich die Augen, zu müde, um den Gedanken weiterzuverfolgen, und wünschte sich auf einmal nichts so sehr wie die heilsame Vergessenheit des Schlafs. Und am Morgen?

Am Morgen würde er wieder von vorn anfangen.

* * *

Das ›Viereck‹ war ein gewaltiges, luftiges Gelände auf dem Dach des Kantons Oxford; die oberste Ebene eines komplizierten Gewirrs aus Colleges, das sich bis tief in den darunterliegenden Stock erstreckte. Zum ewigen Vergnügen jeder neuen Studentengeneration war das ›Viereck‹ allerdings überhaupt nicht vier-, sondern sechseckig: ein ganz für die Muße und Freizeit freigegebenes Deck. Lange, offene Balkons gingen auf die Unermeßlichkeit des ›Grüns‹ hinaus, türmten sich auf allen Seiten zu fünf gegeneinander versetzten großen Rängen, während sich über den Köpfen langsam die große Kuppel der Sterne drehte, in perfekter Imitation des Himmels über dem Eis.

Hier hatten sich, den Gerüchten nach, vor siebzehn Jahren Berdichow, Lehmann und Wyatt getroffen und die Partei der Dispersionisten gegründet, entschlossen, Veränderung in diese Welt der Ebenen zu bringen, aber ob das Gerücht nun stimmte oder nicht, es war ein Ort, der die junge Intelligentsia aller sieben Städte anzog. Wenn die Welt des Denkens ein Rad war, dann war dies seine Nabe und das ›Grün‹ der Mittelpunkt.

Eine Reihe von Eichen begrenzten das ›Grün‹, hybride Immergrüne, die in den Zuchttanks von SynFlor produziert wurden, während in seiner Mitte ein Vogelhaus stand: ein hoher, dreizehnstöckiger, pagodenartiger Käfig, der dem Vorbild der *Liu-ho t'a,* der Pagode der Sechs Harmonien in Hang Chou, nachempfunden war. Wie stets schlenderten junge Männer und Frauen Arm in Arm über den ausgedehnten Rasen oder sammelten sich vor dem Erdgeschoß des Vogelhauses, um die strahlend bunten Vögel anzuschauen.

Das ›Viereck‹ war der Stolz des Kantons Oxford und der Tummelplatz seiner zehntausend Studenten. Die Elite der Oberen schickte ihre Kinder nach Oxford, so wie die Elite eines kleinen Nationalstaats es vor Jahrhunderten getan hatte. Es war ein Ort der Kultur und, für die Kinder der Erstebenenfamilien, eine Garantie für Kontinuität.

Das ›Grün‹ wurde von keinen großen MedFac-Bildschirmen verunziert, aber an den kühlen Gehwegen unter dem Überhang zeigten kleine Videoschirme die lokalen Kabelkanäle einer Kundschaft, deren Interessen und Geschmack sich deutlich vom Rest der Oberen unterschied.

Der Überhang bot Platz für Cafés und Restaurants, KulVid-Boutiquen und Syn-Salons. Es war eine merkwürdige Mischung von Altem und Neuem, von Zeitlosigkeit und State-of-the-Art, von Reinheit und Dekadenz; ihr schizophrenes Antlitz ein Spiegelbild ihrer Anhänger.

Im Café Burgund herrschte Hochbetrieb. Hier trafen sich mit Vorliebe die Studenten der Künstlerischen Fakultät, die um diese Zeit jeden verfügbaren Tisch besetzten, redeten, tranken und mit aller Leidenschaft und Überschwenglichkeit der Jugend wild gestikulierten. Die Tische selbst – insgesamt mehr als zweihundert – breiteten sich vom Schatten des Überhangs bis zum Rand des Grüns aus. Über den Köpfen bot ein Netzwerk von Schnüren, aufgehängt zwischen starken Pfeilern, einer üppigen Pracht blühender Kletterpflanzen Halt. Die Pflanzen waren von einem kräftigen, nahezu leuchtenden Grün und verziert mit lebhaft rosa, gelb, rot und orange gefärbten Blüten – mächtige, offene Blütenkelche mit Naben in kontrastierenden Tönen, wie die Köpfe schweigender Ungeheuer. Darunter standen ausschließlich antike Tische und Stühle, ihr Holz gebeizt und poliert. Sie waren eine Besonderheit dieses Cafés, etwas, worüber man redete, obwohl man sie in einem früheren Jahrhundert kaum bemerkenswert gefunden hätte.

Han-Kellner bahnten sich ihre Wege zwischen den vollbesetzten Tischen, trugen Tabletts oder nahmen Bestellungen entgegen. Sie trugen die einfachen Gewänder der Tang-Dynastie mit den runden Kragen und schmalen Ärmeln, die langen Kunstseidenbahnen zinnoberrot gefärbt mit einem orangefarbenen Band unter dem Knie: die Kleidung eines früheren, schlichteren Zeitalters.

An einem Tisch nah dem Rand saßen vier Studenten. Ihr Tisch war leer bis auf drei Gläser und eine Flasche. Sie hatten gegessen und waren gerade bei der dritten Flasche des exzellenten Burgunders, dem das Café seinen Namen verdankte. Zwischen den beiden männlichen Mitgliedern der Gruppe stand ein verwaister Stuhl, als warteten sie darauf, daß sich ihnen noch jemand anschließe. Aber dem war nicht so. Alle Plätze an diesem Tisch waren bezahlt, und sie hatten dafür bezahlt, daß dieser Platz leer blieb.

An dem Tisch wurde gelacht. Ein dunkelhaariger junger Mann mit olivfarbener Haut balancierte auf den Stuhlbeinen, indem er sich weit in seinen Stuhl zurücklehnte, und hielt ein Weinglas schief in der Hand. Der Singsang seiner Stimme hörte sich recht angenehm und wohlartikuliert an. Er war ein gutaussehender, aristokratisch wirkender Mann mit markantem, adlerhaftem Profil, wohlgeformtem Mund und dunklen Augen, fast wie die eines Zigeuners. Mit seinen kräftigen Gliedern und breiten Schultern sah er aber eher wie ein Sportler als wie ein Künstler aus, auch wenn seine anspruchsvolle Kleidung diesen Eindruck etwas revidierte. Während er redete, zeichnete seine freie Hand mit flinken, einstudierten Bewegungen Figuren in die Luft. Er war etwa vier oder fünf Jahre älter als die anderen, ein Umstand, weshalb sie sich in den meisten Dingen seinem Urteil unterwarfen und er – so wie jetzt – ihre Gespräche dominierte und in jede Richtung lenkte, die er wünschte.

Er hieß Sergej Novacek, und er war Student eines Meisters und Bildhauer. Sein Vater Lubos war ein wohlhabender Kaufmann, der auf das heftige Drängen seiner Frau seinem einzigen Sohn nachgegeben und ihm einen Platz in Oxford gekauft hatte. Sergej war keinesfalls unintelligent. Er hätte sich leicht einen akademischen Rang erwerben können. Es war schlicht eine Frage des Prestiges. Des Status. Auf der Ebene, die für Lubos Novacek von Interesse war, schickte es sich nicht, Almosen des Staates anzunehmen.

Im Moment berichtete Sergej ihnen von einem Festakt, an dem er tags zuvor teilgenommen hatte; eine Zeremonie, bei welcher sechs seiner Skulpturen ausgestellt worden waren. Es war nicht lang her, seit er das erste Mal einen solchen Auftrag erhalten hatte, doch er sprach darüber, als sei er in dieser Hinsicht sehr erfahren. Aber das war seine Art, und seine Freunde bewunderten ihn dafür, auch wenn andere es etwas arrogant fanden.

»Anfangs lief alles sehr gut«, sagte er, und seine freundlichen Züge wurden für einen Moment ernst. »Alle brachten mir Respekt entgegen. Sie haben mir zu essen und zu trinken gegeben und ihr Bestes versucht, freundlich zu sein und über die Tatsache hinwegzusehen, daß ich weder zur Familie gehöre noch ein Han bin.« Er lachte. »Nicht allzu erfolgreich, fürchte ich. Aber wie auch immer... Die Gruft war phantastisch. Sie hat in einem eigenen ummauerten Garten neben dem Haus gestanden. Ein mächtiger Bau, zwei Stockwerke hoch, von oben bis unten mit weißem Marmor getäfelt, und mit einem Tor davor, durch das man ein Gespann von vier Pferden jagen könnte.« Sergej nippte an seinem Drink, dann lachte er. »Genaugenommen war die Gruft eine ganze Ecke größer als das Haus!«

Sie alle lachten.

»Das ist so typisch für sie«, sagte Wolf, der zweite junge Mann, und hob sein Glas an die Lippen. Er war größer und schwerer gebaut als sein Freund, seine perfekten nordeuropäischen Züge gekrönt von einem kurzgeschorenen, aschblonden Haarschopf. »Sie sind so *bis in den Tod*.«

Sergej hob sein Glas. »Und gut für einen anständigen Job, nicht?«

»Für dich«, sagte Lotte, eines der Mädchen, neckend, und ihre blauen Augen blitzten. Es stimmte. Sergej erhielt meistens Aufträge für Beisetzung – Grabstatuen für die Untergeordneten Familien.

Lotte war ein blasses, vollbusiges Mädchen, das ihr Haar in Verachtung der Mode lang und geflochten trug. Davon abgesehen sah sie genauso aus, wie man es von ihr erwartete – wie die Zwillingsschwester ihres Bruders Wolf. Neben ihr saß schweigend Catherine, das vierte Mitglied ihrer kleinen Gruppe. Sie war kleiner als ihre Freunde und zierlicher gebaut; eine schlanke Rothaarige mit slawischen Zügen und grünen Augen.

Sergej lächelte. »Kann schon sein. Wie ich schon sagte, es lief alles wunderbar, und die Zeremonie fing gut an. Ihr wißt ja, wie das geht; ein Haufen neukonfuzianischer Priester singen für die Seele des Dahingegangenen. Und dann tritt der älteste Sohn nach vorn und entzündet eine Kerze für die Ahnen. Nun… sie waren gerade soweit gekommen, als der älteste Sohn – ihr werdet's nicht glauben – über seinen *Pau* stolpert und nach vorn gegen die Leine mit den Papiertalismanen fällt.«

»Nein!« Alle drei beugten sich vor, Wolf amüsiert, die beiden Mädchen entsetzt.

»Was für ein Pech, denkt ihr vielleicht, und wie peinlich, aber keine Katastrophe. Und das hätte man auch meinen können, hätte er nicht im Umfallen die brennende Kerze gegen die Talismane gestoßen.« Sergej lachte kurz und nickte bei sich. »Ihr hättet es sehen sollen. Es müssen etwa zwei- oder dreitausend Talismane an diesen Leinen gehangen haben, alle trocken wie Stroh, das nur darauf wartet, in einer großen Feuersbrunst aufzugehen. Und genau das ist passiert. Dem ältesten Sohn ist natürlich nichts zugestoßen. Die Diener haben ihn sofort zurückgezogen. Aber bevor jemand etwas tun konnte, hatten die Flammen die Sprinkleranlage in Gang gesetzt. Schlimmer noch, keiner kannte die Kombination für den Ausschalter, und der Schlüssel für den manuellen Unterbrecher fehlte. Das Wasser lief und lief. Wir waren alle naß bis auf die Haut. Aber das Schlimmste sollte noch kommen. Denn weil der Garten ummauert war, konnte das Wasser nicht ablaufen. Das meiste versickerte in der dünnen Erdschicht, aber die hatte sich bald vollgesaugt, und als es soweit war, fing das Wasser an, die Treppe in die Gruft hinunterzulaufen. Innerhalb von Minuten stand das Wasser bis zur obersten Stufe. Dann ist es passiert.«

Er beugte sich vor und füllte sein Glas, dann sah er in die Runde und genoß es, ihre ganze Aufmerksamkeit zu fesseln. »Nun? Was glaubt ihr?«

Wolf schüttelte den Kopf. »Ich weiß nicht. Vielleicht ist der älteste Sohn reingefallen...«

Sergej kniff die Augen zusammen. »Ha, das hätte euch gefallen, was? Aber es war noch besser. Sehr viel besser. Stellt euch das vor: da standen wir alle und warteten immer noch darauf, daß jemand die verdammte Sprinkleranlage abstellte, hatten uns unsere teuere Kleidung ruinieren lassen und nichts als Matsch unter den Füßen, aber niemand wollte sich respektlos zeigen, indem er die Gärten verließ, ehe die Zeremonie vorbei war, da mußte das Unvorstellbare auch noch passieren. Der Sarg kam herausgeschwommen!«

»Kuan Yin sei uns gnädig!« sagte Wolf, die Augen rund wie Münzen.

»Armer Mann«, murmelte Catherine und senkte den Blick.

Sergej lachte. »Armer Mann, was für ein Quatsch! Er

war tot. Nein, aber ihr hättet die Gesichter dieser Han sehen müssen. Es war, als hätte man ihnen Eisenstäbe in den Rücken gerammt! Es wurde gestammelt und gestottert, und dann – ob ihr es glaubt oder nicht, haben sie doch tatsächlich versucht, den Sarg gegen den Strom in die Gruft zurückzuschieben! Ihr hättet den ältesten Sohn sehen sollen, als er wie ein Irrer durch den Matsch stapfte!«

»Die Götter mögen uns beistehen!« sagte Wolf. »Und haben sie's geschafft?«

»Beim dritten Anlauf. Aber zu diesem Zeitpunkt war die Sprinkleranlage aus und die Diener schöpften das Wasser mit allen Behältern raus, die sie finden konnten.«

Die beiden Männer lachten, lehnten sich zurück und bleckten die Zähne. Wolf lächelte Lotte breit an und freute sich über das Lachen ihres Bruders. Nur Catherine schien sich nicht darüber amüsieren zu können, so als beschäftige sie etwas. Sergej bemerkte es und beugte sich zu ihr hin. »Was ist los?«

Sie blickte auf. »Ach, nichts ...«

Er hob eine Braue und brachte sie zum Lachen.

»Gut«, sagte sie und lenkte ein. »Ich habe nur gerade an das Gemälde gedacht, an dem ich arbeite.«

»Hast du Schwierigkeiten?«

Sie nickte.

Wolf beugte sich herüber und stupste Sergej an. »Ich würde mir keine Sorgen machen. Sie ist keine richtige Künstlerin.«

Catherine schaute ihn finster an, dann sah sie weg. Wolf neckte sie immer dafür, daß sie mit Ölfarben arbeitete, wo doch, seinen Worten nach, jeder Künstler, der seine Schale Reis wert war, mit Wasserfarben malte. Aber sie gab nicht viel um seine Meinung. Sie hatte seine Arbeit gesehen. Sie war technisch perfekt, aber irgendwie leblos. Er konnte kopieren, aber nicht schöpferisch sein.

»Ich habe mir überlegt, ich werde heute nachmittag die Vorlesung besuchen«, sagte sie zu Sergej.

Er hob leicht das Kinn. »Vorlesung?«

Sie lächelte. »Oh... Ich hab's vergessen. Du warst nicht hier, als die Collegebeamten herumgegangen sind, nicht?« Sie kramte in ihrer Tasche nach etwas und legte ein sechseckiges Plättchen auf den Tisch, legte die Hände darauf und erwärmte seine Oberfläche, dann zog sie die Hand weg. Sofort bildete sich ein winziges, dreidimensionales Bild in der Luft und fing an zu sprechen.

»Das ist Fan Liang-wei, nicht?« fragte Wolf und beugte sich vor, um sein Glas zu füllen.

»Pssst«, sagte Sergej und berührte seinen Arm. »Hören wir mal, was der alte Scheißer zu sagen hat.«

Fan Liang-wei war einer der angesehensten *Shanshui*-Künstler in der Stadt Europa. Seine Gemälde hingen in den Wohnungen der meisten Untergeordneten Familien. Das lange weiße Haar und der dreifach geflochtene Bart des Großen Mannes waren ein vertrauter Anblick für alle, die auf den KunstVid-Kanal umschalteten, und selbst für jene, die einen weniger verfeinerten Geschmack hatten, war Fan Liang-wei der Inbegriff des *Wen jen*, des gelehrten Künstlers.

Es war für Professoren des Colleges das übliche Vorgehen, ihre Vorlesungen auf diese Weise anzukündigen, da ihr Gehalt von der Anzahl der Teilnehmer abhing. Ja, einige hatten sich sogar angewöhnt, Studenten mit Bestechungen zur Teilnahme zu überreden – was dann der Grund dafür war, daß die ersten drei Reihen im Saal schliefen. Für den Großen Mann allerdings waren solche Ankündigungen nicht notwendig. Er bezog ein Garantiehonorar, unabhängig von der Anzahl der Hörer. Dennoch, es war eine Frage des Egos – eine Frage, den übrigen Akademikern seine überragende Stellung zu beweisen.

Die winzige Gestalt verbeugte sich vor seiner ungesehenen Zuhörerschaft und begann über die Vorlesung zu reden, die sie an diesem Nachmittag halten würde, wobei die eingebaute Uhr ihre Rede aktualisierte, so daß sie, wenn sie sich auf die Vorlesung bezog, die Zuhörer daran erinnerte, daß sie in ›weniger als zwei Stunden‹ anfing. Die Vorlesung befaßte sich mit den beiden *Shanshui*-Künstlern Tung Ch'i-ch'ang[12] und Cheng Ro und trug den Titel ›Spontaneität und peinliche Genauigkeit‹. Sergej sah der Figur noch einen Moment lang zu, dann lächelte er und legte seine Hand über das Plättchen, womit er das Bild auslöschte.

»Das könnte amüsant sein. Ich habe gehört, daß der Alte die Aufmerksamkeit wert ist.«

»Und Heng Chian-ye?« fragte Wolf. »Hast du das Kartenspiel vergessen?«

Sergej sah hinüber und bemerkte, daß Catherine wütend weggesehen hatte. Er wußte, wie sehr sie diese Seite von ihm mißbilligte – das Glücksspiel und die Zechtouren bis spät in die Nacht –, aber das spornte ihn nur zu größeren Exzessen an, als wollte er ihre Liebe testen.

Er lächelte, dann wandte er sich wieder Wolf zu. »Das geht in Ordnung. Ich habe ihm gesagt, ich komme um vier vorbei, aber es wird dem kleinen gelben Scheißer nichts schaden, wenn er ein bißchen wartet. Das macht ihn nur noch eifriger.«

Wolf lachte. »Hast du immer noch vor, ihn herauszufordern? Sie sagen, er sei ein guter Spieler.«

Sergej hob das Kinn und wandte nachdenklich den Blick ab. »Ja. Aber Heng ist ein arroganter junger Narr. Er ist unflexibel. Schlimmer noch, er wird unbesonnen, wenn er unter Druck gerät. Wie alle diese Han, ist er mehr darum besorgt, sein Gesicht zu wahren, als zu Geld zu kommen. Und das wird ihm zum Verhängnis werden, das verspreche ich dir. Also ja, ich werde ihn herausfordern. Es wird Zeit, daß jemand dem jungen Heng die Hosen auszieht.«

Sergej beugte sich vor und sah zu Lotte hinüber. »Und du, Lotte? Kommst du mit?«

Auch diesmal waren seine Worte, seine Art, sich zu Lotte hinüberzubeugen, dazu gedacht, das andere Mädchen aufzuregen. Sie wußten alle, wie verrückt Lotte nach dem gutaussehenden jungen Bildhauer war. Es war ein Spaß, an dem sogar sie zuweilen teilnahm. Aber das milderte nicht die Qualen der Eifersucht, die Catherine durchmachte.

Wie immer warf Lotte erst ihrem Bruder einen Blick zu, bevor sie antwortete, die Wangen leicht gerötet. »Nun, ich weiß, ich sollte, aber ...«

»Du *mußt*«, sagte Sergej und bedeckte ihre Hand mit seiner. »Ich bestehe darauf. Du würdest dir nie verzeihen, den Großen Mann nicht gesehen zu haben.«

Wolf antwortete für sie. »Wir wollten etwas einkaufen gehen. Aber ich bin mir sicher ...«

Wolf sah Lotte an, lächelte aufmunternd, und sie nickte. Wolf hatte immer noch Hoffnung, daß seine Schwester eines Tages Novacek heiraten würde. Auch wenn das seine Beziehung zu Catherine nicht beeinflußte. Nicht nennenswert.

»Gut«, sagte Sergej, lehnte sich zurück und sah in die Runde seiner Freunde. »Und hinterher werde ich euch alle zum Essen einladen.«

* * *

Die Reihen des Hörsaals waren übervoll. Aufseher hasteten die Gänge hoch und runter, sichtlich außer Fassung über den Andrang, und versuchten Plätze für die zahllosen Menschen zu finden, die hereindrängten. Gewöhnlich wirkte der Saal riesig, und einzelne Stimmen hallten in ihm wider, doch an diesem Tag summte er vor Erwartung wie ein Bienenkorb.

Genau um drei wurden die Lichter gedämpft, und das Publikum verstummte. Auf einer Plattform im vorderen Teil des Saals hob ein einzelner Spot ein Lesepult hervor. Eine Zeitlang rührte sich auf der Bühne nichts, dann trat eine Gestalt aus dem Dunkeln hervor. Ein überraschtes Gemurmel durchlief die Reihen. Es war Chu Ta Yun, der Bildungsminister. Er blieb neben dem Lesepult stehen, senkte den Kopf und faltete die Hände vor dem Bauch.

»Ch'un tzu«, begann er in demütigem Ton. »Ich habe das große Vergnügen und die Ehre, eine der herausragenden Persönlichkeiten unserer Zeit vorzustellen; einen Mann, dessen Auszeichnungen zu zahlreich sind, um hier genannt zu werden, und dessen Fertigkeiten ihn zu einem Maler der höchsten Kategorie machen. Ein Mann, der – wenn für künftige Generationen die Geschichte unserer Kultur aufgezeichnet wird – als der Inbegriff – der Prüfstein – unserer Kunst gelten wird. *Ch'un tzu,* bitte begrüßen Sie an unserem College den Ehrenwerten Fan Liang-wei, Maler am Hof Seiner Durchlauchtigsten Hoheit Li Shai Tung.«

Als sich der Minister mit gesenktem Kopf in die Dunkelheit zurückzog, trat Fan Liang-wei ins Spotlicht, stützte eine Hand auf den Rand des Rednerpults und verbeugte sich vor seinem Auditorium. Ein schwaches raschelndes Geräusch war zu hören, als die Menschen in den vollgedrängten Reihen gemeinschaftlich aus Respekt vor dem Großen Mann den Kopf senkten.

»Ch'un tzu«, begann er im selben Ton wie der Minister, und fügte dann mit einem Lächeln hinzu: »Freunde ...«

Leises Gelächter erhob sich von den Reihen. Das Eis war gebrochen. Aber sein Gesicht wurde sofort wieder ernst. Er hob in einer extravaganten, doch nachdenklichen Geste das Kinn, und seine Stimme nahm sofort einen Klang von Autorität an.

»Ich bin heute hier, um über Kunst zu reden, und insbesondere über die Kunst der *Shanshui*-Malerei, ein

Gebiet, auf dem ich mich, zumindest bilde ich mir das ein, ein wenig auskenne.«

Erneut gab es eine amüsierte Reaktion, aber wie zuvor war das Gelächter mit tiefem Respekt getönt. Es gab niemanden hier, der Fan Liang-wei nicht als Chung Kuos führenden Experten für die uralte Kunst des *Shanshui* betrachtete.

Der große Mann sah über die Reihen hinweg, als habe er in der Menge Freunde ausgemacht, dann sprach er weiter. »Wie Sie vielleicht wissen, habe ich meinen heutigen Vortrag ›Spontaneität und peinliche Genauigkeit‹ betitelt, und mit diesen beiden Extremen des Ausdrucks möchte ich mich näher befassen, und zwar am Beispiel der Werke zweier großer Exponenten der Kunst des *Shanshui*, den Ming-Maler Tung Ch'i-ch'ang und den Song-Maler Cheng Ro. Aber bevor ich mich ihnen und ausgewählten Beispielen ihres Schaffens zuwende, möchte ich diese Gelegenheit wahrnehmen, Sie an die Sechs Prinzipien des Kritikers Hsieh Ho[13] zu erinnern, denn auf sie werden wir im Laufe dieser Vorlesung immer wieder zurückkommen.«

Fan Liang-wei machte eine Pause und sah in die Runde. Er hatte gerade den Mund aufgemacht, um weiterzureden, als die Tür zu seiner Rechten aufschwang und ein junger Mann, indem er die geflüsterten Ermahnungen eines Aufsehers ignorierte, in den Saal trat. Der Aufseher folgte ihm zwei oder drei Schritte in den Saal, dann zog er sich mit gesenktem Kopf zurück und warf einen entschuldigenden Blick zur Plattform hinauf, bevor er die Tür hinter sich zuzog. Der junge Mann marschierte inzwischen achtlos durch den Gang vor der Plattform und stieg die Treppe hinauf. Er war auf halbem Wege oben, als der Große Mann sich räusperte.

»Verzeiht mir, junger Meister, aber störe ich Euch vielleicht bei etwas?«

Der junge Mann drehte sich halb um und sah auf

den Sprecher zurück, dann stieg er ohne ein Wort den Rest der Treppe hinauf und setzte sich auf die oberste Stufe.

Von den umliegenden Reihen erhob sich erstauntes Gemurmel und sogar einige scharfe geflüsterte Worte des Tadels, aber der junge Mann schien taub dafür zu sein. Er saß da und starrte auf die Plattform hinunter, eine seltsame Intensität in seiner Haltung, die ihn brütend, fast hämisch aufmerksam wirken ließ.

»Sitzen wir bequem?« fragte der Große Mann, eine Spur von Verärgerung in der Stimme.

Der junge Mann nickte bloß.

»Gut. Dann können wir vielleicht fortfahren. Wie ich bereits sagte... In seinem klassischer Werk aus dem fünften Jahrhundert, dem *Ku-hua p'in-lu*[13], hat Hsieh Ho für alle Zeiten die Sechs Prinzipien festgehalten, an denen ein großer Künstler zu erkennen ist. Rufen wir sie uns ins Gedächtnis, erinnern wir uns vielleicht daran, daß nach Hsieh Ho zwar alle sechs in einem großen Kunstwerk vorhanden sein müssen, sie aber dennoch eine Art Hierarchie bilden, wobei das Erste Prinzip, das des geistigen Einklangs, der Harmonie des Geistes mit den Kräften des Lebens – das Gefühl, das wir haben, als werde das Gemälde lebendig durch die Harmonisierung der vitalen Kraft, der *Ch'i*, des Malers mit dem *Ch'i* seines Gegenstandes – den ersten Rang einnimmt, die Erste Ebene, wenn Sie so wollen.«

Das Publikum reagierte auf dieses Wortspiel mit einem milden Gelächter. Er fuhr rasch fort und schob seinen Ärger über die grobe Störung der jungen Mannes für einen Moment beiseite.

»Halten wir uns dies vor Augen, dann sehen wir, wie das Zweite Prinzip, die Feinstruktur des Pinselstrichs – und sein Vermögen, die *Ch'i* oder vitale Energie zu übertragen – aus dem Ersten hervorgeht und in der Tat davon abhängig ist, so wie ein Minister vom Wohlwollen seines T'ang. In ähnlicher Weise hängt das

Dritte Prinzip, die Treue oder Glaubwürdigkeit der künstlerischen Repräsentation in Verhältnis zu ihrem Objekt, von den beiden ersten ab. Und so weiter ...«

Er zögerte, dann sah er direkt den jungen Mann an, der auf der obersten Stufe saß. »Versteht Ihr mich, junger Meister?«

Der junge Mann nickte wieder.

»Gut. Dann will ich rasch fortfahren. Das vierte der sechs großen Prinzipien ist die Ähnlichkeit in der Farbe. Das fünfte ist die richtige Anordnung der verschiedenen Elemente innerhalb des Gesamtplans des Bildes. Das sechste und letzte in unserer großen Hierarchie schließlich ist das Bewahren der Erfahrung der Vergangenheit durch bildnerische Referenzen an die großen klassischen Gemälde.«

Fan Liang-wei lächelte und sah in die Runde, dann trat er zur Seite und drehte sich halb um, als der Bildschirm hinter ihm aufleuchtete und ein altes Gemälde zeigte.

»Es gibt natürlich noch eine weitere Qualität, die Hsieh Ho von einem großen Künstler verlangt hat – eine Qualität, die, weil sie grundlegend für die Kunst ist, in jedem dieser sechs großen Prinzipien enthalten ist – das der *Ching*. Der Genauigkeit oder besser peinlichen Genauigkeit im Detail.«

Er deutete auf das Gemälde. »Dies ist, wie Sie sicher erkennen, Tung Ch'i-Ch'angs *Schattige Behausung unter Flüssen und Bergen*, eines der großen Werke der Ming-Kunst. Dieser hängende Schnörkel ...«

Der Große Mann hatte sich umgedreht und sah ins Auditorium zurück, aber jetzt hielt er mit offenem Mund inne, denn der junge Mann war aufgestanden und schritt langsam wieder die Treppe hinunter.

»Verzeiht mir«, sagte Fan Liang-wei scharf, als ihm der Geduldsfaden riß, »aber muß ich mir noch weitere Störungen gefallen lassen?«

Der junge Mann hielt inne, und ein schwaches

Lächeln umspielte seine Lippen. »Nein. Ich habe genug gehört.«

»Genug gehört...« Für einen Sekundenbruchteil verzerrte Zorn Fans Züge. Dann brachte er sich unter Kontrolle und trat an den Rand der Plattform dem jungen Mann entgegen. »Was meinen Sie damit, genug gehört?«

Der junge Mann starrte Fan Liang-wei an, scheinbar ungerührt von der Härte in seiner Stimme und ohne Ehrfurcht vor seiner Reputation.

»Ich meine, was ich gesagt habe. Ich habe genug gehört. Ich brauche hier nicht zu warten, um zu hören, was Sie zu sagen haben – Sie haben schon alles gesagt.«

Fan lachte verblüfft. »Ich verstehe...«

Der junge Mann hob den Arm und deutete auf den Bildschirm hinter Fan. »Das da zum Beispiel. Das ist Mist.«

Ringsum keuchten die Hörer vor Fassungslosigkeit, und es folgte ein dumpfes Gemurmel. Fan Liang-wei allerdings lächelte jetzt.

»Mist, hm? Ist das Eure geschätzte Meinung, *Shih...?*«

Der junge Mann ignorierte die Erkundigung nach seinem Namen, ebenso wie er das leise Lachen von allen Seiten ignorierte. »Ja«, erwiderte und trat zwei Schritte näher an die Plattform heran. »Es ist tot. Jeder, der zwei Augen im Kopf hat, kann das sehen. Und Sie...« Er schüttelte den Kopf. »Nun, dieses leblose Stück Trödel als eines der größten Werke der Ming-Kunst zu bezeichnen, ist eine Beleidigung des Intellekts.«

Fan richtete sich auf und nahm eine drohende Haltung an, dann lachte er kurz auf. »Sind Sie denn ein Student der Malerei, junger Meister?«

Der junge Mann schüttelte den Kopf.

»Ah, ich verstehe. Und was sind Sie? Wenigstens ein Mitglied des Colleges, nehme ich an?«

Wiederum Gelächter aus dem Auditorium; ein Lachen, das härter und grausamer klang, als amüsierten sich die Studenten lediglich über den Wortwechsel. Der junge Mann war aus der Reihe getanzt. Jetzt würde der Große Mann ihn demütigen.

»Ich bin Wissenschaftler ...«

»Wissenschaftler? Aha, *ich verstehe.*«

Diesmal ähnelte das Lachen einer großen Welle, die von einem Ende des großen Hörsaals zum anderen rollte. Fan Liang-wei lächelte, sah in die Runde und spürte, daß er im Vorteil war.

»Dann kennen Sie sich mit Dingen wie *Gemälden* aus?«

Der junge Mann stand da, während das Lachen im Saal wie eine Welle über ihn hinwegging, und wartete, bis es verebbte. Als es soweit war, antwortete er dem Großen Mann.

»Genug, um zu wissen, daß Tung Ch'i-Ch'ang die Sackgasse eines Prozesses der langsamen Verweichlichung einer einstmals vitalen Kunstform war.«

Der große Mann nickte. »Ich verstehe. Und Cheng Ro ... ich würde sagen, er war wirklich ein großer Maler ... auch Ihrer Einschätzung nach?«

Wieder wurde gelacht, doch diesmal gespannter. Die Atmosphäre hatte sich geändert, knisterte vor Erwartung. Sie rochen Blut.

Der junge Mann senkte den Blick. Dann lachte er zur Überraschung aller. »Wissen Sie, was Ihr Problem ist, Fan Liang-wei?« Er blickte herausfordernd zu dem alten Mann hinauf. »Sie sind ein Sklave der Konvention. Einer Kunst, die keine wirkliche Kunst ist, sondern ein phantasieloses und nachahmendes Handwerk.«

Daraufhin erhob sich ein dumpfes Gemurmel der Mißbilligung. Fan selbst lächelte dagegen immer noch, aber es war die enge, gespannte Maske eines Lächelns, hinter der es in ihm kochte.

»Aber um Ihre Frage zu beantworten«, fuhr der junge Mann fort. »Ja, Cheng Ro war ein großer Maler. Er hatte *Lueh,* diese unschätzbare Fähigkeit, etwas Beiläufiges zu schaffen, fast nachlässig. Seine Tintenzeichnungen von Drachen...«

»*Das reicht*!« schnaubte Fan und bebte vor Entrüstung. »Wie können Sie es wagen, mich über Kunst zu belehren, Sie Ahnungsloser! Wie können Sie es wagen, vor mir zu stehen und mich mit Ihrem haarsträubenden Unsinn zu beleidigen?«

Der junge Mann starrte Fan trotzig an. »Ich wage es, weil ich recht habe. Weil ich es merke, wenn ich einem Idioten zuhöre.«

Im Saal war es totenstill geworden. Fan, der am Rande der Plattform stand, rührte sich nicht. Das Lächeln war von seinem Gesicht gewichen.

»Ein Idiot?« sagte er schließlich mit frostiger Stimme. »Und Sie meinen, Sie können das besser?«

Der junge Mann zögerte. Dann nickte er zur Verblüffung aller und schritt, ohne den Blick von Fan Liangweis Gesicht abzulassen, zur Plattform hinunter.

* * *

Im Café Burgund hatte sich der Vorfall bald herumgesprochen.

An dem Tisch nah am Rande des Grüns saßen die vier Freunde vertraulich eng beieinander und redeten. Wolf hatte die Vorlesung verpaßt, aber Sergej war mit Lotte anwesend gewesen und hatte den jungen Mann auf die Plattform steigen sehen.

»Ihr hättet ihn sehen sollen«, sagte Sergej, und seine Augen glänzten. »Cool wie nur was, ist er da raufgestiegen und hat sich ans Rednerpult gestellt, als wollte er von jetzt an allein weitermachen.«

Wolf schüttelte den Kopf. »Und was hat Fan gesagt?«

»Was hätte er schon sagen sollen? Im ersten Moment war er so baff, daß er mit offenem Mund wie ein Fisch auf dem Trockenen dastand. Dann lief er hochrot an und hat Shepherd angeschrien, er solle sich setzen. Mann, war das herrlich. ›Das ist *meine* Vorlesung‹, sagte der alte Knabe immer wieder. Und Shepherd hat sich eiskalt zu ihm umgedreht und gesagt: ›Dann tun Sie uns alle den Gefallen und sagen etwas, das auch einen Sinn ergibt.‹«

Darüber brachen sie alle in Gelächter aus; alle außer Catherine, die den Blick senkte. »Ich glaube, ich habe ihn schon einmal gesehen«, sagte sie. »Hier drin.«

Sergej nickte. »Man kann ihn schwer übersehen. Er ist ein elender kleiner Wichtigtuer. Wißt ihr, was er macht?« Er sah in die Runde, dann lehnte er sich zurück und hob sein Glas. »Er kommt hier rein, wenn Hochbetrieb ist, und hat einen Tisch für sich allein. Er bezahlt tatsächlich für alle fünf Plätze. Und dann sitzt er da, trinkt Kaffee und rührt nichts zu essen an, und vor ihm auf dem Tisch steht ein Taschen-Komset.« Sergej hob in einer geringschätzenden Geste die Nase, dann kippte er das Glas hinunter.

Wolf beugte sich vor. »Ja, aber was ist passiert? Was hat Fan gesagt?«

Sergej lachte beißend. »Nun, es war seltsam. Es war, als habe Shepherd ihn herausgefordert. Ich weiß nicht. Es war wohl eine Frage geworden, das Gesicht zu wahren … Wie auch immer, statt die Ordner zu rufen und ihn einfach hinauswerfen zu lassen, hat Fan ihn aufgefordert fortzufahren.«

»Ich wette, das hat ihm die Sprache verschlagen!«

»Nein. Und das ist das Erstaunlichste daran. Stell dir vor, Shepherd hat tatsächlich angefangen, uns eine Vorlesung zu halten.«

»Nein!« sagte Wolf, die Augen vor Erstaunen weit aufgerissen. Neben ihm starrte Catherine in ihr Glas.

»Ja … er hat ewig weitergeleiert. Ein Haufen Unsinn

über den Künstler und das Objekt, und daß es zwei Arten von Visionen gäbe. Na ja, eine Menge hochtrabendes Gewäsch.«

»Er hat nicht geleiert, Sergej. Und er war gut. Sehr gut.«

Sergej lachte, beugte sich über den Tisch und lächelte das rothaarige Mädchen an, das nahezu zwei Jahre lang seine Geliebte gewesen war. »Wer hat dir das gesagt? Lotte etwa?« Er lachte. »Nun, wer immer es gewesen ist, er hat unrecht. Ein Jammer, daß du's verpaßt hast, Catherine. Shepherd war recht eindrucksvoll, auf eine beschissene Art, aber ...« Er zuckte die Achseln, hob die freie Hand und spreizte die Finger. »Nun, mehr war's wirklich nicht. Ein Haufen Mist.«

Catherine blickte unsicher zu ihm auf, wie so oft leicht eingeschüchtert von seiner Art. Sie hob ihr Glas, drückte es an die Wange, und der kühle rote Wein warf einen rosigen Schatten über ihr Gesicht. »Ich habe nicht nur davon gehört. Ich war da. Hinten im Saal. Ich bin nur später gekommen.«

»Dann weißt du ja, daß es Quatsch war.«

Sie zögerte und wurde rot. Sie widersprach ihm nicht gern, aber in diesem Punkt irrte er sich. »Ich ... ich finde nicht ...«

Er lachte. »Was findest du nicht?«

Sie wollte es dabei belassen, aber er bohrte nach. »Was wolltest du sagen?«

Sie holte Luft. »Ich wollte sagen, daß er recht gehabt hat. Es steckt wirklich mehr drin, als Fan Liang-wei behauptet. Die Sechs Prinzipien ... sie würgen die Kunst. Denn es ist eben nicht bloß eine Frage der Auswahl und der Interpretation. Wie Shepherd sagte, hat es mit anderen Faktoren zu tun – mit Dingen, die man nicht sehen kann.«

Sergej schnaubte verächtlich.

Sie zitterte. Sein Verhalten machte sie nervös. »Ich wußte, daß du so reagierst. Du bist genau wie Fan

Liang-wei. Über alles, was nicht deinen Vorstellungen entspricht, rümpfst du die Nase. Und ihr beide … ihr seht beide nur den materiellen Aspekt der Kunst – ihre Struktur und ihre plastischen Elemente, ihr seht nicht …«

Sergej hatte die ganze Zeit den Kopf geschüttelt, ein geduldiges, gönnerhaftes Lächeln auf den Lippen, aber jetzt unterbrach er sie.

»Was denn noch? Es ist nur Licht und Schatten, Textur und Farbe. Das ist alles, was man auf die Leinwand bringen kann. Es ist etwas Zweidimensionales. Und dieses ganze Gerede über das, was man nicht sehen kann, ist doch …« Er tat den Rest mit einem beiläufigen Wink ab.

Sie schüttelte heftig den Kopf und war dieses eine Mal wirklich wütend auf ihn. »Nein! Was du meinst, ist großes Design, aber keine große Kunst. Shepherd hatte recht. Dieses Gemälde zum Beispiel – das von Tung Ch'i-ch'iang – war wirklich Mist.«

Sergej schnaubte erneut. »Was du nicht sagst. Aber es hat nichts zu tun mit Kunst, was?« Er lächelte und ließ sich in seinen Stuhl zurückfallen. »Der Bursche hat's dir wohl angetan, was?«

Sie stellte wütend ihr Glas ab. Wein schwappte über und spritzte auf das dunkelgrüne Tischtuch. »Jetzt redest *du* Blödsinn!«

Er schüttelte den Kopf und überging ihre Proteste. »Mein Freund Amandsun hat mir erzählt, daß der Mann nicht bloß Mitglied der Kunstfakultät ist. Er ist wirklich eine Art Wissenschaftler. Ein *Techniker*.«

Er betonte jede Silbe des letzten Wortes und verlieh ihm einen betont angewiderten Beiklang.

Catherine starrte ihn finster an, dann wandte sie sich dem Vogelhaus und seinen farbenfrohen Bewohnern zu. Auf einer der oberen Sitzstangen bauschte ein großer goldener Vogel seine Flügel, als wollte er sie gleich ausstrecken und losfliegen. Die langen, seidigen

Unterfedern waren schwarz wie die Nacht. Er öffnete den Schnabel, dann setzte er sich wieder und gab keinen Laut von sich.

Sergej betrachtete das Mädchen mit halb geschlossenen Augen, dann trieb er seinen Spott auf die Spitze, weil er wußte, daß er gewonnen hatte.

»Na, ich schätze, unsere süße Catherine hätte nichts dagegen, wenn er sich mal an den Dingen zu schaffen machte, die man bei *ihr* nicht sehen kann.«

Das genügte. Sie fuhr herum, packte ihr Glas und schüttete ihm den Inhalt ins Gesicht. Er fluchte, wollte aufspringen und wischte sich die Augen, aber Wolf beugte sich herüber und hielt ihn am Arm fest. »Übertreib's nicht, Sergej. Du bist wirklich zu weit gegangen…«, sagte er und sah dabei zu Catherine hinüber.

Catherine stand da, wild und stolz, den Kopf zurückgeworfen die Züge wutentbrannt; dann nahm sie fünf Münzen aus ihrer Geldbörse und warf sie auf den Tisch. »Für das Essen«, sagte sie. Dann war sie weg, ging zum Hauptweg hinaus und ignorierte die Köpfe, die sich ihr an den anderen Tischen zuwandten.

Sergej wischte sich mit der Ecke des Tischtuchs den Wein aus den Augen. »Das brennt! Das brennt höllisch!«

»Das geschieht dir recht«, meinte Lotte und sah ihrer Freundin nach, ihr Blick ungewöhnlich nachdenklich. »Du mußt es immer zu weit treiben, was?«

Sergej starrte sie finster an, dann gab er nach. Das Haar über seiner Stirn glänzte vor Wein, und sein Kragen war befleckt. Einen Moment später lachte er. »Aber ich hatte recht, oder? Das hat gesessen. Mitten ins Schwarze!«

Wolf neben ihm lachte, sah zu seiner Schwester hinüber und begegnete ihrem Blick. »Ja…«, sagte er, lächelte und fand sein Lächeln erwidert. »Ich habe sie noch nie so wütend erlebt. Aber wer ist dieser Shepherd? Ich meine, wo ist der her?«

Sergej zuckte die Achseln. »Das weiß anscheinend niemand. Er gehört keiner der bekannten Familien an. Und er freundet sich mit niemandem an, soviel steht fest.«

»Ein Emporkömmling, meinst du?« Lotte beugte sich vor, sammelte die Münzen ein und schichtete sie zu einem sauberen Stapel auf.

»Ich nehme an.« Sergej fuhr mit den Fingern über seinen Saum und leckte sie ab. »Hmmm. Es könnte interessant sein, es herauszufinden, was denkt ihr? Sollen wir versuchen, etwas über ihn ans Tageslicht zu bringen?«

Wolf lachte. »Ans Tageslicht bringen... Das gefällt mir. Meinst du etwa ...?«

Sergej rümpfte die Nase, dann schüttelte er den Kopf. »Nein. Er ist zu groß, um aus dem Lehm gekommen zu sein. Man kann diese Schlümpfe aus zehn *li* Entfernung erkennen. Nein, einer von den Mittleren Ebenen, würde ich sagen.«

Lotte blickte auf und lächelte. »Nun, woher er auch kommt, er hat Nerven, das muß man ihm lassen.«

Sergej dachte nach, dann stimmte er widerwillig zu. »Ja. Auf eine plumpe, ungehobelte Art ist er beeindruckend. Aber er hat kein Benehmen. Ich meine, der arme alte Fan war völlig sprachlos. Er wird keine Ruhe haben, bis er's unserem Freund irgendwie heimgezahlt hat, da könnt ihr sicher sein.«

Wolf nickte. »Das ist der Ärger mit den unteren Ebenen«, sagte er und sah zu, wie die Hände seiner Schwester die Münzen zu einem Stapel häuften und wieder umwarfen. »Sie haben kein Gefühl für das, was richtig ist. Kein Gefühl für *Li*. Für Anstand.«

»Oder für Kunst...«, fügte Sergej hinzu.

»Nein...« Und ihr Lachen schallte über die Tische.

* * *

Ben zog sich in den Schatten zurück und beobachtete sie. Die beiden Alten waren vor dem behelfsmäßigen Altar in die Knie gegangen und hatten die Papieropfer und die Essensschalen vor sich ausgebreitet. Sie verbeugten sich gemeinschaftlich und murmelten ein Gebet an die Geister der Verstorbenen. Dann, während einer von ihnen aufstand und mit gesenktem Kopf zurücktrat, zog der andere eine kleine Bürste aus seiner Jackentasche und reinigte die Fläche des Altars, indem er nacheinander die Schalen anhob.

Die beiden Männer waren nicht mehr als zehn oder fünfzehn Schritte von Ben entfernt und doch schien eine gewaltige Kluft sie von ihm zu trennen – ein Abgrund der Verständnislosigkeit. Er bemerkte das Papiergeld, das sie für den Toten ausgebreitet hatten, und die Zweige von Plastikweiden, die einzeln von ihren Haarknoten herabhingen, und runzelte die Stirn, weil er nicht begriff, was sie bedeuteten.

Als sie fort waren, trat er ins Freie vor die Mauer und betrachtete sie und die Opfer, die davor ausgebreitet lagen. Es war eine einfache viereckige Mauer, das Ende einer der vielen Sackgassen, die von der Hauptstraße abzweigten, doch sie war in etwas anderes umgewandelt worden. Wo man nacktes Mauerwerk erwartete, stieß man auf Hunderte kleiner Tafeln, in die die Namen und die Geburts- und Todesdaten der Verschiedenen graviert waren. Er trat näher und las einige von ihnen, dann bückte er sich und hob eine der papiernen Geldnoten auf. Sie war wundervoll gearbeitet, wie die anderen Geschenke hier, aber nichts davon war wirklich. Diese Dinge waren den Toten zugedacht.

Die letzte Stunde war er einfach nur durch die untersten Ebenen des Oxford-Stocks spaziert und hatte die Ereignisse im Hörsaal zu verarbeiten versucht, war ziellos wie ein Geist durch die Korridore geirrt.

So hatte er zumindest angenommen.

Ihr Lachen hatte ihn nicht berührt. Es war ein primitives, bedeutungsloses Geräusch gewesen; ein Gekreisch, das die innere Leere auszufüllen versuchte. Nein, aber diese Leere selbst – dieses Unbehagen, das er während seines Vortrags hinter jedem Auge gesehen hatte – *das* besorgte ihn wirklich. Er hatte das Gefühl gehabt, zu Toten zu reden. Zu den Horden der hungrigen Geister, die dem Glauben der Han nach keine Wurzeln hatten, die sie an diese Welt banden – keine lebenden Nachkommen, die ihre allzu menschlichen Bedürfnisse befriedigten. Sie waren verloren und sie sahen verloren aus. Sogar ihr Führer, der Große Mann. Er mehr noch als jeder andere von ihnen.

Diese Gedanken hatten ihn ausgefüllt und seine Stimmung verdüstert. Und dann mußte er auf dies hier stoßen …

Ben fuhr herum, als er hinter sich ein Geräusch hörte, aber es war nur ein alter Mann, der an einem Joch über der Schulter zwei Töpfe trug, die sich das Gleichgewicht hielten. Als der Alte näherkam, bemerkte er Ben, blieb stehen, und sein altes Gesicht legte sich in Falten, als mißtraue er ihm.

Ben stand auf. »Entschuldigung. Ich wollte Sie nicht erschrecken. Ich habe nur geschaut …« Er lächelte. »Sind Sie ein *Ch'a*-Verkäufer?«

»*Ch'a?*« Der Alte starrte Ben verwirrt an, dann sah er auf einen der Töpfe, die er trug, und gab ein gackerndes Lachen von sich. »Nein, Meister. Da irren Sie sich. Das hier …«, er lachte wieder und zeigte seine abgebrochenen Zähne, »das ist kein *Ch'a*. Das hier ist Asche.«

»Asche?«

Der Alte grinste ihn grimmig an. »Natürlich. Ich bin der *Lu Nan Jen* für diesen Stock.«

Der Ofenmann! Natürlich! Deshalb die Asche … Ben lachte überrascht. »Und das hier?« fragte er, drehte sich halb um und deutete auf den Schrein, die Papieropfer und die Essensschalen.

Der alte Mann lachte unbehaglich. »Sie sind seltsam, Meister. Wissen Sie nicht, welcher Tag heute ist? Es ist *Sao Mu*, das Fest der Toten.«

Ben riß die Augen auch. Natürlich! Der fünfzehnte Tag im dritten Monat des alten Kalenders. *Ch'ing Ming*, das Fest der Helligkeit und Reinheit, wenn die Gräber gekehrt und den Verstorbenen Opfer dargebracht wurden.

»Verzeihen Sie mir«, entschuldigte er sich gleich. »Ich bin Student. Meine Studien ... sie haben mich in letzter Zeit sehr beschäftigt.«

»Aha, ein *Student* ...« Der Alte verbeugte sich respektvoll und das Joch hüpfte dabei auf und ab. Dann blickte er auf, und seine alten Augen blinzelten. »Ich fürchte, ich kann Ihnen nichts von dieser Asche anbieten, Meister, aber die *Ch'a*-Kessel steht drinnen, wenn Sie mich mit Ihrer Gegenwart ehren wollen.«

Ben zögerte, dann erwiderte er die Verbeugung des Alten. »Es wäre mir eine Ehre, *Lu Nan Jen*.«

Der Alte grinste ihn erfreut an und sein Kopf hüpfte auf und ab, dann schlurfte er zu einer Tür am anderen Ende des Korridors. Ben folgte ihm ins Innere und sah sich in dem kleinen Raum um, wo der Alte seine Töpfe abstellte und sich von dem Joch befreite.

»Ich muß mich für diese Unordnung entschuldigen, Meister. Ich habe selten Besucher. Wenige *lebende* Besucher, wenn Sie mich verstehen.«

Ben nickte. Am anderen Ende des Zimmers befand sich eine zweite Tür mit einem Zeichen in Mandarin, das Unbefugten den Eintritt verbot. An der Wand daneben stand ein schmales Regal, in dem ein mageres Dutzend Foliebücher lagen – von der Sorte, die auf Berührung reagierten. Abgesehen davon waren lediglich ein Bett, ein kleiner Hocker und ein niederer Tisch vorhanden, auf dem ein *Ch'a*-Kessel und eine einzige Schale standen. Er sah sich um, während der Alte den *Ch'a* eingoß und sich dann umdrehte, um ihm die Schale hinzuhalten.

»Ich hoffe, Sie teilen mit mir«, sagte er und sah dem Alten in die Augen.

»Ich…« Der Alte zögerte, dann verneigte er sich knapp. Mit solcher Freundlichkeit hatte er offenkundig nicht gerechnet.

Ben trank einen Schluck *Ch'a,* dann bot er dem Alten die Schale an. Wiederum zögerte er, dann nahm er ihm, ermuntert durch Bens warmes Lächeln, die Schale ab und trank geräuschvoll.

»Es muß ein seltsames Leben sein, das Sie hier führen, *Lu Nan Jen.*«

Der Ofenmann lachte und schaute umher, als dachte er zum erstenmal darüber nach. »Nicht seltsamer als das von anderen Leuten.«

»Mag sein. Aber was für ein Leben ist das?«

Der Alte nahm Platz, dann beugte er sich auf dem Hocker nach vorn und hielt die Schale *Ch'a* locker in einer Hand. »Wollen Sie den Job?« fragte er, amüsiert über Bens Erkundigung.

Ben lachte. »Nein. Ich habe genug zu tun, *Lao jen*… Aber Ihre Arbeit… sie fasziniert mich.«

Der alte Mann kniff leicht die Augen zusammen. »Meinen Sie meine Arbeit oder das, womit ich arbeite?«

»Können Sie beides so leicht trennen?«

Der Ofenmann senkte den Blick, ein seltsames Lächeln auf den Lippen, dann blickte er wieder auf und hielt Ben die Schale *Ch'a* hin. »Sie scheinen eine Menge zu wissen, junger Meister. Welches Fach studieren Sie?«

»Das Leben«, antwortete Ben. »Sagt mein Vater zumindest.«

Der Alte sah ihm fest in die Augen, dann nickte er,

beeindruckt von der Ernsthaftigkeit, die er im Gesicht des jüngeren Mannes ausmachte.

»Es ist ein sehr einsames Leben, junger Meister.« Er kicherte leise, dann rieb er seinen spärlichen Kinnbart. »Oh... Mir begegnen viele Menschen, aber nur wenige, die zum Reden imstande oder aufgelegt sind.«

»Sind Sie immer allein gewesen?«

»Immer?« Der Alte rümpfte die Nase, und seine dunklen Augen nahmen plötzlich einen intensiven Ausdruck an. »Immer ist eine lange Zeit, Meister, wie meine Kunden Ihnen bestätigen würden, wenn sie könnten. Aber um Ihre Frage zu beantworten... Nein, es gab Frauen – ein paar – in den jüngeren Jahren.« Er blickte auf und wurde mit einem Mal ganz ernst. »Oh, mißverstehen Sie mich nicht, Meister, ich bin in dieser Hinsicht wie jeder andere Mann. Das Alter stillt die Bedürfnisse nicht, und ein guter Fick ist ein guter Fick, was?«

Weil Ben darauf nichts erwiderte, zuckte der Alte die Achseln.

»Wie auch immer... es gab ein paar. Aber sie sind nicht lang geblieben. Nicht nachdem sie herausgefunden hatten, was sich im Hinterzimmer versteckte.«

Ben drehte sich um und sah mit gehobenen Augenbrauen zu der Tür.

»Wollen Sie's sehen?«

»Darf ich?«

Er stellte den *Ch'a* ab und folgte dem Alten, ohne zu wissen, was ihn erwartete. Ein privater Ofen? Bis unter die Decke gestapelte Totenschädel? Frische Leichname, teilweise seziert? Oder etwas noch Schrecklicheres? Ein leichter Schauer der Erwartung durchlief ihn. Aber was er dann tatsächlich zu sehen bekam, traf ihn völlig unvorbereitet.

Er trat näher, dann lachte er erleichtert. »Aber das... Das ist ja wundervoll!«

»Wundervoll?« Der Alte trat an seine Seite und versuchte es so zu sehen, wie Ben es sah, mit neuen Augen.

»Ja...«, sagte Ben und streckte die Hand aus, um eine der winzigen Figuren bei dem Baum zu berühren. Dann zog er den Finger zurück und berührte ihn mit seiner Zunge. Es war ein seltsamer und doch vertrauter Geschmack. »Was haben Sie benutzt?«

Der Alte deutete zur Seite. Dort auf einem kleinen Tisch lagen seine Pinsel und Farben und neben den Farbtöpfen eine Schale wie die beiden, die er getragen hatte, als er Ben über den Weg lief. Eine Schale voller Asche.

»Ich verstehe«, sagte Ben. »Und Sie vermischen die Schale mit Farbstoffen?«

Der Alte nickte.

Ben sah das Wandgemälde genauer an. Es füllte die Rückwand fast vollständig aus. Nur ein paar weiße Stellen hier und dort, an den Rändern und in der oberen linken Ecke des Gemäldes deuteten darauf hin, wo die Komposition noch unvollendet war. Ben konnte den Blick kaum mehr davon abwenden, dann fiel ihm plötzlich ein, was der Alte gesagt hatte.

»Wie lang, sagten Sie, haben Sie daran gearbeitet?«

Der Alte hockte sich hin, um etwas am unteren Rand des Gemäldes zu begutachten. »Ich habe nichts dergleichen gesagt.«

»Aber...« Ben drehte sich um, sah ihn an und bemerkte Dinge in seinem Gesicht, die ihm bisher entgangen waren. »Ich meine, was Sie über die Frauen sagten, als Sie jünger waren. War das hier damals schon da?«

»Das?« Der Alte lachte. »Nein, das nicht. Zumindest nicht ganz. nur ein kleiner Teil. Das hier...« Er umschrieb mit den Fingern einen kleinen Abschnitt der Komposition in der Mitte der unteren Hälfte.

»Ja. Natürlich.« Jetzt konnte Ben es sehen. Die Figuren waren viel gröber gemalt als die anderen. Nicht daß sie seine Aufmerksamkeit auf sich gezogen hatten, ihm fiel in erster Linie auf, wie die Komposition von der Mitte aus gewachsen war. Der Ofenmann hatte seine Kunst langsam und geduldig erlernt, ihr Jahr um Jahr etwas hinzugefügt und die Spannbreite seiner Ausdrucksmittel erweitert. Bis ...

Ben trat zurück und nahm die Komposition zum erstenmal in ihrer Gesamtheit in sich auf.

Es war ein Totentanz. Ganz zur Linken führte eine riesige Gestalt – riesig zumindest im Verhältnis zu den anderen, viel kleineren Gestalten – den Tanz an. Es war eine hochgewachsene, ausgemergelte Gestalt mit wächserner bleicher Haut und dem Körper eines schlecht genährten Kämpfers, geschmeidigen, muskulösen Armen und langen straffen Beinen wie denen eines Läufers. Sein Körper war nach links gewandt – dem Westen und der Dunkelheit dahinter zu –, aber seine pferdeartiger, kahlgeschorener Kopf hatte sich auf dem langen Hals unnatürlich verdreht und starrte leidenschaftslos auf die nackte Horde zurück, die ihm Hand in Hand auf dem Weg durch die Bäume folgte.

In seinen langen, dünnen Händen hielt der Tod eine Flöte, deren Rohrblatt in seinem lippenlosen Mund steckte. Aus der spitz zulaufenden Öffnung der Flöte quoll ein Schwarm winziger Vögel, schwarz wie Raben, doch viel grausamer, mit runden Augen, die wie kleine milchweiße Perlen aussahen, als sie über die Horde herfielen und ihnen Augen und Glieder zerhackten.

Zur Rechten standen die Bäume, Weiden, Eschen und Maulbeerbäume. Unter ihnen und zu ihrer Linken, im Mittelpunkt des Wandgemäldes, ergoß sich zwischen Felsen ein von der gelben Erde des nördlichen Chinas gefärbter Fluß. Dies waren die Gelben Quellen, unter denen der Legende nach die Toten ihre Heimat hatten, ihr *Ti yu* oder ›irdisches Gefängnis‹. Er sah vereinzelte Gestalten in der Menschenmasse – Han und *Hung Mao* gleichermaßen –, die voller Hoffnungslosigkeit zu diesem goldenen Sturzbach emporblickten, ohne etwas von seiner strahlenden Schönheit zu sehen.

Es war eine Szene des Leids und der Marter, doch sie hatte auch etwas Mitfühlendes an sich. Unter einem der Bäume umarmten sich die beiden Gestalten, die ihm als erste aufgefallen waren, ein letztes Mal, ehe sie sich dem Tanz anschlossen. Es waren eine Mutter und ihr Kind. Die Mutter mußte ihre Furcht bezwingen, um ihr in Tränen aufgelöstes Kind zu trösten. Und ein Stück weiter, unter der größten der Weiden, preßten zwei Liebende ihre Lippen zu einem letzten verzweifelten Kuß aufeinander in dem Wissen, daß sie sich für immer trennen mußten.

Er betrachtete das Bild geraume Zeit, nahm es völlig in sich auf, dann nickte er, weil er den Stil erkannte. Es war *Shanshui* – Berge und Wasser. Aber dies hier hatte nichts mit der leblosen Perfektion gemein, mit der Tung Ch'i-ch'ang gemalt hatte. Diese Berge waren lebendig, in Bewegung, das Wasser toste, aufgewühlt von dem Gewirr der Felsen, durch das es herabschoß.

Es war eine Endzeitvision. Nicht des Todes eines einzelnen Menschen, sondern einer Welt. Des Todes von Chung Kuo selbst.

Er trat zurück und zitterte. Es war lange her, seit ihn etwas derart im Innersten berührt hatte. Der Ofenmann war kein großer Maler – zumindest nicht in technischer Hinsicht –, doch was ihm handwerklich fehlte, machte er durch die Kraft seiner Vision wett. Dies hier war real. Es hatte *Ch'i* – Vitalität. Im Übermaß.

»Jetzt verstehe ich, warum die Frauen Sie verlassen haben, *Lu Nan Jen*. War das ein Traum?«

Der Alte drehte sich um und sah Ben an. Seine ganze Haltung hatte sich verändert. Man konnte ihn nun auf keinen Fall mehr für einen einfachen *Ch'a*-Verkäufer halten.

»Sie verstehen das also?«

Ben sah ihm in die Augen. »Wann hatten Sie ihn?«

»Als ich zehn war. Mein Leben...« Er zuckte die Achseln, dann sah er weg. »Ich schätze, danach konnte ich nichts anderes mehr werden als ein *Lu Nan Jen*. Es gab keine andere Schule für mich.«

»Ja...« Ben drehte sich um, sah es noch einmal an und empfand Ehrfurcht vor seiner schieren Kraft. »All das... ihre Arbeit... sie müssen sehr beschäftigt sein.«

»Beschäftigt?« Der Alte lachte. »Es gibt in den Sieben Städten niemanden, der so viel zu tun hat wie der Ofenmann, es sei denn die Hebamme. Angeblich sterben jedes Jahr achthundert Millionen. Achthundert Millionen – und jedes Jahr werden es mehr. Immer mehr. Für solche Massen gibt es unter der Erde keinen Platz. Deshalb kommen sie in meine Öfen.« Er lachte und hatte dabei einen seltsam nachdenklichen Ausdruck im Gesicht. »Beunruhigt Sie das, junger Meister?«

»Nein.« Ben antwortete ehrlich, doch er dachte dabei an seinen Vater. Wie lang würde es dauern, bis Hal auch tot war – nur noch in der Erinnerung lebendig? Doch wenigstens er würde in Frieden in der Erde ruhen. Ben runzelte die Stirn. »Ihre Vision ist phantastisch, *Lu Nan Jen*. Und doch, wenn Sie reden, hört sich das alles so... so prosaisch an. So bedeutungslos.«

»Aus dem Nichts sind sie gekommen. Ins Nichts werden sie zurückkehren.«

»Ist es das, was Sie glauben?«

Der Alte zuckte die Achseln, und sein Blick wanderte auf dem Wandgemälde ganz nach links, in die Dunkelheit neben der Gestalt des Todes. »An nichts zu glauben, ist das auch ein Glaube? Wenn ja, dann glaube ich.«

Ben lächelte. Der Alte verfügte über mehr Verstand und Weisheit als tausend Fan Liang-weis. Und er selbst? Woran glaubte er? Glaubte er an nichts? War die Dunkelheit einfach Dunkelheit? Oder verbarg sich etwas in ihr? So wie hinter dem Licht eine Kraft zu stecken schien, steckte auch eine Kraft hinter der Dunkelheit? Vielleicht sogar dieselbe Kraft?

Der Alte seufzte. »Vergeben Sie mir, junger Meister, aber ich muß Sie jetzt allein lassen. Ich muß nach meinen Öfen sehen. Aber bitte, wenn Sie noch etwas hierbleiben möchten...«

Ben neigte den Kopf. »Ich danke Ihnen, *Lu Nan Jen*. Ich bin geehrt, daß Sie mir Ihr Werk gezeigt haben. Es kommt nicht jeden Tag vor, daß mir etwas so Reales begegnet.«

Der Ofenmann verneigte sich, dann sah er Ben wieder in die Augen. »Ich bin froh, daß Sie mitgekommen sind, junger Meister. Es kommt nicht jeden Tag vor, daß ich jemandem begegne, der solche Dinge versteht. Der Traum macht Gebrauch von uns, nicht?«

Ben nickte, bewegt von der Demut des alten Mannes. *So etwas* zu schaffen und sich doch darüber klar zu sein, wie wenig *er* mit dieser Schöpfung zu tun hatte – das war wahre Weisheit.

Er verbeugte sich und wollte gehen, blieb aber noch einmal stehen. »Noch eines«, sagte er und wandte sich zurück. »Glauben Sie an Geister?«

Der Ofenmann lachte und schaute ringsum in die Luft. »Geister? Nun, hier gibt's nichts anderes als Geister.«

* * *

»Catherine? Bist du da drin?«

Sie schloß die Augen, lehnte ihre Stirn gegen den glatten, kühlen Lack der Tür und wünschte sich, daß er ginge und sie in Frieden ließe, aber seine Stimme meldete sich wieder, diesmal lauter und beharrlicher.

»Catherine? Du bist doch da drin, nicht wahr? Laß mich rein.«

»Geh weg«, sagte sie und hörte die Müdigkeit in

ihrer Stimme. »Du hast doch eine Verabredung mit dem jungen Heng, oder? Warum gehst du nicht einfach dahin und läßt mich in Ruhe?«

»Laß mich rein«, ignorierte er ihre Erwiderung. »Komm schon. Wir müssen miteinander reden.«

Sie seufzte, dann trat sie zurück und legte die Hand ans Schloß. Die Tür glitt sofort auf.

Sergej hatte sich umgezogen. Er trug jetzt seine Spielkleidung – dunkle Seidensachen, die ihm eine harte, beinahe bedrohliche Aura verliehen. Sie hatte sie nie gemocht, am allerwenigsten jetzt, wo sie wütend auf ihn war.

»Immer noch schlechter Laune?« fragte er und ging an ihr vorbei ins Zimmer.

Sie hatte ein Laken über die Staffelei geworfen, um zu verstecken, woran sie gearbeitet hatte, aber er ging geradewegs darauf zu und warf das Laken zurück.

»Hat das den ganzen Ärger verursacht?«

Sie schlug nervös mit der flachen Hand auf das Tastfeld, um die Tür zu schließen, und wandte sich ihm zu.

»Was willst du?«

Er lachte, dann kam er näher. »Ist das etwa eine Begrüßung?«

Er wollte sie umarmen, aber sie stieß ihn weg.

»Du vergißt schnell«, sagte sie, ging an ihm vorbei und warf das Laken wieder über die Staffelei.

»Das war doch nur ein Scherz...«, begann er, aber sie fuhr daraufhin wütend herum.

»Du bist wie ein kleines Kind! Weißt du das?«

Er zuckte die Achseln. »Ich dachte, das hätte dir so an mir gefallen? Außerdem bist du's nicht gewesen, der man Wein ins Gesicht geschüttet hat. Das tut weh.«

»Gut.«

Sie wandte sich ab, doch er packte sie am Arm und zog sie zurück.

»Laß mich los«, sagte sie kühl und sah auf die Stelle, wo er sie festhielt.

»Nicht bevor du dich entschuldigt hast.«

Sie lachte fassungslos. »*Ich* mich entschuldigen? Nach dem, was du gesagt hast? Du kannst in der Hölle verrotten, bevor ich mich bei dir entschuldige!«

Er verstärkte seinen Griff, bis sie aufschrie und ihren Arm gewaltsam wegriß.

»Du Dreckskerl ... Du hast kein Recht ...«

»Kein *Recht*?« Er trat näher, und beugte sein Gesicht drohend zu ihrem herab. »Nach dem, was in den letzten Jahren zwischen uns gewesen ist, hast du die Stirn, mir zu sagen, ich hätte kein *Recht*?« Seine Stimme klang hart, härter als sie sie je zuvor gehört hatte, und sie merkte plötzlich, daß sie vor diesem Zug an ihm Angst hatte. War er immer vorhanden gewesen, knapp unter der Oberfläche seines Charmes? Ja. Sie hatte es immer von ihm gewußt. Vielleicht hatte sie ursprünglich sogar dies zu ihm hingezogen. Aber jetzt war sie dessen über, hatte genug von seiner gedankenlosen Herrschaft über sie. Sollte er sich doch zu Tode trinken, den ganzen Tag herumhuren oder sein ganzes Geld verspielen – es würde sie nicht mehr kümmern.

»Geh einfach, Sergej. Jetzt, bevor du dich noch mehr zum Narren machst.«

Sie sah, wie er vor Zorn die Augen aufriß, und wußte, daß sie das Falsche gesagt hatte. Er packte sie grob am Hals und zerrte sie zu sich heran. »Zum Narren?«

Trotz ihrer Furcht erkannte sie die seltsame Übereinstimmung seiner Worte mit denen, die Fan Liang-wei Shepherd gegenüber gebraucht hatte. Dann kämpfte sie darum, von ihm loszukommen, schlug gegen seine Arme und seinen Rücken, als er gewaltsam ihr Kinn herumzog und seinen Mund auf ihren preßte. Erst dann ließ er sie los und stieß sie von sich, als habe er genug von ihr.

»*Jetzt* erst werde ich zu Heng gehen.«

Sie zitterte und wischte sich unbewußt mit einer

Hand über den Mund. »Du Scheißkerl«, sagte sie kleinlaut. »Du widerlicher Scheißkerl.« Sie war den Tränen nah, als der Schmerz, den sie empfand, ihre Wut verdrängte. Wie konnte er es nur wagen, so mit ihr umzuspringen? Wie konnte er es wagen, sie wie sein Eigentum zu behandeln?

Aber er schüttelte nur den Kopf. »Werde erwachsen, Catherine. Bei allen Göttern, werde endlich erwachsen.«

»Ich?« Aber ihre Empörung war an ihn verschwendet. Er hatte sich abgewandt. Mit einem Fausthieb gegen das Schloß öffnete er die Tür und zwängte sich hinaus, bevor sie sich ganz geöffnet hatte. Dann war er fort.

Sie stand eine Weile da und starrte auf die offene Tür, während Furcht, Schmerz und Zorn in ihrem Inneren miteinander rangen. Dann, als das automatische Schloß einrastete und die Tür sich mit einem Zischen schloß, drehte sie sich um und ging in die Küche. Sie langte nach oben, zog eine Flasche Pfirsichbranntwein aus dem Regal und goß sich mit zitternden Händen ein großes Glas voll. Indem sie mit beiden Händen das Glas ruhig hielt, kippte sie dann einen tiefen, kräftigen Schluck hinunter und schloß die Augen, um das Brennen der aromatischen, dunklen Flüssigkeit in ihrer Kehle zu spüren.

Sie erschauderte. Dieser Dreckskerl! Wie konnte er es nur wagen?

Wieder im anderen Zimmer, stellte sie das Glas auf den Boden, zog das Laken von der Staffelei und betrachtete das Gemälde. Es sollte ein gemeinsames Porträt werden. Von ihr und Sergej. Sie hatte es ihm zum zweiten Jahrestag ihrer Liebschaft schenken wollen, der schon zwei Wochen zurück lag. Aber jetzt …

Sie sah es jetzt mit anderen Augen. Es war Mist. Seelenloser Mist. So schlecht wie die Landschaft von Tung Ch'i-Ch'ang. Sie drückte den Löschknopf und trat zurück, um zuzusehen, wie die Gesichter verblaßten und aus der bunten, konturierten Leinwand ein einfaches, seidenglattes Rechteck von jungfräulichem Weiß wurde.

Sie empfand nichts dabei, dann ging sie in die Knie, hob ihr Glas auf und drückte es sich an die Wangen, bevor sie es an ihre Lippen setzte und trank.

Sie blickte wieder auf und faßte einen jähen Entschluß. Zum Teufel mit ihm! Wenn er eine solche Meinung von ihr hatte – wenn er sie so zu behandeln gedachte – dann hatte sie genug davon. Dann würde sie ein für allemal Schluß machen.

Sie schluckte und empfand die Wärme in ihrer Kehle als trügerisch. So sehr sie entschlossen war, nicht zu weinen, drohten ihr Tränen über die Wangen zu laufen. Sie schniefte, dann hob sie ihr Glas und hob es zu einem Prost gegen die schweigende Tür.

»Schieß in den Wind, Sergej Novacek! In der Hölle sollst du verfaulen!«

* * *

Sergej stand auf der obersten Stufe und sah in den riesigen, gedämpft beleuchteten Spielsaal der Jadepfingstrose hinab. Lampen unter der Decke hoben die Tische hervor, an denen Spiele im Gang waren, während sich im hinteren Teil von links nach rechts eine rücklings beleuchtete und wie ein sichelförmiger Mond geschwungene Bar erstreckte. Unten herrschte Hochbetrieb. Um einige der Tische hatten sich Menschenmengen gebildet, und das aufgeregte Stimmengewirr drang bis zu seinem Standort hinauf.

Ein süßer, fast beißender Geruch hing in der Luft, wie eine Mischung von Zimt mit Pflaumen und Jasmin, seltsam feminin, doch bei weitem zu stark, um angenehm zu sein. Es war ihr Geruch – der Söhne der Untergeordneten Familien und ihrer Freunde. Das charakteristische Merkmal dieser Han-Elite; wie eine pheromonale Tönung. Sergej lächelte. Theoretisch war die Jadepfingstrose ein gemischter Club, für dessen Mitgliedschaft nicht Rasse, sondern Empfehlung und Wahl als ausschlaggebend galten, doch tatsächlich waren die einzigen *Hung Mao* hier Gäste wie er selbst.

Yang kuei tzu, nannten sie seinesgleichen. »Teufel des Meeres«. *Barbaren.*

Selbst der Han an der Tür hatte auf ihn herabgesehen. Ihm war die Geringschätzung hinter der freundlichen Maske nicht entgangen. Er hatte mitbekommen, wie der Mann, als Sergej weiterging, sich dem anderen Türsteher zuwandte und ihm in seiner eigenen Sprache einige Worte zuflüsterte, hatte sie lachen gehört und gewußt worüber.

Nun, heute abend würde er einigen das Grinsen auf den Lippen gefrieren lassen. Und Heng? Sein Lächeln wurde für einen Augenblick breiter. Er würde dafür sorgen, daß Heng eine Zeitlang keinen Anlaß mehr zum Grinsen hätte.

Er ging über die flauschigen Teppich hinunter, an der großen Drachenkopf-Skulptur vorbei und drängte sich zur Bar durch.

Wo immer er vorbeiging, starrte man ihn in unverhohlener Feindschaft an.

Heng Chiang-ye hielt sich am angegebenen Ort auf, einem Tisch ganz links in der Nähe der Bar; einem großen, sechseckigen, mit einem hellroten Seidentuch bedeckten Tisch. Platzhalter der *Wu-fu,* der fünf Götter des guten Geschicks [14], bildeten als grün hervorgehobene Silhouetten eine gemusterte Grenze um ihre Kante.

Er lächelte und verneigte sich. »Heng Chiang-ye ... Ich hoffe, Sie haben meine Nachricht erhalten.«

Heng Chiang-ye saß auf der anderen Seite des Tisches und hatte vor sich ein Glas und eine Weinflasche stehen. Zu beiden Seiten von ihm saßen seine Freunde, insgesamt vier junge, frisch aussehende Han Anfang Zwanzig, deren lange Fingernägel und reichverzierten Seidengewänder Visitenkarten ihres Standes waren. Sie starrten Sergej kühl an wie einen Fremden, während Heng sich vorbeugte und dabei ein schwaches Lächeln seine Lippen umspielte.

»Willkommen, *Shih* Novacek. Ich habe Ihre Nachricht erhalten. Dennoch habe ich mich gefragt, ob Sie heute abend tatsächlich erscheinen würden.« Sein Lächeln wurde breiter, wie um seinen Spott zu unterstreichen. »Wie auch immer, jetzt sind Sie hier, nicht wahr? Also ... bitte, nehmen Sie Platz. Ich werde den Kellner bitten, Ihnen einen Drink zu bringen.«

»Nur einen Wein«, antwortete er auf die unausgesprochene Frage, dann setzte er sich und bedachte die anderen zur Begrüßung mit einem Lächeln; nicht ohne ihnen innerlich das Schlechteste zu wünschen.

Er lächelte, dann zog er den Seidenbeutel aus seiner Jackentasche und warf ihn über den Tisch, so daß er direkt vor Heng Chiang-ye liegen blieb. Es geschah absichtlich; nicht so sehr als Beleidigung denn als eine gewollte Taktlosigkeit. In den Kreisen, in denen Heng sich bewegte, wurde es nicht als notwendig erachtet, seine Liquidität zu beweisen, bevor man zu spielen anfing. Es wurde angenommen, daß man auch mögliche Schulden begleichen konnte, wenn man sich an einen Spieltisch setzte. So lief es unter der *Ch'un tzu*. Nur *Hsiao jen* – kleine Männer – verhielten sich so, wie Sergej es jetzt tat.

Sergej bemerkte die Blicke, die Heng und seine Freunde wechselten, und lächelte innerlich. Ihre Arroganz, ihr leichtfertiges Überlegenheitsgefühl – beides waren Schwächen. Und je mehr er diese Arroganz spürte, um so schwächer wurden sie. Und je schwächer sie waren, desto stärker war er.

»Was ist das?« fragte Heng und befingerte die Schnur des Beutels, als sei sie etwas Schmutziges.

»Mein Einsatz«, erklärte Sergej und rückte auf seinem Stuhl ein Stück nach vorn, als habe ihn etwas aus der Fassung gebracht. »Schauen Sie nach und überzeugen Sie sich. Ich glaube, Sie werden's für genug befinden.«

Heng lachte und schüttelte den Kopf. »Also wirklich, *Shih* Novacek. So geht das bei uns nicht.«

Sergej hob wie verwirrt die Augenbrauen. »Möchten Sie denn nicht spielen? Aber ich dachte ...«

Heng lächelte gepreßt. Sein Englisch klang gezwungen höflich. »Das habe ich nicht gemeint.« Er hob den Beutel mit zwei Fingern und warf ihn über den Tisch zurück. »Sie wären nicht hier, wenn ich ihre ... ihre Zahlungsfähigkeit angezweifelt hätte.«

Sergej lächelte. »Verzeihen Sie mir«, sagte er und sah in die Runde, als er den Beutel aufhob und in seine Tasche zurücksteckte. »Ich wollte Sie nicht beleidigen.«

»Natürlich«, erwiderte Heng lächelnd, doch die Blicke, die er seinen Freunden zuwarf, sprachen Bände darüber, was er wirklich dachte. »Ich verstehe, *Shih* Novacek. Unsere Sitten unterscheiden sich von Ihren. Aber das Spiel ...«

Sergej senkte leicht den Kopf, als anerkenne er die Weisheit dessen, was Heng Chiang-ye gesagt hatte. »Das Spiel steht für sich. Es ist für Han und für *Hung Mao* das gleiche.«

Heng nickte andeutungsweise. »So ist es. Nun ... wollen wir spielen?«

»Nur Sie und ich, Heng Chiang-ye? Oder möchten die *Ch'un tzu* sich uns anschließen?«

Heng sah nach beiden Seiten. »Chan Wen-fu? Tsang Yi? Wollt ihr spielen?«

Zwei der Han nickten, die beiden anderen standen auf einen Wink hin auf und machten den anderen Platz, sich um den Tisch zu verteilen.

»Ihr seid Westen, *Shih* Novacek. Ich Osten. Meine Freunde hier werden Norden und Süden sein.«

Sergej lehnte sich zurück und nahm dem Kellner, der an seiner Seite erschienen war, den Wein ab. »Soll mir recht sein. Haben Sie neue Karten?«

Heng hob das Kinn, wie um dem Kellner ein Zeichen zu geben. Kurz darauf kehrte der Mann mit einem versiegelten Päckchen zurück, das er Sergej hinhielt. Er nahm es und wog es flüchtig in der Hand, dann legte er es auf den Tisch.

»Bringen Sie andere.«

Heng lächelte gepreßt. »Stimmt etwas nicht damit, *Shih* Novacek?«

»Ganz und gar nicht, Heng Chian-ye. Bitte sehen Sie es mir nach. Es ist eine Marotte von mir. Ein … *Aberglaube.*« Er sprach die letzten Worte rasch aus, als schäme er sich für eine solche Schwäche, und sah die Regung in Hengs Augen; die Art, wie er Norden und Süden ansah, als wollte er seine beiden Freunde besonders darauf aufmerksam machen.

»Sind Sie besonders abergläubisch, *Shih* Novacek?«

»Nicht sehr. Aber hierbei …« Er zuckte die Achseln, dann drehte er sich um, nahm dem Kellner das neue Päckchen ab und legte es neben das andere. Dann nahm er zur Verblüffung Hengs das erste in die Hand und riß das Siegel auf.

»Aber ich dachte …«

Sergej senkte den Blick und breitete, indem er Hengs Einwand ignorierte, die übergroßen Karten auf dem Tisch zu einem Fächer aus. Ein *Chou*-Packen oder ›Staat‹ umfaßte hundertsechzig Karten, aufgeteilt in sieben Ebenen oder Gruppierungen. An der Spitze von allem thronte in goldenen Gewändern der Kaiser. Unter ihm standen seine sieben Minister, wie zum Kontrast schlicht gekleidete Graubärte. Auf der dritten Ebene standen die Familienoberhäupter – neunundzwanzig reich verzierte Karten, von denen sich jede von den anderen völlig unterschied. Die vier Generäle auf der nächstunteren Ebene schienen sich auf den ersten Blick völlig zu gleichen; doch die markanten *Hung Mao*-Gesichter der alten Männer unterschieden sich beträchtlich. Unter ihnen folgten die vier Frauen des Kaisers in der Reihenfolge ihres Ranges im Haushalt, und unter ihnen – auf der sechsten Ebene – die beiden Konkubinen, deren spärlich bekleidete Gestalten ihre Karten zu den hübschesten machten. Die nächsten waren die acht Söhne, deren Ähnlichkeit mit ihren angesehenen Müttern durch ihre Gesichtszüge angedeutet und durch den Gebrauch von Farbe und Dekoration geschickt unterstrichen wurden. Auf der achten Ebene dieser komplizierten Hierarchie folgten dann die einundachtzig Beamten, aufgeteilt in neun Ebenen zu neun Personen, die ihre großen *Chi-ling*-Abzeichen jeweils an der Brust ihrer kobaltblauen Roben trugen. Und schließlich auf der neunten Ebene – als die letzten in der großen Hackordnung des Staates – die vierundzwanzig Konzernchefs, deren Firmennamen – einige längst vergessen, einige immer noch so geläufig wie zu der Zeit, als das Spiel vor hundertzwanzig Jahren zum erstenmal gespielt wurde – die Kopien der Edikt-Rolle zierten, die jeder hielt.

Er drehte eine der Karten um und untersuchte die Rückseite auf besondere Markierungen, dann verglich er sie mit einer zweiten. Die Rückseiten der Karten waren von einem hellen Seidenrot und trugen in der Mitte ein Muster von drei konzentrischen Kreisen, drei Ringen aus Drachen; neunundzwanzig schwarze Drachen im äußeren Ring, sieben größere Drachen im zweiten, und im Mittelpunkt schließlich einen einzigen goldenen Drachen, der größer als alle anderen war und sich in den eigenen Schwanz biß.

Sergej lächelte und blickte auf. »Das sind schöne Karten, Heng Chian-ye. Die Gesichter ... sie sehen fast so aus, als seien sie lebendigen Menschen nachgezeichnet.«

Heng lachte. »Das sind sie auch, mein Freund. Dies

sind Kopien des allerersten *Chou*-Packs, von Tung Men-tiao handgezeichnet.«

Sergej betrachtete die Karten mit neuem Respekt. Denn dies waren winzige Portraits der Menschen, die diese Rollen wirklich einmal ausgefüllt hatten. Männer und Frauen, die der große Künstler und Satiriker Tung Men-tiao im Leben gekannt hatte. Er lächelte. Irgendwie verlieh dies dem Spiel einen zusätzlichen Biß.

»Fangen wir an?« fragte Heng. »Wenn Sie die Karten stapeln, heben wir ab, um zu sehen, wer gibt.«

In den ersten Stunden hatte er versucht, die Dinge einigermaßen ausgeglichen zu halten, seine Siege einem guten Geschick und seine Niederlagen seiner eigenen Dummheit zugeschrieben. Und die ganze Zeit hatte er ihr Spiel studiert – und bemerkt, wie die beiden anderen Heng zuspielten, auch wenn sie den Eindruck zu erwecken versuchten, ihnen lägen nur ihre eigenen Interessen am Herzen. Es war clever, aber durchsichtig, und er konnte sich vorstellen, daß ein anderer darauf hereingefallen wäre, aber er war nicht irgendein Spieler. Im *Chou* brillierte er. Er hatte es schon als Kind gemeistert, als er mit seinem Vater und seinen Onkeln um sein Taschengeld spielte.

Im letzten Spiel hatte er den König gezogen, und trotz eines starken Blattes hatte er weiterhin dafür gesorgt, daß er verlor; statt seine Position zu stärken, spielte er Hengs drei Ministerkarten in die Hände. Hengs Rebellion war erfolgreich gewesen, und Sergej hatte am Ende tausend *Yüan* verloren. Er hatte das Leuchten in Hengs Augen gesehen, als er seine Gewinne auf die Rechnung notierte, und wußte, daß die Zeit reif war. Heng hatte die letzten zwei Spiele gewonnen. Er mußte das Gefühl haben, daß er eine Glückssträhne hatte. Welcher Zeitpunkt war also besser geeignet, die Einsätze zu erhöhen?

Sergej senkte den Blick und gab vor zu übersehen,

wie Heng Tsang Yin zu seiner Linken einen Blick zuwarf, und wußte dabei, was kommen würde.

»Verzeihen Sie, *Ch'un tzu*«, begann der Han, stand auf und verbeugte sich, zunächst vor seinen Freunden, und dann – indem er den Kopf kaum senkte – vor Sergej, »aber ich muß gehen. Mein Vater ...«

»Natürlich«, sagte Heng ruhig, bevor Sergej einen Einwand erheben konnte. »Das verstehen wir doch, nicht wahr, *Shih* Novacek?«

Allerdings, dachte er und lächelte innerlich, dann sah er zu, wie ein anderer aus Hengs Kreis Tsangs Platz am Tisch einnahm.

»Ich werde Tsang freikaufen«, erklärte der Han und sah Sergej kurz herausfordernd in die Augen. Dann drehte er sich zu Heng um und fügte hinzu: »Aber hör mal, Chian-ye, warum machen wir das Spiel nicht etwas ... *aufregender?*«

Heng lachte und tat so, als verstünde er seinen Freund nicht. »Wie denn, Yi Shan-ch'i? War dir das letzte Spiel nicht aufregend genug?«

Yi neigte leicht den Kopf. »Verzeih mir, verehrter Vetter, aber das wollte ich damit nicht sagen. Das Spiel als solches war gut. Vergnüglich für die Zuschauer und, da bin ich mir sicher, vergnüglich für die Spieler. Aber meinst du nicht, daß ein solches Spiel einen zusätzlichen Biß braucht? Wenn wir den Einsatz auf zehntausend *Yüan* pro Spiel erhöhen ...«

Heng lachte und warf Sergej einen Blick zu. »Möglicherweise. Aber fragen wir doch unseren Freund hier. Also, *Shih* Novacek? Was meinen Sie? Würden Sie gern die Einsätze erhöhen, und sind Sie mit dem gegenwärtigen Stand zufrieden?«

Es war taktvoll ausgedrückt. Fast zu taktvoll, denn es war so formuliert, daß ihm die Möglichkeit zu einem Rückzieher blieb, ohne das Gesicht zu verlieren. Aber so einfach war die Sache nicht. Er war keiner von ihnen, auch wenn er an ihrem Tisch saß. Er war ein

Yang kuei tzu. Ein fremder Teufel. Ein *Barbar*. Er senkte den Blick und legte das Gesicht in Falten, als ließe er sich die Sache durch den Kopf gehen, dann blickte er wieder auf.

»Zehntausend *Yüan* ...« Er lachte nervös. »Das ist mehr, als ich bisher an einem ganzen Abend verloren habe. Trotzdem ... Yi Shang-ch'i hat recht. Es würde das Spiel wirklich interessanter machen.«

Heng sah seine beiden Freunde an, dann wieder Sergej. »Ich möchte Sie nicht unter Druck setzen ...«

»Nein.« Sergej schüttelte bestimmt den Kopf, als habe er es sich überlegt und sei nun dazu entschlossen. »Zehntausend *Yüan*. Alles oder nichts.«

Er lehnte sich zurück und sah zu, wie Yi die Karten ausgab. Wie üblich nahm Heng jede Karte einzeln in die Hand, wenn sie ausgegeben wurde, und sein Gesicht war ein beredter Ausdruck seines Glücks. Sergej selbst wartete, bis alle siebzehn Karten vor ihm umgedreht auf dem Tisch lagen, und sah die anderen ihre Karten sortieren, bevor er seine eigenen aufhob.

Als er sein Blatt sortierte, dachte er an das letzte Mal, als er mit Heng gespielt hatte. Das Ziel von *Chou* war ganz klar und ließ sich in wenigen Worten ausdrücken: am Ende des letzten Spiels mußte das eigene Blatt die höchste Punktzahl aufweisen. Um dies zu erreichen, mußte man nicht nur das eigene Blatt stärken, sondern auch die seiner Gegner schwächen. Das komplizierte System von Ablegen und Tauschen, blinden Zügen und offenen Herausforderungen dieses Spiels war gedacht, um diesen Aspekt des politischen Lebens zu simulieren; um das filzige Gewebe von Intrigen zu imitieren, das alles unterfütterte. Heng spielte allerdings, als ob er diesen Aspekt des Spiels kaum begriffe. Als ob es ihm nur auf den relativen Rang der Karten – ihre positiven Attribute – ankäme. Er versuchte eine Handvoll hochnotierter Karten und Bonuskombinationen zusammenzubekommen – Minister und Familienoberhäupter und Generäle – und übersah dabei, wie viele seines Schlages, die andere Seite der Sache – das mächtige zerstörerische Potential der Konkubinen und Söhne.

In *Chou* drückte der Wert einer Karte nicht immer ihre Bedeutung im Gesamtzusammenhang aus. So verhielt es sich mit den Konkubinen. Am Ende des Spiels waren sie nur acht Punkte wert – sechsundfünfzig weniger als ein Familienoberhaupt und hundertzwanzig Punkte weniger als ein Minister. Außer ...

Außer wenn der Kaiser keine Frau hatte. In diesem Fall nahm die Konkubine ihre negative Ausrichtung an und annullierte nicht bloß ihren eigenen Wert, sondern auch die zweihundertsechsundfünfzig Punkte, die der Kaiser andernfalls zählen würde.

Ähnlich verhielt es sich mit den Söhnen. Während sie in der Endabrechnung jeweils nur vier Punkte zählten, wurden sie in Gesellschaft ihrer angesehenen Mütter zu einer Last und annullierten nicht nur ihren eignen Wert, sondern auch den aller Minister.

Der geschickte Spieler versuchte daher, Frauen mit Söhnen zu paaren und denen Frauen vorzuenthalten, die Kaiser in der Hand hatten, und dann, in der letzten Runde, ihre Paarungen und die Konkubinen in einem Geiselaustausch loszuwerden. So gewann er, indem er seine Gegner schwächte.

Sergej lächelte, als er bemerkte, daß er beide Konkubinen in der Hand hatte. Nun gut. Diesmal würde er sie behalten und den Eindruck erwecken, er habe sie spät im Spiel gezogen, bevor er sie an jemand anderen loswerden konnte.

Eine halbe Stunde später hatte er verloren.

»Noch ein Spiel, *Ch'un tzu?*« fragte Heng und notierte Yis Sieg auf die Rechnung. Sergej warf einen Blick drauf. Er stand elftausend im Minus, Chan neun, Heng acht. Yi, der Tsangs Defizit von zweitausend übernommen hatte, stand jetzt achtundzwanzigtausend im Plus.

Diesmal gab Heng. »Hat jemand den Kaiser?« fragte er, als er sein Blatt sortiert hatte.

Sergej legte ihn vor sich hin und streckte die Hand aus, um eine weitere Karte vom Stapel zu ziehen. Den Kaiser zu haben, machte einen stark. Aber es machte einen auch verwundbar – den Konkubinen und den Intrigen der Söhne der Frauen gegenüber.

Wieder lächelte er. Er hatte ein gutes Blatt – nein, ein ausgezeichnetes Blatt. Drei Frauen und Drei Minister und da, ganz links in seinem Blatt, eine der Konkubinen. Die kleine Rehäugige.

Er senkte den Blick, und für einen Moment schweiften seine Gedanken von dem Spiel ab, und er dachte an den Abend, als er sich mit Catherine gestritten hatte. Bisher hatte er es verdrängt, aber jetzt mußte er wieder daran denken. Es war sein Fehler gewesen. Das wurde ihm jetzt klar. Aber warum mußte sie ihn immer so provozieren? Warum konnte sie nicht mehr sein wie die anderen Frauen, die er kannte? Ihr Verhalten irritierte ihn etwas. Warum mußte sie immer so stur sein? Wußte sie nicht, was sie ihm damit antat? Und die ganze Sache mit dem ›Techniker‹ Shepherd. Hatte sie ihm damit etwa nicht eins auswischen wollen? Sie wußte doch, wie eifersüchtig er war. Warum konnte sie nicht etwas entgegenkommender sein? Andererseits mochte er aber ihren Elan. Sie war so anders als Lotte und ihresgleichen.

Er lachte leise und war sich des Widerspruchs bewußt.

»Haben Sie ein gutes Blatt, *Shih* Novacek?« fragte Heng und lächelte ihn gepreßt an. Er mißverstand den Grund für sein Lachen.

»Ich glaube, ja, Heng Chian-ye«, erwiderte er und beugte sich vor, um zwei der Minister umgekehrt auf den Stapel abgelegter Karten zu legen. »Ich glaube, ja.«

Zwei Stunden später stand er einundsechzigtausend *Yüan* im Minus. Natürlich stand er nicht allein im

Minus. Chan hatte neben seinem Namen ein Defizit von neunzehntausend stehen. Aber Yi stand achtzehntausend im Plus, und Heng, der drei der letzten vier Spiele gewonnen hatte, stand zweiundsechzigtausend im Haben.

Es war perfekt gelaufen. Genau wie er es geplant hatte. Er sah zu ihm hinüber. Heng Chian-ye lächelte breit. In der letzten Stunde hatte Heng ziemlich heftig zu trinken angefangen, als versuche er auf diese Weise seine Nerven unter Kontrolle zu bringen. Er hatte sogar soviel getrunken, daß ihm beinahe ein einfacher Fehler unterlaufen wäre und er die falsche Karte abgelegt hätte. Ein Fehler, der ihn hätte alles kosten können. Nur Yis rasches Handeln hatte es verhindert – eine Einmischung, die Sergej übersehen zu haben vorgab.

Nun aber war es an der Zeit. Solang Hengs Hochmut am größten war. Aber es mußte von Heng ausgehen. In solcher Gesellschaft mußte es aussehen, als sei es nicht er, sondern Heng, der ein weiteres Mal die Einsätze erhöhte.

In der letzten Stunde hatte sich eine kleine Menge um den Tisch gesammelt, neugierig geworden von dem Anblick eines *Hung Mao,* der in der Jadepfingstrose *Chou* spielte. Sergej hatte bemerkt, wie jedesmal, wenn er verlor, eine Welle von Befriedigung durch die Reihen der Zuschauer ging, und hatte dabei etwas tief in sich verhärten gespürt. Na schön, jetzt würde er es ihnen zeigen.

Er lehnte sich in seinen Stuhl zurück und tat so, als unterdrücke er ein Gähnen. »Ich bin müde«, sagte er. »Zu viele lange Nächte, schätze ich.« Er lächelte Heng zu. »Vielleicht sollte ich jetzt aufhören, solang mir das Glück noch ein wenig treu bleibt.«

Heng warf seinen Freunden Blicke zu, dann sah er ihn wieder an. »Heißt das, Sie wollen uns bald verlassen, *Shih* Novacek?«

Er richtete sich auf und holte tief Luft, als versuche er nüchtern zu werden. »Sehr bald …«

»Ihr Glück wendet sich bestimmt …«

»Meinen Sie?« Er lachte rauh, dann schien er einzulenken. »Nun, vielleicht …«

»In diesem Fall …« Heng sah in die Runde, dann beugte er sich wieder Sergej zu. »Vielleicht hätten Sie gern die Gelegenheit, Ihr Geld zurückzugewinnen, hm, mein Freund? Ein Spiel. Nur Sie und ich. Um einundsechzigtausend.«

Sergej senkte den Blick. Dann schüttelte er zur Überraschung aller den Kopf. »Davon will ich nichts wissen. Selbst wenn ich gewänne, nun, das wäre so, als hätten wir nicht gespielt.« Er blickte auf und sah Heng in die Augen. »Nein, mein Freund. In einer Welt wie unserer muß es Gewinner und Verlierer geben, nicht? Wenn wir schon spielen, dann um … sagen wir fünfundsiebzigtausend. Auf diese Weise habe ich wenigstens eine kleine Chance, als Gewinner nach Hause zu gehen.«

Heng lächelte und sah seine Freunde nacheinander kurz an. Um den Tisch erhob sich erwartungsvolles Getuschel.

»Machen wir hundert draus …«

Er machte ein Gesicht, als ließe er es sich durch den Kopf gehen, dann zuckte er die Achseln. »Also gut. Meinetwegen.« Er drehte sich um und winkte einen Kellner herbei. »Bringen Sie mir einen Kaffee. Schwarz, zwei Stücke Zucker. Diesmal werde ich meine Sinne beieinander halten müssen.«

Es kostete ihn zwanzig Minuten.

»Offenbar hat sich mein Glück gewendet«, sagte er und sah Heng in die Augen; und dabei bemerkte er sofort, wie wütend der andere auf sich selber war, weil er es so hatte erscheinen lassen, als sei dem Han der Sieg schon sicher, nur um das Blatt im letzten Moment noch zu wenden. »Ich hatte Glück, daß ich diese letzte Karte gezogen habe.«

Er sah, was es Heng kostete, sich die Bemerkung zu verkneifen, die ihm über die Lippen kommen wollte, und wußte, daß er ihn soweit hatte.

»Wie auch immer...«, fügte er rasch hinzu. »Ich sollte jetzt wirklich gehen. Ich danke Ihnen für Ihre Gastfreundschaft, Heng Chian-ye. Seien Sie mein Gast, wann immer Sie wollen. Sie wissen, wo ich zu finden bin.« Er rückte seinen Stuhl zurück und stand auf.

»Warten Sie!«

Heng beugte sich vor und streckte Sergej eine Hand entgegen.

»Sie wollen doch sicher nicht schon gehen, *Shih* Novacek? Wie Sie selbst sagten... Ihr Glück hat sich gewendet. Warum wollen Sie dann vor Ihrem Glück davonlaufen? Sie haben doch wohl keine Angst, mein Freund?«

Sergej starrte ihn an. »Angst?«

Heng lehnte sich zurück, und ein schwaches Lächeln umspielte seine Lippen. »Ja. Angst.« Dann zögerte er. »Ich möchte noch einmal gegen Sie spielen, *Shih* Novacek. Ein letztes Spiel. Aber diesmal um Einsätze, die der Sache wert sind. Zweihunderttausend. Nein. *Zweihundertfünfzigtausend*.«

Sergej sah in die Runde der Han, die ihn beobachteten, und bemerkte die Anspannung in allen Gesichtern. Hier ging es nicht mehr ums Geld; für Heng war es jetzt eine Frage des Stolzes – des *Gesichts*.

Er setzte sich, legte seine Hände fest auf die Tischkante und sah Heng wieder an, faßte ihn fest ins Auge und nahm plötzlich eine ganz andere Haltung an – hart, fast brutal in ihrer Herausforderung.

»In Ordnung. Aber nicht um zwei fünfzig. Machen wir keine halben Sachen, Heng Chian-ye. Wenn ich gegen Sie spielen soll, dann um eine Million. Haben Sie mich verstanden?«

Rings um den Tisch wurde ein leises Keuchen hörbar, dann erhob sich wildes Stimmengewirr. Aber

Heng schien von dem Tumult um sich nichts mitzubekommen. Er saß da und starrte Sergej unbewegt an, die Augen weit aufgerissen, als stünde er unter Schock. Seine Hände zitterten jetzt, und auf seiner Stirn standen Schweißperlen.

»Also?«

Unfähig, etwas zu sagen, nickte Heng.

»Gut.« Sergej beugte sich vor und nahm die Karten, dann gab er sie zur Überraschung aller Yi. »Sie geben, Yi Shan-ch'i. Ich möchte, daß niemand behaupten kann, dies sei kein faires Spiel gewesen.«

Er sah, wie Heng die Augen daraufhin noch weiter aufriß, wie in seinem erschrockenen Gesicht langsam das Begreifen dämmerte.

Jetzt hast du's endlich kapiert.

Er trug sein Gesicht wie eine Maske, doch innerlich triumphierte er. *Jetzt habe ich dich, du Scheißkerl. Genau da, wo ich dich haben wollte.* Eine Million. Ja, und das war mehr, als Heng Chian-ye überhaupt besaß. Mehr als er sich von all seinen Freunden zusammengenommen leihen konnte. Ihm würden keine Alternativen bleiben. Wenn er verlor, würde er zu seinem Onkel gehen müssen.

* * *

Heng Yu drehte sich auf seinem Stuhl und entließ den Diener, dann ging er hinaus in den Vorraum. Heng Chian-ye kniete dort mit gesenktem Kopf am anderen Ende des Raums, und seine Stirn berührte fast den gefliesten Boden. Er durchmaß das Zimmer, baute sich vor dem jungen Mann auf und sah auf ihn hinunter.

»Was ist los, Vetter?«

Heng Chian-ye verharrte in seiner Haltung. »Verzeih mir, Onkel Yu, aber ich muß dich in einer ernsten Angelegenheit um Hilfe bitten.«

Heng Yu, Transportminister von Li Shai Tung und Oberhaupt der Familie Heng, zupfte verdutzt an seinem Bart. Chian-ye war fünfzehn Jahre jünger als er, der jüngste Sohn seines Onkels, des einstigen Ministers Heng Chi-po, der vor elf Jahren verschieden war. In den vergangenen fünf Jahren hatte er mehrere Male für den Jungen bürgen müssen, als er in Schwierigkeiten gewesen war, aber das alles hatte sich vor sechs Monaten geändert, als er sein Erbe angetreten hatte. Nun da er sein eigenes Einkommen hatte, war Chian-ye ein viel seltener Besucher im Haus seines ›Onkels‹ Yu.

»In einer ernsten Angelegenheit? Um diese Stunde, Chian-ye? Weißt du nicht, wie spät es ist? Kann das nicht bis morgen früh warten?«

Heng Chiang-ye machte eine kleine, klägliche Bewegung mit dem Kopf. »Ich wäre nicht gekommen, Onkel, wenn es nicht um eine Sache von höchster Dringlichkeit ginge.«

Heng Yu runzelte verwirrt die Stirn, und sein Kopf war voller Zahlen aus den Berichten, die er durchgearbeitet hatte.

»Worum geht's Chian-ye? Ist jemand krank?«

Aber schon als er es aussprach, wußte er, daß es nichts dergleichen war. Fu Hen wäre mit solchen Neuigkeiten gekommen, nicht Chian-ye. Es sei denn... Ihm wurde kalt.

»Es geht doch nicht um Fu Hen?«

Heng Chian-ye hob den Kopf. »Nein, verehrter Onkel. Niemand ist krank. Ich...«

Heng Yu seufzte vor Erleichterung, dann beugte er sich näher heran. »Hast du getrunken, Chian-ye?«

»Ich...« Daraufhin brach Chian-ye zu seiner Überraschung in Tränen aus. Chian-ye, der nie ein Wort der Reue angesichts seines verschwenderischen Lebensstils geäußert hatte, in Tränen! Heng Yu sah auf Chian-yes Hand hinunter, die den Saum seines *Pau* umklammerte, und schüttelte den Kopf. Seine Stimme klang plötzlich machtvoll; die Stimme eines Ministers, der einen Untergebenen kommandierte.

»Heng Chian-ye! Denk daran, wer du bist! Schau dich nur an! Du weinst wie ein kleines Kind! Schämst du dich denn nicht?«

»Verzeih mir, Onkel! Ich kann nichts dafür! Ich habe unserer edlen Familie Schande bereitet. Ich habe eine Million *Yüan* verloren!«

Heng Yu verfiel in Schweigen. Dann gab er ein leises ungläubiges Lachen von sich.

»Ich habe mich wohl verhört, Chian-ye? Eine Million *Yüan*?«

Aber Chian-ye unmerkliches Kopfnicken bestätigte es. Eine Million *Yüan* waren verloren. Wahrscheinlich am Spieltisch.

Heng Yu sah sich in der förmlichen Kühle des Vorraums um, betrachtete seine Ziersäulen und bronzenen Götterstatuen, die in den Nischen zu beiden Seiten standen, und die Unwirklichkeit des Ganzen traf ihn mit aller Gewalt. Dann schüttelte er den Kopf. »Das ist doch nicht möglich, Chian-ye. Nicht einmal *du* kannst soviel verlieren.«

Aber er wußte, daß es stimmte. Ein geringerer Anlaß hätte Chian-ye nicht hierher geführt. Nichts Geringfügigeres hätte ihn in einen solchen Zustand versetzt.

Heng Yu seufzte, und unter seinen Ärger mischte sich plötzliche Verzweiflung. Würde er nie von den Fehlern seines Onkels frei sein? Erst diese Sache mit Lwo Kang, und jetzt das. Als sei der Vater in diesem Tunichtgut von einem Sohn wiedergeboren worden – um den Geschicken seiner Familie mit seiner Sorglosigkeit und Selbstsucht zu schaden.

Denn jetzt würde er einen Kredit aufnehmen müssen, um seine Pläne durchzuführen. Nämlich die hohe Zinsanleihe, die *Shih* Saxton ihm angeboten hatte. Eine Million *Yüan*! Er fluchte leise, dann trat er zurück und befreite seinen *Pau* mit einem nervösen Ruck vom Griff seines Neffen.

»Komm mit in mein Arbeitszimmer, Chian-ye, und erzähle mir, was passiert ist.«

Er nahm mit strenger Miene hinter seinem großen Ministerschreibtisch Platz und hörte sich Chian-yes Geschichte an. Als sein Vetter fertig war, saß er schweigend da und dachte nach. Schließlich sah er Chian-ye wieder an und schüttelte den Kopf.

»Was für ein Dummkopf du gewesen bist, Chian-ye. Erst hast du dich selbst überschätzt. Das war schon schlimm genug. Aber dann ... etwas aufs Spiel zu setzen, das du gar nicht besitzt, das war ... unerträglich.«

Er sah, wie Chian-ye daraufhin errötete und den Kopf hängen ließ. Also ist doch noch eine Spur von Rechtsbewußtsein in dir, dachte er. Und ein Gefühl von Scham.

»Wie auch immer«, fuhr er fort, erheitert von den deutlichen Anzeichen der Scham seines Vetters. »Du gehörst zur Familie, Chian-ye. Du bist ein *Heng*.« Er sprach das Wort mit einem Maß an Stolz aus, der seinen Vetter überrascht aufblicken und ihm in die Augen sehen ließ.

»Ja, ein Heng. Und das Wort eines Heng muß etwas gelten, selbst wenn es falscherweise gegeben wurde.«

»Meinst du ...?«

Heng Yus Stimme wurde härter. »Ich meine, du solltest jetzt den Mund halten und mir zuhören, Vetter!«

Heng Chian-ye senkte wieder eingeschüchtert den Kopf; er hatte inzwischen eine völlig unterwürfige Haltung angenommen.

»Wie ich schon sagte, das Wort eines Heng muß etwas gelten. Also, ja, Chian-ye, ich werde *Shih* Novaceks Bedingungen erfüllen. Er soll die *Ko Ming*-Bronzestücke als Ausgleich für deine Schuld erhalten. Was die Information angeht, die er benötigt, kannst du das gleich selbst erledigen. Das Terminal steht da drüben in der Ecke. Trotzdem ... du wirst zwei Dinge für mich tun.«

Chian-ye hob leicht den Kopf und war ganz aufmerksam.

»Zunächst wirst du die Hälfte deines Jahreseinkommens einem Treuhandkonto überschreiben, das bis zu deinem dreißigsten Lebensjahr gesperrt bleibt.«

Chian-ye zögerte, dann nickte er widerwillig.

»Gut. Und zweitens wirst du deine Mitgliedschaft in der Jadepfingstrose aufgeben.«

Heng Chian-ye blickte verblüfft auf. »Aber Onkel...?« Dann, als er die grimmige Entschlossenheit in Heng Yus Gesicht sah, senkte er den Blick. »Wie du befiehlst, Onkel Yu.«

»Gut«, sagte Heng Yu etwas freundlicher, nun da die Angelegenheit geregelt war. »Dann setz dich ans Terminal. Du weißt ja, wie es bedient wird. Die Codes sind rechts vermerkt. Aber frage mich ruhig, wenn du nicht weiter kommst. Ich bin die nächsten Stunden hier und schreibe meine Berichte zu Ende.«

Er sah Chian-ye ans Terminal gehen, dann lehnte er sich zurück, strich mit der linken Hand seinen Bart glatt und legte die rechte auf den Tisch. Eine Million *Yüan*! Das wäre wirklich verhängnisvoll gewesen. Aber diese... diese Vereinbarung. Er lächelte. Ja, es war eine gottgesandte Gelegenheit, seinem leichtsinnigen Vetter eine Lektion zu erteilen – seine Disziplin zu schulen. Und der Preis? Ein häßliches Stück Bronze, das höchstens zweihunderttausend wert war, und ein kleiner Informationsschnipsel über einen Kommilitonen!

Er nickte und war seltsam zufrieden über den Gang der Dinge, dann nahm er den Bericht wieder in die Hand. Er war im Begriff, ihn in den Schlitz hinter seinem Ohr zu stecken, als Chian-ye sich umdrehte und zu ihm herübersah.

»Onkel Yu?«

»Ja, Chian-ye?«

»Da scheint keine Datei vorzuliegen.«

Heng Yu lachte, stand auf und ging um den Schreibtisch. »Natürlich liegt eine Datei vor, Chian-ye. Über jeden in Chung Kuo gibt es eine Datei. Du mußt den Code falsch eingetippt haben.«

Er starrte auf den Bildschirm. KEINE INFORMATIONEN VERFÜGBAR, stand da ...

»Hier«, sagte er und nahm den Zettel aus der Hand seines Vetters. »Schauen wir uns mal die Einzelheiten an.«

Er erstarrte und sah ungläubig den Namen an, der auf dem Papier stand, dann lachte er unbehaglich.

»Stimmt etwas nicht, Onkel Yu?«

»Nein ... nichts. Ich ...« Er lächelte zuversichtlich, dann wiederholte er, was Chian-ye eben versucht hatte, und erhielt dieselbe Antwort. »Hmmm ...«, machte er. »Da stimmt wohl etwas mit dem Terminal nicht. Ich werde einen meiner Männer rufen, damit er sich's ansieht.«

Heng Chian-ye sah ihn seltsam an. »Soll ich warten, Onkel?«

Für einen Moment antwortete er nicht und hatte den Kopf voller Fragen. Dann schüttelte er zerstreut den Kopf. »Nein, Chian-ye ...« Dann fiel ihm ein, welcher Tag war, und er drehte sich um und sah ihn an.

»Weißt du, welcher Tag heute ist, Chian-ye?«

Der junge Mann schüttelte den Kopf.

»Du meinst, du hast deine Zeit mit Spielen vergeudet, während das Grab deines Vaters ungefegt bleibt?«

Chain-ye schluckte und senkte beschämt den Blick. »*Sao Mu*«, sagte er leise.

»Ja, *Sao Mu* ... Zumindest noch eine Dreiviertelstunde. Jetzt geh, Chian-ye, und tu deine Pflicht. Ich werde diese Sachen bis morgen für dich regeln, das verspreche ich.«

Als Chian-ye gegangen war, verschloß er die Tür und ging zum Terminal zurück.

Ben Shepherd ... Warum wollte *Shih* Novacek unbedingt etwas über Shepherds Sohn erfahren? Eines war sicher – es war keine harmlose Erkundigung. Denn niemand, ob ein Han oder *Hung Mao,* warf für eine solche Kleinigkeit eine Million *Yüan* weg. Es sei denn, es war keine Kleinigkeit.

Er drehte sich um und sah zu dem winzigen Chip hinüber, der auf seinem Schreibtisch lag, dann wandte er sich wieder um und hatte seine Entscheidung getroffen. Der Bericht konnte warten. Dies hier war sehr viel wichtiger. Worum es auch immer ging.

KAPITEL · 7

Catherine

»Haben Sie etwas dagegen, wenn ich mich zu Ihnen setze?«

Er blickte auf, lächelte und schien sie als erster Mensch zu sehen, sie neu zu erschaffen. Dieser Blick machte sie schwach. Seine Intensität kam unerwartet, war geradezu unnatürlich. Und doch lächelte der Mann.

»Zu mir?«

Sie war plötzlich unsicher. An seinem Tisch stand nur ein Stuhl. Die Kellner hatten die anderen entfernt und ihn isoliert. Damit sich ihm niemand näherte.

Sie spürte, wie sie rot wurde. Ihr Hals und ihre Wangen fühlten sich heiß an, und nach diesem ersten bestürzenden Kontakt wich sie seinem Blick aus.

»Nun?« fragte er, lehnte sich zurück und stützte die Finger leicht auf das Gehäuse des Komsets, das vor ihm auf dem Tisch stand.

Er wirkte unerreichbar, und doch lächelte er.

»Ich... ich wollte mich...« – ihr flehentlicher Blick begegnete seinem. Wie unergründlich seine Augen waren. Er hielt das Mädchen mit Blicken fest, zog sie in sich hinein – »... zu ihnen setzen.«

Aber plötzlich hatte sie Angst; ihr Körper spannte sich gegen ihn an.

»Worauf denn?« Er hob die Hand und öffnete sie in einer leeren Geste. Sein Lächeln wurde breiter. »Na gut. Holen Sie sich einen Stuhl.«

Sie holte einen Stuhl und stellte ihn ihm gegenüber.

»Nein. Näher.« Der Mann deutete auf den Platz neben sich. »Ich unterhalte mich nicht gern über Tische hinweg.«

Sie nickte und rückte den Stuhl an die besagte Stelle.

»Das ist schon besser.«

Er beobachtete sie aufmerksam. Vom ersten Moment, da sie ihn angesprochen hatte, war sein Blick nicht von ihr gewichen.

Sie spürte ein zweites Mal, wie ein Anflug von nackter Angst sie durchfuhr. Sie hatte noch nie jemanden wie ihn kennengelernt.

So… Sie schüttelte den Kopf, bloß die Andeutung einer Bewegung, und spürte einen Schauer ihren Rükken hinunterlaufen. Nein, sie hatte sich noch nie so… so hilflos gefühlt.

»Was machen Sie?«

Kein ›Wer sind Sie?‹. Nichts so förmliches wie eine Vorstellung. Statt dessen dies. Direkt und unverfroren. *Was machen Sie?* Alle oberflächliche Tünche wegkratzen.

Zum erstenmal lächelte sie ihn an. »Ich… male.«

Er nickte und preßte die Lippen aufeinander. Dann streckte er die Hände aus und ergriff ihre, drehte sie und betrachtete sie.

So fest und warm und zart, diese Hände. Sie waren in seinen wie in Käfigen gefangen, die Finger dünner und blasser als die, die sie hielten.

»Gute Hände«, sagte er, ließ sie aber nicht los. »Jetzt sagen Sie mir, worüber Sie sich mit mir unterhalten wollten.«

Über Hände vielleicht. Oder eine Million anderer Dinge. Aber die Wärme, die schlichte Wärme seiner um ihre geschlungenen Hände hatte ihr die Stimme verschlagen.

Er senkte wieder dem Blick, folgte ihrem. »Was ist los, Catherine?«

Sie blickte ruckartig auf, sah forschend in sein Gesicht und fragte sich, woher er ihren Namen wußte.

Er musterte sie, dann lachte er leise. »Es entgeht einem nicht viel, wenn man hier sitzt. Man schnappt so manches auf.«

»Und Sie haben alles gehört? Sie wissen's noch?«

»Ja?«

Sein Blick war jetzt weniger wild, weniger raubtierhaft in seiner Eindringlichkeit, doch sie hatte immer noch den Eindruck, als starre er sie an; als hätten Drogen seine Pupillen geweitet. Aber es ängstigte sie nicht mehr; dieser Blick packte sie nicht mehr und hielt sie nicht mehr fest, ließ sie nicht in der Luft hängen, seelisch nackt und verwundbar.

Ihre Angst vor ihm ließ nach. Die Wärme seiner Hände...

»Was malen Sie?«

Bis eben hatte sie das für wichtig gehalten. Wichtiger als alles andere. Aber jetzt? Sie neigte den Kopf, sah an ihm vorbei und wurde auf die Form seines Kopfes aufmerksam, die Art, wie er dasaß, so locker und gelöst in seinem Körper. Auch das hatte sie nicht erwartet.

Er lachte. Ein schönes offenes Lachen. Die Situation amüsierte ihn. Sie hätte nicht geglaubt, daß er so lachen konnte.

»Sie sind eine richtige Plaudertasche, wissen Sie? So *redselig*...«

Er hob den Kopf und verlieh dem letzten Wort einen schnippischen, blasierten Klang, der sie zum Lachen bringen sollte.

Sie lachte über seine heitere Spöttelei.

»Ich bin mir sicher, daß Sie einen Grund hatten, mich anzusprechen. Aber jetzt sitzen Sie einfach so da, stumm und edel... und bildschön.«

Seine Stimme war weicher geworden. Seine Augen waren jetzt halb von den Lidern bedeckt, wie dunkle, überschattete Sonnen.

Er drehte ihre Hände in seinen, legte die Finger auf ihre Handgelenke und fühlte den rascher werdenden Puls.

Sie blickte überrascht auf und schaute auf seine

Hand, als sie den Wulst spürte. Ein deutlich abgesetzter Hautstreifen, der das Handgelenk umschloß.

»Ihre Hand …?«

»… ist eine Hand«, erklärte er und hielt sie Catherine vors Gesicht, damit sie sie näher betrachten konnte. »Ein Unfall. Als ich ein Kind war.«

»Oh …« Ihre Finger glitten den Fleischwulst entlang, und ein Schauer durchfuhr sie. Es war eine schöne starke Hand. Sie schloß ihre Hand darum, verschränkte ihre Finger mit seinen und blickte zu ihm auf.

»Darf ich Sie malen?«

Seine Augen weiteten sich, als suche er in ihren nach Aufschluß. Dann lächelte er sie an; ein Lächeln wie eine Blume, die sich langsam der Sonne öffnete. »Ja«, sagte er. »Das würde mir gefallen.«

* * *

Es war nicht das beste, was sie je gemalt hatte, aber es war gut, die Komposition tadellos, die sitzende Figur sehr lebensnah. Sie sah von der Leinwand auf das reale Gegenstück, das auf ihrem Bett saß, und lächelte.

»Fertig.«

Er blickte verwirrt auf. »Fertig?«

Sie lachte. »Das Portrait, Ben. Ich hab's fertig.«

»Ah …« Er stand auf und streckte sich, dann sah er wieder zu ihr hinüber. »Das ging aber schnell.«

»Schnell ist gut. Sie haben mir fast drei Stunden Modell gesessen.«

»Drei Stunden?« Er lachte seltsam. »Tut mir leid. Ich war Kilometer weg.«

»Kilometer?«

Er lächelte. »Ach nichts. Das ist nur ein altes Wort, mehr nicht …«

Sie trat beiseite, ließ ihn das Bild betrachten und war begierig zu erfahren, was er davon hielte. Für einen

Moment sah sie es mit neuen Augen, versuchte es zum erstenmal zu betrachten, so wie er. Dann sah sie ihn wieder an.

Er runzelte die Stirn.

»Was ist los?« fragte sie und spürte das Blut in ihrer Kehle pochen.

Er streckte in einer vagen Geste die Hand aus und deutete auf die Leinwand. »Wo bin ich denn?«

Sie lachte kurz auf. »Wie soll ich das verstehen?«

»Das ist…« Er nahm das Bild von seiner mechanischen Staffelei und warf es auf den Boden. »Das ist Scheiße, Catherine. Leblose Scheiße!«

Sie stand einen Moment lang da, zu schockiert, um etwas zu sagen, und konnte nicht glauben, daß er imstande war, sich so schlecht, so… *flegelhaft* zu benehmen. Sie starrte ihn finster an, voller Wut auf ihn, dann bückte sie sich und hob das Gemälde auf. Beim Aufprall war der Rahmen gesprungen und hatte den unteren Teil des Bildes beschädigt. Es würde sich nicht mehr reparieren lassen.

Sie preßte das Bild an sich, und das Gefühl, im Innersten verletzt worden zu sein, schürte nur die Wut, die sie auf ihn hatte.

»Raus!« schrie sie ihn an. »Los, raus hier, sofort!«

Scheinbar ungerührt von ihrem Ausbruch wandte er sich ab, beugte sich übers Bett und hob die Mappe auf, die er mitgebracht hatte. Sie beobachtete ihn und rechnete damit, daß er ohne ein weiteres Wort ging, aber er wandte sich ihr wieder zu und hielt ihr die Mappe hin.

»Hier«, sagte er und sah ihr ruhig in die Augen. »Das habe ich gemeint. So etwas sollten Sie malen, nicht den Mist, den Sie fälschlicherweise für Kunst halten.«

Sie lachte verdattert. Er war unglaublich.

»Sie arroganter Arsch.«

Ihr war danach, ihm ins Gesicht zu schlagen, die

Leinwand über seinen blasierten, selbstgefälligen Schädel zu schmettern.

»Nehmen Sie's«, sagte er, drängender jetzt, im Befehlston. Dann gab er zu ihrem Erstaunen nach, und seine Stimme wurde weicher. »Sehen Sie sich's nur mal an. Mehr will ich nicht. Und wenn Sie dann immer noch nicht begriffen haben, was ich meine, gehe ich. Ich habe nur gedacht, Sie seien anders als die anderen. Ich dachte...« Er zuckte die Achseln und sah wieder auf die Mappe. Es war eine einfache Kunstmappe – von der Art, in der man Folienhologramme aufbewahrte – ohne Kennzeichnung auf der kohleschwarzen Hülle.

Sie zögerte und musterte sein Gesicht, suchte nach einem Anzeichen einer weiteren Beleidigung, aber er wirkte allenfalls düster, enttäuscht von ihr. Sie runzelte die Stirn, dann stellte sie das Bild ab.

»Also gut«, sagte sie und riß ihm wütend die Mappe aus der Hand. »Sie haben Nerven, das muß man Ihnen lassen.«

Er sagte nichts. Er beobachtete sie jetzt erwartungsvoll, und seine dunklen Augen schienen die letzten Partikel ihres Seins einzufangen und festzuhalten. Ihr starrer Blick brachte Catherine aus der Fassung.

Sie setzte sich auf die Bettkante, hielt die Mappe im Schoß und blickte zwischen halbgeschlossenen Lidern zu Ben auf.

»Was ist das?«

»Machen Sie auf und sehen Sie nach.«

Eine ganze Zeitlang saß sie mit gesenktem Kopf da, schwieg und zeichnete mit den Fingern die Umrisse und Formen nach, die von dem Bündel Papier, das in der Mappe gesteckt hatte, zu ihr emporstarrten. Dann blickte sie mit weit aufgerissenen Augen zu ihm auf, und ihr ganzer Ärger war verflogen.

»Wer hat das gemalt?«

Er setzte sich neben sie, nahm die Mappe und blätterte den Stapel bis zur ersten Reproduktion durch.

»Das hier ist von Caravaggio. Sein *Abendmahl zu Emmaus,* das er vor mehr als sechshundert Jahren gemalt hat. Und das... das ist von Vermeer, gut sechzig Jahre später gemalt. Er nannte es *Künstleratelier.* Und das ist von Rembrandt: *Aristoteles beim Betrachten einer Büste Homers,* zehn Jahre vorher gemalt. Und das ist *Laokoon* von El Greco...«

Sie legte ihre Hand auf seine, um ihn am Weiterblättern zu hindern, und starrte die gestreckten weißen Formen an, die auf der Seite lagen.

»So etwas... so etwas habe ich noch nie gesehen. Sie sind...«

Sie zitterte, dann sah sie zu ihm auf, plötzlich ganz ängstlich.

»Warum habe ich sie nie zu sehen bekommen? Ich meine, sie sind wunderschön. Sie haben etwas *Reales...*«

Sie verstummte peinlich berührt, als ihr klar wurde, was er gemeint hatte. Sie hatte ihn auf die traditionelle Weise gemalt – die einzige, die sie kannte –, aber er hatte etwas Besseres gekannt.

»Was bedeutet das?« fragte sie und zeichnete mit den Fingerspitzen die langgezogenen bleichen Forman nach. »Wer sind die?«

Er lachte kurz, dann schüttelte er den Kopf. »Der Alte, der da in der Mitte liegt, das ist Laokoon. Er war der Priester, der die Trojaner davor gewarnt hat, das hölzerne Pferd in die Stadt zu holen.«

Sie schüttelte unmerklich den Kopf, dann lachte sie. »Trojaner? Wer waren die Trojaner? Und was meinen Sie mit dem hölzernen Pferd...?«

Er lachte, und ein weiteres Mal erstaunte sie seine Offenheit, seine seltsam natürliche Unmittelbarkeit. »Das ist eine uralte Geschichte. Über einen Krieg, der vor dreitausend Jahren zwischen zwei kleinen Nationalstaaten stattgefunden hat. Einen Krieg um eine Frau.«

»Eine Frau?«

»Ja…« Er sah weg, ein leichtes Lächeln auf den Lippen.

»Wie seltsam. Um eine Frau einen Krieg zu führen.« Sie blätterte um. »Und das?«

Ben schwieg für eine Weile, starrte nur das Gemälde an und blickte schließlich wieder zu ihr auf. »Was fällt Ihnen dazu ein?«

Sie zuckte leicht die Achseln. »Ich weiß nicht. Es unterscheidet sich von den anderen. Sie sind alle so… so düster und intensiv und brütend. Aber das… es hat etwas Heiteres, etwas Wissendes in diesen Augen.«

»Ja…« Er war überrascht von ihr und lachte leise. »Es ist schön, nicht? Der Maler war ein Mann namens Modigliani, und es wurde etwa dreihundert Jahre nach den anderen gemalt. Es trägt den Titel *Letzte Liebe*. Das Mädchen war seine Geliebte, eine Frau namens Jeanne Hebuterne. Als er starb, sprang sie im fünften Stock aus dem Fenster.«

Sie blickte ruckartig zu ihm auf, dann sah sie das Gemälde wieder an. »Arme Frau. Ich…« Sie zögerte, dann wandte sie sich ihm zu. »Aber warum, Ben? Warum haben ich noch von keinem dieser Maler etwas gehört? Warum lernen wir im College nichts über sie?«

Er erwiderte ihren Blick. »Weil es sie nicht gibt. Offiziell zumindest nicht.«

»Wie meinen Sie das?«

Er machte eine Pause, dann schüttelte er den Kopf. »Nein. Es ist gefährlich. Ich hätte Ihnen diese Bilder nicht zeigen dürfen. Schon davon zu wissen…«

Er wollte die Mappe zuklappen, aber sie hielt ihn davon ab und blätterte durch die Gemälde, bis sie auf eines kurz vor dem Ende stieß.

»Das hier«, sagte sie. »Warum habe ich das noch nie gesehen?«

Ben zögerte und starrte den Druck an, den sie ihm hinhielt. Er brachte es nicht anzusehen, es war seinem

Gedächtnis zu fest eingeprägt, aber er tat es trotzdem, versuchte es mit neuen Augen zu sehen – losgelöst von seinem Kontext –, so wie sie es sah.

»Das ist von DaVinci«, sagte er leise. »Leonardo Da Vinci. Es heißt *Jungfrau und Kind mit der Heiligen Anna und Johannes dem Täufer* und wurde vor genau siebenhundertacht Jahren gemalt.«

Sie studierte schweigend den Druck, dann sah sie wieder zu ihm auf, ihr Blick jetzt schmerzerfüllt und flehend.

»Ja, Ben, aber warum? Was meinen Sie damit, es gibt sie nicht? Es gibt diese Gemälde doch, oder nicht? Und die Männer, die sie gemalt haben – die gab es doch auch, oder? Oder ist das alles eine Art Scherz?«

Er schüttelte den Kopf, plötzlich all dessen müde. War es seine Schuld, daß diese Dinge aus der Welt verschwunden waren? Lag es an ihm, daß den Menschen die Wahrheit vorenthalten wurde? Nein. Und doch spürte eine schreckliche Last der Schuld, weil er davon wußte. Oder war es etwas anderes als Schuld? Hatte es nicht eher etwas mit dem Gefühl zu tun, das ihm zu schaffen machte, seit er hierher, in die Stadt gekommen war? Das Gefühl, daß es nur *ihn* wirklich gab? Das quälende Gefühl, von allem und jedem getrennt zu sein – als könnten die Dinge, wenn er die Hand ausstreckte, um sie zu berühren, sich auflösen und ihn inmitten eines Nichts zurücklassen, aus dem er auf die Erde zurückstürzte.

Er hörte die Stimme des Alten in seinem Kopf widerhallen. *Geister? Nun, hier gibt's nichts anderes als Geister!* Und er schauderte dabei.

Hatte er ihr darum diese Bilder gezeigt? Um eine Art Verbindung zu schaffen? Um sich zu vergewissern, daß er nicht das einzige lebende, atmende Geschöpf in diesem gewaltigen Trugbild war – diesem Kartenhaus?

Vielleicht. Aber jetzt wurde ihm klar, was er getan hatte. Er hatte sie in Gefahr gebracht, sie mit diesen flüchtigen Blicken in eine andere Welt verführt. Und was jetzt? Sollte er einen Rückzieher machen und sie auffordern, alles zu vergessen, was sie gesehen hatte, oder sollte er sie noch einen Schritt weiter führen?

Er schaute sie an, nahm ihre Hand, und für einen kurzen Moment hielt er die Balance zwischen den beiden Wegen, die ihm offenstanden. Dann lächelte er und drückte ihre Hand.

»Haben Sie je *Sturmhöhe* gelesen?«

Sie zögerte, dann nickte sie.

»Gut. Dann möchte ich, daß Sie das Buch noch mal lesen. Aber diesmal in der Originalfassung. In der ursprünglichen Fassung, in der es vor dreihundertsechzig Jahren geschrieben wurde.«

»Aber das ist...« Sie lachte, dann senkte sie den Blick, verwirrt von all dem. »Was haben Sie vor, Ben? Warum zeigen Sie mir diese Bilder?«

»Um Sie aufzuwecken. Damit sie alles so sehen, wie ich es sehe.« Er sah von ihr weg, und sein Blick wandte sich wieder dem beschädigten Gemälde auf der Staffelei zu.

»Ich habe gestern jemanden kennengelernt. Ein *Lu Nan Jen*. Sie wissen schon, einen den man den Ofenmann nennt. Er hat auch gemalt. Nicht so wie Sie. Er hat nicht Ihr handwerkliches Geschick, auch nicht Ihren Blick für eine klassische Komposition. Aber er hat etwas, das Ihnen fehlt – woran es der ganzen Han-Kunst mangelt –, nämlich eine Vision. Er konnte einfach durch den äußeren Schein zum Herz der Dinge vordringen. Er hat begriffen, was alles in Gang hält, und es festgehalten – klar und kraftvoll. Für sich selbst. Damit er alles versteht. Als Sie im Café Burgund auf mich zugekommen sind, habe ich über ihn nachgedacht – über das, was er getan hat; wie er sin Leben damit verbracht hat, diese seine Vision, seinen *Traum* festzuhalten. Und auf einmal habe ich mich gefragt, wie es wäre, dies in jemandem zu wecken, es in der

Seele von jemandem zum Heranreifen zu bringen, der das Talent hat, es so festzuhalten, wie es festgehalten werden sollte. Und dann kamen Sie, und ich dachte ...«

Sie beobachtete ihn jetzt aufmerksam, hatte den Kopf vorgebeugt, die Lippen erwartungsvoll geöffnet.

»Was haben Sie gedacht?«

Er sah sie an. »Was machen Sie heute nachmittag?«

Sie lehnte sich enttäuscht zurück. »Nichts. Warum?«

»Würden Sie mich gern begleiten? An einen Ort, wo Sie noch nie gewesen sind?«

Sie kniff die Augen zusammen. »Wohin?«

»Wo niemand jemals hingeht. Tief unter uns. In den Lehm.«

* * *

Ben hatte einen Mann verdingt, der mit hochgehaltener Bogenlampe zehn Schritte vor ihnen herging. Ihr grelles Licht hob die Fassaden der alten, aus grauem Stein erbauten Gebäude hervor, deren starre Umrisse von tiefen Schatten umrandet waren.

Ben hielt eine zweite, kleinere Lampe: ein leichtes Ding an einem langen, schlanken Griff. Sie verströmte ein sanfteres Licht, warf einen kleinen, perlweißen Lichtkreis um das gehende Paar.

Catherine hielt fest seine Hand, zugleich fasziniert und verängstigt. Sie hatte nichts davon gewußt. Sie hatte geglaubt, es sei alles zerstört. Aber hier lag es vor ihr, erhalten und verlassen und der Dunkelheit überantwortet; isoliert von der rohen Wildnis ringsum.

Während sie dahingingen, erfüllte Bens Stimme die düstere Leere, als er ihr aus dem Gedächtnis die Geschichte dieses Ortes erzählte.

»Anders als frühere Architekten ist der Mann, der die Stadt Erde entworfen hat, in keiner Weise auf die Vergangenheit zugegangen. Das Neue war alles für ihn. Selbst das einfachste denkbare Zugeständnis – die Zerstörung des Alten – wurde soweit wie möglich umgangen. Natürlich wurden die höchsten Gebäude niedergerissen, aber der Rest wurde einfach überbaut, als gäbe es für die Vergangenheit wirklich keine Verwendung mehr.« Er drehte sich um und sah sie an. »Was wir jetzt haben, ist weniger eine neue Form der Architektur als ein neues geologisches Zeitalter. Mit der Stadt Erde sind wir ins Technozoikum eingetreten. Alles andere haben wir im Lehm hinter uns gelassen.«

Er deutete auf eine abgerundete Kuppel, die die Lampe des Führers erhellt hatte. »Ist Ihnen je aufgefallen, daß es in unserer Stadt keine Kuppeln gibt, nicht einmal in den Villen der Ersten Ebene? Nein. Natürlich gibt es Nachahmungen der Han-Architektur, aber das sind recht junge Entwicklungen – der letzten fünfzig Jahre oder so. Aber vom alten Westen ist nichts übrig. Alle eleganten Linien sind durch härtere Formen ersetzt worden – Sechsecke, Achtecke, ein Sichdurchdringen komplexer kristalliner Strukturen, als sei die Welt überfroren.«

»Aber das ...« – sie deutete auf das geschwungene Dach der Kuppel – »das ist schön.«

»Nicht wahr?«

Sie schüttelte verständnislos den Kopf. »Aber warum?«

»Aus Sehnsucht nach Bequemlichkeit, schätze ich. Dinge wie die Kuppeln rufen in uns ein Gefühl von Individualität hervor. Und das wollten sie nicht.«

Sie zuckte die Achseln. »Ich kann Ihnen nicht folgen.«

Ben sah sich um. Der Lichtkreis erstreckte sich nur ein Stück weit. Dahinter schienen sich die großen steinernen Bauten in einem unerfüllten Nichts zu verlieren; als seien sie nur in dem Maße wirklich, wie das Licht bei seiner Wanderung durch ihr Reich ihnen Wirklichkeit verlieh. Ben lächelte bei dem Gedanken, und ihm wurde klar, daß dies ein Schlüssel zu dem war, was er selbst tat. Denn er – als Künstler – war das

Licht, das rings um ihn diesen winzigen Kreis nachgeahmter Realität schuf, wenn er vorbeiging.

Er sah das Mädchen an und sagte: »Als alles auseinanderfiel, kurz bevor die Stadt Erde erbaut wurde, gab es ein Zeitalter großer Ausschweifung – individueller Entfaltung, für die es in der Geschichte unserer Spezies kein Beispiel gibt. Die Architekten der Stadt Erde – Tsao Ch'un, seine Minister und ihre Diener – hielten die Symptome für die Ursache. Sie betrachteten die Exzesse und Extravaganzen, die Schönheit und Entfaltung als kulturelle Viren und versuchten sie zu zerstören. Aber es gab zuviel zu zerstören. Es wäre ihnen leichter gefallen, die ganze Spezies zu vernichten. Es war zu tief verwurzelt. Also versuchten sie es statt dessen zu verdecken – unter neuen Formen zu begraben. Die Stadt Erde sollte ein Ort sein, wo es niemandem an etwas mangelt; wo für alles, was die menschliche Physis braucht, gesorgt ist. Sie sollte ein Utopia sein – die Welt hinter dem Fluß der Pflaumenblüten.«

Sie sah ihn stirnrunzelnd an, weil sie die Redewendung nicht kannte, aber er schien sie fast nicht mehr zu bemerken. Langsam führte er sie durch das Labyrinth der Straßen, während von der Decke hoch über ihnen ein doppeltes Licht wie von Sonne und Mond widerschien.

»Aber die Stadt war ein Käfig. Sie sorgte sich nur um das erdgebundene, physische Sein. Sie sorgte sich nicht um die höhere Seele – die geflügelte Seele, die fliegen will.«

Sie lachte, so sehr verblüffte er sie. Aber natürlich sperrte man Vögel in Käfige. Wer hatte je von einem Vogel gehört, der frei flog?

Die Mauern schlossen sich zu allen Seiten um sie. Sie schritten jetzt durch eine schmale, finstere Seitenstraße. Der Führer ging nur wenige Schritte vor ihnen, und die Lampe erfüllte die Dunkelheit mit ihrem grellen weißen Licht. Für einen Moment erschien es fast so, als spazierten sie durch die Stadt.

Solang man nicht aufblickte. Solang man nicht stehenblieb und der Stille lauschte; die Dunkelheit ringsum spürte.

Ben hatte geschwiegen und fortgeschaut. Jetzt drehte er sich um und fuhr fort: »Es sollte eine von aller Bedeutung befreite Landschaft sein. Eine Landschaft beziehungsloser Formen.«

Er hatte innegehalten, und sie hatte sich gezwungen gesehen, neben ihm stehenzubleiben. Aber in diesem Moment wünschte sie sich nichts mehr, als hier fortzukommen, so seltsam schön sie diesen Ort auch fand. Sie fühlte sich unwohl hier. Verängstigt – und verwundbar.

»Wir sind Geschöpfe der Erde, Catherine«, sagte er, und sein Blick teilte etwas mit der Dunkelheit jenseits des scharfen Lichtkreises. »Geschöpfe der Erde... und doch...« – er zögerte, als bereite ihm etwas Schmerzen – »... und doch wollen wir fliegen. Finden Sie das nicht seltsam?«

Sie sah an ihm vorbei auf das alte Mauerwerk, das für sich ein geometrisches Muster war. »Ich weiß nicht«, sagte sie. »Vielleicht haben wir immer danach gestrebt, so etwas wie die Stadt zu erschaffen. Vielleicht ist es nur die Perfektionierung von etwas, das wir immer in uns hatten.«

Er sah sie finster an und schüttelte abwehrend den Kopf. »Nein! Sie verkörpert den Tod! Den Tod!«

Er schauderte. Sie spürte es durch ihre Hand. Ein heftiges Zittern. Sie hatte es bisher nicht verstanden, aber jetzt begriff sie: warum er sich isoliert hatte; warum er immer so feindselig wirkte.

»Sie reden, als stammten sie nicht aus der Stadt«, sagte sie. »Als ob...« Aber sie ließ die Frage ungestellt. Er würde es ihr sagen, wenn er wollte.

»Wir behalten die Namen«, sagte er, »aber sie bedeuten nichts mehr. Sie sind abgeschnitten. Wie die meisten von uns sind sie abgeschnitten.«

»Aber Sie nicht«, bemerkte sie etwas später.

Er lachte, sagte aber nichts.

Dieses eine Mal irritierte ihn diese rätselhafte Seite an ihm. Sie befreite ihre Hand von seiner und ging weiter. Er folgte ihr, und das Licht seiner Lampe warf nach allen Seiten schwache Schatten.

Sie war wütend. Es verletzte sie, daß er ihr keine Zugeständnisse machte. Als bedeutete sie ihm nichts.

Sie blieb stehen und wandte sich ihm zu.

Er stand da, hielt die Lampe hoch, und das Licht legte sein Gesicht in seltsame Falten; die Schatten ließen es verkehrt erscheinen: ein Gesicht, halb in Licht und halb in Dunkelheit.

»Gehen wir weiter?« fragte er. Aber sie konnte keinen Ausdruck in seinem Gesicht erkennen. Seine Züge waren eine starre Maske aus Licht und Schatten.

»Ich finde es hier widerlich.«

Er drehte sich um und sah noch einmal umher. Das Licht der Lampe ruckte mit der Bewegung und erzeugte ein geisterhaftes Funkeln auf den Fenstern der Gebäude zu beiden Seiten. Tote, schwarze Augen aus Glas, die nichts reflektierten.

Sie streckte die Hand aus und berührte ihn am Arm. »Fahren wir zurück, Ben. Bitte. Zurück nach Oxford.«

Er lächelte bitter, dann nickte er. Also zurück nach Oxford. Schließlich bedeutete ihr der Name nichts. Aber dort hatten sie nun einmal die letzten zwei Stunden verbracht. Ein anderer Ort als die hellerleuchtete Unwirklichkeit, die sie darüber errichtet hatten. Ein wirklicher Ort. Wie dunkel es dort auch war.

* * *

In ihrem Traum hatte sie sich selbst neben ihm gehen sehen, die Lampe über ihren Köpfen gehalten, ringsum die uralten Gemäuer, und in der Dunkelheit über ihnen verlor sich der Boden der Stadt.

Sie sah noch einmal das Labyrinth; sah seine dunklen und geheimen Flüsse, Isis und Cherwell, die wie Blut in den Adern der Erde langsam dahinströmten. Seine Worte. Sein Bild für sie. In ihrem Traum stand sie dort mit ihm auf der alten Steinbrücke, und die Haut in ihren Handflächen verband sie miteinander. Und als er seine Lampe hob, glänzte das Wasser. Ein weinrotes Glänzen, doch unter der Oberfläche war das Wasser schwarz wie Tinte.

Als sie aufwachte, fühlte sie sich heiß und fiebrig und knipste die Nachttischlampe an. Er war vier Uhr früh. Sie setzte sich auf, rieb die Handflächen ineinander und betrachtete sie verwundert und erleichtert. Es war so wirklich gewesen. Sie hatte gespürt, wie ihre Haut mit seiner verschmolz und seinen Puls annahm, hatte gesehen, wie ein dunkler Strom von Wein unter dem steinernen Bogen der Brücke hindurchfloß…

So wirklich, daß das Aufwachen wie ein Schritt zurück erschien.

Eine Zeitlang saß sie da und zitterte, doch nicht vor Kälte, sondern vor einem surrealen Gefühl für ihr anderes Ich. Ihres schlafenden, träumenden Ichs, das wie die Gestalt in ihrem Traum durch die Dunkelheit daherging und nichts verstand.

Sie schloß die Augen, versuchte es sich noch einmal zu vergegenwärtigen, aber das Bild verblaßte schnell und das Gefühl, von dem es begleitete wurde, entwand sich ihr. Dann kam sein Puls ins Stocken und erstarb.

Sie stand auf und ging zur Leinwand hinüber, setzte sich davor auf den Stuhl, dessen Sitzfläche kalt gegen ihre nackten Pobacken drückte, und krümmte die Zehen um die runde Stange. Ihr Körper war geschwungen und geschmeidig wie der einer Katze, während ihr feines, flammenartiges Haar in glatten, auseinandergefächerten Strähnen bis zur Mitte ihres Rückens herabfiel, ihre Haut wie Elfenbein zwischen den blassen Haarbüscheln.

Sie starrte das Gemälde an und studierte es aufmerksam.

Es war dunkel. Rot- und Grüntöne dominierten die visuellen Texturen, scharf kontrastiert von einem Rahmen schwarzer Formen, die vom Bildrand hineinbluteten. Schroffe, winklige Formen aus dick aufgetragener Farbe, zerfurcht und schattig wie eine Landschaft.

Sein Gesicht starrte sie von der Leinwand an. Grüne und rote Flecken wie zersplittertes Glas bildeten seine Haut, und seine Augen waren von einem so leuchtenden Grün, daß es zu flackern und alles andere in Dunkelheit zu tauchen schien.

Sie hatte ihn in ihrem Stuhl dargestellt, die Schultern leicht nach vorn gezogen, die Arme angespannt, als wollte er sich gerade erheben. Seine langen, spatelförmigen Fingern ergriffen fest, fast liebevoll die Armlehnen.

Die Komposition hatte eine gewisse kantige Abstraktheit, die keiner ihrer Freunde als ihre erkannt hätte, doch etwas Weicheres schien durch: eine sekundäre Präsenz, die zu dominieren begann, wenn dieser erste, starke Eindruck von Verwinkeltheit und Dunkelheit nachließ.

Das Gemälde lebte. Sie lächelte, weil sie wußte, daß sie mit dem Werk über sich selbst hinausgewachsen war. Es war ein Durchbruch. Eine neue Art von Kunst. Nicht die Mimikry, die sie lange als ihre Kunst akzeptiert hatte, sondern etwas Neues, von gänzlich anderer Art als alles, was sie bisher geschaffen hatte.

Hinter der Festigkeit der Formen verbarg sich eine Aura. Ein Licht hinter der Dunkelheit. Eine Zartheit hinter diesen groben, scharfgeschnittenen Umrissen. Sein dunkles, fragmentiertes Gesicht wurde weicher, je länger sie es ansah, die Augen sanfter, weniger streng.

Sie streckte die Hand aus, um den unteren Teil der Fläche zu berühren und mit den Fingern die helle Linie nachzuzeichnen, wo die Figur in die Dunkelheit überging. Unter dieser Linie nahm das, was auf den ersten Blick einfach nur dunkel erschien, neue Formen, neue Texturen an – subtile Variationen von Grau und Schwarz.

Gebäude. Seltsame architektonische Formen. Geisterbilder, die sie als real erlebt hatte. Hier waren sie alle versammelt; gefangen, niedergedrückt unter dieser hauchdünnen bleichen Linie. Wie eine Narbe auf der dunklen Haut der Leinwand.

Sie neigte den Kopf und sah die Gestalt schief an. Sie saß steif, fast leblos in dem Stuhl, und doch umgab sie eine Andeutung reiner Energie; einer heftigen, fast erschreckenden Vitalität. Alles in diesem Bild war zweideutig: sie war sich dessen nicht bewußt gewesen, bis er sie darauf aufmerksam gemacht hatte.

Sie entspannte sich zufrieden und reckte ihren Rücken, ließ ihre Hände bis zu den Knien hinabsinken. Dann streckte sie sich, hob die Arme und ließ sie wieder fallen, und ihre kleinen festen Brüste hoben sich mit dieser Bewegung. Sie krallte ihre Finger in die Luft und gähnte, dann lachte sie über sich selbst und fühlte sich wohl.

Indem sie sich vorbeugte, aktivierte sie die Graphiktastatur unter dem Rand des Bildes, dann drückte sie eine der Tasten und ließ die Leinwand einmal volle dreihundertsechzig Grad rotieren.

Langsam drehte sich die Gestalt, präsentierte dem Auge des Betrachters ihre linke Schulter, ihr Gesicht im Profil.

Sie drückte PAUSE, lehnte sich zurück und betrachtete es. Er sah gut aus. Nein, mehr als das: er was schön. Und sie hatte etwas davon eingefangen. Eine Qualität, die sie erst zu begreifen gerungen hatte.

Eine Wildheit – eine Heftigkeit –, die in ihm kaum gezügelt war.

Sie verschob den Brennpunkt und hob eine Einzelheit am Handgelenk hervor, die Muskeln an dieser Stelle. Sie beugte sich vor und betrachtete sie genauer, berührte die scharfkantige Textur der Projektion und sah, was das Gerät aus ihrem Ansatz extrapoliert hatte.

Sie studierte sie, dann machte sie sich an die Arbeit, schwenkte die Palette in ihren Schoß und bearbeitete die Projektion mit den Lichtskalpellen, indem sie winzige Veränderungen vornahm, dann wieder den Brennpunkt verschob und die ganze Zeit die Leinwand anstarrte, ihre Stirn in Falten angestrengter Konzentration gelegt, ihr Köper über das Gemälde gebeugt, während ihre Hände daran arbeiteten, der plastischen Oberfläche Tiefe zu verleihen.

Als sie aufhörte, war es fast acht, und das künstliche Licht der Wachstunden schien durch die Stäbe ihrer Jalousie, aber sie hatte sich alle Müdigkeit aus den Knochen gearbeitet.

Ihr war danach, ihn zu sehen.

Ihr Morgenrock lag auf dem Stuhl neben ihrem Bett. Sie zog ihn über und ging zum Komset, in das sie aus dem Gedächtnis seinen Code eintippte. Fast augenblicklich erschien sein Gesicht auf dem Flachbildschirm neben ihrer Hand. Sie sah auf ihn hinunter und lächelte.

»Ich muß Sie unbedingt treffen.«

Zur Antwort lächelte er schüchtern. »Dann bin ich gleich da.«

Der Bildschirm wurde dunkel. Sie wandte sich ab. Sie bückte sich und hob das Buch auf, das sie erst vor Stunden neben dem Bett liegengelassen hatte. Sie starrte wie verzaubert seinen Deckel an, dann schlug sie es auf, griff aufs Geratewohl eine Passage heraus und begann sie zu lesen.

Sie erschauderte. Es verhielt sich genauso, wie Ben

gesagt hatte. Es war kein Vergleich. Es war ein so seltsames und wundervolles Buch. Fast ungehörig, und doch schön. Unbestreitbar schön.

Der Roman, den sie in Erinnerung hatte, war eine dumpfe kleine moralisierende Fabel – die Geschichte eines Jungen aus dem Lehm, der von einer Familie von der Ersten Ebene aufgenommen wurde und ihr Vertrauen vergalt, indem er die aufrechte Tochter des Hauses zu korrumpieren versuchte. In jener Version hatte kindliche Pietät über Leidenschaft triumphiert. Aber hier …

Sie schüttelte den Kopf und legte das Buch hin. Bei all seinen Exzessen war dieses Buch so viel realer, so viel *wahrer* als das andere. Aber was bedeutete es? Was bedeuteten all diese Dinge? Die Gemälde, die seltsamen Gebäude unter der Stadt, und jetzt dies … diese Geschichte wilder Moore und primitiver Leidenschaft? Worauf lief das alles hinaus?

Wo hatte Ben diese Dinge gefunden? Und weshalb hatte sie nie zuvor davon gehört?

Weshalb?

Sie setzte sich, und ein leichter Schauder – wie ein verspäteter Schock – lief ihr den Rücken hinunter. Dinge, die es gab, und die doch nicht existierten. Dinge, die einen – sofern Ben recht hatte – schon in Gefahr brachten, wenn man von ihnen wußte. Wie konnte es solche Dinge geben? Was bedeuteten sie?

Sie schloß die Augen, konzentrierte sich auf sich selbst, zwang sich zur Ruhe, beruhigte die inneren Stimmen, dann lehnte sie sich auf die Ellbogen zurück.

»Dann bin ich gleich da.«

Sie hörte seine Stimme, sah ihn deutlich vor ihrem inneren Auge. Sie lächelte und schlug die Augen auf. Er hatte sie bisher nicht einmal geküßt. Über diesen ersten kleinen Schritt war er nicht hinausgegangen. Aber würde das nicht noch kommen? Unausweichlich? Warum hätte er sonst damit angefangen?

Sie stand auf und sah sich um, dann lachte sie, und ein leichter Schauer durchfuhr sie. Nein, er hatte sie bisher nicht einmal geküßt. Aber vielleicht diesmal. *Vielleicht ...*

* * *

Ben stand entspannt in der Tür, eine Hand locker am Rahmen des zurückweichenden Paneels, mit der anderen fuhr er sich durchs Haar.

»Wirklich ...«, sagte er. »Ich würde Sie viel lieber zum Frühstück bewirten.«

Er wirkte ausgelassen, seltsam zufrieden; doch mit sich selbst, nicht mit ihr. Er hatte sie bislang kaum angesehen.

Sie fühlte sich gedemütigt.

»Ich würde Ihnen gern etwas kochen ...«, begann sie wieder, obwohl sie wußte, daß sie das schon einmal vorgeschlagen hatte. Auch diesmal schüttelte er den Kopf. Eine so entschlossene Bewegung. Kompromißlos. Ohne ihr Raum zu lassen. Ein bitterer Schmerz krampfte ihre Bauchmuskeln zusammen; sie wandte sich von ihm ab, damit er es nicht sah. Aber sie hatte bemerkt, wie sein Blick ruhelos durchs Zimmer wanderte, ohne wirklich etwas zu berühren; über Oberflächen hinwegstrich, als nähme er nichts wahr.

Als befände sich das, was er *wirklich* sah, nicht in ihrem Zimmer.

Sie drehte sich um und bemerkte, daß er die verhängte Leinwand ansah. Aber es war keine Neugier in seinen Augen. Dieses eine Mal schien er von der Welt losgelöst, nicht direkt an sie gepreßt. Sie hatte ihn noch nie so erlebt; so erregt und doch so von allen Dingen abgeschnitten.

Sie zuckte die Achseln und nahm ihre schmale Handtasche. »Gut. Ich bin fertig.«

Sie fanden ein ruhiges Lokal auf der dem Café Burg

gegenüberliegenden Seite des Grüns. Anfangs saßen sie schweigend hinter den vorgezogenen Vorhängen der engen Nische, die ihnen eine Illusion von Privatheit vorgaukelten. Dennoch drangen von allen Seiten Stimmen zu ihnen durch. Helle morgendliche Stimmen. Die Stimmen derer, die geschlafen hatten und dem Tag frisch entgegentraten. Sie irritierten sie so sehr wie sein Schweigen. Mehr noch, sie ärgerte sich über ihn. Ärgerte sich darüber, daß er sie hierher eingeladen hatte und sie nun ignorierte.

Sie sah über die Tischplatte auf seine Hände und bemerkte, wie locker sie zu beiden Seiten der flachen, leeren Schale lagen. Durch die transparente Oberfläche sah sie ihre geisterhaften Spiegelbilder, schwach, aber deutlich, gebrochen von dem doppellagigen Eis. Er war in sich selbst versunken. Ganz isoliert von der Welt. In diesem Moment schien es so, als müßte es einfacher für sie sein, durch die Oberfläche zu greifen und diese Geisterhände zu fassen, als die Hand nach der warmen Realität auszustrecken.

Sie spürte einen seltsamen Druck auf sich lasten; etwas in seinen Auswirkungen so Greifbares, als preßte ein Paar von Händen zu beiden Seiten gegen ihren Kopf und hielten sie davon ab, in seine Augen aufzublicken. Doch keine wirklichen. Es waren von ihr selbst geschaffene Phantome – Folge einer Schwachheit in ihrer Konstitution.

Sie sah weg, starrte auf das unberührte Menü vor sich. Sie hatte nichts von ihrem neuen Gemälde erzählt; warum sie ihn angerufen hatte; von all dem, was sie empfand, wenn sie sein ungeschlachtes Abbild ansah. Er hatte sie ausgeschlossen, alle Brücken zwischen ihnen abgerissen. Wie sie dasaß, wünschte sie sich die Kraft, einfach aufzustehen und ihn vor seiner leeren Schale allein zurückzulassen.

Als ob dies möglich wäre.

Sie spürte ihre innere Anspannung anwachsen, bis

sie unerträglich schien. Und dann sprach er, nahm ihre Hände in seine; und ihre Wärme vertrieb diese ganze nervöse Energie, zerstörte die Phantome, die in seiner Ablehnung ungeheuer gediehen waren.

»Haben Sie jemals echtes Essen gekostet, Catherine?«

Sie sah ihm verwirrt in die Augen. »Was meinen Sie damit, *echtes?*«

Er lachte und deutete auf ihre Schale. »Wissen Sie, ich habe Sie nie essen gesehen. Nicht einen Happen.« Seine Hände hielten ihre fest, aber ohne echten Druck. Hinter seinen Augen leuchtete ein schalkhaftes Licht. Sie hatte ihn noch nie so erlebt.

»Ich esse«, sagte sie und brachte ihn mit der anmaßenden Art ihrer schlichten Feststellung erneut zum Lachen. »Aber ich verstehe Sie immer noch nicht.«

»Aha«, sagte er. »Dann lautet die Antwort nein.«

Sie schüttelte den Kopf und ärgerte sich wieder über ihn, aber auf andere Art. Er machte sich über sie lustig, wurde unfair.

Er senkte den Blick. »Es ist seltsam, was wichtig werden kann. Ohne erkennbaren Grund. Dinge nehmen einen gefangen, lassen einen nicht mehr los.«

Er schaute auf, und aller Humor war aus seinem Blick verschwunden. Jene Intensität war wieder da. Jene getriebene Qualität.

»Und ist das Ihre Obsession? Essen?«

Sie bemerkte sofort, daß ihr Witz danebengegangen war. In dieser Beziehung war er offensichtlich verwundbar. Weit offen. Vielleicht war dies sogar das Wesen einer Obsession. Etwas, gegen das es keine Verteidigung gibt. Nicht einmal Humor.

Aha, dachte sie. *Und das ist deine. Die eigentliche.*

Eine Weile sagte er nichts. Sie beobachtete die Regungen in seinen dunklen, ausdrucksvollen Augen.

Meeresstimmung hinter dem lebhaften Grün. Oberfläche und Sog. Dann sah er sie an und sagte:

»Kommen Sie mit. Ich möchte Ihnen etwas zeigen.«

* * *

Bens Apartment lag im Norden des Kantons Oxford, am Rande des vornehmen Studentenbezirks. Catherine schaute sich um.

»Ich hätte mir nie vorgestellt ...«, sagte sie leise zu sich selbst, dann drehte sie sich um und sah ihn in der Tür stehen, in beiden Händen ein gefülltes Weinglas.

»Sie sind privilegiert«, sagte er und gab ihr ein Glas. »Normalerweise lasse ich hier niemanden rein.«

Was er sagte, freute und verärgerte sie zugleich. Es war schwer zu begreifen, was er damit meinte.

Es war ein langes, geräumiges, spärlich dekoriertes Zimmer. In der Mitte stand ein flaches Sofa auf dem flauschigen Teppich, daneben ein kleiner, schlicht gefertigter Kaffeetisch. Aber anders als in den Apartments ihrer Freunde hingen hier keine Gemälde an den Wänden, standen keine kleine Skulpturen herum. Es war sauber und ordentlich, fast leer.

Sie sah enttäuscht in die Runde. Sie hatte mehr erwartet. Etwas wie Sergejs Apartment.

Er hatte sie beobachtet. Sie bemerkte, wie er lächelte, als könnte er ihre Gedanken lesen. »Ziemlich trostlos hier, nicht wahr? Wie das Bühnenbild für ein schrecklich anspruchsvolles Drama.«

Sie lachte verlegen.

»Oh, keine Sorge. Das hier ist ...« – er vollführte mit einer Hand eine ausladende Bewegung – »... eine Art Maske. Eine Fassade. Für den Fall, daß ich eine Einladung erwidern muß.«

Sie nippte an ihrem Wein und versuchte einzuschätzen, was er ihr damit sagen wollte. »Und?« fragte sie. »Was wollten Sie mir zeigen?«

Er deutete mit dem Glas durchs Zimmer. In der Wand gegenüber steckte ein Paneel. Eine Gleittür mit der flache Einbuchtung eines Daumenschlosses.

»Das Geheimnis wird enthüllt«, sagte er. »Kommen Sie.«

Sie folgte ihm und fragte sich, warum er solche Spielchen spielte. Sonst war er doch immer so direkt. So ganz er selbst. Warum nun diese Tricks und Ausflüchte? Was hatte er zu verbergen? Wovor fürchtete er sich?

Seine Finger tippten eine Kombination in die Sensortasten. Das Daumenschloß antwortete mit einem Lichtsignal, und er drückte seinen rechten Daumen in die Vertiefung. Die Tür glitt mit einem Zischen auf und gab den Blick in ein zweites Zimmer frei, so groß wie das, in dem sie sich aufhielten.

Sie ging hinein und war von dem Gegensatz beeindruckt.

Trotz seiner Größe war der Raum bis unter die Decke vollgestopft, die Wände standen voller Regale. In den Zwischenräumen hingen Drucke und Gemälde. An der gegenüberliegenden Wand stand ein einzelnes kleines Bett, die Laken zerwühlt, eine einfache Decke zurückgeworfen. Auf dem Nachttisch und auf dem Boden neben dem Bett stapelten sich Bücher. Echte Bücher, keine Speicherfolien. Wie jenes, das er ihr geschenkt hatte. Ihre Lippen öffneten sich zu einem überraschten und freudigen Lächeln. Aber was wirklich ihre Aufmerksamkeit erweckte, war der Apparat in der Mitte des Zimmers.

Sie trat ein und blieb neben dem Ding stehen.

»Ist das Ihre Kunst?« fragte sie und spürte die Maschine zittern, ihre zerbrechlichen Glieder unter ihrer Berührung erbeben.

Das Gerüst der Maschine war wie ein Korb mit feinen Drähten durchwoben. In ihrem Innern lag eine lebensgroße Marionette, ein nachgemachter Mensch ohne Gesichtszüge und mit glatten, linienlosen Handflächen. Der Morph ähnelte der Maschine insofern, als er ebenso fast lebendig war und zitternd auf ihre Berührung reagierte. Seine weiße, fast durchsichtige Oberfläche reflektierte in Blitzen und Funken das Deckenlicht.

Er war schön. Ein Kunstwerk für sich.

»Kann er etwas machen?«

»Von sich aus nicht. Aber ja, in gewisser Weise ist das meine Kunst.«

Sie sah ihn kurz an, dann wieder die Maschine und erinnerte sich daran, daß Sergej gesagt hatte, er sei ein Techniker – ein Wissenschaftler. Aber wie paßte das mit seinen Kenntnissen über Kunst zusammen? Mit all seinem intuitiven, tief erworbenen Wissen? Sie runzelte die Stirn und versuchte zu begreifen; versuchte herauszufinden, wie das alles zusammenpaßte. Sie betrachtete den Fuß der Maschine und sah die dick mit Klebeband umwickelten Spulen, wie primitive Relikte aus der technischen Vergangenheit. Sie hatte dergleichen noch nie gesehen.

Sie ging um die Maschine herum und versuchte ihre Funktion zu begreifen. Vergeblich.

»Was ist das?« fragte sie schließlich.

Er stand auf der anderen Seite der Maschine und sah sie durch das fragile Gerüst, das feine Drahtnetz an.

»Um sich das anzusehen, habe ich Sie hergebracht.«

Er lächelte, aber hinter dem Lächeln spürte sie die Intensität seiner Stimmung. Das hier war ihm aus irgendeinem Grund sehr wichtig.

»Vertrauen Sie mir, Catherine? Würden Sie etwas für mich tun?«

Sie starrte ihn an und versuchte herauszufinden, was in ihm vorging, aber es war unmöglich. Er war nicht wie die anderen. Schwer zu sagen, was er wollte oder warum. Sie zögerte, dann nickte sie, bewegte dabei kaum den Kopf, und sah, wie angespannt er geworden war und eine weitere Antwort von ihr erwartete.

Er wandte sich ab, dann drehte er sich wieder ihr zu, und die Erregung, die ihr vorhin aufgefallen war, kehrte in seinen Blick zurück, aber diesmal nahm sie Catherine gefangen und zog sie in ihren Bann.

»Es ist wundervoll. Das Beste, was ich je gemacht habe. Warten Sie. Sie werden sehen, wie wundervoll. Wie *real*.«

Er hatte einen seltsamen, fast kindlichen Beiklang – einen Anflug von Naivität – in der Stimme, der sie schockierte. In diesem Moment war er ganz offen. Ganz verwundbar. Sie sah ihn mit Augen an, die für die Kompliziertheit dieses jungen Mannes neu geöffnet waren. Für den Widerstreit der Kräfte in seinem Innern.

Seltsamerweise gab er ihr das Gefühl, sie müßte ihn an die Brust drücken wie eine Mutter einen Säugling. Und zugleich begehrte sie ihn mit einer Heftigkeit, die sie zittern ließ und ihr Angst vor sich selbst machte.

* * *

Ben stand am Kopf des Gestells und sah auf sie hinunter. Catherine lag nackt, mit geschlossenen Augen und flatternden Lidern auf dem Rücken. Ihre Brüste hoben und senkten sich sanft, als schliefe sie, und ihr rotes Haar lag in feinen, goldroten Strähnen über ihre Wangen und ihren Hals ausgebreitet.

Bügel stützten ihren Körper, aber ihr Hals war von einem starren Korb umschlossen, von zerbrechlichen Eisfäden umwoben, die den Eindruck erweckten, als stecke ihr Kopf in einem Käfig aus Glasscherben. Ein feines Gewirr von Drähten trat fächerförmig aus dem schmalen Band an ihrem Hinterkopf hervor und breitete sich über ihren ganzen Körper aus, in regelmäßigen Abständen mit winzigen berührungsempfindlichen Plättchen versehen, die Klebebandstreifen an ihrer Haut festhielten. Einundachtzig Verbindungen insgesamt, mehr als die Hälfte davon direkt am Schädel angebracht.

Der Morph lag bewegungslos auf dem Bett. Ben warf einen Blick auf seine vertraute Form und lächelte. Es war fast soweit.

Er sah auf das Bedienungspult. Acht kleine Bildschirme drängten sich auf der linken Seite der Anzeige, von denen jeder das Umrißbild eines Schädels darstellte. Im Moment durchlief jeder eine Sequenz von Eingangsprozeduren, in deren Verlauf Teile jedes Bildes aufleuchteten, vergrößert wurden und wieder schrumpften.

Unter dem Gestell bewegte sich langsam ein Band zwischen zwei Spulen. Es war ein Standardwerk – ein original *Pai pi*, aber an seinem Ende war das Teil angeflickt, an dem er gearbeitet hatte – das Neue, weswegen er so aufgeregt war. Er sah die Bilder flackern, das Band sich ent- und wieder zusammenrollen, dann sah er das Mädchen wieder an.

Ihre Glieder gerieten unmerklich in Bewegung; die Muskeln zuckten an den Stellen, wo die Plättchen gegen die Nervenzentren drückten. Geringfügig nur, aber deutlich sichtbar. Wochenlange geisterhafte Bewegungen dieser Art konnten Schaden anrichten, teils irreparablen. Und früher hatten Süchtige manchmal Monate in ihren Schalen verbracht.

Auf jedem der acht kleinen Bildschirme erschien das Spursignal. Fünfzehn Sekunden bis zu dem angeklebten Stück. Auf sechs Bildschirmen sah er die dunklen, malvenfarbenen Bereiche den höchsten Wert erreichen, dann wieder nachlassen, als die Komposition am Ende angelangt war. Für einen Moment setzte alle Aktivität aus, dann begann plötzlich das neue Stück, und es zeigte sich auf allen Bildschirmen.

Den Bildschirmanzeigen nach war Catherine aufgewacht. Ihre Augen waren geöffnet und sie hatte sich aufgesetzt und sah umher. Doch das Mädchen in dem Gestell schlief weiter, ihr zugefallenen Augenlider rührten sich nicht, und ihre Brüste hoben und senkten sich sanft. Das schwache Zittern in ihren Gliedern hatte aufgehört. Sie war jetzt ganz ruhig, völlig entspannt.

Die Sekunden tickten langsam herunter. Ein Countdown auf dem rechten oberen Bildschirm zeigte an, wann der Abschnitt zu Ende war.

Er lächelte und sah zu, wie sie die Augen aufschlug, dann Anstalten machte, den Kopf zu schütteln und die Hände zu heben. Drähte waren ihr im Weg und hielten sie fest. Sie schien verwirrt und für einen Moment beunruhigt zu sein. Dann sah sie ihn und entspannte sich.

»Wie geht es Ihnen?« fragte er.

Ihre Augen erwiderten seinen Blick mit einem fragenden Ausdruck. Grüne Augen von derselben tiefen Tönung wie seine. Sie sah wirklich schön aus, wie sie so dalag. Seltsam, daß ihm das bisher nicht aufgefallen war. Daß er es *gesehen* und doch nicht bemerkt hatte.

»Ich verstehe das nicht…«, begann sie. »Ich bin aufgewacht, und Sie saßen im Café Burgund direkt neben mir. Ich hatte zuviel getrunken und war eingenickt. Ich… ich hatte geträumt. Wir unterhielten uns… über Farben, irgend etwas… und dann habe ich mich umgedreht und zu der Pagode hinübergesehen. Sie erzählten mir, daß alle Vögel davongeflogen seien, und ich sah, daß Sie recht hatten. Am anderen Ende des Grüns flatterten Vögel umher. Sie waren aus ihrem Käfig ausgebrochen. Und als ich hinsah, flog einer geradewegs auf mich zu und strich mit den Flügeln an meinem Gesicht entlang, obwohl ich den Kopf zur Seite riß, um ihm auszuweichen. Sie haben gelacht,

Ben. Ich drehte mich um und sah, daß sie den Vogel in ihren Händen gefangen hielten. Da streckte ich die Hand aus und…«

Sie brach ab, runzelte die Stirn und lenkte den Blick nach innen, versuchte zu ergründen, was geschehen war.

»Und?«

Sie sah ihn unverwandt an. »Und dann bin ich wieder aufgewacht. Hier.« Sie versuchte den Kopf zu schütteln und war erneut irritiert, ihn so fest umschlossen zu finden, daß ihre Bewegungen eingeschränkt wurden. Sie starrte das Gewirr an, das vor ihrem Gesicht herunterhing.

»Ich sollte nicht hier sein, oder? Ich meine, ich bin einmal aufgewacht, nicht? Also muß das hier…« – erneut überkam sie Verwirrung, und ihre Stimme verebbte zu einem Flüstern – »… dann muß das hier ein Band sein.«

Er lächelte. »Gut«, sagte er leise. »Genau das wollte ich hören.«

Er ging um das Gestell herum und löste rasch und systematisch die Verbindungen; seine Handbewegungen waren dabei so sanft und sicher wie die eines Chirurgen.

»Ich kann Ihnen nicht folgen, Ben. Was war was? Ich meine, ist das jetzt die Wirklichkeit? Aber was in dem Café passiert ist…«

Er sah auf sie hinunter; sein Gesicht war nur eine Handbreit von ihrem entfernt.

»Das war das Band. Mein Band. Daran habe ich die letzten vier Monate gearbeitet.«

Sie lachte und begriff noch immer nicht. »Wie meinen Sie das, Ihr Band?«

Er löste das Band und zog es zurück, befreite ihren Hals. »Genau so, wie ich's gesagt habe.« Er begann ihre Halsmuskeln zu massieren, weil er aus eigener Erfahrung wußte, wie sie sich anfühlten, wenn die Behinderung verschwunden war. »Ich habe es gemacht. Die ganze Szene in dem Café.«

Sie blickte zu ihm auf und rümpfte die Nase. »Aber das kann nicht sein. Niemand fertigt mehr Folien an. Jedenfalls nicht solche. Keine eigenen. Das davor... diese zeichentrickartige Sequenz. Das war ein *Pai pi*, oder? Ich habe davon gehört, Damals haben Dutzende von Leuten daran gearbeitet. Manchmal Hunderte.«

»Das habe ich auch gehört.«

Er trat hinter sie, machte sich an den Hebeln, die die Bügel steuerten, zu schaffen und ließ sie langsam zu Boden sinken. Dann stieg er über sie in das Gestell, entfernte nach und nach die Klebestreifen, die die Drähte und Plättchen hielten, von ihrer Haut und massierte sanft das entspannte Gewebe, um den Kreislauf anzuregen. Er führte jede Bewegung so peinlich genau aus, als habe er sie lange Zeit einstudiert.

»Ich mag keine Teams«, sagte er, ohne sie anzusehen. Dann ging er in die Hocke, löste die beiden Plättchen von ihren Brustwarzen und rieb sie sanft mit den Daumen. Sie reagierten auf seine Berührung und richteten sich auf, aber seine Hände hatten sich weiterbewegt, arbeiteten sich ihren Körper entlang und befreiten ihn von dem Geschirr.

»Ich habe mich einem Problem gestellt. Vor Jahren. Ich habe von den *Pai pi* und den Beschränkungen dieser Form gehört, aber ich glaube, ich habe damals schon begriffen, daß es nicht so sein muß. Ihr Potential ging weit über das hinaus, was je für möglich gehalten worden ist.«

»Ich kann Ihnen immer noch nicht folgen, Ben. Was Sie da sagen, ergibt keinen Sinn.«

Sie stützte sich inzwischen auf ihre Ellbogen und starrte ihn an. Seine Hände lagen auf den warmen Innenseiten ihrer Oberschenkel, passiv und ohne auf sie zu achten, wie es schien. Sie war immer noch verwirrt. Es war ihr so real vorgekommen. Aufwachen, und dann wieder aufwachen. Und jetzt das. Ben, der über ihr kauerte, seine Hände auf ihren Oberschenkeln, während er ihr Unsinn über etwas erzählte, das, wie jeder wußte, eine technische Sackgasse war. Sie schüttelte den Kopf.

Sein Blick konzentrierte sich auf sie und war plötzlich ganz aufmerksam. »Was ist los?«

»Ich verstehe Sie immer noch nicht, Ben. Es *war* real. Das weiß ich ganz sicher. Der Vogel, der übers Grün auf mich zugeflogen ist, der Geruch von Kaffee und Zigarren. Die schwache Brise, die einem dort immer entgegenweht. Sie wissen doch, wie die Luft aus den Tunneln hinten zirkuliert. Und andere Dinge auch.«

Sie hatte die Augen geschlossen, als sie sich daran erinnerte.

»Das leise Murmeln der Konversation im Hintergrund. Klirrende Gläser und Teller. Das leise Summen der Fabriken tief unter dem Stock. Diese ständige Vibration, die man dort überall spürt.« Sie schlug die Augen auf und sah ihn flehentlich an. »Es *war* real, Ben. Das stimmt doch, oder?«

Er schüttelte den Kopf. »Nein. Das war alles auf dem Band. Jede Kleinigkeit.«

»Nein!« Sie schüttelte heftig den Kopf. »Ich meine, ich habe Sie dort gesehen. Sie haben mir dort gegenüber gesessen. Das waren wirklich Sie. Das weiß ich. Sie haben gesagt …« Sie dachte angestrengt nach, dann nickte sie. »Sie haben gesagt, ich sollte mich nicht vor ihnen fürchten. Sie sagten, es sei ihr Instinkt, zu fliegen.«

»Das habe ich einmal gesagt, ja. Aber nicht zu Ihnen. Und nicht im Café Burgund.«

Sie setzte sich auf, ergriff seine Arme und spürte die glatte Textur des Stoffes, dann tastete sie nach oben, um sein Gesicht zu berühren, und spürte die Rauheit seiner unrasierten Wangen. Wieder lachte er, aber diesmal sanfter.

»Sie wissen's nicht genau, stimmt's? Was davon real war. Das hier oder die Szene im Café. Und doch sind Sie hier, Catherine. Hier bei mir. Jetzt.«

Sie starrte ihn an, dann riß sie ihren Blick gewaltsam los, erschrocken und verwirrt.

»Das vorher«, sagte er. »Was Sie für wirklich gehalten haben. Das war eine Fiktion. Meine Fiktion. Es ist nie passiert. *Ich habe es geschaffen*.«

Er streckte die Hand aus, faßte ihr Kinn und drehte es sanft zu sich her. »Aber das hier ... ist real. Hier und jetzt.« Er beugte sich zu ihr hinunter und berührte ihre Lippen mit seinen.

Sie machte große Augen, und ein vages Begreifen färbte ihre Züge. »Dann ...« Aber es war so, als streckte sie die Hände nach etwas aus, das dann doch vor ihren Augen verschwand. Das Strahlen wich aus ihrem Gesicht. Sie senkte den Blick und schüttelte den Kopf.

Er richtete sich auf und stieg aus dem Gestell. Er nahm den blauen Seiden-*Pau* vom Bett und hielt ihn ihr hin.

»Hier, ziehen Sie das an.«

Sie nahm den Morgenmantel, ging damit aber so unbeholfen um und sah ihn so seltsam an, als zweifelte sie daran, ob es ihn wirklich gab; als könnte sie jeden Moment wieder aufwachen und herausfinden, daß alles ein Traum war.

Ben stand da, beobachtete sie und suchte in ihren Augen nach einer Antwort, dann wandte er sich ab.

»Ziehen Sie ihn über, Catherine; ich mach uns einen Kaffee.«

* * *

Sie lag, seinen blauen Seiden-*Pau* um sich geschlungen, auf seinem Bett, hatte einen Stapel von Kissen hinter sich gestopft und nippte an ihrem Kaffee.

Ben ging im Zimmer auf und ab und vollführte

überschwengliche Gesten, während er redete. Er schien unter Spannung zu stehen, und seine kräftige, athletische Gestalt hielt die Balance zwischen einer natürlichen Anmut und unnatürlicher Wachsamkeit, wie ein fremdartiges, prachtvolles Tier, dessen Intelligenz über bloßes Wissen hinausging. Seine Augen funkelten, während seine Hände die Luft durchpflügten, als wollten sie sie formen, ihrem Rohmaterial neue Formen und Umrisse abringen.

Sie beobachtete ihn fasziniert. Bis eben hatte sie nur eine vage Vorstellung davon gehabt, was er war, aber jetzt wußte sie es. Als sich ihre Gedanken geklärt hatten, war sie von der Ungeheuerlichkeit seiner Erfindung ehrfürchtig erschrocken gewesen. *Die Szene war ihr so real vorgekommen ...*

Er blieb neben dem leeren Gestell stehen und legte die Hand auf die aufrechte Stütze.

»Als ich mich dem Problem stellte, war mir nicht klar, was ich mir vorgenommen hatte. Sehen Sie, es handelte sich nicht um etwas, das man mit ein paar technischen Tricks bewältigen konnte; es war mehr eine Frage, größere Anstrengungen auf sich zu nehmen; mir meine Energie effektiver nutzbar zu machen; aufmerksamer zu sein.«

Sie lächelte. Als ob irgendwer aufmerksamer sein könnte als er.

»Und deshalb ... Ich fing mit einer Art Zeichentrickfilm an. Zehn grobe Skizzen pro Sekunden. Damit gab ich mir das Tempo vor und das Gesamtkonzept. Dann bin ich einen Schritt weiter gegangen, habe die Details ausgearbeitet und das Ganze mit fünfundzwanzig Bildern pro Sekunde aufgenommen. Schließlich habe ich dem Entwurf den letzten Schliff gegeben, jeden einzelnen Motivstrang perfektioniert und ihn mit fünfzig Bildern pro Sekunde neu aufgenommen. Dadurch wurde er Schritt für Schritt realer.«

Seine Hände vollführten eine unmerkliche Bewegung, als zögen sie aus einem dichten Faserknäuel einen feinen Draht heraus.

»Ich habe herausgefunden, daß es auf keine andere Weise bewerkstelligt werden konnte. Es mußte einfach so real wie möglich werden.«

»Aber wie? Ich verstehe nicht, wie Sie das geschafft haben. Es ist...« Sie zuckte die Achseln und lachte, so sehr verblüffte er sie. »Nein, es ist einfach nicht möglich. Das können Sie nicht!«

Und doch war es ihm gelungen. Das wußte sie.

»Wie?« Ein leichtes Lächeln umspielte seine Lippen, verschwand aber gleich wieder. Im ersten Moment begriff sie nicht, was er mit seinem Körper anstellte, mit dem Ausdruck in seinem Gesicht. Dann fiel ihr die Kinnlade herunter, so sehr schockierte ihn die Genauigkeit seiner Imitation; seine Haltung, sein Aussehen schon.

Und dann redete er.

»Aber wie? Ich verstehe nicht, wie Sie das geschafft haben. Es ist...« Er zuckte die Achseln und lachte, ein weiches, feminines Lachen der Überraschung. »Nein, es ist einfach nicht möglich. Das können Sie nicht!«

Es war perfekt. Nicht ganz wie sie selbst, aber dennoch eine perfekte Nachahmung – ihrer Gesten, ihrer Mimik, ihrer Stimme; jede Nuance des Tonfalls präzise eingefangen. Als ob ein Spiegel redete.

Sie beugte sich vor und verschüttete ihren Kaffee. »Das ist ja...«

Aber sie konnte es nicht aussprechen. Es war erschreckend. Sie spürte ihre Nerven vibrieren. Für einen Moment schien sich alles um sie herum zu verlangsamen. Sie hatte das Gefühl, in einen Abgrund zu stürzen, dann riß sie sich zusammen.

Er beobachtete sie und sah, wie sie reagierte: die ganze Zeit beobachtete er sie wie ein Kameraauge, registrierte und speicherte die kleinsten Nuancen ihres Verhaltens.

»Sie müssen hinsehen, Catherine. Sie müssen sich die Dinge genau ansehen. Sie müssen versuchen, Sie von der anderen Seite zu betrachten, in sie hineinzuschlüpfen und herauszufinden, wie sie sich quasi von innen anfühlen. Eine andere Möglichkeit gibt es nicht.«

Er machte eine Pause und sah sie an, als versuche er einzuschätzen, ob sie ihm noch folgen konnte. Sie nickte, und ihre Finger wischten beiläufig über den verschütteten Kaffee auf ihrem Morgenrock, ihre Augen waren halb geschlossen.

»Ein Künstler – jeder Künstler – ist ein Schauspieler. Seine Funktion ist eine mimetische, selbst in seinen ausdrucksvollsten Momenten. Und wie ein Schauspieler muß er lernen, mit seinem Publikum zu spielen.« Er lächelte und öffnete die Arme, als wollte er die ganze Welt umarmen, und seine Augen glänzten düster angesichts der Größe seiner Vision. »Sie haben nur eine Kleinigkeit davon gesehen. Sie haben einen flüchtigen Blick auf das geworfen, was daraus werden kann. Aber es ist größer als das, Catherine. Sehr, sehr viel größer. Was Sie heute erlebt haben, war bloß die Andeutung der endgültigen Form.«

Er lachte; ein kurzes, explosionsartiges Lachen wie ein Ausruf der Freude.

»Die Kunst schlechthin – davon rede ich! Das, wovon alle wahren Künstler träumen!«

Langsam ließ er die Arme sinken. Das Lächeln verblaßte auf seinen Lippen, und der Ausdruck seiner Augen wurde plötzlich finster. Er ballte die Fäuste, drehte sie seiner Brust zu und krümmte sich zusammen wie ein Tänzer. Für einen Moment hielt er diese angespannte Stellung bei und konzentrierte sein ganzes Ich auf den Mittelpunkt.

»Nicht Kunst, wie man sie jetzt kennt. Nein ...« Er schüttelte den Kopf, als habe er starke Schmerzen. »Nein. Was ich meine, würde etwas beinahe Unerträgliches sein. Etwas Schreckliches und doch Schönes. Zu schön, um es in Worte zu fassen.«

Er lachte kalt, und seine Augen glühten so heftig, daß sie erschrak.

»Es würde eine Kunst sein, vor der man sich fürchten muß, Catherine. Eine Kunst, so eisig, daß sie das Herz durch ihre Kälte zerreißt, und zur gleichen Zeit so heiß, daß sie wie eine kleine Sonne glüht und sich in die Dunkelheit des Schädels brennt.

Können Sie sich das vorstellen? Können Sie sich vorstellen, was eine solche Kunst sein würde?« Erneut gellte sein Lachen, ein unbarmherziger, schrecklicher Laut. »Das wäre keine Kunst für die Schwachen. Nein. Eine solche Kunst würde kleine Menschen vernichten!«

Sie schauderte und war nicht imstande, den Blick von ihm abzuwenden. Er sah jetzt aus wie ein Dämon, seine Augen wie dunkle, schwelende Kohlen. Sein Körper schien verwandelt; grausig, fast wie ein Alien.

Sie beugte sich ruckartig vor, und die Tasse entglitt ihren Händen.

Ben, der ihr gegenüberstand, sah sie fallen und nahm zur Kenntnis, wie sie auf dem Boden aufschlug; sah, wie sich ihr Inhalt über den Teppich ausbreitete. Sah es, und speicherte es in seinem Gedächtnis.

Er blickte überrascht zu ihr auf und bemerkte, wie ihre Brüste aus dem Morgenrock gerutscht waren und entblößt und seltsam verwandelt zwischen den blauen Falten des Stoffes lagen. Heftiges Begehren flackerte wie ein Feuer in ihm empor.

Er setzte sich neben sie und griff in ihren Morgenrock, um vorsichtig die weiche Wärme ihrer Haut zu berühren, ließ dann langsam die Hand nach oben wandern, bis sie ihre Brust umfaßte. Dann beugte er sein Gesicht ihrem entgegen und ließ seine Lippen sanft über ihre gleiten.

Sie spannte sich an, zitterte in seinen Armen, dann

preßte sie sich plötzlich an ihn, drückte begehrlich die Lippen an seine, schlang die Arme um ihn und zog ihn zu sich herunter. Er schauderte, so sehr verblüffte ihn ihr plötzlicher Umschwung, das Verlangen in ihren Augen.

Einen Moment lang hielt er sich zurück und sah in ihr Gesicht hinunter, überrascht von der Intensität dessen, was er plötzlich empfand. Dann drückte er sie sanft und vorsichtig hinunter, nahm an, was sie ihm anbot, warf das grelle Licht ab, das ihn eben noch gefangen gehalten hatte, und ließ sich in ihre Dunkelheit sinken, wie ein Stein, der in einen tiefen, dunklen Brunnen hinabfiel.

KAPITEL · 8

Die verlorene Braut

»Nun, Minister Heng, weshalb wollten Sie mich sprechen?«

Heng Yu hatte gekniet und mit der Stirn den kalten Steinfußboden berührt. Jetzt richtete er sich auf und blickte zum erstenmal zu seinem T'ang empor.

Li Shai Tung saß auf dem Staatsthron, sein hochgeschossener, knochiger Körper in kaiserliches Gelb gehüllt. Die Zusammenkunft des Ministerrats war vor einer halben Stunde beendet worden, aber Heng Yu war geblieben und hatte vom T'ang eine Privataudienz erbeten. Drei breite Stufen führten zu dem Empfangspodium hinauf. Am Fuß dieser Stufen stand Chung Hu-yan, der Kanzler des T'ang. In den letzten Monaten, die den alten Mann sichtlich geschwächt hatten, war immer mehr Verantwortung auf die Schultern des fähigen und ehrlichen Chung geladen worden, und unmittelbar nach dem Ende der Ratssitzung hatte Heng sich zuerst an ihn gewandt. Nun lächelte Chung milde, als er Heng ansah.

»Ich bin dankbar für die Gelegenheit, mit Euch zu reden, *Chieh Hsia*«, begann Heng. »Ich hätte nicht darum gebeten, wenn es nicht eine Angelegenheit von höchster Dringlichkeit wäre.«

Der T'ang lächelte. »Natürlich. Aber bitte, Heng Yu, fassen Sie sich kurz. Ich bin schon in Zeitdruck für meinen nächsten Termin.«

Heng verbeugte sich noch einmal und war sich bewußt, wie sehr er dem Kanzler dafür zu danken hatte, daß diese Audienz zustande gekommen war.

»Es geht um den jungen Shepherd, *Chieh Hsia*.«

Der T'ang hob eine Augenbraue. »Hals Junge? Was ist mit ihm?«

»Soviel ich weiß, besucht er das College, *Chieh Hsia*.«

Li Shai Tung lachte. »Das wissen Sie ganz sicher, Heng Yu, andernfalls hätten Sie die Sache nicht erwähnt. Aber worum geht's? Ist der Junge in Schwierigkeiten?«

Heng zögerte. »Ich bin mir nicht sicher, *Chieh Hsia*. Es sieht nicht so aus, als ob er in *unmittelbarer* Gefahr schwebte, aber mir sind gewisse Fakten bekannt geworden, die darauf hindeuten, daß dies in einigen Tagen der Fall sein könnte.«

Li Shai Tung beugte sich vor und strich sich mit der linken Hand über seinen geflochtenen Bart.

»Ich verstehe. Aber warum kommen Sie zu mir, Heng Yu? Ist dafür nicht General Nocenzi zuständig?«

Heng verbeugte sich knapp. »Normalerweise würde ich Euch zustimmen, *Chieh Hsia*, aber angesichts der Krankheit seines Vaters und der möglichen künftigen Beziehung des Jungen mit Prinz Yüan ...«

Er ließ den Rest unausgesprochen, aber Li Shai Tung verstand, worauf er anspielte. Heng hatte recht. Diese Sache war wichtiger als jede gewöhnliche Frage der Sicherheit. Was immer Ben jetzt von seinen Absichten verlauten ließ, er war als Li Yüans Berater gezeugt worden, und würden die Gene sich nicht letztendlich durchsetzen? Deshalb war es nicht auszudenken, wenn ihm jetzt etwas zustieß.

»Was schlagen Sie vor, Heng Yu?«

Statt zu antworten, verneigte sich Heng Yu und hielt die Schriftrolle hin, die er vorbereitet hatte. Chung Hu-yan nahm sie ihm ab und reichte sie dem T'ang, der sie ausrollte und zu lesen begann. Als er fertig war, sah er Heng wieder an.

»Gut. Sie haben in dieser Angelegenheit meinen Segen, Heng Yu. Ich werde dies unterzeichnen und dem General eine Kopie der Bevollmächtigung zustellen lassen. Aber verlieren Sie keine Zeit. Ich möchte, daß sofort entsprechend gehandelt wird.«

»Natürlich, *Chieh Hsia.*«

»Und Heng Yu...«

»Ja, *Chieh Hsia?*«

»Dafür bin ich Ihnen etwas schuldig. Wenn ich Ihnen als Gegenleistung eine kleine Gefälligkeit erweisen kann, geben Sie Chung Hu-yan Bescheid, und es wird geschehen.«

Heng Yu verbeugte sich tief. »Eure Großzügigkeit überwältigt mich, *Chieh Hsia,* aber verzeiht mir, es wäre nicht richtig, wollte ich einen Vorteil aus dem ziehen, was schließlich nur meine Pflicht gegenüber meinem Herrn gewesen ist. Wie immer bitte ich Euch, *Chieh Hsia,* um nichts anderes, als Euch dienen zu dürfen.«

Als er sich aufrichtete, sah er das Lächeln der Befriedigung auf den Lippen des Alten und wußte, daß er klug gehandelt hatte. Es gab Dinge, die er brauchte; Dinge, die der T'ang ihm leichter gemacht hätte; aber gegenwärtig keine, die außerhalb seiner Reichweite lagen. Aber beim T'ang einen guten Eindruck zu hinterlassen, war etwas ganz anderes. Er verbeugte sich ein zweites Mal, dann senkte er Chung Hu-yan gegenüber den Kopf und zog sich zurück. Eines Tages, daran zweifelte er nicht, würden sich solche zeitweiligen Opfer auszahlen – tausendfach die Belohnungen aufwiegen, auf die er jetzt so leichthin verzichtete. In der Zwischenzeit würde er herausfinden, was es mit dieser Sache um den Sohn von Novacek auf sich hatte. Er würde der Sache auf den Grund gehen und dafür sorgen, daß der T'ang zuerst von ihm davon erfuhr.

Als sich die großen Türen hinter ihm schlossen, sah er in den großen Hallen und Korridoren des Palastes umher und lächelte. Ja, die Tage des alten T'ang waren jetzt gezählt. Und Prinz Yüan würde einen Kanzler brauchen, wenn seine Zeit kam. Einen jüngeren Mann als Chung Hu-yan. Einen Mann, auf den er sich vollkommen verlassen konnte.

Heng Yu ging weiter, an sich verbeugenden Dienern vorbei, und ein breites Lächeln erhellte seine Züge.

Warum nicht er? Warum nicht Heng Yu, dessen Lebenslauf ohne Makel war und dessen Loyalität und Fähigkeiten außer Frage standen?

Als er sich ihnen näherte, begannen die riesigen, lederbezogenen Außentüren des Palastes zurückzuweichen und ließen helles Sonnenlicht in die Schatten des breiten, hohen Korridors strömen. Draußen machten die kahlgeschorenen Wachen aus dem Eliteregiment des T'ang tiefe Verbeugungen, während er zwischen ihnen hindurchschritt. Heng Yu, Minister von Li Shai Tung, dem T'ang der Stadt Europa, genoß den Augenblick und gab ein leises, mildes Lachen des Vergnügens von sich.

Ja, dachte er, als er zur großen Scheibe der Sonne emporblickte. Warum nicht?

* * *

Catherine stand in der Tür und sah zu ihm herüber. Ben saß auf dem Bettrand, den Kopf vorgeschoben, die Schultern zusammengezogen, und starrte das Gestell an, ohne es zu sehen.

Er war voller Leben aufgewacht; hatte gelächelt, sie zärtlich geküßt und gebeten, zu warten, bis er ihr das Frühstück brachte, war aber zu lang fort gewesen. Sie hatte ihn in der Küche gefunden, wo er abwesend auf seine Hände gestarrt und die Frühstücksutensilien nicht angerührt hatte.

»Was ist los?« hatte sie gefragt. »Was ist passiert?« Aber er war an ihr vorbeigegangen, als sei sie nicht vorhanden, zurück ins Zimmer, und hatte sich aufs

Bett gesetzt. So ruhig, so in sich selbst versunken, daß es ihr Angst machte.

»Ben?« fragte sie und stellte das Tablett neben ihm ab. »Ich habe Frühstück gemacht. Möchtest du nicht etwas mit mir essen?«

Er blickte verständnislos zu ihr auf. »Bitte?«

»Frühstück.« Sie lächelte, dann kniete sie sich neben ihn und legte eine Hand auf sein Knie.

»Ach so...« Sein Lächeln war matt, nur die Andeutung eines Lächelns.

»Was ist los, Ben? Bitte sag's mir doch. So habe ich dich noch nie erlebt. Es muß doch etwas sein.«

Für einen Moment tat er nichts. Dann griff er in die Tasche seines Morgenmantels, zog etwas hervor und hielt es ihr hin.

Es war ein Brief. Sie nahm ihn und handhabte ihn ganz vorsichtig – mit einem Gefühl für seine Fremdheit.

Sie setzte sich neben Bens Füßen auf den Boden, hielt den Brief mit den Fingerspitzen, als sei er so alt und brüchig wie das Buch, das er ihr geschenkt hatte, und strich die gefalteten Blätter auf ihrem Schoß glatt.

Einen Moment lang zögerte sie, und das plötzliche Gefühl, etwas Verbotenes zu tun, überschwemmte sie. Was war, wenn der Brief von einer anderen Frau stammte? Einer früheren Geliebten, die schrieb, um ihn zurückzugewinnen – um ihn ihr wegzunehmen? Oder war es etwas anderes? Etwas, das er ihr nicht zu erzählen wagte?

Sie warf ihm einen kurzen Blick zu, dann begann sie zu lesen.

Nach nur wenigen Sekunden blickte sie auf. »Deine Schwester?«

Er nickte. »Sie will mich besuchen kommen. Um zu sehen, woran ich arbeite.«

»Aha...« Aber seltsamerweise empfand sie keine Erleichterung. Etwas am Ton des Briefes beunruhigte sie. »Und das möchtest du nicht?«

Wieder nickte er und preßte die Lippen fest zusammen.

Sie blickte an ihm vorbei auf die Bücher im Regal neben seinem Bett. Bücher, von denen sie noch nie gehört hatte, mit Titeln, die so seltsam waren wie die Ledereinbände, die sie zierten; Bücher wie Polidoris *Ernestus Berchthold,* Helmes *Die Farmer von Inglewood Forest,* Poes *Eleanora,* Browns *Die Macht der Sympathie* und Byrons *Manfred.* Sie starrte sie an, als wollte sie ihnen einen Sinn entnehmen, dann wandte sie sich wieder Ben zu.

Sie faltete die Blätter zusammen, schob sie in den Umschlag und hielt ihn ihm hin.

»Ich bin hergekommen, um mich von all dem zu lösen«, erklärte er und nahm den Brief. Er sah ihn finster an, als sei er ein lebendes Wesen, dann steckte er ihn zurück in die Tasche. »Das hier …« Er deutete auf das Gestell, die Bücher und Drucke an den Wänden, die persönlichen Gegenstände, die überall in dem Zimmer umherlagen, dann zuckte er die Achseln. »Nun, es ist anders, das ist alles.«

Sie dachte an Lotte und Wolf und fing an zu begreifen. »Es ist nicht weit genug weg von Zuhause. Meinst du das? Und du fühlst dich immer noch eingeengt?«

Er blickte auf seine Hand – auf die linke Hand, deren Gelenk von einem Wulst umschlossen war –, dann sah er sie wieder an.

»Vielleicht.«

Sie bemerkte, daß er lächelte und den Blick nach innen lenkte, als könne er so alles in seinem Kopf zusammenfügen.

»Dein Frühstück«, erinnerte sie ihn. »Du solltest es essen. Es wird kalt.«

Er erwiderte ihren Blick und konzentrierte sich wieder auf sie. Dann, als habe er irgendeinen Entschluß gefaßt, nahm er Catherines Hand und zog sie zu sich hinauf.

»Vergiß das Frühstück. Komm. Gehen wir wieder ins Bett.«

* * *

»Nun? Haben Sie die Akte?«

Heng Chian-ye drehte sich um und schnippte mit den Fingern. Auf der Stelle trat sein Diener näher, verbeugte sich und gab ihm eine seidengebundene Mappe.

»Ich glaube, Sie werden darin alles finden, was Sie brauchen«, sagte Heng und reichte sie weiter. »Aber sagen Sie, Novacek, warum wollen Sie überhaupt etwas über ihn wissen? Ist er Ihnen irgendwie in die Quere gekommen?«

Segej Novacek warf Heng einen kurzen Blick zu, dann schaute er wieder in die Akte. »Das geht Sie zwar nichts an, aber nein, er ist mir nicht in die Quere gekommen. Es ist nur so, daß unser Freund Shepherd etwas Geheimnisvolles an sich hat, und ich mag keine Geheimnisse.«

Heng Chian-ye starrte Novacek an und unterdrückte den kalten Zorn, den er schon durch seine bloße Gegenwart empfand. Der *Hung Mao* hatte keine Ahnung, in welche Schwierigkeiten er ihn gebracht hatte.

»Sie haben Ihre eigenen Untersuchungen angestellt, sehe ich das richtig?« stellte er eine weitere der Fragen, auf deren Beantwortung sein Onkel beharrt hatte.

Novacek blickte auf und schlug die Akte zu. »Ist das alles?«

Heng lächelte. »Sie wissen doch, wie das ist; je reicher jemand ist, desto weniger steht in seiner Akte. Wer's kann, kauft sich seine Anonymität.«

»Und Sie glauben, das sei hier der Fall?«

»Der Vater des Jungen ist sehr reich. Reich genug,

um ihn in Oxford einzukaufen, ohne daß er irgendwelche Qualifikationen nachweisen muß.«

Novacek nickte, und ein Anflug von Bitterkeit tönte seine Stimme. »Ich weiß. Ich habe die College-Unterlagen eingesehen.«

»Aha ...« Heng nahm es mit einem kurzen Nicken zur Kenntnis.

»Und die Bronzefigur?«

Heng Chian-ye drehte sich um. Erneut trat der Diener vor. Diesmal trug er einen einfachen Beutel aus Eisgewebe. Heng nahm den Sack und wandte sich Novacek zu. Sein Gesichtsausdruck war plötzlich viel härter, sein Blick von kalter Feindseligkeit.

»Das hat mich einiges gekostet. Wenn ich eine Möglichkeit gehabt hätte, mir eine Million *Yüan* zu borgen, hätte ich das lieber getan als die Bedingungen meines Onkels zu akzeptieren. Aber bevor ich sie Ihnen gebe, will ich wissen, warum Sie sie wollen. Warum ist sie für Sie eine Million *Yüan* wert?«

Novacek starrte ihn an und begegnete seiner Feindseligkeit mit seiner eigenen. Dann senkte er den Blick und lächelte säuerlich. »Hinter unserm Rücken nennen Sie uns Snobs, aber sind Sie nicht selbst ziemlich snobistisch, Heng?«

Hengs Augen flackerten vor Zorn, aber er hielt sich zurück, als er sich daran erinnerte, was sein Onkel gesagt hatte. Auf keinen Fall sollte er Novacek provozieren.

»Und wenn ich sage, daß Sie sie nicht haben können?«

Novacek lachte. »Auch gut. Dann können Sie mir die Million zahlen. In Raten, wenn Sie mögen. Allerdings werde ich Ihnen Zinsen berechnen. Hundertfünfzigtausend pro Jahr.« Er blickte wieder auf und sah Heng in die Augen. »Aber wie ich gehört habe, ist das mehr, als Sie verdienen. Es könnte Ihnen ... *sehr schwer* fallen, Ihren Verpflichtungen nachzukommen.

Es gehört einiges dazu, auf so großem Fuß zu leben wie Sie.«

Heng schluckte, dann drückte er seinem Gegenüber fast brutal den Beutel in die Hände.

Sergej beobachtete Heng und stellte zu seiner Verwunderung fest, wie wütend er war, dann betrachtete er den glatten weißen Beutel in seinen Händen und ertastete mit einem klaren, reinen Gefühl der Befriedigung – der Erfüllung – die Form der Bronzefigur unter dem hautdünnen Stoff.

»Gut«, sagte er. »Dann sind wir im Reinen, Heng Chian-ye. Ich würde sagen, Sie haben Ihre Schulden bei mir beglichen, einverstanden?«

Heng Chian-ye fuhr herum und stapfte wütend drei Schritte weg, ehe er sich wieder umdrehte, das Gesicht dunkel vor Zorn, und mit einem Finger anklagend auf seinen Peiniger zeigte.

»Nehmen Sie sich in acht, Novacek. Das nächste Mal haben Sie vielleicht nicht soviel Glück. Das nächste Mal könnten Sie vielleicht an jemanden geraten, dem Ehre weniger wert ist als mir. Und dann werden Sie feststellen, was die Welt von Abschaum wie Ihnen wirklich hält.«

Sergej starrte ihn an und lächelte überheblich. »Scheren Sie sich zum Teufel, Heng. Sie haben nicht mehr Ehrgefühl als der Schwanz eines Triaden-Bosses. Der einzige Grund, warum Sie Ihre Schuld beglichen haben, war Ihre Angst, vor Ihren Freunden das Gesicht zu verlieren. Aber das ist Ihr Problem. Ich habe bekommen, was ich wollte.«

Heng öffnete den Mund, als wollte er dagegenhalten, dann besann er sich eines besseren. Er lachte, schüttelte den Kopf, und seine Stimme klang plötzlich kühler, viel beherrschter.

»Tatsächlich, mein Freund? Haben Sie's jetzt?«

* * *

Sie gingen ins Café Burgund, nahmen einen Tisch nah am Grün und bezahlten dafür, daß die anderen drei Stühle leer blieben. Catherine setzte sich rechts neben Ben, und der terrassenartige Käfig der zentralen Pagode hinter ihr bildete einen Rahmen für ihre bleiche, flammenartige Schönheit. »Mein Vogel« nannte er sie inzwischen, und es schien passend. Er lächelte, als er ihr Profil betrachtete, dann drehte er sich um und hob die Hand, um Wein zu bestellen.

Er war den ganzen Abend ruhig und in Gedanken versunken gewesen. Ein zweiter Brief war eingetroffen. Er steckte ungeöffnet in seiner Jackentasche.

Catherine hatte auch geschwiegen, doch aus anderen Gründen. Sie hegte ein dumpfes, eifersüchtiges Schweigen; von der Art, wie es ihm in den letzten Tagen nur allzu vertraut geworden war.

Der Kellner kam, goß ihnen Wein ein und ließ die halbvolle Flasche in einem Sektkühler zwischen ihnen auf dem Tisch stehen. Ben beugte sich hinüber und stieß sein Glas gegen ihres.

Sie wandte den Kopf und sah ihn an. »Was will sie denn?«

Er lächelte, weil er wußte, was sie wirklich dachte. Seine unerklärten Abwesenheiten. Die Briefe. Selbst seine Launen. Er wußte, daß sie diese Dinge als Anzeichen seiner Untreue ansah. Aber sie war sich nicht sicher. Jedenfalls noch nicht. Und deshalb dieses brütende Schweigen.

Er nippte an seinem Wein, dann stellte er das Glas ab. »Hier.« Er zog den Brief aus der Tasche und gab ihn ihr.

Sie kniff die Augen zusammen und musterte ihn mißtrauisch, dann nahm sie den Brief. Eine Zeitlang starrte sie ihn einfach an und wußte nicht recht, was Ben damit beabsichtigte, ihn ihr zu zeigen. Dann hob sie ihn vor die Nase und schnüffelte daran.

»Mach ihn auf«, sagte er, amüsiert über ihr Zögern. »Oder gib ihn mir zurück, und ich mach ihn auf. Er ist von meiner Schwester Meg.«

Sie nickte, nur halb überzeugt, gab aber den Brief zurück und sah zu, wie er den Umschlag mit dem Daumennagel aufschlitzte und die vier schmalen Blätter herauszog. Ohne auch nur einen Blick darauf zu werfen, gab er sie ihr.

»Hier ...«

Sie senkte den Blick und fing an zu lesen, anfangs nur zögernd, dann mit zunehmendem Interesse. Schließlich blickte sie wieder auf, und ihr Gesichtsausdruck hatte sich geändert, war jetzt freundlicher.

»Aber warum hast du das nicht gesagt? Das war grausam von dir, mich so im Ungewissen zu lassen, Ben. Ich dachte ...«

Sie errötete und sah weg. Er streckte die Hand aus und nahm den Brief zurück.

»Freust du dich nicht, Ben? Ich find's süß von ihr, daß sie sich Sorgen um dich macht. Sie könnte bei mir übernachten, wenn du möchtest. Ich habe in meinem Zimmer noch ein Klappbett stehen. Darauf könnte sie schlafen.«

Er warf ihr einen Blick zu, dann widmete er sich wieder dem Brief. Als er fertig war, faltete er ihn säuberlich zusammen und schob ihn in den Umschlag zurück.

»Und?« fragte sie, verärgert über ihn. »Ich fänd's schön, deine Schwester kennenzulernen. Wirklich.«

Er goß sich noch etwas Wein ein, dann leerte er sein Glas mit einem kräftigen Schluck. Sie beobachtete ihn verwirrt.

»Was ist los? Was verschweigst du mir?«

Er schüttelte den Kopf.

»Magst du sie nicht? Ist das der Grund?«

Er lachte. »Was, Meg? Nein, sie ist ...« Er lächelte

seltsam und sah in sein leeres Glas. »Sie ist ganz in Ordnung.« Er blickte zu ihr auf, dann streckte er die Hand aus, hob sanft ihr Kinn und beugte sich vor, um mit seinen Lippen ihre zu berühren.

Sie lächelte. »Das ist schön. Aber was ist mit ihr?«

»Sie übernachtet bei mir«, schloß er das Thema. »Nun ... was wollen wir essen?«

Sie starrte ihn an, dann gab sie es auf. »Ist mir gleich. Ich laß mich überraschen.«

Er lachte und war plötzlich unerklärlicherweise wieder ganz der Alte. »Austern. Versuchen wir's mal mit Austern.«

»Nur Austern?«

»Nein. Nicht *nur* Austern, sondern eine ganze Platte von Austern. Die allerbesten Austern. Mehr als wir überhaupt essen können.« Er blies die Backen auf und lehnte sich zurück, indem er mit beiden Händen über einen imaginären, mächtig angeschwollenen Bauch strich. Er lachte, dann setzte er sich wieder aufrecht und drehte sich, um mit einem Fingerschnippen den Kellner herbeizurufen.

Die Abruptheit seiner Wandlung erleichterte und verwirrte sie gleichzeitig. Sie deutete eine Seite von ihm an, die sie noch nicht erlebt hatte, außer in dem Moment vielleicht, als er sie nachgeäfft hatte. Sie schob die Zunge zwischen die Zähne und beobachtete ihn. Gelächter von einem Nachbartisch lenkte sie für einen Moment ab, und sie wandte den Kopf. Als sie Ben wieder ansah, beobachtete er sie seinerseits, ein leichtes Lächeln auf den Lippen.

»Manchmal bist du ganz schön komisch«, sagte sie und lachte. »Wie die Sache mit deiner Familie. Was ist daran so schlimm, wenn man über sie spricht? Du erklärst mir nie etwas.«

Er zuckte die Achseln. »Es ist nicht wichtig. Dort ist Zuhause. Dies ist hier. Ich möchte beides getrennt halten.«

Sie senkte den Blick und fragte sich, ob er begriff, was er da sagte. Es verletzte sie, wenn er sie so ausschloß. Irgendwie erniedrigte es sie.

»Es ist zu eng dort«, fuhr er fort. »Zu...« – er lachte; ein kurzes, fast schmerzliches Lachen – »... zu intensiv. Ich weiß, das wirst du wohl kaum verstehen. Ich verachte sie nicht, ich brauche nur Distanz von ihnen. Ich brauche etwas anderes als das, was ich bei ihnen bekommen kann.«

Er stellte sein Glas ab und schob die Haut seiner linken Hand mit den Fingern seiner rechten hin und her und beobachtete, wie sie abwechselnd glatt und faltig wurde.

»Und wie passe ich da rein? Gibt es mich wirklich für dich, Ben, oder bin ich bloß etwas, das du haben wolltest?«

»Vielleicht«, erwiderte er und sah ihr freimütig in die Augen. »Vielleicht gibt's nichts anderes. Nur verschiedene Dinge, die man gern haben will.«

Sie war versucht etwas zu entgegnen – etwas zu sagen, was sie später bereut hätte –, als wieder Gelächter erscholl, diesmal lauter. Sie spürte, wie ihr kalt wurde, als sie erkannte, wessen Stimme dieses kalte, spöttische Lachen ausstieß.

Sergej ...

Sie fuhr herum und sah ihn sofort. Er war nicht mehr als zwanzig *ch'i* von ihrem Platz entfernt.

Er drehte sich in seinem Stuhl und lächelte sie an. »Catherine! Wie schön, dich zu sehen!«

Sie merkte gleich, daß er betrunken war. Er stand schwankend auf, kam herüber und zog den leeren Stuhl neben ihr hervor. Indem er Ben ignorierte, nahm er Platz und beugte sich ihr unfreundlich, fast drohend entgegen, als er weiterredete.

»Wie geht's dir denn, Catherine, mein Liebling? Eine ganze Weile her, seit wir *dich* das letzte Mal hier gesehen haben, nicht?«

Er rülpste, drehte sich um, und ein höhnisches Lächeln erhellte sein gerötetes Gesicht.

»Und wen haben wir hier?« Er gab sich unangenehm überrascht. »Meine Fresse, wenn das nicht unser Freund, das Genie ist!« Er machte eine spöttische Verbeugung, doch als er sich wieder aufrichtete, hatten seine Züge sich verhärtet und sein Blick war kalt vor Bosheit. »Ich habe lang drauf gewartet, mit dir ein paar Wörtchen zu wechseln, mein *Freund*.«

Die Art, wie er das letzte Wort betonte, hatte einen bedrohlichen Unterton. Eine Andeutung von Gewalttätigkeit.

Catherine sah zu, und ihre Verwirrung über Ben schlug in Angst um ihn um. Sie wußte, wie gefährlich Sergej werden konnte, wenn er sich in einer solchen Stimmung befand.

Ben lächelte, drehte sich um und winkte den Kellner herbei. Ja, dachte sie, das ist das Beste. Mach der Sache gleich ein Ende, bevor es außer Kontrolle gerät. Aber statt den Kellner zu bitten, Sergej entfernen zu lassen, bestellte Ben eine zweite Flasche des Hausweins und ein zusätzliches Glas. Dann wandte er sich wieder seinem Gegner zu.

»Sie trinken doch einen mit uns, hoffe ich?«

Sergej schnaubte verblüfft und entrüstet. »Ich kann's einfach nicht glauben, Shepherd. Was bist du für ein aalglattes Arschloch! Du meinst wohl, du könntest die ganze Welt kaufen.«

»Sergej ...«, begann Catherine, aber er schlug mit der Faust auf die Tischplatte und starrte sie finster an.

»Halt's Maul, Catherine! Du könntest ein paar Dinge über deinen Schönling hier erfahren.«

Sie wandte sich ab, schloß die Augen und wünschte sich, es sei vorbei. Das war zuviel.

Sergej beugte sich vor, und seine ganze Haltung war jetzt unverhohlen feindselig. »Du bist nicht von hier, stimmt's, Shepherd?«

Ben schwieg nachdenklich.

»Das stimmt doch, oder?«

Catherine schlug die Augen auf und sah zu ihm hinüber. Ben hatte ein versonnenes Lächeln auf den Lippen.

»Ich habe ein paar Nachforschungen angestellt«, erklärte Sergej und beugte sich Ben über den Tisch entgegen, sein Atem schwer vor Wein. »Und was meint ihr wohl, was ich herausgefunden habe?« Er lachte kalt. »Unser Freund hier hat sich seinen Weg nach Oxford freigekauft. So wie er sich alles kauft. Man hat die Vorschriften mißachtet, damit er hier studieren kann.«

Catherine schüttelte den Kopf. »Ich kann dir nicht folgen. Ich ...«

Sergej schnaubte, und die Abscheu stand ihm ins Gesicht geschrieben. »Er ist ein Scharlatan und sonst nichts. Er hat hier nichts zu suchen. Er ist wie all die anderen Parasiten. Mit dem einzigen Unterschied, daß er kein Han ist.« Er lachte brutal, dann drehte er sich um und sah Catherine an, wütend jetzt. »Im Gegensatz zu uns hat Shepherd keine Qualifikationen vorzuweisen. Er hat nie im Leben ein Examen bestanden. Und gearbeitet schon gar nicht ...« Das Lachen war ihm vergangen, der Hohn in seiner Stimme aufs äußerste zugespitzt. An den Nachbartischen hatten die Gäste ihre Gespräche unterbrochen, um mitzubekommen, was vor sich ging. »Er hat keinen einzigen Tutorenkurs absolviert, keinen einzigen Aufsatz abgegeben. Und was die Prüfungen am Jahresende angeht, Schwamm drüber. Bis dahin ist er wieder zu Hause. Da steht er drüber, kapiert? Oder wenigstens sein Geld.«

Darauf erhob sich lautstarkes Gelächter. Aber davon ließ sich Sergej nicht ablenken. Er war jetzt voll in Fahrt und deutete auf sein Opfer, während er redete.

»Jawohl, der hier ist ein Eindringling. Er ist reich und hat offensichtlich seine Beziehungen. Bis ganz nach oben, wie man so hört. Aber er hat auch ein Geheimnis. Er stammt nicht aus der Stadt. Und deshalb verachtet er uns.«

Sie starrte Sergej verständnislos an. Was meinte er bloß? *Jeder* stammte aus der Stadt. Man konnte von nirgendwo sonst stammen. Außer… Sie dachte an die handgeschriebenen Briefe – an die vielen seltsamen Dinge, die mit Ben zusammenhingen –, und für einen Moment überkam sie Ungewißheit. Dann kam ihr wieder in den Sinn, woran er arbeitete; und was sie selber in der Apparatur erlebt hatte.

»Du irrst dich, Sergej. Du verstehst nicht…«

Sergej zog sich hoch, ging um den Tisch und baute sich bedrohlich vor Shepherd auf. »Doch, ich verstehe nur zu gut. Er ist ein elendes Arschloch, das ist alles. Ein Stück Scheiße.«

Sie beobachtete die beiden Männer ängstlich und wagte sich nicht auszumalen, was passieren würde. »Er ist betrunken«, sagte sie flehentlich. »Er meint das nicht so, Ben. Er redet nur so, weil er betrunken ist.« Aber sie hatte Angst um ihn. Er kannte Sergej und sein wildes Temperament nicht.

Ben sah sie an und ignorierte sein Gegenüber. Er wirkte ruhig, unbeeindruckt von den Worten und der physischen Präsenz des anderen, der über ihm stand.

»Laß ihn nur reden, Liebling. Es sind doch nur Worte.«

Es war das erste Mal, daß er sie Liebling genannt hatte, aber sie nahm es nur beiläufig zur Kenntnis. Sie sah nur, daß die Sanftheit von Bens Worten schon ausreichte, um Sergejs Zorn noch mehr anzuheizen.

»Das siehst du falsch«, sagte er eisig. »Es sind mehr als Worte.«

Ben drehte sich um und blickte uneingeschüchtert zu ihm auf. »Wenn ein Idiot einem sagt, daß man etwas falsch sieht, freut man sich drüber.«

Das war zuviel. Sergej preschte mit ausgestreckten Händen vor und versuchte ihn am Hals zu packen, aber Ben stieß ihn weg, sprang auf und stellte sich ihm entgegen. Sergej atmete schwer und war völlig außer sich. Er griff ein zweites Mal nach Ben, erwischte ihn am Arm und versuchte ihn ihm auf den Rücken zu drehen und ihn so auf die Knie zu zwingen.

Catherine war hochgefahren und schrie. »*Nein!* Bitte, Sergej! Tu ihm nicht weh! Bitte tu ihm nicht weh!«

Kellner kamen herbeigelaufen, versuchten sich einen Weg durch die Menge zu bahnen und sie aufzulösen, aber das Gedränge um den Tisch war zu dicht.

Mit roher Gewalt zwang Sergej Ben zu Boden und schnaubte angestrengt. Dann schien Ben plötzlich nachzugeben, rollte nach vorn und brachte seinen Gegner aus dem Gleichgewicht. Sergej strauchelte und fiel gegen einen Stuhl. Als er aufstand, lief Blut aus einer Wunde unter seinem Auge.

»Du Dreckskerl ...«

Mit einem Aufschrei des Zorns warf er sich auf Ben, aber Bens Reflexe waren viel schneller. Als Sergej an ihm vorbeistürzte, sprang er zur Seite, bekam Sergejs rechte Hand zu fassen und drehte das Handgelenk herum.

Das Knacken brechender Knochen war deutlich zu hören. Sergej kreischte, sackte auf die Knie und hielt seine nutzlose Hand.

Für einen Moment stand Ben mit gespreizten Beinen unbewegt über ihm, und seine Brust hob und senkte sich heftig, dann erzitterte er.

»Das habe ich nicht gewollt ...«

Aber es war geschehen. Die Hand des Bildhauers war zermalmt und gebrochen. Das nutzlos gewordene Glied begann anzuschwellen. Sergej drückte es vorsichtig mit einem Finger der anderen Hand, dann stöhnte er und stürzte bewußtlos zu Boden.

Ben trat zurück und nahm mit Blicken alles in sich auf. Dann drehte er sich um und sah Catherine blaß an. Sie hatte die Hände vor den Mund gehoben und starrte auf den Verletzten.

»Ben…«, flüsterte sie und hatte ihre Stimme kaum unter Kontrolle. »O Ben. Was hast du getan?«

* * *

Mag sah sich um, als sie über die Hauptstraße auf den Transitlift zugingen. Die Luft war so unbewegt wie im Innern einer versiegelten Kiste. Das war ihr gleich aufgefallen. Nichts rührte sich in der Luft, kein Rascheln von Blättern, keins der weichen, leisen Geräusche von bewegtem Wasser, kein Summen von Insekten. Statt dessen gingen kleine Jungen mit Spraydosen zwischen den Blumenkästen umher, bestäubten die Blumen oder gossen die mächtigen Eichen, die in den im Boden eingelassenen tiefen Trögen wurzelten. Von ihren Zweigen hingen Käfige: große, mit Gold verzierte Käfige voller strahlend bunter Vögel. Aber nichts flog hier. Nicht tanzte oder bog sich im Wind.

»So gefällt's ihnen«, sagte Ben, als erklärte das alles. Dann runzelte er die Stirn und wandte sich zu ihr um. »Aber es befriedigt sie nicht. Nichts hier kann einen befriedigen. Es sind alles nur Oberflächen. Es gibt hier keine Tiefe. Nichts ist irgendwo verwurzelt.«

Es war Megs erster Morgen in der Stadt, auch wenn Morgen hier wenig mehr als eine Veränderung in der Intensität der Deckenbeleuchtung bedeutete. Draußen, vor den Mauern der Stadt, war es immer noch dunkel. Aber hier zählte diese natürliche Tatsache nicht. In der Stadt Europa herrschte eine durchgängig einheitliche Zeitrechnung, die auf keine lokalen Variationen Rücksicht nahm, sondern auf den Auf- und Untergang der Sonne über dem östlichen Rand der Stadt abgestimmt war.

Morgen. Eine weitere unvollkommene Mimikry. Wie die Bäume, die Blumen, die Vögel verlor dieses Wort ohne die Sonne, die ihm Wirklichkeit verlieh, seine Bedeutung.

Sie fuhren fünfzig Ebenen aufwärts zum College-Gelände. Es war ein sogenanntes ›offenes Deck‹ und verfügte über ein gewisses Maß an Geräumigkeit und Offenheit. Hier gab es keine engen Gängelabyrinthe und keine niedrige Decke, die man fast berühren konnte, wohin man auch ging; dennoch fühlte Meg sich schier erstickt. Es war nicht wie der Aufenthalt in einem Haus, wo die Tür sich auf die Frische eines Gartens öffnen konnte. Hier trafen die Blicke immer wieder auf neue Wände.

Sie hatte vergessen, wie schrecklich es war. Als sei man in einen Käfig eingesperrt.

»Wie hältst du's hier bloß aus?«

Er blickte umher, dann nahm er ihre Hand. »Ich habe dich vermißt, weißt du. Es ist hier… schwierig gewesen.«

»Schwierig?«

Sie waren auf der zentral gelegenen sechseckigen Fläche stehengeblieben. Auf allen Seiten stiegen terrassenförmig übereinander angelegte Balkone bis zur Decke an. Ihre transparenten Oberflächen reflektierten und brachen das Licht.

»Du solltest nach Hause kommen, Ben. Das Ganze hier…« Sie sah sich um und schüttelte den Kopf. »Das ist nicht gut für dich.«

»Kann sein«, sagte er und wandte den Blick von ihr ab. »Und doch muß ich versuchen, es zu begreifen. Es ist vielleicht schrecklich, aber etwas anderes gibt es nicht. Mehr bleibt nicht von der Welt, die wir geschaffen haben.«

Sie wollte den Kopf schütteln, ihn an ihre Heimat erinnern, aber sie beherrschte sich. Es war nicht der rechte Zeitpunkt, um ihm zu sagen, warum sie gekommen war. Außerdem hätte es ihn nur wütend gemacht, über Zuhause zu reden. Und vielleicht hatte er recht.

Vielleicht mußte er wirklich versuchen, es zu begreifen. Damit er zufrieden zurückkehren konnte, in dem Wissen, daß es nichts sonst gab – nichts, was in seiner Welt fehlte.

»Du kommst mir so bedrückt vor, Ben. Liegt's nur an der Umgebung? Oder hat es einen anderen Grund?«

Er drehte sich um und lächelte halbherzig. »Nein. Du hast recht. Es liegt nicht nur an der Umgebung.« Er vollführte eine kleine verzweifelte Geste, dann blickte er zu einer der großen Balkonreihen auf. Durch die glasartigen Wände konnte er Menschen sehen – Dutzende, Hunderte, Tausende Menschen. Menschen, wo man auch hinsah. Hier war man niemals allein. Selbst in seinen Zimmern spürte er ihren Druck gegen die Wände.

Er sah Meg wieder an, und plötzlich konnte sie in seinem Gesicht wie in einem Buch lesen. »Ich vereinsame hier, Meg. Ich fühle mich einsamer, als ich es mir je vorstellen konnte.«

Sie starrte ihn an, dann senkte sie den Blick, verwirrt von dem plötzlichen Einblick in seine Gefühle. Das hätte sie nie erwartet.

Während sie weitergingen, erzählte er ihr nach und nach vom dem Streit. Als er fertig war, wandte sie sich ihm entsetzt zu.

»Aber das können sie doch nicht dir anlasten. Ben. Er hat dich provoziert. Du hast dich doch nur verteidigt, oder?«

Er lächelte gepreßt. »Ja. Und das haben die Verantwortlichen akzeptiert. Einige Augenzeugen haben mich gegen seine Anschuldigungen verteidigt. Aber das macht es irgendwie nur schlimmer.«

»Aber wieso? Wenn's so gewesen ist, wie du behauptest.«

Er starrte über die offene Fläche hinweg. »Ich habe angeboten, alle Kosten zu tragen. Für eine neue, synthetische Hand, wenn nötig. Aber er hat's abgelehnt. Sieht so aus, als wollte er seine gebrochene Hand wie ein Mahnmal tragen.«

Er sah sie an, und sein Blick war voller Schmerz und Qual und Zorn. Und etwas anderem.

»Du solltest nicht dir die Schuld geben, Ben. *Er* ist dafür verantwortlich, nicht du.«

Er zögerte, dann schüttelte er den Kopf. »Könnte man meinen. Zumindest habe ich es so hingestellt. Aber in Wirklichkeit hat's mir Spaß gemacht, Meg. Es hat mir *Spaß* gemacht, ihn zu reizen. Bis zum Äußersten, und dann ...« Er machte eine kleine stoßartige Bewegung mit den Hand. »Es hat mir wirklich *Spaß* gemacht. Verstehst du das, Meg?«

Sie betrachtete ihren Bruder und begriff nichts. Diese Seite von ihm hatte sie noch nie erlebt, und trotz allem, was er sagte, konnte sie es nicht recht glauben.

»Es ist ein Schuldgefühl, Ben. Du fühlst dich schuldig an etwas, wofür du nichts kannst.«

Er lachte und sah weg. »Ein Schuldgefühl? Nein, das war kein Schuldgefühl. Ich habe seine Hand gebrochen wie einen dürren Zweig. Weil ich wußte, daß ich's konnte. Verstehst du? Ich habe gesehen, wie betrunken er war, wie leicht ich mit ihm fertig werden konnte.«

Er wandte den Kopf, verringerte den Abstand zwischen ihren Gesichtern, und seine Stimme sank zu einem Flüstern herab.

»Ich hätte ihm den Arm herumdrehen und ihn festhalten können, bis die Kellner gekommen wären, um der Sache ein Ende zu machen. Aber ich hab's nicht getan. Ich *wollte* ihn verletzen. Weil ich wissen wollte, wie das ist. Ich hab's durchgeführt wie ein Experiment, Meg. Verstehst du? Ich hab's darauf angelegt.«

Sie erschauderte, dann schüttelte sie den Kopf und starrte ihn eindringlich an. »Nein.« Aber sein Blick war grimmig und bestimmt. Was war, wenn es stimmte?

»Und was hast du herausgefunden? Wie ist es denn gewesen?«

Er blickte auf ihre Hand, die seine umschlossen hielt.

»Wenn ich die Augen schließe, sehe ich alles vor mir. Dann kann ich spüren, wie's gewesen ist. Wie leichtes Spiel ich mit ihm hatte. Sein Gewicht und seine Geschwindigkeit. Wieviel Druck es erforderte, Knochen gegen Knochen, um sie zu brechen. Und dieses Wissen ist ...« Er zuckte die Achseln, dann blickte er zu ihr auf, und seine Hand übte sanften Druck auf ihre aus. »Ich weiß nicht. Es ist Macht, schätze ich.«

»Und das hat dir Spaß gemacht?«

Sie beobachtete ihn jetzt aufmerksam und versuchte ihm zu helfen, ihn zu begreifen, indem sie ihren Widerwillen unterdrückte.

»Vielleicht hast du recht«, erwiderte er und ignorierte ihre Frage. »Vielleicht sollte ich nach Hause kommen.«

»Und trotzdem hält dich etwas ...«

Er nickte, und sein Blick war noch immer auf ihre Hand gerichtet. »Das stimmt. Ich vermisse etwas. Das weiß ich ganz sicher. Etwas, das ich nicht sehen kann.«

»Aber hier ist nichts, Ben. Schau dich doch um. Nichts.«

Er sah weg, zuckte die Achseln und schien ihr zuzustimmen, aber er dachte an den *Lu Nan Jen*, den Ofenmann, und an Catherine. Er hatte sich getäuscht, was diese beiden anging – sie hatten ihn überrascht. Vielleicht gab es doch noch mehr – viel mehr, als er sich vorstellen konnte.

Er wandte sich wieder seiner Schwester zu. »Wie auch immer, du gehst jetzt besser. Dein Termin ist in einer Stunde.«

Sie erwiderte seinen Blick mit unverhohlener Enttäuschung. »Ich dachte, du würdest mich begleiten.«

Er hatte Catherine gesagt, er wollte sie um elf treffen – und ihr versprochen, ihr mehr von den alten

Gemälden zu zeigen –, aber als er den Ausdruck in Megs Gesicht sah, wußte er, daß er sie nicht allein gehen lassen konnte.

»Na gut«, sagte er und lächelte. »Ich begleite dich zum Krankenhaus. Aber dann habe ich zu tun. Und zwar wichtige Dinge.«

* * *

Ben betrachtete die aufwendige Ausstattung des Vorraums und runzelte die Stirn. Auf dieser niedrigen Ebene war ein solcher Luxus ungewöhnlich. Von der Dichte der Überwachung durch den Sicherheitsdienst abgesehen, vermutete er, daß es einen weniger redlichen Grund als finanzielle Erwägungen gegeben haben mußte, um die Melfi-Klinik an einem so ungewöhnlichen Standort einzurichten.

Die Wände und Decke waren tiefblau, während ein passender Teppich mit einem einfachen gelben Rand verziert war. Auf einer Seite stand ein Sockel, der die Bronzefigur einer Schwangeren trug – und zwar eine *Hung Mao,* kein Han –, eine nackte Gestalt, die dem Urbild der Fruchtbarkeit entsprach. Ihr gegenüber hing das einzige Gemälde in diesem Raum – eine große Leinwand, deren Helligkeit sich vom Blauschwarz der Wände abhob. Sie zeigte eine Eiche, eine riesige Eiche, die im üppigen Grün eines alten englischen Feldes stand.

Für sich genommen war dieses Gemälde nichts Außergewöhnliches, aber es in dieser Umgebung vorzufinden kam wiederum überraschend. Warum dieses? fragte sich Ben. Warum hier? Er trat näher, dann kniff er die Augen zusammen, betrachtete die kleine Eichel, die links im Vordergrund der Komposition lag, und versuchte die beiden winzigen Initialen zu erkennen, die in sie hineingeschnitzt waren.

SW. So wie? dachte er und erinnerte sich mit einem

Lächeln an all die Vergleiche, die er als ganz kleines Kind gelernt hatte. So stark wie ein Ochse. So listig wie ein Fuchs. So stolz wie ein Pfau. So standhaft wie eine Eiche.

Und so langlebig. Er starrte das Bild an und versuchte seine Bedeutung im Gesamtzusammenhang zu erkennen, dann drehte er sich um und sah Meg an. »Bist du schon mal hier gewesen?«

Sie nickte. »Alle sechs Monate.«

»Und Mutter? Kommt sie auch hierher?«

Meg lachte. »Natürlich. Das erste Mal bin ich mit ihr hergekommen.«

Er wirkte überrascht. »Das wußte ich nicht.«

»Mach dir keine Gedanken, Ben. Das ist einfach Frauensache. Es ist für das Personal eben einfacher, es hier zu machen, als sich in die Domäne zu begeben. Einfacher und weniger erschütternd.«

Er nickte und sah weg, aber er war nicht zufrieden. Irgend etwas stimmte hier nicht. Irgend etwas...

Er drehte sich um, als ein Stück der Täfelung zurückglitt und ein Mann eintrat: ein großer, ziemlich schwer gebauter Han mit einem seltsam ausdruckslosen breiten Gesicht und von der glänzenden Stirn zurückgekämmten glatten schwarzen Haaren. Seine bodenlange rostbraune Amtstracht war mit einem dunkelgrünen Seidenband herausgeputzt. Als er den Raum betrat, lächelte er und rieb nervös die Hände aneinander, wobei er mit dem Kopf eine kurze Verbeugung an Megs Adresse machte, ehe er sich Ben zuwandte.

»Verzeihen Sie, *Shih* Shepherd, aber wir haben Sie nicht erwartet. Ich bin Tung T'an, der leitende fachärztliche Berater. Wenn ich gewußt hätte, daß Sie planen, Ihre Schwester zu begleiten, hätte ich vorgeschlagen...« Er zögerte, weil er nicht recht wußte, ob er fortfahren sollte, dann lächelte er und senkte den Kopf. »Wie auch immer, da Sie nun einmal da sind, kommen Sie doch bitte mit rein, ja?«

Ben starrte den Mediziner an und brachte ihn dazu, den Blick abzuwenden. Der Mann war sichtlich außer Fassung über seine Anwesenheit. Aber warum sollte er, wenn es sich bloß um eine Routineangelegenheit handelte? Warum sollte seine Anwesenheit stören, selbst wenn es um eine ›Frauensache‹ ging?

»Meg«, sagte der Berater und drehte sich zu ihr um. »Schön, Sie wiederzusehen. Wir haben Sie natürlich erst nächste Woche erwartet, aber das macht nichts. Allerdings wird es einen Moment dauern, bis wir alles vorbereitet haben.«

Ben runzelte die Stirn. Aber sie hatte gesagt... Er sah sie an und verlangte mit Blicken zu wissen, warum sie ihm verschwiegen hatte, daß sie nicht in einer anderen Woche ihren Termin hatte, aber ihr Gesichtsausdruck bat ihn, geduldig zu sein.

Sie folgten Tung T'an in eine Zimmerflucht, die bis ins Detail ebenso luxuriös war wie die erste. Große, geräumige Zimmer, deren Ausstattung eher in die Erste Ebene als in die Mittleren gepaßt hätte. Tung T'an tippte eine Kombination in ein Türschloß, dann wandte er sich, inzwischen etwas gefaßter, wieder Ben zu.

»Wenn Sie so freundlich sein möchten, hier zu warten, *Shih* Shepherd, werden wir versuchen, Sie nicht allzu lang aufzuhalten. Es handelt sich um bloße Routinetests, aber sie dauern ein Weilchen. Dürfen Ihnen meine Assistenten in der Zwischenzeit etwas bringen?«

»Ich soll hier draußen warten?«

»Ben...« Megs Augen flehten ihn an, keine Schwierigkeiten zu machen.

Er lächelte. »In Ordnung. Vielleicht könnten Sie veranlassen, daß mir ein Kännchen Kaffee und ein Nachrichtenfax gebracht wird.«

Der Berater lächelte und wandte sich ab, um Bens Wünschen zu entsprechen, aber Meg sah ihn jetzt seltsam an. Sie kannte ihren Bruder gut. Gut genug, um zu wissen, daß er nie ein Nachrichtenfax anrührte.

»Was hast du vor?« fragte sie, sobald Tung T'an den Raum verlassen hatte.

Er lächelte; ein scheinbar harmloses Lächeln von der Art, daß in ihrem Kopf Alarmglocken zu schrillen begannen. »Nichts. Ich kümmere mich nur um meine kleine Schwester, das ist alles. Ich achte darauf, daß sie *rechtzeitig* in die Klinik kommt.«

Sie senkte den Blick, und der ausweichende Charakter dieser Geste verfehlte seine Wirkung auf Ben nicht.

»Ich werd's dir alles erklären, Ben. Das verspreche ich dir. Aber nicht jetzt.« Sie blickte zu ihm auf, dann schüttelte sie den Kopf. »Hör doch, ich *verspreche* es dir. Später. Aber reiß dich zusammen, solang du hier bist. Bitte, Ben. Es wird nur eine Stunde oder so dauern.«

Er gab nach und erwiderte ihr Lächeln. »Na gut. Ich versuche mich anständig aufzuführen.«

Ein junges Mädchen brachte ihm Kaffee und einen Stapel Newsfaxe, dann nahm sie Meg zum Umziehen mit. Ben saß eine Zeitlang da und tat so, als widme er sich dem Unsinn auf der Seite vor ihm, während er sich die ganze Zeit verstohlen umschaute. Soweit er feststellen konnte, wurde er nicht beobachtet. An den äußeren Toren waren die Sicherheitsvorkehrungen sehr streng, aber hier gab es nichts. Warum das? Für Firmen gehörte es beinahe zum Standard, alle ihre Räumlichkeiten sorgfältig zu überwachen.

Er stand auf und streckte sich in gespielter Müdigkeit, dann durchmaß er das Zimmer und nahm die Wände und Lüftungslöcher näher in Augenschein, um sicherzugehen. Nein. Da war nichts. Es gab kaum einen Zweifel, daß er nicht beobachtet wurde.

Gut. Dann würde er etwas tiefer graben. Um ein paar der Fragen zu beantworten, die sich in seinem Kopf aufeinandertürmten.

Er ging in den Korridor hinaus und suchte den Weg zur Kreuzung der Gänge zurück. Zu beiden Seiten zweigten Türen ab. Er blieb stehen und lauschte. Von rechts hörte er leises Stimmengewirr, aber nichts von links. Er versuchte es mit der Tür zur Linken und zog die Gleittür in einer einzigen lautlosen Bewegung zurück. Wenn ihn jemand zur Rede stellte, würde er behaupten, er suche die Toilette.

Der winzige Raum war leer. Er ließ die Tür hinter sich zugleiten und sah sich um. Auch hier schienen sich keine Kameras zu befinden. Als hätten sie keine Verwendung dafür. Aber brauchten sie denn nicht welche, wenn sie über eine regelmäßige Kundschaft verfügten?

Er durchmaß das Zimmer mit drei raschen Schritten und versuchte er mit der Tür auf der anderen Seite. Auch sie war offen. Dahinter lag ein langer, schmaler, hellerleuchteter Raum, dessen linke Wand voller Aktenschränke stand.

Heureka! dachte er und erlaubte sich ein schwaches Lächeln. Und doch kam es ihm merkwürdig vor, sehr merkwürdig sogar, daß er so leichten Zugang zu ihren Akten haben sollte.

Also rechneten sie nicht damit, daß es jemand versuchte.

Er runzelte die Stirn und versuchte zu einem Schluß zu kommen, dann ließ er den Gedanken fallen und ging rasch die Schrankreihe ab und suchte nach der Nummer, die er vorhin auf der Karte gesehen hatte, die Meg am Eingang vorzeigte. Er fand sie ohne Schwierigkeiten und zog an der Schublade. Sie öffnete sich auf seine Berührung.

Megs Akte fehlte. Natürlich... sie hatten sie sicher mitgenommen. In Privatkliniken wie dieser wurden zumeist heikle Fälle behandelt, und daher wurden die Unterlagen auf diese altmodische Art aufbewahrt, von den medizinischen Beratern handgeschrieben, ohne computerisierte Kopien anzulegen. Weil es nicht genügt hätte...

Er hielt erstaunt inne, als er den Namen auf der Akte bemerkte, die unter seinen Fingerspitzen lag. Eine Akte mit einer kleinen Eichel auf dem Etikett neben dem Familiennamen.

Eine Frauensache...

Und dann lachte er weich und leise, als ihm klar wurde, warum Tung T'an vorhin so nervös geworden war. *Sie waren hier! Sie waren alle hier!* Er blätterte die Unterlagen durch und fand sie. *Seine* Akte, handgeschrieben wie die übrigen, einschließlich seiner vollständigen medizinischen Aufzeichnungen – darunter eine Kopie seiner Genkarte.

Er erschauderte, und eine seltsame Mischung von Schmerz und freudiger Erregung fuhr ihm durch die Adern. Das hatte er vermutet – Augustus hatte wirklich recht gehabt. Amos' Experiment ging immer noch weiter.

Er starrte auf die Genkarte und verglich sie mit jener, an die er sich erinnerte – die er an jenem Nachmittag in dem alten Haus auf den letzten Seiten im Tagebuch seines Urgroßvaters zum erstenmal gesehen hatte – an dem Tag, als er seine Hand verloren hatte.

Die beiden Karten waren identisch.

Er blätterte nochmals durch die Akten, bis er die seines Vaters fand. Er überflog schweigend die Seiten, dann blickte er auf und nickte bei sich. Hier war sie – die Bestätigung. Eine kleine Notiz, datiert auf den 18. Februar 2185. Das Datum, an dem sein Vater sterilisiert worden war. Sterilisiert ohne sein Wissen, unter dem Vorwand einer simplen medizinischen Behandlung.

Ein Datum gut fünf Jahre vor Bens Geburt.

Er blätterte nochmals durch, suchte diesmal die Akte seiner Mutter und zog sie schließlich hervor. Er wußte jetzt, wo er nachsehen mußte, ahnte schon, was in ihr stand. Dennoch war er überrascht von dem, was er las.

Das Implantat war sieben Monate vor seiner Geburt eingepflanzt worden, was bedeutete, daß er anderswo acht Wochen herangezogen worden war, bevor man ihn in den Leib seiner Mutter eingesetzt hatte. Er fuhr sich mit der Zunge über die Zähne und fand diesen Gedanken seltsam verwirrend. Natürlich ergab es einen Sinn – nach acht Wochen konnte man sagen, ob der Embryo gesund war oder nicht. Sein Embryo mußte zu diesem Zeitpunkt – wieviel? – ungefähr zweieinhalb Zentimeter groß gewesen sein. Gliedmaßen, Finger und Zehen, Ohren, Nase und Mund hatten sich ausgebildet. Ja. Nach acht Wochen hätten sie sicher sein können.

Es ergab einen Sinn. Ganz klar. Aber der Gedanke an sich selbst, *in utero,* genährt von einer Maschine, beunruhigte ihn. Er hatte immer geglaubt…

Er ließ die Hände auf der Kante der Schublade liegen und fühlte sich plötzlich von der Bedeutung dessen überwältigt, was er entdeckt hatte. Er hatte es gewußt – ein Teil von ihm hatte es seit dem Tag geglaubt, als er einen Blick in Augustus' Tagebuch geworfen hatte; dennoch war er nicht darauf vorbereitet gewesen. Nicht im Innersten. Es war ein von ihm losgelöstes Kopfwissen gewesen. Bis heute.

Er zitterte. Also stimmte es. Hal war nicht sein Vater. Hal war sein Bruder. Wie sein angeblicher ›Ururgroßvater‹ Robert, sein ›Urgroßvater‹ Augustus und sein ›Großvater‹ James. Sie alle waren seine Brüder. Sie alle waren Nachkommen desselben Alten. Söhne von Amos Shepherd und seiner Frau Alexandra.

Er blätterte weiter, bis er ihre Akte fand, dann lachte er. Natürlich! Er hätte es wissen müssen. Der Name der Klinik – Melfi. Das war der Mädchenname seiner Ururgroßmutter. Nein. Der Mädchenname seiner *Mutter*.

Und das bedeutete…

Er versuchte es mit einer anderen Schublade. Wieder

öffnete sie sich auf seine Berührung und zeigte die Kanten der Aktenordner, von denen keiner mit diesem wichtigen Eichelsymbol versehen war. Und ihr Inhalt? Die Aktenordner waren leer.

»Es hängt alles zusammen«, sagte er leise. Alles war Teil der großen Illusion, die Amos um sich errichtet hatte. Wie die Stadt in der Domäne, die von Androidenreplikanten bewohnt wurde. Wie die Stadt, die sein Sohn auf seinen Befehl entworfen hatte. Alles war eine große Scharade. Ein Spiel, um *seinen* Samen und *seine* Ideen zu verbreiten.

Und dies hier stand im Mittelpunkt seiner Aktivitäten. Hier wurden Amos' große Pläne ausgeführt. Deshalb versteckte sich diese Klinik auf den Mittleren Ebenen. Deshalb herrschte außen so strenge und im Innern so laxe Sicherheitsvorkehrungen. Niemand sonst kam her. Niemand außer den Frauen der Shepherds. Um sich testen und, wenn die Zeit gekommen war und der Plan es verlangte, Amos' Kinder in die Gebärmutter einpflanzen zu lassen. Kein Wunder, daß Tung T'an so verwirrt gewesen war, ihn zu sehen.

Er fuhr herum, als er hörte, wie hinter ihm die Tür aufglitt.

Es war Tung T'an.

»Was, in Teufels Namen …?« begann der Mediziner, verfiel aber in Schweigen, als er die offene Akte auf der Schublade vor Ben sah. Er schluckte. »Hier dürfen Sie nicht rein, *Shih* Shepherd.«

Ben lachte. »Nein, wohl nicht. Aber ich bin nun einmal hier.«

Der Mann machte einen Schritt auf ihn zu, dann blieb er stehen, runzelte die Stirn und versuchte sich, ohne direkt zu fragen, ein Bild zu machen, wieviel Ben wußte. »Wenn Sie jetzt bitte gehen würden …«

»Natürlich. Ich habe alles gesehen, was ich sehen mußte …«

Das Gesicht des Han zuckte. »Sie mißverstehen das...«

Ben schüttelte den Kopf. »Überhaupt nicht, Tung T'an. Ich habe es gewußt, verstehen Sie. Ich wußte es schon lange. Aber nicht wie. Nicht wo. All das...« Er deutete auf die Akten. »Das hat es mir nur bestätigt.«

»Sie *wußten* es?« Tung T'an lachte und schüttelte den Kopf. »Was haben Sie gewußt, *Shih* Shepherd? Es gibt nichts zu wissen.«

»Wie Sie meinen, Tung T'an.«

Er sah die Bewegung in seinen Augen, wie er ihn einschätzte und wieder einschätzte. Dann nickte Tung T'an widerwillig. »Sie sollten davon nie etwas zu sehen bekommen. Das war der Grund, weshalb...«

»Weshalb Sie die männlichen Shepherds von hier ferngehalten haben.« Ben lächelte. »Gerissen, es alles so unwichtig erscheinen zu lassen. Frauensachen. Aber hier war der alte Amos wohl nicht so gründlich, wie?«

»Bitte?«

Ben schüttelte den Kopf. Nein, Tung T'an wußte nichts davon, wie gründlich Amos sein konnte, wenn er wollte. Die alte Stadt war ein Beispiel dafür, vollständig bis zum letzten Detail. Aber das hier... In gewisser Hinsicht war es eine Enttäuschung. Es war fast so, als ob...

Er lachte und zog den Gedanken zum erstenmal ernsthaft in Erwägung. Was war, wenn Amos *beabsichtigt* hatte, daß einer von ihnen all das entdeckte? Was war, wenn auch das Teil des Plans war – als eine Art Test?

Je länger er darüber nachdachte, um so plausibler erschien es ihm. Das vernagelte alte Haus, das verborgene Zimmer, der umzäunte Garten, das verlorene Tagebuch. Nichts davon war wirklich notwendig, wenn es nicht als Hinweis dienen sollte – Türen, die man durchschreiten mußte, bis die letzte Tür geöffnet, die letzte Enthüllung gemacht war. Nein. Man bewahrte nicht, was man zu verbergen wünschte. Man zerstörte es. Und doch…

Und doch war er zufällig darauf gestoßen. Es war nicht seine Idee gewesen, hierher zu kommen, sondern Megs. Es sei denn…

Sie war eine Woche zu früh gekommen. Warum? Welchen Grund konnte sie dafür haben? Eine Woche. Machte das etwa einen Unterschied?

Tung T'an starrte ihn immer noch an. »Sie bringen mich in eine unmögliche Situation, *Shih* Shepherd.«

»Weshalb denn, *Shih* Tung? Überlegen Sie mal. Sie können nicht auslöschen, was ich gesehen habe, noch was ich weiß. Nicht ohne mich zu vernichten. Und das können Sie nicht.« Er lachte. »Schließlich besteht der ganze Sinn dieser Einrichtung darin, etwas zu bewahren, nicht wahr? Sie haben keine andere Aufgabe.«

Tung T'an ließ den Kopf hängen. »Trotzdem…«

Ben unterbrach ihn. »Sie brauchen nichts zu sagen, Tung T'an. Nicht einmal, daß ich hier war. Ich für meinen Teil werde so tun, als habe es diesen Ort nie gegeben. Verstehen Sie mich?« Er trat näher an den Han heran und zwang ihn mit seiner Willenskraft, aufzublicken und ihm in die Augen zu sehen. »Ich bin nie hiergewesen, Tung T'an. Und dieses Gespräch… hat nie stattgefunden.«

Tung T'an schluckte und spürte plötzlich die charismatische Kraft des jungen Mannes, der vor ihm stand. Er nickte.

»Gut. Dann gehen Sie und kümmern Sie sich um meine Schwester. Sie ist wie ich. Sie wartet nicht gern. Aber das wissen Sie wohl, nicht wahr, Tung T'an? Sie sollten doch wohl am besten wissen, wie ähnlich wir Shepherds uns alle sind.«

* * *

Meg saß Ben gegenüber in der Sänfte und beobachtete ihn. Er war ruhig gewesen, seit sie die Klinik verlassen hatten. Zu ruhig. Etwas ging in ihm vor. Ihr war aufgefallen, wie nervös Tung T'an gewesen war, als er zurückkehrte, und hatte gleich vermutet, daß es mit etwas zu tun hatte, das Ben gesagt oder getan hatte. Auf ihre Frage hatte Ben bestritten, daß zwischen ihm und Tung T'an etwas vorgefallen war, aber sie merkte, daß er log. Die beiden waren wegen irgend etwas aneinandergeraten. Etwas, das wichtig genug war, daß Ben immer noch darüber nachgrübelte.

Sie versuchte es noch mal. »Hatte es etwas mit mir zu tun?«

Er blickte zu ihr auf und lachte. »Du gibst wohl nicht auf, was?«

Sie lächelte. »Nicht wenn's um dich geht.«

Er beugte sich vor und nahm ihre Hände. »Es ist nichts. Wirklich, Schwester. Wenn's wichtig wäre, würde ich's dir sagen. Ehrlich.«

Sie lachte. »Das ergibt keinen Sinn, Ben. Wenn's nicht wichtig ist, dann gibt's auch keinen Grund, es mir nicht zu sagen. Und wenn doch, nun, du sagst ja selbst, dann würdest du's mir erzählen. Also, warum sagst du's mir nicht und bringst mich zum Schweigen?«

Er zuckte die Achseln. »Also gut. Ich sag dir, worüber ich nachgedacht habe. Ich habe an ein Mädchen gedacht, das ich hier kennengelernt habe. Ein Mädchen namens Catherine. Ich war vor zwei Stunden mit ihr verabredet, aber wahrscheinlich wartet sie jetzt nicht mehr auf mich.«

Meg senkte den Blick und wurde plötzlich ganz still. »Ein Mädchen?«

Er drückte sanft ihre Hände. »Nur eine Freundin. Sie hat mir bei meiner Arbeit geholfen.«

Meg blickte zu ihm auf.

Er beobachtete sie, ein schwaches, fast neckendes Lächeln auf den Lippen. »Bist du etwa eifersüchtig?«

»Nein ...«, begann sie und sah zu Boden. Ihre Wangen röteten sich leicht, und sie lachte. »Oh, du bist unmöglich, Ben. Wirklich. Ich bin doch nur neugierig. Ich hätte nicht gedacht ...«

»Daß ich hier Freunde habe?« Er nickte. »Das hätte ich auch nicht gedacht. Bis vor einer Woche. Da habe ich sie kennengelernt. Es war seltsam. Weißt du, ich habe sie als Modell für eine meiner Arbeiten gebraucht. Ich habe sie benutzt, ohne daß sie davon wußte. Weißt du, ich habe sie oft in einem Café gesehen, das ich regelmäßig besuche. Und dann, eines Tages, hat sie sich an meinen Tisch gesetzt und sich vorgestellt.«

Ein Lächeln kehrte auf ihre Lippen zurück. »Und wann wirst du mich ihr vorstellen?«

Er blickte auf ihre Hände, dann hob er sie an seine Lippen und küßte die Handrücken. »Wie wär's mit heute abend? Das heißt, wenn sie nach diesem Morgen noch mit mir redet.«

* * *

Ben saß mit Meg in der Nische am Ende der Bar, als Catherine eintrat. Er hatte bewußt einen Treffpunkt gewählt, wo noch niemand von ihnen gewesen war – neutralen Boden –, und es Meg gesagt, damit seine Schwester sich nicht allzu sehr deplaziert fühlte. Ben sah sie zuerst und beugte sich zu Meg hinüber, um sie am Arm zu berühren. Meg drehte sich um und sah, wie Catherine durch die Gasse zwischen den Tischen auf sie zukam, schüchtern zuerst, dann aber, als sie wußte, daß sie sie gesehen hatten, mit größerer Sicherheit. Sie hatte ihr feuerrotes Haar hochgesteckt, so daß ihre markanten Gesichtszüge deutlich zur Geltung kamen.

Als sie sie im Halbdunkel sah, fand Meg sie ziemlich hübsch.

Ben stand auf und hielt ihr die Hand hin, aber Catherine warf ihm nur einen flüchtigen Blick zu. »Sie müssen Meg sein«, sagte sie, kam um den Tisch und setzte sich neben sie. »Ich habe mich darauf gefreut, Sie kennenzulernen.« Sie lachte weich, dann streckte sie die Hand aus, um sanft Megs Nase zu berühren, ihre Form und den Umriß ihres Mundes nachzuziehen.

»Ja«, sagte sie. »Sie sehen ihm sehr ähnlich, nicht wahr?« Sie drehte sich um und sah Ben an. »Und wie geht's *dir*?«

»Gut«, erwiderte er unverbindlich, nahm Platz und wandte sich ab, um einen Kellner herbeizuwinken.

Meg studierte sie im Profil. Ben hatte nichts gesagt, aber sie begriff. Das Mädchen war in ihn verliebt.

Sie nahm einige Dinge zur Kenntnis, auf die Ben sie aufmerksam gemacht hatte: die feingliedrigen und geschickten Hände, die Schärfe ihrer Augen, denen nichts entging. Die Augen einer Künstlerin. Und sie sah, wie das Mädchen Ben ansah: scheinbar beiläufig, doch unter der Oberfläche unsicher und verletzlich.

Ben gab seine Bestellung auf, dann wandte er sich ihnen wieder zu. »Das ist übrigens Catherine. Sie ist Malerin.«

Meg nickte und freute sich, daß sie einen so guten Einblick gewonnen hatte. »Was malen Sie denn? Abstraktes? Oder Portraits?« Sie sagte fast Landschaften, aber es war schwer vorstellbar, daß jemand von hier ein solches Thema aufgriff.

Das Mädchen lächelte und warf Ben einen raschen Blick zu, ehe sie antwortete. »Ich male alles, was mein Interesse erweckt. Ich habe sogar Ihren Bruder gemalt.«

Ben beugte sich über den Tisch. »Du solltest dir ihre Arbeiten ansehen, Meg. Einige davon sind wirklich gut.«

Meg lächelte. Wenn Ben sagte, sie sei ›gut‹, konnte man davon ausgehen, daß das Mädchen hervorragend war. Sie betrachtete Catherine in einem neuen Licht und entdeckte Qualitäten, die sie auf den ersten Blick übersehen hatte: die straffe, fast animalische Qualität ihrer Muskulatur und die Art, wie sie in tiefes Schweigen verfiel, wenn sie einen beobachtete. Wie eine Katze. Ganz wie eine Katze.

Der Kellner brachte ihre Getränke. Als er gegangen war, beugte Ben sich vor und prostete ihnen beiden zu.

»Den beiden schönsten Frauen in der Stadt. *Kan pei!*«

Meg widmete dem Mädchen einen Seitenblick und bemerkte die Farbe, die ihre Wangen angenommen hatten. Catherine wußte nicht genau, was Ben vorhatte. Sie kannte ihn noch nicht gut genug. Doch in seiner Stimme war ein unüberhörbarer neckender Unterton, und seine Augen funkelten schalkhaft. Seine Stimmung war umgeschlagen. Oder besser, er hatte seine Stimmung bewußt geändert.

»Dieses Gemälde ...«, fragte Meg. »Ist es gut?«

Catherine senkte den Blick und lächelte. Diese Geste hatte nichts Geziertes, sondern etwas aufrichtig Bescheidenes. »Ich glaube schon.« Sie blickte auf und war dabei bemüht, Ben nicht in die Augen zu sehen, und ihre Wangen brannten. »Es ist das Beste, was ich bisher gemalt habe. Mein erstes echtes Gemälde.«

Meg nickte. »Ich würde es gern sehen, wenn Sie erlauben. Ich glaube, Ben ist seit Jahren nicht mehr gemalt worden. Wenn überhaupt jemals.«

Das Mädchen senkte den Kopf. Für einen Moment trat Stille ein, dann räusperte sich Ben und beugte sich Meg entgegen. »Sie ist viel zu bescheiden. Ich habe gehört, daß eine Ausstellung ihres Werks in Vorbereitung ist, hier im College.«

Meg sah, wie das Mädchen daraufhin aufblickte, die Augen aufriß, und wußte, daß Ben nicht von ihr davon erfahren, sondern es selbst herausgefunden hatte.

»Wann findet sie statt?«

»Im Frühjahr.«

»Im Frühjahr ...« Meg dachte darüber nach, dann lachte sie.

»Warum lachen Sie?« Catherine starrte sie verwirrt an, während Ben sie über den Tisch hinweg ansah, sein Blick fast abweisend in seiner Intensität.

»Nur weil es so seltsam ist. Sie sagen Frühjahr und Sie meinen das eine, während für mich ...« Sie starrte in ihren Drink und war sich bewußt, wie seltsam sie das Mädchen ansah. »Es ist nur so, daß der Frühling eine Jahreszeit ist, und hier ...« Sie blickte auf und sah dem Mädchen in seine tiefgrünen Augen. »Hier gibt es überhaupt keine Jahreszeiten.«

Catherine starrte sie an und versuchte in ihrem Gesicht etwas zu entdecken, das sie doch nicht finden konnte. Dann sah sie weg und zuckte unmerklich die Achseln.

»Sie reden genau wie er. In Rätseln.«

»Es ist nur so, daß die Worte für uns andere Bedeutungen haben«, erklärte Ben, lehnte sich zurück und stützte den Kopf an die Wand der Nische. Es war eine Bemerkung, die Catherine auszuschließen schien, und Meg bemerkte, wie sie ihm, sichtlich verletzt, einen kurzen Blick zuwarf.

Verletzt und noch etwas anderes. Meg sah weg und spürte eine plötzliche Kälte in der Magengrube. Es war mehr als Liebe. Mehr als simples Begehren. Das Mädchen war von Ben besessen. Als sie Ben wieder ansah, vernahm sie ein klares Wort aus ihrem Kopf. *Schwierig.* Als das hatte er sie einmal bezeichnet. Jetzt begann Meg zu begreifen.

»Worte sind nur Worte«, sagte sie und lächelte das Mädchen an, wobei sie ihre Hand faßte. »Nehmen wir sie nicht zu wichtig.«

* * *

Sechs Stunden später packte Catherine das Geschenk vollends ein und stellte die Leinwand neben die Tür, dann duschte sie, zog sich an und machte sich zurecht. An diesem Abend würde sie ihn ausführen. Allein, wenn möglich; aber auch mit seiner Schwester, wenn es sein mußte. Sie betrachtete sich kritisch in dem wandhohen Spiegel. Sie trug einen dunkelgrünen, locker sitzenden Mantel, der mit einer Schnur um die Hüfte gebunden war. Sie lächelte, erfreut über den Anblick, weil sie wußte, daß sie Ben gefallen würde.

Am Nachmittag war eine Karte angekommen. Von Sergej. Eine knappe, bittere kleine Notiz voller Anschuldigungen, darunter einem Verdacht auf Verrat. Es hatte weh getan, weil es alles in Erinnerung brachte, worunter sie in den letzten Wochen gelitten hatte. Aber es hatte sie auch erleichtert. Ihre Beziehung mit Sergej wäre nicht von Dauer gewesen. Er hatte versucht, sie zu besitzen – sie von sich selbst abzuschließen.

Sie zitterte. Nun, jetzt hatte sie es hinter sich. Sein Streit mit Ben war unvermeidlich und in gewisser Hinsicht notwendig gewesen. Er hatte sie gezwungen, eine Entscheidung zu treffen. Sergej gehörte ihrer Vergangenheit an. Jetzt war ihr Schicksal Ben.

Der Pfeil brachte sie durch die Geschäftigkeit des frühen Abends nach Norden. Es war nach sieben, als sie das Terminal am Rande der Stadt erreichte. Von dort fuhr sie mit einer Bahn nach Osten. Sie fragte sich, ob sie ihn anrufen und Bescheid sagen sollte, daß sie kam, dann beeilte sie sich weiterzukommen. Es würde ihm weniger Gelegenheit lassen, Entschuldigungen vorzuschieben. Inzwischen hatte sie ihren eigenen Schlüssel – sie würde ihn überraschen.

Sie nahm den Lift zu seiner Ebene hinauf und hielt das Paket die ganze Zeit unterm Arm. Es war schwer, und sie sehnte sich danach, es endlich abzulegen. Als sie im Garderobenraum war, stellte sie es an die Wand und zog ihren Umhang aus. Kaffeeduft füllte das Appartement. Mit einem Lächeln ging sie in die Küche und hoffte, ihn dort zu finden.

Die Küche war leer. Sie lauschte den Geräuschen in dem Appartement, dann ging sie weiter. Auch im Wohnzimmer war niemand. Zwei leere Gläser standen auf dem Tisch. Stirnrunzelnd sah sie sich um und überlegte, ob sie nicht einen Fehler gemacht hatte, und ging hinaus. Dann dachte sie an den Kaffee.

Sie ging durchs Zimmer, legte eine Hand an die Tür und horchte. Nichts. Oder fast nichts. Wenn sie sich anstrengte, glaubte sie ganz leise Atemgeräusche zu hören.

Sie versuchte die Tür zu öffnen. Sie war nicht verschlossen. Sie schob das Paneel zur Seite und ließ es langsam aufgleiten. Ihr Herz pochte, und ihre Hände zitterten.

Es war stockdunkel in dem Zimmer. Als die Tür aufglitt, durchschnitt ein scharfer Lichtkeil aus dem Wohnzimmer die Finsternis. Sie sah sofort, daß das Gestell aus der Mitte des Zimmers gerückt worden war; es stand jetzt an einer Seite und ließ auf dem Teppich bis zur Bettkante eine freie Fläche.

Sie trat ein und hörte es jetzt ganz deutlich – ein regelmäßiges Atmen. Zuerst schien es von einer einzigen Person zu stammen, dann erkannte sie, daß es sich um zwei handelte. Sie trat näher und spähte in die Dunkelheit.

Ihre Stimme war ein Flüstern. »Ben? Ben...? Ich bin's. Catherine.«

Sie ging in die Knie, streckte die Hand aus, um ihn zu berühren, und riß sie ruckartig wieder zurück. Das Haar...

Das Mädchen rollte auf die Seite und blickte zu ihr auf, die Augen dunkel vom Schlaf. Ben brummte leise und schmiegte sich enger an sie, den rechten Arm um sie geschlungen, die Hand an ihrer Brust.

Es verschlug ihr den Atem. *Bei Kuan Yin! Mit seiner Schwester!*

Meg seufzte, dann wandte sie ihr Gesicht dem anderen Mädchen zu. »Ben?« fragte sie benommen, noch nicht ganz wach, und kratzte beiläufig den dunklen Busch ihrer Scham.

Catherine stand auf. Plötzlich wurden ihre Beine ganz weich, und ein leises schmerzhaftes Stöhnen entfuhr ihren Lippen. Sie sah, wie ihre Glieder miteinander verschlungen waren und wie ihre Körper vom Schweiß des Liebesaktes glänzten.

»Ich...«, begann sie, aber die Worte blieben ihr in der Kehle stecken. Es gab nichts mehr zu sagen. Sie mußte raus hier und mit dem zu leben versuchen, was sie gesehen hatte. Langsam begann sie sich zurückzuziehen.

Meg hob den Kopf und versuchte zu erkennen, um wen es sich handelte. »Ben?«

Catherine riß den Kopf zurück, als habe sie ihn nicht unter Kontrolle, und stieß dabei gegen das Paneel hinter ihr. Sie fuhr herum, fummelte an der Tür und stolperte hinaus – ins grelle Licht des Wohnzimmers, wo sie gegen den Tisch fiel. Sie stürzte hin, zerschmetterte dabei ein Glas und lag einen Moment lang da, die Stirn an ein Tischbein gedrückt.

Sie hörte das Paneel zurückgleiten, rollte herum, stand auf und wischte sich mit dem Handrücken übers Gesicht. Es war Ben. Er streckte die Hand nach ihr aus, aber sie stieß sie weg und fletschte die Zähne wie ein in die Enge getriebenes Tier.

»Du Schwein...«, wimmerte sie. »Du...«

Aber sie konnte nur den Kopf schütteln, und ihr Gesicht wurde zu einer Maske des Schmerzes und der bitteren Enttäuschung.

Er senkte die Hand und ließ den Kopf hängen. Es war eine unbeholfene, schmerzerfüllte kleine Geste, die Meg, die aus dem Nebenzimmer zusah, sofort begriff. Er hatte es ihr nicht gesagt. Catherine hatte nicht gewußt, wie es zwischen ihr und Ben stand.

Meg sah an ihrem Bruder vorbei. Catherine war zur Tür zurückgewichen. Sie stand zitternd da, und ihr bleiches, schönes Gesicht war feucht vor Tränen, zerfurcht von Kummer und Zorn. Dann drehte sie sich um und war verschwunden.

Und Ben? Sie sah ihn an – sah wie er dastand, mit hängendem Kopf, alles Leben, all seine strahlende Intensität plötzlich von ihm genommen – und erschauderte. Er war verletzt. Sie erkannte, wie verletzt er war. Aber er würde sich davon erholen. Wenn er sich erst einmal an die Tatsachen gewöhnt hatte. Und vielleicht war es so am besten. Ja, vielleicht, unter diesen Umständen.

Sie ging nach drüben, legte die Arme um ihn und hielt ihn ganz fest, ihre Brüste an seinen Rücken gedrückt, ihre Wange an seinem Hals.

»Keine Angst«, sagte sie leise und küßte seine nackte Schulter. »Es wird schon wieder. Das verspreche ich dir. Hör doch, ich bin's, Ben. Ich bin hier. Ich laß dich nicht allein. Das verspreche ich dir.«

Aber als sie ihm ins Gesicht sah, schienen seine Augen blind geworden zu sein, und seine Wangen waren feucht vor Tränen.

»Sie ist fort«, sagte er gebrochen. »Verstehst du das nicht, Meg? Ich habe sie geliebt. Das wird mir erst jetzt klar, aber ich habe sie geliebt. Und jetzt ist sie fort.«

* * *

Sehr viel später fand Meg das Paket. Sie trug es ins Wohnzimmer, legte es auf den Boden, dann packte sie es aus und kniete nieder, um es zu betrachten. Es war schön. Ohne jeden Zweifel. Meg hätte nie geglaubt, daß es jemand anderem auffallen konnte, aber hier, in dem Gemälde des Mädchens, hatte sie es vor sich – Bens ganze Kraft; seine schroffe, kompromißlose Schönheit. Auch sie hatte gesehen, wie gemischt, wie sanft und wild er zugleich war.

Sie war im Begriff, es wieder einzupacken, um es irgendwo zu verstecken, bis sie fort von hier waren, als Ben aus dem Schlafzimmer kam.

»Was ist das?« fragte er und sah zu ihr herüber, einen Anflug von Neugier im Blick.

Sie zögerte, dann hob sie es hoch und drehte es ihm zu.

»Das Mädchen hat's wohl hier liegenlassen«, sagte sie und beobachtete ihn; sah, wie er vor Überraschung die Augen aufriß; wie ihn das Gemälde ins Leben zurückzuholen schien.

»Catherine«, verbesserte er sie und ließ den Blick nicht von dem Bild ab. »Sie hatte einen Namen, Meg, wie du und ich. Sie war real. So real wie das hier.«

Er trat näher, setzte sich auf die Fersen und studierte sorgfältig die Leinwand, indem er mit den Fingerspitzen die Linien und Texturen des Gemäldes hochfuhr. Und die ganze Zeit beobachtete sie ihn und sah, wie sein Gesichtsausdruck sich änderte, wie Schmerz, Erstaunen und Bedauern auf dem Spiegel seines Gesichts einander ablösten und alle Empfindungen enthüllten.

Sie sah zu Boden, und ein leichter Schauder durchfuhr sie. Ihr Leben war so unschuldig gewesen – so frei von Komplikationen dieser Art. Aber jetzt ... Sie schüttelte den Kopf, dann sah sie ihn wieder an. Er beobachtete sie.

»Was ist los?« fragte er.

Sie schüttelte den Kopf, wollte es nicht sagen. Dieser Vorfall hatte sie beide genug verletzt. Ihr Worte konnten es nur schlimmer machen. Doch sie hatte die Veränderung in ihm bemerkt. Sie war Zeuge dieses flüchtigen, geisterhaften Moments geworden, als der Schmerz in etwas anderes umgeschlagen war – in den Keim eines großen Kunstwerks.

Sie erschauderte und war vom einen Moment zum anderen entsetzt. Gab es denn sonst nichts für ihn? Nur dieses ständige Eintauschen des Unschuldigen gegen einen neuen Kunstgriff? Diesen teuflischen Handel? Konnte er nicht einfach *sein*? Mußte er jede Erfahrung, jeden Atemzug, den er tat, auf dem rauhen, unerbittlichen Altar seiner Kunst opfern?

Sie wünschte, es gäbe eine andere Antwort – einen anderen Weg – für ihn, aber sie wußte, daß dem nicht so war. Er konnte nicht *sein*, ohne sein Dasein erst festzuhalten. Er konnte nicht frei sein, ohne sich erst selbst zu fesseln. Und er hatte überhaupt keine Wahl. Er war wie Ikarus, getrieben und gottesverachtend, besessen von seiner Sehnsucht, sich von dem Element loszureißen, das ihn fesselte.

Sie wandte sich ihm wieder zu und sah ihm in die Augen.

»Ich muß hinter ihr her, Meg. Ich muß.«

»Das kannst du nicht. Verstehst du denn nicht? Sie hat uns *gesehen*. Das wird sie dir nie verzeihen.«

»Aber das hier...« Er sah noch einmal auf das Gemälde, und der Schmerz kehrte in sein Gesicht zurück. »Sie hat mich gesehen, Meg. Sie hat mich klar gesehen. So wie ich wirklich bin.«

Sie zitterte. »Ich weiß. Aber du kannst nicht. Es ist zu spät, Ben. Begreifst du das denn nicht?«

»Nein«, beharrte er und stand auf. »Nicht wenn ich jetzt gehe und sie um Verzeihung bitte.«

Sie ließ den Kopf hängen und fühlte sich plötzlich sehr müde. »Nein, Ben. Du kannst einfach nicht. Jetzt nicht mehr.«

»*Warum?*« Seine Stimme klang jetzt wütend und trotzig. »Nenn mir einen Grund, weshalb ich es nicht kann.«

Sie seufzte. Bisher war sie nicht imstande gewesen, ihm den Grund zu nennen – den Grund, weshalb sie vor einer Woche hierher gekommen war –, aber jetzt mußte es einfach gesagt werden. »Es ist wegen Vater. Er ist krank.«

»Ich weiß ...«, begann er, aber sie unterbrach ihn.

»Nein, Ben. Du weißt es eben nicht. Vor drei Tagen waren die Ärzte bei uns. An dem Tag, als ich dir geschrieben habe.« Ihre Stimme bebte, und Tränen liefen ihr die Wangen hinunter.

»Er *stirbt*.« Plötzlich wurde sie lauter, und die Wut färbte ihre Stimme. »Verdammt noch mal, Ben, sie geben ihm nur noch einen Monat! Höchstens sechs Wochen!« Sie schluckte, dann schüttelte sie den Kopf und sah ihn flehentlich an. »Verstehst du denn nicht? Deshalb kannst du ihr nicht nachlaufen. Du mußt nach Hause kommen. Du *mußt*! Mutter braucht dich. Sie braucht dich dringend. Und ich. Ich brauche dich auch, Ben. Mehr als jeder andere.«

* * *

Memorandum: datiert am vierten Tag des Mai, AD 2207

Seiner Durchlauchtigsten Exzellenz Li Shai Tung, Großrat und T'ang der *Ch'eng Ou Chou* (Stadt Europa)

Chieh Hsia,
Euer ergebener Diener bittet Euch darüber unterrichten zu dürfen, daß die Angelegenheit, über die wir gesprochen haben, sich zu unserer Zufriedenheit gelöst hat. Das betreffende Mädchen Catherine Tissan (siehe beiliegenden Bericht, MinDis PSik 435/55712) ist offenbar zu ihrem früheren Liebhaber Sergej Novacek (siehe beiliegenden Bericht, MinDis PSik 435/55711) zurückgekehrt, der unter dem Druck von Freunden, die Eurer Durchlauchtigsten Exzellenz loyal gesonnen sind, seine Zivilklage gegen den Sohn Shepherds fallengelassen hat (siehe beiliegende Kopien der entsprechenden Dokumente).

Ben Shepherd selbst ist, wie Ihr sicher erfahren habt, nach Hause zurückgekehrt, um seinen erkrankten Vater zu betreuen, hat seine Studien in Oxford abgebrochen und sich somit selbst der Gefahr eines möglichen Angriffs oder einer Entführung entzogen.

In Kenntnisnahme dieser Ereignisse und in Anbetracht der weiterhin wichtigen Bedeutung der Familie Shepherd für die Staatsgeschäfte hat es Euer ergebener Diener für seine Pflicht gehalten, sich weiter um die Aufklärung der Frage zu bemühen, ob diese Entwicklung, wie es an der Oberfläche scheinen mag, einfach Folge einer intimen Rivalität war oder Teil eines weiterreichenden, vorsätzlichen Komplotts zur Unterminierung des Staates ist. Entsprechende Nachforschungen haben einige interessante, doch unvollständige Ergebnisse im Hinblick auf den Charakter der Geschäfte des Vaters Lubos Novacek gezeitigt. Ergebnisse, die – sollten sie sich bestätigen und für diese Angelegenheit von Bedeutung sein – Eurer Durchlauchtigsten Exzellenz umgehend zur Kenntnis gebracht werden.

Euer ergebener Diener
Heng Yu
Transportminister *Ch'eng Ou Chou* (Stadt Europa)

Heng Yu las die oberste Kopie durch, dann griff er zufrieden nach der Feder im Tintenblock und unterzeichnete jede der drei Kopien mit schnörkeligen Strichen. Eine würde an Li Shai Tung gehen. Die zweite würde er für seine eigenen Unterlagen aufbewahren. Die dritte... nun, die dritte würde er an Prinz Yüan schicken, über Nan Ho, seinen Kontaktmann im Palast von Tongjiang.

Heng Yu lächelte. Die Dinge hätten nicht besser laufen können. Der Junge war in Sicherheit, der T'ang zufrieden, und er selbst seinen Zielen ein ganzes Stück näher. Was konnte sich ein Mann mehr wünschen? Natürlich, in den Dokumenten wurde nicht alles erwähnt. Die Sache mit der Bronzestatue war in dem Bericht über Sergej Novacek zum Beispiel verschwiegen worden.

Es war eine interessante kleine Geschichte, die trotz allem einiges über den jungen Novacek aussagte. Ermittlungen zur Vorgeschichte des Bronzestücks hatten ergeben, daß es einmal seinem Vater Lubos gehört hatte, der es verkaufen mußte, um sich von einem alten Freund freizukaufen. Sergej Novacek hatte davon erfahren und, als er Heng Chian-ye davon reden hörte, die Dinge so arrangiert, daß er es zurückgewinnen konnte. Die Sache mit Shepherd schien nur zweitrangig gewesen zu sein, war nur der Eifersucht entsprungen und als nachträglicher Einfall hintangehängt worden. Für das Vorgehen des Jungen war die Statue der Hauptgesichtspunkt gewesen. Berichten zufolge hatte er sie seinem Vater an seinem sechzigsten Geburtstag zurückgegeben.

Und der Vater? Heng Yu lehnte sich zurück und streichelte seinen Bart. Lubos Novacek war, wie viele führende Kaufleute in der Stadt, ein angesehener Mann. Sein Geschäft aber war alles andere als angesehen, denn Lubos Novacek fungierte als Mittelsmann zwischen gewissen Erstebenenkonzernen und dem Netz. Unverblümt ausgedrückt war er der Zuhälter verschiedener Triadenbosse, arbeitete oben in ihrem Auftrag, kaufte und verkaufte auf ihr Geheiß und strich seinen Anteil ein.

Nützlich, einen solchen Mann zu kennen. Und er wollte ihn kennenlernen.

Was den Großen anging – diesen aufgeblasenen Schwachkopf Fan Liang-wei –, hatte Heng Spaß daran gehabt, ihn ins Ministerium zu bestellen und zu befehlen, er solle seine Bemühungen aufgeben, Ben aus dem College werfen zu lassen. Er hatte Fan das vom T'ang persönlich unterzeichnete Papier gezeigt und ihm mit sofortiger Degradierung – sogar ins Netz selbst – gedroht, sollte Heng zu Ohren kommen, daß Fan die Sache auf irgendeine Weise weiterverfolgt habe.

Ja, es war ungemein befriedigend gewesen. Fans Gesicht hätte ein gutes Bild abgegeben, als er seinen mächtigen Stolz hinunterzuschlucken und den Einfluß des Jungen zu akzeptieren versuchte. Er schien vor unterdrückter Wut wie vom Donner gerührt zu sein.

Heng Yu kicherte leise, dann wandte er sich seinem jungen Vetter zu.

»Amüsierst du dich über etwas, Onkel?«

»Ja, Chian-ye. Über etwas, was ich vorhin erledigt habe. Aber komm jetzt, du mußt mir diese Dokumente abnehmen.« Er nahm zwei der Kopien und reichte sie ihm. »Die erste Kopie muß an Chung Hu-yan persönlich übergeben werden und niemanden sonst, und diese ist für Nan Ho in Tongjiang. Beide erwarten dich.«

»Ist das alles, Onkel Yu?«

Heng Yu lächelte. Es war der richtige Moment, um sich großmütig zu zeigen. »Nein, Chian-ye. Ich bin sehr erfreut darüber, wie du mir in der letzten Woche geholfen hast. Deshalb habe ich mir noch einmal die Höhe deiner Vergütung durch den Kopf gehen lassen. In Hinblick auf deine bisherigen und zukünftigen Pflichten als mein persönlicher Assistent erhältst du künftig ein zusätzliches Entgelt von fünfundzwanzigtausend *Yüan* pro Jahr.«

Heng Chain-ye verbeugte sich tief, war zugleich erstaunt und höchst erfreut. »Du bist sehr großzügig, Onkel Yu. Und ich verspreche dir, ich werde mich nach Kräften bemühen, das Vertrauen zu rechtfertigen, das du in mich gesetzt hast.«

»Gut. Dann mach dich auf den Weg, Chian-ye. Diese Papiere müssen innerhalb der nächsten sechs Stunden in den Händen ihrer Empfänger sein.«

Heng Yu sah seinem Vetter nach, dann stand er auf, streckte sich und gähnte. Kein Zweifel, diese Aktion hatte ihm – so unbedeutend sie für sich genommen auch war – beste Dienste geleistet. Er lachte, dann sah er sich um und fragte sich, was sein Onkel, Chian-yes Vater, davon gehalten hätte.

Und die Sache mit der Melfi-Klinik?

Auch das konnte ihm von Nutzen sein. Das würde er in der Hinterhand behalten, bis die Zeit reif war. Denn auch wenn sein Onkel Heng Chi-po ein habsüchtiger, bestechlicher Mann gewesen war, hatte er in einem Punkt recht gehabt. Information bedeutete Macht. Und wer über Informationen verfügte, übte Macht aus.

Ja. Und erst recht in den Tagen, die kommen sollten. Denn Chung Kuo veränderte sich schnell. Aus den Tiefen der Stadt stiegen neue Dinge empor. Dinge, über die jemand wie er Bescheid wissen sollte.

Heng Yu, Minister des T'ang, nickte bei sich, dann streckte er die Hand aus und knipste das Licht über seinem Schreibtisch aus.

Das war auch der Grund, warum er an diesem Morgen einen Termin mit dem Kaufmann Novacek vereinbart hatte. Er wollte ihm ein neues Arrangement vorschlagen – eine neue Ware in den Handel einbeziehen; eine Ware, für die er großzügig bezahlen würde.

Informationen.

EPILOG
SOMMER 2207:

Gefallene Blütenblätter

中

國

»Die Gäste haben den hohen Pavillon verlassen,
im kleinen Garten wirbeln die Blumen umher.
Auf dem gewundenen Pfad liegen die Blüten-
blätter;
die Sonne zu grüßen, steigen sie vom Boden auf.

Mein gebrochenes Herz erträgt's nicht, daß ich sie
wegkehre;
vor meinem begierigen Blick geht der Frühling
bald dahin;
Ich scheide voller Sehnsucht, des Herzens Sehnen
ewig ungestillt;
nichts bleibt zurück als ein tränenbeflecktes Ge-
wand.«

– Li Shang-yin, *Fallende Blumen*,
Neuntes Jahrhundert n. Chr.

Li Yüan zügelte sein Pferd und hob den Blick. Auf der anderen Seite des Tals, hinter der hohen, schmalen Felsspitze des Dreischwalben-Berges, legte sich ein Transporter in die Kurve und hielt auf den Palast in zwei *li* Entfernung zu. Als er sich drehte, sah Li Yüan, daß seinen Rumpf der Wappen des *Ywe Lung* zierte, und er runzelte die Stirn und fragte sich, wer es sein könnte. Soweit er wußte, erwartete sein Vater niemanden.

Er drehte sich im Sattel und sah in die Runde. Der grasbewachsene Hang führte zu einem Schuttweg hinunter, der ein kurzes Stück dem Fluß folgte, dann über eine schmale Holzbrücke führte und sich nach Süden auf Tongjiang zuwand. Er konnte über diesen Weg zum Palast zurückreiten oder seinen Ausritt wie geplant beenden, indem er zum alten Kloster hinaufritt und dann nach Süden zum Leuchtturm. Einen Moment lang zögerte er noch und wußte nicht recht, was er tun sollte. Es war ein schöner Morgen, der Himmel von einem strahlenden, wolkenlosen Blau; ein Morgen, an dem man das Gefühl hatte, man könne für immer weiterreiten, aber inzwischen war er schon drei Stunden unterwegs, also war es vielleicht das beste, wenn er sich auf den Heimweg machte. Und vielleicht brauchte sein Vater ihn. In letzter Zeit war es ruhig gewesen. Zu ruhig. Vielleicht hatte sich etwas ereignet.

Er zog leicht an den Zügeln und drehte den Kopf der Araberstute, dann gab er ihr die Sporen und führte sie vorsichtig den Hang hinunter und den Weg entlang, um auf der Brücke in leichten Galopp überzugehen. Er überquerte gerade die große Weide und hatte den Palast schon vor Augen, als ein zweiter Transporter über ihn hinwegflog. Auf den Unterseiten seiner Stummelflügel waren die Amtszeichen des Marschalls deutlich zu erkennen. Yüan verlangsamte und sah zu, wie der Transporter drehte und auf der gegenüberliegenden Seite des Palastes landete, und dabei spürte er in seinem Innern eine kalte Gewißheit aufkeimen.

Es hatte wieder angefangen.

Bei den Ställen sprang er gleich aus dem Sattel, überließ es den Stallknechten, die Zügel des Pferdes zu fassen zu bekommen, und lief über den rotgefliesten Weg in den östlichen Palast.

Er blieb außer Atem vor der Tür zur Zimmerflucht seines Vaters stehen und nahm sich Zeit, etwas ruhiger zu werden und sich mit den Fingern durchs zottelige Haar zu fahren; aber gerade als er anklopfen wollte, zog Chung Hu-yan, der Kanzler seines Vaters, die Tür zum Vorraum auf und trat heraus, als habe er ihn erwartet.

»Verzeiht mir, Prinz Yüan«, begann er ohne Einleitung, »aber Euer Vater läßt Euch bitten, ihn für ungefähr eine Stunde zu entschuldigen. Ihm ist eine Kleinigkeit dazwischengekommen, an sich zwar belanglos, aber trotzdem dringend.«

Yüan zögerte und fragte sich, wieviel er Hu-yan zu dieser Sache entlocken konnte, aber Hu-yan kam ihm wieder zuvor.

»Ihr könnt ihm dabei nicht helfen, Prinz Yüan, das versichere ich Euch. Es ist eine… *persönliche* Angelegenheit, sozusagen. Niemand ist gestorben, noch ist Chung Kuos Frieden in Gefahr, aber es ist eine recht delikate Angelegenheit. In Anbetracht der besonderen Umstände hielt es Euer Vater für angebracht, sich mit seinem Vetter Tsu Ma und dem Marschall zu beraten. Ihr versteht das doch sicher.«

Yüan versuchte in Chung Hu-yans tief zerfurchtem

Gesicht zu lesen, aber die Miene des Alten war wie eine Mauer, die ihn ausschloß. Er lachte, dann nickte er.

»Da bin ich ja erleichtert, Hu-yan. Ich dachte schon…«

Aber er hätte es gar nicht aussprechen brauchen. In den letzten Monaten hatte es sie alle beschäftigt. Wo würden ihre Feinde das nächste Mal zuschlagen? Wen würden sie umbringen? In vieler Hinsicht war dieser Frieden schlimmer als der Krieg, der ihm vorausgegangen war; ein gebrechlicher, unsicherer Frieden, der die Nerven fast bis zum äußersten strapazierte.

Er lächelte gepreßt, dann wandte er sich ab und hörte, wie die Tür hinter ihm zugezogen wurde. Aber schon auf dem Rückweg grübelte er, was Tsu Ma veranlaßt haben könnte, der Einladung seines Vaters so rasch zu folgen. Eine *persönliche Angelegenheit…* Er blickte nachdenklich zurück, dann zuckte er die Achseln und eilte weiter, an den verbeugten Dienern und knienden Mägden vorbei.

Vielleicht wußte Fei Yen etwas. Sie schnappte immer wieder Gerüchte auf, die ihm entgingen, also wußte sie vielleicht auch, worum es sich diesmal handelte. Und selbst wenn nicht, hatte sie Möglichkeiten, etwas herauszufinden. Möglichkeiten, wie sie eben nur eine Frau hatte.

Er lachte. Und dann würde er sie vielleicht im Palankin ausführen. Ein letztes Mal, ehe ihre Schwangerschaft zu weit fortgeschritten war. Hinauf zum Kloster vielleicht. Oder zum Leuchtturm.

Warum nicht, er konnte ein Picknick vorbereiten. Und vielleicht würde er hinterher auf dem grasbewachsenen Hang, unter dem weiten und offenen Himmel Nordchinas sanft und vorsichtig mit ihr kopulieren. Ein denkwürdigen letztes Mal, bevor das Kind zur Welt kam.

Er blieb vor ihrer Tür stehen, klopfte ungeduldig mit der Faust dagegen und rief lachend ihren Namen. Alle seine Befürchtungen waren nun verflogen, und seine Gedanken kreisten nur noch um den Nachmittag, der vor ihnen lag.

»Was ist los, Li Yüan?« fragte sie, als sie ihm fast ängstlich, mit einem unsicheren Lächeln auf den Lippen die Tür öffnete. »Bist du betrunken?«

Statt zu antworten, zog er sie an sich, ungestümer als gewollt, hob sie hoch, und drückte seine Lippen auf die ihren. »Betrunken nicht, mein Liebling. Aber glücklich. Sehr glücklich...«

* * *

Li Shai Tung hatte seine Gäste ins Sommerhaus geführt. Diener hatten *Ch'a* und süßsaure Fleischbällchen gebracht und die drei Männer dann allein gelassen. Tolonen stand am Fenster und blickte über den steilen Hang zum Zierteich hinunter, während Tsu Ma und Li Shai Tung am anderen Ende des Raums einander gegenüber Platz nahmen. Bislang hatten sie nichts Wichtiges gesagt, aber nun blickte Li Shai Tung zu Tsu Ma auf und räusperte sich.

»Erinnerst du dich an den Tag, als du das erste Mal hier warst? Als du mit Yüan und Lady Fei ausgeritten bist?«

Tsu Ma begegnete seinem Blick, ohne auszuweichen. »Ein schöner Tag. Und dann der Abend draußen am See.«

Li Shai Tung senkte den Blick. »O ja, Yüan hat mir davon erzählt...« Er lächelte; ziemlich säuerlich, dachte Tsu Ma und rechnete mit dem Schlimmsten.

Der alte T'ang hob den Kopf, und sein Lächeln war völlig verblaßt. »Und weißt du noch, worüber wir an diesem Tag geredet haben?«

Tsu Ma nickte, hatte einen trockenen Mund, und wünschte sich, der Alte würde direkter sein. Wenn er etwas wußte, warum sagte er dann nichts? Warum diese nervenden Andeutungen? »Wir haben über Yüans Projekt gesprochen, wenn ich mich recht entsinne«, sagte er, sah zu Tolonen hinüber und erinnerte sich daran, daß sie den alten Mann damit beauftragt hatten, die ganze Sache zu überwachen. Aber was hatte das mit Fei Yen und ihm zu tun? Denn das war doch wohl der Grund, warum er sie am Morgen so kurzfristig herbestellt hatte. Er senkte den Blick und schämte sich für das, was er getan hatte. »Es tut mir leid, Shai Tung, ich ...«

Aber Li Shai Tung schien es nicht gehört zu haben. Er sprach weiter, als habe Tsu Ma überhaupt nichts gesagt.

»Wir haben uns auch danach noch einmal unterhalten, nicht? Eine Woche später oder so, glaube ich. Dabei habe ich dich in meine Gedanken eingeweiht.«

Tsu Ma blickte auf und runzelte die Stirn. Indirektes Vorgehen war ihm nicht neu, aber das ... Dann begriff er. Dies hier hatte nichts mit ihm oder Fei Yen zu tun. Überhaupt nichts. Er lachte, und eine Welle von Erleichterung durchfuhr ihn.

Li Shai Tung blickte ihn erstaunt an. »Ich fürchte, ich kann daran nichts zu lachen finden, mein Vetter.« Er drehte sich halb um und sah zu dem Marschall hinüber. »Zeigen Sie ihm die Akte, Knut.«

Tsu Ma fröstelte wieder. Er nahm die Akte und schlug sie mit leicht zitternden Händen auf. Einen Moment später blickte er auf, und sein Gesicht spiegelte seine Verständnislosigkeit.

»Was, in Teufels Namen, ist das alles?«

Der alte T'ang hielt den Kopf starr und konnte seinen Zorn kaum bändigen. »Erfindungen. Maschinen. Geräte, die den Untergang von Chung Kuo bedeuten würden. Jede einzelne verstößt auf ein Dutzend, vielleicht zwanzig verschiedene Arten gegen das Edikt.«

Tsu Ma blätterte durch die Akte und staunte über

das, was er sah, schließlich schüttelte er den Kopf. »Aber wo kommt das Ganze her? Wer hat dieses Zeug erfunden? Und wozu?«

Zum erstenmal sagte Tolonen etwas. »Sie stammen großteils von SimFic. Aus den Papieren des Verräters Berdichow. Wir haben sie vor langer Zeit – vor drei, vielleicht vier Jahren – schon einmal vorliegen gehabt, aber in anderer Form. Li Shai Tung hat angeordnet, sie vernichten zu lassen. Aber hier sind sie wieder, sogar noch bessere Entwürfe als die alten.«

»Besser?«

Li Shai Tung nickte. »Du weißt vielleicht noch, daß wir über einen Jungen gesprochen haben. Einen begabten Jungen namens Kim Ward. Nun, das ist seine Arbeit. Irgendwie sind ihm diese Papiere in die Hände gefallen, und er hat daran weitergearbeitet. Die Verbesserungen stammen von ihm. Unter einem bestimmten Blickwinkel ist das wirklich erstaunlich, unter einem anderen eher erschreckend. Aber die Schuld liegt nicht bei dem Jungen.«

Tsu Ma schüttelte den Kopf und begriff immer noch nicht, wie all dies zusammenhing oder warum Li Shai Tung diese Sache ausgerechnet mit ihm beriet. »Wessen sonst?«

»Ich habe den Marschall beauftragt, genau das herauszufinden. Verstehst du, er ist zufällig auf diese Akten gestoßen. Sechs Monate waren vergangen, und ich wollte wissen, was aus Yüans Projekt geworden ist. Deshalb hat der Marschall sich daran gemacht, die Unterlagen des Projekts ohne Kenntnis des Projektleiters durchzusehen.«

Tsu Ma lehnte sich in seinen Stuhl zurück. »Ich verstehe. Yüan sollte nicht erfahren, daß du ihn überwachen läßt?«

Li Shai Tung nickte. »Das schien mir das beste zu sein. Ich habe nicht damit gerechnet, daß er mich anlügen würde, sondern daß seine Berichte etwas ... gefärbt sein würden, um es so auszudrücken. Aber das hier. Das hat mich schockiert.«

»Dann ist Li Yüan für diese Akte verantwortlich? Hat er dem Jungen die Originale gegeben, um daran weiterzuarbeiten?«

»Ja ...« Bitterkeit und Zorn gruben sich tief ins Gesicht des alten Mannes.

»Ich verstehe ...«

Jetzt begriff er es wirklich. Li Shai Tung hatte ihn herbestellt, weil er nur ihm vertrauen konnte, denn als einziger unter den Sieben wußte er von der Existenz des Projekts. Selbst Wu Shih stand unter dem Eindruck, daß Li Shai Tung dergleichen lediglich in Erwägung zog. Ja, und er begriff, daß es nicht anders ging; denn wenn die Sache allgemein bekannt wurde, konnte es ihnen nur schaden. Wang Sau-leyan würde mit Sicherheit die Gelegenheit nicht auslassen, im Rat Unfrieden zu stiften und die Macht der Familie Li zu schmälern.

Aber darum ging es eigentlich nicht. Nein. Das eigentliche Problem bestand darin, daß Li Shai Tung sich persönlich beleidigt fühlte. Sein Sohn hatte nicht so gehandelt, wie es einem Sohn zukam. Er hatte gelogen und geschwindelt, ganz gleich, ob dem eine gute Absicht zugrunde lag. Für den alten T'ang war das wohl das wirklich Schlimmste daran. Nicht daß diese Unterlagen existierten – schließlich konnten sie so vernichtet werden, als habe es sie nie gegeben –, sondern daß Li Yüan versucht hatte, sie vor ihm zu verbergen. Das war der eigentliche Anlaß, aus dem er Tsu Mas Rat suchte. Denn wer stand seinem Sohn näher als Tsu Ma? Fast so nah wie ein Bruder ...

Li Shai Tung beugte sich näher heran. »Aber was soll ich tun, Tsu Ma? Soll ich ihm dieses ... dieses Zeug unter die Nase halten?«

»Nein ...« Tsu Ma holte Luft. »Ich würde nichts sagen.«

»Nichts?«

Er nickte und sah dem alten Mann fest in die Augen. »Was würde das nützen? Yüan hat in deinem Interesse gehandelt. Zumindest glaubte er das. Davon bin ich überzeugt. Er hatte nicht die Absicht, dir Schaden zuzufügen, er war nur … sagen wir übereifrig, allzu ungeduldig, was wir wohl seiner Jugend zuschreiben können. Betrachten wir das als eine Dummheit. Arrangiere einen Unfall und laß dabei all diese Aufzeichnungen vernichten. Der Marschall könnte etwas für dich arrangieren, da bin ich mir sicher. Aber sage nichts. Zerstöre nicht, was zwischen dir und seinem Sohn ist, Shai Tung.«

Der Alte schüttelte wie in Schmerzen den Kopf. »Aber er hat mich angelogen, mich hintergangen.«

»Nein … So würde ich es nicht ausdrücken.«

»Es ist respektlos …«

Tsu Ma schluckte und dachte an seinen eigenen viel schwereren Betrug, dann schüttelte er nochmals den Kopf. »Er liebt dich, Shai Tung. Er arbeitet hart für dich. Schonungslos hart. Es gibt nichts, was er für dich nicht tun würde. In dieser Hinsicht ist er alles andere als respektlos. Also laß die Dinge laufen. Schließlich ist doch kein wirklicher Schaden entstanden.«

Sein Worte klangen überzeugt und wie aus tiefstem Herzen, als bäte er für sich selbst um Verzeihung, und als Li Shai Tung wieder zu ihm aufblickte, standen dem alten Mann die Tränen in den Augen.

»Vielleicht hast du recht. Vielleicht bin ich zu streng.« Er seufzte. »Du bist ihm ein guter Freund, Tsu Ma. Ich hoffe für ihn, daß du es immer bleibst.« Er drehte sich um und sah zum Marschall hinüber. »Und Sie, Knut? Was sagen Sie dazu?«

Tolonen zögerte, dann senkte er den Kopf. »Tsu Ma hat recht. Ich wollte hier eigentlich eine andere Ansicht vertreten, aber nachdem ich ihn gehört habe, bin ich geneigt, ihm zuzustimmen. Sagt nichts. Für den Rest werde ich sorgen.«

»Und was ist mit dem Jungen?«

Tolonen warf Tsu Ma einen kurzen Blick zu, dann sah er seinem Herrn wieder in die Augen. »Ich würde den Jungen vorläufig in Frieden lassen, *Chieh Hsia*. Li Yüan wird selbst feststellen, wie gefährlich der Junge ist. Und wer weiß, vielleicht wird das sogar das Wichtigste sein, was bei dieser Sache herauskommt. Dann lernt er endlich, daß Wissen ein zweischneidiges Schwert ist.«

Li Shai Tung lachte; aber es war ein trockener, humorloser Laut. »Dann soll es so geschehen, meine Freunde. Wie ihr es vorgeschlagen habt.«

* * *

Fei Yen hatte eine ganze Zeit geschwiegen und über den kreisrunden Teich zu den fernen Bergen gestarrt. Nun drehte sie sich um und sah ihn an.

»Warum hast du mich hergebracht?«

Li Yüan lächelte vage, so als habe er die Schärfe in ihrer Stimme nicht bemerkt.

»Weil es schön hier ist. Und ...« Er zögerte. Ein seltsamer, flüchtiger Ausdruck überflog seine Züge, dann senkte er den Blick. »Ich hab's noch nie erwähnt, aber Han und ich sind als Jungen oft hier gewesen. Wir haben ganze Nachmittage damit verbracht, zwischen den Ruinen zu spielen. Jetzt kommt's mir so vor, als sei das schon lang her. Sehr lang.« Er blickte wieder zu ihr auf und suchte ihren Blick, als hoffe er auf ihr Verständnis. »Als ich heute morgen ausgeritten bin, wußte ich, daß ich herkommen mußte. Es war so, als habe mich etwas gerufen.«

Sie drehte sich zitternd um und fragte sich, ob er mit ihr spielte. Ob er vielleicht doch etwas wußte. Hinter ihm zeichnete sich die alte buddhistische Stupa, deren flaches Fundament und deren plumpes Spitzdach in dieser zerklüfteten Landschaft wie Fremdkörper wirkten, gegen den blauen Himmel ab. Zu seiner Linken stand der blaßgelbe Seidenpalankin, in dem sie auf seinen ausdrücklichen Wunsch hergetragen worden war. Seine langen Tragestangen verschwanden im hüfthohen Gras, und die sechs Träger kauerten in der Nähe auf dem Boden, unterhielten sich leise und hatten den Blick abgewandt. Weiter oben auf dem Hügel konnte sie den Eingang zur Klosterruine erkennen, die sie mit Tsu Ma so oft besucht hatte.

Es war alles wieder über sie eingebrochen; die ganzen alten Gefühle waren wiedererweckt und so intensiv wie zuvor. *Warum jetzt?* hatte sie sich entsetzt gefragt. *Warum quält es mich ausgerechnet jetzt wieder, da ich endlich meinen Frieden gefunden habe?* Sie hatte Yüan geistesabwesend zugehört und dabei nur daran gedacht, daß Tsu Ma sich wieder einmal im Palast aufhielt, und den Wunsch verspürt, zu ihm zu laufen und sich seiner Barmherzigkeit hinzugeben. Aber es durfte nicht geschehen. Sie war die Frau dieses Mannes hier. Die Frau dieses *Jungen*. Dafür hatte sie sich entschieden. Und jetzt konnte es nicht mehr rückgängig gemacht werden. Es sei denn, der Alte hatte Tsu Ma aus eben diesem Grund herbestellt.

Einen kurzen, schrecklichen Moment lang stellte sie sich vor, es sei ungeschehen gemacht, sie habe ihre Fesseln abgeworfen und sei frei, Tsu Ma zu heiraten, und sah ihn vor sich, wie er leicht ablehnend reagierte. So wie dieses eine Mal, als sie hier neben dem Teich gestanden hatten. Sie hielt den Atem an und spürte noch einmal den Schmerz dieses Augenblicks.

Ich hätte deine Frau werden sollen, Tsu Ma. Deine Kraft. Dein zweites Ich.

Aiya, aber dazu würde es nie kommen. Es war nicht ihre Schuld, daß sie sich in Tsu Ma verliebt hatte. Das war ihr Schicksal gewesen. Aber es war auch ihr

Schicksal, daß er ihr versagt, ihr für immer fern blieb, daß sie mit diesem Kind verheiratet war. Sie senkte den Blick und schluckte die Bitterkeit hinunter.

»Was ist, mein Liebling?«

Sie sah ihn an und sah für einen Moment nichts anderes als seine Jugend, seine Naivität; das und seine fast greisenhafte Selbstgewißheit. Dann wurde sie weich. Es war nicht seine Schuld. Er hatte es sich nicht ausgesucht, sie zu lieben. Nein, er war ihr gegenüber die Freundlichkeit in Person gewesen. Dennoch blutete ihr Herz bei dem Gedanken, daß er es und nicht Tsu Ma war, der sie heute hierher gebracht hatte.

»Ach, nichts«, erwiderte sie. »Nur die Krankheit.«

Er starrte sie besorgt und mitfühlend an, als er sich darum bemühte, sie zu verstehen. Aber er würde sie nie verstehen.

»Sollen wir zurück?« fragte er leise, aber sie schüttelte den Kopf.

»Nein. Alles in Ordnung. Es ist gleich vorbei.«

Sie starrte nach Süden zu dem fernen Leuchtturm und stellte sich vor, ihn dort stehen zu sehen, als warte er immer noch auf sie. Aber jetzt gab es dort nur noch Gespenster. Ferne Erinnerungen. Sie und den Schmerz.

Sie seufzte. War es immer so? Gewährte das Schicksal einem immer nur einen Teil? War dieser unbefriedigende Zustand – dieser blasse Abklatsch der Leidenschaft – das Schicksal eines jeden Menschen?

Und würde auch sie ihre Leidenschaft unterdrücken müssen? Blieb ihr nichts als dieser manchmal bittere Kompromiß? Sie schüttelte gequält den Kopf. Oh, sie hatte oft überlegt, es Yüan zu erzählen; hatte den Drang verspürt, die Worte aus sich herausströmen zu lassen wie Säure, die die süßen Liebesträume auffraß, die er um sie errichtet hatte. Und was hatte sie davon abgehalten? War es Mitleid für ihn? Das Bedürfnis, nicht grausam zu sein? Oder lag es lediglich in ihrem eigenen Interesse?

Sie drehte sich um und sah ihn an. Liebte sie ihn? Liebte sie ihn *wirklich*?

Nein. Aber sie haßte ihn auch nicht. Es verhielt sich so, wie sie es sich selbst oft gesagt hatte. Er war ein guter Mann. Ein guter Ehemann zumindest. Aber was darüber hinausging …

Sie schloß die Augen und stellte sich vor, wieder in Tsu Mas Armen zu liegen, seine schiere körperliche Kraft zu spüren, die sie über alle Maßen erregte, seine seltsame, mysteriöse Kraft, die etwas Dunkles in ihrer Seele zur Entfaltung brachte und ihre Nervenenden unter seiner Berührung vibrieren ließ.

Und konnte Li Yüan ihr solche Gefühle verschaffen? Sie erschauderte. Nein. In zehntausend Jahren nicht.

* * *

»Wenn Sie hier einen kurzen Moment warten möchten, *Shih* Nan, werde ich meinen Meister darüber unterrichten, daß Sie hier sind.«

Nan Ho, Li Yüans Meister der Inneren Kammer, erwiderte die Verbeugung des Ersten Haushofmeisters, und als der Mann gegangen war, drehte er sich um und sah in die Runde. Es kam nicht oft vor, daß er die Villa einer Untergeordneten Familie aufsuchte, und er wollte die Gelegenheit nicht auslassen, sich einen Eindruck davon zu verschaffen, wie sie lebten. Den Balkon hatte er beim Eintreten gesehen; jetzt durchmaß er das Zimmer mit raschen Schritten und blieb vor dem Fenster stehen, um auf das Gelände hinauszusehen. Dort unten war die *Chao tai hui* – die Gesellschaft – in vollem Gange. Über tausend Gäste bevölkerten den Raum zwischen den alten Steinwänden.

Er ging einen Schritt weiter, hinaus auf den Balkon, und war fasziniert von der Vielfalt an ausgefallener Mode, die hier zur Schau getragen wurde, amüsierte sich über die ausschweifende Gestik von einigen der auffälliger gekleideten Männer, und erstarrte, als er aus der Galerie hinter sich Stimmen hörte. Er trat näher an die Säule und zog den langen Seidenvorhang ein Stück vor, um sich zu verstecken. Es würde einen schlechten Eindruck machen, zu neugierig zu erscheinen, selbst wenn er im Auftrag des Prinzen hier war.

Zuerst begriff er gar nicht, wie wichtig das Gespräch war, dessen Zeuge er wurde, dann erweckte eine Bemerkung seine Aufmerksamkeit, und er fuhr herum.

Er hörte entsetzt zu, und das Gelächter, das dem Gespräch folgte, ließ ihn frösteln. Und als sich ihre Schritte über die Treppe entfernten, kam er hervor, schlich auf Zehenspitzen über den gefliesten Boden und beugte sich über die Treppe hinaus, um einen Blick auf die Männer zu werfen, die da geredet hatten. Als sie auf dem Treppenabsatz erschienen, zog er ruckartig den Kopf zurück.

Bei allen Göttern! dachte er, und jeder Gedanke an die Angelegenheit, die ihn hergeführt hatten, verflog aus seinem Hirn. Er mußte etwas tun, und zwar sofort, denn diese Sache konnte nicht warten. Derlei mußte im Keim erstickt werden.

Er stand immer noch da und klammerte sich an die Marmorbalustrade, als am anderen Ende Pei Ro-hen die Galerie betrat.

»Meister Nan? Sind Sie das?«

Er drehte sich verwirrt um und machte zwei Verbeugungen, dann eilte er Pei entgegen und küßte die beringte Hand, die er ihm hinhielt. Er richtete sich auf, und nach einer unmerklich kurzen Pause, in der er seine Gedanken ordnete, kam er gleich zur Sache.

»Verzeihen Sie, Herr, aber es ist gerade etwas geschehen, mit dem ich mich sofort befassen muß. Ich habe eben dort am Fenster auf Sie gewartet, als vier Männer die Galerie betraten und sich dort unterhielten. Weil ich sie nicht stören wollte, bin ich einen Schritt auf den Balkon hinausgegangen, doch das, was ich mitbekam, ist von sehr ernster Bedeutung. Ich würde sogar soweit gehen und behaupten, daß es eine Bedrohung für die Sicherheit unserer Herrn darstellt.«

Per Ro-hen war ganz still geworden. Eine unmerkliche Regung überflog seine gewöhnlich sanften Züge, dann nickte er. »Ich verstehe. Und was wollen Sie unternehmen, Meister Nan?«

Statt zu antworten, ging Nan Ho mit gesenktem Kopf wieder auf den Balkon hinaus und wartete, bis Po sich ihm anschloß. Als der Alte neben ihn trat, deutete er über die Köpfe der Menge hinweg auf vier Männer, die zu einem der Erfrisschungszelte am anderen Ende des ummauerten Gartens unterwegs waren.

»Das sind die Männer. Zwei tragen rote Seidengewänder, und die anderen lila und grüne. Wenn Sie sie unter einem Vorwand für ein paar Stunden festhalten können, werde ich mich bemühen, den Marschall herzuholen. Er weiß am besten, wie man in solchen Fällen vorgeht.«

»Und das halten Sie wirklich für klug, Meister Nan? Sollten wir sie nicht vielleicht einfach nur im Auge behalten und verhindern, daß sie gehen?«

Nan Ho schüttelte heftig den Kopf. »Verzeihen Sie mir, Herr, aber nein. Sie müssen bei nächster Gelegenheit isoliert werden, denn sie verfügen über gefährliches Wissen. Ich kann nicht mehr sagen, aber die Sicherheit meiner Herren steht hier auf dem Spiel, und ich würde meine Pflicht verletzen, wenn ich nicht handelte.«

Pei lächelte wohlwollend über diesen Beweis seiner Loyalität. »Ich verstehe, Nan Ho. Dann machen Sie sich sofort auf den Weg und bringen Marschall Tolonen her. Ich werde inzwischen meinen Teil erledigen.«

* * *

Kim saß im Halbdunkel des Zimmers, in dem alle Lampen gelöscht waren und nur das sanfte, perlweiße Glühen der Bildschirme einen schwachen, silbrigen Schein auf sein Gesicht und seine Oberarme warf. Er hatte die Nacht durchgearbeitet, dann geschlafen und war erst vor einer Stunde aufgewacht, wie in Trance und erschüttert, ganz im Bann des Traums, den er geträumt hatte.

Ihre Augen. Er hatte von Jelka Tolonens Augen geträumt. Von Augen, die so blau waren, daß er das Schwarze hinter ihnen sehen konnte, die Sterne, die an ihren silbrigen Seidenfäden aufgereiht zu ihm durchblitzten, als könne er durch diese Augen ins Universum hinaussehen. Er war zitternd aufgewacht, und die Intensität der Vision hatte ihn erschreckt. Was bedeutete dieser Traum? Warum stand sie plötzlich zwischen ihm und den Sternen? Warum konnte er sie nicht klar, sondern nur durch das bestürzende Blau ihrer Augen sehen?

Er hatte eine Weile mit wie vor Erstaunen offenem Mund dagelegen, ehe er sich wieder zu sich gekommen war und sich aufgesetzt hatte, um mit der Graphik des Komsets herumzuspielen, als versuche er seine Vision künstlerisch festzuhalten.

Eine Spinne. Wie so oft war er in seinem Traum eine Spinne gewesen; ein winzigkleines silbriges Geschöpf mit dunklen Augen, das sein Netz wob und die Fäden mit kleinen Spinnen, die das ferne Sonnenlicht einfingen und in Seide verwandelten, zu den Sternen hinausfliegen ließ, immer weiter und schneller, ihren vielen verschiedenen Zielen entgegen. Doch diesmal war es so gewesen, als habe ein mächtiger Wind geblasen, der all die verstreuten Fäden zu einem einzigen gewundenen Strang bündelte, der sie ins Blau dieser Augen hinaufzog, die wie Schwesterplaneten über dem Gewirr ihrer Leiber schwebten. Erst hinter diesen Augen, wo das Blau in Schwarz überging, schien der

Strang wie die Äste eines Baumes zu verzweigen, in Millionen winzige Fäden wie die Haargefäße eines Wurzelsystems, das sich tief in die Erde des Universums grub.

Kim erschauderte und starrte auf das Bild, das er geschaffen hatte, erst in seinen Träumen, dann hier auf diesem flachen Bildschirm. So erging es ihm jedesmal: zuerst sah er etwas, dann verarbeitete er, was er gesehen hatte. Aber das? Wie konnte er das hier verarbeiten? Wie konnte er sein Netz durch die Augen des jungen Mädchens weben?

Oder bedeutete es nicht etwas anderes? Nahm er das Bild vielleicht zu wörtlich? Hatte diese Vision vielleicht eine ganz andere Bedeutung als alle, die ihr vorausgegangen waren?

Er schüttelte den Kopf, dann löschte er den Bildschirm und bemerkte erst jetzt, wie schnell sein Herz pochte, wie schwer ihm das Atmen fiel. Aber warum nur? Was bedeutete das?

Er stand auf und war zornig auf sich selbst. Es war schließlich nur ein Traum. Mußte er denn überhaupt etwas bedeuten? Nein, er konzentrierte sich besser darauf, den Auftrag für Prinz Yüan zu beenden. In zwei, vielleicht drei Tagen sollte er damit fertig sein. Dann konnte er es ihm schickten. Er würde Barycz um den Gefallen bitten.

Er beugte sich vor und war im Begriff, die Lampen einzuschalten, als sich auf dem Bildschirm etwas tat. Eine Nachricht traf ein. Er lehnte sich zurück und wartete ab, indem er leicht eine Hand auf der Tastatur ruhen ließ, um die Ausgabe auf dem Drucker zu unterbinden.

Der Text erschien in der Schriftart für offizielle Angelegenheiten des Projekts, angeführt von dem Symbol eines von einem Strahlenkranz kurzer, unterbrochener Linien umgebenen Schädels. Es war eine Aufforderung, sich für seine alle drei Monate fällige ärztliche Untersuchung ins medizinische Zentrum zu begeben.

Kim lehnte sich nachdenklich zurück. Es war zu früh. Sein nächster Termin war erst in zehn Tagen. Aber so ungewöhnlich war das nicht. Nicht jeder nahm das so genau wie er. Dennoch würde er sich vergewissern, daß es nicht einer von Spatz' Scherzen war.

Er tippte die Verschlußkombination ein, dann gab er den Code ein und betätigte ^A, um ihn durcheinanderzuwürfeln. ^L würde ihn entwirren, wenn er wieder entriegelte, doch bis dahin wären die Akten Prinz Yüans vor neugierigen Blicken sicher. Jetzt konnte man, wenn man wollte, das ganze Komset auseinandernehmen und würde doch nichts finden.

Er blickte zur Überwachungskamera empor und lächelte, dann ging er in die Ecke, goß Wasser aus dem Krug in die Schüssel und fing an sich zu waschen.

* * *

Tolonen stand auf, trat hinter seinem Schreibtisch hervor und begrüßte Prinz Yüans Meister der Inneren Kammer.

»Meister Nan, wie schön, Sie zu sehen. Was kann ich für Sie tun?«

Nan Ho verbeugte sich tief. »Verzeihen Sie mir, Marschall. Mir ist klar, wie beschäftigt Sie sind, aber es geht um eine Angelegenheit von höchster Dringlichkeit.«

»Das hat mein Stallmeister schon angedeutet. Aber sagen Sie mir, was ist passiert, Meister Nan? Ist das Leben des T'ang in Gefahr?«

Nan Ho schüttelte den Kopf. »Nicht der T'ang, sondern der junge Prinz Yüan ist von diesen Vorgängen bedroht. Und auf dem Spiel steht auch nicht sein Leben, sondern sein Ruf.«

Darauf runzelte der Alte die Stirn. »Ich verstehe

nicht. Wollen Sie damit sagen, Prinz Yüans Ansehen ist in Gefahr?«

»In der Tat, Marschall. Ich habe mich im Auftrag meines Herrn im Haus von Pei Ro-hen aufgehalten, als ich etwas mithören konnte. Ein Gerücht. Ein äußerst widerliches Gerücht, das – wenn es sich allgemein herumspricht – nicht bloß meinem Herrn, sondern den Sieben irreparablen Schaden zufügen könnte. Ein derartiger Schaden könnte durchaus politische Konsequenzen haben.«

Tolonen beobachtete ihn mit leicht geöffneten Lippen. »Könnten Sie etwas genauer werden, Meister Nan? Ich meine, von welch einem Gerücht reden Sie da?«

Nan Ho senkte den Blick. »Verzeihen Sie, Marschall, aber ich möchte es lieber nicht aussprechen. Ich weiß nur, daß es nicht den geringsten Anlaß für ein solches Gerücht gibt, und daß die, die es verbreiten, nur eines im Sinn haben: die Familie, der Sie und ich zu dienen für eine Ehre halten, aufs abscheulichste mit Schmutz zu bewerfen.«

Er blickte kurz auf und bemerkte, daß seine Worte ihr Ziel erreicht hatten. Beim Gedanken daran, daß dem Li-Clan auf irgendeine Weise Schaden zugefügt werden könnte, hatte es Tolonen die Haare gesträubt. Sein Hals hatte sich sichtlich gerötet, und seine grauen Augen traten vor Zorn aus den Höhlen.

»Also, was sollen wir tun, Meister Nan? Welche Maßnahmen wollen wir ergreifen, um diese Gemeinheit auszutilgen?«

Nan Ho lächelte innerlich, weil er wußte, daß er recht daran getan hatte, sich direkt an Tolonen zu wenden. »Pei Ro-hen hat die betreffenden Männer festgehalten, bevor sie ihr boshaftes Gerücht verbreiten konnten. Er hält sie bis zu unserer Rückkehr fest. Wenn wir durch sie die Quelle dieses Gerüchts ausfindig machen könnten, dann haben wir jetzt vielleicht noch eine

Chance, diese Gemeinheit auszutilgen, bevor sie Wurzeln schlägt.«

Tolonen nickte kurz, dann ging er zurück an seinen Schreibtisch und sprach einige kurze Anweisungen in sein Schreibtisch-Komset, bevor er sich wieder umdrehte.

»Ich habe alles für uns arrangiert. Wir können in einer halben Stunde in Meister Peis Haus sein. Eine meiner Eliteeinheiten wird uns dort treffen. Hoffen wir, daß wir nicht zu spät kommen, hm, Meister Nan?«

Ja, dachte Nan Ho, und das beklemmende Gefühl in seiner Magengrube kehrte zurück. *Hoffen wir uns allen zuliebe, daß wir dem Einhalt gebieten können, bevor es um sich greift.*

* * *

Die beiden Männer warteten an der Schranke, während die Gruppe des Marschalls mit dem Transitlift nach unten vorbeifuhr. Als er fort war, drehten sie sich um und tauschten einen kurzen, rätselhaften Blick.

»Ihre Pässe ...«, sagte der Wachmann, der hinter der Schranke saß, und winkte sie mit einer Hand heran.

Mach klappte die kleine Berechtigungskarte in seiner Linken auf und hielt sie dem Wachmann hin. Der nahm sie entgegen, ohne sie anzusehen. »Sehen Sie nach oben in die Kamera«, sagte er.

Mach gehorchte und starrte in das künstliche Auge empor. Irgendwo im Zentralarchiv wurde nun sein Netzhautmuster mit dem in seinen Unterlagen verglichen. Kurz darauf blinkte auf der Tafel vor dem Wachmann ein grünes Lämpchen. Er gab die Karte zurück, auch diesmal ohne ihn anzusehen, dann streckte er noch mal die Hand aus.

Lehmann trat einen Schritt vor und legte ihm seine Karte in die Hand. Diesmal hob der Wachmann müde den Blick und sah ein zweites Mal hin, als er die Blässe seines Gegenübers bemerkte.

»Sind Sie krank oder was?«

Mach lachte. »Das wären Sie auch, wenn man Sie für vier Jahre ins Netz versetzt hätte.«

Der Wachmann betrachtete Lehmann mit neuem Respekt. »Tatsächlich, mein Freund?«

Lehmann nickte und wandte sein Gesicht der Kamera zu.

»Vier Jahre?«

»Drei Jahre, acht Monate«, verbesserte Lehmann ihn, weil er wußte, was in den falschen Akten stand, die DeVore für ihn vorbereitet hatte.

Der Wachmann nickte, während er etwas von dem Bildschirm vor sich ablas. »Und Sie sind auch ausgezeichnet worden? Wofür?«

»Irgendein Laufbursche einer Triade ist zu neugierig geworden«, erklärte Lehmann und starrte ihn drohend an. »Ich habe ihm den Kiefer gebrochen.«

Der Wachmann lachte unbehaglich und gab ihm die Karte zurück. »Gut. Sie können durchgehen. Und danke ...«

Außer Hörweite beugte Mach sich ihm entgegen. »Nicht so dick auftragen, mein Junge.«

Lehmann sah ihn bloß an.

Mach zuckte die Achseln. »Wie auch immer. Weiter geht's. Wir fangen mit den Boxen oben auf dem Deck an.«

Sie nahmen den Deckaufzug und passierten einen zweiten Kontrollpunkt, dann suchten sie den Wartungsschacht, der zu der ersten der sechzehn Kommunikationsboxen führte, die dieses Deck versorgten.

In dem schmalen Tunnel über der am Boden angebrachten Box zusammengekauert zog Lehmann einen kleinen Stoffbeutel aus seiner Manteltasche. Indem er den Kopf nach vorn neigte, drückte er erst die eine, dann die zweite Kontaktlinse in seine Hand und legte beide in den Beutel.

Mach schraubte bereits den ersten der vier Haltebolzen ab. Er blickte zu Lehmann auf und bemerkte, was er da machte. »Finden Sie das richtig? In diesen Tunneln gibt's auch Kameras.«

Lehmann steckte den Beutel weg. »Keine Angst. Außerdem kann ich mit diesen falschen Netzhäuten nicht richtig scharf sehen.«

Mach lachte. »Dann denkt Turner also auch nicht an alles.«

Lehmann schüttelte den Kopf. »Keineswegs. Er ist sehr gründlich. Was meinen Sie, wessen Mann an den Kameras sitzt?«

Mach erstarrte, dann nickte er nachdenklich. »Wirklich? Und was glauben Sie, wie er das schafft? Ich meine, ihr Turner hat eine Menge Freunde. Ist doch seltsam, finden Sie nicht? Ich meine, wie lang ist er denn nicht mehr im Sicherheitsdienst? Seit acht Jahren jetzt? Zehn?«

»Man nennt das Loyalität«, sagte Lehmann kühl. »Ich dachte, Sie verstehen das. Außerdem gibt es viele, die gleicher Meinung sind wie Sie und ich. Viele, die gerne sehen würden, wenn sich etwas ändert.«

Mach schüttelte den Kopf, als begriffe er noch immer nicht, dann machte er sich an den zweiten Bolzen.

»Sie finden das seltsam, was?« fragte Lehmann. »Sie meinen, daß nur ihr Typen von den unteren Ebenen den Status quo ändern wollt. Aber da irren Sie sich. Man braucht nicht ganz unten in diesem Misthaufen zu stecken, um zu merken, wie beschissen alles ist. Denken Sie an meine Worte. Von Geburt an war ich als Erbe vorgesehen. Reichtümer, die Sie sich nicht vorstellen können. Aber es war nie genug. Ich wollte niemals reich sein. Ich wollte frei sein. Frei von all den Fesseln, die diese Welt uns auferlegt. Was heißt Fesseln? Es sind Ketten! Unsere Welt ist ein Gefängnis, in dem wir alle eingesperrt sind, und es widert mich an. Es hat mich immer angewidert.«

Mach blickte zu ihm auf, und in gewissem Maße

amüsierte es ihn. Er hätte nie damit gerechnet, daß in dem Albino soviel Leidenschaft steckte. Er hatte ihn immer für gefühlskalt gehalten, wie einen toten Gegenstand. Dieser Haß kam unerwartet. Er zeigte eine Seite von ihm, von der nicht einmal Turner etwas wußte.

Der zweite Bolzen wurde locker. Er machte sich an den dritten.

»Ich wette, Sie haben Ihre Eltern auch gehaßt, stimmt's?«

Lehmann ging in die Knie und sah zu, wie Machs Hände den Bolzen drehten. »Ich habe sie nie gekannt. Mein Vater hat sich nie um mich gekümmert. Und meine Mutter... nun, meine Mutter habe ich umgebracht.«

»Sie...?« Mach sah ihn an, brach in Lachen aus und verfiel wieder in Schweigen. »Sie meinen, Sie haben es wirklich getan? Sie haben Sie *umgebracht*?«

Lehmann nickte. »Sie war die Konkubine eines reichen Han. Und außerdem eine Arfidis-Süchtige. Sie hat mich angeekelt. Sie war wie all die anderen auch, weich und korrupt. Wie diese Welt. Ich habe sie in ihren Zimmern angezündet. Sie verbrannt. Am liebsten würde ich das mit all den anderen auch machen. Am liebsten würde ich die ganze Welt zu einer leeren Schale ausbrennen und dann alles niederreißen.«

Mach holte tief Luft, dann machte er sich wieder an die Arbeit. »Ich verstehe. Und Turner weiß das, ja?«

»Nein. Er hält mich für einen anderen, für *etwas* anderes.«

»Ich verstehe. Aber warum sagen Sie's mir?«

»Weil Sie auch anders sind, als er glaubt.« Lehmann streckte die Hand aus und begann den letzten Bolzen loszuschrauben. »Turner kennt nur Feinde und blasse Schatten seiner selbst. So denkt er eben. Schwarz und weiß. Als sei alles nur eine große Partie *Wei chi*.«

Mach lachte. »Sie überraschen mich. Ich habe geglaubt …« Dann lachte er wieder. »Tut mir leid. Ich mach's genauso wie er, nicht? Ich halte Sie für etwas anderes, als Sie wirklich sind.«

Der letzte Bolzen wurde locker. Vorsichtig hoben die beiden Männer zwischen sich die Abdeckplatte von den Befestigungsstiften und legten sie zur Seite. Unter der Platte befand sich ein Schaltbrett, in das kleine auswechselbare Programmkarten eingesteckt waren. Am unteren Rand war das Schaltbrett mit einer Tastatur versehen. Lehmann tippte den Unterbrechungscode ein, den er sich gemerkt hatte, dann beugte er sich vor und untersuchte das Brett genauer. Seine blassen, dünnen Finger betasteten es und zogen schließlich aus verschiedenen Positionen fünf der durchsichtigen Karten heraus. Er ließ sie in den Beutel an seiner Hüfte fallen und griff in seine Jacke, um das erste der achtzehn kleinen versiegelten Päckchen herauszuziehen. Ein bestimmtes Signal, das durch das Schaltbrett geschickt werden sollte, würde diese fünf Module aktivieren und dadurch einen Schaltkreis bilden, der die Standardprogramme außer Kraft setzte. Für das Sicherungssystem würde es so aussehen, als ob die Schalttafel normal funktionierte, tatsächlich aber wären dann all ihre Funktionen lahmgelegt. Und wenn alle achtzehn Boxen auf diese Weise abgeschaltet waren, wären die Kommunikationswege zum Deck gründlich abgeschnitten.

Er steckte die fünf hauchdünnen Karten ein, hob den Unterbrechungscode auf und setzte mit Machs Hilfe die Abdeckplatte wieder auf die Stifte.

»Das wär's«, sagte Mach. »Eine haben wir, siebzehn sind's noch. Ziemlich einfach, was?«

»Einfach schon«, erwiderte Lehmann, nahm einen der Haltebolzen und schraubte ihn fest. »Aber nur wenn man die Nerven, die Vision und die Intelligenz hat, um es richtig zu planen.«

Mach lachte. »Und ein paar alte Freunde, die sich blind stellen.«

Lehmann wandte den Kopf und sah Mach in die Augen. »Vielleicht. Und einen Grund, um es zu tun, nicht wahr?«

* * *

Kim hatte den Alarm vom dritten Deck unter sich gehört, sich aber nichts dabei gedacht, doch als er aus dem Transitlift stieg, fiel es ihm wieder ein, und sein Puls beschleunigte sich, während er zur Tür seiner Unterkunft lief.

Schon bevor er um die Ecke in den Korridor zu seinem Zimmer einbog, bekam er Hinweise darauf, was geschehen war. Ein langer, schlangenartig gewundener, schon erschlaffter Schlauch quoll aus dem Hydranten an der Ecke. Auf der anderen Seite hatte sich eine Wasserpfütze gebildet. Aber das war es nicht, was ihn beunruhigte. Es war eher der Geruch von verbranntem Plastik.

Er hüpfte über den Schlauch, machte drei kurze Schritte durch die Pfütze und blieb dann stehen. Die Tür zu seinem Zimmer war offen, der Löschschlauch wand sich ins Innere. Sogar von seinem Standort aus sah er, wie verkohlt die Oberschwelle war und daß kohlenschwarzer Matsch den Boden vor der Tür bedeckte.

»Was, in aller Götter Namen ...?«

T'ai Cho steckte kurz den Kopf aus der Tür. »Kim!« rief er, trat in den Korridor, und sein Gesichtsausdruck heiterte sich auf. »Den Göttern sei Dank, du bist unverletzt! Ich dachte schon ...«

Er ließ sich umarmen, dann ging er hinein und sah sich dem Schlimmsten gegenüber. Es war alles vernichtet. Restlos alles. Sein Komset war auf der Arbeitsfläche zu einer formlosen Masse wie eine seltsame, glatte Skulptur aus gewundenem schwarzen Marmor zusammengeschmolzen. Die Wände waren so schwarz wie die Decke. Den Boden bedeckte derselbe schwarze Matsch, der auf den Gang gequollen war.

»Was ist passiert?« fragte er und sah sich um, und allmählich wurde ihm klar, was er alles verloren hatte – seine Bücher, seine Kleidung, all die kleinen Dinge, die er als die seinen betrachtet hatte. »Ich dachte, so etwas könnte überhaupt nicht passieren. Es gibt doch Sprinkleranlagen, oder? Und Luftversiegelungen.«

T'ai Cho warf einem der herumstehenden Wartungsarbeiter einen Blick zu. »Offensichtlich haben die Anlagen versagt. Sieht so aus, als seien sie falsch verdrahtet gewesen.«

Kim lachte säuerlich. An Sarkasmus hatte er nichts eingebüßt. »Falsch verdrahtet? Aber ich dachte, die Boxen verwenden Programmkarten.«

Einer der Männer ergriff das Wort. »Das stimmt. Aber zwei der Karten waren falsch codiert. Das passiert manchmal. So etwas können wir nicht überprüfen. Ein Fertigungsfehler ... Sie wissen, wie das ist.«

Nur zu gut, dachte Kim. *Aber wer hat das getan? Wer hat es angeordnet? – Spatz? Oder jemand, der höher steht? Jedenfalls nicht Prinz Yüan, denn er war an dem interessiert, was hier heute vernichtet worden ist.*

Er seufzte und schüttelte den Kopf. Es würde Wochen, vielleicht Monate dauern, alles zu rekonstruieren. Und wenn er es tat? Nun, vielleicht wäre es ganz sinnlos. Vielleicht würden sie wieder zuschlagen, wenn er kurz vor Abschluß seiner Arbeit war, um sicherzugehen, daß nichts davon Li Yüan jemals in die Hände fiel.

Er drehte sich um und sah seinen alten Freund an. »Du hättest dir keine Sorgen zu machen brauchen, T'ai Cho. Aber es freut mich. Ich hatte wie jeden dritten Monat meine medizinische Untersuchung. Sie sagen, mir gehe es gut. Ein leichter Vitamin-C-Mangel, aber sonst ...« Er lachte. »Was für ein Glück, hm? Ich hätte genausogut hier liegen und schlafen können.«

»Ja«, sagte T'ai Cho und drückte den Jungen an sich. »Wir können den Göttern danken, nicht wahr?«

Ja, dachte Kim. *Oder wer immer auch beschlossen hat, daß ich nicht so entbehrlich bin wie meine Arbeit.*

* * *

Nan Ho stand in der Kühle des Korridors vor dem Zimmer, wischte sich die Stirn ab und spürte, daß seine Übelkeit allmählich zurückging. Obwohl es schon zehn Minuten her war, zitterten seine Hände immer noch, und seine Kleidung war schweißnaß. In den vierzig Jahren seines Lebens hatte er so etwas noch nie erlebt. Die Schreie des Mannes waren schon schlimm genug gewesen, aber dieser Blick, dieser Ausdruck purer Panik und Hilflosigkeit war nicht zu ertragen gewesen.

Wenn er die Augen schloß, sah er ihn wieder vor sich, sah die Küche, in der die Schreie widerhallten, den Gefangenen, der an Händen und Füßen mit Stricken, die sich tief ins Fleisch schnitten, nackt an den Tisch gefesselt war. Er bleckte die Zähne, als er sich erinnerte, wie die eingeölten Oberarmmuskeln des Maskierten vor Anstrengung anschwollen, als er die Zangen aus der rotglühenden Kohlenpfanne hob und sie im Halbdunkel drehte; wie die feinen Rauchfäden zur Decke aufstiegen. Aber vor allem sah er die Panik in den Augen des jungen Mannes und erinnerte sich, was er in diesem Moment gedacht hatte.

Verzeih mir, Fan Ming-yu, aber ich mußte es tun. Für meinen Meister.

Der Mann hatte angefangen zu stammeln, alles widerrufen, was er eben noch behauptet hatte, aber der Folterer hatte unerbittlich weitergemacht. Die Kohle senkte sich langsam herab, und die Worte der Mannes gingen in Schreie furchterfüllten Protestes über. Sein Körper bäumte sich auf, aber all seine Befreiungsversuche brachten ihn seinen Folterwerkzeugen nur näher.

Der Folterer hielt einen Moment lang inne. Eine mit einem Lederhandschuh bedeckte Hand drückte sanft, fast zärtlich die Hüfte des Jungen nieder. Dann preßte er die Kohle mit einer Sorgfalt, die an einen gewissenhaften Handwerker erinnerte, fest an seinen linken Hoden.

Nan Ho erschauderte, trat zurück und schluckte Galle. Er hatte entsetzte Seitenblicke auf Tolonen geworfen, der unbewegt zuschaute, dann den jungen Mann wieder angesehen und nicht glauben können, was er sah, entsetzt und zugleich fasziniert von der grauenhaften Wunde, die die glühende Kohle hinterlassen hatte. Dann hatte er sich abgewandt und war hinausgewankt, während die Beine unter ihm fast nachgaben, die Schreie des Mannes in seinem Kopf widerhallten und der Geruch von verkohltem Fleisch ihn zum Würgen brachte.

Er versuchte das, was er eben gesehen hatte, in die straffe Ordnung der Welt einzupassen, die er kannte, dann schüttelte er den Kopf. Er war nicht seine Schuld. Er hatte keine andere Wahl gehabt. Wenn sein Meister ein anderer gewesen wäre, oder wenn Lady Fei einen anderen als Tsu Ma zu ihrem Liebhaber erkoren hätte, aber ... nun, unter den gegebenen Umständen ging es nicht anders. Es durfte nicht sein, daß sich die Wahrheit herumsprach ...

Tolonen kam auf den Flur. Er blieb stehen und starrte Nan Ho an, dann faßte er ihn an der Schulter. »Es tut mir leid, Meister Nan. Ich wollte Sie nicht verletzen. Sie sollten nur dabei sein, um das Geständnis des Mannes selbst zu hören.« Er zuckte die Achseln. »Natürlich gibt es wirksamere Methoden, um Schmerz zuzufügen, aber keine so wirksame, um einem die Zunge zu lösen. Je barbarischer die Foltermethoden, finden wir, um so schneller redet der Mann.«

Nan Ho schluckte, dann fand er seine Stimme wieder. »Und was haben Sie herausgefunden?«

»Ich habe eine Liste aller Leute, mit denen er gesprochen hat. Zum Glück sind's nur ein paar. Und seine Quelle.«

»Seine Quelle?«

»Sie haben offenbar nicht einen Moment zu früh gehandelt, Meister Nan. Nan Ming-yu ist gerade von seinem Liebhaber gekommen. Ein junger Mann namens Yen Shih-fa.«

Nan Ho riß die Augen auf. »Den kenne ich. Das ist einer unserer Stallknechte.«

»Ja.« Tolonen lächelte grimmig. »Ich habe Tongjiang bereits verständigt und den Mann festnehmen lassen. Ohne viel Aufsehen zu erregen, versteht sich. Sie bringen ihn gerade her.«

Nan Ho nickte abwesend. »Und was werden Sie tun?«

Der Marschall schluckte, und für einen Moment verdunkelte Bitterkeit seine Züge. »Was *kann* ich tun? Wie Sie schon sagten, Meister Nan. Dieses Gerücht darf sich nicht ausbreiten. Aber wie wollen wir das verhindern? Normalerweise würde ich dem Wort solcher *Ch'un tzu* trauen, aber in einer so ernsten Angelegenheit würde es nicht ausreichen, sich auf ihr Schweigen zu verlassen. Das Wort eines Mannes ist eine Sache, aber die Sicherheit des Staates eine andere. Nein; es würde auch nichts nützen, sie unters Netz zu verbannen. Es sind vier Männer, die Einfluß ausüben. Geringen Einfluß, zugegeben, aber ihr Verschwinden würde auffallen und Mißtrauen erregen. Nein, ich fürchte, unter den gegebenen Umständen müssen wir beherzt handeln.«

Nan Ho erschauderte. »Sie meinen, die Männer müssen sterben.«

Tolonen lächelte. »Nicht ganz so drastisch, Meister Nan. Wir müssen nur ein paar kleine Eingriffe vornehmen.« Er zeichnete mit dem Finger eine kurze Linie über seine Schläfe. »Ein Schnitt hier und da …«

»Und ihre Familien?«

»Ihren Familien werden wir sagen, daß sie eine Überdosis von etwas genommen haben. Pei Ro-hens Chirurgen mußten operieren, um sie zu retten, aber unglücklicherweise haben die Teile des Gehirns, die Sprache und Gedächtnis steuern, Schäden davongetragen – ernste Schäden. Wie tragisch, was? Aber der T'ang wird in seiner Großzügigkeit für eine Entschädigung sorgen.«

Nan Ho starrte den Marschall verblüfft an. »Wissen Sie das?«

»Ich habe schon die Eingabe geschrieben. Sie wird noch heute abend auf Li Shai Tungs Schreibtisch liegen.«

»Aha, und damit ist die Sache geregelt?«

»Ja. Ich glaube, das können wir mit Gewißheit sagen.«

»Und der Stallknecht? Yen Shih-fa?«

Tolonen senkte sichtlich wütend den Blick. »Yen Shih-fa wird sterben. Nachdem wir uns vergewissert haben, daß er nicht weiteren Unfug angerichtet hat.«

Nan Ho senkte den Kopf. »Ich verstehe …« Doch er spürte keine Befriedigung, nur ein Gefühl fürchterlicher Unausweichlichkeit; das und ein langsam wachsender Zorn auf die Frau seines jungen Herrn. Das Ganze war ihre Schuld, diese treulose Hexe. Das war der Preis für ihre Selbstsucht, ihre Geilheit, ihre Leichtfertigkeit.

Tolonen betrachtete ihn mitleidig. »Sie haben Ihrem Meister gut gedient, Nan Ho. Sie haben das Richtige getan. Wenn dieses Gerücht sich wirklich herumgesprochen hätte …«

Nan Ho nickte andeutungsweise. Er hatte gehofft, die Einzelheiten vor Tolonen verbergen zu können, aber das hatte sich als unmöglich erwiesen. Dennoch war kein Schaden angerichtet worden. Fan Ming-yus Beharren darauf, daß er die Wahrheit gesagt, daß Tsu Ma tatsächlich mit Lady Fei geschlafen hatte, hatte den alten Mann schockiert und empört. Nan Ho hatte mit eigenen Augen den Zorn in Tolonens Gesicht gesehen, als er sich über den Gefangenen beugte, Speichel seine Lippen benetzte und er den Mann einen Lügner und schmutzigen Lästerer schimpfte. Und Nan Ho dankte den Göttern dafür. Nein. Der Marschall hatte nicht einen Moment geglaubt, daß es wahr sein könnte. Tsu Ma und Lady Fei. Es war undenkbar.

Und so mußte es bleiben. Ein Leben lang, wenn nötig. Aber wie lang würde es dauern, bis noch jemand das Geheimnis einem verriet, dem er traute? Wie lang würde es dauern, bis das Gerücht wieder durchsickerte und sich ausbreitete wie die Nebenflüsse eines großen Stromes? Und dann?

»Es freut mich, daß alles so gut ausgegangen ist, Marschall«, sagte er und sah dem Alten kurz in die Augen. »Aber wenn Sie mich jetzt nicht mehr brauchen, muß ich Pei Ro-hen sehen. Ich habe noch den Auftrag zu erfüllen. Deswegen bin ich eigentlich hier.«

»Natürlich«, sagte Tolonen lächelnd. »Sie haben hier alles Nötige getan, Meister Nan. Den Rest erledige ich.«

»Gut. Dann entschuldigen Sie mich.«

Er machte eine Verbeugung und wollte sich abwenden, als Tolonen ihn zurückrief.

»Verzeihen Sie, Meister Nan, aber noch eine Kleinigkeit. Soviel ich weiß, hat Tsu Ma zum erstenmal seit drei, fast vier Monaten Tongjiang besucht. Nun glaube ich, daß solche Gerüchte, auch wenn ich sie keinen Augenblick für wahr halte, sich auch unter diesem Abschaum nur verbreiten, wenn sie durch einige geringfügige Umstände gestützt werden. Ich überlege deshalb, ob vielleicht eine alte Geschichte dahinterstecken könnte, die durch Tsu Mas Besuch heute morgen neuen Aufwind erhält. Ich frage mich, ob …« Er zögerte, und es war ihm sichtlich peinlich, es auszusprechen. »Nun, ich frage mich, ob Ihnen früher schon einmal etwas von diesem Gerücht zu Ohren gekommen ist, Meister Nan. Ob …«

Aber Nan Ho schüttelte den Kopf. »Vielleicht haben Sie recht, Marschall Tolonen, aber ich persönlich glaube eher, daß der Besuch des T'ang den Stallburschen auf die Idee gebracht hat, verstehen Sie? Forschen Sie ein wenig nach, und ich bin mir sicher, daß Sie einen Grund für seine Böswilligkeit finden. Es wäre nicht das erste Mal, daß jemand aus persönlicher Enttäuschung so entgleist ist.«

Tolonen dachte darüber nach, dann nickte er zufrieden. »Na ja, das war nur so ein Gedanke. Gehen Sie ruhig, Meister Nan. Und mögen die Götter Sie für das belohnen, was Sie heute getan haben.«

* * *

Es hatte sie nahezu sechs Stunden gekostet, sich durch das Deck zu arbeiten, aber jetzt hatten sie nur noch diese letzte Box vor sich, und dann war es geschafft. Beide Männer hatten eine Zeitlang geschwiegen, als sei der Redefluß zwischen ihnen versiegt, aber jetzt warf Mach seinem bleichen Gefährten einen Blick zu und lachte.

»Was ist los?« fragte Lehmann ausdruckslos und konzentrierte sich darauf, den letzten Haltebolzen loszudrehen.

»Ich habe nur nachgedacht …«

Wieder lachte er. Diesmal hob Lehmann den Blick und musterte ihn. »Worüber?«

»Nun, was aus Ihnen hätte werden können. Mit dem Geld Ihres Vaters, meine ich. Sie hätten ein richtiger Scheißkerl werden können, nicht wahr? Sie hätten sie auf ihren eigenen Gebiet geschlagen, Geschäfte gemacht, die Märkte kontrolliert, Ihre Konkurrenten unterboten oder ihre Patente gestohlen. Hatten Sie nie Interesse daran?«

Lehmann sah wieder zu Boden. »Es ist mir durch den Kopf gegangen. Aber mir sind auch viele andere Dinge durch den Kopf gegangen. Aber um Ihre Frage zu beantworten, *Shih* Mach – nein, ich hatte nie Interesse daran. Aber das hier ...« Er zog den Bolzen heraus und legte ihn beiseite. »Das habe ich immer gewollt.«

»Immer?« Mach half ihm, die Abdeckplatte zu entfernen, dann setzte er sich auf die Fersen zurück und sah ihm zu.

»Seit ich denken kann«, fuhr Lehmann fort und tippte den Unterbrechungscode in die Tastatur. »Ich habe immer gegen das System gekämpft. Seit ich wußte, daß ich es kann. Anfangs nur mit Kleinigkeiten. Und später ...«

Mach wartete, aber Lehmann schien ausgesprochen zu haben.

»Sind Sie wirklich so nihilistisch, wie Sie wirken, Stefan Lehmann? Glauben Sie an nichts?«

Lehmanns bleiche, dünne Finger schwebten über dem Schaltbrett, dann zupften sie rasch die fünf kleinen Karten aus den Schlitzen. Mach beobachtete Lehmann nun schon zum achtzehnten Mal dabei, und wieder fiel ihm auf, wie sorgfältig er vorging, wie er sich immer wieder vergewisserte, daß er die richtigen herauszog. Diese obsessive Gewissenhaftigkeit war auf ihre Art schon beeindruckend. Und in diesem Fall auch notwendig, denn die Konfigurationen der einzelnen Schaltfelder unterschieden sich voneinander. Aber es war auch etwas Mechanisches an der Art, wie Lehmann zu Werke ging.

Er wartete, weil er wußte, daß der Albino antworten würde, wenn er alles zu seiner Zufriedenheit erledigt hatte; währenddessen sah er zu, wie Lehmann das kleine versiegelte Päckchen herauszog, aufriß und dann die Ersatzkarten in die entsprechenden Schlitze steckte.

»Das wär's«, sagte Lehmann. »Das war die letzte. Wollen Sie den Schaltkreis testen?«

Mach wollte gerade antworten, als hinter ihnen etwas an die Tunnelwand pochte.

»Scheiße!« preßte Mach zwischen den Zähnen hervor. »Was, zum Teufel, ist das?«

Lehmann hatte sich bei dem Geräusch umgedreht; jetzt verharrte er bewegungslos wie eine Eidechse vor ihrer Beute. *Ruhig,* flüsterte er. *Vielleicht ist es nichts.*

Stille trat ein. Mach zählte. Bei acht pochte es wieder, diesmal lauter und mehr in ihrer Nähe, fast unter ihren Füßen. Wenig später steckte jemand weiter vorn den Kopf durch eine Luke.

»He!« rief der Wachmann und wandte sich ihnen zu. »Seid Ihr befugt, hier zu arbeiten?«

Mach lachte. »Na, wenn nicht, dann sind wir wohl in Schwierigkeiten, was?«

Der Wachmann zog sich in den Tunnel und schnaufte vor Anstrengung. Mach warf Lehmann einen kurzen Blick zu und bedeutete ihm, nichts zu unternehmen. Lehmann nickte bloß, lehnte den Kopf an die Wand und schloß die Augen.

Der Wachmann rappelte sich auf und kam in dem engen Tunnel geduckt näher. Es war ein junger, dunkelhaariger Offizier von einem Gehabe, das darauf hindeutete, daß er erst kürzlich die Kadettenausbildung beendet hatte. »Was macht ihr hier?« fragte er diensteifrig und legte eine Hand auf seine Seitenwaffe.

Mach lächelte und schüttelte den Kopf. »Lest ihr eure Folien nicht?«

Der junge Wachmann nahm eine drohende Haltung an, sichtlich verärgert über Machs beiläufige Art. »Genau deswegen bin ich hier. Ich habe alles überprüft. Auf den Folien sind keine Wartungsarbeiten erwähnt.«

Mach zuckte die Achseln. »Und ist das unsere Schuld? Sie sollten die Administration verständigen und herausfinden, welcher Idiot da Scheiße gebaut hat, aber lassen Sie's nicht an uns aus. Hier.« Er griff in seine Jackentasche und zog die Papiere heraus, die DeVore für ihn gefälscht hatte.

Er sah dem Gesicht des Wachmanns an, wie ihn der Anblick von etwas Offiziellem beschwichtigte.

»Und? Sind Sie jetzt zufrieden?« fragte Mach und streckte die Hand aus, um die Papiere zurückzunehmen.

Der Wachmann trat einen Schritt zurück und schaute mißtrauisch auf die geöffnete Box und das freigelegte Schaltbrett. »Ich verstehe das immer noch nicht. Was machen Sie denn überhaupt hier? Hier steht, daß Sie berechtigt sind, das ComNet zu überprüfen, aber können Sie das nicht auch machen, ohne die Boxen zu öffnen?«

Mach starrte ihn an und verlor für einen Moment die Fassung, aber Lehmann kam ihm zu Hilfe. Er beugte sich lässig vor, zog eine der kleinen Karten aus dem Schaltbrett und gab sie dem Wachmann.

»Haben Sie so etwas schon einmal gesehen?«

Der Junge betrachtete den durchsichtigen Plastikstreifen. »Ja, ich ...«

»Und wissen Sie, wie sie funktionieren?«

»So ungefähr. Ich ...«

Lehmann lachte. Ein kaltes, verletzendes Lachen. »Sie wissen wohl überhaupt nichts, kleiner Soldat? Haben Sie zum Beispiel gewußt, daß das ganze Netz zum Teufel gehen kann, wenn nur eine dieser Programmkarten in den falschen Schlitz gesteckt wird? Dringende Informationen können in die falschen Kanäle geleitet werden, und Notrufe erreichen möglicherweise nie ihr Ziel. Deswegen machen wir uns diese Mühe. Deswegen schauen wir uns jede Box an. Sorgfältig. Peinlich genau. Damit so etwas nicht passieren kann. Verstehen Sie mich?« Er blickte schroff zu dem Wachmann auf. »Schön, Sie waren ein guter Jungen und haben alles überprüft, jetzt schieben Sie ab und lassen uns unsere Arbeit machen, klar? Bevor wir uns bei Ihrem Vorgesetzten über diese Störung beschweren.«

Mach sah den Zorn im Gesicht des jungen Mannes, die heruntergeschluckte Erwiderung. Dann bekam er grob die Papiere in die Hand gedrückt, und der Wachmann kroch zur Luke zurück.

»Das war gut«, sagte Mach leise, als er verschwunden war. »Der wird keinen Ärger machen, darauf können wir uns verlassen.«

Lehmann sah ihn an und schüttelte den Kopf. »Hier«, sagte er und gab ihm die Abdeckplatte. »Machen Sie das fertig. Ich gehe unserem Freund nach.«

Mach kniff die Augen zusammen. »Finden Sie das klug? Ich meine, unsere Erklärungen haben ihn doch wohl zufriedengestellt. Und wenn Sie ihn töten würden ...«

Lehmann drehte sich um, und für einen kurzen Moment war sein Gesicht ganz nah vor Mach. Seine rosa Augen suchten den Blick des *Ping Tiao*-Anführers.

»Sie haben mich gefragt, ob ich an etwas glaube, Mach. Nun, an eines glaube ich – ich glaube daran, daß es klug ist, nichts dem Zufall zu überlassen.«

* * *

Li Yüan ritt vor und fand den Weg, der den Hügel hinunterführte. Ihm folgte der leicht schwankende Palankin, dessen Träger darin geübt waren, mit den Füßen auf dem leichten Gefälle sicheren Halt zu finden. Ihre tiefen Grunzer hallten durch die Abendluft.

Li Yüan drehte sich in seinem Sattel und blickte zurück. Im Westen, hinter dem Ta Pa Shan ging die Sonne unter. In ihrem verblassenden Licht schienen die gelben Seidentücher des Palankins mit Blut getränkt zu sein. Li Yüan lachte, drehte sich wieder um und gab seinem Pferd die Sporen. Es war ein wundervoller Tag gewesen. Ein Tag, an den er lang zurückdenken würde. Und Fei Yen? Trotz ihrer Unpäßlichkeit hatte sie schöner denn je ausgesehen. Und selbst wenn sie sich nicht geliebt hätten, irgendwie hatte es schon genügt, einfach nur bei ihr zu sein.

Er warf den Kopf zurück und spürte die kühle Brise auf seinem Hals und in seinem Gesicht. Ja, die Mutterschaft stand Fei Yen gut. Sie würden viele Söhne bekommen. Ein Dutzend, vielleicht fünfzehn Söhne. Genug, um Tongjiang auszufüllen. Und Töchter auch. Töchter, die wie Fei Yen aussehen würden. Und dann, wenn er alt und grauhaarig war, würde er hundert Enkelkinder haben; dann würde er seine Hübschen um seinen Thron versammeln und ihnen von einem Sommertag erzählen – *diesem* Tag –, an dem er mit ihrer Großmutter Lady Fei zu den Ruinen hinaufgestiegen war und sie alle herbeigewünscht hatte.

Er lachte bei dem Gedanken und zügelte das Pferd, als er im Dunkel über sich die Lichter tanzen sah. Indem er zurückblickte, bedeutete er den Trägern mit einer Handbewegung anzuhalten und ließ sein Pferd noch ein paar Schritte weitergehen. Nein, er irrte sich nicht, die Lichter kamen ihnen entgegen. Dann begriff er. Es waren Laternen. Irgend jemand – höchstwahrscheinlich Nan Ho – war auf den Gedanken gekommen, ihnen Laternenträger zu schicken, die sie nach Hause geleiteten.

Er drehte sich um, forderte die Träger zum Weitergehen auf, dann gab er dem Araber erneut die Sporen und ritt der Gruppe aus dem Palast entgegen.

Er traf sie auf halbem Wege auf der langgestreckten Weide. Es waren zwanzig Träger, die ihre altmodischen, ölgefüllten Laternen auf zehn *ch'i* langen Holzpfählen trugen. Hinter ihnen stiegen ein Dutzend Wachen und zwei der jungen Stallknechte den Hang empor. Ihnen allen voran marschierte steif wie ein kleiner Junge, der Soldat spielte, Nan Ho.

»Meister Nan!« grüßte Li Yüan. »Was für eine gute Idee, uns entgegenzukommen!«

Nan Ho verbeugte sich tief. Hinter ihm war die kleine Prozession zum Stehen gekommen, und alle Bediensteten hielten die Köpfe gesenkt. »Ich habe nur meine Pflicht getan, Meister.«

Li Yüan ritt näher und beugte sich zu Nan Ho hinunter. »Und die Sache, mit der ich Sie beauftragt habe?« fragte er etwas leiser.

»Es ist alles erledigt«, antwortete Nan Ho gedämpft. »Der Herr Pei hat sich der Angelegenheit persönlich angenommen. Eure Mägde werden nur die besten Männer bekommen.«

»Gut.« Li Yüan richtete sich im Sattel auf und klatschte in die Hände, froh darüber, daß Perlenherz und Rosenknospe endlich ihre Belohnung erhalten würden. »Gut. Dann lassen Sie uns Lady Fei nach Hause geleiten, einverstanden, Meister Nan?«

Li Yüan galoppierte vor und traf den Palankin am Rande der langen Weide. »Halt!« rief er. »Setzt den Palankin ab. Wir werden auf die Träger warten.«

Als die Sänfte abgestellt wurde, raschelte im Innern die Seide. Fei Yen wurde wach. »Yüan?« rief sie schläfrig. »Yüan, was ist passiert?«

Er bedeutete einem der Männer, den schweren Seidenvorhang des Palankins zurückzuziehen, dann trat er vor und half Fei Yen in eine sitzende Position. Dann trat er wieder zurück und zeigte auf die Weide hinaus.

»Schau mal, was Meister Nan für uns arrangiert hat, mein Liebling!«

Sie lachte leise und erfreut. Die Dunkelheit der großen Weide wirkte plötzlich wie verzaubert, und die gedämpft leuchtenden Laternen schwebten wie riesige Glühwürmchen auf den Spitzen der langen Pfähle. Hinter ihnen, am anderen Ende der Weide glühten die Mauern des großen Palastes von Tongjiang wie poliertes Gold, die roten, steil mit Ziegeln gedeckten Dächer wie Flammen in den letzten Sonnenstrahlen.

»Schön«, sagte sie. »Wie aus einem Märchen.«

Er lachte, als er bemerkte, wie das Licht der Laternen in der flüssigen Dunkelheit ihrer Augen zu schweben schien. »Ja. Und du bist die Märchenprinzessin, mein Liebling. Aber komm, laß mich neben dir sitzen. Einen solchen Zauber sollte man teilen, nicht?«

Er stieg neben seiner Frau ein, kehrte ihr den Rücken zu und ließ sich neben sie in den großen gepolsterten Sitz sinken.

»Alles klar, Meister Nan. Wir sind fertig.«

Nan Ho machte eine Verbeugung, dann arrangierte er alles, stellte die Laternenträger in zwei Reihen zu beiden Seiten des Palankins auf und teilte sechs Wachmänner als zusätzliche Träger ein. Er sah sich um. Ohne Aufforderung hatten sich die beiden Stallburschen des Arabers angenommen und tätschelten ihn sanft.

Gut, dachte Nan Ho und bedeutete den verbliebenen Wachen, sich hinter dem Palankin aufzustellen. Aber seine Zufriedenheit war getrübt. Er sah seinen Meister und seine Frau an und fühlte sich beklommen. Wie schön alles im Licht der Laternen aussah, wie perfekt, und doch...

Er senkte den Blick und dachte daran, was er getan, was er heute gesehen hatte, und empfand einen bitteren Zorn. *Die Dinge sollten so sein, wie sie erscheinen,* dachte er. *Nein,* verbesserte er sich; *die Dinge sollten erscheinen, wie sie wirklich sind.*

Er hob die Hand. Auf das Signal hin hoben die Träger mit einem tiefen Grunzen den Palankin. Dann, als er ihnen vorausging, begann die Prozession, die langsam über die große Weide führte, während sich ringsum die Dunkelheit um sie schloß.

* * *

»Und, wie ist es gelaufen?«

Lehmann warf den Beutel vor Lehmann auf den Tisch. »Es gab einen Zwischenfall, aber alle Schaltkreise sind angebracht. Ich mußte einen Mann töten. Einen Wachmann vom Sicherheitsdienst. Aber Hanssen, Ihr Mann dort, wird sich darum kümmern.«

DeVore musterte Lehmann. »Und sonst hat Sie niemand gesehen?«

»Nur die Wachen an den Schranken.«

»Gut.« DeVore senkte den Blick, betastete den Beutel und dachte daran, daß er alle Kommunikationsschaltkreise enthielt, die sie ausgetauscht hatten, dann schob er ihn weg. »Dann ist alles vorbereitet, ja? Dann können wir in fünf Tagen zuschlagen. Mit Mach gab's keine Probleme, nehme ich an?«

Lehmann schüttelte den Kopf. »Nein. Er scheint so scharf drauf zu sein, wie wir scharf darauf sind, gegen sie loszuschlagen.«

DeVore lächelte. *So sollte es sein.* »Gut. Gehen Sie duschen und sich umziehen. Wir sehen uns zur Einsatzbesprechung beim Abendessen.«

Als Lehmann gegangen war, stand er auf, ging durchs Zimmer und betrachtete die Detailzeichnung der Zentrale des Sicherheitsdienstes, die er an die Wand geheftet hatte. Bremen war das Nervenzentrum der europäischen Sicherheitskräfte; ihre ›uneinnehmbare‹ Festung. Aber es war eben diese Überzeugung von der eigenen Uneinnehmbarkeit, die sie schwach machte. In fünf Tagen würden sie feststellen, wie schwach. Dann würden sie die bittere Frucht ihrer Arroganz zu schmecken bekommen.

Er lachte, ging zurück an seinen Schreibtisch und

zog den Ordner zu sich heran. Er hatte ihn den ganzen Nachmittag studiert, seit der Bote ihn gebracht hatte. Es war eine vollständige Akte aller Arbeiten des Jungen; ein Kopie der Akte, die Marschall Tolonen nach Tongjiang mitgenommen hatte; eine Kopie, die in Tolonens eigenem Büro von Tolonens eigenem Hofbeamten angefertigt worden war, einem jungen Mann, den DeVore schon vor fünf Jahren für seine Sache rekrutiert hatte, als der Junge noch ein Kadett gewesen war.

Er lächelte, als er sich erinnerte, wie er den Jungen eingeweiht, wie er ihn dazu gebracht hatte, den geheimen Eid zu schwören. Es war so einfach. Sie waren alle so begeisterungsfähig; so jung und frisch und reif für eine neue Ideologie – für etwas Neues, woran sie glauben konnten. Und er, DeVore, verkörperte dieses Neue. Er war der Mann, dessen Zeit noch kommen sollte. Das hatte er ihnen allen gesagt, und sie glaubten ihm. Er sah es in ihren Augen; dieser Drang, etwas Neuem und Besserem zu dienen – etwas Ausgereifterem und Abstrakterem als dieser langweiligen Welt der Ebenen und Stufen. Er nannte sie seine Bruderschaft, und sie reagierten mit der Leidenschaft, die dem Hunger entspringt. Dem Hunger, von dieser von Han regierten Welt frei zu sein, wieder ein freier Mensch zu sein, der sich selbst regierte und selbst unterhielt. Und er schürte ihre Leidenschaft, gab ihnen einen Grund, auf der Welt zu sein – um eine bessere Welt zu erleben. Wie lang es auch dauerte.

Er schlug die Akte auf, blätterte sie durch und hielt hier und da inne, um die Schönheit des Entwurfs, die schlichte Eleganz einer Formel zu bewundern. Er hatte den Jungen unterschätzt, nur für intelligent gehalten, für außergewöhnlich intelligent vielleicht, aber nicht für mehr. Diese Akte aber widerlegte ihn. Der Junge war einzigartig. Ein Genie ersten Ranges. Was er mit diesen einfachen Prototypen zustande gebracht hatte, war erstaunlich. Nun, dies hier war genug Material, um mehrere Firmen für Jahre zu beschäftigen. Er lächelte. Wie die Dinge standen, würde er die Akte seinen Kontaktleuten auf dem Mars schicken und abwarten, was sie damit anfangen konnten.

Er lehnte sich in seinen Stuhl zurück und streckte die Arme durch. Es wurde bald Zeit, den Jungen einzusetzen. Gegenwärtig hatten aber noch andere Pläne Vorrang. Bremen und die Plantagen waren seine unmittelbaren Ziele, die die ersten Projektile in dieser neuen Phase des Krieges treffen würden. Und danach?

DeVore lachte, beugte sich vor und schlug den Ordner zu. Der kluge Mann überlegte seine Spielzüge sorgfältig. Wie beim *Wei chi* hatte es keinen Sinn, zu streng zu planen. Ein Meister bedachte ein Dutzend Spielvarianten gleichzeitig und war darauf vorbereitet, die Züge auszuführen, die der Situation gerecht wurden. Und er verfolgte mehr als genug Pläne, um die Sieben in Atem zu halten.

Aber erst kam Bremen. Zuerst würde er sie dort treffen, wo sie am empfindlichsten waren. Wo sie am wenigsten damit rechneten, daß er zuschlug.

Erst dann würde er seinen nächsten Schritt überlegen. Erst dann würde er wissen, wo er den nächsten Stein aufs Brett setzen mußte.

ANHANG

中
國

NACHBEMERKUNG DES VERFASSERS

Die Transkription des Standard-Mandarin in eine europäische alphabetische Form wurde erstmals im Siebzehnten Jahrhundert von dem Italiener Matteo Ricci vorgenommen, der 1583 die erste Jesuiten-Mission in China gründete und bis zu seinem Tod im Jahre 1610 leitete. Seitdem sind Dutzende Versuche unternommen worden, die Lautstruktur des Chinesischen, die von mehreren zehntausend unterschiedlichen Piktogrammen repräsentiert wird, auf eine leicht verständliche Phonetik für den westlichen Gebrauch zu reduzieren. Für eine geraume Zeit dominierten jedoch drei Systeme – jene, die von den drei bedeutendsten westlichen Mächten benutzt wurden, die im korrupten und zerfallenden Chinesischen Kaiserreich des neunzehnten Jahrhunderts um Einfluß wetteiferten: Großbritannien, Frankreich und Deutschland. Bei diesen Systemen handelte es sich um das Wades-Giles (Großbritannien und Amerika – manchmal bekannt als das Wade-System), das École Française de l'Extrême Orient (Frankreich) und das Lessingsche (Deutschland).

Seit 1958 haben sich aber auch die Chinesen selbst um eine einheitliche phonetische Form bemüht, die auf dem deutschen System beruht und als *Hanyu pinyin fang'an* (Schema für ein chinesisches phonetisches Alphabet) bezeichnet wird, allgemein als *Pinyin* bekannt, und in allen fremdsprachigen Büchern, die seit dem 1. Januar 1979 in China veröffentlicht wurden, ist *Pinyin* gebraucht worden. Außerdem wurde es neben den chinesischen Standard-Buchstaben in Schulen gelehrt. Für dieses Werk habe ich allerdings auf das ältere und, meiner Ansicht nach, elegantere Transkriptions-System zurückgegriffen, das Wade-Giles (in modifizierter Form). Für jene Leser, die an die härteren *Pinyin*-Laute gewöhnt sind, mag Folgendes als eine einfache Orientierung für die Umwandlung dienen, zuerst das Wade-Giles, danach das *Pinyin*.

p für b	ch' für q
ts' für c	j für r
ch' für ch	t' für t

t für d	hs für x
k für g	ts für z
ch für j	ch für zh

Auf diese Weise hoffe ich der weicheren, poetischeren Seite des originalen Mandarin gerecht worden zu sein, der mit dem modernen *Pinyin* meinem Empfinden nach schlecht gedient ist.

Das Spiel *Wei Chi,* das in diesem Band immer wieder erwähnt wird, ist übrigens besser unter seinem japanischen Namen *Go* bekannt und nicht bloß das älteste, sondern auch das eleganteste Spiel der Welt. Soweit dem Verfasser bekannt ist, besteht kein Zusammenhang mit dem gleichnamigen Trigram des *I Ching* – dem vierundsechzigsten, ›Vor der Vollendung‹, aber eine spielerische Ähnlichkeit, wie sie die Han mögen, könnte möglich sein.

THE GAME OF WEI CHI von D. Pecorini und T. Shu (mit einem Vorwort von Professor H. A. Giles) schließlich ist ein tatsächlich vorhandenes Buch und erschien 1929 bei Longmans, Green – Co. Es ist leider längst nicht mehr im Handel, und ich muß Brian Aldiss für sein wohlgehütetes Exemplar danken, das er mir für die Vorbereitung des CHUNG KUO leihweise zur Verfügung stellte. Ich habe die kühne Hoffnung, daß sein Gebrauch an dieser Stelle eines Tages zu einer Wiederveröffentlichung dieses schmalen Klassikers führen könnte.

David Wingrove, Dezember 1988

GLOSSAR
DER MANDARIN-BEGRIFFE

Die meisten im Text verwendeten Mandarin-Begriffe erklären sich aus dem Zusammenhang. Da einige allerdings als selbstverständlich vorausgesetzt werden, halte ich es für nützlich, hier eine kurze Erläuterung anzufügen.

Ai ya! – gebräuchlicher Ausdruck der Überraschung oder des Entsetzens.

Amah – eine häusliche Dienstmagd.

Ch'a – Tee.

Chieh hsia – bedeutet ›Euer Majestät‹ und leitet sich von dem Ausdruck ›Unter den Stufen‹ ab. Es war die förmliche Anrede der Minister, die ›unter den Stufen‹ standen, gegenüber dem Kaiser.

Chi pao – eine einteilige, gewöhnlich ärmellose Robe, die von Frauen getragen wird.

Chou – ›Staat‹; hier der Name eines Kartenspiels, das auf der Politik des Staates Chung Kuo beruht.

Ch'u – der Westen.

Chung – eine Porzellanschale für *Ch'a,* gewöhnlich mit einem Deckel.

Ch'un tzu – ein alter chinesischer Begriff aus der Zeit der Streitenden Reiche, der eine bestimmte Klasse von Edelmännern bezeichnet, die von einem Codex der Moral und Ritterlichkeit – bekannt als die *Li* oder Riten – bestimmt wurde. Hier wird dieser Begriff grob, und manchmal ironisch, als ›Gentlemen‹ übersetzt. *Ch'un tzu* ist ebenso ein idealer Verhaltenszustand – wie er von Konfuzius in den *Analekten* beschrieben wurde –, als auch eine tatsächliche Klasse in Chung Kuo, obwohl ein gewisses Maß an finanzieller Unabhängigkeit und ein hoher Ausbildungsstandard als Voraussetzung betrachtet werden.

Fu jen – ›gnädige Frau‹, hier gebraucht im Gegensatz zu *T'ai t'ai* – ›Frau‹.

Hei – wörtlich ›schwarz‹ – das chinesische Piktogramm für diesen Begriff stellt einen Mann mit Kriegsbemalung und Tätowierungen dar. Hier bezieht er sich auf die von GenSyn gentechnisch produzierten Halbmenschen, die als Polizeikräfte eingesetzt werden, um Aufstände auf den unteren Ebenen niederzuschlagen.

Ho yeh – *Nelumbo Nucifera* oder Lotos, dessen Samen in der chinesischen Kräutermedizin als Mittel gegen Schlaflosigkeit verwendet werden.

Hsiao chieh – ›Fräulein‹ oder ›unverheiratete Frau‹; eine Alternative für *Nu shi*.

Hsiao jen – ›kleiner Mann/kleine Männer‹. In den *Lun Yü*, Buch XIV, schreibt Konfuzius: »Der Gentleman erreicht das, was oben ist; der kleine Mann erreicht das, was unten ist.« Diese Unterscheidung zwischen ›Gentlemen‹ (*Ch'un tzu*) und ›kleinen Männern‹ (*Hsiao jen*), die schon in Konfuzius' Zeit nicht stimmte, ist dennoch eine Frage der sozialen Perspektive in Chung Kuo.

Hsien – historisch ein Verwaltungsbezirk von variabler Größe. Hier bezeichnet der Begriff ein besonderes administratives Gebiet: eines aus zehn Stockwerken, von denen jedes aus dreißig Decks besteht. Jedes Deck ist ein sechseckiger Wohnbereich aus zehn Ebenen, zwei *li* oder annähernd ein Kilometer im Durchmesser. Ein Stock kann man sich als eine Honigwabe im gewaltigen Bienenkorb der Stadt vorstellen.

Hun – die ›höhere Seele‹ oder spirituelle Seele, die, wie die Chinesen glauben, nach dem Tod zum Himmel aufsteigt und sich mit Shang Ti, dem Höchsten Ahnen, vereinigt und von da an für immer an seinem Hof lebt. Von der *Hun* wird angenommen, daß sie im Moment der Zeugung ins Dasein tritt (siehe auch *P'o*).

Hung Mao – wörtlich die ›Rotköpfe‹, die Bezeichnung, die die Chinesen den holländischen (und später den englischen) Seefahrern gegeben haben, die im siebzehnten Jahrhundert mit China Handelsbeziehungen zu knüpfen versuchten. Weil ihre Aktivitäten (darunter die Plünderung chinesischer Schiffe und Häfen) einen seeräuberischen Charakter hatten, hat der Name die Nebenbedeutung der Piraterie.

Kang – der chinesische Herd, der auch als Ofen dient und in kalten Wintern auch als Schlafstelle.

Kan pei! – ›auf eure Gesundheit‹ oder ›Prost‹ – ein Trinkspruch.

K'ang hsi – ein Ch'ing- (oder Mandschu-)Kaiser, dessen lange

Regentschaft (1662–1722) als goldenes Zeitalter für die Kunst der Porzellanmanufaktur gilt. Die lavendelfarben glasierte Schale in ›Der Klang von Jade‹ ist allerdings keine *K'ang hsi-*, sondern eine *Chun-chou*-Keramik aus der Sung-Periode (960–1127) und gilt als eines der schönsten (und seltensten) Stücke in der chinesischen Keramik.

Kao liang – ein starker chinesischer Likör.

Ko ming – ›Revolutionär‹. Das ›T'ien Ming‹ ist das Mandat des Himmels und wird angeblich von Shang Ti, dem Höchsten Ahnen, an sein irdisches Gegenstück, den Kaiser (*Huang Ti*) weitergereicht. Dieses Mandat konnte nur solange ausgeübt werden, wie der Kaiser seiner wert war, und die Rebellion gegen einen Tyrannen – der durch seinen Mangel an Gerechtigkeit, Wohltätigkeit und Aufrichtigkeit gegen das Mandat verstieß – wurde nicht als kriminell, sondern als rechtmäßiger Ausdruck des Himmlischen Zorns betrachtet. In diesem Sinne bedeutet *Ko Ming* ein Bruch des Mandats.

Kuan Yin – die Göttin der Gnade. Ursprünglich der männliche Bodhisattva Avalokitsevera (von den Han übersetzt als ›der den Klängen der Welt lauscht‹ oder *Kuan Yin*). Die Han hielten die wohlentwickelten Brüste des Heiligen für die einer Frau und verehrten Kuan Yin seit dem neunten Jahrhundert als eine solche. Bildnisse von Kuan Yin zeigen sie gewöhnlich als die Madonna des Ostens, die ein Kind in ihren Armen wiegt. Sie wird außerdem gelegentlich als die Frau von Kuan Kung betrachtet, dem chinesischen Gott des Krieges.

Kuo-yun – Mandarin, die im chinesischen Hauptgebiet gesprochene Sprache.

Kwai – eine Abkürzung für *Kwai tao,* ein ›scharfes Messer‹ oder eine ›schnelle Klinge‹. Es kann auch bedeuten, scharf oder schnell zu sein (wie ein Messer). Eine Nebenbedeutung ist ein ›Klumpen‹ oder ein ›Krümel Erde‹. Hier bezeichnet der Begriff eine Klasse von Kämpfern unter dem Netz, deren Fähigkeiten und Selbstbeherrschung sie von den üblichen angeheuerten Killern unterscheidet.

Lao jen – ›Alter‹ (auch *Weng*); gewöhnlich ein Ausdruck des Respekts.

li – eine chinesische ›Meile‹, ungefähr ein halber Kilometer oder eine Drittel Meile. Bis 1949, als in China metrische

Maße eingeführt wurden, konnte das *li* von Ort zu Ort variieren.

Mui tsai – im Kantonesischen ›mooi-jai‹. Die gebräuchliche Bedeutung ist ›kleine Schwester‹ oder ›Sklavenmädchen‹, hier gewöhnlich das letztere. Andere Mandarin-Begriffe für den selben Status sind *Pei-nu* oder *Yatou*. Die Vormundschaft über das betreffende Mädchen kann durch eine Vertragsunterzeichnung und Zahlung einer vereinbarten Summe an einen anderen übergeben werden.

Nu shi – eine unverheiratete Frau; gleichbedeutend mit ›Fräulein‹.

Pai pi – ›hundert Stifte‹; Bezeichnung für die Experimente in künstlicher Realität, die von Ben Shepherd mit dem neuen Begriff ›Schalen‹ versehen wurden.

Pau – ein schlichtes langes Gewand, das von Männern getragen wird.

P'ing – der Osten.

ping tiao – ›einebnen‹; niederreißen oder planieren.

P'i p'a – eine viersaitige Laute, die in der traditionellen chinesischen Musik verwendet wird.

P'o – die ›animalische Seele‹, die nach dem Tod mit dem Leichnam in der Gruft verbleibt und sich von den Grabbeigaben ernährt. Die *P'o* zerfällt mit dem Leichnam, versinkt in die Unterwelt (unter die Gelben Quellen), wo sie – als ein Schatten – eine Art Existenz beibehält. Von der *P'o* wird angenommen, daß sie im Moment der Geburt ins Dasein tritt (siehe auch *Hun*).

Shang – der Süden.

Shih – ›Meister‹. Hier verwendet als Ausdruck des Respekts, der ungefähr unserer Anrede ›Herr‹ entspricht. Der Begriff wurde ursprünglich für die untersten Ränge der Staatsbeamten verwendet, um sie von den gewöhnlichen ›Herren‹ (*Hsieng sheng*) unter und den ›Gentlemen‹ (*Ch'un tzu*) über ihnen zu unterscheiden.

Tian-fang – wörtlich ›den Platz der toten Frau einnehmen‹; bezeichnet den Aufstieg einer Konkubine in den respektierteren Rang einer Ehefrau.

Tou chi – *Glycine Max* oder die Schwarze Sojabohne, die in der chinesischen Kräutermedizin als Mittel gegen Schlaflosigkeit verwendet wird.

Tsu – der Norden.

Wei Chi – das ›Umgebungsspiel‹, im Westen besser unter seinem japanischen Namen ›Go‹ bekannt. Angeblich wurde das Spiel im Jahre 2350 v. Chr. von dem legendären chinesischen Kaiser Yao erfunden, um den Verstand seines Sohnes Tan Chu zu schulen und ihm beizubringen, wie ein Kaiser denkt.

Yang – das ›männliche Prinzip‹ in der chinesischen Kosmologie, das mit seinem Gegenstück, dem weiblichen *Yin*, das *T'ai chi* bildet, abgeleitet von dem Ursprünglichen.

Yuan – die Grundwährung von Chung Kuo (und des heutigen China). Umgangssprachlich (wenn auch nicht hier) auch als *Kwai* – ›Stück‹ oder ›Klumpen‹ – bezeichnet. Zehn *Mao* (oder förmlich *Jiao*) ergeben ein *Yuan*, während ein *Yuan* aus 100 *Fen* (oder ›Cents‹) besteht.

Ywe lung – wörtlich der ›Monddrache‹, das Rad der Sieben Drachen, das in CHUNG KUO die herrschenden Sieben symbolisiert: »In der Mitte trafen sich die Schnauzen der fürstlichen Bestien und bildeten einen Zirkel wie die Blütenblätter einer Rose, und in jedem Auge glühte ehrfurchtsgebietend ein riesiger Rubin. Ihre geschmeidigen, kräftigen Körper waren wie die Speichen eines mächtigen Rades nach außen gebogen, während am Rande ihre miteinander verschlungenen Schwänze den Radkranz bildeten.« (aus *Der Monddrache*, Kapitel 4 von DAS REICH DER MITTE).

DANKSAGUNG

Dank gebührt wieder allen, die während seiner langen Entstehungszeit Teile von DIE KUNST DES KRIEGES gelesen und kritisiert haben. Meinen Lektoren – Nick Sayers, Brian DeFiore, John Pearce und Alyssa Diamond – für ihre Geduld wie für ihren Enthusiasmus; meinen *Writers-Bloc*-Gefährten Chris Evans, David Garnett, Rob Holdstock, Garry Kilworth, Bobbie Lamming und Lisa Tuttle; Andy Sawyer für die Sicht eines Außenstehenden, als sie dringend gebraucht wurde, und – wie immer – meinem beherzten Helfer und ersten Kritiker Brian Griffin, der dafür sorgte, daß ich auf dem richtigen Weg blieb.

Zu danken habe ich außerdem Rob Carter, Ritchie Smith, Paul Bougie, Mike Cobley, Linda Shaughnessy, Susan und den Mädchen (Jessica, Amy und der kleinen Georgia) und Is und die Lunatics (in Canterbury), die mich während der langen, einsamen Arbeit an diesem Buch bei Laune hielten. Und ›Nan and Grandad‹ Daisy und Percy Oudot, die mir halfen, als es eng wurde … und Tee kochten!

Schließlich danke ich Magma, IQ und den Cardiacs, die den Soundtrack für dieses Projekt geschaffen haben.

ÜBER DEN VERFASSER

David Wingrove wurde 1954 in Battersea im Süden Londons geboren und besuchte die Battersea Grammar School. Er verließ die Schule 1972 für eine Karriere im Bankgewerbe und wurde eines der jüngsten Mitglieder im Institute of Bankers überhaupt. Erfolgreich, aber zutiefst enttäuscht verließ er die Bank 1979 am Tag vor seinem fünfundzwanzigsten Geburtstag und setzte seine Ausbildung fort, die er 1982 mit einem Abschluß in englischer und amerikanischer Literatur an der University of Kent in Canterbury beendete. Vom Erfolg berauscht, bewarb er sich um und erhielt eines von nur zehn Forschungsstipendien, die in diesem Jahr vom Ministerium für Bildung und Wissenschaft Großbritanniens vergeben wurden, und arbeitete die nächsten drei Jahre an seiner Doktorarbeit, eine Untersuchung der Werke von Thomas Hardy, D. H. Lawrence und William Golding. Nach dem Erwerb des Magister-Titels verfranzte er sich in verschiedenen Projekten – der Renovierung eines alten viktorianischen Hauses, diversen Bänden SF-Kritik, einer Teilzeittätigkeit als Herausgeber, der Erziehung seiner drei kleinen Töchter Jessica, Amy und Georgia und einem Roman mit dem Titel A SPRING DAY AT THE EDGE OF THE WORLD (später in CHUNG KUO umbenannt) – was dazu führte, daß er 1986 seine Doktorarbeit abbrach. In diesem Jahr erschien auch der umfangreiche und gewichtige Band DER MILLIARDEN-JAHRE-TRAUM: DIE GESCHICHTE DER SCIENCE FICTION, den er zusammen mit Brian Aldiss verfaßte – ein Buch, das im selben Jahr, neben anderen Auszeichnungen, den begehrten Hugo Award für das beste Sachbuch im Science Fiction-Bereich erhielt. Er lebt heute in Stoke Newington im Norden Londons.

KOMMENTAR DES ÜBERSETZERS

Folgender Kommentar soll dem Verständnis des Lesers nicht vorgreifen, sondern lediglich Hilfestellungen zum Verständnis der historischen und kulturellen Bezüge leisten, die David Wingrove in seinem Roman reichlich verwendet. Er umfaßt sowohl Erläuterungen zu den symbolischen Bedeutungen, die bestimmte Gegenstände, Tiere, Farben etc. im chinesischen Kulturkreis haben, als auch biographische Anmerkungen zu historischen Personen, geographische Angaben, Nebenbedeutungen verwendeter Mandarin-Begriffe, sowie diverse Zitatnachweise. Namen und Begriffe, die mir einer Kommentierung wert erschienen, werden in der Regel bei ihrem ersten Auftreten erläutert, an späteren Stellen und in späteren Bänden nur dann, wenn sie mit einer anderen Bedeutung auftreten. Die Quellen und Übersetzungen, auf die ich zurückgegriffen habe, werden an den entsprechenden Stellen genannt oder sind im Literaturverzeichnis des Nachworts von Band 1 aufgeführt (DAS REICH DER MITTE, HSF & F 0605251). Teils entlegene Zitate aus Quellen, für die keine deutschen Übersetzungen aufzufinden waren, das gilt insbesondere für Auszüge aus der klassischen chinesischen Dichtung, wurden nach der englischen Vorlage übersetzt und werden hier nicht eigens nachgewiesen. Um mich dabei nicht zu weit vom chinesischen Original zu entfernen, habe ich mich einerseits um eine wortgetreue Übersetzung bemüht, andererseits auf mir vorliegende Gedichtübersetzungen als Muster für die Eindeutschung chinesischer Lyrik zurückgegriffen.

Meine Erläuterungen können keinen Anspruch auf Vollständigkeit und, da sie von keinem Fachwissenschaftler stammen, wissenschaftliche Exaktheit erheben, streben beides auch nicht an, sondern hoffen lediglich, dem interessierten Leser anhand ausgewählter Sachhintergründe Anregungen für die eingehendere Beschäftigung mit diesem Romanwerk zu geben. Themen wie etwa die vielfältigen Motive der chinesischen Zahlenmystik oder das taoistische Weltbild konnten hier allenfalls angedeutet werden. David Wingrove war mir in langen Gesprächen für ein besseres Verständnis der Zusammenhänge sehr hilfreich. Ihm schulde ich an dieser Stelle besonderen Dank.

ANMERKUNGEN

1 Li Shang-yin (813–858 n. Chr.), ein bei der chinesischen Kritik höchst umstrittener Dichter aus der späten T'ang-Zeit, hatte eine erfolglose Karriere als Regierungsbeamter und schrieb seine Gedichte nur in der Freizeit. Von seinen Zeitgenossen mißachtet, erregten seine eigenwilligen, von bizarren Bildern, politischen und satirischen Anspielungen strotzenden Dichtungen, von denen nur ein geringer Teil in europäische Sprachen übersetzt werden konnte, im zwanzigsten Jahrhundert zunehmende Aufmerksamkeit. Auf die Dichter der frühen Sung-Dynastie übte er beträchtlichen Einfluß aus.

2 Kung-kung ist einer der vergotteten Urkaiser in der chinesischen Mythologie, bei denen sich nicht mehr sagen läßt, welche historischen und religiösen Figuren hier im Volksgut zu einer legendären Gestalt zusammengeschmolzen sind. Den chinesischen Flutsagen nach ist er Verursacher der Sintflut; mit dem Riesenaal, von dem Tsu Ma in dieser Szene erzählt, ist in manchen Legenden auch Kung-kungs ›Minister‹ Hsiang-liu gemeint.

3 In der geistigen und praktischen Entwicklung des Taoismus im frühen chinesischen Mittelalter spielt der Begriff *Ch'i* eine besondere Rolle als vitales Prinzip, als Lebensenergie, die die Taoisten durch yogaähnliche Gymnastik- und Atemtechniken zu aktivieren versuchten. Bei dem Philosophen Chu Hsi (1130–1200), Vertreter einer Richtung des Neokonfuzianismus, die taoistische Ideen in den Konfuzianismus einzubeziehen versuchte, bezeichnet das Begriffspaar *Li* und *Ch'i* das Zusammenspiel eines umfassenden Ordnungsprinzips mit der Materie oder Substanz, wodurch erst die Dinge der Welt entstehen können. Die Einheit von *Li* und *Ch'i* verkörpert auch ein moralisches Ideal, das den Einklang der Erkenntnis mit der materiellen Welt anstrebt.

4 Der Hsun-Wu-See ist ein etwa 300 km nordöstlich von Hongkong gelegener Stausee des Flusses Hsun-wu nahe der Grenze zwischen den Provinzen Kuang-tung und Chiang-hsi.

5 Tientsin, heute die drittgrößte Stadt der Volksrepublik China und eine der autonomen Regionen, die der Zentralregierung direkt unterstellt sind, war durch seine günstige Lage an den Flüssen Tzu-ya und Hsin-h'ai und dem Zusammenfluß der nördlichen und südlichen Abschnitte des Großen Kanals stets ein bedeutendes Handelszentrum. Die Stadt war Schauplatz des historischen Tientsin-Zwischenfalls, einem gegen die Europäer gerichteten Ausbruch von Fremdenfeindlichkeit, dem französische Missionare und der Konsul Fontanier zum Opfer fielen, der vorher eine Gruppe chinesischer Beamter hatte erschießen lassen. Eine militärische Auseinandersetzung zwischen nach Tientsin entsandten europäischen Kriegsschiffen und mobilisierten chinesischen Truppen konnte nur durch die Hinrichtung von sechzehn verdächtigten Chinesen und eine offizielle Entschuldigung Chinas gegenüber Frankreich verhindert werden.

6 Das *T'ai-chi* (wörtlich ›höchster Gipfel‹), häufig dargestellt durch das bekannte Yin/Yang-Symbol, einem Kreis mit einer weißen und einer schwarzen Hälfte, die durch eine geschwungene Linie getrennt sind, ist einer der zentralen Begriffe der konfuzianischen Philosophie und bezeichnet das Eine, Absolute, aus dem die Prinzipien Yin und Yang und die fünf Wandelzustände oder Elemente hervorgehen, aus denen alle Dinge der Welt entstehen. Der neokonfuzianische Philosoph Chou Tun-i (1017–1073 n. Chr.) assoziierte das *T'ai-chi* mit dem Unendlichen (*Wu-chi*); Chu Hsi (siehe Anmerkung 3) erhob es zum metaphysischen Grundprinzip. *T'ai-chi* ist außerdem eine in Europa auch als chinesisches Schattenboxen bekannte Technik der Körperbeherrschung und esoterische Lehre, die in vieler Hinsicht eine Entsprechung zum indischen Yoga darstellt.

7 Der Roman *Hung-lou Meng* (*Der Traum der roten Kammer*) des Ts'ao Chan (ca. 1715–1764), erstmals 1792 erschienen, ist einer der bedeutendsten Romane der chinesischen Literatur und eines der literarischen Meisterwerke der Ch'ing-Dynastie, die an die große Romantradition der Ming-Zeit anknüpften. Das mehr als fünfzehnhundert Seiten umfassende, vom Verfasser in einer unvollständigen und unbearbeiteten Fassung hinterlassene Buch schildert anhand von über vierhundert detaillierten Charakterisierungen die Geschichte einer mandschurischen Adelsfamilie. Die 1792 von Kao E (ca. 1750–1820) herausgegebene, bearbeitete und vervollständigte Version milderte die soziale Kritik an der Mandschu-Ära merklich und entsprach damit dem Hang zur literarischen Zensur, die das mandschurische Kaiserhaus insbesondere zur Regierungszeit von Kaiser Chien-lung (1736–1796) praktizierte. Für die chinesische Literaturkritik ist der Roman seit dem Ende des neunzehnten Jahrhundert ein bevorzugtes Studienobjekt gewesen.

8 Das Feuer (*Huo*) ist eines der fünf Elemente oder Wandelzustände und ein männliches Symbol im Gegensatz zur Feuerstelle als weiblichem. Das ›große Feuer‹ ist der Stern Antares im Sternbild Skorpion, dessen Position am Sternenhimmel den Bauern des alten China zur Orientierung diente, wann welche landwirtschaftlichen Arbeiten zu erledigen waren.

9 Bei einer Begegnung zweier Wei-Chi-Spieler von deutlich unterschiedlicher Spielstärke kann der schwächere eine Vorgabe von sieben Steinen erhalten, die H-förmig auf das Spielfeld gelegt werden und den Gebietsgewinn erleichtern. Es gibt verschiedene solcher Handicap-Regelungen, die auf das Niveau eines Spielers abgestimmt sind.

10 Zitiert nach: NIETZSCHES WERKE, Kritische Gesamtausgabe, hrsg. von Giorgio Colli und Mazzino Montinari, Sechste Abteilung, Zweiter Band, Walter de Gruyter & Co., Berlin 1968, S. 95.

11 Gedichtausschnitt übersetzt von Michael Iwoleit.

12 Der Maler und Schriftsteller Tung Ch'i-ch'ang (1555–1636) übte starken Einfluß auf die Malerei der späten Ming-Zeit aus. Er unterteilte die Malerei-Tradition in eine ›südliche‹ und eine ›nördliche‹ Schule, die eine verkörpert von den nicht beamteten, poetischen Literaten-Malern, den *Wen jen*, die andere von den höfischen und akademischen Künstlern, und sah in der Malerei für den Gelehrten eine Möglichkeit, Naturerkenntnis und menschliche Erfahrung auszudrücken. Dementsprechend sind seine Bilder streng konstruierte Landschaftsarrangements.

13 Die vielzitierten Sechs Prinzipien (*lui fa*) wurden von dem Portraitmaler und Kritiker Hsieh Ho (Mitte des 6. Jahrhunderts n.Chr.) erstmals in seinem Werk *Ku-hua p'in-lu* (›Klassifizierte Aufzeichnung der Maler früherer Zeiten‹) vorgestellt und machten im Laufe der Zeit einige Bedeutungswandlungen durch, lassen sich kurzgefaßt aber als folgende Bildeigenschaften beschreiben: die Inspiration, die Pinselführung, die Darstellung der Gegenstände, die Farbgebung der Gegenstände, der Bildaufbau und die Anknüpfung an die alten Meister.

14 Etwas profaner aufgefaßt sind die *Wu-fu* ›fünf Glücksgüter‹, nämlich Reichtum, Langlebigkeit, Frieden, Tugend und Gesundheit.

DANKSAGUNG DES ÜBERSETZERS

Ohne die Unterstützung verschiedener Freunde und Kollegen hätte diese Übersetzung in ihrer vorliegenden Form nicht zustande kommen können. David und Susan Wingrove danke ich für ihre Gastfreundschaft bei diversen Besuchen in London, ihm für seine zahllosen Hinweise und Anregungen, besonders aber für seine geduldige Hilfe bei der Kompilierung des Kommentars. Dem Lektor Wolfgang Jeschke und seinen Mitarbeiterinnen Frau Friedel Wahren und Frau Gisela Frerichs danke ich für ihre große Geduld bei diversen Anlaufschwierigkeiten zu diesem umfangreichen Projekt. Thorsten Lauf, der mich demnächst vielleicht mit Vorort-Berichten aus China versorgen kann, hat meine Aufmerksamkeit auf praktische Aspekte der von der europäischen so unterschiedlichen Denkweise der Chinesen gelenkt. Die Anregungen durch meinen Kollegen Horst Pukallus waren mir stets eine Stütze bei schwierigen Phasen dieser Arbeit. Ihnen allen hoffe ich irgendwann auf ähnliche Weise behilflich sein zu können.

Michael Iwoleit, Frühling 1994